NICOLE C. VOSSELER

In dieser ganz besonderen Nacht

cbj

© Jörg Brochhausen

DIE AUTORIN

Nicole C. Vosseler, geboren 1972 in Villingen-Schwenningen, studierte Literaturwissenschaft und Psychologie in Tübingen und Konstanz, bevor sie sich ganz der Schriftstellerei widmete. Mit ihren Romanen für Erwachsene »Unter dem Safranmond«, »Sterne über Sansibar« und »Der Himmel über Darjeeling« feierte sie große Erfolge. Die Autorin lebt am Bodensee – mit mehr als zweitausend Büchern unter einem Dach.

Nicole C. Vosseler

In dieser *ganz besonderen* Nacht

cbj

Kinder- und Jugendbuchverlag
in der Verlagsgruppe Random House

MIX
Papier aus verantwortungsvollen Quellen
FSC® C014496

Verlagsgruppe Random House FSC® N001967
Das FSC®-zertifizierte Papier *Holmen Book Cream* für dieses Buch
liefert Holmen Paper, Hallstavik, Schweden.

1. Auflage
Erstmals als cbj Taschenbuch März 2015
Gesetzt nach den Regeln der Rechtschreibreform

Umschlaggestaltung: *zeichenpool, München
Umschlagbilder: Shutterstock (N. N., stavklem, letterstock, NatUlrich)
KK · Herstellung: wei
Satz: omnisatz GmbH, Berlin
Druck und Bindung: GGP Media GmbH, Pößneck
ISBN: 978-3-570-40261-0
Printed in Germany

www.cbj-verlag.de

Zeit ist …
zu langsam für die, die warten,
zu flüchtig für die, die sich fürchten,
zu lang für die, die trauern,
zu kurz für die, die sich freuen.
Aber für die, die lieben,
ist Zeit Ewigkeit.

HENRY VAN DYKE

Für all die verwaisten Seelen dieser Welt,
die darum kämpfen, wieder heil und ganz zu werden.

Wenn man stirbt, so heißt es, zieht das ganze Leben an einem vorbei. Aber als ich starb, war es nur die Erinnerung an das letzte Jahr, die durch mich hindurchschoss. Zwölf Monate, die alles auf den Kopf stellten, was ich über das Leben und den Tod und die Dinge dazwischen zu wissen glaubte. Das Jahr, das kurz nach meinem sechzehnten Geburtstag im Dezember begann und an dessen Ende mein Herz aufhörte zu schlagen.

Ich sah mich wieder auf dem Friedhof stehen, zwischen den Gerippen der Bäume, die sich dunkel gegen den blassen Winterhimmel abzeichneten. Die nackten Äste reckten sich in die Höhe, als wollten sie sich verzweifelt an den fahlgrauen Wolken festklammern, weil ihre Wurzeln im Boden keinen Halt mehr fanden. Ich wusste, wie sich das anfühlte, keinen Boden mehr unter den Füßen zu haben. Ohne Halt zu sein.

Einzelne Schneeflocken irrten umher und sanken zwischen den Holzkreuzen zu Boden, fingen sich in den braunfleckigen Blumen der Kränze und Gestecke und schmolzen auf den Bändern mit Abschiedsworten und letzten Grüßen. Meinen Geburtstag hatten wir noch zusammen verbracht, ein Weihnachten hatte es für Mam nicht mehr gegeben. Es kam mir unwirklich vor, hier zu stehen, an diesem frischen Grab, vor der Haube aus Schnee und Blumenschmuck über dem ausgehobenen und wieder aufgeschaufelten Erdreich. Genauso unwirklich wie die Beerdigung vor gut einer Woche, als sich hier all die Menschen in Schwarz und Grau versammelt hatten, von denen ich viele kaum oder gar nicht kannte. Die mir einer nach dem anderen die Hand gegeben und mit belegter Stimme immer dieselben Beileidsfloskeln gemurmelt hatten, auf die ich nichts zu erwidern wusste. Unwirklich hatte das laute Weinen meiner sonst so beherrschten Oma geklungen, und während mein Opa sich immer wieder über die nassen Augen rieb, waren meine trocken geblieben, die Lider unnatürlich weit aufgerissen, wie festgeklebt. Als würde ich eine Rolle in einem Film spielen, so kam ich mir immer noch vor. In einem sehr, sehr falschen Film, in dem das alles jemand anderem passierte. Nicht mir.

Trotz der warmen Stiefel waren meine Füße zu Eisklötzen erstarrt und mir war kalt. Ich zog die Schultern hoch und die zu kurz gewordenen Ärmel meiner dicken Jacke weiter über die Handgelenke. Keiner hatte daran gedacht, mir für diesen Winter eine neue zu kaufen, es war einfach nicht mehr wichtig gewesen. Ein frostiger Hauch streifte meine Wange und ich sah auf.

Wenige Schritte von mir entfernt beugte sich eine alte Frau über eines der Grabkreuze. Einen weichen, fast ein bisschen verwunderten Ausdruck auf dem zerfurchten Gesicht, wischte sie mit der bloßen Hand den frischen Schnee von den Armen des Kreuzes. Ihre knotigen Finger zitterten dabei, vielleicht weil sie alt war, vielleicht weil sie um einen lieben Menschen trauerte. Vielleicht fror sie aber auch nur; die braune Strickjacke über dem geblümten Kleid war viel zu dünn für diesen kalten Tag, und ihre Füße, über denen die groben Wollstrümpfe Falten schlugen, steckten in vom Schnee durchweichten Filzpuschen. Als hätte sie gespürt, dass ich ihr zusah, hob sie den Kopf und blickte suchend umher. Von einem eigenartigen milchigen Blau waren ihre Augen, die sich mit meinen trafen und dann ungläubig weiteten. Ihr Mund öffnete sich zu einem stummen Laut, und vorwurfsvoll, beinahe anklagend richtete sie den Zeigefinger auf mich. Ich hatte keine Ahnung, wer sie war und was sie von mir wollte, und doch gelang es mir nicht, wegzuschauen oder mich umzudrehen. Es war wie in einem dieser Albträume, in denen man um Hilfe schreien will, aber keinen Ton herausbringt. So wie mein Leben in den vergangenen sechs Monaten zu einem einzigen bösen Traum geworden war, aus dem ich einfach nicht mehr aufwachte.

»Amber.«

So leise er meinen Namen auch aussprach, brach mein Vater damit doch den Bann, und ich wandte den Kopf. Die Hände tief in den Taschen seiner verwaschenen Jeans vergraben, sah er mich an, ein ebenso mitfühlendes wie unsicheres Lächeln um den schmalen Mund. Auch er hatte die Schultern unter seiner Daunenjacke hochgezogen und seine Nasenspitze war rot gefroren; er war solche kalten Winter nicht gewohnt.

Mein Vater. Ich versuchte dauernd, es mir vorzusagen, um mich daran zu gewöhnen, aber es funktionierte nicht. Er blieb einfach nur Ted für mich.

Mam hat immer steif und fest behauptet, ich sei nach der Heldin eines ollen Schmökers benannt, den sie als Mädchen heiß geliebt hatte. Aber ich war mehr davon überzeugt, sie hat von Anfang an geahnt, wie ähnlich ich Ted einmal sehen würde. Mein Haar, das unter der Mütze hervorschaute und über meine Schultern fiel, war lang und glatt wie das von Mam, bevor sie es sich kurz vor der OP abrasiert hatte; durch die Bestrahlung und die Chemo wäre es sowieso ausgefallen. Doch während ihres von dunklem Mahagonibraun gewesen war, hatte meines eine Farbe irgendwo zwischen Blond und Karamell mit einem Schuss Kupfer. Wie Bernstein – *Amber.* Wie das von Ted, das er immer noch so trug wie auf den Fotos aus den Neunzigern, an den Seiten zu kurz, im Nacken zu lang und ständig ein bisschen verstrubbelt. Hoffnungslos altmodisch war auch seine Brille mit den übergroßen Gläsern, Modell Bill Gates, und wenn er mich dahinter anblinzelte, so wie jetzt, erinnerte er an eine verwirrte Eule.

»Ich weiß, es fällt dir schwer«, sagte er behutsam. Seine Augen, von demselben dunklen Blau wie meine, waren gerötet. Mehr als einmal hatte ich beobachtet, wie er sich mit dem Zeigefinger unter die Brillengläser fasste und einzelne Tränen wegwischte; dabei hatten Mam und er sich getrennt, als ich noch nicht einmal ein Jahr alt gewesen war. Er zog eine Hand hervor und streckte sie nach meiner Schulter aus, die ich sofort zurückriss. Nichts wusste er über mich, gar nichts. Woher denn auch?

In seinem länglichen, fast rechteckigen Gesicht zuckte ein Muskel, und seine Finger verharrten noch einen Augenblick unschlüssig in der Luft, bevor er sie wieder in der Hosentasche versenkte. »Wir müssen leider los.«

Ich nickte mechanisch und bückte mich, um meinen Rucksack vom Boden aufzuheben und zu schultern. Als ich mich aufrichtete, warf ich noch einen Blick über die Grabkreuze hinweg.

Von der alten Frau war nichts mehr zu sehen.

Mit gesenktem Kopf trottete ich Ted hinterher, den abschüssigen Weg zwischen den Grabfeldern hindurch, und der Schnee gab unter unseren Sohlen ein gummiartiges Knirschen von sich. Hinter dem schmiedeeisernen Tor des Friedhofs wartete Gabi auf uns, Mams beste Freundin und meine Patentante, die ein Teil unseres Lebens gewesen war, solange ich zurückdenken konnte. Schneeflocken glitzerten in ihren braunen Locken. Die Hände in den Taschen des bordeauxroten Wollmantels, lehnte sie an ihrem klapprigen Toyota, mit dem sie uns zum Flughafen fahren würde.

Weil mein Vater, den ich kaum kannte, mich einfach aus meiner Umgebung herausriss wie irgendein Unkraut im Garten und mich auf seine Seite der Welt mitnahm.

Nach San Francisco.

TEIL EINS

The City by the Bay

Der Verstand ist eine Welt für sich,
in der ein Himmel zur Hölle werden kann
und eine Hölle zum Himmel.

JOHN MILTON

I

Die Räder meines Trolleys klackerten über den glatten Boden der Flughafenhalle, durch die ich Ted hinterherstolperte. Eine Schar asiatischer Flugbegleiterinnen in gemusterten Wickelröcken und passenden Blusen, jede ein Trolleyköfferchen im Schlepptau, trippelten kichernd und schnatternd in ihren Riemchensandalen an uns vorbei, das lackschwarze Haar zu einer Hochsteckfrisur festbetoniert und geschminkt wie für das Cover eines Hochglanzmagazins.

Nach elf Stunden im Flieger, in denen ich abwechselnd vor mich hingedöst und sinnlos aus dem Fenster gestarrt hatte, weil mir der ausklappbare Minibildschirm nur die Wahl zwischen Liebesschnulzen, hirnlosem Actiongeballer und irgendwelchem Kinderkram ließ, fühlte ich mich wie von einem Bulldozer überfahren. Ich war noch nie so weit geflogen, nur mit Mam in die Türkei und nach Ägypten. Jeder Knochen, jeder Muskel tat mir weh und mein Kopf war wie mit Watte ausgestopft. Noch dazu hatte die seltsam aussehende quietschgelbe Masse heute Morgen, die wohl Rührei hätte sein sollen, ein pelziges Gefühl in meinem Mund hinterlassen, das sich auch gegen Kaugummi und diverse Dosen Cola light widerstandsfähig zeigte.

Die Wärme von Gabis Umarmung, als sie sich in der Abflughalle von mir verabschiedete, und der pudrige Duft ihres Parfüms, den ich noch einige Stunden nach dem Abheben an mir erschnuppern konnte, waren längst verflogen. *Du wirst dich schneller dort einleben, als du jetzt denkst. In ein paar Wochen sieht alles schon viel freundli-*

cher aus, glaub mir!, hatte ich noch ihre Stimme im Ohr. Das war typisch Gabi, für sie war das Glas immer halb voll statt halb leer. *Tschüss, mein Liebes! Mach's gut dort drüben! Schick mir eine SMS, wenn ihr gelandet seid! Und mail mir bald oder ruf an!* Müde hatte sie ausgesehen; unter ihren warmherzigen braunen Augen, aus denen ständig Tränen kullerten, waren tiefe Schatten zu sehen. Nach und nach hatte Gabi in den letzten Monaten ihre Arbeitsstunden in der Praxis für Physiotherapie reduziert, um mit mir zusammen den Haushalt zu schmeißen und sich um Mam zu kümmern, und als das nicht länger ging und Mam ins Krankenhaus musste, war Gabi trotzdem immer irgendwie da gewesen. Bis Ted kam, hatte sie sogar bei uns in der Wohnung geschlafen, damit ich nachts nicht allein war. Ohne sie wären wir wesentlich schlechter dran gewesen, Mam und ich. Und obwohl ich vernünftig sein und einsehen wollte, dass Gabi ein Recht darauf hatte, wieder ihr eigenes Leben zu führen, wünschte ich mir nichts sehnlicher, als dass Mam mich bei ihr hätte wohnen lassen, anstatt mich zu Ted zu schicken. *Und schreib mal eine Karte – mit der Golden Gate Bridge drauf! Oder einem Cable Car!*

Bis zur Passkontrolle hatte ich mich noch an den dünnen Strohhalm geklammert, mit meinen Papieren könnte etwas nicht in Ordnung sein, mir würde die Einreise verweigert und ich müsste auf der Stelle den nächsten Flug zurück nehmen. Schließlich war ich zwar die Tochter eines Amerikaners, aber in Deutschland geboren, und Mam und Ted waren nie verheiratet gewesen. Mein neu ausgestellter amerikanischer Pass, für den Gabi mit mir und einer Mappe voller wichtig aussehender Dokumente ins Konsulat nach Frankfurt gefahren war, hielt jedoch der Prüfung durch die Beamtin in schwarzer Uniform und ihrem Scanner stand, und mit einem Nicken und einem angedeuteten Lächeln gab sie mir zu verstehen, ich solle weitergehen. *Welcome to America.*

Grell stach mir das Sonnenlicht in die Augen, als wir ins Freie traten, und ich kniff die Lider zusammen. Klasse, meine Sonnenbrille war natürlich irgendwo ganz unten in meinem Koffer; keiner hatte mir gesagt, dass ich die hier Ende Dezember brauchen würde. Und warm war es, zumindest zu warm für meine dicke Jacke und die gefütterten Stiefel. Missmutig blinzelte ich zum Himmel hinauf, der hinter leichten Dunstschlieren knallblau leuchtete. Auf der rechten Seite erstreckte sich ein lang gezogener Bau mit glatter, von Querschlitzen durchzogener Fassade, vor dem sich auf einer hochgebockten Schiene eine silberglänzende Bahn heranschob, die in ihrem futuristischen Design genau zu dem Flughafengebäude aus Stahl und Glas passte. Und jenseits der Betonbrüstung, die die Zufahrtsstraße vor mir einfasste, ließ mich ein kräftiger Windstoß einen Blick durch dichte Sträucher auf ein Labyrinth aus Asphalt erhaschen, das sich dahinter ausdehnte; mehrspurige Straßen, die sich in Kurven, Schleifen und Bögen über- und untereinander hindurchwanden. Als hätte hier jemand mit großer Begeisterung seine ganz persönliche Vorstellung von einer Stadt der Zukunft verwirklicht, vermutlich ein Trekkie mit Leib und Seele, der Mister Spock als sein Idol verehrte.

Ich umklammerte den Schultergurt meines Rucksacks fester. Irgendwie schien ich die Einzige zu sein, die wirklich kapierte, was das hier für mich bedeutete. Ich und vielleicht noch Julia. Scheitel an Scheitel und mit angezogenen Knien hatten wir die letzten Nachmittage auf ihrem Bett verbracht, weil ich es in der so gut wie leer geräumten Wohnung nicht mehr aushielt, und hatten in einvernehmlichem Schweigen an die Decke gestarrt. Als könnten wir dadurch die Uhren anhalten und das Unvermeidliche vielleicht doch noch abwenden.

Nach dem ersten Schock, als ich geknickt meine Neuigkeit verkündete, hatte es bei den anderen einen Schalter umgelegt. *Heyyy, Frisco – Hammer! Amiland, wie geil! Mensch, hast du ein Schwein!*, hatten sie durcheinandergerufen. Sandra hatte himmelschreiend schief »Ca-li-for-nia drea-min' on such a winter's daayy« angestimmt, und Hannes, dem sicher irgendwann noch Schwimmhäute wachsen würden, weil er jeden Sommer mehr Zeit im See als sonst wo verbrachte, hatte eine Hand mit abgespreiztem Daumen und kleinem Finger locker geschüttelt und grinsend »Hang Loose!« gejohlt. Mir entfuhr ein leises Schnauben, als ich daran dachte. Klar fanden das alle toll! Sie konnten ja auch weiter in ihrem kuscheligen Nest bleiben, in dem es sich prima von der großen Welt träumen lässt, während ich diejenige war, die alles hinter sich lassen musste. Meine Stadt, mein Zuhause, meine Freunde.

Ja, sicher, sie würden mich vermissen, das hatten sie zigfach wiederholt, und womöglich wollten sie mir es mit ihrer Begeisterung nur leichter machen. Trotzdem hatten sie fast im selben Atemzug mit glänzenden Augen herausgesprudelt, was ich *dort drüben* doch alles sehen und erleben könnte, und manchmal hatten sie fast ein bisschen neidisch geklungen. Als ob ich in einem Preisausschreiben gewonnen hätte. Sie taten gerade so, als wechselte ich einfach die Schule oder würde in einen Nachbarort umziehen und wäre in den nächsten zwei Jahren nur einen Katzensprung entfernt. Mir kam es vor, als lebten sie in einer anderen Welt. In der das Schlimmste, was einem zustoßen konnte, darin bestand, dass man wegen der Fünf in Mathe sitzen blieb. Dass die Eltern sich scheiden ließen wie die von Hannes oder häufig stritten wie bei Sandra. Während ich einfach aus dieser Welt herausgefallen war, hinein in eine, in der eine Mutter von heute auf morgen todkrank werden und niemand etwas dagegen tun konnte. Eine Welt, in der einfach nichts mehr stimmt und in der man ziemlich allein herumhockt, weil man von den anderen wie durch eine Glasscheibe getrennt ist.

»Kommst du?« Ted stand neben der offen stehenden Tür eines erbsengrünen Taxis, das mit *Fog City Cab* beschriftet war. Eine dicke Nebelsuppe hätte definitiv besser zu meiner Laune gepasst. Der Fahrer hob gerade Teds Trolley in den Kofferraum; als ich näher schlurfte, warf er meinen Koffer mit seinen immerhin beachtlichen 23,8 Kilo schwungvoll hinterher. »Rutsch rüber und schnall dich an!«

Ich schob mich auf die andere Seite des Rücksitzes, verstaute meinen Rucksack im Fußraum und sortierte erst mal meine müden Arme und Beine.

»Nob Hill, bitte«, rief Ted dem Fahrer zu, der schon auf seinen Sitz gehüpft war und den Motor anließ. Das Autoradio sprang mit an und füllte unter stampfenden Rhythmen den Innenraum mit plärrendem Latino-Pop, während ich gerade anfing, mich aus meiner Jacke zu pellen. »Eins-vier-sieben-vier Sacramento Street. – Amber! Anschnallen!«

»Jaa doch! Ich bin kein Baby mehr!«, schimpfte ich vor mich hin, griff aber trotzdem nach der Gurtschnalle. Ich hatte sie kaum einrasten lassen, als das Taxi unter aufheulendem Motor ruckartig ausscherte und mit quietschenden Reifen so scharf anfuhr, dass es mich in den Sitz zurückschleuderte, bevor der Fahrer das Gaspedal durchtrat und die Straße entlangraste.

Erschrocken sah ich Ted an. Ein Schmunzeln vertiefte die Kerben beiderseits seiner Mundwinkel. »Das ist Taxifahren in San Francisco.«

Na prima. Ich hatte gerade erst einen Langstreckenflug inklusive Landung auf der ins Wasser gebauten Piste überstanden, die mir den Magen umgedreht hatte, nur um in einer Stadt mit wild gewordenen Taxifahrern anzukommen. Hoffentlich erfüllten die milde lächelnde Madonna mit dem goldenen Heiligenschein auf dem Armaturenbrett und der heftig schaukelnde Rosenkranz am Rückspiegel ihren Zweck.

»Im Urlaub gewesen?«, erkundigte sich der Fahrer, ein schmaler schwarzhaariger und schnauzbärtiger Mann mit dunklem Teint, dessen Amerikanisch von einem harten Akzent unterlegt war. Interessiert musterte er Ted im Rückspiegel, während er ganz nebenbei den Wagen in den Verkehr auf der Autobahn einfädelte.

»Familienangelegenheiten«, erwiderte Ted und warf mir einen Seitenblick zu. »Ich habe meine Tochter zu mir geholt.«

»Ihre Tochter?« Die Augen im Rückspiegel richteten sich neugierig auf mich und ich rutschte tiefer in den Sitz; ich ahnte, was gleich kommen würde. »Da haben Sie ja früh angefangen«, setzte er prompt mit einem rauen Lachen hinzu.

Ich verdrehte die Augen. Die Leute klangen immer, als sei ich das Ergebnis einer Teenager-Schwangerschaft gewesen; dabei war Mam zweiundzwanzig gewesen, als sie mich bekommen hatte, und Ted gerade mal ein Jahr jünger.

»Schau.« Ted zeigte über die Wasserfläche rechts neben der Straße. Ich konnte noch einen Blick auf das von Scheinwerfermasten gekrönte Oval eines kleinen Stadions am Ufer werfen, bevor es hinter einem verschachtelten Apartmentkomplex am Fuß eines Hügels verschwand. »Der Candlestick Park«, erklärte Ted. »Da spielen die Forty-Niners. – Football«, setzte er hinzu. »Wenn du Lust hast, besorg ich uns mal Karten.«

»Ich mach mir nicht so viel aus Sport«, murmelte ich und kratzte einen getrockneten Klecks Pseudo-Rührei vom Oberschenkel meiner Jeans.

»Das war aber früher anders.« Ted klang irritiert; offenbar erinnerte er sich an den einen Sommer, in dem er bei uns zu Besuch gewesen war und mit Mam und mir Fußball-WM gucken musste und wir ihm erst mal mit Flaschendeckeln im leeren Pizzakarton die Abseitsregel erklärten. »Du bist doch auch immer gern laufen gegangen.«

Ich zuckte mit den Schultern und konzentrierte meine ganze Aufmerksamkeit darauf, die Spitze meines Stiefels in den Winkel zwischen Fahrersitz und Mittelkonsole zu bohren. Früher war eben früher und jetzt war jetzt. Früher waren Mam und ich manchmal sonntagvormittags in unsere Joggingklamotten und Laufschuhe gestiegen und hatten mit im selben Takt hin- und herpendelnden

Pferdeschwänzen eine Runde am See gedreht, aber nachdem sie das nicht mehr konnte, hatte ich auch keine Lust mehr dazu gehabt.

»An der Jefferson High kannst du zwischen einer Menge Sportarten wählen«, hörte ich Ted neben mir sagen. »Vielleicht findest du etwas, das dir Spaß macht.«

Jefferson High war ein schlechtes Stichwort. Ein ganz schlechtes. Bisher hatte ich erfolgreich verdrängt gehabt, dass ich hier auch zur Schule gehen musste, und der Gedanke, in ein paar Tagen als *die Neue* dort aufzuschlagen, ließ mich noch tiefer auf dem Sitz hinabrutschen. Hastig kramte ich mein Handy aus dem Rucksack, schaltete es ein und suchte ein Netz. Es vibrierte in meiner Hand und auf dem Display war ein kleiner Briefumschlag zu sehen.

Von: Lukas
Guten Flug! Lass mal von dir hören! XOXO

Mein Herz machte einen kurzen Satz und krampfte sich dann zusammen. Am Tag vor Heiligabend hatte ich Lukas das letzte Mal gesehen, dann war er wie jedes Jahr in den Weihnachtsferien mit seiner Familie zum Skilaufen in die Berge gefahren. Plötzlich hatte ich einen Kloß im Hals und meine Hand zitterte.

»Alles okay?«, fragte Ted.

»Klar«, würgte ich hervor. Julia hatte sich verplappert, als ich mich am Tag vor meinem Abflug von ihr und Sandra verabschiedete; mit hochrotem Kopf hatte sie bang abgewartet, wie ich darauf reagieren würde, dass Lukas sich in der Woche vor Weihnachten gleich zweimal mit Svenja aus der Parallelklasse getroffen hatte. In unserem Café. Ich konnte es ihm eigentlich nicht mal übel nehmen; es ist nicht besonders spaßig, eine Freundin zu haben, deren Mutter gerade stirbt. Irgendwann konnte ich einfach nicht mehr mit ihm und den anderen abhängen oder Filme anschauen, nicht mehr mit Lukas auf seinem Bett herumlungern und Musik hören, weil mich jeder Ton aus den Boxen, jede Umarmung und jeder Kuss im nächsten Moment hätte in Stücke gehen lassen. Vor allem konnte ich nicht von ihm verlangen, zwei Jahre auf mich zu warten und so lange die laut Internet exakt 9.383,704 Kilometer zwischen uns mit E-Mails, SMS und Skype zu überbrücken. Ich wusste ja aus eigener Erfahrung, wie wenig das taugt, um einem auch nur eine Illusion von Nähe vorzugaukeln.

»Ist wirklich alles gut bei dir?« Ted musterte mich, seine Stirn in besorgte Falten gelegt.

Ich starrte ihn finster an. *Ja, sicher, alles bestens! Abgesehen davon, dass Mam nicht mehr da ist und du mir jetzt noch den letzten Rest, der von meinem Leben übrig geblieben ist, kaputt machst.*

»Yapp«, gab ich patzig zurück. Ein erleichtertes Lächeln zeichnete sich auf seinem Gesicht ab und er streckte den Arm zu mir herüber. Mit einem Ruck brachte ich mein Knie aus seiner Reichweite und quetschte mich so weit in die hinterste Ecke des Rücksitzes, wie es der Gurt zuließ. Aus dem Augenwinkel sah ich, wie Ted sich abwandte und sich mit einem tiefen Atemzug durch die Haare fuhr.

Ich dachte an Lukas. An die Art, wie er sich mit der flachen Hand über sein blondes, stoppelkurzes Haar rubbelte, wenn er verlegen war, und einen dabei mit seinen grauen Augen von unten herauf anschielte. An sein Grinsen, das immer ein wenig schief geriet und dadurch doppelt lässig rüberkam, und wie sich sein Gesicht konzentriert zusammenzog, wenn er auf seinem Skateboard Anlauf für einen seiner Tricks über Stufen, Mauersimse und Parkbänke nahm, bevor seine Miene in ein triumphierendes Strahlen umschlug. Nichts als Einzelheiten fielen mir ein; Bruchstücke, die kein komplettes Ganzes ergaben, wie ein in der Sonne ausgebleichtes Foto, dessen Farben an manchen Stellen zu unscharfen Klecksen zerflossen waren. Und ich konnte mich nicht mehr daran erinnern, wie es sich angefühlt hatte, wenn er mich im Arm hielt und küsste.

Wenn ich genauer darüber nachdachte, hatte ich überhaupt schon lange nichts mehr gefühlt. Nicht so richtig jedenfalls. Konnte man Gefühle einfach vergessen?

Ungefähr siebenunddreißig Mal setzte ich zu einer SMS an Lukas an, aber sobald ich ein paar Worte eingetippt hatte, kamen sie mir auf dem Display dumm und armselig vor, und ich löschte alles wieder. Schließlich verschob ich das Ganze auf morgen, simste Gabi kurz, dass ich gut gelandet war, danach auch noch Julia und Sandra. Dann machte ich es wie Ted und sah schweigend zum Fenster hinaus.

Die Autobahn (*Highway? Freeway?* Keine Ahnung, worin der Unterschied bestand) zwischen braunen oder grün bewachsenen Hügeln und dem immer wieder aufblinkenden Wasser sah genauso aus wie in amerikanischen Filmen oder Serien, genauso breit, genauso vielspurig und von genauso vielen überdimensionierten Autos befahren. Die Verkehrsschilder wie das auf der Spitze stehende gelbe Quadrat mit den schwarzen Pfeilen, die grünen Tafeln mit der weißen Schrift – Third St, Civic Center, Bay Bridge, Downtown SF oder Daly City –, all das kannte ich aus dem Fernsehen, aber es war mir nicht vertraut. Zwischen den Gewerbegebäuden, Hotelburgen und riesigen Baustellen, die die Straße säumten, kam ich mir komplett verloren vor.

Vor uns tauchte in einer Senke eine Skyline auf, ein Säulenwald nüchtern grauer Wolkenkratzer, hinter denen sich eine Dunstwolke zusammenballte, und das Taxi jagte in die Stadt hinein.

Wie in einem Slalom bahnte sich unser Fahrer seinen Weg an den anderen Autos vorbei, indem er andauernd zackig die Spur wechselte, sodass ich auf dem Rücksitz hin und her geschleudert wurde und immer wieder mit der Schulter gegen die Autotür stieß. Ich atmete auf, als der Verkehr dichter wurde und unser Taxi zu einer zahmeren Fahrweise zwang.

Moderne Glasfassaden wechselten sich mit mehrstöckigen Gebäuden aus braunen oder rötlichen Backsteinen ab, die mich mit ihren Feuerleitern an Fotos von amerikanischen Großstädten aus den Goldenen Zwanzigern erinnerten. Ein Eindruck, den die großflächigen Werbeplakate an den Fassaden gleich wieder zunichtemachten, ebenso wie die bunten Wirbel von Graffitis und die zahllosen kreuz und quer verlaufenden Kabel und Leitungen, die sich zu einem lockeren Netz hoch oben über den Straßen verflochten. Überall hingen noch Lichterketten und Lamettagirlanden, standen geschmückte Weihnachtsbäume, Rentiere und Weihnachtsmänner herum, was für mich bei diesem Wetter völlig daneben wirkte.

Ich dachte an die Häuser und Straßen, zwischen denen ich mein ganzes Leben verbracht hatte. An den Kindergarten mit den alten Kastanien und an den Tag, an dem ich mich dort mit Julia gestritten hatte, wer zuerst auf die Schaukel durfte; nachdem wir uns geeinigt hatten, waren wir unzertrennlich gewesen. An den Spielplatz mit dem Klettergerüst, auf den Mam mit mir sonntagnachmittags gegangen war, und an die italienische Eisdiele mit dem besten Pistazieneis EVER. An den Gehweg zwischen unserem Zuhause und der Bäckerei an der Ecke, auf dem ich mit meinem kleinen grünen Fahrrad zum ersten Mal ohne Stützräder gefahren war. An meinen ersten Schultag in dem alten Jugendstilbau der Grundschule und an die Tage im Betonbunker des Gymnasiums, den auch die bunt lackierten Fensterrahmen und Türen nicht freundlicher machten, und wie Mam und ich jede Woche in den großen Supermarkt einkaufen gefahren waren. Immer schon donnerstags, weil Mam für die Freitage und Samstage die meisten Aufträge bekam, Hochzeitsfotos und Taufbilder. Erinnerungen an eine Zeit, in der meine Welt noch in Ordnung gewesen war.

Mit etwas Glück würde ich vielleicht in den Sommerferien nach Hause fliegen; wenn ich Pech hatte, auch erst wieder in zwei Jahren, mit achtzehn, sobald ich endlich selbst über mich bestimmen konnte. Noch 704 Tage bis dahin, das hatte ich vor dem Abflug ausgerechnet. 704 Tage in einer anderen Stadt, einem anderen Land. Auf einem anderen Kontinent.

Vor dem Hintergrund der Straßenschluchten tauchte in der Scheibe mein Spiegelbild auf. Mein ovales Gesicht mit den leicht auseinanderstehenden Augen und dem großen Mund. Eine blassere Ausgabe von Mams Gesicht auf uralten Fotos, als sie ungefähr in meinem Alter gewesen war. Bevor ihres mit den Jahren kantiger wurde, dafür aber den Kontrast zu dem spitzen Kinn und der ein bisschen kräftig geratenen Nase ausglich, der mich an meinem störte. Bevor die Krankheit in den letzten Monaten noch den letzten Rest Weichheit von Mams Gesicht genagt und nur scharfe Knochen und tiefe Höhlungen übrig gelassen hatte. Fremd kam mir mein Spiegelbild im Autofenster vor, seltsam verzerrt und durchsichtig. Als ob es mich gar nicht mehr wirklich gab.

Das Taxi hielt an einer roten Ampel, und während der Fahrer im Takt der Popmusik aus dem Radio mit dem Kopf vor und zurück ruckte und seine Finger einen schnelleren Beat auf das Lenkrad trommelten, rollte über die Kreuzung vor uns gemütlich eine grüne und silberne Straßenbahn, die mit ihrer sanft gerundeten Karosserie und den kleinen Scheiben einer altmodischen Spielzeugbahn ähnelte. Am Fuß einer Straßenlaterne war ein Fahrrad angekettet, dessen Rahmen flauschiger blauer Flokatistoff überzog, und eine nicht mehr wirklich junge Frau mit wasserstoffblonder Plustermähne führte in einem pinkfarbenen Nickianzug, auf dem eine goldene Stickerei glitzerte, ihre drei weißen Zwergpudel aus. Die Ampel wechselte auf Grün und das Taxi tauchte durch Häuserschluchten hindurch.

Dahinter lockerte sich das Straßenbild auf. Klassische Bauten mit Säulen und Kuppeln standen etwas zurückgesetzt vom Fahrbahnrand, blendend weiß und majestätisch wie Tempel der Antike in ihrer Glanzzeit. Ich hätte erwartet, dass Ted dazu etwas sagen würde, doch er blieb weiterhin stumm, und obwohl ich gern gewusst hätte, was das für Bauwerke waren, fragte ich ihn nicht danach; einige Wimpernschläge später waren wir auch schon daran vorbeigefahren.

Die meisten der oft steil ansteigenden und dann wieder abfallenden Straßenzüge, in die das Taxi der Reihe nach einbog, bestanden aus schmalen, Wand an Wand aneinandergebauten Häusern mit Erkern und hohen Fenstern unter den flachen Dächern. Mal schlicht und schmucklos, mal mit allerlei Schnickschnack in Form von Stuckbordüren und verzierten Simsen, hatten sie immer ihre bunt angestrichene Fassade gemeinsam, in Himmelblau, Primelgelb, Lavendel oder Mintgrün, Veilchenlila, Rosa oder sogar Knallpink. Wie auf einer Postkarte. Wirklich außergewöhnliche Farben, die sich dann aber in immer neuer Reihenfolge wiederholten, genau wie die Laubbäume oder Palmen auf den Bürgersteigen, die Kletterpflanzen und die in Fuchsia und Violett blühenden Sträucher an den Hausfassaden. Irgendwie sahen hier alle Straßen gleich aus.

Einige Häuserblocks weiter preschte unser Taxi eine Steigung hinauf, und ich hätte schwören können, dass es auf der Kreuzung dahinter mit dem Fahrgestell aufsaß. Gleich darauf bremste der Fahrer abrupt, und ich keuchte auf, als ich nach vorne geschleudert wurde und der blockierende Gurt mir schmerzhaft in den Oberkörper schnitt. Von rechts kroch unter metallenem Rattern und Glockengebimmel ein nach allen Seiten offenes kastenförmiges und sehr nostalgisch aussehendes Gefährt aus Holz heran: einer der berühmten Cable Cars von San Francisco, vollgestopft mit Fahrgästen, die im Vorbeifahren eifrig mit ihren Kameras und Handys die Aussicht knipsten. Unser Fahrer rutschte ungeduldig auf seinem Sitz herum, bis der Cable Car vorbeigezuckelt war, dann gab er Gas. Das Taxi bollerte über die Schienen und kam gerade noch so vor einem flott heranfahrenden Auto über die Kreuzung.

»Dort vorne an der Ecke können Sie uns rauslassen«, wies Ted den Fahrer an, der daraufhin erstaunlich sanft an einem beigefarbenen Haus mit weißen Fensterrahmen hielt. »Steig bitte auf dieser Seite hier aus«, wandte sich Ted an mich, bevor er die Tür öffnete.

Wir waren da.

2

Mit weichen Knien kletterte ich aus dem Taxi. Das schmale Straßenschild über der Fußgängerampel verriet, dass die Querstraße, auf der ich stand, »Hyde« hieß, und während der Fahrer bei laufendem Motor unser Gepäck aus dem Kofferraum wuchtete und Ted ihn bezahlte, schulterte ich meinen Rucksack und besah mir das Haus vor mir genauer. Unter dem schnörkeligen Schriftzug *Lilypad* mit einer endlos langen Telefonnummer und dem Logo einer Seerose waren die Tüllgardinen der Schaufensterscheiben im Erdgeschoss malerisch zusammengerafft. Neonbuchstaben verkündeten rot glühend OPEN, und ein Klappschild auf dem Bürgersteig listete rot auf weiß die Dienstleistungen bei *Lilypad* auf: *Spa Manicure. Spa Pedicure. Skin Care. Waxing. Body Massage.* Da sollte ich wohnen?

»Schönen Tag noch!«, rief der Taxifahrer, sprang in den Wagen und brauste davon, um wenige Augenblicke später mit kreischenden Reifen irgendwo abzubiegen.

»Sind nur noch ein paar Schritte«, erklärte Ted. »Das zweite Haus auf der linken Seite ist es. Soll ich deinen Koffer nehmen?«

Ich schüttelte den Kopf und hievte meinen Trolley den Bordstein hinunter. Wir überquerten die Fahrbahn und stapften dann bergan.

Laternenpfosten und Stoßstange an Stoßstange parkende Autos säumten die steile Straße; sämtliche Motorhauben blickten uns entgegen – eine Einbahnstraße. Bis auf den grauen Betonklotz am oberen Ende des Blocks waren die Häuser hier in gedämpften Farben gehalten, in Mattbraun, Zartgrau, Altrosa, immer mit Weiß abgesetzt, und bei ausnahmslos allen wölbten sich in den oberen Stockwerken unterschiedlich gestaltete Erker vor, die zusammen mit den vereinzelt stehenden Laubbäumen dem Straßenzug etwas Verspieltes gaben. Auf der Hyde Street fuhr mit dröhnendem Dieselmotor ein Bus vorbei, und aus der Ferne hörte ich die Sirene eines Polizei-, Feuerwehr- oder Rettungswagens, die genauso jammernd klang wie in amerikanischen Krimis. Sonst war es still.

Neben dem hellbraunen Eckhaus mit seinen kantigen Linien und der vergitterten Einfahrt zur Tiefgarage wirkte das zweite Haus in der Zeile, gelb wie Vanillepudding, fast ein bisschen altmodisch. Um den halbrunden Erker in der Mitte waren Gitterplattformen mit verschnörkeltem Geländer und Feuerleitern angebracht, und weiße Ornamente aus Stuck schmückten den Zwischenraum unter den hohen, zweigeteilten Fenstern der vier durchgängigen eckigen Erker, die sich zu beiden Seiten anschlossen; die Fassade des Erdgeschosses bestand dagegen aus Backsteinen in einem sanften Graubraun. Obwohl es erst Nachmittag war und draußen die Sonne schien, brannte die Lampe über der verglasten Front des Eingangs mit den fast schwarzen Rahmen, und die schlanken weißen Säulen links und rechts waren mit Tannengirlanden aus Plastik umwickelt, in denen rote Glaskugeln hingen.

»Komm, ich trag ihn dir hoch.« Ted streckte die Hand nach meinem Trolley aus.

»Danke, kann ich selber«, murrte ich. Aus dem Augenwinkel sah ich, wie sich am Fenster unmittelbar über uns die Gardine bewegte.

Ted seufzte, ging dann aber mit seinem Koffer voraus, während ich meinen mit beiden Händen packte und Stufe für Stufe an dem zierlichen schmiedeeisernen Treppengeländer vorbei hinaufschleifte. Schnaufend kam ich oben an und mein Blick blieb auf den glänzend polierten Ziffern aus Messing über der Tür kleben. 1474, Sacramento Street. Meine neue Adresse.

Ted hatte seinen Schlüsselbund hervorgenestelt und schloss auf; mit einem kurzen Blick auf die beschrifteten Klingelknöpfe stellte ich fest, dass hier eine Menge Leute wohnten, grob geschätzt waren es wohl um die vierzig Parteien.

Auch in der großzügigen Halle mit den vanillegelben Wänden und braunen Türen waren die Deckenlampen eingeschaltet und verbreiteten ein gedämpftes Licht, dazu blinkten die Lämpchen des mit Unmengen von Glitzerkram behängten riesigen Christbaums auf der rechten Seite hektisch. Eine auf antik gemachte, glänzende Steinbank stand im Winkel neben der Eingangstür; im Spiegel dahinter erhaschte ich einen Blick auf mich, rotgesichtig und verschwitzt, meine Haare auf der einen Seite platt gedrückt, auf der anderen zerzaust, und ich streckte mir selbst die Zunge heraus. Vor einem endlosen Gang mit zahlreichen Türen drückte Ted neben der breiten Treppe mit dem weiß lackierten Geländer auf den Knopf der beiden Aufzüge. Während ich noch überlegte, ob die glänzenden braun-weißen Steinfliesen, auf denen die Trolleyräder ratterten wie Knallfrösche, tatsächlich aus Marmor sein könnten, hörte ich hinter uns eine Tür aufgehen.

»Ah, Professor Fowler, Sie sind zurück!«

»Hallo, Mrs Hanson«, erwiderte Ted freundlich, und jetzt drehte auch ich mich um.

Im Türspalt stand eine mollige Frau, die gut an die siebzig war und deren zu sorgfältigen Löckchen gelegtes Haar in einem Lilaton schillerte, der perfekt auf ihren Jogginganzug aus glänzendem Material abgestimmt war. Aus der Wohnung hinter ihr drang überlaut eine aufgeregte Männerstimme in breitestem Amerikanisch, gefolgt von einem schwungvollen Werbejingle; offenbar lief der Fernseher oder ein Radio.

»Wie schön, Sie haben uns wirklich gefehlt!«, rief sie aus, ein strahlendes Lächeln auf ihrem runden, zerknitterten Gesicht. »Hatten Sie einen guten Flug?« Neben ihren Turnschuhen mit dem breiten Streifen in Metalliclila schob sich ein riesiges weißes Plüschknäuel durch den Türspalt: eine Monsterkatze, die mich interessiert aus ihren gelben Augen anblinzelte, bevor sie sich schnurrend am Türrahmen zu reiben begann.

»Ja, danke.« Ted machte eine Geste mit der flachen Hand zu mir hin. »Meine Tochter Amber. – Mrs Hanson, die gute Seele des Hauses.«

»Aber nicht doch«, erwiderte sie und winkte unter einem leisen Lachen verlegen ab; dann nahm sie mich genauer in Augenschein und klatschte in die Hände. »Nein, so ein großes Mädchen haben Sie schon, das hatten Sie mir gar nicht gesagt!« Das Lächeln verschwand von ihrem Gesicht, und mit betrübter Miene fügte sie hinzu: »Das mit deiner Mutter tut mir ja so unsagbar leid! Du armes, armes Kind! Mein allerherzlichstes Beileid!« Ächzend bückte sich Mrs Hanson und hob ihre Katze hoch, die mit einem unwilligen Maunzen Protest einlegte. »Mein Beileid natürlich auch Ihnen, Professor!«

Meine Kehle war plötzlich eng und ich musste heftig schlucken. Schon klar, es gehörte sich, sein Beileid auszudrücken, und es war bestimmt auch gut gemeint, und trotzdem hasste ich es wie die Pest. Immer erwischte es mich unvorbereitet, und immer genau dann, wenn ich gerade einmal für fünf Minuten nicht daran gedacht hatte, dass Mam nicht mehr da war. Ich hasste diese Art von Mitgefühl, die wie eine trübe Brühe an mich hinschwappte und mich durchtränkte, dass ich bis ins Mark fror und mir schlecht wurde. Ich sehnte mich danach, nicht ständig mit diesen bedauernden, kummervollen und doch neugierigen Blicken bedacht zu werden. Danach, nicht dauernd in diesem behutsamen Tonfall angesprochen und wie ein rohes Ei behandelt zu werden. Ich wünschte mir, dass man normal mit mir umging, so wie früher. Aber noch mehr wünschte ich mir, alles könnte tatsächlich noch so wie früher sein, bevor Mam überhaupt krank geworden war. Ich gab ein gemurmeltes »Danke« von mir und starrte dann angestrengt auf die zerschrammten Spitzen meiner Stiefel.

»Haben Sie beide denn Silvester schon etwas vor?«, hörte ich Mrs Hanson über das nun doch zufriedene Schnurren der Katze hinweg fragen, und ich unterdrückte ein Stöhnen. Silvester mit einer neugierigen Nachbarin war so ziemlich das Letzte, was ich jetzt brauchen konnte.

Pling. Der eintreffende Aufzug versprach Rettung.

»Wir müssen erst mal richtig ankommen«, antwortete Ted diplomatisch, schnappte sich meinen Trolley und verfrachtete ihn in den Aufzug. »Dann sehen wir weiter. Ihnen einen schönen Tag, Mrs Hanson.« Mit der einen Hand nahm er seinen eigenen Koffer auf und schob mich mit der anderen vor sich her in den Aufzug.

»Danke, Ihnen auch! Und alles Gute!«, rief Mrs Hanson; dann hatte Ted schon den Knopf mit der Zahl Drei darauf gedrückt und die Tür ging zu.

Verstohlen musterte ich Ted, während der Aufzug mit uns aufwärts ruckelte. Einen Fuß in den groben Bergstiefeln über den anderen gekreuzt und die Hände in den Taschen seiner Jeans, lehnte er mit dem Rücken an der Wand. In einem grauen Hoodie mit dem verwaschenen Aufdruck *SFSU* unter der offen stehenden Daunenjacke und seinen schwarzen Rucksack über der Schulter, eine Spur von rötlichen Bartstoppeln auf dem Gesicht und die Augen hinter den Brillengläsern klein vor Müdigkeit, ähnelte er eher einem Studenten nach der letzten Examensklausur als einem Universitätsprofessor. Vor allem passte er irgendwie überhaupt nicht in dieses gediegene, fast ein wenig protzige Haus.

Auf eine Art war er immer in meinem Leben vorhanden gewesen, in Form von Fotos, E-Mails und bunten Postkarten, die fremdländische Briefmarken und Stempel trugen, genau wie die Pakete, die fast immer lange nach Weihnachten eintrafen. In Telefonaten, in denen seine Stimme von Knistern und Rauschen und einem blechernen Nachhall verzerrt klang, und in den Erzählungen von Mam, die konsequent immer ins Englische wechselte, wenn sie von ihm sprach. Trotzdem war er nie mehr als eine unwirkliche Vorstellung gewesen; die paar Mal, die wir Zeit zusammen verbracht hatten, konnte ich locker an beiden Händen abzählen, und jedes Mal wenn ich kurz davor gewesen war, ihn »Papa« oder »Daddy« zu nennen, war er wieder abgereist. An irgendeinen so entlegenen Ort der Welt, dass ich ihn manchmal nicht einmal auf Google finden konnte.

Pling. Die Tür des Aufzugs öffnete sich, und wir schwenkten nach rechts in einen langen Korridor ein, in dem sich die Kombination aus gelben Wänden und hellbraunen Türen der Eingangshalle wiederholte. Nur dämpfte hier der Flor eines braunen Teppichbodens unsere Schritte und die Räder der Koffer. Das Haus war wesentlich größer, als es von der Straße aus gewirkt hatte; als Ted endlich vor einer Tür mit der Aufschrift »3G« haltmachte, sah ich, dass der Korridor dahinter noch ewig weiterging.

Ted schloss auf und ließ die Tür hinter uns beiden wieder zuschnappen, bevor er in bemüht heiterem Tonfall verkündete: »Hier wären wir also!«

3

Der schmale Flur mit den weißen Wänden und dem polierten Holzboden machte einen scharfen Knick nach links. Durch den Türrahmen direkt vor mir blickte ich geradewegs auf den riesigen weißen Kühlschrank in der Küche; von rechts fiel durch eine Milchglasscheibe sanftes Licht auf einen Wandschrank und ein schwarz lackiertes Sideboard. Vor einem säuberlich aufgeschichteten Stoß ungelesener Zeitungen stapelte sich ungeöffnete Post und der Anrufbeantworter neben dem Telefon blinkte aufgeregt; achtzehn Nachrichten zeigten die Digitalziffern an. Ted atmete tief durch und stellte seinen Rucksack auf dem Boden ab.

»Ich denke, ich zeige dir am besten erst mal das Apartment.« Er klang unsicher und wirkte erleichtert, als ich nickte.

»Also, das ist die Küche«, erklärte er unnötigerweise, als er mit mir geradeaus in den Raum mit den sonnengelben Wänden und den weißen, teils verglasten Oberschränken trat. »Wie du sicher schon gemerkt hast«, fügte er mit einem nervösen Auflachen hinzu. »Mrs Ramirez kommt zweimal die Woche zum Saubermachen und wir haben auch eine Spülmaschine.« Ted stützte die Hand auf die Arbeitsfläche zwischen der Spüle und dem Gasherd, auf der eine schicke Kaffeemaschine mit passendem Toaster und eine Mikrowelle standen. »Meine Wäsche habe ich bis jetzt immer in Leroy's Waschsalon gebracht.« Mit dem Daumen deutete er hinter sich. »Das ist nur einen Katzensprung von hier und die haben abends auch lange auf. Aber wenn du willst, schaffen wir uns eine Maschine an. Wir müssen allerdings erst einen Platz dafür finden.«

Fragend sah er mich an, und als ich mit den Schultern zuckte, löste er sich von der Küchenzeile. »Unter der Woche wirst du in der Schule zu Mittag essen«, fuhr er fort, während er an dem Tisch mit den zwei Stühlen vorbei zu der Glastür am Ende der Küche ging. »Wenn du magst, kannst du dort auch abends was bekommen. Oder wir essen hier zusammen, sobald ich von der Uni zurück bin. Ich kann ganz gut kochen, vor allem asiatisch. Das hier«, er zog den Vorhang zur Seite und öffnete die Glastür, »ist der Balkon.«

Ich trat zu ihm und betrachtete den winzigen Vorbau mit der hohen Brüstung, auf dem man gerade noch so zu zweit stehen konnte. Die Hauswand gegenüber gehörte offenbar noch zum selben Gebäude und war so nahe, dass man ohne die Jalousien und Vorhänge problemlos den Nachbarn bei ihren Alltagstätigkeiten hätte zusehen können. Das hob ebenso wenig meine Stimmung wie der Blick hinunter auf den handtuchschmalen Innenhof, in dem ein paar kümmerliche Bäumchen wuchsen. Sehnsüchtig dachte ich an unseren Balkon zu Hause, den Mam jeden Frühsommer üppig bepflanzt hatte, mit Fleißigen Lieschen, Ringelblumen, Männertreu und Lavendel, manchmal auch mit Tomaten und Himbeeren, und den weiß blühenden Oleander hatte sie jedes Jahr aus seinem Winterquartier im Keller heraufgeschleppt und dazugestellt. Trotzdem war noch genug Platz gewesen für zwei Liegen und einen Sonnenschirm, unter dem wir sonntags lasen und faulenzten, und in meinen Schulferien waren wir mit Gabi oft bis in die Nacht hinein draußen gesessen und hatten über die Schule und das Leben gequatscht.

»Nebenan«, fuhr Ted fort und schloss die Balkontür, »ist das Wohnzimmer.«

Ich folgte ihm durch den Türrahmen neben dem Kühlschrank in einen großen Raum mit quadratischem Grundriss, in dem das cremefarbene Sofa und die beiden dazugehörigen Sessel samt Couchtisch aus Glas ein bisschen verloren wirkten. Denn die

Schrankwand, die eine Seite des Zimmers einnahm, war noch so gut wie leer. Davor stapelten sich Dutzende Umzugskisten und lang gestreckte Kartons, die Möbelteile zum Zusammenbauen enthielten, genauso vor dem Sideboard voller Technikkram rechts von mir, auf dem ein brandneuer Flatscreen stand; bereits zusammengeschraubte CD-Regale lehnten notdürftig an der Wand neben der zweiten Tür des Wohnzimmers. Es roch nach Pappe, frischem Holz und neuem Stoff, und auch ein Hauch von Wandfarbe hing noch in der Luft. Ich wusste, dass Ted noch nicht lange hier wohnte, noch nicht einmal ein Jahr, seitdem er seine Professur an der San Francisco State University angetreten hatte.

»Tut mir leid, dass es hier noch so aussieht«, sagte er und kratzte sich mit schuldbewusster Miene an der Schläfe. »Gleich zu Anfang hatte ich an der Uni eine Menge um die Ohren und nach Karens Anruf gab es so viel zu besprechen und zu regeln. Ich dachte, ich könnte mich jetzt in den Weihnachtsferien in Ruhe darum kümmern, aber …« Er brach ab, doch ich wusste auch so, was er sagen wollte: Dann hatte sich Mams Zustand massiv verschlechtert, und Ted hatte in aller Eile Sonderurlaub beantragt, eine Vertretung für seine Vorlesungen und Seminare organisiert und sich in den nächsten Flieger nach Frankfurt gesetzt.

Ted räusperte sich und wandte sich um, und ich trottete ihm durch den anderen Türrahmen hinterher.

»Da schlafe ich.« Im zweiten Teil des Flurs, der genauso schmal war wie der Bereich hinter der Wohnungstür, nur ungleich länger, zeigte Ted auf die letzte Tür auf der rechten Seite und öffnete dann die Tür gegenüber. »Und das ist mein Arbeitszimmer.«

Der breite Schreibtisch neben dem Fenster war rings um die Aluminiumlampe und den Bildschirm mit aufgeschlagenen Büchern und unordentlichen Papierstößen übersät. Die Bücherregale waren hier schon etwas voller, aber trotzdem standen noch Kisten herum; einige davon waren geöffnet und Holzwolle quoll daraus hervor. In einer der sonst leeren Vitrinen lagen Pfeilspitzen aus Stein und eine Statue aus schwarzem Holz mit teuflischen Gesichtszügen wachte kriegerisch über verstöpselte Behälter aus Glas mit Kräutern und verschiedenen Pulvern. Ein Speer lehnte in der Zimmerecke hinter einem Ballen Plastikfolie, unter dem sich wohl irgendein Möbelstück verbarg, und über der Tür hing eine in Rot, Schwarz und Gold bemalte Dämonenmaske mit gebleckten, spitz zulaufenden Zähnen: Souvenirs und Studienobjekte, die Ted von seinen vielen Reisen und monatelangen Aufenthalten in Südamerika, Asien, Ozeanien und Afrika mitgebracht hatte.

Als ich mich auf der Türschwelle umdrehte, fiel mein Blick auf eine ganze Menge gerahmter Fotografien an der Wand zwischen Teds Schlafzimmer und dem Wohnzimmer, die mich magisch anzogen. Verblüfft starrte ich auf mein Gesicht, eine Aufnahme vom vorletzten Sommer, auf der ich bei einer Bootsfahrt auf dem See vergnügt in Mams Kamera blinzelte, während der Wind mir die Haare zerwühlte. Eins nach dem anderen betrachtete ich die Bilder und nahm dabei kaum wahr, wie Ted die Deckenleuchte über mir einschaltete. Ein Foto von meiner Konfirmation vor zwei Jahren. Klassenfotos vom Gymnasium und aus der Grundschule. Mam und ich am Strand in der Türkei, zu Piratentüchern geknotete Bandanas um den Kopf, wie sie mich an sich drückte und mit der anderen Hand die Kamera hochhielt; ich hörte förmlich unser *Cheese!*, das wir dabei kichernd gerufen hatten. Ein Foto von mir und meiner grasgrünen Schultüte an meinem ersten Schultag war darunter und eines, auf dem ich mit breitem Grinsen meinen ersten fehlenden Milchzahn zeigte, meine Haare mit grellrosafarbenen Gummis zu zwei Rattenschwänzen hochgebunden. Ich als ganz kleines Mädchen, wie ich in Rüschenbikini und mit Sonnenhütchen bis zu den Knien in einem Springbrunnen stand und gerade mit verschmierter Schnute von der Kugel Eis hochguckte, die ich in der Waffel vor mir herbalancierte. Aus jedem Jahr war ein Foto dabei, aus manchen auch zwei oder mehr, und obwohl ich die meisten aus unseren Alben zu Hause kannte, waren auch welche darunter, die ich noch nie gesehen hatte.

Einen Schnappschuss gab es, wie ich mich als pausbäckiges Krabbelkind gerade an einem Knie in Jeans (Teds?) hochzog und aus großen Augen verwundert in die Kamera schaute, und ein Babyfoto, auf dem ich nur Pampers anhatte und auf Teds nackter Brust selig schlummerte. Und eines von einem gewaltigen Schwangerschaftsbauch, auf den mit einer dunklen, halb zerlaufenen Paste rings um den vorstehenden Nabel ein Smiley-Gesicht gemalt war. Schemenhaft war am Bildrand eine Hand (höchstwahrscheinlich Mams) zu erkennen, die den Saum einer blauen Bluse hochgezogen hielt.

»Das war knapp zwei Wochen, bevor du zur Welt gekommen bist«, hörte ich Ted neben mir sagen. »Karen hat in dieser Zeit eimerweise Erdbeereis mit Schokoladensauce verschlungen. Ich hab sie immer damit aufgezogen und beim Herumalbern ist dieses Foto entstanden.«

Ich schielte zu ihm hin; ein wehmütiges Lächeln zuckte um seinen Mund und der Glanz in seinen Augen ließ sie verdächtig feucht aussehen. Mit zusammengekniffenen Brauen konzentrierte ich mich schnell wieder auf die Bilder vor mir.

Ich entdeckte ein leicht unscharfes Foto, auf dem Mam sich wohl gerade schwungvoll umgedreht hatte; mit fliegenden Haaren und verführerischem Augenaufschlag machte sie einen Kussmund in Richtung des Fotografen. Daneben hing eines, auf dem sich Mam und Ted auf einem zerschlissenen Sofa eng umschlungen hielten und in die Kamera schauten, ein bisschen verträumt, vielleicht auch leicht beschwipst, jedenfalls irgendwie nicht so ganz von dieser Welt. Beide sahen auf diesem Bild tatsächlich nicht viel älter aus als die Jungs und Mädchen aus der Oberstufe meiner alten Schule, Mam mit schwarz gefärbten Haaren, viel Kajal, glitzerndem Lidschatten und weinrotem Lippenstift, Ted in einem grässlichen Hemd und ohne Brille. Vermutlich war es auf einer Studentenparty geknipst worden, denn im Hintergrund waren verschwommen Leute zu sehen, und von rechts drängte sich ein langmähniger Typ ins Bild, der eine Grimasse schnitt und das Victory-Zeichen machte. Vielleicht war es nach genau dieser Party passiert, die paar Bier zu viel und das Missgeschick mit dem Kondom, das acht Wochen lang unentdeckt blieb. Gabi hatte sich fürchterlich aufgeregt, als sie erfuhr, dass Mam mir das erzählt hatte. Ich fand das nicht weiter schlimm, ich hatte mir nur manchmal gewünscht, eine Sommernacht am See und eine Flasche Rotwein wären am Anfang meines Lebens gestanden, das hätte ich wesentlich romantischer gefunden. Aber so war Mam eben gewesen, immer frei heraus, immer offen sagen, was Sache ist. Außerdem hat sie nicht einfach nur behauptet, sie habe nie bereut, mich bekommen zu haben, und ich sei das Beste gewesen, was ihr je passiert sei – ich hatte es immer gespürt. Bis zuletzt.

»Das da war mit Abstand der aufregendste Tag in meinem Leben.«

Meine Augen folgten Teds Zeigefinger zu einem Foto, auf dem er auf dem Rand eines Krankenhausbetts saß und mit rot geränderten Augen wacklig in die Kamera lächelte, ein rosafarbenes Bündel in den Armen, aus dem ein zerknautschtes Mini-Gesicht und schrumpelige Fingerchen herauslugten. Mam schmiegte sich an ihn, mit verquollenen Gesichtszügen, strähnigen Haaren und sichtbar groggy, aber mit einem Strahlen in den Augen. Gleich darauf blieb mein Blick an zwei gerahmten Ultraschallbildern hängen, unter denen Mams Name stand: Seemann, Karen. Ganz ähnliche Bilder klebten auch in einem von Mams Fotoalben. Auf dem einen der beiden Bilder hier war ich schon ganz gut als Baby zu erkennen, aber auf dem anderen war nur ein winziger schwarz-weißer Klecks zu sehen; seltsame Vorstellung, dass ich das einmal gewesen sein sollte. Und nicht weniger seltsam fand ich die Vorstellung, dass Mam und Ted bei ihrer Trennung offenbar auch diese Ultraschallfotos unter sich aufgeteilt hatten.

Ich grübelte gerade darüber nach, ob diese kleine Galerie vielleicht als nette Geste gemeint war, als versöhnlicher Willkommensgruß, um sein schlechtes Gewissen zu beruhigen oder um bei mir Eindruck zu schinden, da sagte Ted leise: »Das war mit das Erste, was ich nach meinem Einzug hier gemacht habe – diese ganzen Bilder zu rahmen und aufzuhängen.«

Verlegen vergrub ich die Hände tief in den Taschen meiner Jeans und zog die Schultern hoch. Ich wusste nicht, was ich darauf erwidern sollte, wo doch alle diese Fotos bis auf das aus jenem WM-Sommer, das Ted und mich im Europapark zeigte, eines deutlich machten: was Ted alles von mir verpasst hatte in den vergangenen fünfzehn Jahren. Fast mein ganzes Leben. Und das Einzige, was mir einfiel, war ein raues »Wo schlaf ich denn eigentlich?«.

»Ich hoffe, es stört dich nicht, wenn ich spätabends noch arbeite«, meinte Ted, als er die Tür neben der zu seinem Arbeitszimmer öffnete. »Falls doch, müssen wir uns eine andere Lösung einfallen lassen.«

Stumm blinzelte ich in den Raum hinein, der wesentlich größer war als mein altes Zimmer zu Hause, aber sonst genauso aussah. Mein breites Bett mit dem Metallgestell war da und der Nachttisch samt Lampe, meine weißen Regale, der Kleiderschrank und mein Schreibtisch mit der roten Tischleuchte – dabei wusste ich doch, dass das alles in Deutschland zurückgeblieben war und darauf wartete, dass Gabi es entweder verschenkte oder zusammen mit ihrem Freund Heiner abbaute und zum Sperrmüll fuhr, weil das Verschiffen zu teuer gewesen wäre. Ich brauchte ein paar Augenblicke, bis ich kapierte, dass es nur die gleichen Modelle waren; sogar die lindgrünen Vorhänge waren genau dieselben.

»Karen hat mir Fotos von deinem Zimmer und die genauen Bezeichnungen der einzelnen Möbelstücke gemailt«, erklärte Ted und klang stolz, als er hinzufügte: »Ich hab hier tatsächlich alles bekommen und zusammen mit einem Kollegen von der Uni aufgebaut.«

Meine Brauen ruckten aufwärts. »Ihr habt hier auch IKEA?«

Ted schmunzelte. »Nicht direkt hier in San Francisco, aber auf der anderen Seite der Bucht, in Emeryville.«

Erwartungsvoll sah er mich an. Sein Blick war mir unangenehm, und ich schaute mich weiter um, als hätte ich es nicht bemerkt. Obwohl es außer den rot glühenden Digitalziffern des Radioweckers neben dem Bett nichts gab, woran meine Augen wirklich Halt finden konnten. Meine Bücher, alles Mögliche an Krimskrams und der größte Teil meiner Klamotten schaukelten gerade irgendwo auf dem Atlantik an Bord eines Containerschiffs umher und würden erst in gut zwei Wochen hier eintreffen. Was ich nicht gleich brauchte und außerdem zu sperrig war, wie das antike Tischchen, das Mam von ihrer Großtante geerbt hatte, hatte auf Gabis Dachboden Asyl erhalten.

»Wenn du die Möbel lieber anders stehen haben willst …«, begann Ted verunsichert, und ich schüttelte rasch den Kopf. Ich hatte die Bettwäsche entdeckt, mit der Kissen und Zudecke bezogen waren, und musste mir heftig auf die Lippen beißen. Meine Lieblingsbettwäsche war es, die mit den Margeriten, die ich schon so lange besaß, dass das helle Grün des Untergrunds fast zu Weiß ausgewaschen war und sie dünne Stellen hatte. Ich war überzeugt gewesen, Mam hätte sie während des großen Ausmistens weggeworfen, das sie in Angriff nahm, nachdem auch die Spezialisten hier in den USA, denen Ted Kopien von Mams Befunden geschickt hatte, keine bessere Prognose stellen konnten als die Ärzte bei uns. Ich fand es furchtbar, Mam zwischen all ihren Sachen sitzen und sich energisch von so vielem trennen zu sehen, von dem ich immer geglaubt hatte, es bedeute ihr was. *Das ist ihre Art, Abschied zu nehmen*, hatte

Gabi leise über ihre Teetasse hinweg gesagt, als ich bei ihr in der Küche hockte und ihr mein Herz ausschüttete. *Manche machen die Reise, die sie sich immer erträumt haben. Andere beschäftigen sich plötzlich wieder mit ihrem vergessenen Glauben oder schreiben Briefe an ihre Lieben. Karen wirft eben Ballast ab, sortiert und ordnet. Sie braucht das jetzt. Nimm ihr das nicht weg.* Ich hatte mich in Grund und Boden geschämt und kleinlaut Mam dabei geholfen, unser ganzes bisheriges Leben Stück um Stück aufzulösen, wie man einen abgelegten Strickpulli aufribbelt, auch wenn es mir noch so wehtat. Und irgendwie hatte sie es dabei geschafft, diese Bettwäsche an mir vorbeizuschmuggeln und nach Amerika vorauszuschicken.

Das Rattern von Kofferrädern riss mich aus meinen Gedanken. Ted hatte meinen Trolley aus dem Flur geholt und stellte ihn neben mir ab.

»Du musst völlig fertig sein«, sagte er. »Schlaf dich erst mal aus. Das Badezimmer ist gleich nebenan. Wenn du Hunger oder Durst hast – im Kühlschrank wirst du fündig, ich habe Mrs Ramirez gebeten, uns etwas zu besorgen. Oder wir bestellen uns was.«

Ich nickte halbherzig; ich hatte ihm gar nicht richtig zugehört. In der Tür blieb Ted noch einmal stehen und stieß lang gezogen den Atem aus. »Glaub mir – ich hätte es mir auch anders gewünscht. Ich dachte, du würdest mich vielleicht regelmäßig in den Ferien hier besuchen. Oder ich dich, und wir könnten uns nach und nach besser kennenlernen.« Er machte eine kleine Pause und setzte weich hinzu: »Aber ich bin trotzdem froh, dich jetzt hier bei mir zu haben.«

Ich verschränkte die Arme fest vor der Brust. Ted hatte gut reden; er war in San Francisco geboren und aufgewachsen und hatte bis auf die knapp zwei Jahre in Deutschland seine gesamte Studienzeit hier verbracht. Er war hier zu Hause, während ich hier nichts und niemanden kannte.

Nachdem sich die Tür mit einem feinen Klicken hinter ihm geschlossen hatte, atmete ich auf. Ich schleppte mich zum Bett, nahm meinen Rucksack von der Schulter und setzte ihn auf dem Boden ab. Ungeduldig riss ich den Reißverschluss des großen Innenfachs auf. Meinen Laptop ließ ich drin, ich holte nur die Plastiktüte heraus, die ich daneben verstaut hatte, und zog die zusammengefaltete Strickjacke aus türkisfarbenem Angoragarn hervor. Vorsichtig schlug ich sie auf der Bettdecke auseinander und nahm den silbernen Bilderrahmen in die Hand. Erleichtert stellte ich fest, dass das Glas den Flug heil überstanden hatte. Mam und ich, Arm in Arm, Wange an Wange, fröhlich in die Kamera lachend. Ein Foto aus dem letzten Frühjahr, mit Selbstauslöser gemacht. Nach der Schule war ich in das kleine Studio von Foto-Wolters gefahren, um sie für einen Stadtbummel abzuholen, und weil ihr Drei-Uhr-Termin kurzfristig abgesagt hatte, war sie spontan auf die Idee gekommen, ein paar Bilder von uns beiden zu schießen; Fotos, die ihrem Chef so gut gefielen, dass er eines davon sogar in seinem Schaufenster ausstellte. Mam sah so hübsch aus auf dem Foto, dezent geschminkt, die Haare locker hochgesteckt und in einer hellen grau-blau gemusterten Bluse, die genau zu ihren Augen passte. Viel jünger als achtunddreißig und sprühend vor Energie. Dabei musste da schon der Tumor in ihrem Kopf zu wuchern angefangen haben, bevor er sich einige Wochen später bemerkbar machte, als Mam sich zunehmend matt und müde fühlte, blass und dünn wurde und immer häufiger Kopfschmerzen bekam.

Meine Hände zitterten, als ich den Bilderrahmen auf den Nachttisch stellte, und mein Blick fiel auf einen Zettel auf dem Kopfkissen, von irgendeinem Schokoriegel in orangefarbener Verpackung beschwert. *WELCOME HOME!*, stand darauf, daneben waren ein schiefes Herz und ein glupschäugiger Smiley gemalt. Nach Teds Handschrift sah es nicht aus, vielleicht stammte die Notiz von der erwähnten Mrs Ramirez. Ich griff danach und feuerte beides in die hinterste Ecke.

Das hier war nicht mein Zuhause und würde es auch niemals sein.

Ein blödes Stück Papier namens Sorgerechtserklärung war schuld daran, dass ich jetzt in diesem Zimmer stand, das, auch wenn es haargenau so eingerichtet war wie mein altes, noch lange nicht meins war. Ein juristisches Dokument, von Mam und Ted unterschrieben, als ich noch ganz klein gewesen war, für einen damals vollkommen abstrakten Notfall gedacht, der sich nun doch eingestellt hatte. Nur ein Stück Papier, das aber so schwer wog wie ein Steinblock und sich genauso wenig beiseite schieben ließ. Und Mam wollte es auch nicht rückgängig machen, das hatte sie meinen Großeltern unmissverständlich klargemacht, in langen Telefongesprächen, in denen Worte wie »Jugendamt«, »Kindeswohl«, »gemeinsames Sorgerecht« und »Familienrichter« vorkamen und deren Tonfall mit zunehmender Dauer schärfer wurde. Hinterher hatte sie mit leerem Blick durch die Fernsehkanäle gezappt, einen verbissenen Zug auf dem Gesicht unter dem zum Turban geknoteten Tuch, mit dem sie ihren kahlen Kopf verhüllte. Dabei hatte sie so erschöpft ausgesehen, dass ich mich nicht traute, ihr zu sagen, ich würde lieber nur zweihundert Kilometer weit wegziehen, zu Oma und Opa, anstatt zehntausend. Vor allem wollte ich nicht, dass sie dachte, ich hätte sie aufgegeben, wenn ich von mir aus vom DANACH anfing. Wo sie doch die OP auf sich genommen hatte, tapfer ihre Medikamente schluckte und die Infusionen über sich ergehen ließ, nach denen es ihr meistens dreckig ging; alles nur, um noch so viel Zeit mit mir herauszuholen wie möglich. Und DANACH – danach war es zu spät gewesen, danach waren alle Formulare schon ausgefüllt, alle Anträge bearbeitet und bewilligt gewesen und der Flug gebucht. One-way.

Wie ein Ballon, aus dem man die Luft rauslässt, fühlte ich mich mit einem Mal schlapp und leer. Ich schlüpfte aus meiner Jacke und ließ sie einfach fallen, zerrte mir die Stiefel von den Füßen und stieg aus meiner Jeans. Aus meinem Rucksack angelte ich den kleinen Bären mit der Weihnachtsmannmütze, den mir Julia zum Abschied geschenkt hatte, schnappte mir die Strickjacke und kroch unter die Zudecke. Die Bettwäsche roch sogar noch nach unserem Waschmittel, genau wie Mams Lieblingsjacke immer noch ihren Duft verströmte, nach ihrem Parfüm, das mich an einen Sommer am Meer erinnerte. Mein Gesicht in dem flauschigen Gewebe vergraben, starrte ich das Foto von Mam und mir an. Und ich vermisste Mam so sehr, dass ich es körperlich spürte, wie ein klaffendes Loch in meiner Magengegend.

Ich hörte, wie Ted in der Wohnung umherging. In die dudelnde Melodie des hochfahrenden Computers im Arbeitszimmer mischten sich die blechernen Stimmen auf dem Anrufbeantworter. Nach der letzten Nachricht piepsten die Tasten eines Telefons; einige Sekunden später begann Ted unter mattem Auflachen ein Gespräch, von dem bei mir nur Wortfetzen ankamen, teils weil er seine Stimme dämpfte, teils weil er gerade am anderen Ende des Apartments war. Aus dem Stockwerk über mir drangen Schritte herunter und draußen heulte irgendwo erneut die Sirene eines Einsatzfahrzeugs.

Hier in San Francisco war immer noch der 29. Dezember, genau wie bei unserem Abflug in Frankfurt. Es waren immer noch 704 Tage, die vor mir lagen.

Ich zog mir die Decke über den Kopf und wünschte mir, ich müsste nie mehr darunter hervorkommen.

4

Ich ertrank.

Da war diese endlose türkisgrüne Wasserfläche gewesen, still und friedlich, auf der unter einem klarblauen Himmel die Sonne glänzte. Wohin ich auch schaute, sah ich nichts als Meer und Himmel. Spielerisch hatte ich meine Zehen ins Wasser gestippt, das warm war und schmeichelnd wie Seide. Höher und höher war es an meinem Bein hinaufgestrichen, zärtlich und lockend, bis ich nicht anders gekonnt hatte, als mich fallen zu lassen und schwerelos unter die Oberfläche zu gleiten.

In den Lichtsprengseln unter Wasser wirbelte mein Haar um mich herum, während ich mich von der sanften Strömung schaukeln ließ. Vor mir blitzte es auf und ich lächelte. Aus blauen Schatten, von den einfallenden Sonnenstrahlen mit flirrenden Fünkchen übersät, streckte sich mir eine Hand entgegen, an deren Mittelfinger ein schwerer Silberring mit einem Türkis glänzte. Mams Ring. Mams Hand. Ich reckte den Arm vor und trieb auf sie zu. Unsere Fingerspitzen waren kurz davor, sich zu berühren, da schloss sich etwas hart um mein Bein und riss mich mit sich, hinab in die dunkle Tiefe. Ich schrie, ein Schrei, der Luftblasen aus meinem Mund sprudeln ließ, die mich in der Nase trafen, über meine Wangen hinwegfegten und dann davonstoben. *Mam. Mam.* Mein Brustkorb wurde zusammengequetscht, ich bekam keine Luft mehr. *Mam. Mam.* Ich versank immer tiefer in den schwarzen Wassern, die in meine Lunge strömten, und in meinen Ohren gellten die Schreie meines jüngeren Ichs. *Mami. Mami.*

»Amber! Heyhey, Amber! Wach auf!«

Kräftige Finger packten meine Schultern und rüttelten an mir; ich strampelte mit den Beinen und schlug mit den Fäusten um mich, boxte gegen irgendetwas.

Neben mir keuchte jemand auf und sofort wurde ich losgelassen.

Mit rasendem Puls fuhr ich hoch und schnappte immer noch krampfhaft nach Luft. Gehetzt jagte mein Blick durch das hell erleuchtete Zimmer und fand einen schlanken Mann, der in karierten Shorts und grauem T-Shirt auf meiner Bettkante hockte und sich die Rippen rieb. Ich brauchte einige Herzschläge, um Ted zu erkennen. Seine Haare waren zerwühlt und seine Augen ohne die großen Brillengläser davor blinzelten mich erschrocken an.

»Geht's wieder?«, fragte er behutsam, und ich nickte mechanisch, obwohl mir vor Panik das Herz immer noch bis zum Hals schlug. Er streckte die Hand aus, um mir über die Haare zu streichen, und schnell bog ich den Kopf zurück.

Sein Mund spannte sich an, löste sich dann zu einem unsicheren Lächeln. »Soll ich dir ein Glas Wasser holen? Oder einen Tee machen?«

Ich schüttelte den Kopf und verkroch mich zitternd unter der Decke. Ted zögerte und stand dann auf. In der Tür blieb er stehen. »Ich lass hier auf und das Licht draußen im Flur an, okay?«

Als ich nicht reagierte, atmete er tief durch und knipste die Deckenlampe in meinem Zimmer aus; zurück blieb der Lichtkeil, der durch die halb geöffnete Tür hereinfiel. Der Holzboden knarzte, als Ted auf bloßen Füßen darübertappte und dann die Tür zu seinem Schlafzimmer sanft anlehnte.

Meine Augen wanderten zur Anzeige des Radioweckers. 12:13 AM. Dreizehn Minuten nach Mitternacht. Ich schmeckte Salz auf meinen Lippen und wischte mit dem Handrücken quer darüber. Meine Wangen waren nass. Als ob ich wirklich im Meer untergegangen wäre.

Oder als ob ich geweint hätte.

»Morgen«, murmelte ich, als ich in die Küche schlurfte, in der die Hängeleuchte einen blassgelben Schein verbreitete.

Es war kurz nach sechs, draußen war es noch dunkel. Das Radio lief und die übertrieben muntere Stimme des Moderators ging mir sofort auf die Nerven. Durch den Jetlag war meine innere Uhr zwar automatisch auf frühes Aufstehen programmiert, aber ich fühlte mich trotzdem komplett zerschlagen.

Ted drehte sich um und seine Miene hellte sich auf. »Guten Morgen.«

In einem hellblauen, langärmligen Hemd, dunklen Jeans und blank polierten schwarzen Schuhen sah er so ganz anders aus als der Ted in T-Shirts und Sneakers, den ich bisher zu Gesicht bekommen hatte. Erwachsener irgendwie, auf jeden Fall seriöser. Fast ein bisschen spießig.

Ich setzte meinen Rucksack auf dem Boden neben dem gedeckten Tisch ab, wo bereits der von Ted stand, und ließ mich gähnend auf einen der Stühle fallen. Unter dem kreischenden Mahlwerk der Kaffeemaschine zuckte ich zusammen, dann gleich noch einmal vom Klacken des Toasters.

»Danke«, murmelte ich, als Ted mir einen Teller mit frischem Vollkorntoast und einen Becher Kaffee hinstellte, den ich mir mit viel Milch aus einem Plastikkanister verdünnte. Aus einem ganz ähnlichen Kanister goss Ted O-Saft in zwei Gläser und platzierte eines davon neben meinem Teller, bevor er sich mit dem anderen gegenüber von mir hinsetzte und die Zeitung aufschlug.

Ich konzentrierte mich ganz darauf, Butter auf meinen Toast zu streichen, ihn mit Bananenscheibchen zu belegen und Honig daraufzuträufeln. Eigentlich mein Lieblingsfrühstück, aber an diesem Morgen bekam ich kaum einen Bissen hinunter, und mein Magen krümmte sich immer wieder nervös zusammen. In rund eineinhalb Stunden begann für mich der erste Tag an der neuen Schule.

Während ich lustlos an meinem Toast herumknabberte, beobachtete ich verstohlen Ted, der sich unter Geraschel durch den San Francisco Chronicle blätterte und dabei abwechselnd an seinem Glas und an seinem Kaffeebecher nippte. So wie ich mich in den vergangenen Tagen daran zu gewöhnen versucht hatte, dass das Leitungswasser nach Chlor schmeckte, die Stecker meines Laptops, meines Föhns und des Ladegeräts für mein Handy nur mit Adapter in die sonderbar aussehenden Steckdosen passten und man die Tür des Badezimmers von innen durch das Drücken des Knopfs absperrte, aber durch Drehen des Knaufs wieder entriegelte, hatte ich ein paar Dinge über Ted gelernt. Dass er morgens schon in aller Frühe joggen ging zum Beispiel und danach allerhöchstens zehn Minuten unter der Dusche brauchte. Er trank seinen Kaffee schwarz und viele Becher davon über den Tag verteilt und konnte tatsächlich ein ziemlich gutes rotes und ein tierisch scharfes grünes Curry kochen.

»Ach so«, unterbrach Ted zwischen den letzten zwei Schluck Saft meine Gedanken. »Nicht dass ich das vergesse. Ich wollte dir noch Geld mitgeben.« Rasch stellte er das Glas ab, packte den Chronicle beiseite und zog stattdessen seinen Geldbeutel aus der Hosentasche, aus dem er mir einige labbrige grüne Scheine abzählte und dazu noch eine gute Handvoll silberner Münzen, fast genauso groß wie ein Euro, nur wesentlich dünner. »Das sind Quarters«, erklärte er mir. »Vierteldollars. Kann immer mal sein, dass du welche für einen Automaten brauchst. In der Schule bekommst du noch eine Karte für die Cafeteria. Da hab ich dir online schon ein Guthaben aufgeladen. Und die hier ist für alles andere, was du so brauchst.« Verblüfft starrte ich die Kreditkarte an, die er samt PIN-Briefchen danebenlegte und auf der mein Name stand; eine neue SIM-Karte für mein Handy und den Hausschlüssel hatte er mir schon gleich am zweiten Tag in die Hand gedrückt. »Du wirst sicher das eine oder andere an Schreibzeug und Büchern kaufen müssen«, ergänzte er. »Und natürlich auch mal was zum Anziehen – und ich fürchte«, schmunzelnd stand er auf, sein leeres Glas in der einen, seinen Kaffeebecher in der anderen Hand, »dabei bin ich dir keine große Hilfe. Davon habe ich einfach keine Ahnung.«

Ich sah ihm zu, wie er das Glas in die Spüle stellte und sich noch einen Kaffee rausließ. Seine Jeans wie sein Hemd waren gut geschnitten und sicher teuer gewesen, ich hatte den kleinen aufgestickten Polo-Spieler auf der Brusttasche entdeckt. Auch das dunkelblaue Sakko, das über der Stuhllehne hing, sah nicht gerade nach Billigladen aus. Die Vorstellung, dass es womöglich eine Frau in seinem Leben gab, die ihm diese Klamotten ausgesucht hatte und die er mir über kurz oder lang als meine zukünftige Stiefmutter vorstellen würde, schnürte mir den Magen gleich ganz ab.

»Ich denke, du bist erwachsen genug, um vernünftig mit der Kreditkarte umgehen zu können, ohne jeden Monat das Limit zu sprengen«, setzte er hinzu und pustete auf den heißen Kaffee, dessen Dampf ihm die Brillengläser beschlug. »Wir versuchen das jetzt einfach mal.«

Einerseits machte es mich ein bisschen stolz, dass er so über mich dachte, andererseits aber kam es mir so vor, als wollte er einfach so wenig Mühe mit mir haben wie möglich. Mit zusammengezogenen Brauen und verkniffenem Mund bückte ich mich, um meinen Geldbeutel aus dem Rucksack zu holen und Geld und Karte einzustecken. Ich spürte, wie er mir dabei zuschaute, und duckte mich noch tiefer unter seinem eindringlichen Blick.

»Hör mal, Amber«, fing er leise wieder an und räusperte sich. »Ist heute Morgen sicher nicht der optimale Zeitpunkt, es anzusprechen ... Aber ich halte es für zu wichtig, um es noch länger rauszuschieben.« Er räusperte sich noch einmal. »Ich habe mir überlegt, ob es nicht sinnvoll wäre, wenn wir professionelle Hilfe für dich in Anspruch nehmen. Ich würde gern für dich einen Termin bei einer Therapeutin vereinbaren.« Ich erstarrte in meiner gebückten

Haltung. »Nicht nur wegen deiner Albträume.« Meine Wangen wurden heiß, und ich senkte den Kopf, sodass mir die Haare vors Gesicht fielen; irgendwie hatte ich gehofft, Ted hätte am folgenden Morgen immer schon vergessen, dass ich ihn nachts regelmäßig mit meinem Geschrei aufschreckte. Zumindest hatte er bis jetzt die vergangenen Nächte mit keiner Silbe erwähnt. »Sondern überhaupt wegen deiner ganzen … Situation momentan.«

»Kein Bedarf«, grummelte ich, zerrte den Reißverschluss meines Rucksacks zu und trank einen großen Schluck von meinem Milchkaffee, ohne Ted dabei anzusehen.

»Ich denke schon«, entgegnete er ruhig. »Du hast eine Menge durchgemacht in den letzten Monaten. Karens Krankheit und … und jetzt der Ortswechsel. Das geht nicht spurlos an einem vorüber. Vor allem nicht in deinem Alter.«

»Mit mir ist alles in Ordnung!«, fauchte ich. Ich hatte doch keine Schraube locker! Das Einzige, was mir fehlte, war Mam – und Gabi und Julia und meine anderen Freunde und meine kleine Heimatstadt am See. Und daran würde auch eine Psycho-Tante nichts ändern können.

»Sieh mal, Amber …« Ted stellte seinen Becher hinter sich auf die Arbeitsplatte. »Das ist hier nicht so wie bei euch in Deutschland. Hier muss einem das nicht peinlich sein, wenn man zu einem *Shrink* geht. Ich kenne Leute, die wegen weitaus kleinerer Probleme …«

Ich knallte meinen halb leeren Becher auf den Tisch, sodass der hellbraune Kaffee darin am Rand hochschwappte. »Ich hab doch gerade gesagt – kein Bedarf!«

Ted seufzte und verschränkte die Arme vor der Brust. »Mir geht es auch darum, dass du eine Vertrauensperson hast. Eine weibliche. Mit der du über irgendwelche … Frauendinge reden kannst, über die du mit mir nicht …«

Mein Kopf ruckte hoch. »Die hab ich! Gabi! Aber du musstest

mich ja unbedingt von ihr fortholen!« Ich erschrak selbst darüber, wie zittrig meine Stimme klang.

Sein ohnehin schmaler Mund wurde noch schmaler, und er massierte sich mit Daumen und Zeigefinger die Nasenwurzel unter dem Steg seiner Brille, bevor er mich wieder ansah. »Schau, Amber, ich will doch nur …«

Ich schnappte mir meinen Rucksack und sprang auf. »Können wir jetzt endlich los?« In langen Schritten stürmte ich an Ted vorbei, auf den Flur hinaus, und schleuderte ihm über die Schulter hinweg zu: »Ich nämlich will nicht gleich am ersten Tag zu spät kommen!«

5

Nachdem Ted unter viel Lenkradgekurbel seinen Wagen, ein älteres Modell in einem bräunlichen Silberton, aus der engen Parklücke am oberen Ende der Straße befreit hatte und zweimal abgebogen war, fädelte er sich zwischen anderen Autos, Bussen und den bunten Taxis in den dichten Verkehr auf einer ewig langen, schnurgeraden Straße ein. Im Licht der Straßenlaternen und der Scheinwerfer tanzten unzählige feine Wassertröpfchen eines stetigen Nieselregens. Zwischen den Häuserzeilen, deren poppige Fassaden in Dunkelheit und künstlichem Licht unwirklich und ein bisschen trostlos wirkten, zählte ich unterwegs zwei Synagogen mit Davidstern und mindestens vier Kirchen, die allesamt seltsame Namen wie »Temple Emanu-El« oder »Swedenbergian Church« trugen. Auf der rechten Seite tauchte ein gigantisch großer Park auf, der Presidio, den Ted mir schon gezeigt hatte, als wir vor zwei Tagen zusammen mit dem Bus zu meiner neuen Schule und wieder zurück gefahren waren. Damit ich den Weg alleine fand, wie Ted mir erklärte, wenn er mich einmal morgens nicht fahren konnte oder er nachmittags länger an der Uni arbeiten musste. Was ja nun wirklich nicht schwierig war: Die Linie 1 fuhr praktisch von Tür zu Tür. So witzig ich es fand, dass die Ansagen im Bus nicht nur auf Englisch, sondern auch auf Spanisch und Chinesisch gemacht wurden, so enttäuscht war ich, dass es keiner dieser gelben Schulbusse war, die ich aus dem Fernsehen kannte, denn ausgerechnet die Jefferson High im Stadtteil von Richmond wurde davon nicht angefahren. Was mir irgendwie zu denken gab.

Von der Stadt hatte ich bisher noch nicht viel gesehen. Ted hatte mich zwar mehrfach gefragt, ob ich mit ihm morgens joggen gehen wollte, und Ausflüge in den Presidio oder den Golden Gate Park vorgeschlagen, einen Bummel durch Chinatown oder eine Fahrt mit einem Cable Car. Oder auf den Coit Tower zu steigen, von dem aus man wohl einen atemberaubenden Rundblick über die gesamte Stadt hatte. Aber ich hatte zu nichts Lust gehabt. Er schien darüber nicht wirklich unglücklich zu sein; während American Football im Fernseher lief, hatte er die CD-Regale in die Wand gedübelt, weitere Möbel zusammengeschraubt und Kisten ausgepackt, wenn er nicht gerade in seinem Arbeitszimmer endlose Telefonate führte. Und ein-, zweimal hatte ich bis spät in die Nacht hinein die Tastatur seines Computers klackern und den Drucker emsig Blätter ausspucken hören. Auch an Silvester hatte ich nicht rausgehen und das Feuerwerk vom Pier aus anschauen wollen. Stattdessen hatte ich mich nach der Pizza, die Ted für uns bestellt hatte, in mein Zimmer verzogen, ein bisschen im Netz gesurft, Mails an Gabi, Julia und Sandra geschrieben und mich lange vor zwölf in mein Bett gelegt. Die Böller und Raketen, die das neue Jahr begrüßten, hatte ich nur im Halbschlaf wahrgenommen. Einmal waren wir in einen riesigen Supermarkt am anderen Ende der Stadt gefahren, der mich mit seinen meterlangen Regalen völlig geplättet hatte. Mich hatte es irritiert, dass fast alle Packungsgrößen, ob bei Milch, Cornflakes oder Waschmittel, offenbar auf sechsköpfige Familien mit Mega-Verbrauch zugeschnitten waren. Außer Tempotaschentücher, die es nur in der kleinformatigen 6er-Version gab und die dünn waren wie bei uns Kosmetiktücher. Als Ted mich anschließend gefragt hatte, ob ich noch den Campus der State University gleich nebenan besichtigen wollte, hatte ich die modernen orangeroten, grauen und gelben Fassaden zwischen den weiten Grünflächen gemustert und den Kopf geschüttelt, und seufzend hatte Ted den Blinker gesetzt und war an der Kreuzung wieder stadteinwärts abgebogen.

Sonst kannte ich nur Chico's Market, einen Tante-Emma-Laden in einem grauen Haus mit verschnörkelten Erkern an der Leavenworth, der nächsten Straßenecke bergauf. Hinter den mit Reklame vollgepflasterten Scheiben unter der grünen Markise gab es sehr viel mehr Auswahl an Obst und Gemüse als im Supermarkt, das meiste davon Bio, worauf Ted ebenso viel Wert zu legen schien wie Mam. Und im Waschsalon waren wir noch gewesen, am Leroy Place, der aber gar kein Platz war, sondern eine winzige Sackgasse ganz in der Nähe von Chico's. In dem kleinen Eckgeschäft mit verglasten Fronten und einem schwarz-weiß gekachelten Boden wuselte ein gewisser Lewey (oder Dewey?) in einem makellos weißen Kittel zwischen den Waschmaschinen, den Trocknern und dem Dampfbügler herum und sprach dabei mit breitem Lächeln ein Amerikanisch, das fast völlig in seinem chinesischen Akzent unterging und von dem ich so gut wie kein Wort verstand. Mehr wollte ich von San Francisco auch gar nicht kennenlernen.

»Sicht schlecht aus mit Parkplätzen«, murmelte Ted hinter dem Lenkrad und blickte sich suchend um, als er in die mit Bäumchen bepflanzte und von einem dichten Geflecht an Kabeln und Leitungen überspannte Straße einbog. Den Bürgersteig entlang reihte sich Auto an Auto und auf der rechten Seite erstreckte sich ein klobiger grauer Klotz mit hell erleuchteten Fensterflächen.

»Lass mich doch einfach irgendwo aussteigen«, erwiderte ich leichthin und klang gelassener, als ich mich fühlte.

Ted warf mir einen überraschten Seitenblick zu. »Bist du sicher?«

»Klar.«

Er setzte den Blinker und hielt unmittelbar vor dem Eingang. »Wirklich sicher, dass ich nicht mitkommen soll?«

»Yapp.« Ich klickte den Gurt auf und griff nach meinem Rucksack.

»Zimmer 105!«

Ich verdrehte die Augen. »Weiß ich!«

»Und du simst mir oder rufst mich auf dem Handy an, wenn du aus hast, dann hol ich dich …«

»Ja-haaa«, fiel ich ihm genervt ins Wort und stieg aus. »Bis dann!«

Ich schlug die Autotür zu und überquerte den Bürgersteig, auf dem von allen Seiten Schüler heranströmten. Die Feuchtigkeit in der Luft legte sich als dünner Film auf mein Gesicht, und ohne mich noch einmal umzudrehen, stapfte ich die Stufen hinauf. Das dreistöckige Schulgebäude war ein monströses Ungetüm aus grauem Beton, das ein bisschen aussah wie eine Fabrikhalle, kantig, schmucklos und schwerfällig – einfach grässlich. Über den weißen Flügeltüren, von zwei knorrigen, dicht belaubten Baumriesen eingerahmt, starrten die Portraits von Thomas Edison, Thomas Jefferson und William Shakespeare aus toten Augen über mich hinweg.

Noch 699 Tage. Wenigstens war die Sieben vorne schon mal weg.

Im Foyer mit dem bunten Wandgemälde summte es wie in einem Bienenstock; überall hingen Girlanden aus bunter Metallfolie, aus denen *Happy New Year* ausgestanzt war, und hoch oben über der großen Treppe breitete sich ein Banner aus, auf dem in roten Buchstaben *Welcome to Spring Term!* stand. Ich blieb einen Augenblick stehen und musterte die anderen Schüler, die auf den grau und rot bezogenen Sitzecken herumlungerten, schwatzend und lachend in Grüppchen zusammenstanden oder zielstrebig vorwärtsmarschierten. Immer wieder blieb jemand vor dem schwarzen Brett stehen, studierte die Aushänge und hastete dann weiter. Mit Erleichterung stellte ich fest, dass bis auf ein paar Mädchen in knapp knielangen Röcken mit Strumpfhosen und Stiefeln alle in ähnlichen Klamotten herumliefen wie ich in meinen Jeans, den Chucks und der Khaki-Jacke; ich ging damit völlig in der Menge unter. Abgesehen davon natürlich, dass die meisten Schüler, die ich sah, asiatische Gesichtszüge hatten; viele waren schwarz und mindestens genauso viele sahen lateinamerikanisch aus, und neben den wenigen weißen

Gesichtern entdeckte ich ein paar, die indisch oder südostasiatisch wirkten. Die totale Multi-Kulti-Schule.

Ich schaute auf die Uhr, die zwischen an Nylonfäden schwebenden Kunstobjekten an der Decke hing. Fünf vor halb acht. Zögerlich machte ich einen Schritt vorwärts, da schoss von rechts ein Rollstuhl heran und fuhr mich beinahe über den Haufen; ich konnte im letzten Moment gerade noch zurückspringen.

»Sorry!«, brüllte mir der blonde Junge über die Schulter seiner schwarzen Bomberjacke hinweg zu und riss eine Hand in einem fingerlosen Lederhandschuh entschuldigend in die Höhe, während er mit der anderen den Rollstuhl weiter vorwärtstrieb, bis er mit quietschenden Reifen vor dem Aufzug auf der anderen Seite eine Vollbremsung machte. Ich verbiss mir ein wütendes Schimpfwort und setzte mich wieder in Bewegung.

Mit dem Schrillen der Schulglocke schaffte ich es Punkt halb acht vor die Tür zu Zimmer 105. *Michelle Lim – School Counselor* stand auf dem Plastikschild unter der Zimmernummer. Ich wartete, bis all die Stimmen, schnellen Schritte und zuklappenden Türen verklungen waren, dann klopfte ich an, ein flaues Gefühl im Bauch.

»Herein!«, zwitscherte es vergnügt hinter der Tür, die ich vorsichtig aufschob.

Von dem Bildschirm auf dem Schreibtisch blickte eine mandeläugige junge Frau in Jeans und rotem Strickpulli auf, die mit ihren schwarzen, zum Pferdeschwanz zusammengezurrten Haaren aussah, als ginge sie hier selbst noch zur Schule; daran änderte auch die schwere Hornbrille auf ihrer Stupsnase nichts. Sofort knipste sie ein 1000-Watt-Lächeln an.

»Hiiiii! Guten Moor-gen«, rief sie in extrem gut gelauntem Singsang, sprang auf und kam mit wippendem Pferdeschwanz auf mich zu. »Du musst Amber sein! Ich bin Michelle! Ganz, ganz herzlich willkommen an der Jefferson High«, rief sie und schüttelte mir kräftig die Hand. »Du wirst bei uns eine großartige Zeit verbringen!« Na sicher doch. »Nimm bitte Platz!«

Ich setzte mich auf den Stuhl vor dem Schreibtisch und sah mich verstohlen um, während Michelle zurück auf ihren Platz hüpfte, eine Akte vom Stapel nahm, aufschlug und gleichzeitig wild am Computer herumklickte. Die Regale an den Wänden waren mit Büchern vollgestopft; an den freien Flecken dazwischen hingen gerahmte Urkunden, Diagramme und Tabellen neben Kohlezeichnungen und Aquarellen.

»Sooo, da haben wir dich!«, verkündete Michelle freudig und löste ihren Blick vom Bildschirm. »Du weißt bestimmt, dass unsere Schule eine ganz besondere ist?«, fügte sie fragend und mit einem fast geheimnisvollen Unterton hinzu. Obwohl ich nickte, begann sie, das *Mission Statement* herunterzuspulen, das ich schon aus der Broschüre kannte, die Ted uns damals geschickt hatte. Für mich hatte es wie die offizielle Verlautbarung eines internationalen Großkonzerns geklungen, der mit blumigen Formulierungen und schillernden Zukunftsvisionen darüber hinwegtäuschen will, dass er seine Arbeiter ausbeutet und die Umwelt verschmutzt. Google hatte mir ausgespuckt, dass die Jefferson High ein Sonderprogramm für Autisten anbot und sowohl auf hochbegabte als auch auf lernschwache Schüler spezialisiert war, außerdem auf Jugendliche, die neu in Amerika waren und erst Englisch lernen mussten, sowie auf *schwer gehandicapte* und *emotional belastete* Schüler. Dreimal durfte ich raten, weshalb Ted ausgerechnet die Jefferson High als erste Wahl für mich vorgeschlagen und Mam sich dafür entschieden hatte.

»... jedenfalls legen wir allergrößten Wert auf die individuelle Förderung deiner Fähigkeiten und Talente«, schloss Michelle ihren Vortrag und lächelte dabei so strahlend, als hätte sie gerade den Oscar für die beste weibliche Hauptrolle gewonnen. »Und natürlich auch auf deine persönliche Entwicklung und Entfaltung –

in einem Umfeld, das dir Sicherheit, kreative Anregungen und das nötige Maß an Herausforderung bieten soll!«

Weil ich nicht wusste, was ich darauf sagen sollte, nickte ich wieder.

Gründlich ging Michelle dann mit mir die Gutachten und Empfehlungen der Lehrer meiner alten Schule und die Zeugniskopien durch, die Mam per Mail oder telefonisch angefordert und nach San Francisco weitergeschickt hatte, stellte mir Fragen nach meinen Hobbys und Interessen und was wir in welchem Fach zuletzt behandelt hatten, während sie nebenbei eifrig mit der Maus hantierte und auf die Tastatur einhackte.

»Sooo, das hätten wir«, frohlockte sie, klickte noch einmal abschließend mit der Maus, und der Drucker sprang an. Während er jammernd Blatt um Blatt bedruckte und ausspie, lehnte sie sich zurück und sah mich mit einem begeisterten Ausdruck an. »Dein Englisch ist wirklich ausgezeichnet, mein Kompliment!«

Ich zuckte mit den Schultern. »Ich bin zweisprachig aufgewachsen. Meine Mutter …« Dass Mam und ich zu Hause sowohl Deutsch als auch Englisch miteinander redeten, war für mich immer ganz normal gewesen, und auch Julia hatte es nie anders gekannt. Erst Sandra hatte sich darüber gewundert, und als ich Mam danach fragte, hatte sie mir erklärt, sie habe immer gewollt, dass ich nicht nur eine Muttersprache, sondern auch eine Vatersprache hätte. Ich für meinen Teil hätte lieber einen Vater gehabt, der auch tatsächlich da war.

Augenblicklich knipste Michelle ihr Lächeln aus und verzog stattdessen kummervoll das Gesicht. »Mein Beileid zu deinem großen Verlust, Amber! Das muss furchtbar schwer für dich sein!«

Ich klemmte die Unterlippe zwischen die Zähne und starrte auf den Rucksack zwischen meinen Füßen. *Mein Verlust. Die Mutter verloren.* Merkwürdige Ausdrücke dafür, was mir passiert war, dachte ich. Man konnte doch einen Menschen nicht verlieren wie einen Schlüssel oder einen Geldbeutel! Und noch viel weniger konnte man ihn suchen gehen und vielleicht wiederfinden. Mam kam nicht wieder, auch wenn ich manchmal nachts davon träumte. Dass sie mich in den Arm nahm und mir zuflüsterte, das sei alles ein großer Irrtum der Ärzte gewesen, aber jetzt sei sie wieder da, sie sei wieder gesund und würde nie wieder weggehen.

»Wir hier an der Jefferson High werden alles tun, was in unserer Macht steht, um dir in dieser schweren Zeit beizustehen«, hörte ich Michelle sanft sagen. »Um dir ein Stück Normalität zurückzugeben. Und um dir vielleicht ein neues Zuhause zu bieten.«

Obwohl sie klang wie die Schulprospekte, wirkten ihre Worte ehrlich gemeint; irgendetwas in meinem Gesicht geriet ins Zittern und in meinem Bauch fühlte es sich komisch an. Erst als Michelle auf ihre überschäumend gute Laune zurückschaltete, den Stoß Papier aus dem Drucker holte und unter genauen Erklärungen Blatt um Blatt vor mir ausbreitete, konnte ich wieder leichter atmen.

6

»Wenn du noch Fragen hast oder Probleme auftreten«, sagte Michelle mit tanzendem Pferdeschwanz, während wir durch einen der langen Korridore gingen, »oder wenn du mit deinem Stundenplan nicht zurechtkommst – du kannst mich jederzeit anrufen oder mir eine E-Mail schicken. Dafür bin ich da. Oder du kommst einfach vorbei! Meine Sprechstunden stehen auf der Rückseite.« Sie zeigte auf ihre Visitenkarte in einem Klarsichtfach vorne auf der Plastikmappe, die ich vor mir hertrug. Mit dem Adler-Logo der Jefferson High bedruckt, enthielt diese Mappe die gesamten Unterlagen, die ich von Michelle bekommen hatte. Meinen Stundenplan. Wichtige Termine und Feiertage im heute beginnenden Frühlingstrimester. Namenslisten meiner Lehrer mit Mailadresse und Telefonnummer. Listen der für mich geeigneten Neigungsgruppen mit genaueren Beschreibungen, Terminangaben, Raumnummern und Anmeldeformularen und Flyer verschiedener Clubs der Schule. Zugangsdaten für das schuleigene Netzwerk und die Website. Einen Schülerausweis, einen Ausweis für die Bibliothek sowie die von Ted erwähnte Guthabenkarte für die Cafeteria. Das vollständige Rundum-Sorglos-Paket.

Michelle brachte mich zuerst zu einem der rot lackierten Schließfächer im zweiten Stock, in dem ich meine Jacke verstaute, und zeigte mir, wie ich meine eigene Zahlenkombination am Schloss einstellen konnte, bevor sie mich durch die Schule führte. Inzwischen hatte die zweite Stunde begonnen und die Korridore waren still und verlassen. Sie hatte mir zwar auch einen ausführlichen

Übersichtsplan ausgedruckt, und außerdem war das gesamte Gebäude selbst für jemand wie mich idiotensicher ausgeschildert – aber so hatte ich immerhin schon mal die Bibliothek gesehen und den Computerraum und je einen kurzen Blick in das Sprachlabor und in die Cafeteria geworfen. In die Aufenthaltsräume, die bis abends um neun geöffnet waren, und in die riesige Aula, in der regelmäßig Vorträge und Informationsveranstaltungen stattfanden. Eine kleine Runde drehten wir durch den Laden mit seinem wilden Sortiment aus allem möglichen Schreibzeug, Tampons, Sonnenmilch, Duschgel und Deos, Zeitschriften, Bücher, Schokoriegel und schließlich Basecaps, T-Shirts und Hoodies mit dem Logo der Jefferson High. Und auch das Wellness Center bekam ich gezeigt, das allerdings nicht zum Relaxen da war, wie ich zuerst dachte, sondern vielmehr eine Art Krankenstation darstellte, in der kleine Wehwehchen behandelt wurden und wo ich mich untersuchen und beraten lassen und sogar Kondome umsonst bekommen konnte. Als ob ausgerechnet ich welche brauchen würde – wo Lukas Tausende von Kilometern von mir weg war und unsere Beziehung schon den Bach runterging, bevor ich mir überhaupt Gedanken über so was machen konnte.

»Sooo, da wären wir!«, rief Michelle vergnügt, als sie mit mir im dritten Stockwerk vor der Tür mit der Nummer 318 haltmachte. »Deine erste Unterrichtsstunde bei uns: Geschichte bei Mrs Jankovich.« Die Stunde hatte bereits begonnen, ich hörte Gemurmel auf der anderen Seite der Tür, an die Michelle kurz klopfte, sie aufriss und mich hineinschob.

»Guten Moor-gen, Adele«, trällerte sie der Lehrerin entgegen. Mit ihrem wallenden Rock, den Gesundheitsschuhen und der grau gesträhnten Lockenmähne, die über den Rücken ihrer orientalischen Tunika herabrieselte, sah Mrs Jankovich so aus, als ob sie es bis heute bedauerte, den *Summer of Love* Ende der Sechziger knapp verpasst zu haben. »Guten Moor-gen alle zusammen!«

»Guten Mor-gen, Miss Lim«, kam es im Chor von den gut zwanzig Schülern im Raum, die einzeln an kleinen Holztischen saßen. Obwohl es bereits nach zehn war, brannten noch die Deckenleuchten, denn draußen vor den Fenstern brach ein trüber, lichtloser Vormittag an.

»Das ist Amber«, verkündete Michelle und legte mir die Hand auf die Schulter. »Amber ist neu bei uns an der Schule.«

»Hiiii Aam-beer«, setzte der Chor der Klasse wie auf ein einstudiertes Kommando ein; offenbar brachte Michelle öfters mal neue Schüler vorbei. Ich zwang mich zu einem angestrengten Lächeln, ohne jemand Bestimmtes dabei anzusehen.

»Amber ist gerade aus Deutschland hierhergezogen«, fuhr Michelle fort. »Und ich möchte, dass ihr besonders nett zu Amber seid, weil sie vor Kurzem erst …« Oh nee, bitte nicht. »… ihre Mutter verloren hat.«

Die zwanzig Augenpaare, die mich bisher nur mäßig interessiert gemustert hatten, saugten sich plötzlich an mir fest; unter gesenkten Lidern sah ich, wie sich in der zweiten Reihe ein Mädchen mit langen blonden Haaren zu ihrer Nachbarin, einer Asiatin, herüberbeugte und ihr etwas zuflüsterte. Super. Jetzt hatte ich nicht nur *Die Neue* quer auf meine Stirn geschrieben und das Etikett *Made in Germany* aufkleben, sondern dazu noch in Neonbuchstaben *Achtung! Halbwaise! Bitte Mitleid spenden!* auf meiner Streifenbluse stehen.

»Herzlich willkommen an der Jefferson High, Amber«, begrüßte mich Mrs Jankovich mit einer Stimme, die nach Whiskey und Selbstgedrehten klang, und gab mir die Hand, bevor sie auf den rechten von zwei freien Plätzen im Mittelfeld deutete, unmittelbar unter einem der Fenster. »Bitte setz dich!«

Dankbar, dass wenigstens sie auf irgendwelche Beileidsworte verzichtet hatte, schlich ich mit gesenktem Kopf zum Fenster hinüber und spürte, wie mir alle Augen im Raum folgten. Typisch.

Das ganze Weltall ist voll schwarzer Löcher, die gigantische Sterne einsaugen und verschwinden lassen können. Aber wenn man im Alltag selbst mal eines brauchen könnte, ist natürlich nie eines da.

»Byyyeee, Amber! Byyyeee, alle zusammen!«, flötete Michelle, und »Byyyee, Miss Lim!« begleitete das Echo der Schüler sie zur Tür hinaus.

Während Mrs Jankovich nahtlos ihren Unterricht fortsetzte und über die Rolle des Klerus in der Französischen Revolution sprach, sah ich mich verstohlen um. Keiner hatte einen Laptop vor sich stehen, offenbar war es zumindest bei Mrs Jankovich üblich, handschriftlich Notizen zu machen. Vorsichtig, damit ich keinen unnötigen Lärm machte oder gar etwas fallen ließ und damit nur noch mehr Aufmerksamkeit auf mich zog, kramte ich Ringbuch und Kuli aus meinem Rucksack, atmete tief durch und fing an, mitzuschreiben.

Keine fünf Minuten später klopfte es zackig an die Tür, die sofort aufflog und hinter einem asiatischen Jungen in schwarzen Baggy-Pants und offen stehender blauer Kapuzenjacke wieder zuschlug. Sein ebenfalls schwarzes Longsleeve hing aus dem Hosenbund und schaute unter dem Linkin-Park-T-Shirt in XXL hervor; ein Tuch mit Totenkopfmuster war mehrfach um seinen Hals gewickelt, und das Kabel eines Kopfhörers lag darum, dessen Stöpsel er sich gerade aus den Ohren rupfte.

»Sorry, Mrs Janks!«, rief er mit einem entwaffnenden Grinsen, während er auf seinen Sneakers an der Lehrerin vorbeischlurfte. »Hab nicht gleich einen Parkplatz gekriegt!« Seine ohnehin schmalen Augen wirkten verschlafen und in der Hand hielt er einen großen Pappbecher von Starbucks. Ächzend ließ er sich auf den Platz neben mir fallen und setzte seinen Rucksack ab. Leises Kichern wanderte durch die Klasse.

Ich konnte nicht anders, als ihn anzustarren. Weniger wegen des spärlichen schwarzen Goatees an seinem eckigen Kinn oder weil seine leicht abstehenden Ohren mit kleinen, dünnen Silberringen gepierct waren. Sondern weil mir die Farbe seiner Haare, die er mit Gel in alle Richtungen gestellt hatte, buchstäblich ins Auge sprang.

Sie waren pink. Grellpink. Pinker ging nicht mehr. Mit einem violetten Schimmer, wenn er den Kopf bewegte, so wie jetzt, als er einen großen Schluck von seinem Kaffee trank.

»Matthew. Chang.« Mrs Jankovich klang, als bemühte sie sich, ruhig zu bleiben.

Er sah sie über den Rand seines Pappbechers hinweg verwirrt an. »Äh. Ja. Natürlich! Neues Jahr, aber immer noch derselbe alte Matt wie im vorigen.« Ein Grinsen zog seinen vollen Mund in die Breite. »Ach so – ein gutes neues Jahr, Mrs Jankovich!« Erneut sprudelte Gekicher auf.

»Deine Haare sind pink«, stellte die Geschichtslehrerin fest. Als ob irgendjemand das hätte übersehen können.

»Eeehm, also«, Matt Chang rutschte auf seinem Platz herum, »eigentlich Magenta, Mrs Jankovich. Genauer gesagt *Blueberry Hill.*« Er legte seine hohe Stirn in verunsicherte Falten. »Ist doch besser als das *Mojito Green* letztes Mal, oder?«

Hinter mir gab jemand einen erstickten Laut von sich und ich drehte mich vorsichtig um. Ein pummeliger Asiate mit dicken Brillengläsern unterdrückte hinter vorgehaltener Hand krampfhaft ein Lachen; sein pausbäckiges Gesicht war bereits rot angelaufen.

Mrs Jankovich seufzte. »Bevor ich dich jetzt wieder an die Kleiderordnung unserer Schule erinnere und du mir einen Vortrag über die in der Verfassung der Vereinigten Staaten festgeschriebene Meinungs- und Religionsfreiheit hältst, kürzen wir das Ganze ab.« Sie wandte sich zu ihrem Pult und holte aus der Schublade einen kleinen gelben Block hervor, auf den sie mit Kugelschreiber hastig etwas kritzelte. Das oberste Blatt riss sie ab und behielt den Durchschlag, während sie das Original hochhielt. »Mrs Lovell wird sich freuen, dich wiederzusehen, Matt.«

Während Matt sich erhob und zum Pult vortigerte, überlegte ich, woher ich diesen Namen kannte. In der Info-Broschüre der Schule hatte ich ihn gelesen, fiel mir dann ein: Mrs Lovell war die Rektorin der Jefferson High. Ich erinnerte mich vage an ein hageres Frauengesicht in mittlerem Alter mit einer brünetten Helmfrisur. Dafür, dass sie Matt gerade eine Vorladung zur Rektorin übergab, wirkte Mrs Jankovich allerdings wenig autoritär, sondern eher nachsichtig, fast liebevoll, und auch Matt nahm den Zettel völlig unbeschwert entgegen. Als er an seinen Platz zurückkehrte, zwinkerte er mir sogar zu. Hastig senkte ich den Kopf, sodass mir meine Haare vors Gesicht fielen. Ich nahm mir vor, sicherheitshalber einen Blick in diese ominöse Kleiderordnung der Jefferson High zu werfen, konnte vielleicht nicht schaden, und konzentrierte mich dann wieder auf den Unterricht.

Gegen Ende der Stunde bemerkte ich aus dem Augenwinkel, wie es sich draußen aufhellte, und ich hob den Kopf. Unter mir sah ich noch ein Stück eines viereckigen Stadions mit Tribünen auf den beiden Längsseiten des grünen Rasens. Neben der Anzeigetafel der Jefferson Eagles flatterte an einem Mast die Flagge Kaliforniens, ein Bär auf allen vieren vor weißem Hintergrund, und in der Senke dahinter konnte ich Tennisplätze erkennen. Jenseits der würfelförmigen Häuser zogen sich braune Hügel am Wasser entlang, das von einer Hängebrücke überspannt wurde. Abrupt brach die Sonne aus den Wolken hervor, ließ das Wasser blau erstrahlen und die Brücke in einem satten Orangerot aufleuchten. Mir blieb vor Überraschung der Mund offen stehen. Die Golden Gate Bridge, das weltberühmte Wahrzeichen San Franciscos! Ich konnte meinen Blick nicht davon lösen und starrte einfach nur noch zum Fenster hinaus. Auf das sanfte Braun der Hügelkette, das intensive Blau des Wassers, auf dem die Sonne funkelte, und auf die goldorangene Konstruktion der Brücke, bis sich ganz von selbst ein Lächeln auf mein Gesicht stahl.

7

Mit beiden Händen umklammerte ich das Tablett mit meinem Mittagessen. Soweit war alles gut gegangen: Ich hatte mich in den richtigen Schlangen angestellt, hatte bisher keinen Teller fallen gelassen, meinen übervollen Trinkbecher weder über mich noch jemand anderen gekippt, und auch das Bezahlen mit der Karte hatte geklappt. Aber nun stand ich völlig verloren in dem hohen, weiten Raum der Cafeteria herum, der trotz des großflächigen Wandgemäldes im Graffiti-Stil und der vielen Grünpflanzen den Charme einer Bahnhofshalle hatte und auch einen ähnlichen Lärmpegel. Ich hatte keine Ahnung, wo ich jetzt mit meinem Tablett hinsollte; die lang gestreckten Tische waren alle voll, und mich irgendwo auf einen der wenigen freien roten Plastikstühle zwischen irgendwelche Schüler zu quetschen, die ich noch nie gesehen hatte, traute ich mich nicht.

»Amber!« Ich zuckte zusammen, als ich meinen Namen hörte, und sah mich suchend um. Ein Mädchen mit langen blonden Haaren, weißer Bluse und cognacfarbenem Cordrock kam winkend auf mich zu.

»Hi, ich bin Sharon.« Ein Lächeln stand auf ihrem sommersprossigen Gesicht mit den braunen Augen. »Wir haben Geschichte zusammen.« Jetzt erkannte ich sie wieder – sie war diejenige gewesen, die ihrer Nachbarin etwas zugeflüstert hatte, als Michelle Lim mich der Klasse vorstellte. Aus der Nähe war zu erkennen, dass sie zwar dezent, aber aufwendig geschminkt war, mit viel Wimperntusche, zartem Lidstrich, gekonnt aufgetragenem Rouge und schimmerndem Lipgloss. »Die Mädels und ich sitzen da drüben, und ich wollte dich fragen, ob du nicht zu uns kommen magst.« Ich schaute in die Richtung, in die sie deutete. Ihre Freundin aus der Geschichtsstunde hatte sich auf ihrem Platz am Tisch halb umgedreht, winkte mir zu und tätschelte dann einladend die Lehne des Stuhls neben sich. Ihr gegenüber saß ein Mädchen mit milchkaffeebrauner Haut und kupferfarbenen Strähnchen in den dunklen, glatten Haaren, das gerade an ihrem Strohhalm nuckelte und mich neugierig, aber nicht unfreundlich beäugte.

»Ja, okay«, erwiderte ich zögerlich. Große Lust hatte ich zwar nicht, aber das schien mir allemal besser zu sein, als mich einfach irgendwo dazuzusetzen oder gar weiter hier dumm herumzustehen. »Gerne«, schob ich schnell nach und zuckelte Sharon hinterher.

»Amber – das ist Danielle.« Das asiatische Mädchen wedelte zur Begrüßung mit der flachen Hand. »Und das ist Felicia.«

»Mh-Hi«, nuschelte Felicia mit den Kupfersträhnen und saugte dann kräftig weiter an ihrem Strohhalm.

»Hallo«, sagte ich, setzte mein Tablett ab, ließ den Rucksack von meiner Schulter gleiten und hockte mich dann neben Danielle. Auch sie und Felicia, beide in Jeans und dünnen Pullovern in Eiscremefarben, die verdächtig nach Kaschmir aussahen, trugen viel gekonntes, aber unaufdringliches Make-up im Gesicht; entweder hatten sie einen wesentlich kürzeren Schulweg als ich oder standen morgens eine Stunde früher auf.

»Seit wann bist du hier in SanFran?«, wollte Sharon wissen, setzte sich auf ihrem Platz zurecht und faltete mit ihrer Gabel ein Salatblatt zu einem mundgerechten Päckchen zusammen.

»Seit fünf Tagen.« Ich spießte ebenfalls ein Salatblatt und ein Stück Tomate auf; erst jetzt merkte ich, wie hungrig ich war.

»Oh, heftig!«, schnaufte Danielle neben mir und zupfte eine Traube aus dem Schälchen auf ihrem Tablett. »Da musst du ja den kompletten Overload haben!«

»Und du bist echt aus Deutschland?« Felicia hatte ganz kurz den

Strohhalm losgelassen. Ich nickte mit vollem Mund, den nächsten Schwung Salat schon auf meiner Gabel, und sie grinste um den Strohhalm herum. »Coooolll!!«

Als ich sie fragend ansah, hob sie endlich den Kopf von ihrem Trinkbecher und spielte an ihrem Strohhalm herum. »Heyyy, Germany! Mercedes Benz, Porsche, Hugo Boss, Heidi Klum!« (Was klang wie: *Mörcidiies Bäns, Porscha, Jugo Boass, Häydi Klomm.*)

Einen Eindruck davon, wie man sich in Amerika etwas typisch Deutsches vorstellte, hatte ich beim Einkaufen im Supermarkt bekommen: Dort hatte ich blaue Kisten mit einem Bier entdeckt, das St. Pauli Girl hieß und auf denen eine dralle Blondine mit Barbie-Gesicht, Dirndl und Maßkrügen in beiden Händen abgebildet war. Ich schaufelte mir einen Berg der überbackenen Nudeln in den Mund, um darauf nichts sagen zu müssen. Und stellte fest, dass ich vielleicht doch lieber das Orangenhuhn hätte nehmen sollen, denn die Nudeln schwammen im Fett. Kalorien waren mir eigentlich immer egal gewesen, aber fünfmal die Woche solches Essen, und mein Hintern würde nach spätestens drei Monaten explodieren wie Popcornmais in der heißen Pfanne und auch genauso aussehen.

»Tut mir echt leid, das mit deiner Mom«, sagte Sharon und stocherte mit betrübter Miene in ihrem Salat herum. Das Nudel-Käse-Gemisch wurde in meinem Mund zu einer zähen Masse.

»Ja, mir auch. Wie ist das denn eigentlich passiert?« Felicias dunkle Kulleraugen mit den langen, dichten Wimpern wurden noch größer. Der Auflauf klebte in meiner Kehle fest, und ich griff schnell zu meinem Trinkbecher, um ihn mit viel Cola light hinunterzuspülen. Doch bevor Felicia nachhaken oder ich etwas antworten konnte, ging ein Ruck durch sie hindurch; mit starrem Blick fixierte sie etwas hinter meinem Kopf und packte Sharon am Arm. »Er kommt!«, quiekte sie und klang dabei wie ein Hamster, auf den man aus Versehen drauftritt. Auch Sharon machte einen langen Hals, einen sehnsüchtigen Glanz in den Augen, und Danielle neben mir fuhr herum.

Verwundert drehte ich mich ebenfalls um. Ich musste den Eingangsbereich der Cafeteria nicht lange absuchen, um herauszufinden, wer dieser Er war, der die drei Mädchen bei mir am Tisch in solche Verzückung versetzte – ich brauchte nur den Blicken vieler Schülerinnen und auch einiger Schüler zu folgen, die mit großen Augen von ihren Tabletts hochguckten oder sich die Köpfe bis zum Anschlag verdrehten. Blicke, die sich allesamt auf einen groß gewachsenen schwarzen Jungen richteten, der in langen, geschmeidigen Schritten auf den Stapel mit den Tabletts zuging. Eine dunkelhaarige Latina in einem knallengen Jeansrock und grüner Bluse schlenderte an ihm vorbei und warf ihm mit strahlendem Lächeln und klimpernden Augendeckeln einen kurzen Gruß zu, den er freundlich erwiderte, bevor sie unter einer glückseligen Grimasse eilig an einen Tisch stob und kichernd mit ihren Freundinnen die Köpfe zusammensteckte.

»Wie seh ich aus?! Wie seh ich aus?«, flüsterte Felicia panisch und kramte trotz Sharons Beteuerung, sie sehe fabelhaft aus, ihren Schminkspiegel aus dem Rucksack.

»Das ist Shane«, wisperte Danielle neben mir. Ihr Atem roch nach dem künstlichen Erdbeeraroma ihres Lipgloss, den sie schnell noch frisch aufgetragen hatte. »Shane Diggs. Einer der Juniors.«

Juniors. Seniors. Sophomores. Freshmen. Ich kannte die Bezeichnungen für die Klassenstufen neun bis zwölf an amerikanischen High Schools, konnte mir aber die Reihenfolge nie merken.

»*Der* Junior unter den Juniors«, korrigierte Felicia sie atemlos. »Wide Receiver bei den Eagles.«

»Aha«, machte ich höflich, weil ich nur Bahnhof verstand.

»Das ist das Zweitbeste nach Quarterback«, erklärte mir Sharon netterweise, was mir aber nicht wirklich weiterhalf; vielleicht sollte ich doch mal mit Ted Football gucken.

Mit der Gabel kratzte ich in meinen Nudeln und dem bunten Gemüse daneben herum, das ich noch nicht einmal angerührt hatte. Eine Ewigkeit schien es her zu sein, seitdem Julia, Sandra und ich uns auf dem Schulhof oder im Flur vor den Chemielabors ganz ähnlich aufgeführt hatten, dabei lag es noch nicht einmal ein Jahr zurück. Julia hatte für Felix aus der Elften geschwärmt, Sandra hatte lange zwischen Nico und Sebastian aus der Zwölften geschwankt, den alle Mädchen toll fanden, bevor sie endlich Hannes erhört hatte. Und ich hatte damals immer wieder zu Lukas hinübergelinst, der mit seinen Kumpels zusammenstand, um irgendwie herauszufinden, ob er mich genauso mochte wie ich ihn. Verstohlen musterte ich Sharon, Felicia und Danielle und fragte mich, ob ich jemals wieder in diese schillernde, schwerelose Seifenblase zurückkehren würde, in der sie lebten – oder ob der Weg dorthin zurück für mich nach Mams Krankheit einfach versperrt war.

»Ist er nicht einfach um-wer-fend?« Danielles Ellenbogen traf mich auffordernd in der Seite und gehorsam drehte ich mich wieder um.

Shane Diggs stand in der Schlange vor der Essensausgabe aus Chrom und Glas und begrüßte gerade einen bulligen schwarzen Jungen mit Bürstenhaarschnitt, indem sie ihre Fäuste erst locker aufeinanderprallen ließen, dann mit den Fingerknöcheln zusammenditschten. Das Lächeln, das Shane dabei zeigte, ließ zwei Reihen perfekt regelmäßiger und weißer Zähne sehen, noch weißer in seinem Gesicht, das die Farbe von Zartbitterschokolade hatte. Ein kräftiges Gesicht war es, mit einer ausgeprägten Brauenpartie und einer starken Nase, und seine Haare trug er so kurz geschoren, dass sie wie ein dunkler Schatten seinen Schädel überzogen. Ausgebeulte Jeans hingen locker von seinen schmalen Hüften herab und unter dem auberginefarbenen Longsleeve zeichneten sich breite Schultern und deutlich definierte Muskelpakete ab. Widerstrebend musste ich vor mir selbst zugeben, dass Shane Diggs tatsächlich verdammt gut aussah, aber ich hatte nicht den Eindruck, dass das der einzige Grund war, warum er die Aufmerksamkeit der Schüler so auf sich zog. Etwas Besonderes umgab ihn, eine ganz bestimmte Art von Ausstrahlung. Physische Präsenz, hätte Gabi gesagt.

»Freitag auf der Welcome-Back-Party hab ich bestimmt eine Chance«, raunte Felicia, das Kinn dekorativ in die Hand gestützt und einen verklärten, aber entschlossenen Ausdruck im Gesicht. »Dann hat er Lauren schneller vergessen, als er gucken kann!«

»Ist Lauren seine Freundin?«, fragte ich, um wenigstens irgendwas zu diesem Gespräch beizutragen, und pflückte zwei Trauben aus meinem Dessertschälchen.

Urplötzlich herrschte Stille und eine greifbare Spannung lag in der Luft; die drei wechselten vielsagende bis betroffene Blicke, wichen aber meinen aus, und mir wurde es flau in der Magengegend. »Hab … hab ich was Falsches gesagt?«

Sharon schichtete mit der Gabel ihren mittlerweile vom Dressing durchweichten Salatrest auf dem Teller um. »Lauren *war* seine Freundin. Sie lebt nicht mehr.«

Mein Magen kehrte sich um, und ich legte mit zitternden Fingern die Trauben, die ich mir gerade noch in den Mund stecken wollte, zurück.

»Ein Unfall«, erzählte Danielle neben mir ungefragt. »Vor gut eineinhalb Jahren, als die beiden mit Freunden übers Wochenende nach Muir Woods zum Wandern gefahren sind. Shane und den anderen ist nichts passiert, aber Lauren …« Sie ließ das Ende des Satzes unheilschwanger in der Luft hängen.

Mir war schlecht. Kotzübel. Auf einmal war mir alles zu viel. Die neue Stadt. Die neue Schule. Die vielen Menschen um mich herum. Ich tat so, als würde ich hastig auf meine Armbanduhr schauen. Mams Uhr mit dem eckigen Zifferblatt, den römischen Zahlen und dem dunkelbraunen Lederband.

»Sorry, ich muss los«, murmelte ich, sprang auf, schulterte meinen Rucksack und griff mir das Tablett. »Bis dann!«

»Kommst du am Freitag auch zur Party?«, rief mir Sharon schnell noch zu.

»Mal sehen«, erwiderte ich mechanisch. »Bye.«

Die Kante des Tabletts vor meinen rebellierenden Magen gepresst, lief ich durch die Cafeteria, in Richtung ... Ja, wohin? Irgendwo konnte ich mein Tablett bestimmt abgeben – aber wo? Kreuz und quer wanderten andere Schüler an mir vorbei, entweder mit einem frisch beladenen Tablett oder mit schon leeren Händen, aber ich konnte einfach nicht entdecken, wo ich jetzt hinmusste. Ich blieb stehen und sah mich mit wachsender Verzweiflung um. Die Gesichter, die T-Shirts, Pullis und Blusen, die an mir vorüberzogen, verschwammen vor meinen Augen, und in meinem Kopf begann es sich zu drehen.

»Kann ich dir helfen?«, fragte eine angenehm warme, tiefe Stimme halb neben, halb über mir, und ich sah auf. Direkt in ein paar schwarzbraune Augen, das Weiß klar und scharf abgegrenzt von der Iris und der dunklen Haut des Gesichts: Shane Diggs, der mich um fast einen ganzen Kopf überragte. Und der ebenso wie ich erlebt hatte, wie es ist, wenn jemand, den man liebt, eines Tages einfach nicht mehr da ist.

»Ich ... äh ... also ...«, stotterte ich herum. »Wo ...?« Hilflos hob ich mein Tablett an.

Er lächelte, nahm sein mit Huhn, Salat, Obst und Trinkbecher bepacktes Tablett in die eine Hand und entzog mir mit der anderen meines. »Komm, ich zeig's dir.«

Mit heißen Wangen folgte ich ihm, die Reihe aus mannshohen Birkenfeigen in glasierten Tontöpfen entlang, hinter denen sich dann zu meiner Schande das Laufband für die benutzten Tabletts verbarg. Und hätte ich den Blick vorher mal ein Stück nach oben wandern lassen, hätte ich da auch das Schild gesehen, das gut sichtbar darauf hinwies. Megapeinlich.

»Schon allein daran«, er hob mein Tablett kurz an, bevor er es auf das Band stellte, »hab ich gesehen, dass du neu sein musst. Hier Mac'n'Cheese zu nehmen ist ein Fehler, den man nur einmal macht.«

Unwillkürlich zuckte es um meinen Mund, obwohl meine Wangen immer noch brannten. »Danke.«

Freundlich nickte er mir zu. »Gern geschehen.«

Ich sah ihm nach, wie er mit seinem Tablett zu einem der Tische in der Nähe ging, sich zu einer Gruppe anderer Jungs setzte und unter lockerem Geplauder zu essen anfing. Eine Leere machte sich in mir breit, die fast etwas von Enttäuschung hatte. Als ob er irgendwie hätte bemerken müssen, dass wir etwas gemeinsam hatten. Ein Gedanke, über den ich innerlich selbst den Kopf schüttelte, und doch ließ er mir keine Ruhe, während ich mich durch die anderen Schüler schlängelte.

Am Ausgang hätte ich beinahe einen Jungen mit stoppelkurzen mattbraunen Haaren angerempelt, der so plötzlich vor mir auftauchte, als hätte er sich eben erst aus dem Nichts materialisiert. Dabei musste er schon länger hier gestanden haben; die Hände tief in die Taschen seiner verwaschenen Jeans geschoben, beobachtete er das Getümmel vor sich, einen sehnsüchtigen, fast melancholischen Zug auf seinem blassen Gesicht, das schmal und spitz war wie das einer Maus.

»Sorry«, sagte ich mit einem verlegenen Auflachen. »Ich hab dich überhaupt nicht gesehen!«

Er richtete den Blick auf mich und zog die fein gezeichneten Brauen zusammen. Seine Augen waren veilchenblau, beinahe Ton in Ton mit den tiefen Schatten, die darunter lagen. Der Ausdruck darin veränderte sich, bekam etwas Fassungsloses. Als hätte er mich auch eben erst wahrgenommen.

»Sorry«, wiederholte ich. Meine eigene Stimme klang mir heiser in den Ohren und ich ging schnell weiter. Kräftig rubbelte ich abwechselnd links und rechts über meine Blusenärmel; ich hatte Gänsehaut.

8

Die Lampe auf meinem Nachttisch schnitt einen unscharfen Lichtkreis aus der Dunkelheit. Daneben glühten die Ziffern des Radioweckers. 10:07 PM. Kurz nach zehn Uhr abends. In Deutschland war es jetzt kurz nach sieben Uhr morgens. Julia und Sandra waren auf dem Weg zur Schule, Gabi machte sich fertig für die Arbeit. Dieser blöde Zeitunterschied machte es verdammt schwer, in Kontakt zu bleiben. Bevor ich morgens zur Schule ging, waren die anderen noch dort; wenn ich aus der Schule zurückkam, schliefen sie in Deutschland längst, und bis sie wieder aufstanden, musste ich schon fast ins Bett. Abgesehen davon, dass morgens vor der Schule für sie auch nicht der ideale Zeitpunkt war, um in Ruhe zu reden. Ich war froh, wenn wir es schafften, am Wochenende irgendwann mal zwischendurch zu skypen oder zu telefonieren, zwischen den Einkaufstouren, Kinobesuchen, Partys, Ausflügen und Familienbesuchen der anderen, oder wenn ich auf Facebook zeitverzögert sah, was bei ihnen so los war.

Ich starrte das Mobilteil des Telefons an, das neben meinem angewinkelten Knie auf dem Bett lag. Als Ted mich heute Nachmittag von der Schule abgeholt hatte, war der Karton auf dem Beifahrersitz gelegen, und er hatte sich dafür entschuldigt, nicht gleich daran gedacht zu haben, mir eines zu besorgen. Jetzt hatte ich sogar einen eigenen Anschluss mit einer eigenen Nummer, aber niemanden, den ich außerhalb eines winzigen Zeitfensters damit anrufen konnte.

Ich griff zu meinem Handy und öffnete das Adressbuch, suchte die einzige Nummer heraus, die mir sonst noch einfiel, und tippte sie nach der 0049 für Deutschland in das Mobilteil ein. Es knisterte und klackte mehrmals im Hörer, dann kam der Freiton, leiser und irgendwie anders, als ich ihn von zu Hause kannte.

»Seemann?« Sie klang wirklich Tausende von Kilometern weit entfernt.

Ich sah sie vor mir, mit ihrem gepflegten Kurzhaarschnitt, den sie alle vier Wochen beim Dorffriseur goldbraun nachfärben ließ, mit strenger Hemdbluse und den Perlohrsteckern von Tchibo, und ich atmete tief durch. »Hallo, Oma. Ich bin's. Amber.«

Einen Augenblick war es still.

»Amber! Mäuschen!« Es war Jahre her, dass sie mich zuletzt so genannt hatte. »Endlich rufst du an! Wir haben uns schon Sorgen gemacht! Frau Weiland hat uns zwar Bescheid gesagt, dass du gut angekommen bist, aber sonst haben wir ja gar nichts von dir gehört!« Typisch Oma. Auch nach all der Zeit brachte sie es nicht über sich, Gabi beim Vornamen zu nennen. Und typisch Opa, der zwar einen Uralt-PC besaß und auch eine E-Mail-Adresse hatte, aber seine Mails nie abrief. Auch dann nicht, wenn er seine Enkelin in den USA wusste. Und es war ja auch nicht so, dass sie Teds Nummer nicht gehabt hätten. »Wie geht's dir? Geht's dir gut?«

Ich zögerte. »Geht so«, antwortete ich dann leise.

»Hans! Hans! Amber ist dran! Aus Amerika! – Wart mal, ich geb dir den Opa.« Ich hörte im Hintergrund Gemurmel und Geraschel, dann ein Hüsteln und die Stimme meines Großvaters, kratzig vom jahrzehntelangen Pfeifenrauchen. »Amber?«

Ich stellte ihn mir vor mit seinen grau melierten Haaren und dem grauen Bart, wie er vom Frühstückstisch im Esszimmer herübergekommen war und jetzt unten im engen Hausflur am Telefon stand, in Bundfaltenjeans und einem seiner gestreiften Hemden, das er trotz Ruhestand bis zum Hals zugeknöpft trug, vielleicht noch einen Pullover oder eine Strickweste darüber. »Hallo, Opa.«

»Du, Amber, hör mal zu!«, rief er aufgeregt und lauter als nötig durch die Leitung. »Wir haben uns beim Rechtsanwalt beraten lassen, und er sieht zumindest eine kleine Chance, dass wir dich zurückholen können. Aufgrund der besonderen Umstände, hat er gesagt.« Ich schöpfte Hoffnung. Wenn ich schon nicht bei Gabi leben konnte, war das Reihenhäuschen von Oma und Opa auf dem Dorf das Nächstbeste. »Wir gehen vors Familiengericht und fechten diese unsinnige Erklärung an. Das kann nicht rechtens sein, dass dieser ... dieser *Hippie*«, seine Stimme überschlug sich fast, »dich jetzt bekommt, nachdem er deiner Mutter so viel kaputt gemacht hat.«

Eisige Kälte breitete sich in meinem Bauch aus. Der große Zankapfel zwischen Mam und meinen Großeltern, so lange ich zurückdenken konnte. Der zuverlässig jedes Mal ins Spiel gebracht wurde, wenn wir hinfuhren oder sie uns besuchten. In einer schnippischen Bemerkung meiner Oma. Einer hochgezogenen Braue meines Opas. Und manchmal auch in Form einer hitzigen Diskussion, nach der Mam ihrer Wut in einer großen Putzaktion Luft machte oder am See laufen ging. Sie hatten es Mam nie verziehen, sich mit Ted eingelassen zu haben. Dass sie mich so früh bekommen und mir dann auch noch einen so schrägen Vornamen gegeben hatte (statt Lisa oder Laura, wie Oma es wollte). Und noch viel weniger hatten sie es ihr verziehen, dass Mam kurz nach der Trennung ihr Jurastudium hingeschmissen und den Job bei Foto-Wolters angenommen hatte. Erst als Aushilfe, später, nach vielen Lehrstunden bei Herrn Wolters und nach den Workshops, zu denen er sie schickte, als Fotografin. Dabei konnte jeder sehen, wie glücklich Mam in diesem Job gewesen war. Man hatte es ihr bei der Arbeit angesehen und man hatte es den Fotos angesehen. Meine Augen wanderten zu dem Bilderrahmen auf meinem Nachttisch.

»Hörst du, Amber?«

»Ja«, piepste ich.

»Wir lassen das nicht zu, dass dieser Vagabund uns unser einziges Enkelkind wegnimmt!«

Irgendwie wurde ich das Gefühl nicht los, dass es ihm gar nicht wirklich um mich ging. Um das, was ich wollte und was gut für mich war. Ich schluckte.

»Ich ... ich muss Schluss machen, Opa. Das wird sonst zu teuer«, schwindelte ich. Ted hatte gesagt, es würde nichts ausmachen, wenn meine Telefonrechnung hoch ausfiel, er würde ja jetzt ganz gut an der Uni verdienen und könne schon verstehen, dass mir diese Verbindung nach Deutschland wichtig war.

»Wir melden uns, ja? Tschüss, Amber!« Im Hintergrund hörte ich meine Oma rufen: »Tschüss, Mäuschen! Bis bald!«

Ich legte auf und starrte in die Dunkelheit. Erst jetzt hatte ich wohl so richtig kapiert, wie sehr ich zwischen allen Stühlen saß. Dass ich nirgendwo mehr richtig hingehörte.

Im Nebenzimmer klackerte Teds Tastatur. Ich schob mich vom Bett herunter und tapste auf Socken über den Flur.

Die Tür zu seinem Arbeitszimmer stand offen; der Schein der Aluminiumlampe fiel über den Schreibtisch und beleuchtete Teds konzentrierte Miene. Die Hände in den Taschen meiner Jeans, lehnte ich mich gegen den Türrahmen. Wenn es in der Sacramento Street still wurde, so wie jetzt, konnte ich aus der Ferne das unaufhörliche metallene Rattern der Cable Cars aus der parallel verlaufenden California Street hören, und ab und zu das Gebimmel ihrer Glocken. Erst mitten in der Nacht, irgendwann nach eins, verstummten diese Geräusche, aber wenn ich morgens gegen sechs schlaftrunken ins Bad taumelte, hatten sie schon wieder eingesetzt.

»Hey.«

Teds Kopf ruckte hoch und sofort erschien ein Lächeln auf seinem Gesicht. »Hey.« Er warf noch einen schnellen Blick auf den Bildschirm und griff dann zu seinem Kaffeebecher, der zwischen den Papierstapeln eingeklemmt stand. »Vorhin kam die Mail, dass deine Sachen da sind. Ich ruf gleich morgen früh wegen eines Transporters an und dann holen wir sie so schnell wie möglich.«

Ich nickte und ließ meine Augen durch den Raum wandern. Der Ballen Plastikfolie hinter der Tür war verschwunden und hatte einen massigen und sichtbar alten Ledersessel enthüllt. Auch einige der Kisten fehlten; ihr Inhalt hatte die Regale und Vitrinen bezogen, darunter mehrere grotesk aussehende Statuen und Figuren, die im Zwielicht schauerlich wirkten. Kein Wunder, dass ich nachts schlecht schlief.

Ted trank einen Schluck Kaffee und musterte mich dann über den Becher hinweg. »Hast du was auf dem Herzen?«

Ich schüttelte den Kopf und lehnte die Schläfe gegen das Holz des Rahmens.

»Ich aber.« Ich sah ihn fragend an und er verzog das Gesicht. »Ich werde in den nächsten Wochen länger arbeiten müssen. Lässt sich leider nicht ändern, obwohl ich«, er nickte zum Computerbildschirm hin, »bis zuletzt alles versucht hab, das umzuorganisieren. Deshalb wollte ich dich bitten, nach der Schule im Beacon zu bleiben, bis ich dich abhole.«

Beacon, *Leuchtturm*, hieß das Programm der Jefferson High, das den Schülern ab dem Nachmittag bis zum Abend Betreuung anbot. Gruppen für Yoga, Tai-Chi und Kickboxen gab es dort, Kunst-AGs, die Möglichkeit, am gleichnamigen Magazin mitzuarbeiten, und verschiedene Clubs für Afroamerikaner, Asiaten, Schwule und Lesben. Regelmäßige Treffen von Literaturfans fanden dort statt und auch speziell eines für Mädchen. Man konnte in den Räumen des Beacon aber auch einfach nur unter Aufsicht Hausaufgaben machen oder in einem anderen Zimmer mit seinen Mitschülern auf Sitzecken abhängen.

»Ich kann doch selbst mit dem Bus hierherfahren.«

Ted trank noch einen Schluck Kaffee. »Mir wäre es aber lieber, wenn du deine Zeit mit Gleichaltrigen verbringen würdest als alleine hier zu Hause. Das tut dir auf Dauer nicht gut.« Als ich schwieg, fügte er hinzu: »Und es ist nicht so, dass ich dir nicht traue – aber San Francisco ist keine deutsche Kleinstadt. Der Gedanke, dass du eines Tages die Stadt auf eigene Faust erkunden willst, macht mir Angst. Hier«, sein Kaffeebecher beschrieb einen Bogen, »in Nob Hill ist das kein Problem, hier ist es ruhig. Aber sonst überquert man in der Stadt manchmal nur eine Straße und ist auf einmal in einer Gegend, wo man besser nicht allein unterwegs sein sollte. Oder überhaupt nicht hingehen sollte. Besonders bei Dunkelheit. Besonders als junges Mädchen.«

Da ich sowieso nicht vorhatte, allein durch die Stadt zu ziehen, zuckte ich mit den Schultern. »Okay.«

»Danke.« Er wirkte ehrlich erleichtert, dann zogen sich seine Brauen aber doch zusammen. »Du weißt, was du tust, wenn dir etwas passiert?«

Meine Augen zuckten an die Decke. »Jaaa. Notruf wählen. Neun-eins-eins.« *Nine-Eleven.* Gruselig.

»Gut.« Ted nickte, dann schielte er mich von der Seite her an. »Sicher, dass du nicht doch was hast, über das du mit mir reden wolltest? Ich hoffe, du weißt, dass du mit allem zu mir kommen kannst.«

Ich zuckte wieder mit den Schultern. Selbst wenn ich gewollt hätte – ich hatte nicht die geringste Ahnung, wie ich das, was mich beschäftigte, auch nur halbwegs in Worte fassen sollte.

Ted ließ sich in seinem Stuhl zurückfallen und fuhr sich unter einem tiefen Ausatmen mit einer Hand durch die Haare. »Schau, Amber, mir ist klar, dass ich für dich ein lausiger Vater war. Und glaub mir, wenn es irgendwie gegangen wäre, hätte ich's besser gemacht. Und jetzt will ich's besser machen, aber ich hab noch nicht viel Übung. Deshalb sag's mir bitte, wenn dir was zu viel ist oder wenn dir was fehlt.« Er lachte kurz auf. »Die einzige Erfahrung, die ich da hab, ist meine eigene Jugendzeit. Und die war nicht besonders toll.«

Ich kaute auf meiner Unterlippe herum. Irgendwann einmal hatte ich Mam gefragt, ob ich in Amerika auch Großeltern hätte und vielleicht Onkel und Tanten, Cousins und Cousinen. Mam hatte mir über den Kopf gestrichen und gemeint, das sollte ich Ted besser selber fragen. Aber irgendwie kam es nie dazu; das Einzige, was ich wusste, war, dass Ted eine Schwester in New Jersey hatte. Aber er klang nicht so, als ob er darüber reden wollte. Also drängte ich nicht weiter.

Stattdessen rubbelte ich mit der Sohle meiner Socke über den Holzboden und fragte leise: »Gehst du am Wochenende auch wieder joggen?«

9

Ich dribbelte die Rädchen des Zahlenschlosses auf Mams Geburtsdatum, öffnete die Tür meines Schließfachs und fing an, meinen Kram zusammenzupacken, um zum Beacon hinunterzugehen und dort meine Hausaufgaben zu machen. Noch 676 Tage.

Fast einen Monat war ich jetzt hier in San Francisco und allmählich wurde das Leben hier Alltag. Alles lief nach Plan: Lange Schultage bis Viertel nach drei montags, dienstags, freitags; kürzere Schultage bis halb drei mit Blockunterricht wie Chemie, Sport oder Bio mittwochs und donnerstags. Nur die krummen Uhrzeiten wie 9:17 oder 11:41 fand ich noch gewöhnungsbedürftig, und genauso, dass die Stunden an den langen Schultagen zu ganz anderen Uhrzeiten begannen als an den kürzeren. Danach machte ich im Beacon meine Hausaufgaben, bis Ted mich gegen sieben abholte und noch für uns kochte. Samstags und sonntags gingen wir morgens unsere Joggingrunde drehen. Meistens fuhren wir zum Golden Gate Park, in dem wir uns ständig neue Routen durch das mit Bäumen und Sträuchern dicht bewachsene Gelände suchten. Mal zwischen anderen Joggern, Spaziergängern und fotografierenden Touristen am japanischen Teegarten mit seinem Pavillon in Rot und Gold vorbei und an dem See mit den darauf umherpaddelnden Enten, an dem es eine Bootsvermietung und rotzfreche graue Eichhörnchen gab, mal bei der holländischen Windmühle am anderen Ende des Parks oder an dem riesigen altmodischen Gewächshaus unter Palmen, dessen Glasscheiben unter der Sonne silbern glänzten. Ab und zu fuhren wir auch zum Rand des Presidio; unter dem Geschrei der Möwen die Uferpromenade entlangzulaufen, mit Blick auf die Bucht von San Francisco, die Golden Gate Bridge und an klaren Tagen über die braunvioletten Hügel der Küste von Sausalito und auf Angel Island – das hatte schon was. Frisch geduscht gingen wir nach dem Frühstück im Supermarkt einkaufen oder brachten unsere Wäsche zu Dewey (Lewey?) ins Leroy's, und nachdem ich auch den letzten Karton aus Deutschland ausgeräumt und meine Sachen in den Regalen und im Kleiderschrank verstaut hatte, lernte ich für die Schule oder las, während Ted arbeitete.

Lautes Gejohle kam vom Ende des Korridors her und ich spähte an der rot lackierten Metalltür des Schließfachs vorbei. In halsbrecherischem Tempo jagten nebeneinander zwei Rollstuhlfahrer heran; unter erschrockenem Quieken sprangen ein paar Schüler beiseite, die genau in ihrem Weg standen.

»Hi!«, rief mir der blonde Rollstuhlfahrer in der schwarzen Jacke im Vorbeijagen atemlos zu, während sein Konkurrent mit verbissen zusammengekniffenem Gesicht stumm an mir vorbeisauste.

»Hi, Ben«, rief ich hinterher, bevor die beiden scharf abbremsten, um das Wettrennen hinter dem Knick am anderen Ende des Flurs fortzusetzen. Ben war mit mir im Kurs für Literatur und war genauso begeistert von F. Scott Fitzgerald wie ich und fand Doctorow genauso bescheuert, was er Mr Woolff auch in sehr deutlichen Worten erklärt hatte. Sandra fand es *voll krass!*, was ich ihr in meinen Mails über die Jefferson High schrieb. Von Arnold, der das Tourette-Syndrom hatte und in Mathe immer mal wieder heiser aufschrie und Flüche vor sich hinzischte, oder von Tanya, die nach einem Unfall auf dem Motorrad ihres Bruders eine Beinprothese trug und trotzdem bei mir im Sportkurs war. Oder von Cheryl, die erst mal ihren Platz in Kunstgeschichte mit Desinfektionsspray behandelte und mit einem Stapel Papiertaschentücher abrieb, bevor sie sich setzte. *Voll die Freak-Show bei euch!*, hatte Sandra mir geschrieben, aber mir kam das inzwischen ganz normal vor. Und schließlich hatte ich genauso mit etwas zu kämpfen, auch wenn man das vielleicht nicht auf den ersten Blick sah. Die Leute hier gingen besser damit um und für mich machte es die Sache irgendwie leichter; leichter als es an einer Schule voller »Normalos« gewesen wäre.

Aber obwohl ich froh war, dass ich in der bunt zusammengewürfelten Masse der Schüler an der Jefferson High untertauchen konnte, fühlte ich mich manchmal doch verdammt allein. Als hätte ich die Glasscheibe, die mich in Deutschland von den anderen getrennt hatte, mit hierhergebracht. Und dass ich mit kaum einem Mitschüler mehr als zwei Kurse gemeinsam hatte, machte es nicht einfacher. Ich war einigermaßen okay, mehr aber auch nicht. *Das wird schon noch*, hatte mich Gabi letzten Sonntag am Telefon zu trösten versucht. *Hab ein bisschen Geduld! Vor allem mit dir selbst.*

Seufzend stellte ich meinen Rucksack auf dem Boden ab und streckte die Hand nach meiner Jacke aus, als ich aus dem Augenwinkel etwas aufleuchten sah. In Knallpink. Oder Magenta.

Matt Chang stiefelte den Korridor entlang, in einer übergroßen Kapuzenjacke und die Baggypants in Falten auf den Sneakers aufstehend; offenbar hatte eine Vorladung zur Rektorin wegen eines Verstoßes gegen die (übrigens recht lässige) Kleiderordnung an der Jefferson High andere Konsequenzen als das Umfärben der Haare von punkig zurück auf normal.

Ein *Hi* lag mir schon auf der Zunge, aber den Blick ganz auf das Display seines iPods gerichtet, schlappte er einfach auf quietschenden Gummisohlen an mir vorbei, eingehüllt in den Klang scheppernder Beats und dunkler Bässe aus seinen Kopfhörern. In Geschichte ließ er zwar keine Gelegenheit aus, Witze zu reißen, aber außerhalb der Stunde sah ich ihn immer nur mit verstöpselten Ohren, den Blick irgendwie nach innen gekehrt. Manchmal saß er so auch in der Cafeteria über sein Tablett gebeugt, wenn er nicht mit ein paar Jungs zusammenhockte, die aussahen, als wollten sie am nächsten Casting für *The Big Bang Theory* teilnehmen.

Ich zog meine Jacke aus dem Schließfach und hielt inne. Plötzlich fühlte ich mich unbehaglich. Fast wie dieses Gefühl, das einem durch Mark und Bein fährt, wenn Kreide über die Tafel kreischt. Und ein bisschen so, als würde ich beobachtet.

Ich wandte den Kopf. Der Korridor lag leer und verlassen da. Nur an der Tür zur Jungstoilette lehnte eine schmale Gestalt in hellen Jeans und weißem Hemd. Ein Junge mit stoppelkurzen Haaren, der mich fixierte, die umschatteten blauvioletten Augen beinahe schwarz im blassen Gesicht. Ich konnte mich nicht erinnern, dass er in einem meiner Kurse saß, aber ich hatte ihn schon einmal irgendwo hier an der Schule gesehen. Ein Gesicht in der Flut von rund zweitausend Schülern, die jeden Tag an mir vorüberzog und von denen ich nur einen Bruchteil langsam zuordnen lernte.

Ein erstickter Laut, ein mehrfaches Poltern und Klatschen ließen mich herumfahren. Aufgeschlagene Bücher und lose Blätter breiteten sich auf dem Boden aus. Dahinter kniete ein Mädchen mit langen schwarzen Haaren, die ihr ins Gesicht fielen, genauso pechschwarz wie ihre Jeans und ihre Sneakers. Sie sammelte ihre Sachen wieder ein. Ich stopfte meine Jacke zurück in das Schließfach und ging zu ihr. »Warte, ich helf dir …«

»Verpiss dich!« Ihre Hände zitterten, während sie ihre Notizen und Bücher zusammenraffte; ihre Nägel sahen abgekaut aus und der schwarze Nagellack darauf war abgeblättert.

Meine Brauen hoben sich. »Ich wollte dir doch nur hel…« Ich verstummte.

Das Mädchen trug einen schwarzen Pullover mit überlangen Ärmeln; an einem davon war auf der Höhe des Handgelenks ein Stück Naht aufgeplatzt, und für einen Sekundenbruchteil glaubte ich, ich hätte eine wulstige, längs verlaufende Narbe auf der Innenseite aufblitzen sehen, grell leuchtend auf ihrer olivfarbenen Haut.

Sie warf den Kopf zurück und musterte mich unter verkniffenen Brauen. Eigentlich war sie unwahrscheinlich hübsch mit ihrem herzförmigen Gesicht und den riesigen nussbraunen Augen. Aber der fast weiße Puder, den sie aufgetragen hatte, ließ ihre Haut fleckig wirken, und der breite schwarze Kajalrand und der extrem dunkle Lippenstift erschlugen ihre feinen Züge. »Is was?!«

»N-nein.« Mein Blick blieb an dem massiven silbernen Kruzifix hängen, das an einer langen Kette vor ihrer Brust baumelte.

»Dann glotz nicht so!« Ihre Unterlagen in den überkreuzten Armen an sich gepresst, stand sie schnell auf, wirbelte auf dem Absatz herum und hastete im Laufschritt davon.

Zu verdutzt, um gekränkt zu sein, sah ich Goth-Girl hinterher. Dann drehte ich mich um.

Der Junge an der Toilettentür war verschwunden.

Im Foyer hatte ich fast die Treppe ins Untergeschoß zum Beacon erreicht und hörte schon das Gelächter und die Stimmen aus dem Raum mit der Sitzecke, als es in der Seitentasche meines Rucksacks vibrierte. Ich zog mein Handy hervor und öffnete die Nachricht.

Von: Ted
Sitzung wird heute länger dauern, schaff's nicht! Iss bitte was in der Cafeteria, lass Dir ein Taxi kommen und bezahl mit Kreditkarte. Sorry!

Mit einem komischen Rumoren im Bauch starrte ich noch auf die SMS, als jemand nach mir rief.

»Amber!« Ich hob den Kopf. In einem figurbetonten, geblümten Kleid, grober Strickjacke mit passendem Schal und schicken Stiefeln kam Sharon auf mich zugelaufen, ihre große Umhängetasche über der Schulter. »Hi! Wir wollen gleich noch zum Union Square, shoppen gehen. Hast du vielleicht Lust, mitzukommen?«

»Also«, begann ich zögernd, »eigentlich ...«

Ich war nicht auf diese Welcome-Back-Party gegangen und auch nicht auf die Party zwei Wochen später; ich hatte Ted nicht einmal gefragt, ob ich durfte, und mich bei Sharon damit entschuldigt, ich müsse lernen. Was nicht einmal gelogen war. Ich hatte immer gehört, das Niveau an amerikanischen High Schools sei so erschreckend niedrig. Vielleicht stimmte das sogar – aber nicht, wenn man wie ich für mehrere Advanced-Placement-Kurse angemeldet war, damit mein Abschluss später mal genauso viel wert war wie ein deutsches Abi. An der Jefferson High merkte ich deutlich, wie sehr ich in den letzten Monaten an meiner alten Schule abgesackt war, weil ich ständig mit den Gedanken woanders war und keinen Kopf hatte für Mathe, Bio und Französisch; ich musste mich ganz schön anstrengen, wieder reinzukommen. Aber ich hatte auch nichts dagegen, viel für die Schule zu machen, das lenkte mich ab und ließ die Tage ein bisschen schneller vergehen.

Ich blickte an Sharon vorbei zu Danielle, die mir zuwinkte, und zu Felicia, die sich gerade mit dem Schminkspiegel in der Hand frisches Gloss auflegte. Die drei wirkten so … normal. Mich packte die Sehnsucht, selbst wieder normal zu sein. Ein ganz normales Leben zu führen. Mit Freundinnen durch die Stadt zu bummeln, in einem Café zu hocken und über Jungs zu reden, über doofe Lehrer, nervige Eltern und den neuesten Kinofilm, dabei zu kichern und zu lachen und mich einfach gut zu fühlen.

»Klar«, antwortete ich kurz entschlossen.

10

Die Powell Street hinunter zum Union Square ließ mir die Augen übergehen und das Getümmel dort überrollte mich geradezu.

Dichter Verkehr herrschte hier, mit den typischen amerikanischen Hupkonzerten und ihren weit entfernten Echos, den Sirenen von Feuerwehr und Rettungsdienst; von irgendwoher schmiegte sich der softe Saxophon-Blues eines Straßenmusikers dazwischen. Und auf und ab zogen sich ratternd und klingelnd die Cable Cars, an deren Haltestangen Trauben von Touristen hingen. Am Ende der Straße wurden die Cable Cars auf einer Plattform gedreht, um danach wieder mit einer neuen Fuhre Menschen, die geduldig in einer langen Schlange dafür anstanden, die Steigung hinaufzuruckeln. Ein Gemisch aller möglichen Nationalitäten drängelte sich hier, die unterschiedlichsten Sprachen waren zu hören, sogar Süddeutsch und Schweizerdeutsch. Sich im Gehen zu unterhalten, war in dem Lärm, dem Stimmengewirr so gut wie unmöglich, und ich musste mich darauf konzentrieren, die anderen im Gedränge nicht zu verlieren.

Entlang der abschüssigen Straße kamen wir an einer großen Buchhandlung vorbei, die von außen ebenso gediegen wie gemütlich aussah. Sharon, Danielle und Felicia hatten aber keine Augen für die Bücher und auch an dem prunkvollen Hotel namens Sir Francis Drake waren sie eilig vorbeigegangen. Fasziniert drehte ich mich noch einmal nach den Pagen vor der Tür um, die rote Kostüme wie Diener der Tudor-Zeit trugen, mit weißen Halskrausen und weißen Handschuhen, und dazu ulkige schwarze Hüte mit Stoffblümchen rings um die Krempe. Dann holte ich schnell zu den anderen auf. Neben allen möglichen Boutiquen und edlen Parfümerien wie Sephora, neben Starbucks und einem sehr hippiemäßig aussehenden Plattenladen gab es auf der Powell Street auch einen Fanshop der San Francisco Giants und Saks Fifth Avenue, ein Nobelkaufhaus, das mit seiner imposanten Fassade aussah, als müsste man erst mal seine Kreditkarte prüfen lassen, ehe man es betreten durfte.

Ich sah den Bankern und Geschäftsleuten in ihren feinen Anzügen hinterher, den Businesswomen in ihren Kostümen und den flippig angezogenen jungen Leuten. Im Sonnenschein dieses milden Januartags wirkte alles so intensiv und lebendig, im besten amerikanischen Sinne *eaasyyy*, und ich fand es einfach nur WOW!

Ich konnte gerade noch verblüfft einen Blick auf einen rappeldürren Asiaten mit Mega-Sonnenbrille und gegelten Haaren erhaschen, der in knallenger Jeans und schwarzer Bikerjacke über die Straße tänzelte und dabei eine Luxus-Handtasche so gekonnt auf dem Unterarm schaukelte, dass es Bruce Darnell Glückstränen in die Augen getrieben hätte, als mich Sharon bei der Hand nahm und weiterzog.

Ausladende Palmen säumten den quadratischen Union Square, der auf drei Seiten von Hochhäusern aus hellem Stein, aus Glas und Stahl umgeben war, und die Ladengeschäfte im Erdgeschoss trugen Namen wie Tiffany oder Louis Vuitton. Am Ende dieses Platzes betraten wir Macy's, innen blendend hell erleuchtet und kühl glänzend und für mich ebenso einschüchternd wie die sorgfältig geschminkten Maskengesichter der Verkäuferinnen.

»Und? Wie findet ihr's?« Mit erwartungsvoller Miene, die Hände in die Hüften ihrer Jeans gestützt, schritt Felicia aus der Umkleidekabine. Sanfte Musik durchperlte die in Weiß gehaltene Abteilung mit der schmeichlerischen Beleuchtung in einem der oberen Stockwerke des Kaufhauses.

Meine Brauen rutschten hoch. Das goldglitzernde Top, das Felicia da anprobierte, stand ihr zwar gut zu ihrer braunen Haut, bedeckte davon aber auch wirklich nur das Allernötigste; vermutlich würde bei der nächsten Bewegung ihre üppige Oberweite irgendwo rausfallen. Die Klamotten hier waren entweder spießig und mehr was für meine Oma oder im Gegenteil so extravagant, dass sie besser nach Las Vegas gepasst hätten. Und die wenigen Sachen, die ich ganz nett fand, waren wahnsinnig teuer.

»Toooooll!«, schwärmte Danielle und ließ das knallrote Satinfetzchen sinken, das sie gerade noch auf seinem Bügel hin- und her gedreht hatte.

»Oh Mann, Felicia!«, rief Sharon lachend. »Deine Mom fällt tot um, wenn sie dich darin sieht.«

Ich wandte mich rasch ab und befingerte heftig blinzelnd ein Preisschild an dem Kleiderständer neben mir. Als Danielle mich mitfühlend am Arm berührte, zuckte ich nur mit den Schultern und schlängelte mich durch die Kleiderständer hindurch, als ob ich in einiger Entfernung etwas Interessantes entdeckt hätte.

»Ich glaub, ich muss dann auch langsam nach Hause«, meinte ich matt, als wir Macy's endlich verließen. Meine Füße taten mir weh von dem ewigen Hin- und Herlaufen durch die einzelnen Stockwerke und Abteilungen, und mir war leicht übel von den ungefähr dreiundachtzig Parfums, die wir uns in der Kosmetikabteilung von einer perfekt gestylten Verkäuferin auf Duftstreifen hatten aufsprühen lassen.

»Ach komm, jetzt wird's doch erst richtig lustig«, widersprach mir Felicia, wechselte ihre Tüten in die andere Hand, hakte sich bei mir unter und schob mich unnachgiebig die Straße entlang. »Jetzt schauen wir uns die wirklich schicken Sachen an!« Lustlos trottete ich neben ihr her.

»Hast du in Deutschland eigentlich einen Freund?«, wollte sie mit einem schnellen Seitenblick wissen, als wir an den ebenso sparsam wie vornehm dekorierten Auslagen von Prada, Bulgari und Burberry vorbeischlenderten.

Hatte ich noch einen? Ich wusste es nicht. Zweimal hatten Lukas und ich noch hin- und hergesimst. Beim ersten Mal hatte er noch geschrieben, dass er mich vermisste; beim zweiten Mal schon nicht mehr. Seitdem hatte ich nichts mehr von ihm gehört, aber zumindest gestern war sein Beziehungsstatus auf Facebook noch der alte gewesen.

»Sonst verkuppeln wir dich mit meinem Bruder«, rief Sharon hinter uns.

»Oh ja«, begeisterte sich Danielle neben ihr. »Jeff ist klasse! Er ist Senior, sieht total gut aus und spielt als Quarterback bei den Eagles!«

»Na«, meinte Felicia mit einem weiteren Seitenblick auf mich, »vorher müssen wir aber noch ein bisschen was aus dir machen!«

Ich schaute an mir hinunter, auf meine Converse, die Schlagjeans und auf meine Lieblingsbluse in Oliv und Grau unter der Khakijacke und warf dann einen Blick in die Schaufensterscheibe, die mir mein durchsichtiges Spiegelbild mit dem ungeschminkten Gesicht und den offenen Haaren zeigte, die eben – na ja, einfach *Haare* waren. »Ich find mich okay so.«

»Ja, *okay*«, gab Felicia belehrend zurück. »Aber *okay* reicht eben nicht als Freundin eines Quarterbacks!«

Abrupt blieb ich stehen. Was tat ich hier eigentlich? Ich würde nie dazugehören, nicht zu Mädchen wie Sharon, Felicia und Danielle, und ich wollte es auch nicht; lieber blieb ich allein. Ich riss mich von Felicia los und machte auf dem Absatz kehrt. Die Stimmen der drei, die meinen Namen riefen, blendete ich einfach aus, genau wie alles andere. Ich wollte weg hier, allein sein. Ich vermisste Mam, und ich vermisste mein Leben, wie es einmal gewesen war. Und ich hatte schreckliches Heimweh. Wie auf Autopilot geschaltet, schaffte ich es über eine große Straße, ohne angefahren zu werden, und blind und taub marschierte ich einfach weiter.

Nur langsam klarte das wattige Gefühl in meinem Kopf auf. Nach und nach drangen wieder Geräusche zu mir durch, nahm ich Stück für Stück wieder meine Umgebung war. Glatte Fassaden aus Backstein oder Beton, die Einfahrt zur Tiefgarage eines Hotels. Ich blieb stehen und sah mich um.

Ich hatte keine Ahnung, wo ich war.

Kurz durchzuckte mich der Gedanke, Ted anzurufen, aber dazu hätte ich erst einmal ungefähr wissen müssen, wo ich mich befand. Außerdem hatte er seine wichtige Sitzung – und welche Standpauke mich danach erwartete, wollte ich mir lieber nicht vorstellen. Bevor ich diese Kröte schluckte, würde ich wenigstens versuchen, irgendwie selbst den Weg in die Sacramento Street zu finden.

Ich schlüpfte in den zweiten Schultergurt und rückte mir den Rucksack zurecht, bevor ich weiterging. Immer wieder warf ich bange Blicke nach oben, von wo sich dicker Nebel in die Häuserschlucht senkte und den ersten Hauch von Dämmerung mitbrachte. Totenstill war es hier; ein Auto brauste vorbei und einige Augenblicke später noch eines, danach war die Straße wieder leer.

Als ich nah genug war, um das Straßenschild hinter der nächsten Kreuzung zu lesen, atmete ich auf. Leavenworth – diese Straße kannte ich, ich musste ihr nur folgen; vielleicht würde ich unterwegs auch an einer Bushaltestelle vorbeikommen und sicher an einem Laden oder Lokal, in dem ich nach dem Weg fragen und bestimmt auch ein Taxi bestellen konnte.

Ich wollte gerade in die Leavenworth einbiegen, da richteten sich drei Augenpaare auf mich. Die bulligen Typen, die an der Ecke herumlungerten, waren deutlich älter als ich, aber noch nicht so alt wie Ted. Zwei schwarz, einer weiß, in abgetragenen Jeans und Parka oder Armeejacke; der Weiße schlenkerte unaufhörlich unter klirrendem Geräusch einen schweren Schlüsselbund in den Fingern. Mein Magen krampfte sich zusammen und mit gesenktem Kopf ging ich geradeaus weiter. Schnell, denn ich hörte Schritte hinter mir. Neben mir. Ein massiger Körper schob sich mir in den Weg und bremste mich aus. Ich wollte zur Seite ausweichen, doch auch dort baute sich einer der Typen vor mir auf.

»Na, Süße, Schule schon aus für heute?«, raspelte der vor mir mit rauer Stimme.

Ich machte einen Schritt nach vorne, um mich zwischen den beiden durchzuschieben; jemand packte den Griff meines Rucksacks und riss mich zurück, und der vor mir grapschte sich meine Oberarme.

»Hey, hey, immer langsam, Missy.«

Ich roch Alkohol und speckige Haut, muffige Kleidung und alten Schweiß; ihnen in die Gesichter zu schauen, brachte ich nicht fertig. Ich ruckte an meinen Armen und wand mich in dem Griff der behaarten, von Tattoos überzogenen Hände, tat mir damit aber nur selber weh. *Schrei um Hilfe! Na los! Schrei!* Aus meinem Mund kam nur ein ängstliches Fiepen.

»Was haben Mommy und Daddy dir denn Schönes eingepackt?« Der neben mir riss den Reißverschluss der Seitentasche auf. »Nun schaut euch den alten Knochen an!« Mein Handy krachte auf den Asphalt; einzelne Plastikteile splitterten ab, und der Motorradstiefel, der gleich darauf hinabdonnerte, gab ihm den Rest. An meinem Rucksack wurde herumgezerrt, und ich dachte an meinen Laptop, der noch so gut wie neu war, kaum ein Jahr alt, mit all den Mails von zu Hause darauf und meinem Aufsatz für Literatur, und an meinen MP3-Player mit all den Songs, die mir etwas bedeuteten. Der Typ neben mir pfiff durch die Zähne und hielt mir meine Kreditkarte unter die Nase.

»Da hast du aber einen lieben Daddy! Bist bestimmt ein ganz braves Mädchen, oder?«

Mein Geldbeutel. Sie hatten meinen Geldbeutel. Mit einem Foto von Mam darin. Mir rutschte ein trockener Schluchzer heraus, und dann erst hörte ich selbst, wie laut und keuchend mein Atem ging.

Eine schwere Hand legte sich auf meine Hüfte und wanderte abwärts, um meine Hosentaschen abzutasten. Ich senkte den Kopf weiter und zielte, holte mit dem Fuß aus und kickte den Typ vor mir mit aller Kraft scharf vors Schienbein; ich konnte es förmlich knirschen hören. Er brüllte auf, sein Griff lockerte sich und ich riss mich los.

Ich spürte den Luftzug von Händen, die nach mir griffen; mit einem Ruck spannte sich meine Jacke an. Mein Ellenbogen schnellte zurück und knallte gegen etwas Hartes; Stoff ratschte, dann stolperte ich vorwärts und begann zu laufen.

Hinter mir hörte ich Stimmen und schnelle Schritte und ich legte einen Zahn zu. Der Rucksack rüttelte auf meinem Rücken hin und her und schlug mir ins Kreuz und Haarsträhnen klebten mir im feuchten Gesicht. Die Häuser links und rechts verflossen zu verwackelten Schlieren, während ich rannte, so schnell ich konnte. Ich schlug Haken wie ein Hase, bergauf und wieder bergab, in Seitenstraßen hinein und um Hausecken herum, und flog irgendwann über eine breite Straße hinweg; hinter mir kreischten Bremsen, dröhnten empört mehrere Autohupen. Lichter flammten auf und erhellten die Dämmerung. Schon längst wusste ich nicht mehr, ob das Pumpen und Stampfen in meinen Ohren von den drei Typen hinter mir kam oder von meinem eigenen Atem, meinem eigenen Pulsschlag. In meinen Muskeln zog es, in meinen Lungen brannte es wie Feuer, und der Nebel, der sich langsam herabsenkte, biss mich in der Kehle. Ich wusste nicht, wo ich war, wo ich hinlief, aber ich konnte einfach nicht aufhören. Ich konnte nicht stehen bleiben. *Runner's High.*

Ich setzte über eine Straße hinweg und meine Knie gaben nach;

mit der Kappe meines Sneakers blieb ich am Bordstein hängen und strauchelte, taumelte weiter vorwärts und prallte schmerzhaft mit den Rippen und einer Wange gegen einen Eisenzaun. Mit schweißnassen Fingern klammerte ich mich an die Streben und rang nach Luft; gehetzt sah ich mich nach allen Seiten um.

Das rot glühende Auge der Ampel hinter mir starrte mich regungslos an. Im sanften Schein der Straßenlaternen und wohnlich erhellter Fenster lag die Kreuzung verlassen da; dicker Nebel zerstreute das Licht und verschluckte jedes Geräusch außer meinen eigenen flachen, pfeifenden Atemzügen. Vor mir ragte ein Haus in die Höhe, eine finstere Wand, aus der sich zur Laterne hin Türmchen und Giebel und Fenster herausbildeten, halb verborgen hinter Gestrüpp und wuchernden Baumkronen. An einem Pfosten steckte ein großes Schild im Boden und neigte sich windschief in das milchige Licht der Laterne hinein: FOR SALE, stand darauf, darunter eine Telefonnummer.

Über meinen verschwitzten Nacken rann ein Prickeln und mein Kopf fuhr herum. Ich war nicht allein, das spürte ich, aber ich sah niemanden, hörte nichts. Meine Hand tastete sich weiter über die Streben des Zauns. Erschöpft lehnte ich mich dagegen, und mit einem grellen Quietschen, einem rostigen Knarren gab er nach.

Erschrocken starrte ich auf das schmiedeeiserne Tor vor mir, das sich ein Stück weit geöffnet hatte.

II

Ich konnte sie fühlen, noch bevor ich sie hörte oder gar zu Gesicht bekam.

Ein feines, schnelles Schwingen lag mit einem Mal in der Luft und ließ sie erzittern wie das Sirren eines Mückenschwarms. Stärker wurde es und lauter, wie das aufgeregte Flügelschlagen einer Vogelschar. Ich schloss meine Augen und horchte in die Dunkelheit hinaus. Versuchte, dieses Vibrieren einzuordnen und die Richtung zu bestimmen, aus der es kam. Und dann – dann witterte ich ihre Angst. Beißende, säuerliche Angst, die zu mir herüberströmte und an mich heranflutete.

Da waren diese fliegenden, aber schon müden Schritte in schnellem Lauf, die mehr und mehr aus dem Takt kamen, dann unter dem Scheppern von Metall abrupt abbrachen. Und ihr Keuchen, ihr angstvolles, verkrampftes, erschöpftes Keuchen. Ich öffnete die Augen.

Ihr Gesicht leuchtete hell zu mir ans Fenster herauf, während sie es auf der anderen Seite des Zauns hin und her wandte und sich umschaute, ihre Augen riesig vor nackter Furcht und nachtschwarz im Schein der Laterne. Viel mehr konnte ich aus der Entfernung nicht erkennen. Nur dass sie jung war, jünger als ich.

Ich zögerte, fragte mich, für wen die Gefahr größer war. Für sie oder für mich.

Im nächsten Moment spürte ich, wie sie sich innerlich abwandte und von mir entfernen wollte. Und ich wusste, dass ich das nicht zulassen konnte.

»Komm«, raunte ich ihr zu. »Komm her.«

Komm her zu mir. Ich zeig dir den Weg.

12

Ich quetschte mich durch das Tor und stemmte mich dagegen, um es wieder zuzuschieben. Geduckt und mit Beinen wie aus Gummi humpelte ich die Stufen hinauf, ließ aber die hinter Säulen und einer Balustrade zurückgesetzte Tür links liegen und stieg stattdessen auf halber Treppe über den Sims der niedrigen Begrenzungsmauer auf der rechten Seite. Als gehorchte ich einer inneren Stimme, zwängte ich mich durch das Gebüsch und hastete über den hohen Rasen um das Haus herum.

Wie in einem Traum, in dem man sich an Dinge erinnert, ohne genau zu wissen, woher, fand ich die schmale Holztür auf der Rückseite, die in tiefen Schatten lag. Ich lehnte mich dagegen, und unter widerwilligem Ächzen ließ sie sich nach und nach aufdrücken, bis ich mich daran vorbeiwinden und sie hinter mir wieder ins Schloss drängen konnte.

Fahle Lichtstrahlen erhellten von irgendwoher die Dunkelheit, in die ich noch ein paar Schritte hineintaumelte, bevor ich auf die Knie sackte und dann auf meine Handflächen vornüberfiel, dass mir der Rucksack ins Genick stieß. Panisch rang ich nach Luft, die mir in der Brust brannte; Mund, Kehle, Lungen fühlten sich wie verätzt an und meine Rippen wie ineinander verkantet. Ich hustete und keuchte und würgte. Sternchen tanzten mir vor den Augen; mein Magen sauste aufwärts und gleich wieder nach unten und ich musste mich beinahe übergeben. Röchelnd schluckte ich den sauren Geschmack in meinem rauen Hals hinunter.

Meine Beinmuskeln schlackerten, und ich brauchte ein paar Anläufe, bis ich mich aufrappeln und vorwärtsstolpern konnte. Eine kurze Treppe hinauf und durch einen Korridor, der so schmal war, dass ich mich mit beiden Händen links und rechts an den Wänden abstützen und daran entlangtasten konnte, bis er mich in einem hohen, weiten Raum in grauem Dämmerlicht ausspuckte. Die Scheinwerfer eines vorüberfahrenden Autos ließen, von buntem Glas gefiltert, Streifen schwachen Lichts hindurchwandern, blau und violett getönt. Im Wechsel glitten helle Bahnen und sich ausdehnende und wieder zusammenziehende Schatten über den Fuß einer breiten Treppe mit massivem Geländer hinweg, die nach oben führte und sich dort irgendwo in der Finsternis verlor. Teils geschlossene, teils offen stehende Türen konnte ich ausmachen und seltsame Gebilde, die ich erst einige Augenblicke nachdem der letzte Lichtstreif vorbeigewandert war, als von Laken verhüllte Möbelstücke erkannte.

Der Holzboden knarrte unter meinen Gummisohlen, als ich mich in die Mitte des Raums bewegte. Ich schlüpfte aus den Gurten meines Rucksacks, ließ mich niederplumpsen und streckte meine schmerzenden Beine von mir. Noch immer ging mein Atem schnell und mein Pulsschlag hämmerte mir in den Ohren.

Doch nach und nach überwog die satte, dichte Stille um mich herum, die mir verriet, dass ich meine Verfolger irgendwo auf dem Weg hierher abgehängt hatte. Dass ich in Sicherheit war.

13

Ich stand oben an der Treppe und schaute zu ihr hinunter.

Als sie sich niederließ, hockte ich mich ebenfalls hin und sah ihr durch die geschnitzten Streben hindurch zu, wie sie sich mit dem Ärmel über das Gesicht rieb, dann aufseufzend auf den Rücken fallen ließ und die Knie anzog. Immer wieder lief ein Zittern durch ihre Beine, das sie loszuwerden versuchte, indem sie sie locker ausschüttelte.

Ihre Augen waren geschlossen, das konnte ich erkennen, und auch dass ihr langes Haar einen rötlichen Schimmer hatte. Sie war wirklich sehr jung, kein kleines Mädchen mehr, aber auch noch keine Frau. Ich wäre gern zu ihr hinuntergegangen, um sie aus der Nähe zu betrachten. Um mehr von ihrem Gesicht sehen zu können. Aber etwas hielt mich davon ab, eine Art von Scheu, die mir sonst fremd war.

Sie war anders als die anderen, die früher ab und zu hier eingedrungen waren. Die mit betont festen Schritten umhermarschierten, Fenster und Türen aufrissen und die verhüllten Möbel verrückten. Überlaut und forsch hatten ihre Stimmen dabei geklungen, als wollten sie damit die Stille in den Räumen hinausfegen und ihr Unbehagen übertönen. Und keiner von ihnen war je wieder zurückgekehrt.

Sie jedoch war voller Angst hier hereingestürmt; eine Angst, die nun von ihr abperlte und irgendwo im Raum versickerte. Als fühlte sie sich hier gut aufgehoben. Ausgerechnet hier.

Sie verwirrte mich und das ließ mich auf der Hut sein. Vor ihr. Vor mir selbst.

Dennoch verspürte ich Bedauern, als sie irgendwann die Augen öffnete und sich aufsetzte, auf wackeligen Beinen zum Stehen kam und ihren Rucksack aufhob. Ich wollte sie hierbehalten, mehr von ihr sehen, mehr von ihr wissen. Am liebsten hätte ich sie bei den Schultern gepackt und mit Gewalt zurückgehalten. Stattdessen umklammerte ich die Streben der Balustrade vor mir und presste mein Gesicht dagegen.

Bitte bleib, flüsterte ich stumm gegen das Holz. Bleib hier. Bitte.

Ihre Schritte verlangsamten sich und sie wandte sich um. Ein Schaudern lief durch sie hindurch, und eilig ging sie weiter, ein bisschen unsicher in der Dunkelheit und doch zielstrebig. Ich spürte, wie sie sich von mir entfernte und etwas mit sich fortnahm, das ich nicht benennen konnte. Etwas, das ich vorher auch gar nicht gekannt hatte, aber nach dem ich jetzt umso mehr hungerte.

»Komm zurück«, murmelte ich in das Haus hinein, das danach noch stiller dalag als zuvor. Noch leerer.

Morgen. Übermorgen. Irgendwann. Nur komm bitte wieder hierher.

14

Das schmiedeeiserne Tor gab ein klägliches Kreischen von sich, als ich es hinter mir zuzerrte. Vorsichtig schaute ich mich um, aber weit und breit war niemand zu sehen. Dick stand der Nebel auf der Straße, und ich lief hinüber, auf eine Kirche zu, die mit ihrer Backsteinfassade und ihren Rundbögen etwas Altitalienisches hatte. *Christian Science,* erklärte mir das hochkant an einem Pfosten angebrachte Schild, und mein Herz zuckte kurz auf, als ich das Straßenschild daneben entzifferte: California.

Ich machte kehrt und hastete an der Kirche vorbei, den gesamten Häuserblock entlang, und bog an der nächsten Ecke in die Sacramento Street ab. Mit Blicken suchte ich die beleuchteten Hauseingänge ab. 1982. 1980. 1978. Die Hausnummern wurden kleiner und ich atmete auf; ich war auf dem richtigen Weg. Innerlich zählte ich die Querstraßen mit, die meinen Weg kreuzten, und prägte mir ihre Namen ein. Eins. Van Ness. Zwei. Polk. Drei. Larkin.

Mir rutschte ein trockenes Schluchzen heraus, als ich an der nächsten Kreuzung im Schein der Straßenlaterne den schnörkeligen Schriftzug *Lilypad* über den dunklen Schaufensterscheiben lesen konnte und gleich darauf das Schild, auf dem »Hyde« stand. Ich stolperte über die Straße und schleppte mich das letzte Stück bergauf. Auf das Geländer gestützt, zog ich mich die beleuchtete Treppe hoch und wühlte meine Schlüssel aus der Hosentasche. Meine Hände zitterten, und ich brauchte etliche Augenblicke, bis ich die Tür aufbekam. Ich atmete auf, als sie hinter mir ins Schloss fiel; dann blieb ich wie angewurzelt stehen.

Ich starrte mich selbst im Spiegel an. Von meiner Jacke hing ein großer Fetzen lose herunter und die Jeans war komplett verdreckt. Meine zerrauften Haare fielen mir wild ins Gesicht, das verschwitzt war und leichenblass und von roten Flecken überzogen. Und wo ich gegen den Zaun geknallt war, war mein Gesicht angeschwollen und hatte sich blau zu verfärben begonnen. Jetzt erst setzte der Schock ein. Das Begreifen, was mir alles hätte passieren können. Wie unglaublich dumm und leichtsinnig ich gewesen war. Und ich fing zu zittern an.

Als sich die Tür neben dem Spiegel mit einem feinen Klicken öffnete und die schmalzige Musik einer TV-Serie ertönte, fuhr ich zusammen.

»Amber? Wo kommst du denn noch so spät allein … Oh!«

Bestürzt sah mir Mrs Hanson entgegen, den Kopf voller Lockenwickler, über die sie ein giftgrün gemustertes Chiffontuch gebunden hatte; unter ihrem rosafarbenen Morgenmantel lugte der Rüschensaum eines zitronengelben Nachthemds hervor. Neben ihren ebenfalls rosafarbenen Plüschpuschen tauchte ihre Katze auf, glotzte mich aus aufgerissenen Augen an und flitzte dann mit einem entsetzten Miauen wieder in die Wohnung hinein.

»Du siehst ja schrecklich aus!«, rief Mrs Hanson, öffnete die Tür weiter und kam einen Schritt auf mich zu. »Was ist denn passiert? Hattest du einen Unfall? Oder – oder hat dir jemand was getan?«

Wie ein Fisch auf dem Trockenen klappte ich den Mund auf und wieder zu, brachte aber keinen Ton heraus.

»Komm her, Herzchen«, gurrte Mrs Hanson mitfühlend und streckte die Arme nach mir aus. »Komm erst mal rein! Jetzt rufen wir deinen Daddy auf seinem Handy an und verständigen die Polizei. Und solange kümmer ich mich um dich.«

Willenlos ließ ich mich von ihr in die Wohnung bugsieren; wie bei einem kleinen Kind nahm sie mir den Rucksack ab, pellte mich aus der Jacke und verfrachtete mich auf ihr groß geblümtes Sofa, wo sie mir die Sneakers auszog und mich in eine Decke aus Synthetikflausch packte, als ob es draußen Minusgrade hätte, bevor sie ihr Adressbuch herauskramte und erst Ted anrief, dann die Polizei.

Nachdem ich unter den verstörten Blicken der Katze fast eine ganze Flasche Mineralwasser hinabgestürzt hatte, gluckerte es heftig in meinem Bauch. Trotzdem löffelte ich gehorsam noch die Hühnersuppe, die Mrs Hanson mir in der Mikrowelle heiß gemacht hatte, während ich abwechselnd auf die hirnlose TV-Soap und auf eine Vitrine starrte, in der unglaublich viele, unglaublich kitschige Schneekugeln versammelt waren.

Gleichzeitig mit den Polizeibeamten, zwei breitschultrigen Kleiderschränken von Männern in schwarzen Uniformhemden mit Abzeichen und schwarzen Hosen, Schlagstöcken und Pistolentaschen an ihren Gürteln, traf Ted ein. Sein Gesicht wirkte bleich, fast grau, und sein Mund war ein dünner Strich.

Ich konzentrierte mich ganz darauf, in meinem Rest Suppe herumzurühren; ich konnte Ted nicht in die Augen sehen.

Ich wusste, ich hatte gewaltigen Mist gebaut.

15

»Morgen«, gab ich leise von mir, als ich in meinem rotkarierten Pyjama und dicken Socken in die Küche schlurfte, in der das Radio leise gestellt war, leiser als sonst morgens um diese Zeit.

Ted hob den Blick von seiner Zeitung und griff nebenbei zu seinem Kaffeebecher. »Morgen. Willst du nicht ausschlafen?«

Ich schüttelte den Kopf, holte mir einen Becher aus dem Oberschrank und machte mir unter dem Kreischen und Knattern der Maschine einen Kaffee. Sofort nachdem die Polizeibeamten vorgestern Abend gegangen waren, war Ted mit mir noch ins Saint Francis Memorial Hospital gefahren, einen riesigen Betonklotz zwei Straßenblocks entfernt, zwischen Hyde und Leavenworth. In der Notaufnahme, die durch das viele helle Holz und die sanft geschwungenen Linien der Einrichtung selbst im Neonlicht freundlich wirkte, hatte er mit mir gewartet, bis ich untersucht wurde. Tatsächlich hatte ich nur Prellungen an der Wange und den Rippen. Trotzdem hatte mir der nette junge Arzt auf Teds Bitte hin ein Attest geschrieben, wofür ich ihm dankbar war; ich hatte wenig Lust, in der Schule den beachtlich schillernden Bluterguss zu erklären, der sich in meinem Gesicht ausgebreitet hatte.

Mit einer Hand öffnete ich den Kühlschrank, schnappte mir den Milchkanister und drückte die Tür mit dem Ellenbogen wieder zu, bevor ich mich an den Tisch setzte und den Kaffee verdünnte. Verstohlen musterte ich Ted, der offenbar ganz in seine Morgenlektüre vertieft war. Vorgestern, während ich stockend den beiden Polizeibeamten erzählt hatte, was passiert war, war Ted bei Mrs Hanson auf dem Sofa neben mir gesessen; erst nach einiger Zeit hatte ich bemerkt, dass er meine Hand festhielt, und irgendwie war ich froh darum gewesen. Aber gestern, als er nur für seine beiden Vorlesungen an die Uni gefahren war und alle seine anderen Termine verschoben hatte, war er nur noch ernst und einsilbig gewesen, während ich den restlichen Tag in Schlabberklamotten auf dem Sofa herumhing und durch die Glotze zappte.

Unter dem Protest meiner verkaterten Beinmuskeln zog ich ein Knie zu mir hoch und nippte an meinem Milchkaffee. »Es tut mir leid«, wisperte ich schließlich hinter dem Becher hervor.

Ted starrte auf die Zeitung und sein Mund spannte sich an. Dann schüttelte er den Kopf und faltete den Chronicle zusammen. »Nein. Mir tut es leid.« Er setzte seine Brille ab, legte sie auf die Zeitung und rieb sich mit einem tiefen Ausatmen über das Gesicht. »Ich hätte mehr darauf drängen sollen, dass du die Stadt bald kennenlernst und dich hier zurechtfindest. Ich dachte eben, du bist einfach noch nicht so weit. Du bräuchtest noch Zeit. Das war offensichtlich falsch. Ich kenne die Stadt hier, und ich kenne auch die Stadt, in der du groß geworden bist. Ich hätte es besser wissen müssen. Ich hätte dich besser vorbereiten müssen.« Er starrte einige Augenblicke vor sich hin und fügte leise hinzu: »Ich mag gar nicht daran denken, was dir noch alles hätte passieren können.«

Verlegen zog ich auch das zweite Knie hinauf und verschanzte mich zusätzlich hinter meinem Kaffeebecher; auf eine total verdrehte Art fühlte ich mich besser, wenn ich schmerzhaft spürte, was ich mir mit meinem Höllenlauf quer durch die Stadt zugemutet hatte. Es würde noch eine Weile dauern, bis ich wieder daran denken konnte, mit Ted joggen zu gehen.

Ted atmete noch einmal tief durch und setzte seine Brille wieder auf, hinter der er mich anblinzelte. »Ab sofort nehmen wir uns jedes Wochenende einen anderen Teil der Stadt vor. Wir fahren hin, schauen ihn an, und ich zeig dir hinterher noch mal auf dem Stadtplan, wo du hinkannst und wo besser nicht. Okay?«

»Okay«, nuschelte ich hinter meinem Becher hervor.

»Okay.« Ted nickte mir zu, kippte den Rest Kaffee hinunter und stand auf, um seinen Becher in die Spüle zu stellen. Er verschwand durch den Türrahmen, und ich konnte ihn in seinem Arbeitszimmer rumoren hören, bevor er wieder in die Küche kam, seinen Rucksack über der Schulter und sein Sakko in der einen Hand. Mit der anderen legte er einen Umschlag mit dem farbigen Schriftzug eines Handyanbieters und einen kleinen weißen Karton vor mich auf den Tisch. Ich erkannte das schwarze Logo mit dem angebissenen Apfel sofort: ein Smartphone war darin, genau so eines, wie ich es mir die ganze Zeit gewünscht hatte. Mam hatte es für unnötig gehalten, und ich hatte außerdem gewusst, dass es unser Budget gesprengt hätte.

»Hab ich gestern noch schnell besorgt. Du brauchst einfach eines. Die neue Kreditkarte dauert allerdings noch ein bisschen.«

Ich nickte mechanisch, ohne ihn anzusehen, und das »Danke«, das mir eigentlich auf dem Herzen lag, steckte irgendwo in meinem Hals fest.

»Ich kann dich nicht in Watte packen und dir auch nicht verbieten, aus dem Haus zu gehen«, hörte ich Ted leise sagen. »Aber versprich mir bitte, dass du hier in der Nähe bleibst, im Umkreis von drei, maximal vier Blocks, okay?« Ich nickte wieder. »Ein paar Dollar leg ich dir neben das Telefon und dort liegt auch ein Zettel mit meinen Telefonnummern. Bis heute Abend.«

»Bis dann«, flüsterte ich, die Augen immer noch auf den Karton vor mir geheftet, und die Wohnungstür fiel hinter Ted ins Schloss.

Langsam stellte ich den Kaffeebecher ab, zog mir die Ärmel bis über die Fingerspitzen und klemmte die Hände in meine Kniekehlen. Nachdem wir aus dem Krankenhaus zurück gewesen waren, hatte Ted noch telefoniert, um meine Kreditkarte sperren zu lassen, und sicherheitshalber auch die SIM-Karte meines Handys. Mit meinem Leichtsinn hatte ich ihm Umstände gemacht und Sorgen bereitet, und trotzdem blieb er ruhig und schenkte mir sogar ein neues, teures Handy und besorgte mir noch mal eine Kreditkarte. Ich stellte mir lieber nicht vor, was Mam in derselben Situation mit mir gemacht hätte; temperamentvoll wie sie war, konnte sie ganz schön in die Luft gehen, wenn sie sich aufregte, auch bei mir. Was zum Glück nicht oft vorgekommen und immer schnell wieder gut gewesen war. Ich dachte daran, wie wir eigentlich ständig knapp bei Kasse gewesen waren, Mam und ich, weil sie nicht so irre viel verdiente und Ted mit seinen befristeten Forschungsstellen die ganze Zeit über genauso wenig. Und daran, dass Opa und Oma mich zurück nach Deutschland holen wollten. Undankbar kam ich mir vor, weil Ted sich solche Mühe gab und ich nichts anderes wollte, als nach Deutschland zurückzufliegen.

Irgendetwas fühlte sich dabei falsch an, und ich wusste nicht, ob ich das war oder all diese Gedanken, die ich in meinem Kopf nicht zusammenbekam. Wie Puzzleteile, die einfach nicht ineinanderpassen wollten. In meiner Brust verhedderte sich irgendwas und ballte sich schließlich zu einem harten Knäuel zusammen.

Hinterher hätte ich nicht mehr sagen können, warum ich ausgerechnet dorthin zurückging.

Vielleicht war es die leere Wohnung gewesen, durch die ich nach dem Duschen ziellos tigerte. Im Fernsehen kam an diesem Vormittag auf sämtlichen Kanälen nichts Nennenswertes außer ein paar Folgen Navy CIS, die ich schon in- und auswendig kannte, und für eine DVD oder ein Buch hatte ich irgendwie keinen Nerv. Vielleicht war es der Schreck, als plötzlich ein Schlüssel in der Wohnungstür klackte und eine beleibte Frau mit schwarzem Wuschelkopf in rot glänzendem Jogginganzug hereinplatzte: Mrs Ramirez, die ich an meinen Schultagen bisher immer verpasst hatte und die mich erst mit einem Schwall von schnatternden Begrüßungsworten überschüttete und dann besorgt wegen des Blutergusses auf meiner Wange löcherte, bevor sie mit Staubsauger, Wischmopp und Staubwedel bewaffnet wie ein Tornado durch die Räume wirbelte und ich mich in mein Zimmer flüchtete. Sicher lag es nicht an Julias Mail, die alles Mögliche an Neuigkeiten aus der Schule enthielt, die mit mir gar nicht mehr viel zu tun hatten. Und auch nicht daran, dass keine Silbe von dem drinstand, was ich gleich darauf auf Facebook entdeckte.

Lukas Rutloff *ist in einer Beziehung mit* Svenja Herzberger.

Ewig starrte ich auf diese Meldung mit 23 Likes und 18 Kommentaren, gerade mal einen knappen Tag alt, und es tat nicht einmal weh. Eher war ich erleichtert, dass es jetzt endlich raus war und ich es hinter mir hatte.

Möglich, dass es an dem Traum lag, den ich heute Nacht gehabt und der mir ausnahmsweise mal keine Angst eingejagt hatte.

Warum auch immer – ich klappte meinen Laptop zu, zog mir meine graue Kapuzenjacke über und griff mir die Schlüssel. Im Vorbeigehen warf ich Mrs Ramirez, die gerade im Badezimmer das Waschbecken auf Hochglanz polierte, ein kurzes »Bye« zu und schlüpfte schnell aus der Wohnung.

Als ob ich vorgestern in dem verlassenen Haus, in dem ich mich versteckte, etwas vergessen hätte. Etwas so unglaublich Wichtiges, dass ich es unbedingt und jetzt sofort dort suchen musste.

16

Im Sonnenschein sah die Backsteinkirche der Christian Science wirklich aus, als hätte man sie aus Italien hierherverpflanzt; eigentlich fehlten um den verwinkelten Bau mit seinem eckigen Turm nur noch die Zypressen, um die Postkarte aus der Toskana komplett zu machen. Die Hände in den Taschen meiner Jeans, rieb ich mit der Sohle meines Sneakers über die Bordsteinkante und starrte zu dem Haus hinüber. Das grün-weiße Straßenschild verriet mir, dass ich an der Franklin Street stand, die sich hier mit der California überschnitt, bevor diese dann steil bergauf führte.

Ich wechselte auf die gegenüberliegende Ecke der Kreuzung, um die Fassade des Hauses zur California hin betrachten zu können. Wobei Villa wohl der passendere Ausdruck gewesen wäre. Zwei Rundtürme nahmen dort den Hauptteil des dreistöckigen Hauses unter seinem Giebeldach in ihre Mitte. Die Bäume und Sträucher davor waren sehr lange nicht gestutzt worden, und ihre Zweige reckten sich teils durch die Streben des hohen Eisenzauns weit über den Bürgersteig, teils hingen sie schwer über die Metallspitzen herunter, und zur Kirche hin verhüllte ein gigantischer Laubbaum fast die gesamte Fassade. Das Haus weiter oben an der Straße war ähnlich gediegen, wenn auch in ganz anderem Stil erbaut, viktorianisch oder so, ein bisschen wie eine Kulisse für einen Schinken wie *Vom Winde verweht*, und dahinter reckte sich ein Nadelbaum in die Höhe, der mich von der Struktur her an das Fallschirmchen einer Pusteblume erinnerte. Wenn ich mich so umsah, wirkten alle Häuser hier wie aus einer längst vergangenen Zeit, als Mädchen in meinem Alter noch Korsetts und Unterröcke trugen und Anstandsunterricht erhielten. Vornehm sah hier alles aus; früher mussten hier feine Leute mit Dienstboten gewohnt haben, und auch heute sah es hier noch nach Geld aus in dieser Gegend, die mir fast noch ruhiger vorkam als die Sacramento Street.

Betont unauffällig schlenderte ich über die Kreuzung zurück zu der Backsteinkirche, meine Augen weiter auf das Haus gerichtet, bis ich mich endlich traute, die Franklin Street zu überqueren und direkt darauf zuzugehen.

Von Nahem war deutlich zu sehen, wie schön es einmal gewesen sein musste und wie sehr die Zeit ihm zugesetzt hatte. Früher wohl in einem Ton irgendwo zwischen Ocker und Khaki gestrichen, hatte die Fassade etwas Schmutziggraues bekommen. Genauso wie die ursprünglich weißen Schornsteine, die Blenden der Giebel und der einzelnen Stockwerke, die Spitzen der beiden Türme und die Fensterrahmen, die teilweise abgeplatzt und von Sprüngen durchzogen waren. Auf den Dächern fehlten einige der grauen Schindeln. Die Bordüre aus Lorbeerkränzen und brennenden Fackeln über den Fenstern im oberen Stock war voller Risse und die Girlande aus Stein darüber und die Muschelreliefs unter den Fenstern krümelten vor sich hin. Auch das Schild mit *FOR SALE* schien einige Jahre auf dem Buckel zu haben, so rissig wie das Holz war, und so verwittert wie die Farbe darauf aussah.

Vor dem Tor des Zauns machte ich halt und sah mich nach allen Seiten um. Obwohl viele Autos am Straßenrand parkten, war keine Menschenseele unterwegs, und vorsichtig schob ich das Tor auf, das jetzt, bei Tag, irgendwie viel weniger quietschte und knarrte.

Der Eingangstür aus dunklem, massivem Holz und der kleinen Säulenveranda daneben schenkte ich nur einen kurzen Blick; ich nahm denselben Weg wie vorgestern. Durch Sträucher und hohes Gras hindurch, das von wucherndem Gebüsch und dichten Baumkronen fast völlig abgeschirmt wurde; vom Nachbarhaus konnte ich nur ein winziges Eckchen roter Fassade mit weißen Fensterrahmen entdecken. Die Rückseite des Hauses wirkte aus dem Hauptteil unter seinem Giebel, einem kleinen, einstöckigen Rundbau und mehreren eckigen Anbauten zusammengewürfelt, aber immer noch nobel genug. Ich stemmte die kleine Holztür auf und ging hinein.

In dem schmalen Korridor war es jetzt kaum heller als vorgestern, aber als ich in den großen Raum kam, schnappte ich überrascht nach Luft. Durch das große Buntglasfenster über der Treppe, das Glockenblumen, Iris und Lilien in verschiedenen Blau- und Lilatönen zeigte, fielen einzelne Sonnenstrahlen herein. Von den im Wind bewegten Blättern der Bäume draußen immer wieder kurz verdeckt, malten sie ein sich ständig veränderndes Muster aus bunten Lichtflecken auf den Holzboden und tauchten die Ränder des Raumes in ein bewegliches Spiel aus Schatten und Helligkeit.

Nach und nach durchwanderte ich das Haus, das nach dem vielen alten Holz darin roch und nach dem Staub, der sich in den Spinnennetzen gefangen hatte und sie sichtbar machte. Irgendwie alt roch es, aber nicht unangenehm, wie vertrocknete Blumen, und im Licht, das durch die Fenster hereinfiel, tanzten glitzernde Staubteilchen. Immer wieder lauschte ich, ob ich Schritte oder Stimmen hörte – ob mich jemand dabei erwischen konnte, wie ich hier herumschnüffelte, aber alles blieb still. Die meisten Türen standen offen; wenn ich an eine kam, die zu war, zog ich mir den Ärmel meiner Jacke über die Finger und fasste den Knauf mit dem Stoff dazwischen an, um den schmierigen Film nicht berühren zu müssen, der das Messing überzog.

Wer auch immer hier zuletzt gewohnt hatte, hatte das Haus bei seinem Auszug gründlich ausgeräumt. Die Küche mit ihrem Steinboden und dem Ungetüm von Herd aus schwarzem Eisen war sonst leer, genau wie viele der anderen Räume. Nur vereinzelt standen Möbel herum, von angeschmutzten Leintüchern verhüllt, und auf den welligen Tapeten, je nach Zimmer in dunklen, satten

Rottönen oder zarten Pastellfarben, waren hellere Rechtecke übrig geblieben. In einem Zimmer im oberen Stockwerk sah ich ein riesenhaftes Bett aus fast schwarzem Holz, die nackte Matratze darauf war verbeult und voller Stockflecken; wahrscheinlich war es zu aufwendig gewesen, es durch die Tür zu manövrieren und die Treppe hinunterzuschleppen, genauso wie den gewaltigen Kleiderschrank, der komplett leer stand. Die hellblau geblümte Tapete im Badezimmer daneben warf Blasen, einzelne Bahnen hatten sich gelöst und hingen schlaff herunter. Braune Schmutzränder durchzogen die Porzellanwanne auf ihren Klauenfüßen, genauso wie das Becken im Waschtisch aus fleckigem Holz.

Nur ganz oben, in einem der beiden Türme, gab es eine Tür, die sich beim besten Willen nicht öffnen ließ. Sooft ich auch mit Gefühl am Knauf drehte oder mit Gewalt daran rüttelte und mich mit aller Kraft dagegenlehnte: sie blieb verschlossen.

»So ein Mist!«, knurrte ich vor mich hin.

Ein Ziehen jagte plötzlich durch mich hindurch, ganz ähnlich wie in den Momenten, in denen ich Mam am meisten vermisste, dabei hatte ich gerade gar nicht an sie gedacht. Ich presste meine Hände gegen das glatte Holz der Tür und legte die Stirn dagegen; ich musste ein paarmal tief durchatmen, bis es wieder ging. Unwillig löste ich mich von der Tür, drehte mich um und schlich müde die Stufen hinunter.

In dem großen Raum am Fuß der Treppe – offenbar die Eingangshalle – hockte ich mich auf den Boden.

Kratzer, Schleifspuren und Flecken zogen sich über das Holz und gedankenverloren zeichnete ich mit dem Finger die Umrisse und verästelten Linien nach. Lange Zeit saß ich einfach nur so da und ließ meine Augen umherwandern. Über das polierte Holz der Wände und die verhüllten Möbelstücke, über die schwere Eingangstür und über die Fenster, durch die ich in das üppige Grün des Gartens hinaussah. Es war seltsam: Ich war allein, fühlte mich aber nicht einsam. Als ob jemand mit mir hier wäre, mir dabei aber nicht allzu nahe kommen wollte. Ein komisches Gefühl, aber irgendwie war mir gar nicht unwohl dabei.

Ich ließ mich auf den Rücken fallen und sah zur Decke hinauf. Die Girlanden und Rosen und Blätter aus Stuck waren kaum zu sehen in den tanzenden Schatten dort oben, und als mich die flirrenden blauen und violetten Lichtflecken zu sehr blendeten, schloss ich die Augen. Genau wie in meinem Traum letzte Nacht.

Als ob das Haus atmete, so kam es mir vor, in tiefen, gleichmäßigen Zügen, die etwas Beruhigendes hatten. Etwas Tröstendes. Als ob mir hier nichts Böses geschehen konnte und alles, was mich bedrückte, draußen geblieben war.

Es war nicht so wie früher bei uns zu Hause, bevor Mam krank geworden war.

Aber fast.

17

Sie war wirklich zurückgekommen.

Ich konnte fühlen, wie sie sich näherte, in einer widersprüchlichen Mischung aus Unsicherheit und Zielstrebigkeit. Dieses Mal blieb ich, wo ich war, auf meinem bevorzugten Platz oben im Turm, wo ich oft durch die Fenster das Kommen und Gehen unten auf der Straße oder vor der Kirche gegenüber beobachtete. Meist war dort wenig los. Mir machte das nichts aus, ich hatte ja alle Zeit der Welt.

Eine Weile genügte es mir, zu wissen, dass sie hier war. Ihre Schritte durch das Haus zu hören und ihre Stimme, wenn sie etwas in sich hineinmurmelte. Ihre Neugierde zu spüren, die Funken sprühte wie das Feuerwerk am Unabhängigkeitstag.

Nur als sie unmittelbar vor meiner Tür stand, wäre ich beinahe schwach geworden. Es war dieses Sehnen, das von ihr ausging und unter der Tür zu mir hindurchsickerte. Dieses Sehnen, das dem meinen so sehr glich und heftig an mir riss. Ich atmete auf, als sie wieder kehrtmachte.

Erst als ich sie unten in der Halle hörte, wagte ich mich hervor. In den tiefen Schatten oben an der Treppe blieb ich stehen, blickte auf sie hinunter und entdeckte den Bluterguss auf ihrer Wange. Wer tat einem Mädchen wie ihr so etwas an? War sie deshalb hier? Zorn loderte in mir auf; ich biss die Zähne zusammen und ballte die Hände zu Fäusten, um diesen Zorn im Zaum zu halten. Wer weiß, was ich sonst damit angerichtet hätte, und ich wollte sie nicht erschrecken. So ruhig wie sie dalag. So friedlich.

Nur langsam flaute mein Zorn ab, gab meine Anspannung nach, und ohne die Augen von ihr abzuwenden, setzte ich mich auf die Stufen. Sah zu, wie sich ihre Brust hob und senkte, wie sie manchmal leicht mit den angezogenen Knien wippte, und freute mich an dem kleinen Lächeln, das schließlich auf ihrem Gesicht aufschien. Daran, dass es ihr gut ging.

Sie war hübsch. Nicht so wie die Mädchen, die einem die Sprache verschlagen und bei denen man sich aufführt wie der letzte Tölpel. Aber nichtsdestoweniger hübsch. Ich musste an grüne Äpfel denken, an die mit der harten Schale. Die zuerst herb sind und in denen dann doch eine unerwartete Süße steckt.

Dieses Mal war es weniger schlimm, dass sie irgendwann die Augen öffnete und aufstand, sich die Hosen abklopfte und ihre Jacke. Dieses Mal fiel es mir leichter, sie gehen zu lassen. Denn ich wusste, sie würde wiederkommen.

Ich wusste es ganz einfach.

18

»Das Wochenende war doch ganz schön, oder?«, fragte Ted in das emsige Summen der Dunstabzugshaube hinein, während er in der Soße zu der Pasta rührte, die in einem großen Topf vor sich hinköchelte.

»Yupp«, meinte ich leichthin und schnitt weiter an der Arbeitsplatte Tomaten in gleichmäßige Halbkreise, bevor ich sie in die Schüssel mit buntem Salat beförderte.

Wie ausgemacht, war Ted mit mir Samstag nach dem Frühstück losgezogen, um die Stadt zu erkunden. Mit dem Cable Car, darauf hatte er bestanden. Anfangs hatte ich es schwer gewöhnungsbedürftig gefunden, auf dem schmalen Trittbrett außen zu stehen und mich an einer der senkrechten Stangen festzuklammern, während das Gefährt unter Rattern und Ruckeln in halsbrecherischem Tempo die steilen Straßen hinabsauste und herannahenden Autos unter wütendem Glockengebimmel klarmachte, wer hier Vorfahrt hatte und sie auch nicht abgeben würde. Aber irgendwann fand ich es ziemlich lässig, zwischen den bunt angestrichenen Häuserreihen die Straßen auf und ab zu gondeln und bei einer Schussfahrt bergab den Fahrtwind im Gesicht und in den Haaren zu spüren. Es hatte etwas von einem Kirmesvergnügen, nicht zuletzt wegen der altmodischen Holzbänke des Wagens, seiner bunten, goldverzierten Bemalung und der glänzenden Augen der Touristen. Ich fand es spannend, dem kräftigen Gripman mit seinen Lederhandschuhen zuzuschauen, der hinter den Frontscheiben vorne im Wagen nur mit Muskelkraft die mechanischen Bremsen und den Greifer betätigte, mit dem sich der Cable Car an seinem Stahlkabel unten in der Straße vorwärtszog. Manchmal unterstützte ihn dabei der Mann an der zweiten Bremse hinten, der die übrige Zeit als Schaffner mitfuhr und mit den Passagieren ruppig, aber nicht wirklich unfreundlich umging. Und ich musste ein bisschen schmunzeln, als Ted mir während der Fahrt lachend zurief, dass er als Junge davon geträumt hatte, später mal Gripman in einem Cable Car zu werden, und deshalb angefangen hatte, den Wälzer von Konversationslexikon seiner Eltern als Hantel zu benutzen, um sich die ersten Muskeln anzutrainieren.

Mir war ganz schön mulmig gewesen, als wir die Powell Street hinunterfuhren und kurz vor der Endstation mit ihrer Drehscheibe auf die barsche Aufforderung des Schaffners hin vom Trittbrett hopsten. Die Erinnerung an meinen Stadtbummel, der so böse geendet hatte und noch viel schlimmer hätte ausgehen können, steckte mir immer noch in den Knochen. Es half ein bisschen, dass Ted bei mir war, mit mir eine Runde um den Union Square drehte und mir an ein paar markanten Punkten zeigte, bis wohin ich gut allein hinkonnte und wo ich besser umkehren sollte. Punkte, die er mir später auf einem Stadtplan mit Kuli markierte, während wir in Lori's Diner saßen. Ein völlig abgefahrener Laden war das, schräg gegenüber vom Hotel Sir Francis Drake und von Starbucks, mit seiner Theke und seinen roten Kunstlederbänken in den Sitznischen exakt so eingerichtet, wie man sich einen Imbiss im Amerika der 50er und 60er vorstellt. Mini-Jukeboxen, alte Filmplakate, gerahmte Zeitschriftencover aus jener Zeit und einen mintgrünen Oldtimer mitten im Raum inklusive, und natürlich beschallt von legendären Oldies aus der Zeit. Die Eiswürfel in meinem roten XXL-Plastikbecher ließen mein Cola light zwar schmecken wie mit Poolwasser verdünnt, aber dafür waren der riesige Caesar Salad, den Ted sich mit mir teilte, und der auch nicht gerade kleine Cadillac-Burger mit Pommes der absolute Hammer gewesen.

Gestern waren wir dann zu Fuß in Nob Hill unterwegs gewesen, und nachdem sich auf unserem Weg bergauf und bergab durch die pastellfarbenen Häuserreihen unter dem Kabelgewirr meine immer noch leicht lädierten Beinmuskeln bemerkbar gemacht hatten, war ich ohne zu murren ins Cable Car Museum mitgetrottet. In dem Backsteinbau mit seinen hohen Sprossenfenstern im oberen Stockwerk, in dem es nach angekokeltem Holz und Schmieröl roch, war nicht nur allerlei Altes und Nostalgisches rund um die Bahnen und das Große Erdbeben von 1906 ausgestellt, in dem große Teile der Stadt zerstört worden und in Flammen aufgegangen waren. Weil dort auch das Depot und die Werkstatt der Cable Cars untergebracht waren, konnte ich über ein Geländer hinweg auf die gigantischen Räder hinunterschauen, auf denen unter ohrenbetäubendem Lärm mehr als zwanzig Stunden am Tag die Stahlseile liefen, die die Cable Cars durch die Stadt zogen.

In dem schnuckeligen Café gegenüber hatte ich Gabi endlich die versprochene Ansichtskarte geschrieben, die ich im Museum gekauft hatte, und Ted hatte mir auch hier wieder auf dem Stadtplan markiert, wo wir entlanggelaufen waren und in welchen Straßen ich selbst bei Dunkelheit problemlos allein unterwegs sein konnte. Dabei zeigte er mir auch, wo er gewohnt hatte, als er in meinem Alter gewesen war: unterhalb des Telegraph Hill, in einer Seitenstraße zur Columbus Avenue, die auf dem Stadtplan so ziemlich die einzige Straße war, die im Schachbrettkaro der Stadt diagonal verlief.

Während ich die letzten Tomatenscheibchen vom Schneidebrett in die Salatschüssel schubste, beobachtete ich Ted in seinen ausgebeulten Jeans und dem grauen SFSU-Hoodie, wie er gerade die Soße abschmeckte und dann nachwürzte. Schon komisch, dachte ich und kippte das Dressing über den Salat – Ted hatte sein ganzes Leben hier verbracht, bis er damals für ein Studienjahr an die Uni unserer Stadt kam, wo er Mam kennenlernte. Wäre Ted nie nach Deutschland gekommen und hätte Mam nicht bei uns am

See studiert, sondern in einer anderen Stadt, würde es mich heute nicht geben. Eine absolut schräge Vorstellung; eine, die eigentlich irgendwie gar nicht in mein Hirn ging.

»In der Schule auch alles okay?«, fragte Ted in meine Gedanken hinein.

»Yupp.« Ich holte das Salatbesteck aus der Schublade.

Der blaue Fleck auf meiner Wange war zwar zu einem hellen Purpurgelb ausgeblichen, das nicht mehr so drastisch auffiel; trotzdem hatte ich am Samstag bei Sephora auf die bestürzten Nachfragen der Verkäuferin, von der ich mich beraten ließ, etwas von einem blöden Sportunfall gemurmelt und schnell die Abdeckcreme gekauft, die sie mir empfahl. Denn leider war das Attest nur bis Freitag gültig gewesen, heute hatte ich wieder in die Schule gemusst. Den Unterricht selbst hatte ich ganz gut hinter mich gebracht, aber der Nachmittag im Beacon hatte sich endlos hingezogen. Statt zwischen den Wänden, die mit Bücherregalen, Plakaten von alten Schulaufführungen und naiven bis surrealen Kunsterzeugnissen diverser AGs zugepflastert waren, meine Aufgaben zu machen, hatte ich nur Löcher in die Luft gestarrt und an das Haus in der Franklin Street gedacht. Nur drei Nachmittage hatte ich bisher dort verbracht, die drei Nachmittage, die ich von der Schule befreit gewesen war, und dort nichts anderes getan, als mit geschlossenen Augen auf dem Boden herumzuliegen. Und trotzdem sehnte ich mich danach, wieder dort hinzugehen. Nach diesem Gefühl sehnte ich mich, das ich dort hatte, dem Gefühl, gut aufgehoben zu sein. Als ob dieses Haus genau der Ort wäre, an den ich hingehörte. Ein Gefühl, nach dem ich fast schon süchtig war; wie ein Junkie kam ich mir vor.

Und genau wie ein Junkie hatte ich das ganze Wochenende fieberhaft darüber nachgegrübelt, wie ich an meine nächste Dosis kommen konnte. Ohne dass Ted etwas davon mitbekam. Er würde es wohl kaum gut finden, wenn ich ihm erzählte, ich wollte möglichst oft in ein leer stehendes Haus einsteigen, das bestimmt jemandem gehörte, nur weil ich mich dort wohler fühlte als im Beacon oder hier in der Wohnung.

Ich zögerte noch einen Augenblick, dann sagte ich halb beiläufig, halb selbstsicher: »Du brauchst mich abends übrigens nicht mehr vom Beacon abholen. Ich kann bei jemandem mitfahren.«

Ich spürte, wie sich Teds Blick auf mich heftete. Meine Wangen fingen zu glühen an; ich beugte den Kopf tief über die Schüssel, in der ich den Salat langsam und übergründlich mischte. Und fühlte mich ein klein wenig schlecht dabei, Ted anzulügen. Da half es mir auch nicht, dass ich am Wochenende mit Blick auf den Stadtplan festgestellt hatte, was für einen Umweg es tatsächlich für ihn bedeutete, mich auf dem Rückweg von der Uni abzuholen, einmal quer durch die ganze Stadt und um den halben Golden Gate Park herum.

»Etwa bei einem der Mädchen, mit denen du am Union Square warst?«

»N-nein.« Sharon, Danielle und Felicia hatte ich heute nur von Weitem gesehen. Natürlich war es nicht ihre Schuld, was mir wenig später an jenem Nachmittag passiert war, aber trotzdem hatte ich in der Cafeteria einen großen Bogen um sie gemacht und mit viel Glück einen freien Platz an der Ecke eines Tischs ganz am anderen Ende ergattert. Keine Ahnung, wie ich in diesem Moment in der Küche ausgerechnet auf ihn kam, schließlich hatten wir ja noch nicht einmal ein flüchtiges *Hi* gewechselt. Vielleicht weil seine Haarfarbe so krass aus der Masse der anderen Schüler herausleuchtete? Jedenfalls setzte ich schnell hinzu: »Er heißt Matt Chang und ist im selben Geschichtskurs wie ich.«

Teds Augen verfolgten mich, während ich die Schüssel auf den Tisch stellte und dann Teller aus dem Oberschrank holte.

»Du kannst auch gern den Führerschein machen, wenn du willst. Hier geht das schon mit sechzehn.«

Ich starrte auf die Teller in meinen Händen. Mam hatte letzten

Winter angefangen, ein bisschen was auf die Seite zu legen, auch von dem höheren Betrag, den Ted überweisen konnte, seit er die Stelle an der Uni hatte. Damit ich Fahrstunden nehmen konnte, wenn ich achtzehn war, vielleicht auch schon etwas früher. Und ich hatte vorgehabt, mir für die Sommerferien einen Job zu suchen, um auch etwas dazu beizutragen. Ich wusste, ich sollte mich über dieses Angebot freuen, genauso wie über das Smartphone, aber ich konnte es einfach nicht. Es fühlte sich schief an, wenn Ted mir all das einfach mal eben so bezahlen wollte und konnte, wovon ich vorher nur geträumt hatte. Ganz abgesehen davon, dass mir der Verkehr auf den Straßen nicht gerade Lust auf Fahrschule in San Francisco machte. Von Einparken in den winzigen Lücken an den abschüssigen Straßen gar nicht zu reden.

»Mal sehen«, murmelte ich und verteilte die Teller auf dem Tisch, die wie sonst fast alles in der Wohnung nagelneu waren; Ted hatte jahrelang wie ein Nomade aus Koffer und Trekking-Rucksack gelebt und nur ein paar Habseligkeiten wie seine Bücherkisten, die Mitbringsel aus aller Welt und den alten Sessel in einem gemieteten Lagerraum untergestellt gehabt.

»Wohnt dieser Matt Chang hier in der Nähe?«

»Öhm.« Ich kramte in der Schublade mit dem Besteck herum. »Kann sein. Er fährt auf jeden Fall in diese Richtung.« Ich stieß die Schublade mit der Hüfte zu und ging zum Tisch hinüber.

»Versteht ihr euch gut?«

Ich verdrehte die Augen. »Oh Maaann!«

»Schon gut!« Ich hörte ihn leise lachen. Er klopfte den Kochlöffel am Topfrand ab und fuhr vorsichtig fort: »Hör mal, Amber … Mir ist klar, dass du in einem Alter bist, in dem du dich für Jungs interessierst …« Oh neee. Ted war so ziemlich die letzte Person, mit der ich über irgendwas reden wollte, was Jungs betraf. Rein theoretisch. Praktisch gab es ja aktuell nichts zu besprechen.

»Quatsch«, zischte ich dazwischen und platzierte Schöpfkelle und Spaghettizange unnötig heftig auf dem Tisch. Ich wollte gerade die Gabeln und Löffel neben die Teller legen, als ich plötzlich an Lukas denken musste. Von nun an würde es Svenja sein, um die Lukas im Kino den Arm legte und mit der er in der großen Pause auf dem Schulhof eng umschlungen zusammenstand. Frau Rutloff würde Svenja fragen, ob sie nicht mit zum Italiener kommen wollte, und vielleicht würde auch Max, den Lukas immer nur *Nervzwerg* genannt hatte, Svenja drängeln, mit ihm Hochhäuser aus Lego zu bauen. Svenja würde es sein, die ab jetzt mit Lukas auf seinem Bett herumlungerte und zu lauter Musik herumknutschte. Auf dem Platz, der einmal meiner gewesen war.

Mir wurde es heiß im Bauch.

»... und natürlich kannst du gerne mit allem zu mir kommen, was dich beschäftigt. Auch damit. Allerdings bin ich wohl nicht gerade ein Experte in Beziehungsdingen.« Ted lachte kurz auf. Mein Gedanke von neulich, ob es wohl eine Frau in seinem Leben gab, fiel mir wieder ein. Eine, die er bislang rücksichtsvoll vor mir verborgen gehalten hatte, aber vielleicht irgendwann doch noch als vollendete Tatsache präsentieren würde. Als Ersatz für Mam. Mir wurde noch heißer im Bauch.

»Und ich versteh natürlich, wenn du darüber lieber mit jemand anderem reden möchtest.« Er machte eine kleine Pause. »Deshalb bin ich nach wie vor dafür, dass du zu einer Therapeutin gehst.«

»Brauch ich nicht«, versetzte ich und knallte die Gabeln jeweils links neben die Teller.

Ted seufzte. »Ich glaube schon. Du hast ohnehin schon genug hinter dir, aber jetzt auch noch der Überfall letzte Woche ...«

Ich starrte auf die Löffel in meiner Faust und dachte daran, wie wenig Hoffnung uns die beiden Polizisten gemacht hatten, die drei Typen jemals zu schnappen. Dafür war meine Personenbeschreibung zu schwammig gewesen; dafür gab es zu viele von dieser Sorte in der Stadt.

»Du vergibst dir doch nichts, wenn du eingestehst, wie sehr dir das alles zusetzt – und wenn du mit jemandem darüber redest.«

Ich schwieg.

»Mach's dir doch nicht selbst so schwer, Amber«, hörte ich Ted behutsam sagen. »Du warst doch jetzt tapfer genug.«

Tapfer? Ich? Was wusste er denn schon? Hatte er irgendeine Ahnung, wie es für mich gewesen war, als Mam ihre Diagnose bekam? Wie es sich für mich angefühlt hatte, als sie zur OP ins Krankenhaus ging, wo man ihr im Gehirn herumschnippelte, und wie es für mich gewesen war, wenn sie nach ihren Chemo-Terminen über der Kloschüssel hing? Als der Tumor weiterwucherte, ihr die Arme und Beine nicht mehr gehorchten und sie jeden Tag einfach immer weniger wurde, bis irgendwann gar nichts mehr übrig geblieben war von meiner Mam, wie ich sie kannte? Als Ted zu uns kam, lag sie nur noch apathisch in ihrem Krankenhausbett; von all dem vorher hatte er rein gar nichts mitbekommen. Ich schon. Jeden einzelnen beschissenen Tag dieser sechs Monate.

Ich erschrak selbst über das heftige Klirren, als ich die Löffel auf den Tisch pfefferte.

»Ja, vielleicht hab ich einen Knacks!«, schrie ich Ted entgegen, ohne ihn wirklich dabei anzusehen. »Aber wenn ich den hab, dann nur weil du damals abgehauen bist und Mam und mich sitzen gelassen hast! Weil du mich jetzt hierhergeschleift hast und denkst, du kannst alles wiedergutmachen, wenn du mir einen Haufen teure Sachen kaufst!«

Ich wirbelte herum und stürmte zur Küche hinaus, riss die Tür zu meinem Zimmer auf und schlug sie krachend hinter mir zu. Im Dunkeln tastete ich mich zu meinem Bett, rupfte an meinen Schnürsenkeln herum und zerrte mir die Sneakers von den Füßen, die ich einen nach dem anderen von mir schleuderte, bevor ich mich auf die Matratze schmiss und mich in die hinterste Ecke drückte.

Es dauerte nicht lange, bis es zaghaft an der Tür klopfte. »Amber? Kann ich reinkommen?«

»Hau ab!« Mit einem Klicken ging die Tür auf und Teds Silhouette zeichnete sich gegen das Licht aus dem Flur ab. »Hau ab, hab ich gesagt!« Ich zog die Knie an und umschlang sie fest.

»Das Essen ist fertig.«

»Ich hab keinen Hunger!« Ich presste meine Beine noch enger an mich und genoss das Ziepen in meinen Muskeln.

Ted zögerte. Dann sagte er leise: »Ich bin damals nicht abgehauen und hab euch sitzen gelassen. Ich ...«

Ich ließ meine Knie los, warf mich bäuchlings der Länge nach hin und presste die Zipfel des Kopfkissens gegen meine Ohren.

Ich wollte nicht hören, was er mir zu sagen hatte, weil es vermutlich genau dasselbe war, was Mam mir immer erklärt hatte. Dass er uns nicht verlassen hatte, weil ich ihm egal war, sondern weil es mit ihm und Mam einfach nicht mehr funktioniert hatte und weil Anthropologen nun einmal auf der ganzen weiten Welt unterwegs waren, das war ihr Job. Das hatte es trotzdem nicht besser gemacht, und das tat es auch jetzt nicht. Überhaupt nicht.

In dieser Nacht träumte ich von einer gewaltigen Flutwelle, die die Sacramento Street hochraste. Ich hörte das donnernde Rauschen, das Krachen, als Fenster und Türen zersplitterten und das Wasser von allen Seiten hereinschoss. Ein Strudel aus Wellen und Trümmern packte mich, riss mich mit und zerrte mich fort.

Und als ich aus diesem Traum hochschreckte und gurgelnd nach Luft schnappte, waren meine Wangen nass.

19

Die Hände in den Taschen meiner Sweatjacke, eilte ich die Franklin Street entlang. Ich ging langsamer, als ich vor dem hohen Metallzaun einen braun gebrannten Mann in Cordhosen und Tweedsakko entdeckte, der einen wuscheligen braungelben Hund an der Leine ausführte. Der Hund schnupperte in aller Seelenruhe an dem Gebüsch, das zwischen den Streben des Zauns hervorwucherte, und ich ging noch langsamer, in der Hoffnung, mit meinem vollgestopften Rucksack wie eine Touristin auszusehen.

Endlich hob der Hund das Bein, pinkelte gegen den Strauch und trabte dann munter neben seinem Herrchen her, das mir freundlich zunickte. Ich nickte zurück und schlenderte ziellos vor dem Tor umher, als würde ich auf jemanden warten. Dabei wartete ich nur darauf, bis Herr und Hund am Ende des Blocks abbogen; rasch sah ich mich nach allen Seiten um und schob das Tor auf.

Wie jeden Nachmittag nach der Schule stapfte ich durch das wuchernde Gras, drückte die Holztür auf der Rückseite auf und tauchte ein in das Dämmerlicht des Korridors. Und wie jeden Nachmittag blieb ich in der Halle einen Augenblick lang stehen, um das Spiel aus Licht und Schatten zu bewundern, das jeden Tag ein anderes war. Heute, während sich draußen hoch oben am Himmel hauchfeine Nebelschleier ausbreiteten und den Sonnenschein filterten, stand ein sanftes Licht im Raum, durch das Buntglasfenster zartblau und hellviolett getönt. Zu den Wänden hin verdichtete es sich zu einem rauchigen Graublau, das in den dunklen Schatten oben an der Treppe verschwand. Wie in einer

Traumwelt sah es hier aus und ein kleines Lächeln huschte über mein Gesicht.

Unter dem gegenüberliegenden Fenster schlüpfte ich aus den Gurten und setzte meinen Rucksack ab, der elend schwer war wegen der paar Flaschen Cola light, die ich zusammen mit einer Rolle Kekse noch schnell auf dem Weg hierher bei Chico's gekauft hatte. Ich bückte mich, löste die Schnürsenkel meiner Sneakers und zog sie aus, bevor ich mich mit einem zufriedenen Aufseufzen im Schneidersitz hinhockte. Mit einer Hand streichelte ich den weichen Stoff, auf dem ich saß – meine türkisblaue Lieblingsdecke von zu Hause, die in einer Umzugskiste an Bord des Containerschiffs nach mir in Amerika angekommen und mit einem kleinen Umweg über meinen Kleiderschrank hierhergewandert war. Das war das Beste an jedem Tag unter der Woche: hierherzukommen und hier zu sitzen. Allein und doch nicht allein, in der Gesellschaft dieses alten, leeren, stillen Hauses.

Seit ich probehalber oben im Badezimmer an den sperrigen Hähnen gedreht hatte, was zu meinem Schreck ein donnerndes Röhren und Rülpsen aus den Rohren in der Wand zur Folge gehabt hatte, bevor dann eine braune, stinkende Brühe herauströpfelte, die zu meiner Freude irgendwann in einen klaren, kalten Wasserstrahl übergegangen war, kam ich sogar noch lieber hierher. Auch die Klospülung hatte ab dem dritten Versuch funktioniert. Bei Walgreens, dem kunterbunten Drogeriemarkt gegenüber von Lori's Diner, hatte ich Toilettenreiniger gekauft, mit übergezogenen Gummihandschuhen den Deckel angehoben und ohne genauer hinzugucken die stechend riechende pinkfarbene Flüssigkeit hineingekippt, bevor ich den Brillenrand mit fast einer ganzen Flasche Desinfektionsspray imprägnierte.

Nur Strom gab es keinen, aber weil man bei Walgreens so ziemlich alles bekam, was man so brauchen konnte, hatte ich mir noch eine Taschenlampe und einen Satz Batterien gekauft, und mit Seife, einem Dreierpack Handtücher, Klopapier und einer Rolle Müllbeutel war ich hier sozusagen eingezogen.

Ich holte meinen Schulkram aus dem Rucksack, und während der Laptop auf Akku hochfuhr, lehnte ich mich mit dem Rücken an die Wand unter dem Fenster, zog die Knie an und nahm mir von dem Bücherstapel, den ich hier nach und nach angelegt hatte, mein Notizbuch, das mir mit seinem nostalgischen Rankenmuster in Meeresfarben im Shop der Jefferson High sofort ins Auge gestochen war. Ich schrieb nicht viel hinein, nur Dinge über Mam, die mir manchmal durch den Kopf gingen und die ich unbedingt festhalten wollte, weil ich Angst hatte, dass ich sie sonst vergaß. Auf der letzten Seite schlug ich es auf. … ~~658~~ ~~657~~ ~~656~~ ~~654~~ ~~653~~ ~~652~~ ~~651~~ ~~650~~ 649

Ich strich die letzte Zahl durch und schrieb die 648 für den nächsten Tag dahinter. Den Februar hatte ich schon so gut wie hinter mich gebracht, zwischen Schultagen, den Nachmittagen hier und den Touren mit Ted an den Wochenenden durch unser Viertel von Nob Hill sogar besser als gedacht.

Mein Laptop war so weit; ich legte das Notizbuch zur Seite, stellte ihn mir auf die Knie und fing mit meinen Hausaufgaben an. Mit Deutsch war ich schnell fertig, für Englisch brauchte ich etwas länger, aber ich schaffte es noch, bevor der Akku leer war. Ich klappte den Laptop zu und stopfte ihn zusammen mit den Mitschriften zurück in den Rucksack, bevor ich die Keksrolle aufriss und mir einen Roman schnappte. Gemütlich ringelte ich mich auf der Decke zusammen, knabberte im Liegen Kekse und las.

Wie meine Augen nach einiger Zeit schwer wurden, merkte ich noch; wie ich bald danach wegdämmerte, nur noch halb.

20

Ich konnte nicht genug davon bekommen, ihr zuzuschauen, von meinem Platz oben an der Treppe, in dem schmalen Streifen Dunkelheit.

»Funny Girl« hatte ich sie getauft, weil es lustig aussah, wie sie Grimassen schnitt, wenn sie über ihren Büchern saß. Wie sie ihre Stirn runzelte und die Brauen zusammenkniff, dass eine tiefe Falte dazwischen entstand. Wie sie eine Schnute machte, auf den Lippen herumkaute oder sie zwischen die Zähne zog. Manchmal murmelte sie vor sich hin, schimpfte leise oder stöhnte auf, und auch das fand ich lustig. Und sehr, sehr süß.

Ich mochte es, wie sie nach und nach mehr Dinge anschleppte und hierließ. Als ob etwas von ihr bei mir blieb, auch wenn sie dann wieder ging. Mir gefiel das kleine Buch, in das sie oft hineinschrieb, ich mochte die Farben seines Einbands. Natürlich hätte ich nicht darin herumblättern sollen, aber ich tat es trotzdem, ich wollte wissen, wer sie war, was sie dachte, was sie beschäftigte. Aber sie schrieb in einer fremden Sprache, die ich nicht beherrschte. Ein Wort wiederholte sich dauernd: »Mam«. Bedeutete es das Gleiche wie »Mom«? Schrieb sie über ihre Mutter? Hatte sie Ärger mit ihr? Ich ertappte mich dabei, wie ich mit den Fingerspitzen über die großen, runden Buchstaben in blauer Tinte strich. Als könnte ich ihr so näher sein. Etwas von ihr aufnehmen und sie verstehen.

Auf der letzten Seite dieses Buchs zählte sie etwas ab, wie ein Häftling, der den Tag seiner Freilassung herbeisehnt. Und die Bücher mit den bunten Umschlägen, die sie neben der Decke aufgestapelt hatte, waren teils in ihrer Sprache, teils auf Englisch. Manchmal nahm sie das eine oder andere davon wieder mit und ließ dafür ein anderes hier. Ab und zu blätterte ich eines der englischen Bücher auf, doch mir gelang es nie, mehr als ein paar Zeilen davon zu überfliegen. Vielleicht war es zu lange her. Aber ich war auch noch nie ein Bücherwurm gewesen.

So lange und so viel ich auch über sie nachdachte – ich konnte mir keinen Reim darauf machen. Sie war und blieb ein unlösbares Rätsel für mich. Vor allem weil sie sich von allen Ecken der Stadt ausgerechnet dieses Haus ausgesucht hatte. Bemerkte sie denn nicht, dass hier etwas nicht stimmte?

Die Augen waren ihr zugefallen, und den Kopf locker auf ihrem ausgestreckten Arm, die andere Hand schlaff auf dem aufgeschlagenen Buch vor ihr, war sie eingeschlafen. Gleichmäßig hob und senkte sich ihre Brust und eine tiefe Ruhe ging von ihr aus. Ich hielt es nicht länger aus; ich ging zu ihr hinunter und hockte mich an der Wand neben ihr hin, einige Schritte von ihr entfernt.

Aus der Nähe betrachtet, war sie noch hübscher. Ihre Haare glänzten und sahen weich aus; ich konnte winzige Sommersprossen auf ihrer Nase erkennen und wie lang und dicht ihre Wimpern waren. Ich hätte zu gern gewusst, wie sich wohl ihre helle, feine Haut anfühlte. Und wie es sein mochte, ihren Mund zu berühren, der leicht geöffnet war. Sie zu küssen. Ich war schon versucht, mich zu ihr hinüberzurecken und den Krümel wegzuwischen, der an ihrer Unterlippe klebte, als ihre Brauen zuckten. Ein Schaudern rann durch sie hindurch, ihre Lider flatterten und klappten dann auf.

Zum ersten Mal sah ich ihr in die Augen, die von einem tiefen, leuchtenden Blau waren. Sie blickten geradewegs in meine Richtung und weiteten sich dann erschrocken.

21

Seine Augen waren grün. Ein tiefes, warmes Grün, fast Oliv. Wie Laub im Spätsommer, kurz bevor es sich zu verfärben beginnt.

Das war das Erste, was mir durch den Kopf schoss; dann sog ich scharf die Luft ein und fuhr hoch.

»Zieh Leine!«, krächzte ich, meine Stimmbänder noch mürbe vom Schlaf, und rutschte auf der Decke rückwärts. Meine Knie zitterten zu sehr, als dass ich hätte aufstehen und davonlaufen können. »Sag mal, hörst du schlecht?! Verschwinde!«

Seine Brauen hoben sich. Dunkel waren sie, irgendwo zwischen Braun und Schwarz, wie regennasse Erde, genau wie seine wilden Locken. Suchend blickte er sich um und sah mich dann wieder unter gerunzelter Stirn an.

Er starrte mich einfach nur an, bevor sein Blick ins Leere glitt. In seinem grobknochigen Gesicht arbeitete es; die Kiefermuskeln spannten sich an und lockerten sich wieder und seine Brauen waren ständig in Bewegung. Super. Ich war mit einem Psycho allein in diesem verlassenen Haus.

»Ja, genau dich mein ich!«, blaffte ich ihn an und hoffte, ich klang wesentlich mutiger, als ich mich fühlte. »Oder siehst du hier sonst noch jemanden?!«

Mit einem Schlag entspannte sich seine Miene und hellte sich auf. Er sah mich wieder an und das Strahlen in seinen grünen Augen traf mich irgendwo weit unten in meinem Bauch.

»Ich wollte dich nicht erschrecken«, sagte er dann vorsichtig, als traute er seiner eigenen Stimme nicht, die tief war und ein bisschen heiser klang. Er sprach mit einem Akzent, den ich nicht einzuordnen wusste, härter als das Englisch sonst hier an der Westküste, mit einem gerollten R.

»Ich muss gehen«, murmelte ich und kam unsicher auf die Füße, stieg hastig in meine Sneakers und bückte mich nach meinem Rucksack.

»Warte!« Geschmeidig und fast lautlos sprang er auf und ich wich zurück.

Er war ein Stück größer als ich und auch älter, bestimmt achtzehn oder neunzehn. Und wesentlich stärker, unter dem grauen Hemd ließen sich breite Schultern und feste Muskeln erahnen. Nicht durch Sport gestählt wie bei Shane Diggs, sondern einfach von Natur aus muskulös sah er aus; die geöffneten obersten Hemdknöpfe ließen den Ansatz kräftiger Schlüsselbeine sehen. Er machte einen Schritt auf mich zu und ich noch einen zurück.

»Bleib, wo du bist!«, fauchte ich und packte die Gurte meines Rucksacks fester. »Komm ja nicht näher!«

Er war mir unheimlich mit seinen seltsamen Klamotten; dieses Hemd, das selbst mein Opa nicht angezogen hätte, diese locker fallenden grauschwarzen Hosen und die groben Schnürschuhe, die mich an Springerstiefel erinnerten. Ein Schatten legte sich auf sein Gesicht, und er hob die Hände, die groß und kräftig waren und ein bisschen sehnig.

»Ich tu dir nichts«, raunte er. »Bestimmt nicht! Schau.« Langsam ging er in die Hocke, ließ sich wieder auf dem Boden nieder und legte die Unterarme locker auf die Knie. »Gut so?« Er neigte den Kopf und sah mich schräg von unten herauf an. Eine dicke Haarsträhne kringelte sich in seine Stirn.

Misstrauisch musterte ich ihn. Er war definitiv älter als ich und sah mehr nach einem erwachsenen Mann aus als nach einem Jungen aus meiner Klasse oder der darüber. *Ein Sahneschnittchen*, hätte Sandra mir wohl entzückt zugeraunt. Vor Sonnyboy Hannes hatte sie mehr auf solche finsteren, verwegenen Typen gestanden, am besten noch mit Motorrad.

Und verwegen und finster sah dieser Typ hier wirklich aus, obwohl seine Haut hell war, fast noch heller als meine. An ihm war so gar nichts, was Mädchen in meinem Alter normalerweise als *süß* oder *knuffig* bezeichneten; an ihm war so ziemlich alles das genaue Gegenteil davon. Das flächige Gesicht mit der schweren, kantigen Kinnlinie. Die kräftige, markante Nase. Die geraden Brauen, unter denen die zu den Schläfen hin abfallenden Augen etwas Melancholisches hatten. Das einzig Weiche in diesem harten Gesicht war sein großer Mund mit der schwungvoll gezeichneten Oberlippe.

Er gehörte eher zu diesen Typen, die man mit einem atemlos gezischten *heissss!* etikettierte. Nur von Weitem, weil man genau wusste, dass solche Typen nichts für einen übrig hatten. Und wenn doch, würde es so einem sicher nicht reichen, ganze Nachmittage lang nur zu knutschen.

Sämtliche Alarmglocken schrillten in meinem Kopf, aber gleichzeitig war es, als würde ich aus der Ferne das Echo einer Melodie hören, die ich zwar kannte, deren Titel mir aber nicht einfiel.

»Was machst du hier?« Ich klang nicht annähernd so feindselig, wie ich es hätte sollen.

Einer seiner Mundwinkel hob sich. »Was machst du hier?«

Blödes Spiel, eine Frage mit einer Gegenfrage zu beantworten. Aber was er konnte, konnte ich auch. »Geht dich das was an?«

Der andere Mundwinkel zog mit dem ersten gleich. »Allerdings.«

Ich blinzelte verwirrt, während ich versuchte, mir einen Reim darauf zu machen, aber alle Möglichkeiten, die mir durch den Kopf gingen, ergaben keinen Sinn. Bis ich kapierte, dass er wohl ein Obdachloser sein musste, der ab und zu hier hauste. Klar, das passte, hier gab es so viele davon, vor allem rings um den Union Square. Das erklärte auch seine komischen Klamotten, die er sicher aus der

Altkleidersammlung hatte. Ich spürte so etwas wie Mitgefühl, dass ein noch so junger Kerl auf der Straße lebte und sich zum Pennen in ein leer stehendes Haus flüchtete. Aber mir war auch unbehaglich zumute, weil ich mich fragte, wie er so weit abrutschen konnte. Alkohol oder andere Drogen? Tatsächlich ein Psycho? Verkorkste Kindheit? Im Gefängnis gewesen und nicht wieder auf die Füße gekommen? Unwillkürlich machte ich noch einen Schritt rückwärts.

Am meisten jedoch beschäftigte mich der Gedanke, dass die Freude, die ich an diesem verlassenen Haus gehabt hatte, verdorben war; nie wieder würde ich mich hier wohlfühlen, nie wieder sicher, allein und unbeobachtet. Und ich schämte mich dafür, weil dieses Problem winzig war im Vergleich zu dem, womit er sich vermutlich herumschlagen musste.

»Wie heißt du?«, fragte er mich in meine Gedanken hinein.

»Amber«, antwortete ich verwundert und wie im Reflex; erst im nächsten Moment ging mir auf, dass das womöglich extrem blöd von mir gewesen war, und ich trat einen weiteren Schritt zurück.

»Amber«, wiederholte er langsam, und mit seinem stark rollenden R klang es wie das Schnurren eines großen Katers. *Amberrrrr …* Der Nachhall seiner Stimme hing noch einige Augenblicke im Raum und seine grünen Augen leuchteten auf. Mir lief es erst kalt den Rücken hinunter. Dann heiß. Sehr heiß.

»Und du?«, flüsterte ich.

Sein Mund verbreiterte sich. »Nathaniel.«

Nathaniel. Das Echo der fernen Melodie, die ich mehr spürte als hörte, hatte etwas Verlockendes, und wieder glitt ein sehnsüchtiges Ziehen durch mich hindurch. Nathaniel.

»Ich muss jetzt … jetzt wirklich los«, gab ich wackelig von mir und machte einen halbherzigen Schritt in den Raum hinein.

»Willst du die nicht erst zubinden?« Meine Augen folgten seinem Zeigefinger zu meinen Sneakers, um die sich die losen Schnürsenkel schlängelten. Die perfekte Stolperfalle.

Mir schoss das Blut ins Gesicht; hastig setzte ich meinen Rucksack ab und ging in die Knie. Mit unsicheren Fingern nestelte ich an den Schnürsenkeln herum und warf immer wieder rasche Blicke in seine Richtung, um ihn im Auge zu behalten. Während ich mich damit abmühte, meine Schuhe zuzubinden, ließ Nathaniel, den Kopf an die Wand gelehnt, mich wiederum nicht aus den leuchtenden Augen. Uah. *Freaky.*

Als ich es endlich geschafft hatte, die zweite Schleife zuzuziehen, schnappte ich mir meinen Rucksack, schnellte hoch und keuchte erschrocken auf. Ohne dass ich es bemerkt hatte, war Nathaniel aufgestanden und lehnte jetzt mit einer Schulter an der Wand. Seine Art, sich flink und geräuschlos zu bewegen, war wirklich unheimlich.

»Sehen wir uns morgen?«, kam es leise von ihm, die Hände in den Hosentaschen. Verdammt lässig sah er dabei aus.

»Ähmm … ich fürchte, ich … ich glaube, ich muss morgen, äh …«, stotterte ich herum. Seine Kiefermuskeln spannten sich an. Das Leuchten in seinen Augen verlosch und sein Blick wanderte zu Boden. Mein Magen wand sich wie ein Wurm. Ich verstand selbst nicht, weshalb ich mich mit einem Mal so schlecht fühlte. »Also, vielleicht, wenn … hm … mal sehen«, murmelte ich schnell hinterher und schulterte meinen Rucksack. Mit einem kurz hingeworfenen »Mach's gut« drehte ich mich abrupt um und ging mit schnellen Schritten davon.

Ich hatte kaum das Tor im Eisenzaun hinter mir zugezerrt, da begann ich zu laufen. Immer wieder warf ich bang einen Blick über meine Schulter, ob er mir vielleicht folgte, und erst als ich in der Sacramento Street die Wohnungstür hinter mir zugeschlagen hatte und mich mit dem Rücken dagegenfallen ließ, atmete ich auf.

Dann fiel mir ein, dass ich meine Bücher dortgelassen hatte. Meine Decke. Und mein Notizbuch.

22

Seit einer geschlagenen Stunde lungerte ich nun schon in der Nachmittagssonne vor dem Zaun herum und starrte auf die verwitterte Fassade des Hauses. Die Eisenstäbe unmittelbar vor mir verströmten einen säuerlich-metallischen Geruch, weil meine Hände, die sie umklammerten, feucht waren. Ich traute mich einfach nicht hinein. Wenn ich noch mal so in die Klemme geraten würde wie neulich, würde Ted sicher nicht mehr so ruhig bleiben; wahrscheinlich würde er mir den Hals umdrehen, und das zu Recht. Sofern das dann überhaupt noch ging. Ich sah schon die Schlagzeile im San Francisco Chronicle vor mir: *Sechzehnjährige Schülerin in leer stehendem Haus* ... Es schüttelte mich. Nein, daran wollte ich gar nicht denken.

Doch die ganze Zeit über hatte ich dieses komische Ziehen im Bauch, als ob jemand mit unsichtbaren Fäden an mir rupfte und riss, und schließlich fasste ich mir ein Herz und drückte das Tor auf.

Vorsichtig schlich ich durch den dämmrigen Korridor in die Halle hinein. Meine Sachen unter dem gegenüberliegenden Fenster sahen unberührt aus, exakt so wie ich sie gestern liegen gelassen hatte. Für einen kurzen Augenblick vergaß ich alles andere, als ich den Lichterzauber aus kobaltblauen, purpurfarbenen und fast rosafarbenen Sprengseln bestaunte, der den Raum erfüllte.

»Amber.«

Ich fuhr herum, und geblendet von den farbig getönten Sonnenstrahlen, die durch das Buntglasfenster einfielen, musste ich ein paarmal blinzeln. Auf halber Treppe hockte Nathaniel und sah zu mir herunter. Es dauerte ein paar Herzschläge, bis sich vor meinen

Augen sein dunkler Schattenriss aufklarte und Konturen, Flächen und Einzelheiten daraus hervortraten. Wie er so unter den tanzenden Lichtstreifen dasaß, die Unterarme auf die Knie gelegt und die Finger verschränkt, sah er kein bisschen Furcht einflößend aus. Immer noch kantig und stark und ein bisschen wild mit seinen dunklen, verwuschelten Haaren, aber auch verletzlich, auf eine Art, die mich verwirrte. In zerrissenen Jeans und Lederjacke hätte er den Prototyp des coolen Rebellen abgegeben, der an jeder Schule alle Mädchenköpfe verdrehte und reihenweise Herzen brach.

»Ich hatte es zwar gehofft, aber ich hätte nicht gedacht, dass du noch mal hierherkommst.« Seine Augen strahlten auf und meine Knie wurden weich.

Verlegen schob ich meine Hände in die Jeanstaschen. »Ja, ähm, ich … also, meine Sachen …« Ich nickte hinter mich.

»Du hattest gestern Angst vor mir.« Meine Wangen brannten und ich wich seinem eindringlichen Blick aus. »Ist es dir lieber, wenn ich Abstand halte?«

Unwillkürlich hob ich die Augen wieder zu ihm an und mein Mund bewegte sich zu einem kleinen Lächeln. »Ja. Viel besser.«

»Gut.« Als wäre er mein Spiegelbild, zeichnete sich auch auf seinem Gesicht ein Lächeln ab. »Wenn ich dir verspreche, mich nicht von hier oben wegzubewegen – gehst du dann nicht gleich wieder fort?«

Ich zog die Schultern hoch. Da war diese Stimme in meinem Kopf, die mir zuzischte, ich solle machen, dass ich fortkomme, ob mit meinem Kram oder ohne. Ich witterte Gefahr, aber auch noch etwas anderes. Und dieses andere, das ich nicht einordnen konnte, ließ mir wohlig warm werden und sorgte dafür, dass meine Sneakers wie auf dem Holzboden festgetackert waren.

Einige Herzschläge lang schwiegen wir beide. Dann holte ich tief Luft und fragte ihn: »Übernachtest du ab und zu hier? In diesem Haus?«

Seine Augen wanderten durch den Raum. »Kann man so sagen.«

Ich spürte, wie sich sein Blick auf mich heftete, und senkte den Kopf; mittlerweile hatte ich meine Hände so tief in den Taschen vergraben, dass sich meine Ellenbogen schon beinahe durchdrückten.

»Ich kann mir vorstellen, was du jetzt denkst«, hörte ich ihn flüstern. »Aber ich tu dir wirklich nichts.«

Um meinen Mund zuckte es. »Würd ich an deiner Stelle auch behaupten. Aber netter Versuch.«

Ich schielte zu ihm herauf. Seine Augen glänzten; sein Mund, dieser große, volle Mund zog sich auseinander, und er lächelte. Ein breites, offenes Lächeln, das kurz davor war, in ein Lachen überzugehen.

Die Luft war wie statisch aufgeladen, ich glaubte meine Haare förmlich knistern zu hören. Da war immer noch diese Ahnung von Gefahr, die sich kühl anfühlte und beißend und die mich an den Geruch eines gerade erloschenen Streichholzes erinnerte. Aber woher sie auch kam: sie ging nicht von Nathaniel aus. Vielleicht war es das denkbar Dümmste, vielleicht würde ich es bitter bereuen – aber in diesem Moment war ich mir sicher, dass ich von ihm nichts zu befürchten hatte. In diesem Moment, als ich ihm in die Augen sah, die mit diesem Glanz, mit einem ganz bestimmten Ausdruck darin nilgrün schimmerten.

In meinem Bauch flatterte etwas, flog aufwärts und ließ mein Herz einen Salto schlagen.

23

Lange nachdem sie gegangen war, harrte ich immer noch auf der Treppe aus. Ich konnte meinen Blick nicht von der Stelle lösen, an der sie sich noch einmal zu mir umgedreht hatte, bevor sie durch den Türrahmen verschwunden war, und ich bekam das Lächeln nicht aus meinem Gesicht. Sie hatte versprochen, wiederzukommen. Morgen schon.

Sonst konnte ich mich an kaum etwas von dem erinnern, was sie gesagt hatte. Was ich gesagt hatte. Ich war völlig davon gefangen gewesen, wie sich ihre Stimme anhörte, frisch und sprudelnd wie klares Wasser. Davon, wie sie am ganzen Körper angespannt war, die Schultern hochzog und damit ruckte; wie sie von einem ihrer langen Beine aufs andere trat und ihre Hände in den Hosentaschen zu Fäusten geballt hielt. Und wie die nadelspitze Angst, die gestern dauernd um sie herumgezuckt war wie grelle Blitze, langsam schmolz und sich etwas in ihrem Gesicht öffnete. Etwas Helles, Strahlendes. Manchmal schlug sie die Augen nieder oder senkte den Kopf, dass ihr Haar wie ein Vorhang vor ihr Gesicht fiel. Als wollte sie nicht, dass ich sah, wie sie lächelte, dieses kleine, verhaltene Lächeln, das wie ein Versprechen war. Nur um dann den Kopf zurückzuwerfen, dass ihr Haar nur so flog, und mich aus ihren blauen Augen anzufunkeln.

Sie schien keine Ahnung zu haben, wie hübsch sie war. Mehr als nur hübsch. Sie war hinreißend. Und noch weniger ahnte sie wohl, wie sehr ich mich danach sehnte, sie an mich zu ziehen und irgendwie die Traurigkeit tief in ihrem Blick zum Verschwinden zu bringen, unter der ich einen ganzen Regenbogen an anderen Gefühlen spüren konnte. Ich wollte wissen, wie sie sich unter meinen Händen anfühlte, wie ihr Haar roch und wie ihr Mund schmeckte.

Das Lächeln auf meinem Gesicht zerfiel.

Ich hätte ihr sagen müssen, wer ich war. WAS ich war.

Aber ich konnte nicht. Natürlich nicht. Ich hätte sie noch im selben Moment verloren. Wie hätte ich das zustande bringen können, während sie auf diese Weise vor mir stand und mich anlächelte, mit ihren Augen, so blau wie das Wasser in der Bay.

Amber. Mein Funny Girl.

Das mich fast hatte vergessen lassen, was ich war.

24

Ich verstummte und starrte in den Raum vor mir, in dem ein sanfter grauer Hauch lag, von blassen bläulichen und violetten Schlieren durchzogen. Ein zarter Rest von Licht, der auf dieser Seite des Buntglasfensters hereinsickerte, während draußen eine blasse Sonne gegen den Märznebel ankämpfte. Ich umschlang meine Knie mit einem Arm, während meine andere Hand unruhig Fäden aus dem zerfledderten Saum meiner Schlagjeans rupfte.

»Das tut mir leid«, hörte ich Nathaniel schließlich leise sagen.

Ich sah ihn nicht an. Ich wusste auch so, dass er in fast derselben Haltung dasaß wie ich, mit dem Rücken an die Wand unter dem Fenster gelehnt und die Knie angezogen. Ein Stückchen abseits der Decke, auf der ich hockte, und jenseits des Bücherstapels, den ich die ganzen letzten Nachmittage nicht mehr angerührt hatte.

»Ja, mir auch«, flüsterte ich rau.

Ich wusste nicht, warum ich ihm von Mam erzählt hatte. Vielleicht weil ich das Gefühl hatte, dass er sich wirklich für mich interessierte, wo ich herkam, wie ich lebte und wer ich war. Vielleicht weil er mir zuhörte und mir das Gefühl gab, dass er mich verstand, wenigstens ein bisschen. Weil ich ahnte, dass er nicht mit betretener Miene zu Boden starren und schnell das Thema wechseln oder mich bestürzt ansehen und dann hastig irgendwelche Floskeln hervorstoßen würde, nur um danach mit sichtbarer Erleichterung wiederum über was anderes zu reden.

»Wann hast du es erfahren – dass sie sterben wird?«

In meinem Gesicht zitterte es; ich senkte den Kopf und zupfte an der Zehennaht meiner Socke herum. »Gleich ziemlich am Anfang.«

Natürlich hatte ich es komisch gefunden, dass Gabi mich an jenem Nachmittag von der Schule abholte, um mit mir Eis essen und danach noch ins Kino zu gehen. Aber in der letzten Zeit war manches bei uns komisch gewesen. Mam hatte sich nicht gut gefühlt und auch nicht gut ausgesehen, und oft musste ich ihr alles zwei- oder dreimal erzählen, weil sie mit den Gedanken ganz woanders gewesen war. Genau wie Gabi an diesem Nachmittag, und im Kino hatte sie bei jeder nur ein klein wenig rührseligen Szene losgeheult und ein Tempotaschentuch nach dem anderen vollgeschnieft.

Danach waren wir noch bei McDo gewesen, und als Gabi mich nach Hause brachte, war es schon fast Schlafenszeit gewesen. Aber obwohl sie und Mam hinter der geschlossenen Glastür zum Wohnzimmer nur flüsterten, konnte ich nicht einschlafen. Kurz nachdem Gabi gegangen war, hatte das Telefon geklingelt. So spät rief bei uns nur einer an: Ted. Ich war schnell aus dem Bett geschlüpft und über den Flur geschlichen und hatte die Ohren gespitzt. *… kein Problem, ich war eh noch wach. Danke, dass du so schnell zurückgerufen hast. – Nein, nicht gut. Genau wie befürchtet.* Dann hatte Mam ein paarmal schwer durchgeatmet. *Unser Mädchen wird dich bald brauchen, Ted. Ich weiß noch gar nicht, wie ich's ihr sagen soll …*

Ich hatte es nicht mehr ausgehalten und die Tür aufgerissen. *Was sagen, Mam?* In meinem Kopf purzelten alle möglichen Gedanken durcheinander; einige Augenblicke lang hoffte ich mit einem Hüpfen im Bauch sogar, Mam und Ted würden wieder zusammenkommen. Aber die Art, wie Mam mich vom Sofa aus ansah, als würde sie sich nur mühsam zusammenhalten und könnte jeden Augenblick in Stücke gehen, ließ mir übel werden vor Angst. *Mam! Was sagen?* Heiser hatte sie in den Hörer geflüstert, dass sie später zurückrufen würde, und aufgelegt. Ich hatte mich in ihre ausgebreiteten Arme geschmissen, und während sie mich festhielt und mir über die Haare strich, hatte sie mir von dem Tumor in ihrem Kopf erzählt, von CTs und MRTs, von der bevorstehenden OP, von Bestrahlungen und Chemos und dass wir nur noch maximal ein halbes Jahr zusammen haben würden. Und die ganze Zeit, während ich versuchte, irgendwie zu begreifen, was sie mir da erzählte, brannten Tränen hinter meinen Augen.

Von denen keine einzige je hervorkam. Nie. Als wären sie dort eingefroren, irgendwo hinter meiner Stirn.

»Erzähl mir von ihr.«

In meinem Gesicht gab etwas nach, und ich spürte, wie sich ein Lächeln darauf ausbreitete. »Mam … Mam war einfach klasse. Ich konnte über alles mit ihr reden, sie fand nie etwas albern oder seltsam oder dumm, was mich beschäftigte. Es war nicht so, dass ich automatisch alles bei ihr durfte, aber wenn sie mir was verboten hat, hat sie mir den Grund erklärt, damit ich auch verstand, warum das nicht ging. Sie war klug und witzig und eigentlich immer gut gelaunt.« Das Lächeln auf meinem Gesicht dehnte sich weiter aus, und mir kitzelte es irgendwo hinter dem Brustbein, als ich Mam vor mir sah, in den ramponierten Jeans und den mit Logos oder witzigen Slogans bedruckten Longsleeves, die sie zu Hause trug, die langen Haare zum Pferdeschwanz hochgebunden oder mit einer großen Klammer hochgewurschtelt, ungeschminkt und meistens barfuß. »Mit ihr zusammen hat alles Spaß gemacht, sogar so simple Dinge wie im Supermarkt einkaufen zu gehen. Sie fand immer etwas, wozu sie eine lustige Bemerkung machen konnte, über die wir uns dann kaputtlachten. Und beim Putzen hat sie immer die Musik voll aufgedreht und laut mitgesungen.« Das Kinn vorgeschoben, nickte ich vor mich hin. »Sie war echt eine tolle Mam.«

»Klingt nach jemandem, den ich gerne kennengelernt hätte.«

Ich wandte den Kopf. Einen scheuen, fast schon weichen Zug um den Mund, sah Nathaniel mich an, den Ellenbogen auf dem Bein aufgestützt und die Finger in seinen Haaren vergraben. Ich fragte mich, wie sich diese dicken Kringel und Wellen wohl unter meinen Händen anfühlten, und hastig richtete ich den Blick wieder auf meine Socke, die ich mir inzwischen halb vom Fuß gezerrt hatte.

»Ich glaube, jeder mochte sie«, sagte ich leise und drehte den Sockenzipfel um den Zeigefinger. »Wenn sie freitags oder samstags mit ihrer Ausrüstung losgezogen ist, um Brautpaare zu fotografieren, kam sie oft mit einem riesigen Pappteller voller Kuchen wieder nach Hause, und manchmal hat sie hinterher eine nette Karte mit Trinkgeld zugeschickt bekommen. Sie konnte einfach gut mit Menschen. Sie ist immer ganz offen auf alle zugegangen.«

Ob das auch für Nathaniel gegolten hätte? Ich versuchte mir vorzustellen, was Mam dazu sagen würde, dass ich mich mit einem Obdachlosen angefreundet hatte. Hätte sie Nathaniel gemocht? Hätte ich ihn vielleicht mal mit nach Hause bringen dürfen? Oder wäre da selbst ihre sonst so tolerante Einstellung an Grenzen gestoßen?

Aus dem Augenwinkel schielte ich zu ihm hin. Er trug jeden Tag dieselben Klamotten, und ich rieb beschämt das Kinn an meiner Schulter, als ich daran dachte, wie ich die ersten Male, die er hier neben mir gesessen war, verstohlen in seine Richtung geschnuppert hatte. Aber außer einem schwachen Duft, der mich an frisches grünes Moos erinnerte und ein bisschen an in der Sonne getrocknetes Treibholz, ein Duft, der genauso gut von dem vielen alten Holz in diesem Raum hier hätte stammen können, hatte ich nichts gerochen. Ich hatte schon daran gedacht, ein T-Shirt oder einen Sweater von Ted zu mopsen und Nathaniel mitzubringen; war ja gut möglich, dass das eine oder andere Kleidungsstück mal irgendwo in den Maschinen und Trocknern von Lewey/Dewey verschüttging. Ihm ein bisschen Geld zu geben, war mir auch schon in den Sinn gekommen, aber ich hatte mich dann doch nicht getraut. Ich wollte ihn nicht kränken, wo er schon jedes Mal abwehrte, wenn ich ihm von meiner Cola light und meinen Keksen anbot.

Ich ließ mich mit dem Rücken gegen die Wand fallen und sah Nathaniel von der Seite her an. »Wir reden immer nur über mich«, wisperte ich. »Nie über dich.«

Er löste die Finger aus seinen Locken und richtete sich auf; die Hände locker umeinandergelegt und die Unterarme auf den Knien, rieb er mit der Ferse seines Schnürschuhs über den Boden. »Da gibt es auch nichts groß zu erzählen.«

»Hast du denn keine Familie? Eltern oder – oder Geschwister?«

Seine Brauen zogen sich zusammen. »Ich hatte einmal so was wie Familie. Ist lange her.« Trocken klang seine Stimme dabei, fast schon spröde.

Ich wusste nicht, was ich darauf sagen sollte; verlegen drehte ich Mams Armbanduhr um mein Handgelenk und mein Blick fiel auf das Zifferblatt. Kurz vor sieben. Halb sieben war für freitags ausgemacht. »Oh Shit! Shit!«

Hektisch kramte ich mein Smartphone aus dem Rucksack. Immerhin hatte Ted noch nicht angerufen oder gesimst, wo ich denn blieb; ich konnte nur hoffen, dass er noch an der Uni zu tun hatte. Hastig tippte ich eine Nachricht, dass ich unterwegs war, stopfte das Handy zurück in die Seitentasche, zerrte meine Socke hoch und zog mir die Sneakers an, bevor ich aufsprang. »Ich muss leider los!«

Nathaniel war schon vor mir aufgestanden. »Sehen wir uns morgen?«

»Klar!« Ich schulterte den Rucksack, dann ballte sich meine Hand zur Faust. »Mist. Morgen ist Samstag, da kann ich nicht.« Wenn es nach mir gegangen wäre, hätte ich auch die Wochenenden hier verbracht, aber ich wollte Ted nicht misstrauisch machen. Außerdem gab er sich solche Mühe, mir die Stadt zu zeigen. »Montag wieder?«

Nathaniel nickte und schob die Hände in die Hosentaschen.

Bye, wollte ich mich von ihm verabschieden, aber es blieb mir im

Hals stecken. Sein Blick, den er mir mit leicht gesenktem Kopf zuwarf, halb enttäuscht, halb sehnsüchtig, ging mir durch und durch. Eine wellige Haarsträhne, die sich verzwirbelt hatte, fiel zurück an ihren Platz, während er mit der Kante seines Schuhs über den Boden fuhr. Nur schwer konnte ich mich von seinem Anblick losreißen und ihm noch ein flattriges Lächeln schenken, während mein Magen Achterbahn fuhr.

Mit Looping.

Die Wohnungstür war nicht abgeschlossen und dahinter empfing mich der hell erleuchtete Flur. Neben dem Sideboard stand Teds Rucksack; obendrauf lagen sein Sakko und nachlässig hingeworfene und teils geöffnete Briefe. In der Küche, in der Ted sonst um diese Zeit schon mit den Vorbereitungen für das Abendessen beschäftigt war, brannte kein Licht. Ich schnitt eine Grimasse, schlüpfte aus Rucksackgurt und Sweatjacke und holte ein paarmal tief Luft; Ted sollte möglichst nicht merken, dass ich von der Franklin Street bis hierher gerannt war, anstatt irgendwo an einer Ecke aus einem haltenden Auto ausgestiegen zu sein.

»Bin da-haa«, rief ich in die Wohnung hinein, und als keine Antwort kam, fügte ich fragend hinzu: »Ted?«

»Im Arbeitszimmer«, ertönte es aus der hinteren Ecke der Wohnung, und während ich den Flur entlangging, suchte ich fieberhaft nach einer glaubhaften Ausrede.

»Tut mir total leid, dass ich zu spät bin«, sprudelte ich schon heraus, noch bevor ich am Türrahmen anlangte. »Ich – wir ... Ups.«

Der Boden des Arbeitszimmers war übersät mit aufgeklappten Ordnern und ausgebreiteten Unterlagen. Noch in seinen Uniklamotten, kniete Ted mittendrin und blinzelte mich hinter seinen Brillengläsern an. Mit dem Zeigefinger schob er die Manschette seines blassrosa Hemdes hoch, um auf die Uhr zu schauen, und seufzte auf. »Ich bin ein solcher Rabenvater! Ich merk's nicht mal, wenn du zu spät nach Hause kommst, und mit dem Kochen hab ich auch noch nicht angefangen.«

»Ich kann ja schon ein bisschen was machen«, schlug ich vor, erleichtert, dass ich wohl ohne Ermahnung davonkommen würde.

»Oder wir lassen uns was liefern«, ergänzte Ted beiläufig, während er schon wieder in einem der Ordner herumblätterte und vor sich hin brummelte. »Irgendwo hier muss doch …«

Ich lehnte mich gegen den Türrahmen. »Steuererklärung?«

»Nein, leider nicht.« Er grinste schief, während er weiter den Ordner durchsuchte. »Ich hab heute Post aus Deutschland bekommen. Ich muss nachweisen, dass ich ein anständiger Bürger der Vereinigten Staaten bin und weder Haftstrafen verbüßt habe noch von den Behörden wegen irgendeines Delikts gesucht werde. Dass ich über ein geregeltes Einkommen verfüge, dir ein Dach über dem Kopf bieten und auch sonst für dich sorgen kann. Ah, da ist es ja!« Triumphierend hielt er ein mehrseitiges Dokument in die Höhe, ließ es aber gleich darauf sinken und sah mich an, die Brauen zusammengezogen und einen bekümmerten Zug um den schmalen Mund. »Hast du davon gewusst, dass die Seemanns die Sorgerechtserklärung zwischen Karen und mir anfechten wollen?«

Mein Magen klumpte sich zusammen; ich wich Teds Blick aus und rubbelte mit dem Daumen über den Türrahmen. »Kann sein, dass Opa mal so was erwähnt hat«, murmelte ich und schielte dann schuldbewusst wieder zu Ted.

Er starrte einige Augenblicke vor sich hin, dann hockte er sich seufzend auf den einzigen freien Fleck am Boden und fuhr sich durch die Haare. Traurig sah er aus, als er den Kopf hob und mich anschaute. »Ist es für dich wirklich so schrecklich, hier bei mir zu sein?« Ich kam mir ziemlich mies vor.

Der Klumpen in meinem Bauch entspannte sich etwas, als ich an Nathaniel dachte. Und mir fiel ein, dass ich gar nicht mehr zu meinem Notizbuch gegriffen und die Tage abgestrichen hatte, die ich noch hier in San Francisco verbringen musste. Die letzten paar Wochen waren alles in allem wirklich ganz okay gewesen, aber …

»Es ist nicht mein Zuhause«, erwiderte ich schließlich langsam.

Der Ausdruck auf Teds Gesicht wurde weich. »Nein, das ist es nicht. Das Zuhause, das du kanntest, gibt es leider nicht mehr. Nirgends. Weil Karen nicht mehr da ist. Und das tut doppelt weh.«

Ich schluckte und mein Mund verkrampfte sich.

Ted atmete tief durch, nahm seine Brille ab und rieb sich über das Gesicht. »Aber ich werde alles tun, damit du dich irgendwann wieder zu Hause fühlen kannst. So ein bisschen kenne ich das aus eigener Erfahrung. Ich war acht, als sich meine Eltern scheiden ließen. Danach war auch nichts mehr wie vorher.« Er setzte seine Brille wieder auf und sah mich an. »Damals hatte ich mir geschworen, dass ich es mal besser machen würde. Ich wünschte, ich hätte es besser hinbekommen.«

Ich kaute auf meiner Unterlippe herum. »Wo sind deine Eltern jetzt?«, fragte ich dann vorsichtig.

Ted klappte einen Ordner nach dem anderen zu. »Mein Vater ist gestorben, kurz bevor ich nach Deutschland gegangen bin. Meine Mutter lebt schon lange in Palm Springs mit ihrem dritten – nein, vierten Ehemann.«

Ich hatte nie etwas von einer Oma in Amerika gehört. »Weiß sie, dass es mich gibt?«

Ted warf mir einen kurzen Blick zu. »Ja. Ich habe ihr immer wieder Fotos von dir geschickt.« Er seufzte. »Das hat sie leider nie besonders interessiert. Sie hat's nicht so mit Kindern. Auch nicht mit ihren eigenen.«

»Du hast noch eine Schwester, richtig?«

»Tracy, ja.« Grinsend stapelte Ted die Ordner aufeinander. »Die froh ist, wenn sie in ihrem beschaulichen Vorort in New Jersey nichts von mir hört oder sieht. Sie ist acht Jahre älter als ich und trägt es mir bis heute nach, dass sie sich nach der Scheidung unserer Eltern viel um mich kümmern musste.« Er stand auf und schob einen Ordner nach dem anderen ins Regal. »Ich nehme an, dass sie deshalb nie Kinder wollte.«

Ich sah ihm zu, wie er nach und nach die Unterlagen einsammelte und wieder an ihrem Platz verstaute; dann nahm ich meinen ganzen Mut zusammen. »Erzählst du mir mehr? Von dir – von früher?« Meine Stimme war kaum zu hören.

Ted drehte sich um und sah mich überrascht an. »Natürlich. Gerne sogar. Wenn du magst, können wir auch Fotos anschauen.« Er deutete auf den Turm aus Schuhkartons neben dem Ledersessel in der Ecke, die als Einzige noch nicht ihren Platz gefunden hatten; sonst waren alle Kisten und Kartons ausgeräumt und ihr Inhalt in die Regale und Vitrinen gewandert. Aus dem halb fertigen Apartment war eine richtige Wohnung geworden. Als ich nickte, schien ein Lächeln auf Teds Gesicht auf.

»Ich bin hier gleich fertig. Bestell doch so lange schon mal Pizza für uns zwei.«

25

Mit angezogenen Knien lag ich auf dem Rücken und starrte an die Decke hoch. Von den Girlanden, den Blätterranken und Rosenblüten waren inzwischen mehr und feinere Details zu erkennen. Denn dass die Sonne höher stand, kräftiger schien und die Tage länger machte, ließ auch dieses Haus nicht unberührt. Seine Räume wirkten größer, so lichtdurchflutet wie sie jetzt waren. Gleichzeitig traten die Spuren von Alter und Abnutzung deutlicher hervor, die Schrammen und Scharten im Holz, die Flecken von Feuchtigkeit, die Dreckschlieren, die Spinnweben und Wollmäuse. Die Verzierungen aus Stuck über mir waren teilweise beschädigt und feine Sprünge liefen hindurch. Vielleicht stammten sie von einem Erdbeben, wie mich gestern Abend eines aufgeschreckt hatte, als ich an meinem Schreibtisch über den Hausaufgaben saß und mein Zimmer zu vibrieren begann. Ich hatte völlig verdrängt, dass es in San Francisco dauernd bebte, aber meistens so gering, dass man es nicht einmal merkte. Die Aussicht allerdings, dass früher oder später *The Big One* zu erwarten war, ein mindestens ebenso starkes und verheerendes Beben wie 1906, fand ich beunruhigend. Andererseits war die Wahrscheinlichkeit wohl deutlich höher, vorher unter einen Cable Car zu geraten oder von einem Autofahrer umgenietet zu werden, der mit einem Affenzahn um die Ecke schoss, während man die Straße überquerte.

Hier allerdings, in diesem Haus, hatte ich das Gefühl, mir konnte nichts geschehen. So alt wie es aussah, schien es noch aus den Jahren vor dem Großen Beben zu stammen, und es wirkte so massiv und robust, als würde es jeder Naturgewalt trotzen. Als ob die Zeit daran zwar nagen, es aber nie in die Knie zwingen könnte.

Etwas Ewiges, Unvergängliches hing in diesen Räumen.

»Weißt du, was das Schlimmste für mich war?«, flüsterte ich nach einer Weile, und ohne auf eine Antwort zu warten, fuhr ich fort: »Dass ich mir nichts sehnlicher wünschte, als die Zeit anhalten zu können. Damit uns nicht jeder Tag dem einen näher brachte, an dem sie nicht mehr da sein würde. Und gleichzeitig …« Ich atmete tief durch. »Und gleichzeitig hab ich mir genauso sehr gewünscht, dass es bald vorbei sein würde. Weil alles so schrecklich war.« Ich blinzelte heftig und biss mir auf die Lippen.

»Wie in einem Albtraum, der einfach nicht aufhört.« Wenn er leise sprach, so wie jetzt, klang seine Stimme noch tiefer, noch aufgerauter, aber auch viel sanfter. »Man kommt nicht vorwärts, aber auch nicht zurück. Man ist einfach darin gefangen.«

Überrascht wandte ich den Kopf. Seine kräftige Kinnlinie auf die Faust gestützt, hatte sich Nathaniel neben mir ausgestreckt. So nahe war er mir, dass ich die feinen braunen Sprenkel in seinen tiefgrünen Augen erkennen konnte und eine kleine halbmondförmige Narbe zwischen Schläfe und Jochbein. Ich hätte nur die Hand auszustrecken brauchen, um mit den Fingerspitzen über seine helle Haut zu fahren, die sich dort, wo der Kragen seines Hemdes aufstand, über die starken Knochen und Muskeln spannte, oder um in seine dunklen Locken zu fassen; nur schon der Gedanke daran machte mir wohlige Gänsehaut. Und es war tatsächlich er, der nach Moos roch, nach durchnässtem und wieder getrocknetem Holz und ein bisschen rauchig.

Eine angenehme Wärme breitete sich in meinem Bauch aus. »Du kennst das Gefühl?«

Er nickte mit einem schwermütigen Lächeln.

Lange sah ich ihn einfach nur an. So wie er mich.

Ob es ihm auffiel, dass ich mir heute die Wimpern getuscht

hatte, mit der braunen Mascara, die ich mir gestern in aller Eile bei Sephora gekauft hatte? Und eine neue Bluse hatte ich an, tailliert mit blau-weißem Karomuster, auch gestern schnell noch bei H&M vom Kleiderständer gegriffen und damit zur Kasse gewetzt. Und zum ersten Mal seit langer Zeit hatte ich wieder Lust gehabt, Schmuck zu tragen. Einen Moment lang hatte ich darüber nachgegrübelt, ob es nicht gemein von mir war, ihm so klar zu zeigen, dass ich keine Geldsorgen hatte, im Gegensatz zu ihm. Dann hatte ich mir trotzdem die feine Goldkette mit dem Anhänger in Form einer Sonne umgelegt, die ich von Gabi zu meiner Konfirmation bekommen hatte. Ich wollte so sehr, dass er mich hübsch fand.

Wenn ich bei ihm war, fühlte ich mich einfach rundum wohl. Ich konnte mich nicht erinnern, mich schon einmal einem Jungen so nahe gefühlt zu haben. Innerlich nahe, als ob etwas in uns beiden im selben Rhythmus, auf derselben Wellenlänge schwang. Selbst Lukas war mir nie so nahe gekommen, auch wenn wir eng umschlungen auf seinem Bett gelegen und stundenlang geknutscht hatten. Dabei kannte ich Nathaniel eigentlich noch nicht einmal besonders gut. Ich wusste nicht, woher er kam, was er gesehen und erlebt hatte, noch nicht einmal, wie alt er war.

Und immer blieb zwischen uns dieser kleine räumliche Abstand.

Nie versuchte Nathaniel, meine Hand zu nehmen, mich irgendwo wie zufällig zu berühren oder auch nur kumpelhaft zu knuffen. Geschweige denn mehr. Anfangs war ich froh darum gewesen, aber mittlerweile fand ich es schade, dass er so auf Distanz blieb. Denn dann hätte ich sicher gewusst, ob er mich wirklich genauso mochte wie ich ihn.

Ich rollte mich auf die Seite und kam ihm damit noch ein Stückchen näher. Wie er stützte ich mich auf, die Wange in die Hand geschmiegt. Meine andere Hand, die auf der Decke lag, war jetzt nur noch ein paar Fingerbreit von seiner entfernt.

»Ich möchte so gern mehr von dir wissen«, wisperte ich.

26

Ihr so nahe zu sein, war Himmel und Hölle zugleich.

Ich musste meine ganze Kraft aufbieten, um sie nicht ständig anzustarren. Als sie sich zu mir umdrehte und sich aufstützte, klaffte der Stoff zwischen den Knöpfen ein wenig auf. Im Ausschnitt der Bluse lag eine kleine goldene Sonne auf ihrer Haut und die dünne Kette lenkte meinen Blick auf eine pochende Ader an ihrem Hals. Ich wollte meinen Mund auf ihre Haut pressen und ihren Pulsschlag spüren, wollte spüren, wie lebendig sie war, und ein Zittern durchlief mich.

Etwas an ihrem Gesicht war heute anders als sonst. Ihre Wimpern waren dunkler, dichter und länger und ließen ihre Augen, die funkelten wie Sonnenlicht auf dem Wasser, noch größer wirken. Ihre Wangen glühten, und ich konnte fühlen, wie es sie näher und näher zu mir zog. Wie etwas an ihr mich umschmeichelte, vorsichtig, beinahe scheu und dennoch beharrlich. Als ihr kleiner Finger sich auf meinen zubewegte, fuhr ich hoch und rutschte beiseite.

Ich spürte, wie sie versteinerte, und sah aus dem Augenwinkel, dass sie sich langsam aufsetzte. Sie saß nur da und starrte ins Leere, bevor sie dann hastig zu ihren Schuhen griff.

»Ich muss gehen«, flüsterte sie tonlos.

Ich konnte sie nicht anschauen; mit gesenktem Kopf stierte ich auf meine Hände, die sich ineinandergekrampft hatten. Sie tat ein paar Schritte, dann blieb sie stehen. Ich spürte, dass sie noch etwas sagen wollte, hin und her gerissen zwischen Verwirrung, Scham, Enttäuschung und Wut, aber dann drehte sie sich einfach um und ging wortlos davon.

Als ob mein Zustand nicht schon Strafe genug war. Mir aber noch ein hübsches Mädchen zu schicken, das mich vollkommen betörte, ohne dass ich jemals richtig mit ihr zusammen sein konnte – das war Folter.

Ich wälzte mich auf meinen Bauch, auf die Stelle der Decke, an der sie eben noch gelegen hatte. Ich wünschte, sie wäre noch hier und ich könnte mich zu ihr legen und sie küssen, ebenso heftig und ungestüm wie sanft und behutsam. Damit sie am ganzen Körper fühlte, was sie für mich war.

Ich krallte mich in den Stoff unter mir und jäh schoss flammender Zorn in mir hoch. Ich hörte das Knistern, als sich ihre Bücher aufblätterten. Eins nach dem anderen flog rauschend und zischend durch die Luft, eins nach dem anderen klatschte gegen die Wand, bevor es zu Boden polterte; ein Möbelstück fiel krachend um, dann irgendwo im Haus ein zweites.

Ich hatte sie nie angelogen und doch kam ich mir vor wie ein Betrüger. Was hätte ich ihr auch auf ihre Fragen antworten sollen? Nur an Bruchstücke meines früheren Lebens erinnerte ich mich noch. Der Rest war von dickem grauem Nebel zugekleistert, bis hin zu dem finsterschwarzen Nichts, aus dem ich danach hervorgekommen war. Und auch das Danach begann mehr und mehr zu verschwimmen nach all der Zeit. Wenn ich ihr die Wahrheit gesagt hätte, hätte sie mir kein Wort geglaubt. Oder wäre schreiend davongelaufen.

Und das zu Recht.

27

»Gefällt's dir?«, wollte Ted wissen.

Ich nickte und schob mein Gesicht noch näher an die hohe, schmale Scheibe aus Plexiglas, bis ich fast mit der Nase dranstieß. Es gefiel mir tatsächlich, von hier oben auf die Stadt hinunterzugucken, über den von Kupfermünzen aus aller Herren Länder übersäten Mauervorsprung hinweg.

Wobei sich meine Begeisterung anfangs in Grenzen gehalten hatte. Denn Ted war der Meinung, auf den Telegraph Hill müsste man unbedingt zu Fuß hinauf, nicht mit dem Bus wie die Touristen. Und so war ich ächzend und stöhnend hinter ihm die verdammt steilen Straßen hinaufgestapft, während mir die Sonne, die hier Ende März so viel kräftiger schien als zu Hause in Deutschland, auf den Kopf brannte. Unter dem Rucksack klebte mir mein T-Shirt bald feucht auf dem Rücken, obwohl ich meine Sweatjacke schon längst ausgezogen und um die Hüften gebunden hatte. Ich hatte zwar nichts gegen Bewegung, aber das hier war definitiv etwas anderes, als joggen zu gehen. Ted schien dieser Marsch viel weniger auszumachen, auch die unzähligen Stufen, die schließlich durch das Grün hoch aufschießender Sträucher zum Coit Tower hinaufführten. Aber er war ja auch ganz andere Wanderungen gewohnt. Jahrelang war er bei Tropenhitze oder wasserfallartigen Regengüssen in unwegsamem Gelände mit seinem Rucksack und seiner Ausrüstung unterwegs gewesen, über reißende Flüsse, durch dichten Dschungel und auf Berggipfel hinauf.

Oben auf dem Hügel zerzauste mir eine angenehme Brise die

Haare und kühlte mein erhitztes Gesicht, während ich unter der eisernen Statue von Christoph Columbus meinen Blick über die Zweige grüner Sträucher wandern ließ. Auf der einen Seite spannte sich orange leuchtend die Golden Gate Bridge zu den gegenüberliegenden braunen Hügeln, auf der anderen erstreckte sich ihr Gegenstück, die silbergraue Bay Bridge, und dazwischen lag die berüchtigte Gefängnisinsel von Alcatraz wie ein verwitterter Fischkutter im blauen Wasser.

Der Coit Tower selbst erinnerte mich an eine Schachfigur aus schmutzigem Elfenbein, und nachdem uns Ted in dem winzigen, bis zur Decke mit Souvenirs vollgestopften Shop, in dem man sich kaum umdrehen konnte, die Eintrittskarte besorgt hatte, quetschten wir uns im unteren Stockwerk mit seinen bunten, bäuerlichen Wandmalereien zwischen anderen Besuchern in den Aufzug. Das Ziehharmonikagitter hinter der Aufzugstür klemmte ein bisschen und war ebenso vorsintflutlich wie die beängstigenden Geräusche, die er beim Hochruckeln von sich gab. Das Geratter und Gequietsche wurde jedoch mühelos von der rauen Stimme der sehr netten, sehr redseligen Liftführerin übertönt, die mir ein *Hallo, sweetheart!* zugurrte, als sie uns mit ihrem Knipser ein Sternchen in den Eintrittsbon stanzte.

Ringsum breitete sich die Stadt vor mir aus, von den Piers, den lang gestreckten Gebäudezungen aus Kaimauern, Schuppen und Lagerhäusern, die wie die Strahlen einer Sonne ins Wasser hineinragten, bis hin zu den eleganten Fassaden der Wolkenkratzer im Financial District, deren Fensterscheiben in der Sonne glänzten. Dazwischen waren Tausende und Abertausende von würfelförmigen Häusern mit Flachdach wie Bauklötzchen auf einem überdimensionierten, ins Unendliche vervielfachten Schachbrett angeordnet, mit einzelnen Hochhäusern als besonders markanten Punkten. Von hier oben sah San Francisco gar nicht mehr so bunt aus, sondern cremefarben und beige, von dem dunklen Grün der Bäume und Parks durchzogen.

»Was ist das da unten?« Ich zeigte auf einige Häuserblocks hinunter, auf denen rote Fähnchen wehten; dazwischen konnte ich geschwungene Dächer aus grünen Schindeln erkennen.

»Das ist Chinatown«, erklärte Ted. »Und schräg rechts dahinter ist unser Viertel. Siehst du's?«

Unwillkürlich hielt ich nicht nach dem vanillepuddinggelben Apartmenthaus in der Sacramento Street Ausschau, sondern nach dem Backsteinturm der Christian Science und nach dem Haus in der Franklin Street. In mir krampfte sich etwas zusammen, als ich an Nathaniel dachte.

Drei Tage war ich nicht mehr dort gewesen, den gestrigen Samstag nicht mitgerechnet, und er fehlte mir so, dass es mir sehnsüchtig in der Magengegend zog. Ich wusste einfach nicht, was ich von ihm halten sollte. Immer wenn ich mir fast sicher war, dass er mich auch mochte, immer wenn ich überzeugt davon war, jetzt, jetzt, endlich, würde er die Hand nach mir ausstrecken, zuckte er zurück. Wie er sich am Dienstag so abrupt aufgesetzt und mich dann gar nicht mehr angesehen hatte, tat mir jetzt noch weh.

Früher hatte ich nur ein genervtes Augenrollen für Mädchen übrig gehabt, die in einen schwierigen Typen verknallt waren und ihn mit sich spielen ließen wie mit einem Jo-Jo: Auf einen Wink des Zeigefingers durften sie heranschnurren, aber sobald sie dicht an ihm dran waren, wurden sie mit einem Fingerschnicken an der langen Leine wieder weggeschickt, an der sie dann ebenso hilflos wie hoffnungsvoll baumelten. Zum ersten Mal verstand ich diese Mädchen und es war mir selber peinlich.

Ewig war ich gestern vor meinem Laptop gesessen und hatte mit mir gerungen, Julia oder Sandra alles zu erzählen und sie um Rat zu fragen. Aber Julias letzte Mail hatte sich nur um einen gewissen Alex gedreht, den sie auf einer Fete bei ihrer Cousine kennengelernt hatte, und Sandra hatte mir in einer endlosen Mail haarklein ihr erstes Mal mit Hannes am letzten Wochenende geschildert und dabei auch kein noch so winziges Detail ausgelassen. Dinge, die ich eigentlich über meinen früheren Kumpel nicht unbedingt wissen wollte. Bei Tee und Keksen in meinem Zimmer wäre es vielleicht was anderes gewesen. Aber in einer Mail fühlte es sich irgendwie … komisch an. Und Gabi wollte ich nicht anrufen. Ihr konnte ich nichts vormachen, sie hätte früher oder später doch aus mir herausbekommen, dass Nathaniel kein Zuhause hatte. Sie wäre sicher nicht begeistert, dass ihr Patenkind sich in einen Streuner verguckt hatte. Wäre ich wahrscheinlich auch nicht, an ihrer Stelle. Wieder einmal merkte ich, wie sehr Mam mir fehlte.

Grüblerisch lehnte ich die Stirn an das Plexiglas und starrte auf die Stadt hinunter. Erstaunlich, wie viele Details man von hier oben noch gut erkennen konnte. Eine einladend hergerichtete und hübsch dekorierte Dachterrasse. Eine Kirche mit Doppelturm im Zuckerbäckerstil. Kinder, die auf einem umzäunten Sportplatz herumtobten. Segelschiffe, Lastkähne und Containerriesen, die sich in der Nähe und in der Ferne auf dem Wasser tummelten, und die Stahlseile der Golden Gate und der Bay Bridge. Für eine so große Stadt mit so viel Verkehr war die Luft unglaublich klar. Das helle Beige der Flachdächer und das Silber der Wolkenkratzer, das tiefe, satte Grün von Bäumen und Sträuchern, das sanfte Braun der gegenüberliegenden hügeligen Küsten und das leuchtende Blau von Himmel und Bucht – alles war heute deutlich zu erkennen, ganz ohne Nebel und Dunstschleier.

Und seltsam, wie sich die Sicht veränderte, je länger man von so hoch oben hinabschaute. Nicht nur auf die Stadt. Vielleicht war mein Problem gar nicht so groß, wie ich dachte. Vielleicht hatte ich es selbst in der Hand, endlich Klarheit zu schaffen. Morgen, versprach ich mir selbst. Morgen werd ich's wissen. Morgen muss ich es wissen.

»Was meinst du«, sagte Ted in meine Gedanken hinein, »sollen wir morgen zum Fisherman's Wharf hinunter und die Seelöwen dort angucken? Ist zwar voller Touristen, aber trotzdem ganz schön.«

Irritiert sah ich ihn an. »Musst du morgen nicht an die Uni?«

»Ich hab doch Ferien«, erwiderte er mit einem Augenzwinkern. »Genau wie du.« Ups. Richtig. Spring Break, die Frühjahrsferien, in denen die Universität genauso dicht war wie die Jefferson High. »Oder hast du schon was vor?«

Ich senkte den Kopf und tappte mit der Spitze meines Sneakers über den Betonboden. Einen Tag würde ich es doch noch aushalten. Ein Tag ohne Nathaniel. Ein Tag der Ungewissheit. Nur einen Tag. Einen einzigen, lächerlichen Tag.

»Eigentlich wollte ich lernen«, murmelte ich.

»Damit kannst du auch noch übermorgen anfangen. Du hast dir die Ferien wirklich verdient.«

Im totalen Blindflug hatte ich Mitte März die Orientierungsprüfungen geschrieben, für die ich abends an meinem Schreibtisch gepaukt hatte. Nur halbherzig und auch nur mit halbem Hirn, weil ich immerzu an Nathaniel denken musste. Meine Ergebnisse waren nicht glänzend gewesen, aber trotzdem besser als erwartet, ein *A* in Englischer Literatur und drei *C*, sonst lauter *B*. Ich war auf einem guten Weg, hieß es.

Mein Kopf senkte sich tiefer. »Ich hab mich schon zum Lernen verabredet.«

»Mit Matt Chang?« Teds neckender Tonfall ließ mir das Blut ins Gesicht schießen. »Schon in Ordnung. Ich wollte mich irgendwann diese Woche ohnehin mit einem alten Freund treffen. Dann seh ich zu, dass ich das morgen mache, und wir gehen eben Dienstag zu den Seelöwen, okay?«

Ich nickte und hatte ein furchtbar schlechtes Gewissen.

»Hey.« Ted berührte mich leicht am Arm. »Ist wirklich okay! Aber es wäre nett von dir, wenn du mit deinem alten Dad jetzt noch nach Chinatown hinuntergehen würdest und hinterher zu Lori's. – Einverstanden?« Ich konnte ihn förmlich grinsen hören.

Von unten herauf lächelte ich ihn an. »Einverstanden.«

»Das ist Old St. Mary's«, erklärte Ted und zeigte auf die Backsteinkirche auf der rechten Seite, die mit ihrem eckigen Turm und den Verzierungen in Anthrazitgrau so englisch-viktorianisch aussah wie aus einem Roman von Charles Dickens. »Die einzige Kirche der Stadt, die das große Beben überstanden hat.« Das Gebäude wirkte hier vollkommen fehl am Platz zwischen all den bunten Pagodendächern.

Ich fand es ziemlich schräg, den steilen Telegraph Hill zu Fuß hinaufzukeuchen, dann aber wieder mit dem Bus hinunterzufahren, weil Ted meinte, ich müsste Chinatown einfach erleben, indem wir von unten nach oben hindurchschlenderten.

Das chinesische Tor mit seinem dreiteiligen Stufendach aus grünen Ziegeln, durch das wir gekommen waren, war wie das Tor zu einer anderen Welt. Hier in Chinatown war San Francisco nicht einfach bunt, sondern knallig. Rot-gelbe Wimpel und rote Lampions mit goldenen Troddeln überspannten die schmale, auf beiden Seiten zugeparkte Einbahnstraße zwischen knallgelb und grellrosa angestrichenen Häusern. Dazwischen waren immer wieder Hausteile grün angemalt, in genau demselben Grün wie die Ziegel auf den geschweiften Vordächern, und auf manchen der Häuser thronten mehrstöckige Pagodendächer. Die rot-goldenenen Straßenlaternen wurden von goldenen Drachen umklammert, deren langer Schwanz sich mehrere Male um die quietschgrünen Pfosten wickelte. Auf Schildern waren sowohl chinesische Schriftzeichen als auch amerikanische Wörter zu lesen, mal mit Edding auf neonbunten Karton gekritzelt, mal mit Goldbuchstaben auf rotem Grund fixiert, und auf den schmalen Bürgersteigen eilten die Chinesen, die hier lebten und arbeiteten, vorüber, während die Touristen gemächlich durch die Straßen bummelten.

Dass es in Amerika keinen wirklichen Sonntag gab, daran hatte ich mich noch nicht so richtig gewöhnt, und auch hier in Chinatown hatten nicht nur die Imbisse und die Restaurants geöffnet, sondern auch die Massagesalons und vor allem die unzähligen Shops mit Kunsthandwerk und Souvenirs, mit Schmuck, Handtaschen und Asia-Klamotten. Von billig bis nobel und luxuriös war alles dabei. KANTON BAZAAR auf der rechten Seite bot *erlesene Schätze aus Fernost* und dementsprechend schick und teuer sahen die Auslagen aus. Definitiv zu teuer für eine Schülerin, selbst mit väterlicher Kreditkarte, und ich blickte über die Straße.

CHINA BAZAAR las ich dort in roten Buchstaben über einem Geschäft, und darunter versprach ein Schriftzug gleich *Tausende einzigartiger Artikel*, von denen schon geschätzt die Hälfte in den breiten, übervoll dekorierten Schaufenstern ausgestellt zu sein schienen. Ich blieb stehen und musterte das Gebäude, das mich mit seiner in Grün, Gelb und Pink angestrichenen Fassade an eine künstlich eingefärbte Torte erinnerte.

»Magst du da mal reinschauen?«, fragte mich Ted.

Ich hob zögernd eine Schulter. »Vielleicht. Gabi hat doch in ein paar Wochen Geburtstag und sie mag Asia-Schnickschnack ganz gern.«

»Na, dann komm.«

Ich wusste nicht, wohin ich zuerst schauen sollte in diesem kunterbunten Durcheinander aus bemalten Fächern, Winkekatzen und vor allem Buddhas in allen Farben, Formen und Variationen. Nur Drachen waren hier noch häufiger vertreten: als Marionetten, die zwischen unzähligen verschiedenen Lampions von der Decke hingen, als Schlüsselanhänger oder Kühlschrankmagnet und auf bestickten Geldbeuteln und Morgenmänteln. Plastikblumen und Lavalampen drängten sich zwischen aufgestapelten Kartons, die laut Abbildung Zimmerspringbrunnen enthielten. An der einen Wand hingen Dutzende Handtaschen und bunt gemusterte Shopper, an der anderen waren Bollywood-Poster zu sehen und Bilder von unnatürlich roten Sonnenuntergängen, Zen-Gärten und spielenden Katzen. *Kitsch as Kitsch can,* wohl alles in allem mehrere Hundert Quadratmeter davon. Oder Kubikmeter, wenn man die Regale dazurechnete, die mit Windlichtern in allen Farben des Regenbogens, chinesischen Mini-Vasen und glitzernden Döschen und Kästchen vollgestellt waren und an denen sich die Touristen vorbeischoben.

»Ich guck mich mal kurz oben um«, sagte ich zu Ted und stiefelte die schmale Treppe in der Mitte des Ladens hoch. Und fand mich in einem bonbonrosa Horror aus lauter Hello-Kitty-Kram wieder, der nahtlos in ein Sortiment an Manga-Figuren und bizarren Scherzartikeln überging. Gruselig! Als ich wieder herunterkam, wurde ich beinahe von einer Horde japanischer Mädchen in kurzen Röcken und Kniestrümpfen umgerannt, die kichernd und quiekend auf die Treppe zusteuerten. Mit einer halben Drehung wich ich ihnen schnell aus und mein Rucksack stieß gegen irgendetwas.

»Hoppla! Vorsicht!«

Ich fuhr herum. »Oh, sorry, ich …«

Erschrocken und verdutzt sahen wir uns an, Matt Chang und ich. Ich vielleicht noch verdutzter, denn seine Gelfrisur war nicht mehr pink, sondern leuchtete feuerrot. Chilischotenrot. Sicher auch keine Farbe, die Mrs Jankovich gefallen hätte.

»Hi«, sagte er leise. Er presste den großen Karton, den er in den Händen hielt, fester an sich, und zwei glühende Flecken erschienen auf seinen Wangenknochen.

»Hi.« Ich ruckte mit dem Kinn in seine Richtung. »*Bloody Mary?*«

Einer seiner Mundwinkel verzog sich zur Andeutung eines Grinsens. »*Strawberry Daiquiri.*«

Um den Hals hatte er das Totenkopftuch gewickelt, das er irgendwie immer trug, und der Aufdruck seines schwarzen T-Shirts über dem dunkelblauen Longsleeve empfahl *Fuck Google – Ask Me!*

Mein Blick fiel in den Karton, und meine Brauen rutschten nach oben, als ich die Action-Figuren darin als Michelle und Barack Obama identifizierte, sie in einem schwarz-weißen Kleidchen und ihr Plastik-Gegenstück im goldglänzenden Elvis-Anzug.

»Trägt man jetzt so in Taiwan.« Matts Grinsen vertiefte sich. Ich hatte noch nie vorher bemerkt, was für lange und dünne Finger er hatte, und dass er fast einen Kopf kleiner war als ich. Sein Blick konzentrierte sich auf einen Punkt hinter mir. »Dein Dad?«

Ich drehte mich halb um. Sichtlich bemüht, nicht allzu neugierig herüberzuschauen, betrachtete Ted gerade eine dicke Geisha in schreiend buntem Kimono, deren kugelrunder Kopf ewig nachwackelte, wenn man ihn anstupste. Ich nickte.

»Sieht man.« Bevor ich auch nur den Mund aufmachen konnte, klemmte Matt sich den Karton unter einen Arm und tigerte mit der ausgestreckten Rechten auf Ted zu. »Hi. Matt Chang. Ich gehe auf dieselbe Schule wie Amber.« Ich schickte ein super-eiliges Stoßgebet zum Himmel.

»Oh!«, rief Ted erfreut aus und schüttelte Matt kräftig die Hand. »Hallo! Ted Fowler. Du bist also Matt! Ich hab schon viel von dir gehört. Das ist wirklich sehr nett von dir, dass du Amber abends immer heimfährst! Ich beteilige mich selbstverständlich an den Benzinkosten!«

Und wieder war kein Schwarzes Loch in der Nähe.

»Äähm …« Matts schmale Augen wanderten fragend zwischen Ted und mir hin und her.

Ich riss die Augen auf und schnitt verstohlen eine Grimasse. Auf Matts Gesicht zuckte ein kleines Grinsen auf. »Ach was, nicht der Rede wert. Schon okay so. Mach ich doch gern!«

»Und wenn ihr wieder zusammen lernen wollt, könnt ihr das auch bei uns zu Hause machen. Du bist jederzeit willkommen!«

Matt sah mich mit hochgezogenen Brauen an und ich antwortete mit einem flehenden Blick.

»Yapp, okay. Danke, Mister Fowler«, sagte er schnell. »Ich, äh, muss dann auch wieder. Bis dann.« Den Karton vor sich her balancierend, ging Matt an mir vorbei zur Treppe. »Bye, Amber. Bis nächstes Mal bei …«

»Bis morgen«, warf ich ihm hastig hinterher. Er drehte sich auf der Stufe um und sah mich verblüfft an. Ich zeigte ihm mein flehentlichstes Gesicht und er grinste. »Äh, ja, klar. Bis morgen dann!«

Danke, formte ich stumm mit dem Mund, und er zwinkerte mir zu, bevor er die Treppe hinaufschlappte.

»Wolltest du nicht für Gabi …«, setzte Ted an, als ich mich eilig in Richtung Ausgang durch das Sortiment des Ladens hindurchschlängelte.

»Ein anderes Mal vielleicht«, brummelte ich und flüchtete über die Türschwelle auf die Straße hinaus.

»Das war also Matt Chang«, hörte ich Ted hinter mir. »Der ist wirklich sehr nett! Ein guter Typ. Sagt man doch so in eurem Alter, oder?«

»Hmpf«, machte ich; mein Gesicht fühlte sich an, als hätte es die gleiche Farbe wie Matts Haare. Tomatenketchuprot. Aber mein Herz schlug frei und schnell, weil ich die ganze Zeit daran denken musste, dass ich morgen Nathaniel sehen würde.

28

Ich tauchte ein in das bewegliche Gespinst aus blassblauen und hellvioletten Lichtfäden, das das Buntglasfenster in der Halle wob. Das Quietschen meiner Gummisohlen auf dem Holzboden klang mir überlaut in den Ohren; selbst meine Jeans, mein T-Shirt und die Sweatjacke darüber schienen bei jedem Schritt, bei jeder Bewegung übermäßig zu rascheln. Meinen Rucksack hatte ich in der Wohnung gelassen und mir nur Hausschlüssel und Handy in die Hosentaschen gesteckt. Ich wollte mich heute leicht fühlen, leicht und locker, aber es gelang mir nicht.

Viel zu still war es heute im Haus. Als ob etwas, das sonst immer da gewesen war, nun fehlte, und mein Herz krampfte sich zusammen bei dem Gedanken, dass ich zu spät gekommen sein könnte. Dass Nathaniel fort war, für immer, und ich ihn nie wiedersehen würde.

»Nathaniel?«, hauchte ich in die staubige Luft hinein und ließ meine Augen suchend umherwandern. Über die Treppe, die umliegenden Türen und das gegenüberliegende Fenster, unter dem meine Decke ausgebreitet lag; daneben waren meine Bücher aufgestapelt, das Notizbuch obenauf, und wie in einem Stillleben waren dazu die volle und die angebrochene Flasche Cola light und die drei Rollen Oreos arrangiert, die ich letzte Woche hiergelassen hatte. »Nathaniel?«

Ich horchte in das Haus hinein, das weiterhin still blieb. Still und leer.

Meine Kehle war plötzlich eng und ich ließ den Kopf hängen.

»Ich bin hier.«

Mein Kopf schnellte hoch, und mein Herz setzte aus, als ich ihn im Türrahmen zu dem Zimmer lehnen sah, das früher wohl einmal der Salon gewesen war. Ein Bein vor das andere gekreuzt und die Haare verwuschelt, stand er dort und ein scheues Lächeln erschien auf seinem harten, kantigen Gesicht. Ich unterdrückte ein seliges Seufzen.

»Ich hab dich vermisst«, sagte er nur, und in mir schmolz etwas dahin.

Ich nickte und scharrte mit einem meiner Sneakers über den Boden, während meine Augen ziellos durch die Halle huschten. »Ich … ich hab etwas Abstand gebraucht. Und Zeit zum Nachdenken.« Ich schielte zu ihm hin. Offenbar konnte er damit nichts anfangen. Ich steckte die Hände in die Hosentaschen und holte tief Luft.

»Weißt du, es ist nämlich so, dass …« Ich geriet ins Stocken.

Ich hatte keine Ahnung, wie ich das hinkriegen sollte. Aus dem Alter, in dem man Jungs Zettelchen mit der Frage *Willst du mit mir gehen?* und darunter drei Kästchen mit den Antwortmöglichkeiten *Ja – Nein – Vielleicht* zuschob, war ich schon eine ganze Weile raus. Mit Tobi damals war es ganz einfach gewesen, aber das war auch mehr eine Kinderei geblieben, die nie über Händchenhalten und ein paar unbeholfene Schmatzer auf den Mund hinausging. Bei Lukas hatte ich einfach abgewartet, bis er auf mich zugekommen war, erst mit ruppiger Lässigkeit, dann mit seinem schiefen Grinsen, und irgendwie war danach alles ganz selbstverständlich gewesen. Einander bei der Hand zu nehmen und den Arm um den anderen zu legen. Der erste richtige Kuss und Lukas' Hand, die sich unter den Saum meines Pullis schob. Warum war das jetzt hier so unglaublich schwierig?

»Also, es ist so, dass …« Meine Hände drückten sich tiefer in die Taschen und ich zog die Schultern hoch. »Ich … ich mag dich unheimlich gern.« Unsicher blinzelte ich zu ihm hinüber.

Seine Miene hellte sich auf und seine Augen leuchteten. »Ich mag dich auch sehr gern.«

Mein Herz hüpfte auf und ab wie ein Gummiball; ich wandte rasch den Kopf ab, damit er nicht sah, wie ein Strahlen auf meinem Gesicht explodierte, und musste ihn dann trotzdem wieder anschauen.

»Kannst … kannst du mich vielleicht in den Arm nehmen?«, flüsterte ich, und erst in diesem Moment merkte ich, wie sehr ich mir das die ganze Zeit gewünscht hatte. Dass Nathaniel die Arme um mich legte, mich an seine Brust zog und einfach nur festhielt.

Ein Schatten legte sich auf Nathaniels Gesicht. »Ich kann nicht.«

Mein Herz blieb mitten im Hüpfen irgendwo hängen, an einer komplett falschen Stelle, wo es eigentlich nicht hingehörte.

Meine Lider flatterten. »Du hast doch gerade gesagt, dass du … dass du mich magst.«

»Das tu ich auch«, sagte er rau. »Aber dich umarmen – das kann ich nicht.«

Ich schluckte meinen ganzen Stolz hinunter und mir wurde schlecht dabei. »Kannst du wirklich nicht oder willst du einfach nicht?«

»Ich kann nicht«, wiederholte er. Seine Augen wirkten starr, fast gläsern.

Ich versuchte, tapfer zu sein. Erwachsen. Wie ich es die ganzen Monate zuvor gelernt und geübt hatte. Ich zerrte meine Hände aus den Hosentaschen und ging langsam auf ihn zu. Es gab mir einen Stich, als ich sah, wie er sich vom Türrahmen löste und einen Schritt zurück machte.

»Ich weiß so gut wie nichts über dich«, sagte ich leise und hoffte, ich klang nicht allzu sehr wie eine Jasmintee trinkende Sozialpädagogin. »Aber ich vermute mal, du hast Schlimmes durchgemacht. Und ich versteh auch, wenn dir das schwerfällt, hier, mit mir, und …«

»Bleib, wo du bist!«, stieß er hervor, ein heiseres, fast drohendes Grollen in der Stimme.

Als hätte er mir eine Tür vor den Kopf geknallt, so fühlte es sich an; ich kam mir unglaublich dämlich vor. Erst mal konnte ich ihn nur stumm anstarren, dann schoss mir das Blut ins Gesicht.

»Das machst du schon die ganze Zeit!« Meine Stimme zitterte. »Du lässt mich ganz nah an dich heran und im letzten Moment kneifst du dann. Hast du eine Ahnung, wie sich das für mich anfühlt?!«

Er konnte mir nicht mal in die Augen sehen.

Ich wollte mich abwenden, ihn einfach stehen lassen und nie wiederkommen. Dann musste ich an Lukas denken, der nicht mal genug Mumm in den Knochen hatte, um mir am Telefon, in einer Mail oder auch nur per SMS mitzuteilen, dass es aus war zwischen uns.

»Du bist doch echt das Letzte!«

Ich wirbelte herum und stürzte auf Nathaniel zu. Ich wollte ihn boxen, ihn schubsen, ihn stoßen, damit ich wenigstens ein einziges Mal erlebte, wie er sich anfühlte. Seine Schulter zuckte zurück, er wollte mir ausweichen, aber er war zu langsam, ich zu schnell.

Meine Fäuste trafen nicht auf Muskeln und Knochen. Sie versanken in etwas, das sich anfühlte wie dicker, zäher Nebel. Wie Spinnweben, in denen Morgentau hing. Halb noch im Sprung geriet ich ins Wanken und starrte auf meine Hände, über die sich eine blasse, durchscheinende Version von Nathaniel zog wie die Projektion eines Beamers.

»Es tut mir leid«, hörte ich ihn flüstern. »Es tut mir so leid.«

29

Ich erinnerte mich nicht mehr an viel von früher. Aber ich wusste genau, dass mich noch nie etwas so gequält hatte wie das Grauen in ihrem Gesicht. Wie sie mit aufgerissenen Augen auf ihre Hände starrte, sie öffnete, wieder zusammenballte und wieder öffnete, sie zitternd durch mich hindurchbewegte und dabei unentwegt den Kopf schüttelte.

»Es tut mir leid«, wiederholte ich und strich ihr über die Wange. Meine Berührung ließ ein paar Strähnen ihres Haares aufflattern, und unter einem heftigen Schaudern flog ihr Kopf zu Seite, als hätte ich sie geschlagen. Schreckensstarr taumelte sie zurück und wischte angeekelt die Finger an ihrer Jacke ab. Ich konnte die Welle schwarzen Entsetzens spüren, die über sie hereinbrach und ihr den Boden unter den Füßen wegspülte.

»Wer oder was bist du?«, krächzte sie mir entgegen.

Ich bin tot, Amber. Lange schon. Eine verlorene Seele. Dazu verdammt, als Schatten unter euch Lebenden gefangen zu sein. Und ich weiß nicht einmal, weshalb.

Kein Wort davon brachte ich heraus. Nicht, solange sie schlotternd vor mir stand, die Hände unter ihre Achseln geklemmt und die Augen riesig in dem kreidebleichen Gesicht.

»Was auch immer du bist«, schluchzte sie in nackter Angst, »bleib weg von mir! Hörst du?! Bleib weg!«

Sie torkelte herum und stolperte vorwärts; dann rannte sie durch den Korridor aus dem Haus hinaus. Und wie in einem Strudel riss sie alles an Licht und Lebendigkeit, was sie hierhergebracht hatte, mit sich fort.

Meine Faust donnerte gegen die Wand neben mir, gleich darauf die andere, und ich hieb mit der Stirn gegen das Holz. Einmal, zweimal, zigmal. Ich wollte Schmerz fühlen, stechenden, pochenden, überwältigenden Schmerz, aber alles was mir wehtat, war irgendwas tief in mir. Ein Flüstern hob an, ein Brausen; hinter mir konnte ich die Bücher durch die Luft zischen hören und das dumpfe Flattern der weichen Decke. Die beiden Flaschen krachten gegen Decken und Wände, versprühten fauchend und sprudelnd ihren Inhalt durch den Raum.

Kraftlos öffneten sich meine Finger und glitten durch das Holz der Wand bis in das Mauerwerk dahinter, und ich sank zu Boden. In mir schwang noch immer die Berührung ihrer Hände nach, so warm, so lebendig.

Ich wusste nicht, warum ich nicht schnell genug gewesen war, wo doch Zeit, Raum und Materie mir kaum Grenzen setzten. Wie durch einen Zauber gebannt war ich gewesen. Vielleicht weil ich es mir so heftig ersehnt hatte, sie einmal zu spüren, sie einmal anzufassen, nur ein einziges Mal. Genauso wenig wusste ich, wie das alles möglich war. Warum sie mich sehen und meine Stimme hören konnte. Warum sie all die Zeit nicht gemerkt hatte, dass sie einen Geist vor sich hatte.

Ein solches Geschenk war es anfangs gewesen und sie das Beste, was mir je widerfahren war. Und jetzt war daraus der schlimmste Fluch geworden.

Denn jetzt würde ich sie vermissen bis in alle Ewigkeit. Solange ich ein Geist blieb. Oder bis ich sie vielleicht durch eine unerwartete Gnade vergaß.

So wie alles andere.

30

Ich jagte über den Rasen, rutschte aus und schlug der Länge nach hin. Benommen blieb ich liegen, bis ich aus dem Haus hinter mir Scharren und Rumpeln hörte. Ich gab einen erstickten Laut von mir, dann rappelte ich mich keuchend auf, setzte über die Begrenzungsmauer hinweg, die Stufen hinunter und riss das Tor im Eisenzaun auf.

Dann rannte ich nur noch, rannte um mein Leben. So kam es mir vor.

Ich nahm mir nicht die Zeit, auf den Aufzug zu warten; immer zwei Stufen auf einmal hechtete ich die Treppen hinauf. Hinter mir hörte ich Mrs Hansons empörten Ruf »Amber! Hallo! So geht das aber nicht!« und das panische Fauchen ihrer Katze.

Schweißgebadet und schnaufend kam ich im dritten Stockwerk an und fummelte mit zitternden Händen die Wohnungstür auf, knipste sofort das Licht im Flur an und schlug dann erst die Tür hinter mir zu. Obwohl es heller Tag war, flitzte ich durch alle Räume und schaltete jede Lampe ein, die ich finden konnte, bevor ich in meinem Zimmer die Zudecke vom Bett schnappte und mich damit im Wohnzimmer auf das Sofa warf. Ich zog mir nicht einmal die Sneakers aus.

Die Decke bis zum Hals hinaufgezerrt, drückte ich mich schlotternd in die Polster. Ein Schauder nach dem anderen jagte durch mich hindurch; meine Zähne schlugen aufeinander und mir war übel vor Angst.

Vor mir selbst hatte ich Angst. Davor, dass offensichtlich irgendwann in der letzten Zeit etwas in meinem Kopf kaputtgegangen war. Ich war verrückt. Gaga. Völlig durchgeknallt.

Als ein Schlüssel in der Wohnungstür klackte, schreckte ich hoch und schrie auf.

»Amber?«

»H-hier!«, quiekte ich. »W-woh-zi-zi …« Meine Stimme gehorchte mir genauso wenig wie mein Körper.

Mit besorgter Miene tauchte Ted in der Tür auf, ließ den Schlüsselbund fallen und setzte sich sofort zu mir aufs Sofa.

»Heyhey, was ist los? Bist du krank?« Ich war so verstört, dass ich es sogar zuließ, wie er mir die Hand erst auf die Stirn, dann auf die Wange legte. »Du glühst, hast du Fieber? Was ist denn mit dir, hm?« Er strich mir über die Haare.

Plötzlich musste ich an die alte Frau auf dem Friedhof denken. Und an den seltsamen Jungen mit den veilchenblauen Augen in der Schule. Dieser Blick. Es war dieser Blick, mit dem sie mich angesehen hatten. Genauso hatte mich Nathaniel angeschaut, als wir uns zum ersten Mal begegnet waren, und ich zitterte noch heftiger.

Ich sehe tote Menschen.

Aber ich war nicht Cole aus *The Sixth Sense*. Ich war Amber, Amber Seemann. Und das hier war kein Film. Das war alles real. Einen gewaltigen Sprung in der Schüssel inklusive. Mit dem ich mir einbildete, Gestalten zu sehen, die es gar nicht wirklich gab. Geister.

Ich verkroch mich noch tiefer unter der Decke. Ein paarmal musste ich hart schlucken, bis ich schließlich wenigstens ein tonloses Flüstern hinbekam.

»Gilt das Angebot mit der Psycho-Tante noch?«

TEIL ZWEI

Zwischen zwei Welten

Millionen Geistwesen wandeln über die Erde ungeseh'n,
ob wir wachen oder wenn wir ruh'n.

JOHN MILTON

31

Tick. Tick. Tick. Tick. Tick.

Konzentriert verfolgte ich den Sekundenzeiger der kleinen goldenen Uhr unter ihrer Glasglocke. Mir kam es vor, als hätte sich der kleine Zeiger schon länger nicht mehr bewegt, und verstohlen schielte ich auf meine Armbanduhr. Doch auch die zeigte achtundzwanzig Minuten nach fünf. Immer noch zweiundzwanzig Minuten, und ich unterdrückte ein Seufzen. Von draußen hörte ich gedämpft das Brausen der Autos, die auf der California Street auf und ab rasten, das Rattern der Stahlseile der beiden Cable-Car-Linien, die sich eine Querstraße weiter oben kreuzten, manchmal dazwischen das Bimmeln der Glocke oder eine Hupe.

Meine Augen glitten über das Regal, das die komplette Wand auf der linken Seite einnahm und vom Boden bis zur Decke mit Büchern vollgestopft war. C. G. Jung. Grimms Märchen. Frazers *Goldener Zweig*, der auch irgendwo bei Ted im Regal stand. Sigmund Freud. Natürlich. Viele, viele Romane, teils druckfrisch, teils schon komplett zerfleddert. Bücher über Mythen, Psychologie im Allgemeinen, Psychoanalyse im Speziellen und über Physiologie. Eine Reihe Bilderbücher gab es und eine mit englischen und amerikanischen Klassikern, riesige Kunstbildbände, Biografien.

Vor den Buchrücken stand allerlei Schnickschnack in den Regalfächern herum. Wie die goldene Uhr unter Glas, große Muscheln und bizarr geformte Kiesel, ein Insekt in einem Stück Bernstein und an die Bücher angelehnte Kunstpostkarten. Tierfiguren und Buddhas aus Glas, Porzellan, Metall und Stein. Eine kleine Gipsbüste von Shakespeare, eine geblümte Teetasse mit Goldrand, ein ägyptischer Skarabäus und eine Fingerpuppe aus weißem Filz, gerade groß genug für einen Kinderfinger, in Gestalt eines Gespenstes. Nicht witzig.

Ein schabendes Geräusch und eine Bewegung, die ich aus dem Augenwinkel wahrnahm, ließen mich den Kopf drehen. Im Sessel unter dem Fenster gegenüber, dem exakt gleichen hellblauen Sessel wie der, in dem ich herumlümmelte, hatte Dr. Katz das linke Bein über das rechte geschlagen, statt wie vorher umgekehrt. Sehr groß und sehr dünn, in hellen Jeans und einer Seidenbluse, auf der sich riesige Hibiskusblüten ausbreiteten, musterte sie mich aufmerksam.

Dr. Elsa Katz. Die Psycho-Tante. Mein *Shrink*.

Ich konnte überhaupt nicht einschätzen, was sie über mich dachte; ihr schmales, fast hageres und ungeschminktes Gesicht wirkte ausdruckslos. Genausowenig konnte ich einschätzen, wie alt sie war. So um die vierzig, hatte ich mir überlegt, vielleicht auch ein bisschen älter, obwohl ich in den blonden Strähnen ihres schicken Fransenschnitts kein Grau entdecken konnte. Ihr Blick löste sich von mir und senkte sich auf das Klemmbrett auf ihren Knien, und rasch machte sie sich mit ihrem Kuli ein paar Notizen; dabei hatte ich überhaupt nichts gesagt. Eigentlich sagte ich überhaupt nie was außer einer kurzen Begrüßung, seitdem ich in der ersten Sitzung ein paar Fragen zu Mam, Ted und mir kurz und knapp beantwortet hatte.

Mein Blick wanderte auf die andere Seite, über den antiken Schreibtisch neben der zweiten Tür des Raums, zu dem der hypermoderne Laptop und der Gesundheitshocker ebensowenig passten wie die futuristische Stehlampe dahinter. An der asiatischen Dämonenmaske in Rot und Gold an der Wand blieb ich hängen; ihre aufgerissenen Augen schienen mich anzustarren, und ich fragte mich, ob sie mich mit ihrem aufgeklappten, spitzzahnigen Maul auslachte oder mich verschlingen wollte.

»Die stammt aus Bali.« Dr. Katz hatte eine Stimme, die gleichzeitig weich und fest klang. »Sie fasziniert dich, nicht wahr?«

Ich fühlte mich ertappt und sah schnell weg. »In Teds Arbeitszimmer hängt auch so eine.«

Mein Blick pendelte unschlüssig hin und her, zwischen dem hochbeinigen Tischchen neben mir, auf dem eine einsame Kleenexbox stand, und seinem Gegenstück neben dem Sessel von Dr. Katz, das mit einer ganzen Arche Noah von Glastierchen vollgestellt war.

»In Teds Arbeitszimmer«, wiederholte Dr. Katz. »Warum nicht *zu Hause* oder *bei uns*? Und warum *Ted* und nicht *mein Vater*?«

Ich zuckte mit den Schultern und begann die roten, blauen und weißen Farbkreise auf dem Teppich zu zählen.

»Bist du wütend auf deinen Vater, Amber? Weil er dich hierhergeholt hat?«

Ich blinzelte vor mich hin. Ted war so fürsorglich gewesen nach meinem Zusammenbruch heute vor einer Woche. Hatte mir die Sneakers ausgezogen, mir eine Wärmflasche und einen Tee gemacht und danach herumtelefoniert. Bis er einen Termin für den nächsten Tag hier in der Praxis von Dr. Katz vereinbart hatte, im zweiten Stock eines kleinen weißen Hauses, das in einer Reihe mit anderen hübschen pastellfarbigen Häuschen stand. Allesamt gleich altmodisch und auf zierliche Weise elegant, halb verborgen hinter einer Reihe dicht belaubter Bäume in der California Street, ein paar Blocks von uns in Richtung der Wolkenkratzer des Financial District. Dort, wo die California Street steil hinabrauschte und ein Stückchen weiter Chinatown durchschnitt, sodass man nicht nur eine hohe Pagode auf der rechten Seite sah, sondern durch eine Schlucht aus Backsteinbauten und Hochhäusern hindurch bis auf die Bucht und einen Pfeiler der Bay Bridge gucken konnte. Für ihn war es okay gewesen, dass ich nicht mehr an den Fisherman's Wharf mochte und überhaupt die restliche Ferienwoche nur auf dem Sofa liegen wollte, und zu den ersten beiden Terminen bei Dr. Katz hatte Ted mich sogar begleitet und wieder abgeholt – wie konnte ich da wütend auf ihn sein?

»Bist du wütend auf deine Mutter, Amber?«, setzte Dr. Katz leise hinzu, und ich starrte sie verblüfft an. »Weil sie dich verlassen hat und weil sie wollte, dass du zu deinem Vater kommst?«

Unter verkniffenen Brauen rutschte mein Blick abwärts, auf die knallroten Pumps mit Stilettoabsatz von Dr. Katz hinunter. »Was ist das denn für eine Scheißfrage?!« Ich brüllte es fast heraus.

»Sag du es mir. Warum hältst du das für eine Scheißfrage?«

Weil sie die beste Mam der Welt gewesen war. Und weil ich sie schrecklich vermisste. Genau wie ich Nathaniel vermisste. Ein eisiger Schauder rann mir den Rücken herunter; ich schob die Hände unter meine Oberschenkel und umklammerte sie fest, bevor ich mit den Augen am Sekundenzeiger der Uhr Halt suchte.

Tick. Tick. Tick. Tick. Tick.

Noch dreizehn Minuten.

»Wovor hast du solche Angst, Amber?«

Meine Lider klappten in schneller Folge auf und zu und das Zifferblatt verschwamm vor meinen Augen.

Ich hatte Angst vor dem, was in meinem Kopf vor sich ging. Dass darin irgendwelche Sicherungen durchgebrannt waren und ich deshalb über Wochen hinweg jeden Nachmittag Zeit mit einem Jungen verbracht hatte, den ich so sehr mochte, der aber gar nicht wirklich existierte. Weil ich mir plötzlich einbildete, ich könnte Geister sehen. Wo doch jeder wusste, dass es keine Geister gab. Zumindest jeder, der einigermaßen normal tickte. Ich hatte Angst vor dem Einschlafen, weil ich in meinen Träumen immer in das Haus in der Franklin Street zurückkehrte, in dem Nathaniel auf mich wartete. Und jedes Mal wurde er wieder zu dieser transparenten Erscheinung, in der sich meine Finger bewegten; jedes Mal spürte ich wieder diese zähe Kühle auf meiner Haut wie heute vor einer

Woche, als ich mit den Fäusten auf ihn losgegangen war, aber ins Leere geschlagen hatte. Und auch jetzt, während ich daran dachte, hatte ich dieses Gefühl auf den Fingerspitzen, spürte ich diesen Lufthauch auf meiner Wange, wo er mich berührt hatte, wie ein Windstoß, der bereits eine Ahnung von Regen in sich trug, und meine Knie begannen zu zittern.

Wenn ich nicht von Nathaniel träumte, waren es Flutwellen und Meeresstrudel, die mich in die Tiefe rissen und Wasser in meine Lungen pressten, sodass ich keine Luft mehr bekam und nach Mam schrie. Bis Ted mich aufweckte, mir einen Tee machte und auf meiner Bettkante sitzen blieb, während ich die Tasse Schluck um Schluck leerte. Mittlerweile hatte er genauso dunkle Ringe unter den Augen wie ich und trank noch mehr Kaffee als früher, und ich spulte meine Schultage wie ein Zombie ab. Und von Mam träumte ich manchmal, aber ich war mir sicher, wenn ich davon hier anfing, würde ich innerhalb der nächsten Sekunden in tausend winzige Splitter zerbersten.

So sehr ich mich an den Gedanken geklammert hatte, Dr. Katz könnte mir helfen, so groß war jetzt meine Angst, sie würde mich umgehend in die Klapse stecken, wo ich den Rest meines Lebens mit Medikamenten vollgepumpt als vorzeitig verwelktes Gemüse verbringen konnte, wenn ich ihr auch nur einen Bruchteil von all dem erzählte.

Ich zog schnell die Hände unter meinen Schenkeln hervor und presste sie auf meine Knie, um sie zum Stillhalten zu zwingen, und mit zusammengebissenen Zähnen verfolgte ich weiter den Sekundenzeiger.

Tick. Tick. Tick. Tick. Tick.

Die ganzen übrig gebliebenen sieben Minuten lang.

Bis es zehn vor sechs war und ich gehen konnte.

32

Sie nicht mehr zu sehen, war wie ein Loch, das in meiner Brust aufgerissen war, ungefähr dort, wo früher einmal mein Herz geschlagen hatte. Eine pochende Öffnung, die sich zusammenzog und wieder ausdehnte. Wie eine Pumpe unter Dampf, die etwas anzusaugen versucht, aber nichts zu fassen bekommt und irgendwann heiß läuft.

Rastlos wanderte ich durch das Haus, das mir jetzt viel zu groß und gleichzeitig viel zu eng vorkam. Ihre Sachen, die ich mit meinem Zorn durch die Gegend geschleudert hatte, hatte ich wieder eingesammelt und ordentlich hingelegt. Als ob ich Narr wahrhaftig daran glaubte, sie würde je zurückkommen, um sie abzuholen. Manchmal presste ich ihre Decke an mich, drückte mein Gesicht hinein und stellte mir vor, es wäre sie selbst. Ihre Haut, ihr Haar, ihr Körper, der so voller Leben steckte, der atmete und in dem ein Herz schlug.

In diesen Momenten war es, dass ich ab und zu etwas von ihr wahrnahm. Nicht immer und nur schwach, wie ein gespannter Draht tief in mir, der angetippt wurde und dann zart vibrierte. Mal langsamer, meistens jedoch schnell und zitternd. Als wäre sie in diesem Moment nicht allzu weit von mir entfernt und ich könnte das Echo ihres Seins spüren.

Wie es ihr wohl ging? Was machte sie gerade? Dachte sie noch an mich?

Oft stand ich dann auf und legte die Stirn gegen die Wand. Es wäre so einfach, nicht beschwerlicher als ein Einatmen früher, und ich würde durch Holz und Stein gleiten. Hinaus ins Freie, wo ich wie ein Tier ihre Witterung aufnehmen und mich ihr nähern könnte. Mehr von ihr spüren, sie vielleicht sehen könnte. Doch jedes Mal verließ mich gleich wieder der Mut. Weil ich mich an eine Zeit erinnerte, in der ich so voller Zorn gewesen war, dass ich brüllend draußen herumwirbelte, um mich schlug und Dinge herumschleuderte und dann lauthals über die Angst der anderen lachte. Denn warum sollten sie Frieden haben, wenn ich keinen finden konnte?

Es war gut gewesen, dass der Zorn irgendwann nachließ und einer Taubheit Platz machte. Mit einer grauen Mehligkeit von Zeit, in der Hell und Dunkel, Tag und Nacht nicht mehr waren als ein Wimpernschlag. Sie hatte das geändert und meine Tage zerschnitten in die kurzen, lichten und leichten Spannen mit ihr und die langen, dunklen, schweren ohne sie. Und nun war alles wie vorher, ein zäher, finsterer Brei.

Ich wünschte, ich könnte mich daran erinnern, was ich verbrochen hatte, als ich noch am Leben war. Dann könnte ich bereuen und Buße tun und endlich hinübergehen auf die andere Seite. Was immer mich dort erwarten mochte, konnte nicht schlimmer sein als das jetzt hier. Ohne sie.

Ich vermisste sie unendlich. Amber. Mein Funny Girl.

33

Dr. Katz schlug das rechte Bein über das linke, stützte den Ellenbogen auf die Sessellehne und sah mich aufmerksam an, zwei Finger an ihre Wange gelegt. »Warum denkst du, ich würde dich in die *Klapse*, wie du es nennst, stecken?«

Meine Augen klebten an der Schulter ihrer Seidenbluse fest, auf der sich psychedelische Wirbel in Lila, Orange und Rot umeinanderwanden. Sieben Sitzungen hatte ich bisher mit ihr verbracht und jedes Mal hatte sie eine andere solche bunt bis schrill gemusterte Bluse zu Jeans und mörderischen High Heels angehabt. Jede Woche kam ich zweimal direkt nach der Schule hierher, montags um fünf und donnerstags um vier, und blätterte mich im Vorraum durch die Ausgaben von Vogue und InStyle, bis sie die Tür zu ihrem Zimmer öffnete und mich hereinbat. Für fünfzig Minuten auf ihrem blauen Sessel, in denen ich sehr viel schwieg und unter dem Ticken der goldenen Uhr auf das Bücherregal starrte. Erst seit letzter Woche hatte ich angefangen, ein paar vage Andeutungen zu machen. Vielleicht weil sie mich nie ausfragte, sondern fast unbeweglich und ohne Mimik in ihrem Sessel saß wie eine Sphinx. Manchmal vergaß ich sogar, dass sie da war, bis mich das Übereinanderschlagen ihrer Beine und das Kritzeln ihres Kulis auf dem Papier des Klemmbretts daran erinnerte.

»Weil ich«, flüsterte ich jetzt heiser und tippte mir an die Schläfe, »nicht ganz dicht bin.«

»Wie kommst du darauf, dass du nicht ganz dicht sein könntest?«

Ich verdrehte die Augen; es ging mir tierisch auf die Nerven, dass sie immer meine eigenen Worte wiederholte, wenn sie eine Frage an mich richtete. »Weil es eben so ist.« Ich senkte den Kopf und drehte den Saum meiner Bluse zwischen den Fingern. »Nicht normal«, setzte ich so leise hinzu, dass ich meine Stimme selbst kaum mehr hörte.

Dr. Katz schwieg einige Augenblicke, bevor sie sanft sagte: »Es ist auch nicht normal, in deinem Alter mitzuerleben, wie die Mutter an einem Hirntumor stirbt.«

Meine Lider flatterten und meine Finger verkrampften sich um den Stoff meiner Bluse. »Ich bilde mir Dinge ein«, rutschte es mir einfach so heraus.

»Was für Dinge bildest du dir denn ein?«

Ich schluckte. Als ich gestern nach dem Unterricht meine Sachen aus dem Schließfach geholt und mich umgedreht hatte, war neben der Toilette wieder dieser Junge mit den stoppelkurzen Haaren und den veilchenblauen Augen gestanden. Ich hatte ihn angestarrt, und er hatte zurückgestarrt, bis er sich abrupt umwandte, einfach in die rot lackierte Fläche der geschlossenen Tür eintauchte und darin verschwand.

Meine ausgestreckten Beine zuckten und ich schlang hastig die Arme um mich; ich fror plötzlich.

»Dinge, die … die nicht … real sind.« Nathaniel. Mein Magen krampfte sich zusammen.

»Wie kann etwas, das dir offenbar solche Angst einjagt, nicht real sein?«

Verblüfft sah ich Dr. Katz an. »Wie meinen Sie das?«

Ein feines Lächeln zeichnete sich auf ihrem Gesicht ab. »Unsere Zeit ist für heute um. Wir sehen uns am Montag wieder.«

Unten stand ich noch einige Augenblicke auf der Straße, blinzelte in die Aprilsonne und beobachtete die Autos, die die Straße hinauf- und hinabsausten.

Von Dr. Katz war es ein gutes Stück zu Fuß bis in die Sacramento Street, aber mir machte das nichts aus. Ich mochte es, die Straße entlangzulaufen, die steile California hinauf, vorbei am Fairmont Hotel, diesem klotzigen Kasten à la Monte Carlo mit seinen unzähligen bunten Länderflaggen über dem Eingang. Vorbei am winzigen Huntington Park mit seinen symmetrischen Wegen und wie aus einem Bastelbogen ausgeschnittenen Rasenflächen und der Grace Cathedral, einer pseudo-gotischen Kopie von Notre-Dame in Paris. Dahinter bog ich rechts ab und danach wieder links, dann war ich auch schon in unserem Stück der Sacramento. Manchmal zog ich in Chico's Market noch mit meiner Kreditkarte Geld aus dem Automaten und besorgte Gemüse für das Abendessen oder holte bei Dewey unsere Wäsche und Teds gebügelte und in Klarsichtfolie verpackte Hemden ab. Ted bedankte sich jedes Mal überschwänglich dafür, sobald er nach Hause kam, aber ich hielt es für das Mindeste, wenn er schon jede Nacht an meinem Bett Wache halten musste.

Wie kann etwas, das dir offenbar solche Angst einjagt, nicht real sein? Die Frage von Dr. Katz ging mir nicht aus dem Kopf. Unwillkürlich ging ich langsamer und blieb schließlich stehen. Ich wollte noch nicht in die Wohnung und einfach zum normalen Tagesablauf zurückkehren, mit Hausaufgaben, Abendessen, noch ein bisschen Lernen, Surfen, Lesen oder Fernsehen.

Stattdessen starrte ich den gewaltigen Bau der Kathedrale vor mir an, mit ihren oben abgeflachten Zwillingstürmen, den schlanken Fenstern und spitzen Giebeln und der Rosette über dem Portal. Ted hatte mir erzählt, dass sie noch relativ neu war, erst irgendwann in den Sechzigerjahren fertiggestellt, nachdem ihre Vorgängerin im Großen Beben komplett zerstört worden war. Und trotzdem wirkte sie uralt, wie aus weit entfernten Jahrhunderten übrig geblieben. Ein Fremdkörper, der aus dem Fluss der Zeit herausgefallen war; etwas, das mir irgendwie bekannt vorkam, und vielleicht war das der Grund, warum ich die breiten Betonstufen hinaufstieg.

Hinter der Holztür erwartete mich die für große Kirchen so typische Mischung aus feierlicher Stille und den hallend vervielfachten Geräuschen von Schritten, Kleidergeraschel, Hüsteln und dem Klicken von Kameras. Ich legte den Kopf in den Nacken und bestaunte die schlanken Pfeiler, die Spitzbögen und die Querrippen des Kirchenschiffs.

Die schlichten, geradlinigen Kirchenbänke waren fast komplett leer; nur auf der rechten Seite konnte ich einen dunklen Kapuzenpulli erkennen. Und einen hochgegelten Haarschopf in leuchtendem Rot.

Abrupt blieb ich stehen und schlich dann neugierig näher, bis ich ungefähr auf gleicher Höhe war. Es war tatsächlich Matt Chang, der in der Kirchenbank hockte, sein Totenkopftuch um den Hals und die Hände in den Taschen seines Hoodies. Verlegen wollte ich mich schon umdrehen, da fuhr sein Kopf herum und wir sahen uns in die Augen.

Seit wir uns im China Bazaar über den Weg gelaufen waren, grüßten wir uns zwar kurz vor der Geschichtsstunde und nickten uns zum Abschied zu, hatten sonst aber kein Wort mehr miteinander gewechselt; irgendwie stand eine dicke Mauer der Befangenheit zwischen uns. Bestimmt hatte er meine Aktion in diesem Asia-Kitsch-und-Kram-Laden doof gefunden oder er mochte mich ganz einfach nicht.

Jetzt jedoch zuckte so was wie ein Lächeln in seinem Gesicht auf und er rutschte einladend zur Seite.

»Hi«, flüsterte ich, als ich meinen Rucksack abnahm und mich neben ihn auf das blaue Polster setzte. »Du warst gestern nicht in Geschichte.«

»War entschuldigt. Hatte einen Termin.« Er starrte in Richtung des Altars, einem schlichten Steinquader mit Holzplatte.

Unsicher knibbelte ich am Griff meines Rucksacks herum. »Kommst du öfter hierher?« Die so ziemlich dümmste Frage in einer Situation wie dieser.

»Ab und zu.«

»Hätte ich gar nicht gedacht.« Super. Auch nicht wesentlich intelligenter.

Er warf mir einen kurzen Seitenblick zu. »Wer weiß schon wirklich was über seine Mitmenschen.« Dann verzog er seinen Mund zu einem halben Grinsen und fuhr sich durch seinen Goatee. »Ich hätte auch nicht gedacht, dass ich dir mal ein Alibi liefern müsste.« Meine Wangen wurden heiß und ich knibbelte heftiger an meinem Rucksack herum. »Hast du einen Freund, von dem dein Dad nichts wissen darf?«

Ich dachte an Nathaniel; Gänsehaut kroch über meinen Rücken und mein Magen geriet in Schieflage. »Da … da gab es jemanden. Hat sich aber erledigt.«

»Sorry.«

Ich zuckte mit den Schultern und warf mir mit einer schnellen Kopfbewegung die Haare über die Schulter. »Jobbst du in dem Laden?«

»Öh.« Er kraulte sich heftiger das bisschen Bart unter seinem Kinn. »Ähm, na ja, sozusagen.«

Ich hatte gerade den Mund geöffnet, um ihn noch etwas zu fragen, als plötzlich über mir helle, irisierende Leuchtfunken aufsprühten und umhertanzten. *Geisterlichter.* Ich quiekte auf und duckte mich; mein Herz hämmerte vor Panik schmerzhaft gegen die Rippen und mir wurde übel. *Geister. Hier!*

»Ist okay.« Hart schlossen sich Matts dünne Finger um meinen zitternden Unterarm. »Hey, ist okay. Das ist nur ganz normales Licht.« Ängstlich blickte ich mich um. »Schau«, mit der anderen Hand deutete er an das Gewölbe hinauf, dann zu den Buntglasfenstern, durch die Sonnenstrahlen hereinfielen und bunte Lichtflecken auf die Säulen und Wände tupften. »Nur Sonnenlicht. Nichts …« Seine Brauen zogen sich zusammen, als er mir ins Gesicht schaute, und er setzte tonlos hinzu: »Nichts, wovor du Angst haben musst.«

Ich nickte und kam langsam wieder hoch. Er ließ meinen Arm los und vergrub die Hände in den Taschen seines Kapuzenpullis. Immer wieder streifte mich ein Seitenblick von ihm. Klasse. Ich hatte mich soeben als totaler Psycho geoutet.

»Ich muss gehen« wisperte ich, grapschte mir meinen Rucksack und stand mit wackligen Knien auf.

»Warte!« Matt sprang hoch, und als irgendwo jemand missbilligend zischte, fuhr er leiser fort: »Warte doch mal.« Seine Hände bewegten sich unruhig in seinem Hoodie hin und her. »Kann … kann ich vielleicht deine Nummer haben? Und hast … äh … hast du vielleicht Lust …« Er räusperte sich. »Magst du vielleicht irgendwann nach der Schule mit mir einen Kaffee trinken gehen? Morgen oder so?«

34

Ich wurde nicht schlau aus Matt Chang.

Außer einem leisen *Hi – ist Starbucks okay?* hatte er keinen Ton zu mir gesagt, seit wir uns nach dem Unterricht im Foyer der Jefferson High getroffen hatten und mit dem Bus in die Stadt gefahren waren. Ich drehte meinen Becher in den Händen, den ich dank der Pappmanschette wenigstens anfassen konnte, während der Caffè Latte darin immer noch kochend heiß war, und musterte Matt aus dem Augenwinkel. Breitbeinig und mit wippenden Knien saß er da und starrte durch das große Fenster vor uns auf die weiße Fassade des Marriott. Seine dunklen, fast schwarzen Augen zuckten hin und her, wenn sie einem der vorüberfahrenden Autos folgten, und blieben manchmal an dem geschwungen Neonschriftzug von Lori's Diner schräg gegenüber hängen, bevor sie zurück auf die Straße vor uns huschten. Entweder war er furchtbar schüchtern oder seltsam drauf. Aber hey, er hatte auch einen Iced Peppermint White Chocolate Mocha geordert, was für mich ziemlich pervers klang.

Ich löste meinen Blick von Matt, nippte vorsichtig an meinem Kaffee und schaute mich um. *TAKE COMFORT IN RITUALS* stand in weißen Buchstaben unter einer dampfenden Kaffeetasse auf der Eingangstür aus Glas, und diese Starbucks-Filiale schien sich tatsächlich Trost und Behaglichkeit verschrieben zu haben. Das dunkle, gediegene Holz der Tür- und Fensterrahmen, zwischen denen nostalgische Kugellampen angebracht waren, wiederholte sich in der Inneneinrichtung und ließ das Café *sehr* behaglich wirken. Eine Weile sah ich den Thekenkräften zu, die extrem gut gelaunt ihrer Arbeit nachgingen. Ich hatte mich gewundert, warum ich bei der Bestellung nach meinem Namen gefragt worden war, bis ich kurz darauf begriffen hatte, dass man hier die Becher damit beschriftete und man bei der Ausgabe aufgerufen wurde. *Caffè Latte für Aaamber!*

Auf die niedrigen Tische mit den gemütlichen Holzstühlen verteilte sich junges Publikum; ein paar Jungs und Mädchen saßen vor ihren Laptops und Netbooks herum, Studenten vielleicht oder Kreative; am Tisch hinter uns entdeckte ich ein Liebespaar, das sich immer wieder an den Händen fasste und dabei tief in die Augen sah. Ich sah schnell weg und fixierte lieber die Muffins unter Glas.

»Was hat dir gestern solche Angst gemacht?«

Mein Kopf flog herum, und ich starrte Matt an, der weiterhin auf die Straße hinausblickte.

»Ich … ach«, ich winkte fahrig ab, »ich hab mich nur erschrocken, das war alles.« Angestrengt schaute ich auf meinen Becher hinunter und senkte den Kopf noch tiefer, als ich Matts Augen auf mir spürte.

Seine Knie wippten heftiger. »Ich gehe gern in die Grace Cathedral. Ist ein guter Ort zum Nachdenken.« Er machte eine kleine Pause und fügte dann leiser hinzu: »Und ein Ort, an dem ich mich sicher fühlen kann.«

Ich spähte unter meinen Haaren hervor. »Wie, *sicher?* Wovor?«

Matt trank einen Schluck, dann drehte er sich auf dem Hocker zu mir um, sodass ich freien Blick auf Kurt Cobains zerknittertes Gesicht auf dem übergroßen T-Shirt unter der Kapuzenjacke bekam; mit den Fingern trommelte er einen flotten Beat gegen die Pappwand des Bechers. »Glaubst du an Übersinnliches?«

»N-nein«, stotterte ich und schob übermäßig heftig hinterher: »Natürlich nicht! Ist doch alles Quatsch!« Ich kippte einen großen Schluck Kaffee hinunter, der mir die Zunge und den Rachen verbrühte.

Seine Knie hielten plötzlich still und mit versteinerter Miene fixierte Matt den Becher in seinen Händen. Nur seine Brauen waren ständig in Bewegung, bis er mir zuraunte: »Du siehst sie auch, oder?«

Mir blieb der Mund offen stehen und Matt sah mir direkt in die Augen. Und wie seine Augen gleich darauf aufglänzten, zeigte mir, dass ich mich verraten hatte. Denn jeder andere hätte verständnislos *Wen oder was sehen?* zurückgefragt. Wie ein Losungswort hatte seine Frage geklungen, und mein Schweigen, vielleicht auch ein bestimmter Ausdruck auf meinem Gesicht, hatten mich sofort in einen Kreis aufgenommen, von dem ich wenige Sekunden vorher nicht einmal gewusst hatte, dass er existierte.

Ein breites Grinsen dehnte sich auf seinem Gesicht aus; er hüpfte vom Hocker herunter und schnappte sich seinen Rucksack. »Komm mit! Es gibt da jemanden, den du unbedingt kennenlernen musst!«

»Wo gehen wir denn hin?!«, wollte ich nun schon zum ungefähr siebzehnten Mal von Matt wissen, als ich ihm die Sutter Street hinterherlief, die von hier aus leicht anstieg. Matt hatte zwar kürzere Beine als ich, aber auf denen war er verdammt schnell.

»Wirst du schon noch sehen!«, gab er darauf grinsend immer dieselbe Antwort.

Die dreispurige Einbahnstraße mit den mageren Bäumchen führte zwischen mehrstöckigen Häusern hindurch, über die sich die Zickzacklinien der Feuerleitern zogen; wie überall in der Stadt säumten weiß lackierte Hydranten in Abständen den Straßenrand und gurrende Tauben pickten in den achtlos weggeworfenen Abfällen herum. Mehrere Hotels mit klangvollen Namen reckten ihre Markisen und stoffbezogenen Vordächer bis an den Rand des Bürgersteigs hinaus. Parkhäuser wechselten sich mit winzigen Galerien, schick aussehenden Restaurants – chinesisch, japanisch, französisch, mehrfach italienisch – und Klamottenläden ab; auf der linken Seite konnte ich auf einem Schild und den schwarzen Markisen *Academy of Art University* lesen.

Die Namen der Querstraßen gaben mir zwar eine ungefähre Ahnung, auf welcher Breite wir uns bewegten, aber das sagte nichts über die Gegend aus; nicht in einer Stadt, in der die Straßen so lang waren, dass sie nicht selten von den Piers bis weit über Downtown hinausreichten oder von der Bay quer bis zum Presidio oder dem Golden Gate Park.

Hinter der Jones sah die Sutter Street nicht mehr ganz so nobel, sondern mehr nach Künstlerviertel oder gar Halbwelt aus, mit mehreren Pubs und Spirituosenläden. Gleich hinter einer weiteren Markise mit *Academy of Art University* waren die Fenster mit verblichen rotem Stoff verhängt und eine rote Leuchtreklame verkündete *Sauna – Spa – Massage – Jacuzzi;* die Ladenfront sah dabei aber kein bisschen nach klassischer Wellnessoase aus, sondern vielmehr reichlich verrucht. An einer Reinigung kamen wir vorbei und an einem etwas schäbig wirkenden Lebensmittelladen namens Alberto's, dann blieb Matt endlich stehen, vor dem letzten Haus des Straßenblocks.

Im Erdgeschoss des Hauses aus messingfarbenen Backsteinen mit den lindgrünen, von ebenfalls messingbraunen Ornamenten und Bordüren verzierten Erkern zog sich ein *Coffeehouse* namens CUP-A-JOE um die Ecke; laut der Aufschrift auf den roten Markisen über den Tischen und Stühlen auf dem Bürgersteig gab es hier Panini, Bagels, Pasteten und zehn Sorten Bier auf der Karte. Und rechts davon verkündeten große Goldbuchstaben auf Blau *PSYCHIC.* Schwarz auf gold war der Service detaillierter aufgeführt: *Handlesen. Kristallkugel. Tarot. Auralesen. Horoskope.* Im linken der beiden Schaufenster mit den gelb angestrichenen Rahmen klebte ein handgemaltes Plakat, auf dem eine Wahrsagerin mit geheimnisvoller Mimik in ihre Glaskugel starrte; im rechten Fenster waren auf gelben Stoffbahnen verschiedene Esoterikbücher neben einer Glaskugel und Kristallpyramiden arrangiert. Die rot umrandete Glastür stand sperrangelweit nach innen auf; dahinter konnte ich einen dämmrigen Raum erahnen, aus dem sanfte Meditationsmusik herausplätscherte und die süß-pfeffrigen Schwaden von Räucherstäbchen auf die Straße quollen. Hilfe.

»Auf keinen Fall geh ich da mit rein«, zischte ich und wollte mich umdrehen, aber Matt packte mich grinsend beim Ärmel meiner Sweatjacke und zog mich über die Schwelle.

Innen war es heller, als es von draußen ausgesehen hatte; ein warmes, sanftes Licht flutete den kleinen Raum, dessen Wände mit purpurglänzendem Stoff bespannt waren. Links und rechts standen Regale, vollgestopft mit teils sehr alt aussehenden Büchern, und in einer Vitrine waren Edelsteine, Amulette und ähnlicher Esoterik-Hokuspokus-Kram auf rotem Samt ausgelegt. Vor dem schwarzseidenen Vorhang hinten im Raum stand ein alter, abgestoßener Schreibtisch mit Laptop und daran saß mit übereinandergeschlagenen Beinen eine junge Frau. Ihr kurz geschnittenes Haar war mit Gel und Haarspray zu einem wilden Igel gestylt und schillerte in einem sanften Rosa, das mich an Zuckerwatte erinnerte. Als wir eintraten, hob sie den Kopf von dem Buch auf ihrem Schoß und strahlte uns an.

»Hallo, Licht meiner dunklen Tage«, rief Matt vergnügt.

»Heyyy«, rief sie, sprang auf und fiel Matt mit einem Lachen um den Hals, das rau und ein bisschen dreckig klang, bevor sie ihn herzhaft auf beide Wangen küsste. »Wie schön, dich zu sehen, Honey!« Ihre Sprechstimme klang genauso heiser wie ihr Lachen – und verdammt sexy.

Ich starrte sie nur an. Sie war ein bisschen größer als Matt, aber kleiner als ich und hatte eine enorm gute Figur. Das knappe, poppig-bunte Tanktop präsentierte stolz ihr Dekolleté und darunter blitzte ein pinkfarbener Spitzen-BH hervor. Ein Tattoo in Form einer üppigen Blütenranke zog sich über ihr Schulterblatt; aus den Blumen und Blättern flatterten kleine Schmetterlinge über ihren rechten Arm und ihren Nacken hinauf. Die abgeschnittene und ausgefranste Jeans betonte ihre schmalen Hüften; die muskulösen, aber schlanken Beine steckten in Netzstrumpfhosen und regenbogenfarbig geringelten Overknees, und wadenhohe, zerschrammte Springerstiefel mit giftgrünen Schnürsenkeln vervollständigten das schrille Outfit. Whoa. *P!nk meets Pippi Langstrumpf.*

»Lass mal sehen.« Mit gespreizten Fingern fuhr sie durch Matts Schopf und besah sich die flammend roten Strähnen genauer. »Ich will mich nicht selber loben, aber das hab ich gut hingekriegt!«

Lachend bog Matt den Kopf zurück und nickte in meine Richtung. »Ich möchte dir jemanden vorstellen.«

Die Arme um Matts Schultern gelegt, musterte sie mich neugierig. »Wie jetzt – du hast neuerdings eine Freundin und sagst mir nichts davon?«

Matt lief rot an. Knallrot. Genau wie ich.

»Quatsch«, knurrte er verlegen. »Das ist Amber. Sie geht auf meine Schule, und sie hat«, wie ein Zauberer in einem Theaterstück machte er mit flatternden Fingern einer Hand Kreisbewegungen durch die Luft und gab seiner Stimme mehr Tiefe und etwas Ironisch-Geheimnisvolles, »uh-huh-huuuhh … die *Gaaa-bee.*«

»Sag bloß!« In ihren braunen Kulleraugen blitzte es. Sie war einiges älter als Matt und ich, bestimmt Mitte zwanzig, vielleicht sogar schon fast dreißig – und sehr hübsch mit ihrer Stupsnase und dem großzügig geschwungenen Mund. Abgesehen von viel schwarzer Wimperntusche hatte sie kein Make-up in ihrem leicht sonnengetönten Gesicht, aber zahllose kleine Silberringe reihten sich entlang ihrer Ohrmuscheln auf; an ihrem Nasenflügel klemmte ein weiterer Ring, und als sie Matt losließ und mir lachend die Hand entgegenstreckte, blinkte auch in ihrer Zunge eine winzige Metallkugel auf. »Hi, ich bin Holly.«

»Hi«, murmelte ich und starrte abwechselnd auf den tätowierten Sternchenregen, der sich über ihre andere Schulter zog und auf das Stück nackter Haut zwischen Tanktop und Hosenbund, auf dem sich das eintätowierte Ende eines Drachenschwanzes um den mit einem Glitzerstein gepiercten Nabel ringelte; der Rest des Drachens musste sich wohl irgendwo auf ihrem Rücken verstecken. Sie hatte etwas von einer Elfe auf Ecstasy und versprühte dabei so viel Sex-Appeal, dass ich mir daneben wie eine blässliche Zehnjährige vorkam. Im Matrosenkleidchen.

»Sollen wir gleich hochgehen?« Holly reckte sich über den Schreibtisch, fuhr den Laptop herunter und schnappte sich von der Stuhllehne einen schwarzen Pulli, der so unregelmäßig und grob gestrickt war, dass er mehr aus Löchern als aus Garn bestand. »Heute kommt sicher ohnehin keiner mehr.« Sie warf sich eine Umhängetasche aus verwittertem braunem Leder über die Schulter, aus der sie einen großen Schlüsselbund angelte, bevor sie die Meditationsmusik aus dem Ghettoblaster neben dem Schreibtisch abstellte, indem sie mit der Kappe des Springerstiefels dagegenkickte. »Dann können wir in Ruhe reden.«

35

Hinter dem Eingang um die Ecke des Backsteinhauses brachte uns ein altersschwacher Lift in den vierten Stock, und Holly schloss die Wohnungstür auf, von der die Farbe in dicken Spänen abblätterte.

Das Apartment war zwar nicht viel größer als eine Schuhschachtel, aber es wirkte irre gemütlich und gefiel mir; so was wollte ich später auch mal gern für mich. Auf der linken Seite des winzigen Flurs konnte ich in ein Zimmer schauen, dessen Wände in einer tollen Nuance irgendwo zwischen Gelb und Orange gestrichen waren; die halb zugezogenen pinkfarbenen Chiffonvorhänge mit viel Goldgeglitzer vor dem Fenster kamen davor super zur Geltung. Über die ganze Länge einer Wand zog sich ein dunkles Holzregal, in das neben allerlei Krimskrams jede Menge zerlesener Bücher gequetscht waren. Auf dem Boden um das mit rotem Satin bezogene und noch ungemachte Futonbett verteilten sich aufgeschlagene und übereinandergestapelte Bücher, und in einer Ecke lehnte eine zusammengerollte Yogamatte. Am Ende des Flurs quoll unter einem Vorhang mit schwarz-weißem Tigermuster ein wildes Durcheinander aus schrillem Schuhwerk hervor, und die Tür rechts davon führte wohl ins Badezimmer, während hinter der zweiten die Küche lag, in die uns Holly nun hineinbugsierte.

»Magst du auch einen Tee?« Als ich nickte, pfefferte sie Umhängetasche und Pulli mitten auf den abgeschabten Tisch und begann unter Geklapper mit dem Wasserkocher und diversen Blechdosen aus dem Regal über dem Herd zu hantieren. »Honey?«

Matt machte ein würgendes Geräusch »Bleib mir vom Leib mit

deinem Kräutergesöff!« Er riss das knallrote Ungetüm von Kühlschrank unmittelbar hinter dem Türrahmen auf; die von bunten Magneten und bekritzelten Post-Its übersäte Kühlschranktür ragte dabei so weit in den Raum hinein, dass bis zur gegenüberliegenden Wand nicht mehr viel Platz blieb. Von Matt waren dahinter nur noch die Sneakers und ein Stück seiner Baggypants zu sehen, während er im Kühlschrank herumkramte. »Hast du eigentlich nie was Essbares da drin?«

»Hallo-ho! Sieht das hier etwa aus wie das Fairmont?«, gab Holly ungerührt zurück, goss das kochende Wasser in eine Keramikkanne und fügte halb patzig, halb zärtlich hinzu: »Geh doch zu Mami, wenn dir das hier nicht passt! Da kriegst du dein Chop Suey und eine Schüssel Reis dazu!«

Matt lachte und tauchte mit einer kleinen Flasche Cola wieder hinter der Kühlschranktür auf, die er kräftig zuschlug. Erst als er sich einen Stuhl heranzog und sich draufsetzte, ließ ich mich auf einen zweiten Stuhl gegenüber von ihm sinken.

»Hier, Süße.« Holly stellte mir einen dampfenden Becher Tee hin, bevor sie das Fenster aufriss, ihre eigene Tasse neben den Aschenbecher auf das Fensterbrett platzierte und sich dann mit einer Zigarettenschachtel in der Hand hinaufschwang. Ich sah ihr zu, wie sie sich eine Zigarette anzündete, genussvoll inhalierte und den Rauch zum Fenster hinausblies.

»Kannst du wirklich hellsehen?«, fragte ich leise.

Hollys Augen wurden noch größer und runder, als sie mich verblüfft ansah, dann lachte sie ihr raues, heiseres Lachen, das ganz tief unten aus ihrem flachen Bauch zu kommen schien. »Geeez, nein, Herzchen! Ich hab keinerlei übersinnliche Fähigkeiten. Nur eine verdammt gute Menschenkenntnis und Spaß an der Schauspielerei. Und ich verdiene damit wesentlich mehr, als wenn ich ungezogenen Bälgern die Haare schneide und ihren nervigen Müttern Strähnchen verpasse!«

»Trotzdem kenne ich niemanden, der so viel über diese Dinge weiß wie Holly.« Matt warf ihr einen warmen Blick zu, für den sie sich revanchierte, indem sie die Lippen spitzte und ihm ein schmatzendes Küsschen durch die Luft zuschickte, bevor sie wieder an ihrer Zigarette zog.

Sie blies den Rauch über ihre Schulter hinweg nach draußen, schaukelte mit den überkreuzten Springerstiefeln und musterte mich interessiert. »Du kannst also auch Geister sehen, ja?«

Ich wich ihrem Blick aus. »Ich … ich weiß es nicht.« Verlegen nippte ich an meinem Becher; der Tee schmeckte gut, ein bisschen nach Minze und nach getrockneten Blüten und Früchten.

»Ich war mir da lange auch nicht sicher«, sagte Matt zwischen zwei Schlucken seiner Cola. »Erstens, weil ich damals noch ziemlich klein war. Zweitens, weil es erst nicht so oft vorkam – und drittens, weil ich lange glaubte, ich hätte einfach nur eine Schraube locker.«

Ich versenkte meinen Blick tiefer in der Tasse.

»Warum sich letztlich dieses Tor in der Wahrnehmung öffnet«, meinte Holly und schnippte die Asche zum Fenster hinaus, »warum manche Menschen Geister sehen können und andere nicht, ist nicht ganz klar, darüber weiß man einfach zu wenig. Denn unbewusst die Anwesenheit von Geistern spüren, das können die meisten Menschen. Nicht umsonst gibt es Orte, von denen es heißt, dort würde es spuken.«

»Wie Alcatraz«, warf Matt grinsend ein. »Eine Million Touristen jedes Jahr können nicht irren!«

Holly schmunzelte, blickte dann aber wieder ernst drein. »Dass jemand mit dieser Gabe auf die Welt kommt, ist extrem selten, und auch, dass er sie erst im Erwachsenenalter entwickelt. Zum Glück, kann man da wohl nur sagen.« Ihre fein gezeichneten Brauen zogen sich zusammen. »Ich hatte mal einen Nachbarn, Ray, dem genau das passiert ist. Er hat's nicht verkraftet und ist total abgestürzt.

Hat dann auf der Straße gelebt und sich schließlich in ein Koma gesoffen, aus dem er nicht mehr aufgewacht ist.«

Tolle Aussichten, wirklich. Ich umklammerte den Becher in meiner Hand fester.

»Das war für mich der Auslöser, mich näher mit diesen Dingen zu beschäftigten.« Nachdenklich betrachtete Holly die Glut ihrer Zigarette. »Es scheint, als würden intensive Erfahrungen mit dem Tod das Bewusstsein schlagartig so schärfen, dass dieses Tor fast von einem Tag zum nächsten aufgeht.«

»Ein bisschen ist es dann so wie mit anderen Gaben«, fuhr Matt fort und kratzte mit dem Daumennagel an der Flasche herum. »Wie musikalisches oder künstlerisches Talent. Man muss sie entwickeln und üben. Zuerst merkt man vielleicht nicht mal den kühlen Luftzug, oder es ist einem nicht bewusst, was das bedeutet, wenn es einem kalt über den Rücken rinnt. Und die meisten Geister sehen auf den ersten bis dritten Blick ja nicht viel anders aus als unsereins. Wenn sie dann allerdings zeigen, was sie drauf haben ...« Matt schüttelte sich, grinste dann aber, während es mir flau in der Magengegend wurde.

»Seit ... seit wann kannst du ...« Ich brachte es nicht über mich, es auszusprechen.

Matt kaute so heftig auf seiner Unterlippe herum, dass sich sein Goatee auffächerte, und drehte dabei den Deckel der Plastikflasche erst zu, dann wieder auf, dann wieder zu. »Ich weiß es gar nicht so genau. Als ich sechs war, lag ich eine Weile im Krankenhaus. Mit Leukämie. Sah überhaupt nicht gut aus für mich. Ich hab dann doch gerade noch so die Kurve gekriegt – und danach hat es irgendwann angefangen. Wie gesagt: Ich hab mir erst mal gar nicht so viel dabei gedacht.« Er grinste ironisch. »Aber meinen Eltern hab ich einen Riesenschrecken eingejagt, als ich davon erzählt habe. Bis ich gelernt hatte, solche Sachen für mich zu behalten, dachten Mom und Dad, die Chemo hätte mein Hirn weich gekocht. Der alte chinesische Geisterglaube ist in ihrer Generation irgendwie verloren gegangen, nur meine Granny glaubt noch an so was.« Er drehte den Deckel wieder ab, setzte die Flasche an und zwinkerte mir darüber hinweg zu. »Immerhin gibt's aus dieser Zeit im Krankenhaus die denkbar geilsten Alien-Fotos von mir, mit kahlem Kopf, aufgeschwollenem Gesicht und Schläuchen überall.«

»Was Matt in seiner unnachahmlich charmanten Art«, Holly warf ihm einen kessen Blick unter flatternden Wimpern zu und drückte den Zigarettenstummel im Aschenbecher aus, »eigentlich sagen wollte … Er war damals zweimal schon so gut wie über den Jordan und sie mussten ihn zurückholen.« Sie schob die Hände unter die Oberschenkel und baumelte sacht mit den Beinen. »Es ist selten, dass es schon in der Kindheit anfängt wie bei Matt. Bei den meisten, von denen ich gehört habe, hat sich diese Fähigkeit irgendwann zwischen dreizehn und achtzehn entwickelt, nach einem einschneidenden Erlebnis genau in dieser Zeit. Entweder durch eine eigene Nahtoderfahrung oder durch besonders große Nähe zu einem Todesfall. Vielleicht weil dieses Alter genauso der Übergang zwischen Kindheit und Erwachsenenalter ist wie die Geister im Übergang zwischen Diesseits und Jenseits festhängen. Und …«

»Ambers Mom ist vor einiger Zeit gestorben«, rief Matt dazwischen und ignorierte meinen wütenden Blick.

»Scheiße.« Holly sah mich mit aufrichtiger Bestürzung an. »Woran?«

»Hirntumor«, flüsterte ich. Hollys deftige Reaktion, ihre ganze direkte, unverblümte Art machte es mir irgendwie leichter, es auszusprechen, und ich fügte hinzu: »Glioblastom.«

»Scheiße«, wiederholte Holly mit gerunzelter Stirn und zuppelte eine weitere Zigarette aus der Schachtel.

Matt starrte mich unverhohlen neugierig an. »Warst du dabei, als sie starb?«

Das freundlich hergerichtete, aber trotzdem trostlose Zimmer im Krankenhaus. Der halb dumpfe, halb beißende Geruch nach Desinfektionsmitteln und Medikamenten. Mams Finger, die sich eisig in meiner Hand anfühlten. Mam, die gar nicht mehr so aussah wie meine Mam, nur noch gelbliche Haut und Knochen, ihr Gesicht scharf und spitz wie das eines Vogels. Ein stumpfer, erstickender Geruch nach Krankheit und Tod. Mams Atem, der unregelmäßig ging, dann in größeren Abständen kam und irgendwann gar nicht mehr. Gabi, die die Arme um mich legte und weinte, und Ted, seine Wangen nass und die Augen rot gerändert hinter der Brille, der mich an sich zog und festhielt. Das erste Mal seit langer Zeit, dass ich es ihm erlaubt hatte. Und das letzte Mal.

Meine Augen brannten plötzlich; mein Magen drehte und krümmte und wand sich, und ich schnappte nach Luft. Ich hustete und würgte und zitterte, versuchte krampfhaft, mich nicht in Hollys Küche zu übergeben.

»Fuck! Mensch, Matt!«, hörte ich sie rufen und vom Fensterbrett herunterspringen, dann irgendwo herumkramen; im nächsten Moment legte sich ein Arm um meine Schultern und ein scharfer, aber frischer Geruch stach mir in die Nase und prickelte bis weit hinter die Stirn hinauf.

»Schön langsam atmen«, murmelte Holly neben meinem Gesicht. »Ein. Und aus. Ein. Und wieder aus. Und wieder ein. Besser?« Ich nickte; sie rieb mir über den Rücken und legte ihre Schläfe gegen meine, als sie mich kurz an sich drückte. Unter dem Zigarettenrauch roch sie gut, ein bisschen nach Vanille und Räucherstäbchen. »Armes Schnecklein«, raunte sie, rubbelte mir noch einmal über die Schulter und stand auf. Heftig setzte sie das Glasfläschchen, das sie mir unter die Nase gehalten hatte, auf dem Tisch ab und raufte Matt unsanft die ketchuproten Haare. »Manchmal bist du echt ein unsensibler Klotz!«

Treuherzig sah er sie von unten herauf an. »Aber nur manchmal!« Dann schickte er mir ein verlegenes Grinsen entgegen. »Sorry!«

Ich griff zu meinem Rucksack. »Ich … ich muss dann mal los. Danke für den Tee.«

»Ich bring dich nach Hause.« Matt sprang auf, aber Holly hielt ihn an einem Zipfel seiner Kapuzenjacke zurück.

»Nein, Honey! Du bleibst schön hier. Ich glaube, Amber muss jetzt ein bisschen allein sein. Oder nicht?« Ein warmer Glanz lag in ihren braunen Augen, der das Rosa ihrer Igelfrisur noch heller und fluffiger wirken ließ und ihr Gesicht mit der gepiercten Nase und den zigfach durchstochenen Ohrmuscheln weniger taff als vielmehr ganz weich und lieb, und ich nickte.

»Ja, okay.« Matt versenkte die Hände in den Taschen seiner Baggypants, »aber vielleicht … äh … magst du irgendwann mit mir in der Schule zu Mittag essen. Montag oder so?«

Meine Schulbücher und Mitschriften lagen immer noch unberührt vor mir auf dem Schreibtisch, genauso wie ich sie nach dem Abendessen hingelegt hatte. Untätig war ich trotzdem nicht gewesen; in den vergangenen Stunden hatte ich das Internet nach den Schlagwörtern *Geist* (laut Google *Ungefähr 126.000.000 Ergebnisse, 0,14 Sekunden*) und *Geistersehen* (*Ungefähr 144.000.000 Ergebnisse, 0,28 Sekunden*) durchforstet. Unendlich viele Websites und Foren existierten darüber im Netz, und ich hatte herausgefunden, dass es nicht nur bändeweise Literatur über Spukhäuser und Geistererscheinungen in den USA gab, sondern auch geführte Geistertouren in allen möglichen Städten – auch durch die Straßen von San Francisco. Das Haus in der Franklin Street war allerdings nicht bei den Geistertouren durch die Stadt dabei und auch sonst spuckte mir Google nichts darüber aus. Reality-TV-Sendungen wie *Ghost Hunters* hatte ich gefunden, in denen Geisterjäger paranormalen Aktivitäten auf den Grund gingen und diverse Magazine wie *The Anomalist*, *Fortean Times* oder *Fate*. Und natürlich eine Fülle an Filmen zum Thema. Allen voran *The Sixth Sense* und *Ghost*, klar. *The*

Others. Echoes. The Ring. Ein paar davon hatte ich sogar gesehen und mich mal mehr, mal weniger dabei gegruselt. Und im Fernsehen liefen Serien mit großer Fangemeinde wie *Supernatural* oder *Ghost Whisperer.*

Warum hatte ich trotzdem das starke Gefühl, dass das alles rein gar nichts mit mir zu tun hatte? Warum kam ich mir trotzdem so vor, als würde etwas mit mir nicht stimmen?

Ich hatte lange über Matt nachgedacht. Über die ruppige, reichlich makabre Art, mit der er über die schwere Krankheit redete, die ihn als kleinen Jungen beinahe das Leben gekostet hatte; umso fester schien er mit beiden Beinen auf dem Boden der Tatsachen zu stehen. Holly und Matt hatten heute Nachmittag so normal geklungen, als hätten sie über ein physikalisches Phänomen gesprochen oder über die strittige Deutungsweise eines Shakespeare-Sonetts – und nicht über Geister. Als ob das für sie ganz selbstverständliche Realität wäre. Aber vielleicht hatten die beiden trotzdem einen Sprung in der Schüssel, und zwar ganz genau den gleichen wie ich.

Ich seufzte auf und rief zum wiederholten Mal den Wikipedia-Artikel *Geist* auf.

Beschreibungen von Geistererscheinungen variieren stark von einer unsichtbaren Präsenz über durchscheinende oder kaum sichtbare Formen bis hin zu realistischen, lebensechten Visionen.

Was erklären würde, warum ich bis zum buchstäblich letzten Augenblick nicht einmal geahnt hatte, wer oder was Nathaniel gewesen war. Ich erinnerte mich daran, wie sich seine breiten Schultern unter dem Hemd abgezeichnet hatten und Licht und Schatten die Konturen seines Körpers herausmodelliert hatten. Wie sich seine helle Haut über die kräftigen Knochen spannte und wie sich seine Locken verwuschelten und dann wieder zurückfielen, wenn er mit seinen Händen hindurchfuhr. Ich erinnerte mich daran, wie er mich mit seinen grünen Augen angesehen hatte, wie sich seine Brauen bewegten und wie er mich anlächelte. Sogar an seinen Geruch, moosig, holzig und ein bisschen rauchig, erinnerte ich mich und daran, wie das einfallende Licht aus den Fenstern seinen Schatten auf den Boden oder die Wände malte. Ich legte die verschränkten Unterarme auf den Schreibtisch und drückte das Gesicht dagegen. Ich sehnte mich so sehr danach, ihn zu sehen. Danach, dass er mich bei der Hand nahm und in seine Arme zog; danach, ihn zu spüren, ihn vielleicht sogar zu küssen. Konnte ich mir das wirklich alles eingebildet haben? War ich so einsam, so verzweifelt gewesen, dass mir mein krankes Hirn einen tollen Jungen vorgegaukelt hatte, der mich auch gut fand?

Sofort kehrte auch die Erinnerung daran zurück, wie er sich auf meiner Haut angefühlt hatte. Dieser schattenhafte Zustand zwischen einem festen Körper und dem Nichts, wie taugetränkte Spinnweben, und ein Schaudern durchfuhr mich.

Wie kann etwas, das dir offenbar solche Angst einjagt, nicht real sein?, fiel mir die Frage von Dr. Katz gestern wieder ein. Ich stützte die Ellenbogen auf und vergrub die Finger in meinen Haaren. Irgendwie drehten sich meine Gedanken andauernd im Kreis. Meine Augen wanderten zurück zum Bildschirm und blieben auf der Artikelübersicht hängen.

2 Typologie – 2.1 Anthropologischer Kontext.

Ich nagte auf meiner Unterlippe herum, dann schob ich den Stuhl zurück und tapste auf Socken hinüber ins Arbeitszimmer.

»Hey.«

Teds Kopf ruckte vom Computerbildschirm hoch. »Hey.« Er lächelte müde, dann warf er einen Blick auf seine Armbanduhr. »Du bist noch nicht im Bett?« Ich drückte mich beschämt gegen den Türrahmen und der Ausdruck auf seinem Gesicht wurde weich. »Heute Nacht schläfst du bestimmt besser!« Er klang nicht sonderlich überzeugt.

»Tut mir leid, dass ich eine solche Plage bin«, flüsterte ich; irgendwie war ich heute weniger auf Krawall gebürstet als sonst.

Er blinzelte mich durch seine Brille hindurch an. »Du bist doch keine Plage! Das ist ein bisschen so wie damals, als du gerade geboren warst und uns nachts ganz schön auf Trab gehalten hast.«

Meine Augenbrauen rutschten hoch.

Ein zerknirschtes Grinsen deutete sich auf seinem Gesicht an. »Schlechter Vergleich?«

Ich musste schmunzeln. »Ziemlich.« Mein Fußballen rieb über den Holzboden. »Sag mal, hast du unter deinen ganzen Büchern vielleicht auch welche über … hm … Geister?«

»Ja, sicher.« Er stand auf und ging zu einem der Regale. »Für die Schule?« Ich brummelte etwas in mich hinein, das zustimmend klingen sollte. »Spannendes Thema. Was Allgemeines oder was Spezielles?«

»Öhm. Vielleicht erst mal allgemein?«

Ich folgte ihm und ließ verstohlen meine Augen über die bizarren Statuen und die Glasbehältnisse in den Vitrinen wandern, über die Pfeilspitzen und die Tontöpfe. Die Amulette, die mich an diejenigen in Hollys Laden erinnerten. Ich wandte mich wieder Ted zu und beobachtete, wie er mit schräg gelegtem Kopf seine Finger über die Buchrücken wandern ließ.

Eigentlich wusste ich gar nicht so genau, was er als Anthropologe machte; Mam hatte es mir zwar ein paarmal erklärt, aber erst war ich noch zu klein gewesen, und später hatte es mich nicht mehr wirklich interessiert. Ich hatte immerhin mitbekommen, dass er das Alltagsleben der Völker auf dieser Welt erforschte und dokumentierte, mit den Menschen Interviews führte, in denen er sie nach ihren Gedanken, Gefühlen und Überzeugungen befragte, und das Ganze mit anderen Völkern verglich, um zu erforschen und zu verstehen, wie sich einzelne Kulturen, aber auch die gesamte Menschheit entwickelt hatten.

Als er mir das erste Buch reichte, fiel mein Blick auf das Wandstück zwischen der Regalkante und dem Fenster. Ted hatte neulich im Supermarkt einen ganzen Stapel Bilderrahmen gekauft und inzwischen noch mehr Fotos gerahmt und aufgehängt; Bilder, die ihn in tropischen Landschaften und vor Eingeborenendörfern zeigten. Auf einem Foto war er auf einem Waldboden vor einem dunkelgrünen Zelt in die Knie gegangen und hatte den Arm um eine sehr schöne Frau gelegt. Ihre kupferroten Krissellocken lässig im Nacken zusammengenommen, strahlte sie mit den hellgrünen Augen in ihrem milchweißen, sommersprossigen Gesicht in die Kamera. Wie selbstverständlich ihre Hand auf Teds Oberschenkel lag, versetzte mir einen Stich.

»Wer ist das da auf dem Foto?«, fragte ich, als Ted mir das nächste Buch gab.

»Das da? Das ist Maggie. Maggie MacGinnis. Wir waren im selben Forscherteam auf Borneo. Sie lehrt heute an der New York University.«

Ich knabberte auf meiner Unterlippe herum und nahm das nächste Buch entgegen. »Wart ihr mal zusammen?«

Ted warf mir einen überraschten Seitenblick zu, bevor er in sich hineingrinste. »Wir haben uns tatsächlich einmal geküsst. Ungefähr fünfzehn Sekunden lang. Dann hat Maggie mir die Schulter getätschelt und gemeint, sie wüsste jetzt sicher, dass sie nicht auf Männer steht.« Er schnitt eine Grimasse. »War natürlich ein herber Schlag für mein Ego.«

Ich gluckste vor mich hin und auch Ted lachte leise.

Ich hätte ihn gern noch mehr gefragt, aber ich traute mich nicht. Obwohl wir jetzt ganze vier Monate unter einem Dach lebten, er mir ein bisschen was aus seiner Kindheit und Jugend erzählt und ich vergilbte Fotos von ihm als Knirps und als Teenie in meinem Alter gesehen hatte, war er mir immer noch schrecklich fremd.

Ich starrte auf die Bücher in meinen Händen. »Glaubst du an Geister?«, fragte ich ihn zögerlich.

»Nicht im klassischen übernatürlichen Sinne«, murmelte er,

während er mit Blicken das Regal absuchte, »obwohl so ziemlich alle Kulturen Geister oder ähnliche Gestalten in der einen oder anderen Form kennen. Aber als Ausdruck unbewusster psychologischer Prozesse schon. Als Sinnbild für die Urängste der menschlichen Seele. Als ein ewig gültiges Symbol für Vergangenes, das einen so lange immer wieder heimsucht, bis man es verarbeitet hat.« Mit einem wehmütigen Lächeln reichte er mir noch ein Buch. »Und das kenne ich tatsächlich aus eigener Erfahrung.« Er tippte auf das oberste der Bücher. »Damit kannst du vielleicht fürs Erste was anfangen. Wenn du noch mehr haben willst oder Fragen hast – nur zu!«

»Danke.« Ich presste den Bücherstapel an mich. »Gibt's – gibt's was Neues aus Deutschland? Von Oma und Opa?«

»Bis jetzt noch nicht. Ich hab alle angeforderten Unterlagen hingeschickt. Jetzt heißt es abwarten.«

Ich nickte. Mein Kopf senkte sich immer tiefer über die Bücher in meinen Armen, je länger ich Teds Blick auf mir spürte.

»Es ist schön, dass du da bist«, sagte er dann leise.

Aus meiner Magengegend blubberte etwas herauf, blieb aber irgendwo auf halber Höhe hängen. »Danke noch mal«, war das Einzige, was ich mit einem verwackelten Lächeln herausbrachte. »Nacht.«

Ich hab dich so sehr vermisst. Ich schaute in Nathaniels grüne Augen und mein Herz wurde weit. Unsere Finger fanden und verschränkten sich; fest und warm fühlten sich seine an, wie aus Fleisch und Blut, und ich lächelte.

Ich hörte das Wasser erst, als es schon gegen die Scheiben krachte und sie zersplitterte. Tosend fluteten die Sturzbäche in den Raum, schäumten hoch auf und schlugen über die Wände. Nathaniel packte mich mit der anderen Hand und wollte mich an sich ziehen, doch da begann er sich bereits aufzulösen. Zu einem kühlen Nebel zerfaserte er, den ich nicht mehr greifen, der mich nicht mehr halten konnte, und meine Finger glitten durch ihn hindurch. Ein gischtsprühender, fauchender Strudel packte mich und zerrte mich mit sich in die Tiefe. Und das Letzte, was ich sah, waren Nathaniels Augen und meine Spiegelung darin, wie ich mit angstvoll verzerrtem Gesicht davongerissen wurde.

Dann schrie ich, schrie aus Leibeskräften, bis Ted mich wachrüttelte.

36

»Kennst du Holly schon lange?« Lustlos stocherte ich in meinen Penne Bolognese herum, die furchtbar fad schmeckten und aus deren Soße mich große Fettaugen anplinkerten. Ted kochte einfach zu gut; was er abends so auftischte, hatte mich ebenso für das Essen in der Cafeteria der Schule verdorben wie die himmlischen Burger in Lori's Diner.

Matt stellte seinen leeren Pastateller unter den kleineren Teller, auf dem nur noch eine Pfütze Dressing und einige Fransen von gehobelten Möhren ahnen ließen, dass dort vor ein paar Minuten noch ein Salathaufen existiert hatte. Und auch das Schälchen, das vorhin noch mit Apfel- und Orangenschnitzen gefüllt gewesen war, stand blank daneben.

»Lass mich überlegen«, murmelte er. »So an die zwei Jahre sind's jetzt wohl. Ich bin beim Googeln auf ihre Website gestoßen, und weil ich nicht allzu weit von der Sutter Street weg wohne, bin ich mal bei ihr vorbeigegangen. Hab mich im Laden umgesehen und ein paar blöde Fragen gestellt, dann ein paar nicht ganz so blöde, und so haben wir uns nach und nach angefreundet.« Genüsslich widmete er sich der Quesadilla, dem zweiten Hauptgericht auf dem Speiseplan; in der Ecke seines Tabletts stapelte sich neben dem Trinkbecher ein Türmchen aus fünf handtellergroßen Schokoladencookies.

Seit wir vorgestern das erste Mal zusammen zum Essen gegangen waren, rätselte ich darüber, wo bei Matt die Mengen landeten, die er jeden Tag von seinem übervollen Tablett in sich hineinschaufelte. Wenn man genauer hinsah, wirkte er unter seinen Klamotten in XXL nämlich eher klapperdürr. Mittlerweile hatte ich ihm über vegetarischem Chili (Montag) und Hot Dog mit Baked Beans (Dienstag und sicher nie wieder) ein bisschen was von mir erzählt, und von ihm wusste ich, dass er Advanced-Placement-Kurse in Mathe und Computerwissenschaften besuchte und überhaupt ein ziemlicher IT- und Technik-Crack war.

»Schieß los«, forderte er mich grinsend auf, während er an dem gummiartigen gefüllten Fladen herumsäbelte. »Ich seh doch, dass dir was auf der Zunge liegt!«

Ich nahm mir einige Augenblicke Zeit und schaute mich in der Cafeteria um. Jetzt, um halb zwölf Uhr, herrschte hier Hochbetrieb; fast alle Plätze waren besetzt, um die Tische herum wuselte es, und von den Wänden hallten Besteckgeklingel und Tellergeklapper, Stimmen und Gelächter wider. Mein Blick fiel auf einen groß gewachsenen schwarzen Jungen, der mit geschmeidigen Schritten durch die Cafeteria ging. Unter seinem gelben T-Shirt zeichneten sich stramme Brustmuskeln und ein Sixpack ab und seine durchtrainierten Oberarme drohten jeden Moment die Ärmel zu sprengen. Neben ihm tippelte ein für die Verhältnisse an der Jefferson High extrem aufgebrezeltes asiatisches Mädchen einher, das ihm selbst mit den hohen Absätzen noch nicht einmal bis zur Schulter reichte. Unablässig strich sie sich eine Strähne ihres perfekt gestylten Haares hinters Ohr und flatterte dabei mit ihren getuschten Wimpern so heftig, als ob sie ein Staubkorn im Auge hätte. Ich löste meine Augen von Shane Diggs und seinem Groupie und sah Matt wieder an.

»Angenommen«, flüsterte ich schließlich, »nur angenommen, ich könnte tatsächlich Geister sehen …« Das ironische Grinsen, das auf Matts Gesicht aufblitzte, bevor er sich die nächste Ladung Quesadilla in den Mund schob, überging ich einfach. »Wenn ich mich im Internet so umschaue, scheint die Beschäftigung mit dem

Übersinnlichen hier in Amerika ja fast schon ein stinknormales Hobby zu sein. Warum«, ich legte die Gabel hin und stocherte stattdessen mit dem Trinkhalm in meinem Rest Cola light herum, »warum fällt es mir dann so schwer, einfach zu glauben, dass ich es tatsächlich könnte?«

Matt warf mir einen schnellen Blick zu, bevor er die Quesadilla weiter malträtierte. »Weil du eine engstirnige und unspaßige Deutsche bist?« Seine Brauen zuckten belustigt hoch, und ich zeigte ihm meine Zungenspitze, worauf er ein meckerndes Lachen von sich gab, bevor er wieder ernst wurde. »Ohne Scheiß jetzt, Amber – das ging mir früher genauso! Ich hab mich das auch lange gefragt. Inzwischen denke ich, solange das alles nur Theorie ist, solange man nur Lichtphänomene knipst, Schwingungen misst oder Geräusche aufzeichnet, ist alles unheimlich cool und aufregend.« Er machte eine kleine Pause, während er auf dem nächsten Fladenstück herumkaute. »So lange kann man auch dazu stehen – weil es einem selbst nicht wirklich passiert«, fügte er mit halb vollem Mund hinzu. »Du merkst es einfach, ob jemand sich nur einredet, Geister zu sehen oder ob er es tatsächlich kann. Wer nur einfach mit dem Verstand von der Geisterwelt überzeugt ist, der hat diese Lust am Kick in den Augen. Diesen fiebrigen Glanz. Und der prahlt auch stolz damit. Weil er ganz tief drin genau weiß, dass es nicht echt ist. Die, die wirklich Geister sehen – die haben eine ganz bestimmte Furcht im Blick. Weil sie wissen, dass sie Kontakt zu einer anderen, einer unkontrollierbaren Sphäre haben, und fürchten, dass man sie für verrückt hält.« Er sah mich über den Tisch hinweg an. »So hab ich es auch bei dir gemerkt.«

Ich wurde rot, griff wieder zu meiner Gabel und arrangierte die kalt gewordenen Penne auf meinem Teller zu einem symmetrischen Muster. »Kennst du noch mehr Leute, die … hm …«

»Yapp. Ich hab übers Netz Kontakt zu zwei Jungs in New Orleans. Übrigens die Stadt mit der höchsten Geisterdichte in den Staaten.

Zumindest laut Statistik – wenn man diesen Statistiken glauben kann. Muss wohl daran liegen, dass in New Orleans früher viel Voodoo-Zauber betrieben wurde. Und ich chatte ab und zu mit einem Typen in New York, einem in Moskau und einem in Mexico City. Dort soll es übrigens geistertechnisch auch echt heftig zugehen.«

»Und hier in San Francisco? Hier müsste es doch auch Leute geben, die ... na ja ...?« Ich hörte selbst, wie hoffnungsvoll ich klang.

»Hmm«, Matt sog an seinem Trinkhalm und stellte den Becher zurück aufs Tablett, »bin mir nicht sicher. Geredet hab ich auf jeden Fall noch mit niemandem darüber.« Er griff sich einen der Kekse und zwinkerte mir zu. »Du siehst also – du bist etwas Besonderes.«

Ein verlegenes Lächeln zuckte um meinen Mund, und meine gerade wieder entfärbten Wangen fühlten sich schon wieder heiß an, als ich aus dem Augenwinkel drei Mädchen sah, die auf uns zusteuerten.

»Hiii«, zwitscherten Sharon und Felicia im Duett, die beide pünktlich zu Beginn des Monats Mai auf kurze Flatterröckchen, dünne Blüschen und Ballerinas umgestiegen waren, ihren jeweiligen Kaschmirpulli schmeichlerisch um die Hüften gebunden oder locker über die Schultern gelegt. Nur Danielle, die versetzt hinter den beiden stand und zur Begrüßung mit der flachen Hand wedelte, war bei einer Jeans geblieben, zu der sie eine locker fallende Tunika in Kirschrot trug.

»Hi«, entgegnete ich schuldbewusst. Ich hatte seit jenem Stadtbummel im Februar einen möglichst großen Bogen um die drei gemacht, sie immer nur aus der Entfernung gegrüßt und dann so getan, als hätte ich es megaeilig oder wäre schwer beschäftigt.

»Lang nicht mehr gesehen«, kam es prompt mit vorwurfsvollem Ton von Felicia, während sie Matt kritisch beäugte, der sich breitbeinig und mit wippenden Knien zurückgelehnt hatte, die Hände gemütlich vor der Brust seines Rage-Against-The-Machine-Shirts gefaltet, und am Rest des zweiten Cookies kaute.

»Ja. Sorry«, murmelte ich und spießte ein Nudelröhrchen nach dem anderen auf und streifte sie dann wieder am Tellerrand von den Zinken. »Ich ... ich hatte ziemlich viel um die Ohren.«

»Macht ja nichts«, erwiderte Sharon und warf den Kopf zurück, dass ihre glänzenden Haare schwungvoll über ihre Schultern fegten. »Meine Eltern sind übers Wochenende verreist und Jeff und ich lassen Samstag eine Fete steigen. Magst du vielleicht auch kommen?«

»Kannst ja deinen ... *Geek*-Freund auch mitbringen.« Felicia musterte Matt von Kopf bis Fuß, was er mit einem erheiterten Grinsen quittierte.

»Ich ...«, setzte ich an, aber Felicia sprach gleich weiter.

»Sofern er sich nicht zu fein dafür ist«, gab sie spitz von sich. »Für Sport und andere soziale Aktivitäten hat er ja nicht viel übrig.«

Matts Grinsen vertiefte sich. »Das hast du klar erkannt! Ich hab echt Wichtigeres zu tun, als über den Sportplatz zu hecheln oder mich durch die versiffte Turnhalle scheuchen zu lassen. Außerdem hänge ich an jedem Fitzelchen meiner großzügigen Ausstattung an Hirnmasse.« Mit einem halb angriffslustigen, halb vergnügten Funkeln richteten sich seine Augen auf Sharon. »Und wie schnell die weg ist, wenn man nur oft genug einen Ball an den Schädel kriegt, könnt ihr euch ja leibhaftig bei deinem großen Bruder angucken!«

Sharon sah ihn nur blasiert an. »Kannst es dir ja noch überlegen«, sagte sie leichthin. »Bye!«

»Bye«, nuschelte ich in mich hinein, während die drei davonstolzierten.

»Sorry«, Matt zuckte mit einer Schulter, griff sich seinen Trinkbecher und ließ sich wieder zurückfallen. »Ich kann diese hirnlosen Hühner nicht ertragen. Und Jeff ist schlicht und ergreifend der größte Hohlblock hier an der Jefferson High.«

Mir rutschte ein kleines Kichern heraus und Matt grinste.

»Gehst du echt nicht zum Sport?«, wollte ich dann wissen.

»Nope.« Matt kaute auf seinem Trinkhalm herum »Ich bin aus gesundheitlichen Gründen befreit. Die Chemo hat nicht nur alle Krebszellen in meinem Körper gekillt, sondern auch sonst ganz schön gewütet. Da hat ziemlich viel was abgekriegt, vor allem das Herz. Deshalb war ich letzte Woche auch nicht in Geschichte – ich musste mal wieder zum halbjährlichen Kundendienst in die Klinik.« Seine Brauen zuckten aufwärts. »Ich hab ungefähr die gleiche Lebenserwartung wie ein kettenrauchender Junkie.«

Mein Hals war wie zugeschnürt. Ich zermatschte mit der Gabel die Nudeln in der langsam zu Gelee erstarrenden Soße und schielte dabei immer wieder beklommen zu Matt hinüber.

»Mann, jetzt schau doch nicht so belämmert!« Sein Mund zog sich in die Breite. »Noch gibt's mich ja! Ohne die Chemo hätte ich nicht mal mehr meinen siebten Geburtstag erlebt und im Oktober kann ich schon meinen achtzehnten feiern!« Überrascht sah ich ihn an; irgendwie hatte ich die ganze Zeit gedacht, er wäre jünger als ich, vielleicht weil er so schmal war und seine Gesichtszüge noch so jungenhaft, dabei war er ein ganzes Jahr älter.

»Außerdem«, er setzte sich auf und nickte nach links und rechts, »glaubst du denn, die werden alle automatisch so viel älter als ich? Die denken alle, sie würden ewig leben. Genauso gut kann jemand von denen irgendwann in den nächsten Jahren einen schweren Unfall haben oder eine schwere Krankheit oder einen Herzinfarkt bekommen, bevor er vierzig ist.«

Am Ende des Tischs trafen sich meine Augen mit den haselnussbraunen, kajalgeschwärzten eines Mädchens mit langen dunklen Haaren, das zu uns herüberstarrte. *Goth-Girl,* die nie etwas anderes anhatte als verschiedene Varianten von schwarzen Klamotten. Hastig senkte sie das blass gepuderte Gesicht wieder auf ihr Tablett.

»Aber daran denken die jetzt nicht. Und erst wenn was passiert, merken sie, dass es vielleicht wichtigere Dinge gibt als den Schulsport«, raunte er mir zu. »Wie viel Zeit sie zum Fenster hinausgeschmissen haben.« Um seinen Mund zuckte es, und er begann, den Trinkhalm zu einer Ziehharmonika zusammenzufalten. »Ich weiß, dass ich vermutlich nicht besonders alt werde, und deshalb will ich so viel aus meinem Leben rausholen, wie's nur geht. Mal *Club der toten Dichter* gesehen?« Er warf mir einen raschen Blick zu, und als ich nickte, grinste er. »Genauso mach ich's auch. *Carpe diem.*«

Ich spürte, wie sich mein Mund zu einem Lächeln verzog. Ted hatte recht: Matt Chang war echt ein guter Typ.

Er warf den Trinkhalm auf das Tablett und schlüpfte in seine Kapuzenjacke, bevor er seinen Rucksack nahm und aufstand.

»Wie sieht's aus: Kommst du nach der Schule mit zu Holly? Das würde sie mächtig freuen, sie mag dich nämlich total gern.« Er stapelte die leeren Teller zusammen, nahm die restlichen Kekse in die eine Hand und das Tablett in die andere. »Und ich find dich auch ganz okay«, setzte er mit einem Zwinkern hinzu.

Yapp. Ein verdammt guter Typ.

37

»Diese Dinger bringen mich noch um«, jammerte Holly, zerrte sich die pinkfarbenen Cowboystiefel mit den hohen Hacken von den Füßen und pfefferte sie in eine Ecke des engen Flurs. »Aaaahh«, seufzte sie wohlig auf und spreizte genüsslich ihre Zehen, deren Nägel silbern lackiert waren.

»Mach's dir bequem«, rief sie mir über die Schulter hinweg zu, während sie auf nackten Sohlen in die Küche tapste. Eindeutig mir, denn Matt hatte sich bereits eine Cola aus dem Kühlschrank geschnappt und fläzte auf einem Küchenstuhl herum. »Magst du wieder einen Tee, Süße? – Und du, Honey?«

Matt legte den Kopf in den Nacken. »Du lernst es echt nicht mehr, oder?« Er langte hinter sich und zwickte Holly in die Seite.

»Hey! Ich bin eben eine gute Gastgeberin!« Sie revanchierte sich mit einem Boxhieb gegen seine Schulter.

»Hast du das gehört?« Matt ruckte mit dem Kopf zu Holly, die den Wasserkocher einschaltete. »Dabei hat sie nie was anderes im Kühlschrank außer Cola, verschrumpelte Zitronen, eine Flasche Wodka und zwanzig verschiedene Nagellackfarben.«

»Siebzehn, Honey. Siebzehn. Ich hab sie letzte Woche erst gezählt.« Holly stellte sich auf die Zehenspitzen, um eine Dose von dem Regalbrett ganz oben herunterzufischen. Dabei rutschte ihr Leopardenblüschen nach oben, sodass ich gerade gute Sicht auf ein Stück des Drachens hatte, der sich um ihre Taille wand.

»Im Eisfach liegen immer dieselben zwei Sorten mikrowellentaugliche Tiefkühlpizza«, setzte Matt hinzu. »Wenn sie keinen

Wasserkocher hätte, würde sie sogar das Teewasser noch anbrennen lassen!«

»Der Imbiss-Mann unten will auch von was leben! – Außerdem ist der Dienst am Herd der erste Schritt zur Versklavung der inneren Göttin«, deklamierte Holly würdevoll und wackelte belehrend mit dem Teelöffel, bevor sie das sprudelnde Wasser in die Kanne goss. »Und der zweite ist die gefühlsmäßige Bindung an eine einzige Person. Das bringt selbst den kräftigsten Fluss an schöpferischer Energie zum Erliegen.«

Matt schnitt augenrollend eine Grimasse und setzte seine Colaflasche zu mehreren langen, gluckernden Zügen an.

»Glaubst du denn nicht an Liebe?«, fragte ich zögerlich.

»Ach, Süße«, Holly gab einen steinerweichenden Seufzer von sich, während sie in rascher Folge den prallvollen Teefilter immer wieder aus der Kanne hob und hineinstippte, »ich glaube an die allumfassende göttliche Liebe für alle Kreaturen der Schöpfung. Aber dieses Geschwafel von Romantik, von ewiger Liebe und ewiger Treue zwischen zwei Menschen, blablablah … Das ist nur eine perfide Propaganda, um uns Frauen schwach und hilflos zu machen.«

»Eure *innere Göttin*«, ließ sich Matt mit ironischem Grinsen vernehmen und erntete dafür einen strafenden Blick von Holly.

»Eine dauerhafte monogame Beziehung ist wie eine Eisenkette für das weibliche Kraftfeld.« Holly schenkte den Tee in zwei Tassen mit Goldrand und einem Muster aus Rosen und Veilchen. »Und ich für meinen Teil«, energisch setzte sie eine der dampfenden Uroma-Tassen vor mir ab, »kann darauf sehr gut verzichten!« Ihre Tasse in der Hand, riss sie das Fenster auf, hockte sich auf den Sims und zündete sich eine Zigarette an. »Wenn ich nur an so was denke wie ein verkrampftes Frühstück am Morgen danach – oder gar daran, traulich zu zweit in Schlabberklamotten und mit Pizza vor der Glotze herumzuhängen … Igitt!« Sie schüttelte sich und blies heftig den Rauch nach draußen.

Ich wollte einwenden, dass ich diese Vorstellung eigentlich ganz schön fand, doch Matt kam mir zuvor.

»Boah, Mädels!«, ranzte er uns an. »Wenn ich Frauengespräche haben will, setz ich mich zu meiner Granny und ihren Freundinnen an den Mah-Jongg-Tisch oder zieh mir alle sechs Staffeln *Sex And The City* rein!« Dabei funkelte es aber vergnügt in seinen Augen, und als Holly mich mit vielsagend hochgezogenen Brauen ansah, kicherte ich los, während sie in ihr lautes, raues Lachen ausbrach.

»Also«, Matts dünne Finger klopften ein Stakkato gegen die Plastikflasche, »wann und wo hast du deinen ersten Geist gesehen?« Als ich ihn unter verkniffenen Brauen ansah, grinste er. »Okay, okay! Angenommen, du könntest Geister sehen – wann und wo hattest du Begegnungen, die unter Umständen vielleicht Geister gewesen sein könnten?«

Ich nippte an dem heißen Tee und räusperte mich. »Das erste Mal, an das ich mich erinnere, war auf dem Friedhof. Kurz vor Silvester, an dem Tag, an dem ich hierhergeflogen bin. Eine alte Frau, die mich dort angestarrt hat. Ganz komisch hat sich das für mich angefühlt. Und dann«, ich trank noch einen Schluck, »dann ein paarmal an der Jefferson High. Immer denselben Jungen.«

Matt richtete sich interessiert auf. »Mit eigenartig blauen Augen? Haare ungefähr«, er hielt Daumen und Zeigefinger ein winziges Stück auseinander, »so kurz?« Ich nickte und Matts Schultern ruckten unbehaglich unter der Kapuzenjacke. »Mann, der ist echt unheimlich! Wenn ich ihn von Weitem auf dem Gang sehe, drehe ich den iPod lauter und beam mich total weit weg. Ich nehme an, er ist ein früherer Schüler, der sich irgendwo dort umgebracht hat. Entweder auf dem Gang selber oder in der Jungstoilette, weil er dort immer rauskommt und wieder drin verschwindet. Ich hab mich zwar in die interne Datenbank der Schule gehackt, habe aber nirgends etwas über den Selbstmord eines Schülers gefunden. So wie er angezogen ist, dürfte das auch eine Weile her sein. Ich hab sogar im Archiv des Chronicle nachgeschaut, aber da war auch nichts zu finden. Vielleicht hat man nie etwas darüber geschrieben, aus Rücksicht auf die Eltern oder so.«

Ich starrte in meine Tasse; ich wusste nicht so recht, was ich von dem halten sollte, was Matt gerade erzählt hatte. Ich merkte nur, dass meine Hände zitterten, und ich schob sie zwischen die Sitzfläche des Stuhls und meine Oberschenkel. Und dass Matt mich anschaute, bemerkte ich ebenfalls.

»Also, entweder dämmert's dir langsam – oder du hast noch einen ganz besonderen Knaller auf Lager.«

Ich saß einfach nur da und starrte vor mich hin. Und dann – dann begann ich Matt und Holly von dem Überfall zu erzählen. Von dem alten Haus in der Franklin Street.

Und von Nathaniel.

»… und … und seitdem war ich nicht mehr dort«, wisperte ich zum Schluss und räusperte mich verlegen. Dass ich seitdem zweimal die Woche zu einem *Shrink* ging, behielt ich lieber für mich.

Eine Weile war es still in der Küche und vorsichtig schielte ich mit gesenktem Kopf über meine leere Tasse hinweg hoch. Matt gaffte mich mit offenem Mund an. Holly hatte ein Knie zu sich heraufgezogen und knibbelte an ihren Zehen herum, während sie in der anderen Hand eine fast abgerauchte Zigarette hielt.

»Wow«, hauchte sie schließlich und drückte die Kippe im Aschenbecher aus, in dem bereits eine Handvoll andere Stummel lagen; während ich erzählt hatte, musste sie sich eine nach der anderen angezündet haben.

»Und du hast es die ganze Zeit nicht gerafft?«, stieß Matt schließlich hervor. Ich schüttelte den Kopf. »Und du hast ihn *angefasst*?!« Ich nickte; irgendwie gab er mir das Gefühl, ein kompletter Idiot zu sein.

Matt blies die Backen auf und zerraufte sich mit einer Hand

die chiliroten Haare, bevor er die Luft heftig ausstieß. »Hast du … hast du seither irgendwelche Veränderungen an dir bemerkt?« Ich runzelte die Stirn. »Ausbrüche von Hassgefühlen gegen irgendjemanden? Gewaltfantasien, Mordgelüste?« Meine Brauen rutschten hoch. »Oder dass dir dein ganzes Leben plötzlich sinnlos erscheint und du nur noch sterben möchtest?«

Er klang schlimmer, als ich mir einen Besuch bei Dr. Katz je vorgestellt hatte. »Äh … nö. Wieso?«

Matt und Holly sahen sich mit ernsten Mienen an, dann atmete Holly tief durch und zündete sich fahrig die nächste Zigarette an.

»Schau, Amber«, flüsterte sie, ohne mich anzusehen. »Niemand irrt ohne Grund als Geist umher. Dass die Seelen der Toten auf der Erde bleiben, weil sie noch etwas zu erledigen haben – dass sie ihren Mörder finden müssen oder jemanden warnen wollen, wie es so oft in Büchern und Filmen dargestellt wird, ist zwar eine nette Vorstellung.« Sie rubbelte sich mit dem Zeigefinger über ihre gepiercte Nase. »Ich will nicht ausschließen, dass es das doch gibt, aber nach allem was ich mitbekommen habe, scheint es vielmehr so zu sein, dass den Seelen der Zutritt auf die andere Seite verwehrt wird, weil sie zu Lebzeiten große Schuld auf sich geladen haben. Eine Schuld, die sie nicht bereuen oder sich auch nur eingestehen wollen. Erst wenn sie sich bewusst machen, das und das«, sie unterstrich ihre Worte, indem sie mit der Handkante auf ihren Unterschenkel klopfte, »hab ich getan, das und das war falsch und böse – erst dann können sie sich aus dieser Form lösen. Bis sie wirklich und aufrichtig empfinden, dass es ihnen leidtut, und um Verzeihung bitten.«

»Ich habe noch nie einen Geist getroffen, der gut war«, warf Matt leise ein. »Und ich fürchte, es gibt sie nicht. Keinen Casper. Keinen Sam, der dazu noch aussieht wie Patrick Swayze. Weil diese Seelen zu Lebzeiten schon böse waren. Und es ist doppelt schwer, sich mit seinen Untaten auseinanderzusetzen und um Gnade zu bitten, wenn man in diesem Zustand gefangen ist. Sehr, sehr oft macht das Dasein als Geist sie noch bösartiger. Umso mehr, je länger sie darin festhängen. Wenn man bedenkt, wie viele Geister seit Jahrhunderten herumspuken, frag ich mich, ob sie überhaupt jemals bereit sind, demütig um Erlösung zu bitten. Vielleicht wissen sie schon gar nicht mehr, was sie bereuen sollen. Und spuken weiter herum.« Er warf Holly einen schnellen Blick zu. »Ja, ich weiß, du magst dieses Wort nicht, dir ist es zu harmlos.« Den Hals der leeren Plastikflasche zwischen zwei Finger geklemmt, klapperte er damit gegen die Tischkante und kaute grüblerisch auf der Innenseite seiner Unterlippe herum.

»Und was ist mit der Hölle?« Scherzhaft hatte ich klingen wollen, ängstlich kam es heraus.

Holly runzelte die Stirn. »Was dann tatsächlich geschieht, nachdem man auf die andere Seite gegangen ist, ob ein Urteil über uns gefällt und wir je nach unseren Taten belohnt oder bestraft werden? Das wissen wir nicht. Was wir wissen«, sie atmete tief auf und drückte ihre Zigarette aus, von der sie nur zwei Züge genommen hatte, »ist, dass es nach dem Tod so etwas wie eine Zwischenstation gibt. Menschen, die klinisch tot waren, berichten davon. Manche beschreiben es als Tunnel, manche als Licht oder beides, manche als nebelverhangene Landschaft, die einem Platz ähnelt, der ihnen zu Lebzeiten viel bedeutet hat, und oft sehen oder hören sie dort Verstorbene, die sie sehr geliebt haben. Der Aufenthalt dort ist zeitlich äußerst begrenzt; wer nicht innerhalb einer bestimmten Spanne zurückgeholt wird, geht ganz hinüber.«

Aus großen Augen sah ich Matt an. »Warst du dort?«

Er hob die Schultern und ließ sie wieder fallen. »Ich weiß es nicht. Müsste ich eigentlich. Ich kann mich aber nicht erinnern. Möglich, dass ich doch noch zu klein war oder kurz danach einen totalen Blackout hatte.« Ein Grinsen zuckte auf seinem Gesicht auf. »Also, falls ich dort war, hat es mich auf jeden Fall nicht zu einem Heiligen oder einem Guru gemacht!« Matt starrte ins Leere. »Aber wenn du eben nicht mehr zurückkannst, musst du wohl zusehen, dass du weiterkommst, wenn ich das richtig sehe. Und das ist der entscheidende Punkt«, er kraulte sich seinen Goatee, »der es manchen so schwermacht, auf die andere Seite zu gelangen. Vielleicht nur logisch und konsequent, dass man das, was man zu Lebzeiten versäumt hat, nach dem Tod nicht auf dem Silbertablett hingestellt bekommt. Wenn du also an der Stelle nicht bereust, gibt es keine Erlösung und die tote Seele wird zum Geist.« Er atmete tief durch und spielte dann weiter mit der Flasche herum. »Aber das ist auch das, was Geister so ungeheuer wütend macht. Was sie im besten Fall nur spuken«, mit einem Seitenblick auf Holly zog sich einer seiner Mundwinkel hinauf, »lässt. Oft stürzen sie sich dann aber auf uns, die Lebenden, krallen sich in unsere Seelen und säen dort Hass, Gewalt oder Verzweiflung, die manche sogar in den Tod treibt.« Energisch stellte er die Flasche ab und seine Augen richteten sich auf mich, so ernst, dass sie kohlschwarz glänzten. »Geister sind gefährlich, Amber. Du hast ein mordsmäßiges Glück gehabt, dass dir nichts passiert ist.«

Irgendwann im Lauf seiner letzten Sätze hatte ich angefangen, den Kopf zu schütteln. Ich bekam das alles nicht in mein Hirn, was mir Matt und Holly da erzählten, obwohl darin Dinge enthalten waren, die ich so oder so ähnlich schon mehrfach gehört oder gelesen hatte. Vor allem konnte ich mir nicht vorstellen, dass Nathaniel ein solch böser, gefährlicher Geist sein sollte. Sofern es ihn denn auch wirklich gab.

»Du glaubst es immer noch nicht, oder?« Ich wusste nicht genau, was Matt meinte, aber es spielte auch keine Rolle; ich schüttelte einfach immer nur weiter den Kopf.

Er ließ sich im Stuhl hinabrutschen und vergrub die Hände in den Taschen seiner Baggypants.

»Dann werd ich mir wohl was einfallen lassen müssen, um dich davon zu überzeugen.«

Ich stand vor dem italienisch wirkenden Backsteinbau der Christian Science und starrte zu dem alten Haus hinüber. Obwohl mir Matt eingeschärft hatte, mich davon fernzuhalten.

Aber irgendwie hatten meine Füße von selbst den Weg hierher eingeschlagen, nachdem ich aus dem Bus ausgestiegen war. Als ob es der beste Ort dafür war, mir alles noch einmal durch den Kopf gehen zu lassen.

Die Kirche im Rücken zu haben, hätte mir ein Gefühl der Sicherheit geben sollen, aber das tat es nicht. Holly und Matt waren der Meinung, Geister ließen sich nicht durch Kruzifixe, Heiligenbildchen oder Weihwasser abwehren oder gar bannen. Alles unsinnige Mythen von anno dazumal, die bis heute kursierten. *Urban Legends*.

Ich schob die Hände in meine Jeanstaschen und zog die Schultern hoch. Hatte ich wirklich meine Nachmittage mit einem Geist verbracht, ohne es zu merken? Mir rieselte es kalt den Rücken hinunter. Und gleich darauf rann wieder dieses heiße, sehnsüchtige Ziehen durch meinen Bauch, als ich an Nathaniel dachte. Falls er tatsächlich ein Geist war – wie war er dazu geworden? Was hatte er zu Lebzeiten Schlimmes getan? Und wie lange war er nun schon in dieser Existenz gefangen?

Mein Magen ballte sich zusammen; zum ersten Mal seit langer Zeit drückten Tränen gegen meine Augäpfel und ich biss mir heftig auf die Lippen. Ich wollte, ich musste ihn sehen; ich musste, wollte ihn so vieles fragen. Musste. Wollte. MUSSTE.

Wenn es ihn überhaupt gab.

Mein Fuß bewegte sich unschlüssig vorwärts und gleich wieder rückwärts über die Bordsteinkante. Ich wusste nicht, was schlimmer war: mit absoluter Sicherheit festzustellen, dass er ein Geist war. Oder das Haus leer vorzufinden und einsehen zu müssen, dass ich ihn mir die ganze Zeit über nur eingebildet hatte.

Mein Kopf fuhr hoch, als sich drüben an der Hausfassade etwas bewegte. An einem der Fenster ganz oben im Turm konnte ich den Umriss einer Gestalt erkennen; ein erstickter Laut rutschte mir heraus, und ich rannte los, als ob der Teufel hinter mir her wäre.

Ich hatte eine Scheißangst.

Mams Strickjacke an mich gepresst, die kaum noch nach ihr roch, starrte ich abwechselnd in das gedämpfte Licht, das meine Nachttischlampe im Zimmer verbreitete, und auf das gerahmte Foto von Mam und mir. Ich sehnte mich nach meinem alten Leben in Deutschland zurück, das so geordnet, so sicher und so selbstverständlich gewesen war. Und das es einfach nicht mehr gab. Das es nie mehr geben würde. In einer Zwischenwelt fühlte ich mich gefangen, in einem chaotischen, unberechenbaren und immer noch fremden Raum, der sich der Zeit entzog und in dem ich hilflos umhertaumelte. Mit einem winzigen Keim an Hoffnung, dass ich eines Tages wieder ein richtiges Leben haben würde, aber ohne Gewissheit darauf und mit viel, viel Angst.

Falls es tatsächlich Geister gab, dann ahnte ich, wie sie sich fühlten.

Meine Lider flatterten und wurden schwer; immer wieder riss ich sie gewaltsam auf. Ich wollte nicht schlafen. Ich wollte nicht wieder in Angstträumen versacken, aus denen Ted mich aufwecken musste. Ich hatte Angst vor all dem, was der Schlaf mit sich brachte. Vor dem Ertrinken in der Flut und davor, Nathaniel im Traum zu begegnen. Nathaniel …

Nathaniel …

38

So finster und still wie früher war die Nacht schon lange nicht mehr. Aber es gab sie noch, die Stunde, in der die Nacht schwärzer und stiller war als sonst.

So wie jetzt, während ich am Fenster stand. Ringsum schliefen die Menschen tief und fest und ihre Seelen öffneten sich. Für Träume. Für Eingebungen, die erst nach dem Aufwachen irgendwann an die Oberfläche kommen. Für Geister.

Lange rang ich in dieser Nacht mit mir. Aber das Sehnen nach ihr war stärker.

Als ob ein Dutzend Musiker uneins waren, was sie auf der Saite in mir spielen sollten, so war es plötzlich gewesen. Der eine riss heftig daran, dass es laut und grell in mir widerhallte, der andere zupfte sanft eine schmeichlerische Melodie. Ein wilder Tumult war es, gleichzeitig schrecklich und schön, den ich mir nicht erklären konnte. Bis ich zum Fenster trat und Amber unten stehen sah in ihrer grauen Jacke, eine helle Bluse darunter. Der Wind fuhr durch ihr Haar. Ihre Stirn war grüblerisch zerfurcht und sie kaute auf ihrer Unterlippe herum, ein tosendes Chaos an widerstreitenden Gefühlen in sich. Während ich einfach nur glücklich war.

Bis sie den Kopf hob und zu mir hinaufschaute. Bis die blaue Stichflamme der Angst in ihr aufschoss und sie davonrannte und ich mich auf den Boden sinken ließ, den Kopf in den Händen vergraben.

Ich sprach mir Mut zu, schloss die Augen und ließ mich durch Holz und Stein gleiten. Die Nachtluft legte sich kühl um mich, und das Laub der Bäume und Sträucher strahlte etwas ab, das über mich hinwegkrib-

belte. Wie nackt fühlte ich mich, ohne die schützende Hülle des Hauses. Ich legte den Kopf zurück und sah zum Himmel hinauf, an dem Wolkenfetzen über die blassen Sterne zogen. Es war lange her, dass ich ihn ohne das Glas einer Fensterscheibe davor gesehen hatte.

Ich überquerte das Gras und tauchte durch die Eisenstreben des Zauns hindurch. Über mir zischte etwas und ich fuhr zusammen. Zwei Wirbel, schillernd wie Perlmutt und so durchscheinend, dass sie selbst für einen wie mich kaum zu sehen waren, tanzten über mir. Ich duckte mich. Verlorene Seelen waren es, von der Sorte, die mir immer unheimlich gewesen war. Formlose Nebel, von denen eine hässlich flammende Lust an der Vernichtung ausging. Ein Grund, weshalb ich das Haus ungern verließ, und ich verspürte Erleichterung, als sie davonstoben, in die Nacht hinaus.

Einige Zeit harrte ich so aus und lauschte in mich hinein. Bis ich das feine Vibrieren tief in mir spürte. Einen Moment lang versuchte ich noch stark zu bleiben, dann gab ich nach und ließ mich durch die Straßen der Stadt vorwärtsziehen. Das Schwingen in mir wurde rasch stärker, federte mal tiefer und ruhiger, zitterte dann unvermittelt wieder schnell und hoch, beinahe schrill, und tat mir fast weh. Als ob sie litt.

Ich war überrascht, wie kurz der Weg war, in welch geringer Entfernung zu mir sie lebte. Ich musterte den beleuchteten Eingang und sah zu den Fenstern hinauf, von denen einige wenige noch erhellt waren. Und ich musste über mich selbst lächeln, als mir einfiel, wie dumm ich mich anfangs angestellt hatte. Bevor ich begriffen hatte, wie einfach ich Mauern durchdringen konnte, hatte ich immer verzweifelt nach offenen Türen oder Fenstern gesucht. Damals, als ich noch nicht einmal gelernt hatte, meine Kraft so zu bündeln, dass ich Gegenstände wie einen Türknauf bewegen konnte.

Ich rührte mich nicht von der Stelle. Es war nicht recht, hier zu sein. Wenn sie mich hätte sehen wollen, wäre sie ins Haus gekommen und nicht davongelaufen. Ich schob die Hände in die Hosentaschen und drehte mich ein paarmal unschlüssig im Kreis. Ein Geräusch, eine Bewegung ließen mich aufblicken. Am Fenster über mir glühten zwei gelbe Augen: ein dicker weißer Kater, der auf das Fensterbrett gesprungen war und mich hasserfüllt anglotzte, dann wütend fauchte und sich dabei noch weiter aufplusterte.

»Na, na, na, Oscar!« Eine ältere Frau in einem Morgenrock tauchte hinter dem Kater auf. »Was hast du denn?« Sie spähte durch die Scheibe nach draußen und schüttelte den Kopf. »Da ist doch nichts! Siehst du wieder Gespenster?«

Ich grinste.

Mit beiden Händen packte sie den grell miauenden und zischenden Kater und trug ihn weg. Er verrenkte sich den Kopf nach mir und ich zog eine Hand aus der Tasche und winkte ihm spöttisch zu.

Nathaniel. *Es war nur ein Hauchen. Unendlich viel leiser als ein Flüstern, hallte es doch laut in mir wider.* Nathaniel.

Sie dachte an mich. Sie sprach meinen Namen aus.

Ein Lächeln zuckte um meinen Mund und ich ließ mich aufwärtstreiben, durch die Lücke zwischen den beiden Häusern hindurch. Wie eine Motte zum Licht zog es mich die Mauer entlang, hin zu dem blassen Leuchtfleck ihres Zimmers.

Ich presste die Hände gegen die Scheibe, die auf der anderen Seite von einem zarten Stoff verhängt war, und lehnte die Stirn dagegen. Immer tiefer glitt sie in den Schlaf hinab, und als sie auf den Grund ihres Seins gesunken war, schob ich mich durch Glas und Mauerwerk hindurch. Langsam und vorsichtig, immer auf der Hut, damit ich sie nicht weckte.

Im Schein der Lampe lag sie da, das Gesicht halb in ihr Kissen geschmiegt und ein flauschiges Gewebe in den Fäusten an sich gepresst. In fast demselben Blaugrün wie die Decke, die sie bei mir gelassen hatte; ich hatte sie nie gefragt, was ihre Lieblingsfarbe war.

Ihre Brauen zogen sich zusammen und sie erschauerte; ihre Lider flatterten, und ich wich zurück, bereit, jeden Augenblick wieder zu verschwinden. Dann entspannten sich ihre Züge erneut. Sie musste völlig erschöpft sein, so fest wie sie schlief.

Das Zimmer war durchdrungen von ihrem Wesen, aber nicht sonderlich stark; es war zu spüren, dass sie noch nicht lange hier lebte. Aus dem Raum daneben schwappte etwas Dunkles, Schweres zu mir, wie von machtvollen Objekten. Nicht so gewaltig, dass ich mich davor hätte fürchten müssen, zumindest solange ich hierblieb, und trotzdem beruhigte es mich ein wenig, dass ich sie nachts in ihrer Nähe wusste. Dahinter nahm ich den nur leichten Schlaf eines Mannes wahr, ihres Vaters vermutlich.

Ihr Schreibtisch war von aufgeschlagenen Büchern und bedruckten Seiten übersät; es gefiel mir, dass sie ein so kluges Mädchen war. Meine Brauen hoben sich, als ich die Rücken des Bücherstoßes in der Mitte des Tischs entzifferte. Bücher über Erscheinungen wie mich waren es und ein Lächeln zuckte über mein Gesicht. Sie dachte tatsächlich an mich, sie wollte mehr über meinesgleichen wissen!

Ich betrachtete sie, wie sie dalag, die Decke bis zur Brust hochgezogen und in einem Oberteil mit kurzen Ärmeln aus blau glänzendem Stoff. Mein Blick fiel auf das Bild neben ihrem Bett. Sie und eine sehr schöne Frau, die ihre Mutter sein musste; die Ähnlichkeit in den Zügen war unverkennbar. Ihre Mam, wie sie sie immer nannte. Ob sie den Weg auf die andere Seite gefunden hatte oder wie ich als ein Schatten umherirrte? Ich hoffte nicht.

Im Schlaf bewegten sich sacht ihre Lippen, in weniger als einem Murmeln. Nathaniel.

Eigentlich hatte ich nur hier sein wollen, hier bei ihr, sie ansehen. Und dann war es mir doch nicht genug. Ich kam näher, noch näher, und als sie still liegen blieb, setzte ich mich zu ihr, streckte mich schließlich behutsam neben ihr aus.

Nathaniel?

»Ich bin hier, Amber«, raunte ich so leise ich konnte. Vielleicht hatte ich es auch nur gedacht. »Hier bei dir.« Ihr Mund verzog sich zu der Andeutung eines Lächelns.

Ich hob eine Hand und strich über den Rücken ihrer Faust. Die Haut auf ihrem Unterarm kräuselte sich und legte sich dann wieder glatt. Ich hielt inne und strich dann noch einmal über ihre Hand. Noch einmal rann Gänsehaut über ihren Arm, und ich musste mich beherrschen, nicht zu lachen.

Ihre Faust öffnete sich, ihre Finger reckten sich nach mir, und ich erstarrte. Schloss dann mit einem wohligen Schauder die Augen, als sich ihr Arm quer auf meinen Bauch legte und darin eintauchte, als sie noch ein Stückchen näher zu mir rückte. Wie ein Hund, der sich in der Sonne aalt, so kam ich mir vor unter der Wärme, die sie durch mich hindurchschickte. Ich öffnete die Augen und rutschte tiefer hinab, dass ihr Gesicht an meinem war und ihr Arm in meiner Brust.

Lange ließ ich einfach nur meine Augen über ihr Gesicht wandern. So sanft sah sie aus und dabei konnten ihre Augen solche Funken sprühen. Vor allem wenn sie wütend war. Das machte sie so besonders. Diese Zähigkeit, fast schon Härte an ihr, hinter der etwas Zerbrechliches schlummerte, eine Zärtlichkeit und Leidenschaftlichkeit. Die sie wie ihre anderen heftigen Gefühle die meiste Zeit tief in sich vergrub und die nur dann aufschien, wenn sie nicht mehr anders konnte, als sie hervorbrechen zu lassen.

Wie von selbst senkten sich meine Finger auf ihr Haar, das unter meiner Berührung sacht aufflatterte; unglaublich seidig war es. Meine Fingerspitzen wanderten tiefer, auf ihre Wange hinab, und ihre Nase zuckte, als hätte ich sie gekitzelt. Ich hielt mein Gesicht näher an ihres, bis ich ihren tiefen, ruhigen Atem spüren konnte. Mich verlangte es so sehr danach, meinen Mund auf den ihren zu drücken, ihre Lippen zu fühlen. Aber noch mehr wollte ich, dass sie mich vorher ansah, mir in die Augen sah, vor unserem ersten Kuss. Ein dummer Gedanke, das wusste ich wohl. Wie sollte sie mich jemals küssen können – wie könnte sie das auch nur wollen! Und trotzdem kam mir dieser Gedanke, und das nicht zum ersten Mal.

Vorsichtig legte ich meinen Mund gegen ihre Stirn, dann auf ihre Wange, und als sie sich in mich hineinschmiegte, wollte ich so sehr diese viel zu dicke Decke beiseiteschieben und mich zu ihr legen, ihren ganzen Körper spüren. Eine Vorstellung, die mich unruhig machte, für die ich mich beinahe schämte. Und dennoch breitete sich ein tiefes Gefühl des Friedens in mir aus, weil sie mir so nahe war.

Ich ließ meine Hand auf ihrem Haar ruhen, das sich wie unter einer leisen Brise sacht bewegte, als lägen wir beide irgendwo am Ufer der Bay, und freute mich an dem seligen Lächeln, das sich auf ihre Züge malte.

Ich wünschte mir, diese Nacht würde nie enden. Ich wünschte mir, ich könnte bis in alle Ewigkeit so bei ihr liegen und über ihren Schlaf wachen. Bei ihr sein, wenn sie morgens die Augen aufschlug. Das Erste sein, was sie am Anfang eines neuen Tages sah, und genau wissen, dass sie das glücklich machte. Anstatt den Moment zu fürchten, in dem sie aufwachte und ihr Schrecken und Angst bis ins Mark fahren würden.

Anstatt zu wissen, dass bald schon die Stadt langsam aus ihrer Nachtruhe heraufdämmerte und es Zeit für mich war, zu gehen.

Bevor Amber aufwachte.

39

»Was fällt dir zu *Wasser* ein?«

Ich starrte Dr. Katz irritiert an. Nicht nur weil ich die Bluse, die sie heute trug, scheußlich fand – stahlblaue Seide mit einem Rhombenmuster in Senfgelb und Dunkelgrau. Sondern vor allem weil ich ihr doch gerade erzählt hatte, dass ich letzte Nacht nicht nur von meinen Albträumen verschont geblieben war, sondern durchgeschlafen hatte, und das auch noch richtig gut. Wie von einer sanften Meeresbrise gestreichelt. »*Wie* – was mir dazu einfällt?«

»Was fällt dir zu *Wasser* ein? Oder zu *Meer* und *Wellen*?«

»Öhm.« Ich verzog das Gesicht. »Urlaub am Meer mit Mam. Schwimmen gehen, faul am Strand liegen und auf die glitzernden Wellen gucken.«

»Was noch?«

Ich blies meine Wangen auf und stieß genervt die Luft wieder aus. »Na, Wasser halt. Nass. Einfach nass. Punkt! Nass und rinnt einem durch die Finger, kann man nicht festhalten. Ist nass und manchmal salzig wie Tränen. Richtig?!« Plötzlich unsicher, wiederholte ich: »Richtig?«

»Du hast *Tränen* gesagt. Wann hast du das letzte Mal geweint?«

Meine Brauen zogen sich zusammen. »Keine Ahnung.«

Dr. Katz blätterte in den Notizen auf ihrem Klemmbrett herum. »Deine Mutter ist vor weniger als einem halben Jahr gestorben. Du hast nie feuchte Augen, wenn du sie hier bei mir erwähnst, und du kannst dich nicht erinnern, wann du überhaupt das letzte Mal geweint hast.«

»Ja, und?«, sagte ich mit einem Achselzucken und sah Dr. Katz herausfordernd an, die meinen Blick reglos erwiderte. Lange. Noch länger.

Tick. Tick. Tick. Tick. Tick.

Etwas in mir begann zu wackeln und geriet ins Kippen.

»Ja, und?!«, schleuderte ich ihr entgegen, und dann brüllte ich nur noch. »JA UND?! Spielt das irgendeine Rolle? Für irgendwen? Hätte das irgendeinen Unterschied gemacht?! Hätte ihr das irgendwie geholfen? Ändert das was daran, dass sie nicht mehr da ist?! Kommt sie vielleicht dadurch zurück?!« Als mir meine eigene Stimme schmerzhaft in den Ohren dröhnte, hielt ich schwer atmend inne und sah erschrocken zu Dr. Katz hinüber. »Entschuldigung«, flüsterte ich heiser.

»Wofür entschuldigst du dich?«

»Dass … dass ich Sie angebrüllt hab«, murmelte ich mit hochrotem Kopf, ohne sie anzusehen.

»Du hast nicht *mich* angebrüllt, Amber. Du hast einfach nur gebrüllt. Und das ist dein gutes Recht.«

Ich warf ihr einen verunsicherten Blick zu, dann streckte ich meine Beine von mir, schob die Hände tief in die Taschen und starrte wieder auf das Bücherregal. Ein kleiner weißer Hase aus Porzellan war neu zu dem Sammelsurium dazugekommen. Konnte es wirklich sein, dass irgendwann in den letzten Wochen Ostern gewesen war und ich nichts davon mitbekommen hatte? Mam hatte Ostern immer sehr gemocht, fast so sehr wie Weihnachten; im Wohnzimmer war dann immer eine große Vase mit Blütenzweigen gestanden, in denen ausgeblasene Eier hingen, die wir zusammen bemalt hatten, als ich noch kleiner gewesen war.

»Du musst deine Mutter nicht mehr schonen, Amber«, hörte ich Dr. Katz leise sagen. »Du musst sie nicht mehr beschützen wollen.«

Plötzlich konnte ich nur noch flach durch den Mund atmen. So sehr hatte ich groß und stark sein wollen, um Mam so viel wie möglich abzunehmen, und immer Angst gehabt, etwas falsch zu machen. Angst, es würde ihr deshalb womöglich noch schlechter gehen.

»Was immer in dir vorgeht, Amber – es ist in Ordnung.«

»Nein«, piepste ich. »Nicht alles.« Mich schüttelte es.

»Doch, Amber. Hier bei mir ist es auf jeden Fall in Ordnung. Was du fühlst, ist nie falsch. Dir mag es lästig sein oder unbequem, du magst dich dafür schämen – aber Gefühle sind nie falsch. Und wenn es dir vorkommt, als wärst du verrückt geworden, dann liegt das daran, dass dir der Zusammenhang fehlt, um es einordnen zu können. Aber ich helfe dir dabei, diese Zusammenhänge zu erkennen, damit alles in dir seinen Platz bekommt.«

Vorsichtig schielte ich zu ihr hin. Ich bezweifelte, dass sie irgendeine Ahnung hatte, WIE verrückt ich mich zurzeit fühlte. Und genauso bezweifelte ich, dass sie solche Zusammenhänge meinte, wie Holly und Matt sie in der Küche über dem Wahrsager-Shop in der Sutter Street herzustellen versucht hatten.

Ein kleines Lächeln erschien auf ihrem Gesicht. »Unsere Zeit ist für heute um. Wir sehen uns am Montag.«

Wie benommen hatte ich den Weg von der Praxis in die Sacramento Street zurückgelegt; immer wieder war ich stehen geblieben und hatte mit geschlossenen Augen mein Gesicht in die Sonne gehalten. Hatte die Wärme auf meinen Unterarmen genossen, wie sie durch den dünnen Stoff meines T-Shirts drang, und dabei tief durchgeatmet.

Müde stieg ich aus dem Aufzug und schlurfte den Korridor entlang. Vor der Wohnungstür blieb ich stehen und horchte verwirrt auf die wummernde Musik, die von nirgendwo anders herkommen konnte, schüttelte den Kopf über mich selbst und schloss auf. Dann blies mich ohrenbetäubende Rockmusik fast davon und schnell zog ich die Tür hinter mir wieder zu.

Vorsichtig näherte ich mich durch donnernde Drums, harte Gitarrenriffs und Kurt Cobains Gebrüll dem Wohnzimmer und blieb mit großen Augen in der Tür stehen. In Jeans, Sneakers und einem verwaschenen T-Shirt stand Ted zwischen auf dem Boden ausgebreiteten LPs und CDs und bearbeitete breitbeinig und mit gebeugten Knien eine imaginäre E-Gitarre. Headbangend.

Auf dem Couchtisch waren neben einer halb ausgeleerten Schuhschachtel irgendwelche bunt bedruckte Zettel verteilt; Teds Brille lag gefährlich schief obenauf. Und dahinter hüpfte in Socken Matt Chang auf dem Sofa auf und ab und schrammelte mit selbstvergessen geschlossenen Augen ebenfalls auf einer Luftgitarre herum. *Smells Like Teen Spirit?* Aber so was von.

»Hallo«, rief ich in den Raum hinein, und als mich keiner von beiden hörte, schrie ich. »Hey!«

Teds Kopf fuhr hoch, und er sah mich erschrocken an, bevor er hastig zur Anlage hinüberflitzte und sie leiser drehte. »Hallo, Amber.« Schnaufend fuhr er sich durch die Haare, die ihm ins angeschwitzte, glühende Gesicht hingen, bevor er sich räusperte und mit einer verlegenen Geste auf Matt deutete. »Du … äh … du hast Besuch.«

»Whuu-huuu«, jubelte Matt, sprang vom Sofa herunter und auf mich zu, ein Strahlen auf dem Gesicht. »Un-glaub-lich!«, rief er atemlos. »Dein Dad hat Kurt Cobain noch live gesehen! Lebendig! In Action! Hier, in San Francisco!«

Ted machte einen langen Schritt zum Tisch hin, setzte sich seine Brille auf und wedelte mit etwas, das aussah wie eine Eintrittskarte. »Warfield Theatre, dreizehnter Juni einundneunzig.«

Da hatten Mam und Ted sich noch nicht einmal gekannt. Wenn ich mich richtig erinnerte, hatte Mam da gerade Abi gemacht oder so.

»Ist das nicht der Hammer?!« Matt schnappte vor Begeisterung fast über. »Waaahn-sinn!!«

Einerseits war es mir peinlich, dass Ted in seinem Alter noch mit jemandem einen Luftgitarrenwettstreit anfing; aber ich war doch ein bisschen stolz, dass er noch so jung geblieben war und Matt ihn ganz offensichtlich cool fand.

Trotzdem sah ich Ted mit zusammengezogenen Brauen an. »Wieso bist du denn schon zu Hause?«

»Vorlesungsfreie Zeit«, erklärte Ted, während er gebückt die ersten Plattenhüllen zusammenräumte. »Hast du das etwa schon vergessen?«

Ups. Mir war tatsächlich komplett entfallen, dass Ted nur zu seinen Sprechstunden an die Uni fuhr und um die Klausuren zusammenzubasteln, für die seine Studenten gerade büffelten. Oder es zumindest sollten. Konnte man mit sechzehn schon Alzheimer bekommen?

Ich sah ihm zu, wie er die Platten und CDs wieder an ihrem Platz verstaute. Wie es wohl war, ihn als Professor zu haben? War er an der Uni eher der strenge oder der nette Typ? Mochten seine Studenten ihn, fanden sie ihn nervig oder machten sie sich womöglich heimlich über ihn lustig? Und gab es vielleicht sogar Studentinnen, die für ihn schwärmten, so wie Julia, Sandra und ich damals, in der Achten, für unseren tollen Referendar in Bio? Komischer Gedanke.

Matts spitzer Ellenbogen, der mich zwischen den Rippen traf, schreckte mich auf. »Zeigst du mir dein Zimmer?«

»Ähmm …« Hilfe suchend sah ich Ted an. Wir hatten nie irgendwelche Regeln betreffs Besuchen im Allgemeinen und von Jungs im Besonderen besprochen und auch jetzt schien er gar nicht auf die Idee zu kommen. Stattdessen richtete er sich auf, einen Stapel Plattenhüllen in den Armen, und sah Matt an.

»Magst du vielleicht mit uns zu Abend essen? Gibt nichts Besonderes, nur Salat und Pasta. Aber du bist herzlich willkommen!«

»Danke für das Angebot, Ted – aber das Abendessen ist bei uns zu Hause heilig. Meine Mom und vor allem meine Granny nehmen es mir verdammt übel, wenn ich nicht wenigstens zwei Tage vorher ankündige, dass ich nicht da bin. Ein anderes Mal total gern!«

Meine Augenbrauen hoben sich. *Ted?*

»Gehen wir rüber«, brummelte ich.

»Wenn ihr was trinken wollt – im Kühlschrank findet ihr was!«, rief er uns hinterher, und ich verdrehte die Augen. Manchmal übertrieb er es echt mit seiner Fürsorglichkeit.

»Was machst du hier?«, zischte ich, während ich die Tür hinter uns zumachte und irritiert zusah, wie Matt seine vom Wohnzimmerboden aufgeklaubten Sneakers mitten im Zimmer fallen ließ und sofort zwischen meinen CDs herumzukramen begann. »Und woher wusstest du überhaupt, wo ich wohne?«

»Ist die gut?« Er hielt mir die *Unheilig* von vorletztem Jahr hin und ich nickte. Mam hatte sie sehr gemocht; die Musik darauf war eines der wenigen Dinge, die mich auf eine Art an sie erinnerten, die ich aushalten konnte. Wenn ich sie hörte, war es immer ein bisschen, als wäre Mam wieder hier und würde mich in den Arm nehmen; es tat weh, aber irgendwie war es auch schön.

»Bedien dich ruhig«, sagte ich trocken, als Matt sich an meinem CD-Player zu schaffen machte, dessen schon etwas altersschwache Bässe gleich darauf losschepperten.

»Von den Lyrics versteh ich zwar kein Wort – aber der Sound ist nicht übel«, meinte Matt, schmiss sich quer auf mein Bett, als wäre er hier zu Hause, und faltete die Hände gemütlich über der Brust, während seine bestrumpften Zehen im Takt der Beats zuckten. »Die Datenbank der Jefferson High ist so leicht zu knacken, dass das selbst ein Vorschüler hinkriegt.« Er grinste. »Hab mir übrigens im Kalender ein Kreuzchen beim dritten Dezember gemacht!«

Meinen Geburtstag wusste er also auch schon. Übermäßig heftig setzte ich meinen Rucksack auf dem Schreibtischstuhl ab.

»Nett hast du's hier.« Eingehend sah Matt sich um; dann fiel sein

Blick auf das Bild von Mam und mir. Er setzte sich auf und beugte sich vor. Meine Muskeln spannten sich an, um seine Hand wegzuschlagen oder ihn vors Schienbein zu treten, für den Fall, dass er es anfassen wollte, aber er betrachtete es nur. Lange. Dann gab er einen leisen, weichen Laut von sich und sah mich an. Er sagte kein Wort und musste es auch nicht; ich hatte auch so das Gefühl, dass er verstand, was in mir vorging, wenigstens ein wenig, und es fühlte sich ziemlich gut an.

Mit einem tiefen Ausatmen streckte Matt sich wieder auf meinem Bett aus. »Wie war's beim Doc?«

»Äh …« Meine Vorsorgetermine, die Ted für mich vereinbart hatte und vor denen es mir grauste, weil ich die betreffenden Ärzte und ihre Praxen noch nicht kannte, standen erst für nächsten Monat im Kalender. Dann begriff ich. »Ach so, ja, einwandfrei.« *Danke, Ted.*

»Ich hatte vorhin eine unschlagbare Idee, die ich unbedingt sofort loswerden wollte. Und ans Handy bist du ja nicht gegangen.« Stimmt. Ich hatte es wie immer ausgemacht, bevor ich mich ins Wartezimmer von Dr. Katz gesetzt hatte, und vergessen, es wieder anzuschalten.

Matt hob den Kopf und zog die Brauen vielsagend hoch. »Ich weiß jetzt, wie ich dich davon überzeugen kann, dass es Geister gibt. Und dass ich sie genauso sehen kann wie du.«

»Und wie?«

Er rollte sich auf die Seite, stützte den Kopf in seine Handfläche und grinste. »Wir fahren nach Alcatraz!«

Ich runzelte die Stirn. »Hast du nicht gesagt, dass es dort spukt?«

»Yapp.«

»Und dass es nur böse Geister gibt? Geister, die gefährlich sind?«

»Mann«, Matt lachte auf. »Wir fahren natürlich bei Tageslicht hin – genau wie rund viertausend andere Menschen jeden Tag auch! Und denen ist noch nie was passiert, da kam jeder wieder heil zurück!«

Ich lehnte mich gegen meinen Schreibtischstuhl und verschränkte die Arme. »Ich weiß ja nicht …«

Matt setzte sich auf, das Grinsen auf seinem Gesicht wie weggewischt und ein Funkeln in den dunklen Augen. »Okay, dann erklär mir das mal bitte! Du triffst dich wochenlang mit einem Geist in einem leer stehenden Haus und flirtest mit …«

Ich wurde bis über beide Ohren rot. »Ich hab nicht mit ihm geflirtet!«

»Du hast nicht nur mit ihm geflirtet, du hast ihn auch noch angefasst! Oder durch ihn hindurchgefasst, wie man's eben nimmt. Und jetzt hast du Schiss, nach Alcatraz zu fahren?! Einen Ausflug, den jährlich eine Million anderer Menschen machen, ohne dass etwas passiert? Erklär mir das doch bitte, ich kapier's nämlich nicht!«

Ich kaute auf meiner Unterlippe herum und fixierte die Kappen meiner Sneakers.

»Mach dir nicht ins Hemd, Amber! Uns kann nichts passieren, ich hab das im Griff!«

40

»Wenn wir da hinfahren, dann wie echte Touristen«, hatte Matt mit breitem Grinsen gesagt, als er mich vormittags in der Sacramento Street abholte und mit mir drei Häuserblocks weiter auf einen Cable Car der Powell-Hyde-Linie aufsprang.

Ted hatte mich zwar verwundert angeschaut, als ich ihm Donnerstag beim Abendessen gesagt hatte, dass ich Samstag mit Matt nach Alcatraz wollte, schien aber auch nichts dagegen zu haben; mir kam es sogar so vor, als ob es ihm gar nicht unrecht war, dass unsere übliche Samstagsroutine ausfiel.

Nach zwei Querstraßen bog der Cable Car scharf rechts ab, was ihn gefährlich ruckeln und kippeln ließ, und rollte dann eine lange Straße entlang, die extrem steil bergab führte, bevor das Gefährt gemächlichere Hänge hinauf- und hinabratterte. Fast an jeder Straßenecke hielt der Gripman, um Passagiere ein- oder aussteigen zu lassen, was mir die Zeit gab, mich in aller Ruhe umzugucken. Links und rechts standen neben den parkenden Autokolonnen zu fast perfekten Halbkugeln gestutzte Laubbäume, und dahinter reihten sich putzige Häuschen mit Erkern und Fassaden aus Klinkerstein oder den typischen Anstrichen in Pastellfarben aneinander. Manchmal war im Erdgeschoss ein hübsches Lädchen untergebracht oder ein schnuckeliges Café; auf unaufdringliche Weise schick sah hier alles aus. Nicht gediegen, sondern ganz lässig und wie selbstverständlich.

»Schau mal.« Matt, der sich hinter mir an die Haltestange festklammerte, tippte mir auf die Schulter und deutete an mir vorbei nach vorne. Jenseits des Häusermeeres, das sich vor uns teilte, sah ich ein Stück unglaublich blaues Wasser, dahinter einen flachen grünen Hügel – und mittendrin eine Insel, auf der ich weiße und graue Gebäude erkennen konnte. »Das ist Alcatraz.«

Ich nickte, Beklommenheit im Bauch, aber trotzdem war es ein faszinierender Anblick. Ein durch und durch ungruseliger vor allem. Besonders aus der Entfernung.

Als der Cable Car das nächste Mal anhielt, stupste Matt mich an und zeigte nach rechts, auf eine Straße, die sich um Mäuerchen, niedrige Buchsbaumhecken und blühende Sträucher hindurch in engem Zickzack den steilen Hügel hinabzog; zwei Autos schlängelten sich gerade in Zeitlupentempo darauf hinunter. Auf den mit Geländern von der Fahrbahn abgeteilten Stufen, die vor den Häusern auf beiden Seiten hinunterführten, drängten sich Horden von Menschen mit Kameras.

»Das ist die Lombard Street. Mit die teuerste Adresse der Stadt. Weil jeder in der berühmtesten Straße wohnen will – der kurvigsten Straße der Welt! Meine Mom ahnt bis heute nicht, dass ich die früher mit dem Skateboard hinabgejagt bin.« Ich warf ihm einen irritierten Blick zu, worauf er mit den Schultern zuckte und eine Unschuldsmiene aufsetzte. »Hey, sie hat immer nur gesagt, ich soll mich nicht anstrengen. Davon, mich einfach aufs Board zu stellen und runterrollen zu lassen, hat sie nie etwas erwähnt.«

Der Cable Car ruckelte an, eine Böschung hinunter, und die Aussicht öffnete sich auf eine weite blaue Fläche und Hügelketten; ganz am Ende der Straße konnte ich eine Hafenmole und einen alten Dreimaster erkennen. Dann rollten wir über eine Kuppe, hinter der es so steil bergab ging, dass es von den Trittbrettern des Wagens aussah, als würden wir fast senkrecht hinuntersausen, und mir stockte der Atem

»Wu-huuu«, heulte Matt hinter mir auf, als der Cable Car in einer irrwitzigen Schussfahrt hinabratterte, während ich mich mit beiden Händen an der Stange vor mir festklammerte. Matts Rechte packte mich an der Schulter, und obwohl ich bezweifelte, dass ein halbes Hemd wie er mich im Ernstfall halten könnte, fühlte ich mich sicherer, und der erschrockene Laut, der mir aus der Kehle rutschte, ging in ein vergnügtes Quietschen über.

Über zwei lang gezogene Bodenwellen bollerte der Cable Car hinweg und brachte an der nächsten Kreuzung mit Glockengebimmel einen von rechts kommenden weißen Bus zum Stehen, dann lief unsere Fahrt halbwegs sanft in einer großzügigen Linkskurve aus. Entlang eines niedrigen nostalgischen Eisengitters unter dichten Bäumen wartete schon eine ewig lange Schlange von Menschen darauf, unsere Plätze einzunehmen, sobald der Cable Car auf der Plattform von den Männern in Warnwesten in die andere Richtung gedreht war.

Ich folgte Matt über die Straße, an einem roten Backsteinbau vorbei, der wie eine alte, stillgelegte Fabrik aussah, aber jetzt ein Hotel war, und wir bogen rechts in eine breite Straße ein, die zugleich Hafenviertel wie Touri-Meile war. *Maritime Store* war ein kleiner Laden in Ziegelrot und Weiß überschrieben, der mit seinen Sprossenfenstern nach Auswandererschiffen vergangener Zeiten aussah. Zahlreiche Fastfoodketten hatten hier ihre Filialen zwischen Läden mit teuren Klamottenmarken und solchen voller Billigvarianten, darunter einer, der *After the Quake* hieß – »Nach dem Beben«. Nett.

Dauernd musste ich irgendwelchen Menschen ausweichen oder aufpassen, dass ich niemanden anrempelte. Souvenirsupermärkte gab es und kleinere Shops mit Postkarten und Touristenkitsch, Schmuckläden, Eisdielen und Süßwarentempel. Auf der linken Seite reihten sich Restaurants und Fressbuden aneinander und in einer breiten Lücke zwischen den Häusern dümpelten im Wasser eine Anzahl schicker weißer Boote herum. Und gleich darauf verriet mir ein übergroßes Schild in Form eines Schiffsteuerrads mit einer roten Krabbe in der Mitte, wo wir gerade waren: *Fisherman's Wharf of San Francisco.* Es roch nach Hafen und Meer, und auch der kräftige Wind trug einen Hauch von See in sich, während über uns die Möwen kreischten.

Wir wechselten die Straßenseite und gingen zwischen Rasenstreifen und Platanen hindurch, vorbei an vielen Segelbooten und kleinen Schiffen, die auf der Wasserseite vertäut waren und deren Masten im Wind wippten. Kurz musste ich an zu Hause denken, an die Promenade am See. Aber hier war natürlich alles ein paar Nummern größer und bei uns hatten wir eben keine solchen nostalgischen Straßenbahnen unmittelbar daneben und auch keine mehrspurige, dicht befahrene Straße.

Am meisten war vor dem blau-weiß überschriebenen *Pier 39* mit dem Hard Rock Café San Francisco los. Zwischen verschiedenen Läden in Holzhäusern, die nach Sommer, Strand und Meer aussahen, tummelten sich Massen von Touristen auf einem Weg, der aus Holzdielen bestand und etwas von einem Bootssteg hatte. Von überallher war dort Musik zu hören. Wir folgten der Hauptstraße, dem Embarcadero, über den unzählige Leute bummelten und den einzelne Männer und Frauen in Sportklamotten entlangjoggten. Ein Breakdancer zuckte zu den ersten Beats seines Ghettoblasters mit den Armen und Beinen; ein paar Schritte weiter fing ein Straßenmusiker an, auf seiner Gitarre zu klimpern, unterbrach sich und tunte den Verstärker neu. Ein Luftballonkünstler knotete einen langen, dünnen Ballon im Nu zu einem Königspudel und eine dieser golden angezogenen und angemalten lebenden Statuen verharrte in einer dramatischen Pose.

Hinter Rasenflächen und einer Terrasse aus Holz mit Parkbänken und Blick auf Alcatraz tauchte vor uns eine breite weiße Front auf, die Ähnlichkeit mit einem restaurierten Bahndepot besaß: die Eingänge zu den verschiedenen Piers, von denen die Schiffe abfuhren. Mit den Tickets, die Matt uns vorab besorgt hatte, stellten wir uns an Pier 33 für die Fahrt nach Alcatraz an, in eine durch Seilabsperrungen mehrfach gewundene Menschenschlange. Während wir warteten und immer wieder einige Schritte aufrückten, erzählte Matt mir, dass er wegen der Leukämie ein ganzes Schuljahr verpasst hatte und danach noch oft krank gewesen war. Zum Glück hatte er dank seiner *großzügigen Ausstattung an Hirnmasse* in der Schule nicht allzu viel versäumt. Im Gegenteil: Er schien ein ziemlicher Überflieger zu sein, und dadurch, dass er früher viel Zeit zu Hause verbringen musste, hatte er angefangen, sich mit Computern zu beschäftigen; später wollte er mal irgendwas in die Richtung machen. Mit breitem Grinsen, den Arm um meine Schultern gelegt, posierten Matt und ich brav vor einer grün bespannten Wand – obwohl wir nicht vorhatten, das Foto zu kaufen, in das anstelle des Grüns anschließend die Insel von Alcatraz reinkopiert wurde. Ich erzählte ihm im Gegenzug, dass ich gerne Literatur studieren würde, auch wenn ich noch keine Ahnung hatte, was ich danach damit anfangen sollte, worauf wir über Sinn und Unsinn von fest gesteckten Berufszielen diskutierten, bis wir in der Schlange so weit vorgerückt waren, dass wir auf das kleine weiße Schiff steigen konnten, das am Kai auf uns wartete.

Es war seltsam: Obwohl ich nachts so oft Albträume von Wasser hatte, hatte ich hier an Bord überhaupt keine Angst. Ich genoss das Schaukeln des Schiffs mit seinem wummernden Dieselmotor und den Blick in die aufgewühlten und schäumenden grünblauen Wellen, die am Rumpf immer wieder hoch aufspritzten. Nur meine Haare wurschtelte ich schnell zu einem Pferdeschwanz zusammen, weil sie der kräftige Wind dauernd durcheinanderwirbelte und mir ins Gesicht peitschte. Verwundert sah ich zu, wie Matt sein Totenkopftuch fester um den Hals schoppte und die Kapuze seiner Sweatjacke aufstellte, bevor er den Reißverschluss bis zum Kinn hochzippte. Denn obwohl der Wind heftig blies und ein leichter Nebel vom Wasser hereinzog, fand ich es nicht besonders kalt in meiner dünnen Jacke und den Trekkinghosen, in deren Taschen ich Geldbeutel, Handy und Tempos verstaut hatte, um nicht meinen Rucksack mitschleppen zu müssen.

»Mein Immunsystem ist seit damals angekratzt«, erklärte er, als er meinen Blick auffing. »Ich muss da ein bisschen aufpassen. Sagt jedenfalls meine Mom. Und weil ich ein braver Junge bin«, seine dunklen Augen funkelten spöttisch auf, »mach ich das auch ab und zu.«

»Wie sind deine Eltern denn so?« Um mich herum drängten sich die anderen Passagiere mal auf diese Seite der Reling, mal auf die andere, um Fotos aus möglichst allen Perspektiven von Alcatraz, den Küsten von Oakland und Marin County, der Bay Bridge und der Skyline von San Francisco zu knipsen.

»Na ja, wie sollen sie schon sein? Eltern eben.« Matt drehte sich um, breitete die Arme aus und rief der sich entfernenden Silhouette entgegen: »Ist diese Stadt nicht herrlich?!«

Verblüffte bis erheiterte Blicke der anderen Fahrgäste an Deck trafen ihn und ich gluckste in mich hinein. Irgendwie war es schon cool, inmitten all dieser Menschen aus der ganzen Welt zu stehen und zu wissen, dass man selbst tatsächlich dort drüben in dieser Stadt mit ihrem Panorama aus Puppenhäuschen und Wolkenkratzern wohnte.

»Warst du schon mal auf Alcatraz?«, wollte ich von Matt wissen.

Er fuhr herum und sah mich gekränkt an. »Hallo, seh ich etwa wie ein Tourist aus?! Ich bin ein echter San Franciscan! Von uns fährt da normalerweise keiner hin!« Was erklärte, warum Ted mir nie einen Ausflug dorthin vorgeschlagen hatte.

Ich drehte mich um und blickte der Insel entgegen, die schnell näher kam. Zwischen hohen Bäumen konnte ich ein großes, mehrstöckiges Gebäude in Elfenbeinweiß erkennen und daneben eine Anzahl weiterer Bauten, die halb verfallen aussahen. Reichlich lädiert wirkten auch der hohe Schornstein und ein Wachturm aus verwittertem Metall. Oben auf dem Hügel erstreckte sich ein gealterter Klotz, der mit seinen gleichmäßigen Fensterreihen etwas Lauerndes hatte und ziemlich unheimlich aussah, genau wie der überdachte und rostfleckige Tank zwischen zwei Baumwipfeln.

»Dass es hier spukt«, hörte ich Matts Stimme direkt neben meinem Ohr und zuckte zusammen, »wussten schon die alten Indianer. Wer sich an einem besonders schweren Verstoß an den Stammesgesetzen schuldig gemacht hatte, wurde auf der Insel ausgesetzt. Und keiner davon kam je wieder zurück.« Mir lief es kalt den Rücken hinab. Matt stützte sich auf der Reling neben mir auf. »Früher war hier ein Militärgefängnis und in den Dreißigerjahren wurde es dann zum Hochsicherheitsknast für Schwerkriminelle. Al Capone war hier und der legendäre *Birdman* – mal den Film gesehen?« Ich schüttelte den Kopf. »Wenigstens *The Rock* mit Sean Connery und Nicholas Cage?«, fragte er hoffnungsvoll. Als ich wieder den Kopf schüttelte, seufzte Matt. »Aber wahrscheinlich alle Folgen von *Sex And The City*, oder wie?«

»Ich bin mehr für *Grey's Anatomy* und *Private Practice.*« Früher hatten Mam und ich unseren Serienabend gehabt oder manchmal mehrere Folgen einer alten Staffel auf DVD hintereinander weg angeguckt und dazu eine Schachtel Pralinen gefuttert; wenn ihr Freund da gerade auf Geschäftsreise gewesen war, hatte Gabi sich mit zu uns aufs Sofa gekuschelt, und Mam hatte mich immer fest an sich gedrückt und mir lachend einen Schmatzer auf die Wange gegeben, wenn ich sagte, sie sehe genau aus wie Kate Walsh als Addison Montgomery. Ich hatte beide Serien schon ewig nicht mehr geguckt; zu viel erinnerte mich an das vergangene Jahr, an Mam, an das Krankenhaus, in dem sie gelegen war und an die Ärzte und Schwestern dort.

Matt stellte unter Geröchel pantomimisch dar, wie er sich den Finger in den Hals steckte, und ich verdrehte die Augen, aber um meinen Mund zuckte es.

»Alcatraz ist der ideale Ort für ein solches Gefängnis«, nahm er den Faden wieder auf. »Ein eisenharter Fels mitten im bitterkalten Wasser voll tückischer Strömungen und Strudel, immer vom Wind umtost. Und außerdem gibt's da draußen«, seine Hand glitt über die Wellen vor uns, »auch noch Haie. Keiner, der es je geschafft hat, aus einem Zellenblock ans Wasser zu entkommen, ist lebend wieder aufgetaucht. Von einem hat man viel später nur die Kleider gefunden.«

Unwillkürlich trat ich einen Schritt von der Reling zurück; ich fühlte mich wie in diesen Momenten im Schlaf, in denen ich kurz davor war, in einen Albtraum zu fallen.

»Hör auf mit dem Scheiß«, murmelte ich. »Das ist nicht witzig.«

»Find ich schon«, gab er heiter zurück, und ich knuffte ihn in die Seite, worauf er lachte. Jungs, echt!

In meinem Bauch flatterte es unruhig, und ich wusste selbst nicht, ob vor Angst oder einfach vor Aufregung. Verstohlen schaute ich in die Gesichter der anderen Passagiere an Deck, die allesamt vergnügt und fröhlich wirkten. Warum auch nicht, denn für sie war es nur eine ganz normale Sightseeingtour. Schließlich konnten sie auch keine Geister sehen. So wie ich.

Vielleicht.

Warum um Himmels willen hatte ich mich nur darauf eingelassen?

41

Wir waren an der Anlegestelle gerade von Bord gegangen, als Matt sich die Kapuze vom Kopf schob und seine feuerroten Haare mit gespreizten Fingern gekonnt wieder aufstellte, bevor er sich meine Hand schnappte und mich mit sich zog. An Touristen vorbei, die ihre Kameras zückten, sich in die Faltpläne vertieften, die es in einem Schaukasten gab, oder einfach herumschlenderten und sich dabei in aller Ruhe umsahen. Ein Ranger in khakifarbener Uniform und passendem Hut mit breiter Krempe scharte seine Gruppe für eine Führung um sich und erteilte mit lauter Stimme gerade die erste Lektion zur Geschichte der Insel. »Die Spanier nannten die Insel *la Isla de los Alcatraces*, nach den Pelikanen, die hier früher nisteten. Der Leuchtturm, der anfangs hier stand, wurde nach und nach zu einem Fort erweitert. Während des Sezessionskriegs wurde 1861 dann ein Militärgefängnis eingerichtet und …«

Sobald wir aus dem gröbsten Trubel draußen waren, ließ Matt mich wieder los und holte aus der Tasche seiner Baggyjeans das Smartphone, drückte ein paarmal darauf herum und betrachtete das Display. »Da lang«, verkündete er dann entschieden, und ich trottete hinter ihm her.

In seiner kahlen Bauweise und mit dem Warnschild aus der Zeit als Hochsicherheitsgefängnis wirkte das große Gebäude, das sich auf der linken Seite über mir auftürmte, auf mich bedrohlich. Daran konnten auch der belebte Buchladen und die Souvenirshops im Erdgeschoss nichts ändern. Genauso wenig wie die verschachtelt aneinandergebauten Häuser unmittelbar vor uns, unter denen uns ein finsterer, muffiger Tunnel hindurchführte. Das Gebäude auf der anderen Seite war nur noch ein Skelett aus nackten Betonwänden und Eisenträgern, das Haus dahinter von Wind und Wetter und den Jahren angenagt und vergilbt.

Wir marschierten einen betonierten Pfad hinauf, der sich in Serpentinen den Hang hochschlängelte. Es hatte etwas Unwirkliches, auf die Terrasse unter uns zu blicken, auf der neben einem alten Gewächshaus ein akkurat geharkter Kiesweg die gepflegten Blumenbeete umschloss, und darunter das Hausskelett vor den leuchtend türkisblauen Wellen zu sehen. Hier oben pfiff der Wind ganz schön heftig und zerrte ebenso an mir wie an den Sträuchern und Bäumen und von der Küste her drängte sich eine Nebelwand über das Wasser. Am Ende des Pfads baute sich hinter hohem Maschendrahtzaun die kalkige Fassade des Zellenblocks mit seinen vergitterten Fenstern auf und wir gingen hinein.

Dunkel und kühl war es in dem ersten Raum, einem ehemaligen Waschraum mit nackten Leitungsrohren und Duschköpfen. Dahinter wurde es zu meiner Erleichterung heller; hinter den Trennwänden aus starkem weißem und rostgeflecktem Drahtgeflecht warf ich einen Blick in die Wäscherei mit ihren weißen Holztischen, Wäschewagen und Holzregalen mit säuberlich gefalteter und aufgestapelter Anstaltskleidung. Dann bogen wir in den eigentlichen Zellentrakt mit seinen endlosen Reihen von Gitterstäben und Stahlwänden in Leberwurstrosa ein, die sich oben auf den beiden Galerien wiederholten.

Beklommen sah ich mich um. Immer wieder prickelte es kühl über meinen Nacken. Möglich, dass es auch einfach nur zog, so windig wie es draußen war. Die Menschen um mich herum machten Fotos und schauten in die Zellen hinein, lauschten mit glasigem Blick über Kopfhörer dem Audioguide oder verrenkten sich die Köpfe auf der Suche danach, was die digitale Stimme ihnen gerade beschrieb und erklärte. Zwei Jungs in Jeans und Hoodies, vielleicht zwei, drei Jahre jünger als ich, alberten mit einem Mädchen mit Zahnspange herum, das daraufhin schrill kicherte.

»Und – was sagst du?«, raunte Matt mir zu.

Ich hob die Schultern. Ich fand es wirklich unheimlich hier, aber ich hatte keine Ahnung, ob es daran lag, dass tatsächlich Geister umgingen, oder vielmehr damit zu tun hatte, dass alles so trostlos wirkte und ich wusste, dass hier mehrere Jahrzehnte lang Schwerverbrecher unter strengsten Bedingungen inhaftiert gewesen waren.

»Du, Matt«, begann ich dann zögerlich. »Woran erkenne ich eigentlich, dass ich wirklich einen Geist vor mir habe und keinen Menschen?«

Matt grinste, ein Grinsen, das irgendwie verkniffen wirkte. »Schau mal nach da oben.«

Noch während ich den Kopf zurücklegte, jagte es mir eiskalt den Rücken hinunter. Auf der obersten Galerie stand ein Mann in einer dunklen Uniform mit roter Krawatte und einer Schildmütze auf dem angegrauten Kopf. Er stand einfach nur da und starrte zu uns herunter, sein hageres, von tiefen Linien durchzogenes Gesicht eine reglose Maske.

»Du spürst es einfach«, flüsterte Matt. »Mit der Zeit bekommst du ein Gefühl dafür und weißt es mit absoluter Sicherheit. Und du bekommst einen Blick dafür, dass ihre Haut ein bisschen aussieht wie stumpfes Wachs. Weil sie nur ein Trugbild aus Energie sind. Um das zu erkennen, muss man allerdings schon ganz genau hinschauen. Siehst du's?«

»Ich … ich bin mir nicht sicher.« Angestrengt musterte ich den Wärter oben auf der Galerie, der genauso gut eine lebensgroße und vor allem täuschend lebensechte Puppe hätte sein können, die zu Dekozwecken dort aufgestellt war. Verstohlen schaute ich mich um. Kein Einziger der anderen Besucher, die fleißig alles knipsten, was ihnen vor die Linse kam, richtete die Kamera nach oben. Und ein rotgesichtiger, kahlköpfiger Mann, der an uns vorbeiging, folgte Matts Blick, zog die grau gestromten Brauen zusammen und ging dann kopfschüttelnd weiter. Offenbar konnten nur wir diesen Wärter sehen und ich sah wieder zu ihm hinauf.

Plötzlich bewegte er sich. Ich fuhr zusammen, und dann gleich noch einmal, als er sich umdrehte, in die Stahlwand eintauchte wie in einen Pudding und darin verschwand.

Etwas kniff mich schmerzhaft in den Arm und ich schrie auf. Mehrere Touristen drehten sich erschrocken nach mir um.

»Glaubst du's mir jetzt?« Matt grinste von einem Ohr zum anderen und löste seine Finger von meinem Arm.

»Du Blödmann«, fauchte ich und verpasste ihm einen Hieb gegen die Schulter, bevor ich ihn beim Ärmel packte. »Ich will hier weg!«

»Okay, okay.« Mit der anderen Hand machte Matt eine beschwichtigende Geste. »Wir werfen nur ganz kurz noch einen Blick in den Speisesaal, in Ordnung?«

Dort war es wärmer und durch die weißen Deckenbalken und Säulen auch heller. Das braune Linoleum auf dem Boden war großflächig abgeplatzt; auf der Seite mit den vergitterten Fenstern reihten sich zwischen den Säulen mit ihren hellgrünen Sockeln simple Sitzbänke aus Holz und Metall auf und überall illustrierten aufgezogene Schwarz-Weiß-Fotos den Alltag im Gefängnis. Ohne wirklich etwas davon in mich aufzunehmen, schaute ich mich um und wanderte zwischen den anderen Besuchern umher, deren Stimmen mich als ein murmelndes Brausen durch den Speisesaal umflossen. Wenigstens hatten meine Knie aufgehört zu zittern.

»Sag mal, Matt, glaubst du …«, setzte ich an und drehte den Kopf, aber Matt war nicht mehr neben mir. Ich entdeckte seinen roten Schopf am anderen Ende des Raums, vor der vergitterten Essensausgabe, wo er die schwarze Tafel mit dem aus Gefängniszeiten übrig gebliebenen Menüplan aus weißen Steckbuchstaben studierte. Ich überlegte noch, ob ich zu ihm gehen sollte, als mir Kälte über den Rücken kroch. Hastig sah ich mich um, entdeckte aber niemanden in meiner Nähe. Ein Kribbeln rann mir den Nacken hinauf und wie zum Schutz zog ich die Schultern hoch. Hinter meiner Stirn zog ein zäher Nebel auf und breitete sich aus, meine Lider wurden schwer wie kurz vor dem Einschlafen, und ich schüttelte ein paarmal locker den Kopf, um ihn wieder klar zu bekommen.

Mein Blick fiel auf einen Türrahmen auf der linken Seite, der mich magisch anzog. Mit einer dünnen Kordel war der Durchgang versperrt: *Authorized Personnel Only* stand auf dem Schild, das daran baumelte. Dahinter lag ein enges, extrem schäbig aussehendes Treppenhaus. Das Linoleum des Bodens war ebenso kaputt wie im Speisesaal, die Stufen der schmalen Treppe ausgetreten und die Farbe abgeblättert, genauso wie der weiße Anstrich der Tür auf der rechten Seite mit dem fleckigen Messingknauf.

Ich zuckte zurück, als ich den abgestandenen, modrigen Geruch einatmete, der das Treppenhaus erfüllte. Gerade war ich dabei, mich umzudrehen, als ich einen ganz anderen Duft wahrnahm, dem ich verwundert entgegenschnupperte. Zart zuerst, wurde er schnell intensiver, hüllte mich nach und nach ein, zog durch mich hindurch und füllte mich aus. Nach Meer roch es. Nach Sonne und Sand, wie ein Sommertag am Strand. Und darunter lag etwas Würzigeres wie Zimt, wie geriebene Mandeln und Kakao. Ein vertrauter Geruch war es, wenn es auch schon lange her war, dass ich ihn zuletzt gerochen hatte. Sehr lange.

Tränen schossen mir in die Augen. *Mam.*

Amber.

Mein Kinn zitterte, als ich ihre warme Stimme hörte. »Mam?«

Amber. Mit einem Schlag war alles wieder da. Ihr dunkles, samtiges Lachen. Wie sie die Arme um mich schlang und mich an sich drückte, wenn wir zusammen auf dem Sofa hockten. Wenn ich mich an sie schmiegte, während sie in der Küche Essen machte oder wenn sie mich wegen irgendwas tröstete. Wie es sich angefühlt hatte, wenn sie mir einen Kuss gab, morgens nach dem Aufstehen und abends vor dem Schlafengehen, wenn ich aus dem Haus ging und zurückkam oder einfach nur so. Erinnerungen an unzählige große und kleine Momente sprudelten in mir herauf und wirbelten herum, schön und schmerzhaft zugleich.

»Mam.« Ein Schluchzer nach dem anderen rutschte mir aus der Kehle. »Mam.«

Aus dem Augenwinkel sah ich eine Bewegung und schreckte zusammen. Der Türknauf drehte sich und klickte; mit einem leisen Knarren öffnete sich die Tür einen Spalt weit nach innen.

Mehr von diesem Duft wogte an mich heran und durchflutete mich vom Scheitel bis zu den Zehenspitzen. Ich duckte mich unter der Kordel hindurch und ging auf die Tür zu. Vorsichtig schob ich sie weiter auf. Dahinter war es dunkel. »Mam?«

Amber.

Der Nachhall ihrer Stimme zog und zerrte an mir; die Sehnsucht nach ihr war so stark, dass sie mich beinahe zerriss. Meine Finger tasteten nach dem Lichtschalter; flackernd entzündete sich über mir eine nackte Glühbirne, die an einem Kabel schaukelte und eine steile Treppe beleuchtete, die nach unten führte. »Mam?«

Meine Stimme hallte von den Wänden wider.

Amber.

Stufe um Stufe ging ich hinunter und stützte mich dabei an einer Wand ab. Feuchtigkeit rann in glitzernden Tropfen über die nackte Mauer. »Mam?«

Sobald ich unter der Glühbirne durchgegangen war, schluckte mein Körper das Licht. Im Halbdunkel stieg ich die nächsten Stufen hinab, schließlich die vorletzte, die letzte, bis ich in einem engen Winkel stand. Auf der rechten Seite öffnete sich ein Gang, in dem ich nur schemenhaft lang gestreckte Wände und einen abschüssigen Boden erkennen konnte, die weiter hinten in Dunkelheit versanken. Ich zögerte, aber das Sehnen war übermächtig, und ich ging weiter. »Mam?«

Ich verlor das Gefühl für Raum und Zeit, für alles um mich herum und für mich selbst; alles in mir war nur noch Mams Duft und ihre Stimme, ihre Berührungen und ihre Nähe. Als würde ich von einem dicken, weichen Polster aus Erinnerung umhüllt und getragen.

Der Duft verschwand so plötzlich wie er gekommen war; plötzlich roch es muffig, geradezu faulig, und mit einem Schlag war ich hellwach. Als hätte ich zuvor geschlafen.

Es knisterte und rauschte; dann zuckte der schwache Lichtschein und verlosch.

42

»Mam?«, krächzte ich in die Finsternis hinein und tastete mich weiter an der Wand entlang. »Mam?«

Hinter mir knirschte es; ich hörte ein Rieseln, ein Scharren, dann ein mehrfaches Poltern von Stein auf Stein. Mein linker Schuh schrammte über eine Kante, beinahe wäre ich gefallen, und ich warf mich Halt suchend gegen die Wand. »Mam?«

Ich tastete mit dem Fuß umher und mir wurde übel vor Angst. Nur diese Kante konnte ich spüren, darunter nichts mehr. Ein Abgrund gähnte unter mir. Ich wollte einen Schritt seitwärts machen, dorthin, wo ich hergekommen war, aber meine Beine versagten mir den Dienst. Sie zitterten wie trockene Blätter, und ich schlotterte am ganzen Körper, mit dem ich mich gegen die glitschige Wand presste.

»Amber?«

Ich schrak zusammen und schluchzte dann auf. »Ich bin hier, Matt. Hier unten, hinter der Treppe!«

Es klackte und knisternd flammte das Licht wieder auf. »Dich kann man echt keine Sekunde aus den Augen lassen!« Er lachte. »Ich hab dich überall gesucht und dann zum Glück die offene Tür entdeckt. »Was machst du da unten?«

»Ich … ich …« *Ich hänge fest.* Ich starrte auf die Rampe, die sich vom Fuß der Treppe steil abwärtszog. Sehr steil. Zu sehen war nur das oberste Stück, auf dem ein nasser Film glänzte, durch den breite Rinnsale liefen; der Rest verschwand in der Finsternis unter mir. Weit unter mir. Sehr weit. Dann starrte ich auf den schmalen Sims, auf dem ich stand; ich konnte mich nicht daran erinnern, hier hinaufgestiegen zu sein. In der Richtung, aus der ich gekommen war, wies er eine Lücke auf; ein ordentliches Stück Stein war dort abgebröckelt. Nicht besonders breit, gerade so viel wie ein beherzter großer Schritt, aber zu weit für meine schlackernden Knie, die ich nicht unter Kontrolle bekam.

Ich hörte Matt die Treppe hinunterschlappen, dann tauchte sein rot leuchtender Schopf um die Ecke auf. »Hey, ich hab dich was gefragt! Hast du wenigstens was Spannendes gefun …« Abrupt blieb er stehen und sah mich entsetzt an.

»Ich komm hier nicht mehr runter«, hauchte ich ihm entgegen.

»Oh-okay«, stotterte er. Seine Augen huschten über mich und den Sims. »Bleib ganz ruhig, ja?« Er kam über die Rampe hinweg auf mich zu und peilte den Sims an, der einige Schritte von ihm entfernt auf Höhe seiner Hüfte anfing. »Ich komm zu dir hoch und hol dich …«

Mit einem elektrischen Sirren flackerte das Licht und ging aus.

»Ey, was soll der Scheiß?!« Matt schnaufte wütend auf und ich hörte ihn näher kommen »Okay, Amber, bleib ganz ruhig. Ich geh jetzt nur schnell hoch, mach dir Licht und hol dann Hilfe, ja?«

»J-jja.« Meine Zähne schlugen heftig aufeinander. »Ist g-gut.«

Gummisohlen quietschten; dann brüllte Matt auf; ich hörte ein Scharren, ein wildes Strampeln, darunter ein lang gezogenes Schleifen und gleich darauf einen dumpfen Aufschlag.

»Matt?!« Meine Stimme war schrill vor Panik. »Matt?! Bist du okay?«

Einen entsetzlich langen Augenblick war es still; dann hörte ich ein Schaben und ein Rascheln, und dann endlich, endlich Matts Stimme. »Na ja …« Er klang irgendwie hohl und als wäre er direkt unter mir. »Wie man's nimmt. Die gute Nachricht ist, dass ich noch heil bin. Mein iPhone auch.« Tief atmete er durch. »Die schlechte ist allerdings, dass ich in einem Loch festsitze.« Ich sah einen Lichtschimmer umherwandern, hörte dann ein Schnaufen, ein Ächzen und einen dumpfen Schlag, und gleich darauf noch einen. »Die Wände sind zwar uneben, aber zu rutschig, um sich daran festzuhalten und irgendwie hochzuklettern. Und mir fehlt ein kleines Stück, um zum Rand hochzulangen.« Er seufzte. »Netz gibt's hier übrigens auch keins.«

Mein Atem ging laut und keuchend, doch bevor ich noch etwas sagen konnte, spürte ich einen Luftzug. Ein Windstoß flog durch den Raum; ich hörte Geräusche, die wie weit entfernte Flüsterstimmen klangen, dann schlug die Tür oben zu, und ich begriff.

In meiner Dummheit war ich Geistern auf den Leim gegangen, die mir Mams Duft und ihre Stimme vorgaukelten; wer weiß, wie lange sie hier auf Alcatraz schon in meinen Erinnerungen herumgekramt hatten, bevor sie mich in diese Falle gelockt hatten, die nun nicht nur über mir, sondern auch über Matt zugeschnappt war. Ohne dass wir wussten, wie wir hier je wieder heil herauskommen sollten. Ob uns hier unten irgendwer finden würde, bevor wir verhungert und verdurstet waren.

Ich versuchte noch einmal, einen winzigen Schritt zur Seite zu machen, für mich, für Matt, aber meine Knie knickten unter mir weg; mit rasendem Herzschlag konnte ich mich gerade noch so fangen und wieder gegen die Wand drücken. Hysterisch begann ich zu kichern, dann schluchzte ich nur noch in mich hinein; ich hatte noch nie solche Angst gehabt.

Todesangst.

43

Den ganzen Tag hatte ich schon diese Unruhe verspürt. Die Saite in mir vibrierte viel zu hoch und zu schnell, als ob Amber in Aufregung war. Ich war schon versucht, nach ihr zu sehen, wagte es aber dann doch nicht. Zumal es nur ein leiser Klang war, wie aus der Ferne, und sie sich dann zu beruhigen schien.

Deshalb war ich nicht darauf gefasst, als es plötzlich in mir schrillte, hoch und grell und überlaut. Wie ein scharfer, angstvoller Schmerz, der durch mich hindurchjagte und mir beinahe den Kopf sprengte. Ich krümmte mich stöhnend zusammen und wusste sofort, dass mit ihr etwas nicht stimmte.

Ich schloss die Augen und ließ mich durch Holz und Stein gleiten, dann einfach immer weiter durch die Luft treiben. Auf ihre Angst zu, die teils auch meine war und die sich mit dem Wohlgefühl mischte, beinahe eins zu sein mit dem Wind; es war eine halbe Ewigkeit her, dass ich das zuletzt genossen hatte.

Jäh stemmte ich mich gegen den Sog. Etwas Beißendes, Ätzendes mischte sich in den Wind. Etwas Böses. Ich öffnete die Augen und taumelte zurück, als ich die Insel vor mir sah. Ein grünes und braunes Oval im blauen Wasser, auf dem die weißen Bauten unter einem dichten Nebelschleier hervorleuchteten. Wie ein Beißen, ein ätzendes Kribbeln spürte ich die anderen Geister dort.

Aber ich hatte keine Wahl. Ich stürzte vorwärts, auf die Insel zu, auf den großen Kasten an ihrem höchsten Punkt, und fegte hinein. Eilig stob ich durch den großen Raum und prallte hart gegen die weiße Tür dahinter.

Ich stieß einen Fluch aus. Wenn ich durch die Tür kommen wollte, musste ich ruhig bleiben, ruhig und locker, obwohl die Saite in mir vollkommen verrücktspielte und mir Angst machte. Erneut hielt ich auf die Tür zu, und dieses Mal reichte es immerhin dafür, mich ächzend durch das Holz zu drücken.

Über der Treppe machte ich halt. Jetzt konnte ich sie ganz deutlich spüren. Ihre Angst, die nicht spitz und blau war wie sonst, sondern schwer und glatt und tintenschwarz wie tiefste Verzweiflung. Jemand war bei ihr, männlich und noch jung, seine Schwingungen halb verschluckt von Stein.

»Amber«, raunte ich so leise ich konnte. Sie horchte auf und in die Schwärze in ihr kam Bewegung. »Ich bin hier.« Unsicherheit zitterte durch sie hindurch. »Hab bitte keine Angst vor mir.«

»Wer zum Teufel ist das?« Gewollt raubeinig klang der Junge, doch darunter lag eine ähnliche Angst wie bei ihr. Und offenbar konnte er mich ebenso hören wie sie.

»Nathaniel«, brachte sie mühsam hervor. »Das … das ist Nathaniel.«

»Etwa DER Nathaniel?«, raunzte er aus der Tiefe herauf. »Na suuuper! Auf deinen Geisterfreund hab ich gerade noch gewartet! Vom Regen in die Traufe!«

Eine meiner Brauen hob sich; ich mochte seinen Tonfall nicht. Dann erst durchzuckte mich der Gedanke, ob er ihr nahestand. So nahe wie ich ihr gern gewesen wäre, und unwillkürlich trieb es mich zurück.

»Hilfe«, wisperte sie, und ein Funke Hoffnung blitzte bei ihr auf. »Hilf mir. Mir und Matt.«

Es ging um sie. Und nur um sie.

Reglos lauschte ich in die Finsternis hinein. Die Spuren der anderen nahm ich noch wahr wie ölige Schlieren in der Luft, aber keiner von ihnen war in der Nähe. Ich tastete über die Wand und suchte einen dieser kleinen Hebel, die unter ungeheurem Lärm und Staub mit früheren Bewohnern des Hauses Einzug gehalten hatten. Knisternd und sirrend flackerte ein trüber Schein auf und ich hörte Amber aufschluchzen.

»Heeey … Und es ward LICHT!«, rief der Junge. Matt. Einer meiner Mundwinkel zog sich hinauf; wenigstens hatte er Humor.

»Ich komme jetzt um die Ecke«, warnte ich Amber vor. »Erschrick bitte nicht.«

»Ist … ist gut.« Sie klang piepsig wie eine Maus.

Ihre Augen waren das Erste, was ich sah; riesig wirkten sie in ihrem bleichen Gesicht, und sie wurden noch größer, als ich auf sie zukam. Natürlich, sie hatte mich immer nur auf festem Boden gesehen. Aus dem Augenwinkel erhaschte ich einen Blick auf diesen Matt, der vom Grund eines Lochs zu mir heraufschaute. Ein Chink, schoss es mir durch den Kopf, sein asiatisches Gesicht mit dem lächerlichen Kinnbart blass unter den grellroten Haaren. Die Brauen zusammengezogen, musterte er mich finster, aber ich konnte auch die Angst in seinen Augen erkennen. Bei ihm spürte ich einen Widerstand, doch ich konnte nicht ausmachen, ob dieser von ihm selbst ausging oder ob er etwas Machtvolles bei sich trug. Spielte auch keine Rolle, ich wollte ohnehin nicht zu ihm.

Mein Blick wanderte über den Sims, auf dem Amber schlotternd stand.

Es tat mir weh, wie sie zusammenzuckte, als ich näher kam und mich vor sie schob. Mehr denn je wünschte ich mir, ich könnte sie genauso berühren wie irgendeinen Gegenstand. Sie jetzt einfach in die Arme schließen und dorthintragen, wo sie sicher stehen konnte. Doch ihr Körper war menschlich, und solange Leben in ihr war, floss beständig eine Kraft durch ihn hindurch, so empfindlich, dass sie leicht erlosch, und doch so stark, dass sie nach außen abstrahlte. Die meine Kraft zu Luft und Wind zerstreute und mich für den Menschenleib nur etwas mehr als Nebel sein ließ. Die Versuchung, mich an sie zu pressen, mich in sie hineingleiten zu lassen und mich ihres Körpers zu bemächtigen, umsäuselte mich, zerrte dann heftig an mir. Nicht allein, um Kontrolle über ihren Körper zu haben, ihn mit meiner Kraft zu lenken und in Sicherheit zu bringen. Sondern auch, um in ihr aufzugehen; die Vorstellung, eins mit ihr zu sein, ihrer Seele so nahe zu kommen, wie es für zwei Seelen nur geht, indem ich ihre mit meiner durchwob, ließ mich zittern vor Begierde. Ein Leichtes wäre es in diesem Zustand, in dem sie sich befand, noch leichter weil sie sich mir schon so weit geöffnet hatte. Aber so leicht wäre es auch, ihr damit zu schaden, sie vielleicht zugrunde zu richten, auch wenn ich das gar nicht wollte. Mit geballten Fäusten zwang ich diese Gier in mir hinunter; es musste einfach noch einen anderen Weg geben.

»Ich bring dich heil hier herunter, Amber«, raunte ich ihr zu. »Das verspreche ich dir.«

44

Ich hatte ohnehin schon solche Angst, und wie Nathaniel auf mich zukam, war einfach *spooky*. Schattengleich schwebte er auf mich zu und sah dabei doch schwer und massiv aus. Wie das Wechselspiel von Licht und Schatten Knochen, Muskeln und Fleisch herausmodellierte, wirkte er auf mich durch und durch lebendig. Und auf unbegreifliche, schauerliche Weise war er trotzdem schwerelos. Ich konnte nicht aufhören zu zittern, ich konnte ihn nicht länger ansehen. Es war, als hielt mich eine Geisterhand im Genick gepackt, und ein Angstschauder nach dem anderen jagte durch mich hindurch.

»Schau mich an, Amber. Bitte.« Bibbernd schielte ich zu ihm hin. Er war direkt vor mir und schob sich noch näher, streckte langsam die Hände aus und legte sie ganz dicht links und rechts von mir gegen die Wand. Ein Luftzug strich über mich hinweg, etwas Dichteres, Zäheres streifte über meinen Arm und machte mir Gänsehaut. »Schau mir in die Augen.« Vorsichtig hob ich den Kopf; und mein Blick traf seinen. »Vertraust du mir?«

»Mach das bloß nicht!«, rief Matt bissig dazwischen. »Trau ihm nicht! Glaub ihm kein Wort, Amber! Kein einziges!«

Ich blickte in Nathaniels tiefgrüne Augen, und für einen Moment vergaß ich, dass er ein Geist war. Ich schaute in seine grünen Augen unter den dunklen Locken und ich sah nur Nathaniel. Einfach Nathaniel. Mein Herz machte einen Satz und wurde dann groß und weit.

»Ja«, hauchte ich, und er lächelte.

»Gut. Atme tief ein und aus. So ist's gut. Und jetzt heb deinen linken Fuß ein bisschen an und mach einen Schritt nach links.«

Mein Fuß rührte sich nicht von der Stelle und mir brach der Schweiß aus allen Poren. »Ich kann nicht«, jammerte ich kläglich.

»Doch, du kannst. Du hast Platz genug auf dem Stein. Du schaffst das.« Zittrig schob ich den Fuß ein winziges Stückchen nach links, und den Rücken an die Wand gepresst, zog ich den rechten nach. Meine Augen zuckten nach unten, hinab in die Finsternis, und mir wurde schlecht. »Nicht nach unten sehen. Schau mir in die Augen, Amber. So ist's gut. Und jetzt machst du den nächsten Schritt. Und noch einen.«

Schrittchen um Schrittchen dirigierte Nathaniel mich den Sims entlang, fast wie in einer Umarmung, und nicht auch nur eine Sekunde lang lösten sich unsere Augen voneinander.

»Und jetzt machst du einen großen Schritt.«

Ich fuhr zusammen und starrte auf die Lücke neben meinem linken Schuh; etwas in mir sträubte sich, war überzeugt, ich würde straucheln und fallen, viel, viel tiefer als auf den harten Boden unter mir, den ich bereits erahnen konnte. Doch etwas anderes in mir zog mich vorwärts; ich atmete ein und setzte mit einem langen Schritt über die Leere hinweg. Dann gab es in schneller Folge nur noch *links-und-rechts*, *links-und-rechts*, immer schneller auf den Anfang der Rampe zu, der mir heller und heller entgegenkam, bis ich kurz vor dem Ende des Simses angelangt war. Nathaniel löste sich von mir und ich sprang.

Unsanft landete ich in der Hocke, verlor das Gleichgewicht und knallte mit den Knien und Handflächen auf den harten Untergrund, rappelte mich auf und lief los, um die Rinnsale herum, in denen Matt vorhin ausgerutscht sein musste. Vor dem Loch im Boden warf ich mich auf alle viere. »Matt?«

Ich atmete erleichtert auf, als ich nicht weit unter mir sein Gesicht und die knallroten Haare sah.

Bäuchlings streckte ich mich aus und reckte ihm meine Arme über den Rand hinweg entgegen. Er packte meine Hände und begann, mit den Füßen die Wand zu erklimmen. Mit zusammengebissenen Zähnen bot ich keuchend alle Kraft auf, um ihn irgendwie zu halten und nicht selbst mit hinabgezogen zu werden; für einen nicht besonders großen, klapperdürren Kerl war er verdammt schwer. Ein-, zweimal glitt er mit einem Fuß ab; meine Finger fühlten sich gequetscht an, die Handgelenke kurz vor dem Brechen und die Schultern vor dem Auskugeln, aber während ich schon langsam auf das Loch zuschlitterte, hakte sich Matts Ellenbogen über dem Rand ein. Ich ließ eine seiner Hände los und grapschte ihn bei der Jacke. Sein Knie schrammte über die Kante; ich krallte meine Finger irgendwo in seine Baggypants und zerrte daran, bis er sich halb hochgestemmt, ich ihn halb hochgehievt hatte und er sich schwer atmend neben mir auf den Rücken rollen ließ.

»Bist du okay?«, schnaufte ich und tatschte unbeholfen über seinen Oberkörper, als wollte ich fühlen, ob sein Herz noch schlug.

»Boah, schon gut«, japste er genervt und schubste meine Hand weg. »So kaputt ist meine Pumpe nun auch wieder nicht!« Er setzte sich auf und fuhr sich durch die Haare. »Nur so ein … ein kleines, verfluchtes Stück hat gefehlt! Hätte mich diese … diese Drecks-Chemo«, seine Stimme überschlug sich fast und wurde hallend von den Mauern zurückgeworfen, »nicht zum Bonsai gestutzt, wäre ich auch allein da hochgekommen!«

Ich sah ihn nur an, dann schlang ich impulsiv meine Arme um ihn und drückte ihn fest. Beklommen spürte ich, wie dürr er tatsächlich war, eher zäh und sehnig als einfach nur schlank, fast ein bisschen zerbrechlich. Einen Augenblick lang erwiderte er kräftig meine Umarmung, bevor er sich dann versteifte.

»Ähmm, Amber …« Mit spitzem Zeigefinger tippte er auf meine Schulter. »Dein Geisterfreund findet das gerade wohl nicht so toll.«

Ich hob den Kopf. Den Rücken uns zugekehrt, schwebte Nathaniel in einiger Entfernung; über die Schulter warf er uns einen Blick zu, der mir Gänsehaut machte. Fast schwarz wirkten seine Augen und seine Miene war steinern.

Verlegen löste ich mich von Matt und genau wie er stand ich mit unsicheren Bewegungen auf.

Mit eiligen, aber wackligen Schritten stapften wir die Treppe hinauf und wie ein Schatten folgte uns Nathaniel.

»Meinst du, sie ist abgeschlossen?«, fragte ich Matt wenige Stufen vor der Tür. Unwillkürlich flüsterte ich; ich hatte ein flaues Gefühl im Bauch.

»Für diesen Fall hat dein toller Superheld sicher einen Zaubertrick auf Lager«, knurrte er.

Ich drehte mich um und warf Nathaniel einen entschuldigenden Blick zu, aber er sah mich nicht einmal an.

Ich hielt die Luft an, als Matts Finger sich um den Türknauf legten, und stieß den Atem erleichtert aus, als sich die Messingkugel drehen ließ, Matt mit einem triumphierenden Grinsen die knarrende Tür öffnete und wir hinausschlüpfen konnten.

Einige Augenblicke standen wir einfach nur in dem engen Vorraum herum. Als ob uns der dicke, dampfige Modergeruch wie eine Wand aus Gelee daran hinderte, weiterzugehen. Aber vielleicht lag es auch an der fast elektrischen Spannung, die sich mit jedem Herzschlag weiter zwischen Matt und Nathaniel aufbaute.

»Also, was mich betrifft – ich hab für heute genug von Geistern«, sagte Matt schließlich und schickte ein angriffslustiges Funkeln in Nathaniels Richtung, der seinen Blick ungerührt erwiderte. Nur sein Mund, sein sonst so voller, geschwungener Mund, wirkte schmal und wie zusammengepresst. Er nickte kurz, und ohne mir auch nur einen einzigen Blick zu gönnen, wandte er sich um.

»Warte!« Schnell wollte ich ihn beim Arm packen und schreckte auf, als meine Finger durch ihn hindurchgriffen; für eine Sekunde hatte ich wieder vergessen, dass er ein Geist war. Ein transparentes und doch dreidimensionales Bild von Nathaniels Unterarm überzog wie ein Hologramm meine Hand und umgab sie mit einem dichten, kühlen Dunst. Es fühlte sich nicht so gruselig an wie beim ersten Mal, schon gar nicht, als dieser Nebel sich auf meiner Haut leicht erwärmte. Und dieses Mal fand ich es schade, dass Nathaniel zurückwich und diese zarte, fließende Wärme mit sich fortnahm.

»Ist besser, wenn ich jetzt gehe«, raunte er heiser vor sich hin und lehnte sich gegen die Mauer, sodass eine seiner Schultern bereits darin eintauchte.

»Nathaniel«, flüsterte ich mit einem Kloß im Hals, und endlich sah er mir in die Augen. »Danke«, würgte ich hervor.

Um seinen Mund zuckte es, als wollte er lächeln oder etwas sagen; stattdessen nickte er nur knapp und ließ sich vollständig in die Mauer sinken. Daran konnte und wollte ich mich nicht gewöhnen. Schon gar nicht bei ihm; hastig sah ich weg und erst wieder hin, als ich aus dem Augenwinkel erkennen konnte, dass er verschwunden war. Undurchdringlich glatt und auf abweisende Art solide wirkte die Mauer auf mich und mein Magen zog sich schmerzhaft zusammen.

Verstohlen duckten Matt und ich uns unter der Kordel hindurch und schlenderten unauffällig zum Ausgang des Speisesaals, dann machten wir, dass wir so schnell wie möglich aus dem Zellenblock hinauskamen.

Im Laufschritt legten wir den Weg nach unten zurück, eingehüllt in einen feinen Nieselregen, den der bleigraue Himmel zu uns herunterschickte. Meine Jacke und meine Hose waren genauso verdreckt und fleckig wie die von Matt, und ich vermutete, dass ich genauso blass um die Nase aussah wie er. Schweigend standen wir an der Anlegestelle in der endlos langen Schlange munter plaudernder und lachender Touristen, und schweigend schipperten wir auch in der mollig warmen, von den vielen Passagieren fast stickigen Kabine unter Deck nach San Francisco hinüber. Und keiner von uns beiden warf noch einmal einen Blick zurück nach Alcatraz.

»Ihr habt sie echt nicht mehr alle!«

Wie ein Tornado wirbelte Holly durch ihre Küche, ein Tornado in Jogginghosen aus limonengrünem Nickistoff, taillenkurzem Longsleeve mit glitzerndem Aufdruck und Hausschuhen, die verblüffend Mrs Hansons Katze ähnelten. Während sie uns weiter ausschimpfte und vor sich hin fauchte, riss sie Schranktüren auf und schlug sie wieder zu, klapperte mit Dosen und Löffeln und klirrte mit Tassen und Gläsern, wobei mir nicht ganz klar war, ob sie aufräumte, etwas Bestimmtes suchte oder einfach damit ihre Wut abreagierte; sie erinnerte mich an Mam, wenn sie wütend gewesen war. Ein Wunder, dass alles heil blieb, und nicht zum ersten Mal in der letzten halben Stunde dachte ich, dass es wohl kein guter Einfall gewesen war, uns bei Holly ein bisschen erholen zu wollen.

»Es war meine Idee«, meldete sich Matt kleinlaut zu Wort, der sich auf dem Stuhl zusammengekauert hatte und sich an seiner Colaflasche festhielt. »Amber kann nichts dafür.«

»Umso schlimmer!«, zischte Holly, zerrte eine Schublade auf und knallte sie gleich wieder zu. »Du hättest es besser wissen müssen!«

»Jaa«, murrte er, sah mich über den Tisch hinweg an und formte mit den Lippen ein stummes *Sorry*. Ich zuckte müde mit den Schultern und nippte an meinem heißen Tee; er schmeckte anders als sonst bei Holly, mehr nach Kräutern, ein bisschen nach Salbei und leicht bitter.

»Immerhin hab ich sie jetzt endlich davon überzeugt, dass es Geister gibt und dass sie sich nicht einbildet, was sie sieht«, grummelte Matt vor sich hin.

»Aber auf die Idee, dass sie momentan wie ein weit offen stehendes Tor für Geister ist, bist du natürlich nicht gekommen, was?!«, zeterte Holly weiter.

»Hmpf«, machte Matt und duckte sich tiefer über die Plastikflasche.

»Und warum bin ich das?«, fragte ich leise.

Holly blieb abrupt stehen und ihr eben noch im Zorn verkniffenes, gerötetes Gesicht wurde weich. »Na, wegen deiner Mommy, Schätzchen! Wenn jemand Sensibles wie du hautnah miterlebt, wie ein geliebter Mensch todkrank wird und stirbt, reißt das ein so großes Loch in deine Seele, dass es für Geister ein Leichtes ist, sich Zugang zu dir zu verschaffen.«

Ich blinzelte in die dampfende Teetasse vor mir; ich hatte mich nie für besonders sensibel gehalten, eher für den bodenständigen, zupackenden und realistischen Typ, so wie Mam es gewesen war. »Heißt das ... heißt das, dass ich heute von einem Geist besessen war? Oder von mehreren?« Allein der Gedanke daran ließ mir übel werden vor Angst.

»Aber nein!« Etwas besänftigt sortierte Holly die Gläser im Oberschrank um. »Dann wärst du nicht auf dem Sims stehen geblieben, sondern runtergesprungen. Das war nur ein böser Streich, den sie dir da gespielt haben.« Wie beruhigend. »Der allerdings übel hätte ausgehen können«, grollte Holly über ihre Schulter hinweg Matt zu, der sich daraufhin noch tiefer duckte. »Besessenheit«, fügte sie dann so nebensächlich hinzu, als würde sie mir Shoppingtipps geben, »ist nicht, wenn ein Geist nach deinen Erinnerungen greift und dir damit die Sinne so vernebelt, dass du durch Halluzinationen herumirrst wie durch eine Fata Morgana in der Wüste. Das ist ein kleines Machtspiel, das sie manchmal treiben und das eigentlich nie besonders lange dauert, weil sie ihre Kraft nicht lange genug bündeln können, um die Illusion aufrechtzuerhalten. Ich nehme an, dass deshalb bei euch heute auch die Tür nicht verschlossen war, dafür hat vermutlich ihre Energie nicht mehr ausgereicht. Ihr habt wirklich mehr Glück als Verstand gehabt!« Sie schnaufte kräftig auf. »Besessenheit kannst du dir so vorstellen, dass die geisterhafte Erscheinung, wie ihr, du und Matt, sie sehen könnt, in deinen Körper schlüpft. Sie verschwindet komplett darin, saugt sich fest wie ein Schmarotzer an einen Wirt und kidnappt quasi die menschliche Seele.« Ein Glas in der Hand, drehte sie sich halb zu mir um. »Kannst du dir ungefähr so vorstellen wie ein Geiselnehmer in der Bank, der den Bankdirektor fesselt und knebelt.«

»Und was hat der Geist davon?«, wollte ich wissen.

Schulterzuckend wandte sich Holly wieder um. »Na ja, er hat wieder komplett menschliche Sinnesempfindungen und einen richtigen Körper, mit dem er tun kann, was er will. Ich stelle es mir nicht schön vor, fünfzig oder hundert Jahre vor mich hin vegetieren zu müssen ohne Pizza und Pommes, ohne Wodka Lemon und ohne Kippen. Ach ja, und ohne Sex.« Sie zwinkerte mir kurz zu, bevor sie dann weiter zwischen den Gläsern rumräumte. »Vor allem aber geht es den Geistern um Macht. Darum, die menschliche Seele zu quälen und leiden zu sehen. Sie zu vernichten, sodass die betreffende Person irgendwann nicht mehr weiß, was in ihrem Denken, Fühlen und Handeln von ihr selbst stammt oder von dem Geist.«

»Was kann man gegen diese Besessenheit tun?« Was Holly da erzählte, klang abgefahren und beängstigend zugleich, aber auf eine Art faszinierte es mich auch.

»Oh, Schätzchen«, Holly lachte mir über ihre Schulter hinweg zu, »wenn ich dafür das perfekte Rezept hätte, wäre ich Millionärin und würde den Rest meiner Tage in der Karibik mit Nichtstun verbringen! Der Vatikan glaubt ja, er hätte mit seinen Exorzismusriten das Allheilmittel dagegen.« Sie schnaubte verächtlich. »Albernes Brimborium!« Mit schräg gelegtem Kopf musterte sie prüfend ihr Werk, nickte kurz und pfefferte dann die Schranktür vor den in Reih und Glied stehenden Gläsern zu, bevor sie sich umdrehte und sich gegen die Kante der Arbeitsplatte lehnte. »Man kann eigentlich nur hoffen, dass die verlorene Seele die Lust an diesem scheußlichen Spiel verliert, noch bevor sie ihr Werk der Zerstörung vollbracht hat und den Körper aus eigenem Antrieb wieder verlässt. Oder man versucht, mit viel Wissen und Fingerspitzengefühl die Schwachstelle der verlorenen Seele aufzuspüren und da anzusetzen. Und auf demselben Weg das Loch zu schließen und zu versiegeln, das es dabei in das Energiefeld seines Menschenwirts gerissen hat.« Sie langte hinter sich, griff sich ihre Tasse und nippte ein paarmal daran, bevor sie leise hinzusetzte: »Ein buchstäblich todsicheres Mittel ist der Selbstmord. In dem Moment, in dem der Wirtskörper stirbt, werden beide Seelen voneinander getrennt und befreit. Was natürlich eine riskante Sache ist – erstens hat man als Lebender nichts mehr davon, und zweitens weiß man nicht, was danach auf einen wartet. Und trotzdem sind viele von einem Geistwesen Besessene so verzweifelt, dass sie keinen anderen Ausweg sehen.«

Ich fror plötzlich und trank in großen Schlucken von meinem Tee, um mich von innen zu wärmen.

Mit der Andeutung eines Grinsens stand Matt auf. »Vielleicht solltest du dir auch so was zulegen.« Er drehte sich um und zerrte sich Longsleeve und T-Shirt bis über die Schultern hinauf. Ein bis ins kleinste Detail kunstvoll ausgearbeiteter chinesischer Drache in Grau- und Brauntönen, gleichzeitig prächtig und furchterregend, wand sich in mehreren Schleifen über seinen gesamten, schmalen Rücken, spreizte seine Flügel über Matts knochige Schulterblätter und fauchte mich mit qualmenden Nüstern an.

Ich machte große Augen. »Ein Drachentattoo?«

»Cool, oder?« Matt verrenkte sich den Hals, um mir einen stolzen Blick zuzuwerfen. »Carson ist ein echter Künstler! Ich kann dir einen Führerschein oder Perso mit gefälschtem Geburtsdatum besorgen, falls du dir auch eins machen lassen willst.«

»Der Drache bietet keinen hundertprozentigen Schutz«, erklärte Holly, »aber lässt die meisten Geistwesen zumindest erst mal auf Abstand gehen und sich vielleicht doch lieber jemanden ohne dieses machtvolle Tier auf der Haut suchen. – Pack deinen Astralkörper wieder ein, Honey, wir haben ihn gebührend bewundert.« Im Vorbeigehen tätschelte sie Matts Rippen, die sich genauso deutlich unter seiner Haut abzeichneten wie die Knubbel seiner Wirbelsäule.

Grinsend ließ Matt die beiden Shirts wieder hinunterrutschen und hockte sich hin. »Ist nämlich kein Zufall, dass der Drache bei uns Chinesen seit Jahrtausenden als Glückssymbol gilt!«

»Aber nun erzählt doch mal«, kam es von Holly, die das Fenster aufriss, sich auf das Fensterbrett schwang und sich eine Zigarette anzündete. »Wie ist er denn so, Ambers Geisterfreund?«

Matt musterte mich aus schmalen Augen. »Ich mag ihn nicht.«

Einen amüsierten Zug um die Mundwinkel, blies Holly den Rauch nach draußen. »Du bist doch wohl nicht eifersüchtig?«

Mit offenem Mund starrte ich erst Holly an, dann Matt, der bis unter die gefärbten Haarwurzeln rot anlief. »Bullshit«, knurrte er übellaunig.

»Sicher?«, neckte ihn Holly und baumelte mit den Beinen.

»Das ist mir doch heute echt zu blöd mit euch«, bellte Matt, sprang auf und riss seine Sweatjacke von der Stuhllehne. »Gebt mir Bescheid, wenn man mit euch wieder normal reden kann!«

Wutentbrannt stürmte er zur Küche raus und mit einem Knall flog die Wohnungstür hinter ihm ins Schloss. Ich fühlte mich wie vor den Kopf geschlagen – war Matt tatsächlich eifersüchtig auf Nathaniel? Bedrückt umklammerte ich meine Teetasse mit beiden Händen und überlegte, ob ich ihm nachlaufen sollte.

»Magst du ihn denn?«, hörte ich Hollys Stimme hinter mir.

Ich sah zu dem Stuhl hinüber, auf dem Matt gerade eben noch gesessen war, und hob die Schultern. »Ich kenne ihn ja noch nicht sehr lange … Irgendwie schon, ja.« Ich schaute Holly an. »Meinst du, ich soll schnell hinterher und mit ihm reden?«

Holly machte große Augen, dann lachte sie ihr heiseres, derbes Lachen. »Geeez, Herzchen! Ich hab nicht Matt gemeint! Sondern deinen Geisterjungen – Nathaniel!«

Ich starrte vor mich hin. Ich hatte Nathaniel gemocht, als ich noch nicht wusste, dass er ein Geist war; sehr hatte ich ihn da gemocht. Aber jetzt ... jetzt war in mir ein solcher Wirrwarr aus Gedanken und Gefühlen, die ich einfach nicht auseinanderklamüsern, geschweige denn sortieren konnte, und ich hatte weder die Tatsache verdaut, dass ich wirklich Geister sehen konnte, noch dieses schauderhafte Erlebnis heute auf Alcatraz. Das Einzige, was ich vielleicht auf die Reihe bringen konnte, war die Sache mit Matt.

Ich stand auf und griff mir meine Jacke. »Ich muss schauen, dass ich Matt noch erwische. Danke für den Tee.«

Holly nickte und schnippte die Asche zum Fenster hinaus. »Sei bitte vorsichtig, Amber«, sagte sie dann leise und betrachtete ihre Plüschhausschuhe. »Mag sein, dass Nathaniel dir aus irgendeinem Grund tatsächlich nichts Böses will. Aber du darfst nicht vergessen, dass es genauso einen Grund gibt, warum er ein Geist ist. Ich habe noch nie gehört, dass sich dahinter etwas Gutes verbirgt.«

Mittlerweile regnete es stärker; als ich aus der Haustür lief, um die Ecke bog und mich auf der leeren Sutter Street in alle Richtungen umschaute, durchtränkten die Tropfen meine Haare und liefen mir übers Gesicht. Mein Herz klopfte, als ich weit vorne einen roten Haarschopf leuchten sah, über den gerade eine Kapuze gezogen wurde, und ich rannte los. »Matt! Hey, Matt!« Hastig warf er mir über die Schulter einen Blick zu, schob die Hände in die Taschen seiner Sweatjacke und lief schneller vorwärts. »Matt! – Sorry«, schnaufte ich, als ich beinahe einen Mann mit Regenschirm umgerannt hatte, der plötzlich zwischen den parkenden Autos hervorkam. »Matt! Warte! Ich muss mit dir reden! Matt!«

Als ich ihn fast erreicht hatte, machte er abrupt halt und fuhr herum. »Was?!«

»Wegen gerade eben ...«, keuchte ich. »Stimmt das – bist du ... bist du eifersüchtig auf Nathaniel?«

»So ein Blödsinn!« Er zögerte, dann setzte er mit zusammengekniffenen Brauen hinzu: »Tut mir leid, wenn ich dir das so direkt sage – du bist zwar ganz süß und so, aber ich steh nicht auf dich, okay?!«

»Oh-okay.« Matt hatte sich schon wieder umgedreht und wollte weitergehen, da hielt ich ihn am Ärmel zurück. »Aber warum warst du vorhin dann so komisch, als …«

Mit einer jähen Bewegung riss er sich los. »Bist du eine Nervensäge!« Er atmete tief durch und sah mich an. »Du raffst es nicht, oder? Ich steh nicht auf dich – ich steh auf Holly!« Fast verzweifelt klang er dabei.

»Holly?« Vor Verblüffung war meine Stimme hoch und schrill. »Aber die ist doch mindestens zehn Jahre älter als …«

»Mann, du bist nicht nur nervig, sondern auch spießig!«, ranzte Matt mich an und tigerte weiter durch den Regen. »Und es sind übrigens nur neun Jahre!«

»Aber – aber Holly macht sich nichts aus Beziehungen!«, rief ich, während ich zu ihm aufschloss.

Matt schnaubte. »Ja, danke für die Info, Miss Superschlau! Da wäre ich ohne dich niemals draufgekommen!« Er blieb wieder stehen; von einer Sekunde zur nächsten war sein Zorn verraucht. Mit hängenden Schultern und trauriger Miene sah er gar nicht mehr cool aus, sondern einfach nur wie ein unglücklich verliebter Siebzehnjähriger. »Ich hoffe die ganze Zeit«, sagte er dann leise, »sie kapiert irgendwann mal, dass ich nicht mehr der kränkliche Junge bin, der vor zwei Jahren bei ihr im Laden stand. Dass ich inzwischen erwachsen bin und sie viel mehr für mich ist als nur eine gute Freundin.« Als ich ihn mitfühlend am Arm berührte, sah er mich an, und in seinem regennassen Gesicht zuckte ein Muskel. »Und dass ich sie so sehe, wie sie wirklich ist, klug und nachdenklich und liebenswert. Nicht so wie die Typen, von denen sie manchmal einen über Nacht da hat und für die sie nur ein durchgeknalltes Betthäschen ist.« Er blies die Backen auf und stieß die Luft aus. »Danke fürs Zuhören.« Ein kleines Grinsen schien auf seinem Gesicht auf. »Du kannst echt tierisch nerven, aber ich mag dich trotzdem ganz gern – so als Kumpel.«

Ein Lächeln zuckte um meinen Mund. »Geht mir mit dir genauso.«

Matt nickte, und einige Herzschläge lang sahen wir uns nur an, dann seufzte er und ruckte mit den Händen in der feuchten Sweatjacke auf und ab. »Ich sollte besser mal nach Hause und zusehen, dass ich aus den nassen Sachen hier komme. Wenn ich mich erkälte, flippt meine Mom nämlich total aus.« Sein Mund zog sich in die Breite. »Gehen wir Montag wieder zusammen essen?«

Teds beunruhigte Blicke und vorsichtige Nachfragen, als ich verdreckt und triefnass durch die Tür kam, beantwortete ich mit einem gemurmelten *Rumgetobt – Spaß gehabt – Müde* und verzog mich gleich in die Badewanne.

It never rains in Southern California, lief es das ganze restliche Wochenende auf Dauerschleife in meinem Kopf. Zumindest in Nordkalifornien war das gelogen, denn es schüttete wie aus Eimern. Mir kam es sehr entgegen, dass unsere Joggingrunde und die Erkundungstour durch die Stadt buchstäblich ins Wasser fielen. Während Ted in seinem Arbeitszimmer den Klausuren ihren letzten Schliff verpasste, machte ich es mir in Pyjama und Kuschelsocken auf der Couch bequem, zappte hirnlos durch die Glotze oder döste vor mich hin, blätterte durch die Bücher, die ich mir von Ted geliehen hatte, surfte im Netz herum und dachte eine Menge nach. Über mich. Über Geister. Über Matt und Holly.

Und über Nathaniel.

45

Seinen Rucksack über der Schulter und ein graues Linkin-Park-T-Shirt über einem schwarzen Longsleeve, lehnte Matt sich gegen die rot lackierten Schließfächer und sah mir zu, wie ich in meinem herumräumte. »Ich mag ihn einfach nicht.«

Ich verdrehte die Augen. »Leg mal eine andere CD ein, die hier hat nämlich einen Kratzer.«

Die ganze Mittagspause über hatte Matt mich genervt, dass ich Nathaniel besser nie wiedersehen sollte und mir damit sogar beinahe die Freude über das absolut genießbare gegrillte Truthahn-Käse-Sandwich mit Tomate verdorben, und jetzt, nach Schulschluss, hatte er sofort wieder damit angefangen, genau wie gestern auch schon. Wenn ich es nicht besser gewusst hätte, hätte ich wirklich glauben können, er sei eifersüchtig.

»Echt, Amber – von dem kommt nichts Gutes!«

Ich zog eine Braue hoch. »Hast du schon vergessen, dass er nicht nur mir, sondern auch dir vor gerade mal drei Tagen aus der Patsche geholfen hat?«

»Hast du dich schon mal gefragt, warum er ausgerechnet dann auftaucht, wenn wir beide in Schwierigkeiten stecken?«

Ich kramte langsamer in meinem Fach herum. Ja, das hatte ich, das gesamte Wochenende und den ganzen Montag über, und war zu dem Schluss gekommen, dass nur Nathaniel selbst mir diese Frage beantworten konnte.

»Was willst du überhaupt mit ihm anfangen?«, ließ Matt nicht locker. »Im Sommer dekorativ auf der Blumenwiese vor dem Haus herumliegen und ihn anschmachten? Davon träumen, mit ihm zu den Sternen hinaufzufliegen? Als Begleitung zum Abschlussball taugt er nämlich nicht, weil ihn keiner sehen kann außer dir und mir. Und Knutschen und so weiter – das kannst du sowieso alles vergessen!«

Eine glühende Röte schoss mir den Hals herauf und ließ mein Gesicht brennen. Verstohlen schielte ich zu Matt. Ob er sein erstes Mal schon gehabt hatte? Oder wartete er die ganze Zeit darauf, dass Holly ihn vielleicht doch erhörte?

»Du bist doof«, grummelte ich. »Und überhaupt«, setzte ich lauter hinzu, stopfte energisch die letzten Bücher in meinen Rucksack, quetschte meine Jacke obendrauf und zerrte den Reißverschluss zu, »bist du nicht gerade in der besten Position, mir ausgerechnet da gute Ratschläge zu geben!« Ich warf mir den Rucksack über die Schulter und sah ihn herausfordernd an, und als er grinste, grinste ich mit.

Das Grinsen auf seinem Gesicht erlosch; er fixierte einen Punkt irgendwo hinter mir und ruckte dann mit dem Kinn hinüber. »Sag mal, die ist auch ganz schön streng drauf, oder?«

Ich wandte den Kopf. In einiger Entfernung von uns wühlte Goth-Girl gerade in ihrem Fach herum, starrte dabei aber immer wieder zu uns herüber. Unter ihrem schwarzen Wallerock mit Spitzensaum schauten Springerstiefel hervor, und obwohl es draußen ein warmer Tag war, trug sie einen langärmligen Pullover, um dessen Rollkragen die Kette mit dem massiven silbernen Kreuz baumelte. »Ziemlich.«

»Kommt mir das nur so vor oder lungert die in letzter Zeit öfter in unserer Nähe herum?«

Als Goth-Girl bemerkte, dass wir ihr zuschauten, wandte sie schnell den Kopf ab und stöberte intensiver, aber auch fahriger in ihrem Fach herum; es sah aus, als wollte sie jeden Moment hineinkriechen.

»Glaubst du, sie hat uns über Geister reden hören?«, fragte ich leise.

Matt kaute so angestrengt auf seiner Unterlippe herum, dass sich sein Goatee auffächerte. »Das überlege ich auch gerade.« Er löste sich von den Schließfachtüren. »Komm mal mit.«

Ich klappte die Tür des Schließfachs zu und verdrehte die Zahlenräder, bevor ich Matt folgte.

»Hi«, sprach er Goth-Girl mit seinem charmantesten Lächeln an. Sie hatte uns nicht kommen sehen; ihr Kopf ruckte hoch und mit ihren kajalumrandeten Augen schaute sie uns an wie ein Reh die Scheinwerfer eines heranrasenden Autos. Mir fiel erst jetzt auf, wie winzig sie war, mehr als einen Kopf kleiner als ich, sogar noch kleiner als Matt, der auf uns beide deutete. »Ich bin Matt, das ist Amber. Wir wollten dich fragen, ob du vielleicht mal mit uns zu Mittag essen willst.«

Sie guckte uns nur an, dann schüttelte sie stumm den Kopf und beschäftigte sich wieder mit dem Inhalt ihres Schließfachs.

»Warum denn nicht?«, blieb Matt hartnäckig. »Wär doch vielleicht mal ganz nett, anstatt immer nur allein herumzusitzen.«

Sie erstarrte; nur ihre dichten Wimpernbögen bewegten sich und flatterten auf und ab. »Schiebt euch euer Mitleid sonstwohin«, sagte sie dann langsam.

»Wow.« Matt zog die Brauen hoch. »Ähm, ja. Ein einfaches *Nein, danke* hätte es natürlich auch getan.« Vielleicht täuschte ich mich, aber ich meinte gesehen zu haben, wie es um ihren Mund kurz zuckte.

»Vielleicht«, fing ich vorsichtig an und wechselte einen schnellen Blick mit Matt, »vielleicht haben wir drei ja sogar was gemeinsam?«

Einen Augenblick verharrte sie noch reglos, dann ging ein Ruck durch sie hindurch und sie zerrte eine große, prallvolle Umhängetasche in Pechschwarz aus ihrem Schließfach. »Unwahrscheinlich.«

»Bist du dir da sicher?« Erstaunlich sanft klang Matt dabei, und unerwartet heftig knallte sie die rot lackierte Tür zu; ihre Finger mit den abgekauten schwarz lackierten Nägeln zitterten, als sie die Zahlenräder verdrillte.

»Verpisst euch«, zischte sie, ohne uns dabei anzusehen, schleuderte sich die Tasche über ihre Schulter und marschierte so schnell davon, dass ihre langen Haare wie eine schwarze Flagge hinter ihr her wehten.

»Was für eine Zicke!« Matt klang erschüttert, dann zuckte er mit den Schultern. »Na ja, einen Versuch war's wert.« Er sah mich an. »Und du willst heute wirklich da hingehen?«

»Yapp«, meinte ich und drehte mich auf dem Absatz um. »Keine Chance, mich davon abzuhalten«, rief ich ihm über die Schulter zu, »oder dich als Bodyguard aufzudrängen! Bis morgen!«

So selbstsicher ich mich in der Schule noch gefühlt hatte, so flau war mir im Bauch, als ich am Lafayette Park aus dem Bus stieg, die Sacramento Street bis zur nächsten Ecke vorlief und in die Franklin Street abbog. Was auf Alcatraz passiert war, steckte mir noch tief in den Knochen, aber all die Fragen, die mir seither im Kopf herumschwirrten, trieben mich vorwärts, Fragen, auf die ich einfach Antworten haben musste. Und der Gedanke an Nathaniel.

Je näher ich dem alten Haus kam, umso heftiger schlug mir das Herz bis zum Hals, und mein Magen übte sich in Pirouetten. Vor dem Tor im Zaun blieb ich stehen; ich konnte nicht mal zu den Fenstern hochschauen, so viel Angst hatte ich. Augen zu und durch, befahl ich mir, sah mich schnell nach allen Seiten um und schob das Tor auf, das dabei müde ächzte.

Hinter dem Mäuerchen war das Gebüsch dichter, das Gras höher, als ich es in Erinnerung gehabt hatte, vielleicht war es in den letzten Wochen auch einfach tüchtig gewachsen. Mit einem tiefen Durchatmen stemmte ich die Holztür auf der Rückseite des Hauses auf und schlich mich durch den dämmrigen Korridor.

In der Halle musste ich für einen Moment die Augen schließen, weil mich das einfallende Licht blendete. Vorsichtig blinzelte ich in die flirrenden blauen, violetten und purpurfarbenen Sprenkel, und ich merkte, wie sehr ich diesen immer anderen, immer neuen Lichterzauber vermisst hatte. Als mein Blick weiterwanderte und ich aus dem Augenwinkel eine Silhouette ausmachen konnte, schrak ich zusammen. Mein Kopf fuhr herum und meine Knie wurden weich.

Selbst in diesen hellen, tanzenden Lichtern sah er noch aus wie ein Mensch aus Fleisch und Blut, ein groß gewachsener, starkknochiger Junge, fast schon ein Mann. Als hätte er gewusst, dass ich heute kommen würde, so stand er da, die Hände in den Hosentaschen, und eine widerspenstige Locke kringelte sich in seine Stirn.

»Hallo«, platzte ich heraus, atemlos und viel zu laut.

Unschlüssig trat er von einem Fuß auf den anderen, einen vorsichtigen Ausdruck im Gesicht wie ein wildes, scheues Tier, unsicher, ob ich Freund war oder Feind. Und blieb stumm.

Ich vergrub die Hände so tief in den Hosentaschen, dass sich meine Ellenbogen durchdrückten, zog die Unterlippe zwischen die Zähne und ließ meine Augen durch den Raum schweifen, über die Wände und den Boden aus dunklem Holz. Mein Blick fing sich an meiner Lieblingsdecke, die sorgsam unter dem Fenster ausgebreitet lag, die Bücher säuberlich danebengestapelt, genauso wie ich sie zuletzt zurückgelassen hatte. Nur mit den beiden Flaschen Cola light stimmte irgendetwas nicht, wenn ich auch nicht darauf kam, was; aber vermutlich konnte man den Inhalt sowieso nicht mehr trinken, er musste inzwischen total abgestanden sein.

»Ist alles noch da«, hörte ich Nathaniel raunen. Als ich ihn verwirrt ansah, fügte er hinzu: »Du bist doch gekommen, um deine Sachen zu holen – oder nicht?«

»Eigentlich«, sagte ich leise und rieb mit der Außenkante meines Sneakers über den Boden, »eigentlich bin ich gekommen, um dich zu sehen.« Angestrengt starrte ich auf die Kappe des anderen Sneakers hinunter.

»Wie geht es deinem Freund?« Vielleicht bildete ich es mir ein, aber für mich hörte es sich an, als ob seine Stimme dabei etwas wackelte.

»Gut«, sagte ich mit einem Nicken. »Aber ... aber er ist nicht mein Freund«, plapperte ich drauflos. »Also, schon – irgendwie. Glaube ich zumindest. Aber nicht *so* mein Freund. Nicht so wie ... Ähm, also – wir sind kein Paar oder so. Da ist nichts zwischen uns. Zwischen Matt und mir, meine ich.« Zittrig holte ich wieder Luft. Meine Wangen fühlten sich heiß an und wurden noch heißer, als ich zu ihm hochschielte und zu sehen glaubte, wie Nathaniels Augen aufleuchteten.

Ich hob den Kopf und sah ihn direkt an. »Du bist also ein Geist, ja?«, flüsterte ich heiser.

Er nickte nur und ich musste schlucken. Hinter meiner Stirn begann es zu prickeln, etwas drückte von hinten gegen meine Augäpfel, und ich blinzelte heftig. »Woher – woher hast du gewusst, dass ich auf Alcatraz bin und dort in der Klemme stecke?«

»Manchmal«, erwiderte er langsam, »manchmal kann ich fühlen, wie es dir geht. Hier.« Er zog die Rechte aus der Hosentasche und legte sie quer auf seine Magengegend. »Ob du zornig bist oder dich wohlfühlst oder Angst hast. Und wenn ich dem nachgehe, kann ich den Weg zu dir finden.«

»Kannst du das bei allen ... Lebenden?«

»Nein. Sonst kann ich nur die reine Gegenwart von Menschen spüren, wenn sie mir nah genug sind. Ob es ein Mann ist oder eine Frau, alt oder jung, ob sie wachen oder schlafen.« So etwas wie ein Lächeln zuckte um seinen Mund. »Das andere kann ich nur bei dir.«

Ich wand mich vor Verlegenheit. »Jetzt – jetzt gerade auch?«

»Ich ... ich bin mir nicht sicher.« Hilflosigkeit zeichnete sich in seiner Miene ab.

Ich schluckte wieder; dann nahm ich meinen ganzen Mut zusammen, ließ den Rucksack von meiner Schulter gleiten und stellte ihn ab. In langsamen Schritten ging ich auf Nathaniel zu, und obwohl wieder diese Scheu von vorhin auf seinem Gesicht aufschien, bewegte er sich nicht von der Stelle.

Erst im letzten Moment, als ich keinen Schritt mehr von ihm entfernt war, wich er zurück, und in mir sackte etwas zusammen.

»Warte«, flüsterte er. »Ich … ich muss dir noch etwas sagen. Und ich fürchte, es wird dir nicht gefallen.«

»Was?«, hauchte ich, eine plötzliche Leere in Kopf und Bauch.

Nathaniel räusperte sich und fuhr sich durch seine Locken. »Neulich … neulich nachts … da … da habe ich es nicht mehr ausgehalten. Ohne dich. Da bin ich zu dir gekommen. In dein Zimmer.« Jetzt war ich diejenige, die einen Schritt zurück machte, und in einer entschuldigenden Geste hob Nathaniel die Hände. »Ich hab nichts gemacht, Ehrenwort! Nur … », er schob die Hände wieder in die Hosentaschen und senkte den Kopf; ich hätte schwören können, dass seine Wangen sich leicht gefärbt hatten. »Nur mich zu dir gelegt und dich im Arm gehalten. Sonst nichts. Ehrlich nicht.«

Unwillkürlich ruckten meine Schultern wie unter einem Schaudern. »Wann war das?«

»Ich … ich glaube, zwei Nächte, bevor du auf der Insel warst.«

Ich starrte vor mich hin. Das musste die Nacht gewesen sein, in der ich zum ersten Mal seit langer Zeit tief und fest und traumlos geschlafen hatte. Und Nathaniel war bei mir gewesen. Hatte mich in meinem ollen blauen Satinpyjama gesehen, den mit dem ausgefransten Saum an den Shorts und dem abgescheuerten Kragen; wahrscheinlich hatte ich den Mund offen stehen gehabt und auch noch auf das Kopfkissen gesabbert.

»Oh nee«, rutschte es mir beschämt heraus, und ich schlug die Hände vor mein glühendes Gesicht. In mir tobte es. Es war mir unendlich peinlich, dass er mich so gesehen hatte. Es tat mir unendlich leid, dass ich von seiner Nähe so gar nichts mitbekommen hatte; vor allem aber zog ein seltsames Sehnen durch mich hindurch und in meiner Brust kitzelte etwas wie ein beginnender Schluckauf. »Hab ich etwa geschnarcht?!«

Ich hörte ihn leise lachen. »Nein, du hast nicht geschnarcht. Du hast ganz ruhig und fest geschlafen.« Er schwieg einen Herzschlag lang. »Und du hast sehr hübsch ausgesehen.«

Ich blinzelte ihn durch meine gespreizten Finger hindurch an und sein Lächeln sprang auf mich über. Das Kitzeln in meiner Brust wurde stärker, sprudelte meine Kehle hinauf, und ich musste lachen; ein kleines, stolperndes Lachen, in das Nathaniel einstimmte.

»Du bist mir nicht böse?« Er klang erleichtert.

Ich schüttelte den Kopf und löste die Hände von meinem Gesicht. Ein verlegenes Schweigen breitete sich zwischen uns aus, während wir uns gegenüberstanden und uns mal ansahen, dann wieder die Augen durch den Raum schweifen ließen. Schließlich hielt ich es nicht mehr aus, stellte mich dicht vor Nathaniel und schaute zu ihm auf.

»Darf ich dich anfassen?«, wisperte ich.

Als er zögerlich nickte, begann mein Herz im Techno-Beat gegen meine Rippen zu hämmern. Ich hob die Hand und ließ sie langsam gegen seine Schulter sinken. Noch bevor ich seine Form berührte, spürte ich ein sanftes Prickeln auf meiner Haut, das meinen ganzen Arm hinaufzog. Für eine Sekunde umschloss meine Handfläche die Wölbung seiner Schulter und sank dann ein. Ich zuckte kurz zusammen; noch immer schien es mir unmöglich, dass er so menschlich, so stark aussah und doch durchlässig war. Vorsichtig bewegte ich meine Finger und sah aus dem Augenwinkel, wie Nathaniel kurz die Augen schloss. Wie sich seine Miene entspannte, als würde er es genießen. Er war weitaus mehr als nur ein Dunsthauch; ich spürte einen leichten Widerstand, wie ein gleichmäßig strömender Luftzug. Nathaniel fühlte sich an wie Nebel und Wind zugleich, durchzogen von den ersten Sonnenstrahlen des späten Winters, die schon die Haut wärmen, während die Luft noch kühl ist.

»Du leuchtest«, flüsterte ich erstaunt und schwenkte staunend meine Hand sacht hin und her.

»Das bist du«, raunte er mir ins Ohr. »Du lässt mich leuchten.«

Ein Lächeln breitete sich auf meinem Gesicht aus. Nathaniel nahm seine Schulter zurück, hob dafür seine flache Hand und legte sie gegen meine; in dem Augenblick, in dem unsere Fingerspitzen sich berührten, blitzten unzählige Lichtfünkchen daran auf, die mir auf der Haut kribbelten, bevor sie erloschen.

»Hast du das gesehen?!«, quiekte ich und lachte auf.

Nathaniel nickte. Seine Finger glitten über meine hinweg und strichen meinen bloßen Unterarm hinauf; alle Härchen daran stellten sich zu einer wohligen Gänsehaut auf, wie unter einer frischen Brise, die vom Wasser herkam, und ich seufzte. Als seine Hand weiter hinaufwanderte, der Luftzug unter den Ärmel meines T-Shirts kroch und einige feine Strähnen meiner Haare zur Seite blies, reckte ich meine Arme und legte sie um seinen Hals. Ich fing Nathaniels überraschten Blick auf und tat dann das, was ich die ganze Zeit schon tun wollte: vorsichtig näherte ich mein Gesicht der Kuhle zwischen Hals und Brust, an der Stelle, an der sich eines seiner markigen Schlüsselbeine abzeichnete.

Es war ein seltsames Gefühl, seine durchlässigen Konturen zu spüren, in ihn einzutauchen und dabei zu fühlen, wie unkörperlich er war; ich musste aufpassen, dass ich mich nicht zu weit vorlehnte und das Gleichgewicht verlor. Und doch war da nicht *nichts.* Da war dieses sanfte Strömen von teils warmer, teils kühler und sehr dichter Luft, die über meine Haut streichelte und wohlige Schauder durch meinen ganzen Körper schickte. Und als dieses luftige Fließen über meinen Rücken wanderte, mein T-Shirt sacht bewegte und ein Kribbeln über meine Wirbelsäule wandern ließ, als nämlich Nathaniel die Arme um mich legte, da wusste ich, dass Holly und vor allem Matt falschlagen.

Ich war überzeugt gewesen, ich würde es nie wieder sein können, hätte auch schon längst vergessen, wie es sich anfühlte – aber an diesem Nachmittag in dem alten Haus in der Franklin Street, während bunte Lichtsprenkel über mich hinwegtanzten und ich eingehüllt war in Nathaniels geisterhafte Erscheinung, in seinen rauchigen Duft nach Moos und Treibholz, da war ich zum ersten Mal nach langer Zeit wieder glücklich.

46

Tick. Tick. Tick. Tick. Tick.

Das Geräusch des Sekundenzeigers zerrte an meinen Nerven. Immer wieder starrte ich zu der goldenen Uhr hin, während ich auf dem blauen Sessel bei Dr. Katz herumrutschte, die Beine umeinanderknotete, wieder löste und ausstreckte, an meinen Fingern herumknibbelte, die Arme vor der Brust verschränkte, dann unter meine Oberschenkel schob und sie gleich wieder darunter hervorholte, um mich irgendwo am Bein zu kratzen, wo es mich eigentlich gar nicht juckte. Ich konnte einfach nicht still sitzen.

Nach zwei Nachmittagen mit Nathaniel fühlte ich mich wie eine Colaflasche, die man kräftig geschüttelt hatte, sprudelnd und überschäumend vor Aufregung und Glücklichsein. Wir redeten nicht viel; irgendwie brauchten wir nicht mehr, als nebeneinander auf der türkisblauen Decke zu liegen, uns anzuschauen und uns vorsichtig zu berühren – soweit das für uns möglich war. Ich konnte nicht genug davon bekommen, wie unsere Fingerspitzen Funken sprühten, wenn sie sich antippten, nicht genug davon, meine Finger über seine nebligen Konturen wandern zu lassen und mich in dieses sanfte, luftige Strömen zu schmiegen, das er war. Es war schön, wenn seine Hände über mein Gesicht und durch meine Haare strichen wie eine Meeresbrise, und sogar durch meine Kleider hindurch konnte ich noch den Lufthauch spüren, wenn er den Arm um mich legte. Und als ich mich unwillig von ihm löste, weil ich zum Abendessen in die Sacramento Street musste, hatte er mich verlegen gefragt, ob er mich heute Nacht noch sehen könnte. Bei mir, in meinem Zimmer.

Ich platzte beinahe vor Freude und Aufregung, und seit vierzig Minuten wartete ich darauf, dass Dr. Katz irgendwas tat oder sagte, um den Deckel der Colaflasche behutsam aufzudrehen und den gröbsten Druck entweichen zu lassen. Aber dafür hätte *ich* natürlich erst einmal etwas sagen müssen. Stattdessen schwieg ich vor mich hin.

Nur noch neun Minuten. Mit einem tiefen Durchatmen setzte ich mich aufrecht hin, bevor ich dann gleich wieder im Sessel hinabrutschte. Ich kratzte meinen ganzen Mut zusammen, räusperte mich und fragte dann vorsichtig: »Glauben … glauben Sie an Geister?«

Dr. Katz schaute mich aufmerksam an. »Glaubst *du* denn an Geister?«

Mit hochgezogenen Brauen starrte ich sie an. »Ich wollte von Ihnen wissen, wie Sie darüber denken!«

»Nein, Amber. Du wolltest von mir wissen, ob es in Ordnung ist, wenn du an Geister glaubst.« Dr. Katz machte eine kleine Pause. »Früher hättest du zuallererst deiner Mutter diese Frage gestellt, nicht wahr?«

Durch meine Beine lief ein Zittern, dann ein Rucken, als wollte ich irgendwo dagegentreten.

Leiser fügte Dr. Katz hinzu: »Sie kommt nicht wieder, Amber. Du musst dir künftig solche Fragen selbst beantworten. Du musst jetzt lernen, ohne deine Mutter zu leben.«

Ihre Worte waren wie eine Ohrfeige für mich. Meine Brust war plötzlich eng, ich schnappte keuchend nach Luft, und als ich wieder ein bisschen davon in die Lungen gesaugt bekam, schrie ich nur noch, die Hände zu Fäusten geballt: »Neulich haben Sie mich gefragt, ob ich auf Ted wütend bin und auf Mam! Soll ich Ihnen mal was sagen?! Ich bin wütend auf *Sie*! Weil sie immer solche Scheißfragen stellen, jede Frage von mir nur mit einer Gegenfrage beantworten und immer solche blöden Sprüche klopfen! Ich bin tatsächlich stinkewütend, und zwar auf Sie, und nur auf Sie!«

Schnaufend starrte ich sie an und sah verblüfft, wie sich ihre Miene erhellte und ein offenes Lächeln darauf aufschien, das in ein freundliches Lachen überging; sie konnte richtig nett aussehen. »Das ist doch mal ein guter Anfang! Damit können wir jetzt prima arbeiten. Unsere Zeit ist nur leider für heute um, Amber. Wir sehen uns dann am Montag wieder.«

In meinem besten Sommerpyjama, dem aus weißem Baumwollbatist mit Spitzensaum an den Knien und den kurzen Ärmeln, meine Haare nach dem Duschen frisch gewaschen und geföhnt, hockte ich im Lampenschein an meinem Schreibtisch und versuchte, noch ein bisschen was für die Schule zu machen. Aber ich konnte mich auf nichts konzentrieren. Immer wieder schielte ich zum Fenster hin, das ich für Nathaniel offen gelassen hatte, damit er nicht durch die Wand oder die Glasscheibe hereinkam, was ich immer noch ziemlich spooky fand.

Von draußen drang das Rattern der Stahlseile des Cable Cars zu mir herauf und das weit entfernte Heulen der Sirene eines Einsatzfahrzeugs. Irgendwo unterhalb meines Fensters überschlug sich die Stimme eines Sportkommentators, und nebenan konnte ich Ted, dem ich bereits Gute Nacht gesagt hatte, auf seiner Tastatur tippen hören; ab und zu summte und piepste sein Drucker.

Mein Telefon dudelte los und ich fuhr mit einem erschrockenen Laut zusammen. Hastig griff ich zum Mobilteil und drückte die Annahmetaste, noch bevor ich darauf geachtet hatte, was nach der 0049 für Deutschland kam.

»Ja, hallo?«, fragte ich beinahe furchtsam in den Hörer.

Eine kratzige Männerstimme räusperte sich und sagte dann: »Hallo, Amber. Ich bin's. Dein Opa.«

»Opa! Hallo!« Schuldbewusst dachte ich daran, dass ich mich seit unserem letzten Telefonat gar nicht mehr bei meinen Großeltern gemeldet hatte.

»Hab ich dich geweckt?« Im Hintergrund konnte ich die Vögel im Garten zwitschern hören.

»Nö, gar nicht. Ich war eh noch auf, Hausaufgaben machen.« Ich schielte zum Radiowecker. 10:53 PM, fast elf, verrieten mir die rot glühenden Ziffern; in Deutschland war es jetzt kurz vor acht Uhr morgens, Sommerzeit.

»Ich dachte, ich ruf mal an und frag nach, wie's meiner Enkeltochter in Amerika geht.« Irgendwie klang er angespannt.

Ich tapste zum Bett hinüber und knipste die Nachttischlampe an. »Ach ja, ganz gut. Und euch? Wie geht's Oma?« Den Hörer am Ohr, krabbelte ich über die Matratze und kuschelte mich mit angezogenen Beinen gegen mein Kopfkissen.

»Gutgut, alles bestens. Soll dich lieb grüßen von ihr, sie ist gerade zum Einkaufen.« Er räusperte sich wieder. »Geht's dir wirklich gut?«

Ich dachte kurz nach. Ging's mir gut? Ich zuckte mit den Schultern. »Ja, schon irgendwie. Mehr oder weniger.«

»Sorgt er denn gut für dich?« Ich verdrehte die Augen. Er schaffte es nie, Ted wenigstens bei irgendeinem Namen zu nennen; *Karens Ami* war schon das höchste der Gefühle.

»Ja, das macht er.« Mit einem Mal hatte ich ein warmes Gefühl im Bauch, das mir neu war. »Er kümmert sich um alles und kocht sogar jeden Abend für mich.«

»Hör mal, Amber – du kannst mir ruhig die Wahrheit sagen, das bleibt unter uns.«

»Das tu ich doch«, erwiderte ich erstaunt.

»Ist er denn allein?«, kam die nächste Frage.

»Wie – *allein*?« Unwillkürlich schaute ich die Trennwand zu Teds Arbeitszimmer an. »Wie meinst du das?«

»Na ja, so ein junger Mann wie er – er hat doch sicher Frauenbekanntschaften? Geht er denn viel aus, abends?« Ich blinzelte. »Auf Partys oder in Kneipen oder so? Weißt du, Amber, das ist sicher nicht leicht für ihn, mit dir zurechtzukommen, er ist das ja gar nicht gewöhnt, nachdem er die ganze Zeit …«

Ich hörte ihm gar nicht mehr zu, als mir langsam dämmerte, warum Opa anrief und worauf dieses Gespräch hinauslaufen sollte. Offenbar brauchte er Munition gegen Ted, wenn er mit der Anfechtung der Sorgerechtserklärung weiterkommen wollte. Sofern sie nicht schon ganz vom Tisch war, mir sagte ja keiner was. Die Wärme in meinem Bauch ging nahtlos in etwas Glühendes über, das sich weiter aufheizte.

»Du, Opa, ich glaube …«, fiel ich ihm ins Wort, und als er einfach weiterredete, wurde ich laut. »Opa, hey! Lass mich doch auch mal was sagen! Was du da gerade versuchst, ist genau das, was Mam nie wollte! Klar find ich's blöd, dass ich hierher umziehen musste und nicht in Deutschland bleiben konnte. Und klar läuft hier nicht alles reibungslos – aber Ted gibt sich echt alle Mühe und es ist total unfair, wenn du jetzt von mir verlangst, dass ich was anderes behaupte!«

Am anderen Ende der Leitung seufzte es. »Es ehrt dich ja, dass du ihn in Schutz nimmst, Amber – aber ich kann mir einfach nicht vorstellen, dass so ein verantwortungsloser Rumtreiber wie er …«

In mir schoss eine Stichflamme hoch. »Weißt du was?!«, brüllte ich in den Hörer. »Klär das doch mit Ted selber! Oder mit eurem Anwalt oder – oder mit sonst wem! Aber lass mich in Ruhe mit dem Scheiß!«

Meine Finger zitterten, als ich einfach auflegte, und krampften sich dann um das Mobilteil; mein Atem ging stoßweise und keuchend, während es in mir tobte und brannte, und mit einem Aufschrei schleuderte ich den Hörer von mir. Krachend schlug er gegen die Wand, und Plastik splitterte ab, bevor er scheppernd auf den Boden knallte.

Keine fünf Sekunden später ging die Tür auf und Ted schaute herein. »Alles okay bei dir?« Er sah mich an, dann das lädierte Mobilteil auf dem Boden vor dem Schreibtisch und die Macke in der Wand, dann wieder mich. Seufzend kam er herein und setzte sich zu mir aufs Bett. »Hat dein Großvater angerufen?«

Ich nickte. Er legte mir nur ganz leicht die Hand auf den Kopf, aber mehr brauchte es in diesem Augenblick nicht, damit ich explodierte wie ein angezündetes Benzinfass.

»Fass mich nicht an«, schrie ich; mit aller Kraft schlug und drosch ich auf ihn ein und genoss das Gefühl, wenn ich ihn hart an den Schultern, auf der Brust traf. »Lasst mich doch alle in Ruhe! Das ist alles nur deine Schuld!«

»Heyhey, Amber!«, hörte ich ihn rufen, während er meine Schläge mit beiden Armen abwehrte. »Hey!« Er erwischte meine Handgelenke und packte sie so fest, dass es mir wehtat. »Hey! Ist okay! Ist okay!« Wie auf ein durchgehendes Pferd redete er auf mich ein, energisch und beruhigend zugleich, und genau wie ein solches bockte und zappelte ich, bis ich in seinem Griff erschlaffte. Schwer atmend spähte ich durch die Haarsträhnen hindurch, die mir vors Gesicht gefallen waren. Erschrocken sah er aus und blass; auf seinen Wangen zeichneten sich rote Flecken ab und sein Mund war ein dünner Strich. »Ist okay«, wiederholte er und rieb im Takt seiner Worte mit den Daumen über meine Handgelenke. »Ist okay. Ist schon okay.«

Dann erst sickerte zu mir durch, was ich gerade getan hatte. »Es tut mir leid – es tut mir so leid!«, schluchzte ich trocken auf. »So leid!« Mein Magen zog sich so heftig zusammen, dass ich kurz davor war, mich zu übergeben.

Er ließ eins meiner Handgelenke los und strich mir mit unsicheren Fingern die Haare aus dem Gesicht. »Ist schon okay. Nichts passiert. Alles gut.« Ich konnte ihm nicht in die Augen sehen, aber es machte mir auch nichts aus, dass seine Hand weiter über meine Haare fuhr. Im Gegenteil. »Irgendwann musste das ja mal hochkommen«, sagte er sanft. »Und mir ist es lieber, du tobst und schreist und wirfst Sachen kaputt, als dass du weiterhin wie ein Eisklotz durch die Gegend läufst. Das tut dir nämlich nicht gut.« Ich konnte ihn förmlich grinsen hören. »Sollen wir dir vielleicht einen Boxsack kaufen und an die Decke dübeln?«

Gegen meinen Willen musste ich schmunzeln.

»Mir tut es leid«, fügte er ernst hinzu, »dass du das jetzt mitbekommen hast. Das wollte ich eigentlich von dir fernhalten, du hast ja genug eigene Probleme. Gabi hat mich am Wochenende angerufen und mich vorgewarnt, dass es jetzt ein bisschen hässlich werden könnte zwischen den Seemanns und mir. Ihr haben sie nämlich auch schon auf den Zahn gefühlt.«

»Warum macht Opa das?«, flüsterte ich heiser.

»Na ja«, erwiderte Ted mit einem lang gezogenen Ausatmen, »ich nehme an, er und deine Oma wollen dich bei sich haben, damit sie so wieder etwas von ihrer Tochter zurückbekommen. Dass du jetzt so weit weg von ihnen lebst, ist schon schwer für sie.«

»Hast du eigentlich immer für jeden Verständnis? Bist du nicht auch mal sauer?« Ich hatte vorwurfsvoll klingen wollen, aber es kam verwundert heraus.

Ted grinste. »Genau dasselbe hat mich deine Mutter auch immer gefragt. Karen hat das jedes Mal noch weiter auf die Palme gebracht, wenn sie schon auf hundertachtzig war und ich trotzdem ruhig blieb. Mit mir könne man nicht streiten, hat sie gesagt.« Er zwinkerte mir zu. »Was nicht stimmt. Ich bin nur eben von Natur aus ein ziemlich geduldiger Mensch. Ich brauche sehr lange, bis ich in Fahrt komme, und da hat mein Gegenüber sich meistens schon längst ausgepowert.«

Ich lachte leise. Ein kühler Luftzug strich über meine Haut und ich wandte den Kopf. Mein Herz schlug schneller, als ich Nathaniel entdeckte. Wie ein Vogel auf dem Drahtseil kauerte er auf dem Fenstersims, die Hände gegen die Fensterrahmen gestützt. Wie ein Raubvogel – sein Gesicht war finster zusammengezogen und er wirkte sprungbereit, als fürchtete er, Ted könnte mir wehtun. Vielleicht hatte er meinen Ausraster von vorhin gespürt. Ich schüttelte sacht den Kopf und versuchte ihm mit einer Grimasse heimlich klarzumachen, dass ich in Ordnung war.

»Alles okay?« Teds Augen waren meinem Blick zum Fenster hin gefolgt und er wirkte verwirrt.

»Ja«, sagte ich mit einem tiefen Durchatmen. »Alles okay. – Tut mir wirklich sehr leid wegen vorhin«, murmelte ich kleinlaut aus zugeschnürter Kehle. »Ich weiß nicht, was da in mich gefahren ist.« Ein leichter Grusel überlief mich bei meinen eigenen Worten; früher hatte ich sie immer so leichtfertig und ohne nachzudenken ausgesprochen, und mittlerweile hatten sie eine doppelte Bedeutung bekommen.

»Schon gut.« Halb tröstend, halb aufmunternd rieb er über meinen Unterarm. »Was hältst du davon, wenn wir am Wochenende nicht unsere übliche Tour durch eins der Stadtviertel machen, sondern einen richtigen Vater-Tochter-Tag?«

Mutter-Tochter-Tage hatten bei Mam und mir aus lange schlafen, spätem Frühstück im Café und Bummeln oder am See herumflacken bestanden, abends aus Filme oder Serien gucken und gegenseitigem Zehennägellackieren. Ich hatte nicht die geringste Ahnung, wie ich mir einen Vater-Tochter-Tag vorzustellen hatte, aber ich nickte trotzdem, hauptsächlich deshalb, weil Ted mir nicht böse war, nachdem ich mich eben so schrecklich aufgeführt hatte.

»Okay, dann machen wir das.« Er strich mir noch einmal über den Kopf, stand auf und bückte sich nach dem Telefon, das er von allen Seiten betrachtete, bevor er schließlich auf ein paar Tasten drückte und es an sein Ohr hob. Ich zuckte zusammen, als gleich darauf der Apparat im Flur klingelte, bis Ted auflegte und mit zufriedener Miene das Mobilteil zwischen die Bücher auf den Schreibtisch legte. »Sieht zwar nicht mehr schön aus, scheint aber noch zu funktionieren.«

Von seinem Platz auf dem Fensterbrett aus musterte Nathaniel ihn eingehend; irgendwie hatte es schon etwas Komisches, dass er ihn sehen konnte, Ted ihn aber nicht.

»Ist dir das nicht zu kalt mit dem offenen Fenster?« Ted deutete auf Nathaniel. »Ich find's ganz schön frisch hier drin.«

Ich biss mir auf die Lippen und schüttelte den Kopf. »Nein, mir ist warm genug.«

»Okay.« Er knipste die Schreibtischlampe aus und nickte mir zu. »Versuch zu schlafen, ja? Gute Nacht, Amber.«

»Nacht.«

Er hatte gerade die Tür hinter sich zugezogen, da sprang Nathaniel geräuschlos vom Fensterbrett herunter. »Hattet ihr Streit?«

»Nein, ich war nur … wütend.« Beschämt zeigte ich auf das beschädigte Mobilteil drüben auf dem Schreibtisch.

»Das kenne ich.« Um Nathaniels Mund zuckte es. »Nur fliegt bei mir dann wie in einem Wirbelsturm alles Mögliche durch die Luft und Möbel fallen um.«

»Dann werd ich mich bemühen, dich nie wütend zu machen«, erwiderte ich mit einem winzigen Lächeln.

»Musst du nicht«, raunte Nathaniel. »Ich könnte nie wütend auf dich sein.«

Lange sah er mich an, bis er leise fragte: »Geht es dir gut?«

Ich wollte automatisch nicken, schüttelte dann aber den Kopf. Nach dem Telefonat mit Opa war mir elend zumute, vor allem nach meinem Ausraster, in dem ich Ted geschlagen hatte wie eine trotzige Fünfjährige im Zornesrausch.

»Möchtest du es mir erzählen?«

Ich schüttelte wieder den Kopf und streckte mich der Länge nach aus, bevor ich die Decke einladend beiseitezog. Nathaniels Augen leuchteten auf, dann kam er herüber und legte sich zu mir.

Ohne ein Wort zu sagen, ließ ich meine Hand über seine Arme streichen, dann über seine Brust, halb über die sichtbaren Konturen, halb durch ihn hindurch, als würde ich den Abendnebel über der Bucht mit meinen Fingern durchkämmen und zu fangen versuchen. Sein Gesicht näherte sich meinem, und als sein Mund sich auf meine Stirn legte, schloss ich die Augen. Wo seine Lippen mich berührten, auf der Stirn, den Schläfen, den Wangen, kreisten kleine Luftwirbel auf meiner Haut, kitzelten und kribbelten und ließen mir ein wenig schwindelig werden. Meine Lider flatterten und hoben sich. So nah war er mir jetzt, dass kaum noch ein Finger zwischen seinen Mund und meinen gepasst hätte, und so wie ich mich versteifte, schien auch er zu zögern. In dem Schatten, den er aus dem schummrigen Licht der Nachttischlampe herauslöste, glänzten seine Augen dunkel und warm wie poliertes Holz, und ich entspannte mich wieder.

»Amber«, murmelte er. *Am-berrrr.* Meine Augen klappten zu, und ich spürte seinen Mund auf meinem, einen größeren, kräftigeren Wirbel, der langsam meinen Atem einsog, schön und aufregend und beängstigend zugleich, bis ich nach Luft rang und er sich von mir löste. Ich machte die Augen auf und sah ein kleines, kaum sichtbares Lächeln um Nathaniels Mundwinkel, und auch meine krümmten sich aufwärts.

Als ob jemand mit heißen Fingern an jedem einzelnen Muskel in mir zog, so sehnte ich mich danach, meine Finger um Nathaniels Schultern zu schließen und starke Knochen und warme Haut zu fühlen. Seinen Herzschlag zu hören und zu spüren, wie er atmete. Ich wollte so sehr, dass er mich in seine Arme zog und gegen seine Brust drückte, fester und fester, bis mir die Luft wegblieb und mir damit den Trost, den Halt gab, den ich so nötig hatte.

Mir war weh ums Herz, als ich mich stattdessen zusammenrollte und mich in wenig mehr als Luftwirbel hineinkuschelte. Eingehüllt in das sanfte Strömen von Dunst und Nebel, das er war, in seinen Duft nach grünem Moos und sonnengetrocknetem Treibholz schloss ich die Augen und ließ mich von dem zarten Lufthauch seiner Finger in den Schlaf streicheln.

47

»Gefällt's dir?«, fragte Ted leise. Sonnenbrille auf der Nase, die Jeans bis unters Knie aufgekrempelt und unsere Sneakers an die Finger gehakt, schlenderten wir barfuß durch den Sand. Ich nickte.

»Ich hätte schon früher daran denken sollen, mit dir hierherzukommen«, fügte Ted wie entschuldigend hinzu, und mein Mund bog sich zu einem kleinen Lächeln, während ich weiter meine Augen über den Strand schweifen ließ, der sich als breites goldbraunes Band unter der Anhöhe des Presidio entlangzog. An den Felsen sammelten sich immer wieder die Möwen, bevor sie wie auf Kommando aufstoben und zu dem leuchtend blauen Himmel aufflogen, wo sie unter heiseren Schreien ihre Runden drehten, und in der Ferne spannte sich in intensivem Orangerot die Golden Gate Bridge zu den braunen Hügeln auf der anderen Seite. Das türkisblaue Wasser drängte sich in weiß schäumenden Wellen an den Strand und brachte eine kräftige Brise mit sich, die Strähnen aus meinem Pferdeschwanz löste und damit genauso herumspielte wie mit dem dünnen Strickjäckchen, das ich mir über mein T-Shirt gezogen hatte.

Das schöne Wetter an diesem Samstag hatte eine Menge Menschen an den Baker Beach gelockt. Auf Matten oder Handtüchern fläzten leicht bekleidete Sonnenanbeter herum, eine Gruppe Jungs spielte unter Gelächter und Gebrüll Frisbee, und Kinder bauten Sandburgen oder rannten vergnügt kreischend ins Wasser; es roch nach Salzwasser und Tang, nach Sand und Sonnenmilch.

»In der Schule alles gut?«, erkundigte sich Ted weiter. Ich nickte wieder; in knapp zwei Wochen waren zum Glück Sommerferien, die hier viel länger dauerten als die popligen sechs Wochen in Deutschland. Durch den Umzug hierher zum Jahreswechsel hatte es nicht mehr gereicht, mich im Januar mit Empfehlungen der Jefferson High für einen Sommerkurs an einem College oder einer Uni zu bewerben, und so würde ich die gesamten dreieinhalb Monate damit verbringen, zu lesen und zu faulenzen, ein paar Lücken im Schulstoff zu schließen und zwei größere Arbeiten für Literatur zu verfassen. Und mit Nathaniel; ein Gedanke, bei dem ich in mich hineinlächelte.

»Wie läuft's bei Dr. Katz?«

»Ganz okay so weit.«

Ted schwieg einige Herzschläge lang. »Wie geht es dir inzwischen in San Francisco?«

Ich zuckte mit den Schultern. »Mal so, mal so.«

»Möchtest du wieder zurück nach Deutschland?«

Abrupt blieb ich stehen und starrte ihn an. »Was?!« Der Sand unter meinen Füßen fühlte sich an, als würde er ins Rutschen kommen, und ich schluckte. »Willst ... willst du mich nicht mehr hierhaben?«

Ted blieb ebenfalls stehen und ein kleines Lächeln erschien auf seinem Gesicht. »Natürlich will ich das! Ich bin froh, dass du hier bist. Es ist nur ...« Er atmete tief durch und kniff die Brauen zusammen. »Mittlerweile habe ich Zweifel daran, ob Karen und ich wirklich die richtigen Entscheidungen für dich getroffen haben. Obwohl wir damals davon überzeugt waren, es wäre das Beste für dich. Sowohl diese Sorgerechtserklärung als auch, dass du bis ... bis zum Schluss bei Karen alles mitbekommst. Und dass du danach zu mir ziehst.« Um Teds Mund zuckte es. »Inzwischen frage ich mich, ob wir dir nicht zu viel zugemutet haben.«

Ich hob die Schultern und ließ sie wieder fallen. »Keine Ahnung.«

»Ich weiß, ich bin alles andere als ein perfekter Vater. Ich hab mir zwar immer Mühe gegeben, dich merken zu lassen, dass ich Anteil an deinem Leben nehme, aber ich war eben einfach nicht da. Und jetzt wo du hier bist, arbeite ich zu viel. Diese ganzen Vorlesungen und Seminare und Sprechstunden, die Kolloquien und Konferenzen …« Ein zerknirschtes Lächeln flackerte auf seinem Gesicht auf. »Ich kann dieses Jahr nicht mal mit dir in die Ferien fahren wegen der Sommerkurse an der Uni.« Mit einem nachdenklichen Ausdruck blickte er über den Strand, bevor er mich wieder ansah. »Ich möchte dich gern bei mir behalten, Amber. Aber wenn du nicht hier leben willst, hat das einfach keinen Sinn. Oder was meinst du?«

Angespannt kaute ich auf meiner Unterlippe herum. Die ganzen vergangenen Monate hatte ich mir nichts sehnlicher gewünscht, als nicht hier sein zu müssen, als so schnell wie möglich wieder nach Deutschland zurückfliegen zu können. Aber jetzt gab es auch Nathaniel und Matt, während die Mails von Julia und Sandra spärlicher in den Posteingang meines Accounts tröpfelten. Nur mit Gabi telefonierte ich noch regelmäßig sonntags. Nathaniel nie wieder zu sehen, war für mich in diesem Moment genauso unvorstellbar, wie San Francisco jemals wirklich als neues Zuhause zu empfinden; es fühlte sich an, als würde ich mit je einem Bein auf zwei verschiedenen Kontinenten stehen, die langsam, aber unaufhaltsam auseinanderdrifteten. »Ich weiß es nicht«, flüsterte ich, und es war ehrlich gemeint.

»Kannst du mir noch ein bisschen Zeit geben? Ein halbes Jahr vielleicht? Wenn du dich bis Weihnachten hier immer noch nicht wohlfühlst, versuche ich, mit den Seemanns eine Vereinbarung zu treffen, und du ziehst zu ihnen. Wäre das in Ordnung für dich – hältst du es so lange noch hier aus?«

Ich starrte vor mich hin und kam mir total schlecht vor, weil ich oft so ekelhaft zu ihm war und er immer noch Verständnis hatte für meine Probleme. »Okay«, piepste ich.

»Okay«, wiederholte er mit einem erleichterten Ausatmen.

Ich hob die Augen zu ihm an. »Warum … warum habt ihr diese Sorgerechtserklärung überhaupt gemacht, Mam und du?«

Verblüfft sah er mich an. »Na – weil wir deine Eltern sind.« Ein kleines Lächeln zuckte um seinen Mund und er deutete auf den Sand zu seinen Füßen. »Wollen wir uns hinsetzen?«

Ich nickte und hockte mich neben ihn. Verstohlen sah ich ihn von der Seite her an, wie er die Unterarme auf die angezogenen Knie legte und aufs Meer hinaussah.

»Als diese neue gesetzliche Regelung bei euch in Deutschland eingeführt wurde, kam Karen sofort damit an«, erzählte er. »Uns war beiden schnell klar, dass wir das machen wollen. Für den Fall, dass Karen irgendwann einmal wieder einen neuen Partner hat, für den Fall, dass ich jemals heirate und noch mehr Kinder habe. Damit immer klar ist: du bist und bleibst meine Tochter, mit allem, was dazugehört.«

Ich wich seinem Blick aus und begann, Sand auf meine nackten Füße zu häufen. »Kann ich dich was fragen?«

»Klar. Alles, das weißt du doch.«

Ich zögerte noch ein, zwei Augenblicke, dann fragte ich leise: »Hast du eigentlich eine Freundin?«

Ich spürte seine Augen auf mir. »Nein. Warum fragst du?«

»Nur so«, erwiderte ich achselzuckend. »Warum hast du keine?«

Ted lachte auf und klang dabei leicht verwirrt. »Na ja, ich war viel unterwegs in den letzten Jahren und das ist nicht unbedingt eine gute Basis für eine Beziehung. Auch meine Freunde sind über den ganzen Erdball verstreut. Hier in San Francisco habe ich eigentlich nur Hank, den ich noch von der High School kenne. Vielleicht magst du mal mitkommen? Hanks Frau Tammy ist sehr nett und sie haben zwei kleine Töchter.«

Ich konzentrierte mich ganz darauf, den Sand über meinen Füßen festzuklopfen. »Warst du nach Mam denn mit niemandem mehr zusammen?«

Er räusperte sich, und mit einem schnellen Seitenblick sah ich, wie er sich die Nasenspitze zwischen Daumen und Zeigefinger rieb. »Hm. Doch. Schon irgendwie. Aber nicht so richtig.« Seine sichtbare Verlegenheit ließ mich ein bisschen in mich hineingrinsen. Er machte eine kleine Pause und fügte dann leise hinzu: »Hat Karen denn ... Ah, vergiss es«, unterbrach er sich mit einem tiefen Ausatmen und fuhr sich durch die Haare. »So was sollte ich dich nicht fragen. Geht mich nichts an.«

Ich zeichnete Rillen und Schleifen in die glatt geklopfte Sandfläche über meinen Fußrücken und dachte an die Zeiten, in denen Mams Handy abends ab und zu gepiepst hatte und sie mit strahlenden Augen und einem kleinen Lächeln um den Mund zurückgesimst hatte. Ich hatte ein bisschen gebraucht, um diese SMS mit den lustigen Samstagabenden in Verbindung zu bringen, die ich bei Gabi und Heiner mit Brettspielen, Filmen oder einfach Essen und Quatschen verbrachte, um anschließend auf dem Ausziehsofa in Heiners Arbeitszimmer zu schlafen. Nachdem ich kapiert hatte, dass Mam an diesen Abenden eine Verabredung hatte, hatte ich jedes Mal aufs Neue gehofft, sie würde mir bald einen neuen Vater vorstellen, der dann bei uns leben würde oder wir bei ihm, und zeitweise hatte ich die Vorstellung sogar ganz gut gefunden, noch ein oder zwei Geschwister zu bekommen. Aber ich lernte nie einen Mann kennen, mit dem Mam sich traf, und es dauerte auch nie sehr lange, bis dann keine SMS mehr kamen.

»Auch nicht so richtig«, sagte ich jetzt. Teds Augen und meine trafen sich und wir tauschten ein kleines Lächeln.

»Deine Mutter war eine tolle Frau, die man nicht so leicht vergisst«, sagte er dann leise. »Ich hab ihr lange nachgetrauert. Du bist ihr übrigens sehr ähnlich. In vielen Dingen. Du machst auch immer so«, schmunzelnd schob er sich mit dem Zeigefinger eine Braue über dem Rand der Sonnenbrille zu einem Dreieckswinkel hoch, »wenn du kurz davor bist, auszuflippen.«

Ich lächelte, wackelte mit den Zehen und sah zu, wie die Sandkruste Risse bekam und dann brach. »Warum habt ihr euch eigentlich getrennt, du und Mam?«

»Ach«, erwiderte Ted mit einem Aufschnaufen, »das war damals alles ganz schön schwierig. Wir waren ja noch sehr jung und kannten uns auch noch nicht lange, da mussten wir ziemlich plötzlich neben dem Studium Eltern für dich sein. Es war toll, dich kleines Wesen bei uns zu haben, aber auch ganz schön anstrengend. Wir waren ständig knapp bei Kasse und mussten irgendwie den Alltag zwischen dir und der Uni organisieren. Dann hatte ich ja auch nur eine befristete Aufenthaltsgenehmigung, die ich mit einem Job am Lehrstuhl zwar verlängern konnte, aber dafür noch weniger Zeit für euch hatte. Das hat unserer Beziehung nicht gutgetan.«

Ich lehnte mich vor und fegte den Sand von meinen Füßen, pulte mir dann die Körnchen zwischen den Zehen hervor. »Hättet ihr denn nicht einfach heiraten können? Wegen der Aufenthaltsgenehmigung, meine ich. Oder es wenigstens noch mal miteinander versuchen?«

»Wir haben es noch mal versucht«, hörte ich ihn sanft sagen. Er klang traurig. »Das erste Mal, als du ungefähr drei warst, und das zweite Mal nach meiner Doktorarbeit. Da musst du fünf gewesen sein. Ja, genau, fünf warst du. Erinnerst du dich, als du da ein paar Tage bei Gabi warst? Wir sind nach Heidelberg gefahren, Karen und ich, weil ich dort schon immer mal hinwollte. Und weil wir dachten, nur wir zwei, in einer romantischen Umgebung … Aber wir haben uns eigentlich nur gestritten und sind dann drei Tage früher als geplant wieder zurückgekommen.« Er machte eine kleine Pause. »Ich wollte tatsächlich heiraten, aber Karen nicht. Sie wollte nicht so spießig sein wie ihre Eltern, hat sie immer gesagt.«

Ich sah ihm zu, wie er mit den Zehen im Sand herumgrub und dann unter einem Seufzen das eine Bein von sich streckte, während er den Unterarm auf dem anderen Knie ruhen ließ. »Wenn man noch sehr jung ist, sieht manches anders aus. Man ist überzeugt, wenn man nur genug liebt, schafft man alles. Auch, zusammenzubleiben, egal was kommt. Und es ist niederschmetternd, wenn man einsehen muss, dass Liebe manchmal einfach nicht reicht.« Einen weichen Zug um den Mund, sah er mich an. »Ich wünsche dir, dass du diese Erfahrung nie machen musst.«

Ich musste an Nathaniel denken und hatte plötzlich einen Kloß im Hals. Mein Blick fiel auf Teds Fuß und ich stutzte. In einer schnellen Bewegung reckte ich mein Bein vor und drückte meine Ferse dicht daneben in den Sand.

»Hey, schau mal!«, rutschte es mir heraus. »Du hast ganz genau die gleichen Füße wie ich!«

Ted betrachtete unsere Füße, die sich in ihrer Form wirklich verblüffend ähnelten: ziemlich groß und flach, mit langen, schlanken Zehen, abgesehen vom großen Zeh, der ein bisschen knubbelig geraten war. »Stimmt. Ich hab genau die gleichen Füße wie meine großartige Tochter.«

Verlegen erwiderte ich sein Lächeln, und ich hatte überhaupt nichts dagegen, als er zu mir herüberlangte und mir kurz über das Schulterblatt rieb, während wir nebeneinandersaßen und den Wellen zuschauten.

48

Es gab Momente, in denen ich dachte: Es ist ein Wunder, nichts als ein Wunder. Nicht allein, dass sie mich sehen und hören konnte. Sondern dass sie bei mir sein wollte, sooft sie konnte. Wie eine heranwogende Meereswelle war es, wenn sie sich dem Haus näherte, ein tiefes, dunkles Rauschen, das in ein helles Schäumen und Sprudeln überging, und dann konnte ich meist schon hören, wie sie durch den Korridor rannte. Bis sie gleich darauf vor mir stand, atemlos, mit strahlenden Augen und einem Lachen auf dem Gesicht, bevor ich dann die Arme um sie schlang und ihr Mund sich auf meinen legte.

Nur wer wie ich zwischen Diesseits und Jenseits gebannt war, hätte zu verstehen vermocht, wie es für mich war, neben ihr auf dieser Decke zu liegen und sie nicht nur anzusehen, sondern auch zu berühren. Berührungen, die sie erwiderte, indem ihre Hände über meine Form wanderten und dann in mich einsanken, meine Kraft verwirbelten und mal wilder, mal ruhiger strömen ließen, bis ich völlig benommen war und keinen einzigen klaren Gedanken mehr fassen konnte. Und wenn sie sich so eng an mich drückte, dass sie in mich eintauchte, wenn ihre Wärme mich irgendwo tief in mir umschmeichelte, zerging ich vor Glück.

Jede Nacht wartete ich ungeduldig darauf, durch die Straßen zu ihr zu jagen, wo sie hinter dem offenen Fenster ebenso ungeduldig auf mich wartete. Auf ihrem Bett schmiegte sie sich dann an mich, und obwohl ich spürte, wie sehr sie wach bleiben wollte, um jeden Augenblick auszukosten, klang ihr Murmeln irgendwann doch schläfrig, wurden ihre Lider doch irgendwann schwer. Ich betrachtete sie gern im Schlaf, wie sich ihre Brust hob und senkte, wie manchmal ein Zucken über ihr Ge-

sicht lief, ein Lächeln aufschien oder sie ein kurzes, drolliges Schnarchen von sich gab. Funny Girl.

In den ersten Nächten ging immer irgendwann die Tür auf und ihr Vater steckte den Kopf herein. Für einige Momente schaute er zu, wie sie tief und fest schlief. Ich mochte ihn, er sah nett und freundlich aus, und ich hatte das Gefühl, er liebte seine Tochter sehr. Aber wer hätte Amber auch nicht lieben können?

Die Nächte bei ihr waren die Zeit, in der ich fast vergessen konnte, dass wir verschiedenen Sphären angehörten. Als ob die Grenze zwischen unseren Welten in der Nacht durchlässiger war als am Tag, vielleicht weil der Schlaf näher am Tod ist als das Wachen. Bis am Morgen der Wecker neben ihrem Bett aufdringlich zu piepen anfing und ein Ruck durch Amber ging, sie Grimassen schnitt und ungehalten vor sich hin brummte. Doch wenn sie dann blinzelnd die Augen öffnete, ihr Blick auf mich fiel und sie mich anstrahlte, ihr verschlafenes Guten Morgen *murmelte und ihren Mund irgendwo zwischen meiner Wange und meinem Hals platzierte – dann war ich vollkommen versöhnt mit dem jähen Ende der Nacht.*

Aber auch nur jemand wie ich hätte zu verstehen vermocht, wie quälend es war, in ihrer Nähe zu sein. Weil mir das, was wir hatten, so unendlich kostbar war – und doch war es nie genug. Mit ihr kam die Erinnerung daran zurück, wie es war, in einem Menschenkörper zu leben. Ich hungerte danach, ihre Haut auf meiner zu spüren, und danach, dass sich ihre Wärme mit meiner mischte. Ich sehnte mich nach einer echten Umarmung, wollte fühlen, wie sie mich mit ihren Armen umklammerte. Ich sehnte mich danach, ihr Gewicht auf mir zu spüren, und wie sich ihr Haar auf mein Gesicht legte. Und ich gierte nach Küssen, die länger dauerten als nur einen ihrer Atemzüge, weil meine Kraft ihr dabei unweigerlich die Luft aus den Lungen sog.

Was ich von ihr hatte, war nur ein schwaches Echo, nicht mehr als ein Schatten, ein flüchtiger Lufthauch. Und ich bekam den Gedanken nicht aus dem Kopf, wie lange ihr das noch genügen würde, einem Mädchen wie ihr, das nicht nur hübsch war, sondern auch voll stürmischer Lebenskraft.

»Nathaniel«, hörte ich sie flüstern und richtete den Blick auf sie, wie sie in meiner Armbeuge lag, ihr Haar über dem Blaugrün der Decke ausgebreitet wie ein Fächer aus Seide.

»Mh-hm?« Ich lächelte in mich hinein, als sie zum wiederholten Male ihre Fingerspitzen an meine stupste; sie wurde nicht müde, diesen Funkenzauber heraufzubeschwören, der kribbelnd durch mich hindurchrann.

»Wie lange ist es her, dass du … Seit wann bist du ein … hm … Geist?«

Nachdenklich rieb ich das Kinn an meiner Schulter. »Ich weiß es nicht genau.«

»Auch nicht so ungefähr? Fünfzig Jahre vielleicht?«

Ich schüttelte den Kopf und tippte ihre Fingerkuppen mit meinen an. »Länger.«

Ihre Augen wurden groß. »Hundert Jahre?«

Meine Schultern hoben sich. »So in etwa, ja. Glaube ich.«

Ihre Augen wurden noch größer. »Erinnerst du dich denn an gar nichts mehr?«

Ich dachte an die blassen Bilder, den Nachhall von Gefühlen und Empfindungen, die mir geblieben waren. Wie es roch, wenn meine Mutter Eintopf kochte, und wie sie mich als kleinen Jungen auf dem Arm gehalten hatte. Die Backpfeifen, die sie austeilte, und wie mein Vater mir den Hintern versohlte, wenn ich wieder irgendetwas angestellt hatte. Aber auch daran, wie er manchmal seine Fiedel auspackte und darauf spielte, die Lieder, die er aus seiner Heimat mit nach Amerika gebracht hatte. An das Rattern und Bimmeln eines Cable Cars und die niedrigen Holzhäuser entlang der Straßen dachte ich und wie es einmal in der Nachbarschaft einen Brand gegeben hatte. An Pferdewagen und an die Segelschiffe im Hafen. Ich hatte es immer gern gemocht, im Hafen zu sein und den Möwen und Pelikanen zuzuschauen. Ein Mädchen fiel mir ein, das ich einmal an einer dunklen Straßenecke küsste und das erste, mit dem ich im Bett war. Nur schemenhafte Erinnerungen waren mir daran geblieben, weil ich die Gesichter, die Namen längst vergessen hatte. So wie meine Erinnerungen an die Stadt nach und nach von den Bildern überlagert worden waren, die sich später in meinem Gedächtnis festgesetzt hatten. Eine transparente Schicht nach der anderen, bis ich unsicher war, was aus der Zeit stammte, bevor ich starb, und was aus der so viel längeren danach.

Wie ich mit meinen Brüdern unter Johlen und Lachen einen kaputten Gummiball durch die staubigen Straßen kickte und mit ihnen raufte, daran erinnerte ich mich noch. An Casey. Tiernan. Brian. Henry. Und … und … an den Jüngsten von uns, den Nachzügler, den ich nicht mehr lange genug gekannt hatte, um seinen Namen im Gedächtnis zu behalten. Erinnerungen, an jedem einzelnen Tag meines Lebens aus so vielen Fäden gewoben, die sich abgenutzt hatten und brüchig geworden waren, bis das Gewebe fast nur noch aus Löchern bestand; bald würde es wohl gänzlich zu Staub zerfallen.

»An nicht besonders viel, nein.«

Sie rollte sich auf die Seite, stützte sich auf dem Ellenbogen auf und lehnte das Kinn gegen die Faust. »Erinnerst du dich noch daran, wann du geboren bist?«

Ich starrte vor mich hin und versuchte verzweifelt, die Erinnerung daran heraufzubeschwören. Doch in mir herrschte Leere. Bis sich mein Mund von selbst öffnete. »Acht …«, kam es zögerlich heraus. »Achtachtzehn … acht … acht … achtundfünfzig.« Wie ein Schluchzen lief es durch mich hindurch, als ich mich daran erinnerte.

Ihr Mund blieb offen stehen. »Achtzehnhundertachtundfünfzig?«, wiederholte sie heiser.

»Im November«, schoss es aus mir heraus, und unsicher setzte ich hinzu: »Glaube ich.«

Ihre Augäpfel ruckten in den Höhlen hin und her; ich sah ihr an, wie sie nachrechnete. »Wow – dann bist du rund einhundertvierzig Jahre älter als ich!« Ihr Mund krümmte sich zu einem kecken Lächeln und in ihren Augen blinzelte es schelmisch auf. »Dann verbringe ich ja meine Zeit hier mit einem richtig alten, gesetzten Herrn. Merkt man dir gar nicht an.« Sie wurde wieder ernst. »Und wie alt warst du, als du … als du gestorben bist?«

»Neunzehn?«, gab ich so unsicher von mir, dass es wie eine Frage klang. »Neunzehn … oder – oder zwanzig?«

»Achtzehnhundertsiebenundsiebzig oder -achtundsiebzig«, hörte ich sie grüblerisch murmeln, dann hefteten sich ihre Augen auf mich. Die Erschütterung in ihrer Stimme verwirrte mich, weil Zeit schon lange keine Bedeutung mehr für mich besaß. Nur noch die Zeit mit ihr.

»Mehr als einhundertdreißig Jahre …« Ihre Augen schimmerten auf, als würden Tränen darinstehen, und sacht fuhren ihre Finger über meine Wange. Ihre Brauen, ihr Mund waren in Bewegung und spiegelten wider, was in ihr vorging. Als versuchte sie nachzuempfinden, wie das für mich sein musste, und mehr als alles andere an ihr war es das, weswegen ich in diesem Moment endgültig mein Herz an sie verlor.

49

Einhundertdreißig Jahre … Eine unvorstellbar lange Zeit.

Mehr als einhundertdreißig Jahre lang war Nathaniel also schon dazu verdammt, zwischen der Welt der Lebenden und der der Toten festzusitzen, nach einem Leben, das nicht viel länger gedauert hatte als meines bis jetzt und gerade mal halb so lang wie das von Mam. So ungerecht kam es mir vor – und so unsagbar traurig. Etwas Schweres legte sich auf meine Brust und drohte sie zu zerquetschen; ich konnte nur noch stoßweise Atem holen.

»Wie … wie bist du … gestorben?«, brachte ich flüsternd hervor, während ich unaufhörlich über seine Wange streichelte.

»Ich weiß es nicht«, raunte er, und meine Haare flatterten unter seiner Hand, als er mir darüberstrich. »Es ist wie … wie wenn dicker Nebel über der Bay hängt. Du weißt, welche Straßen, welche Häuser sich darunter verbergen, ahnst ungefähr, wo du bist, aber du kannst einfach nichts mehr erkennen. Und so geht es mir mit der letzten Zeit, bevor … bevor …« Er verstummte.

»Was ist das Letzte, woran du dich erinnerst?« Mitten in seiner Bewegung hielt er inne. Dann nahm er seine Hand weg und bog den Kopf zurück; sogar meinem Blick wich er aus. »Nathaniel?« Er vergrub die Finger in seinen Locken; in seinem Gesicht zuckte es, und mir wurde flau im Bauch, als ich sah, wie er mit sich rang. »Nathaniel?« Meine Stimme war kaum noch zu hören.

»Ich …« Seine Schultern ruckten unruhig hin und her und in einer energischen, fast zornigen Bewegung wischte er über die Decke unter sich. »Da war ich mit einem Mädchen zusammen.« Trotzig klang er, beinahe störrisch.

Ich blinzelte. »Und warum fällt es dir so schwer, mir das zu … Oh.« Meine Wangen wurden heiß. »Du meinst, ihr wart zusammen … im Bett?« Die letzten Worte hatte ich nur noch gehaucht; mein Gesicht fühlte sich an, als würde es grellrot leuchten. Und als Nathaniel mit abgewandtem Kopf nickte, traf es mich mitten ins Herz.

Ich rollte mich auf den Rücken und starrte an die Rosenblüten und Ranken an der Decke der Eingangshalle. »Hast … hast du sie geliebt?« Meine Augen schlossen sich, und in mir verkrampfte sich alles, während ich auf seine Antwort wartete.

»Nein.« Schuldbewusst klang er, und wie um sich zu verteidigen, setzte er hinzu: »Aber ich hab sie ganz gern gemocht.«

Obwohl ich wusste, dass es völlig absurd war, wurde es mir eng in der Brust, weil Nathaniel vor weit über einhundert Jahren ein Mädchen auf eine Art in den Armen gehalten und geküsst hatte, wie er mich niemals in den Armen halten und küssen könnte, ein Mädchen, das schon längst nicht mehr lebte. Hastig rollte ich mich halb auf den Bauch, von ihm weg, ein Knie angezogen und mein glühendes Gesicht hinter den Unterarmen verborgen. Ich hatte nie eines der Mädchen sein wollen, die einen Jungen danach fragten, ob er sie mochte, aber ich musste es unbedingt wissen.

»Magst du mich auch *ganz gern?*«, würgte ich hervor und schämte mich dafür in Grund und Boden.

Ein sanfter Wind glitt über mich hinweg, als Nathaniel sich dicht an mich heranschob und den Arm um mich legte. »Ich weiß nicht mehr viel von früher«, raunte er mir ins Ohr und verwirbelte dabei meine Haare, »aber eines weiß ich ganz gewiss: Ich hab noch nie für ein Mädchen empfunden, was ich für dich empfinde. Denn das könnte ich nie vergessen. Bis in alle Ewigkeit nicht.«

Ich kniff die Augen zu und krümmte mich fester zusammen, um

nicht zu zerplatzen unter dem Glücksgefühl, das wie ein Sturm durch mich hindurchtoste. Unter den luftigen Küssen, die Nathaniel in meine Haare, auf mein Ohr und meine Schläfe tupfte, entwich mein angehaltener Atem nach und nach. Ich drehte mich auf den Rücken und schaute zu ihm auf, wie er halb auf mir lag, halb über mir schwebte, die Hände links und rechts von mir abgestützt. »Hat … hat dieses Mädchen vielleicht etwas damit zu tun, dass du … ums Leben gekommen bist?«

Er schüttelte den Kopf. »Nein. Auch da bin ich mir sicher.«

Meine Augen wanderten über die Verzierungen aus Stuck und die holzverkleideten Wände, über den schillernden Lichtsee, den die Blumen im Glasfenster auf den Boden malten, die feinen Stäubchen, die darüber tanzten und glitzerten. »Und dieses Haus?«

Nathaniel hob den Kopf und sah sich ebenfalls um. »Das hier war nie mein Teil der Stadt. Ich kann mich nicht erinnern, früher jemals hierhergekommen zu sein.« Er stützte einen Ellenbogen auf, legte den Hinterkopf in die Handfläche und sah mich an. »Meine erste Erinnerung danach ist, wie ich ziellos durch die Straßen gewandert bin, überzeugt davon, ich hätte den Verstand verloren, weil ich meinen Körper nicht mehr richtig spüren konnte. Weil die Welt anders aussah und anders klang, weil ich nichts mehr roch und nichts mehr schmeckte. Weil ich plötzlich schwerelos war und mich niemand wahrnahm, auch nicht die Leute, die ich erst ansprach, dann anbrüllte. Die ich beim Arm zu packen versuchte und nur ihren Ärmel greifen konnte, nie sie selbst. Während ich mühelos Kisten umzustoßen vermochte und mit meinem Zorn sogar Fässer umkippen ließ, ohne sie zu berühren.« Sein Blick wanderte über mich weg durch den Raum. »Erst viel später hat es mich hierherverschlagen. Ich weiß nicht, warum, aber dieses Haus hat mich angezogen wie ein Magnet. Als ob ich hier in Sicherheit sein und andererseits auch keinen Schaden anrichten könnte. Als ob ich einfach hierhergehörte.«

»So geht es mir auch«, flüsterte ich. »Vom ersten Augenblick an.« Nathaniel richtete seinen Blick wieder auf mich, und ich legte meinen Kopf auf der Decke zurecht, um ihn besser ansehen zu können. »Glaubst du, wir kennen uns aus einem früheren Leben?«

»Ich bin noch nie einem Mädchen wie dir begegnet«, sagte Nathaniel leise. Ein kleines Lächeln tanzte über mein Gesicht, und die Haut auf meinem Arm kräuselte sich wohlig, als er mit seinen Fingern darauf entlangstrich. »Verrätst du mir auch was über dich?«

»Was denn?«

»Was ist deine Lieblingsfarbe?«

Das Lächeln blieb auf meinem Gesicht und ich sah ihm in die Augen. »Grün. – Und was ist deine Lieblingsfarbe?«

Nathaniel erwiderte mein Lächeln. »Blau. Es muss einfach Blau sein. Genau wie deine Augen.«

Es war albern. Es war kitschig. Es war wunderschön. Hinter meinem Brustbein kitzelte es, ein Kichern sprudelte hervor, und schließlich lachte ich zu den Rosen, Blättern und Ranken hinauf, Nathaniels tiefes Lachen in meinem Ohr.

Selig schloss ich die Augen, als seine Hand sich unter den Saum meiner Bluse schob, der dabei aufflatterte, und ein kribbelnder Schauder meine Taille aufwärtsrann; scharf sog ich die Luft ein, als Nathaniels Gesicht sich gegen meine Brust drückte. Ich fuhr mit den Fingern durch seine Locken, wollte sie tief darin vergraben, sie ihm zärtlich zerraufen – und griff in einen umherwirbelnden Dunst. Meine Hände verkrampften sich zu Fäusten und jeder Muskel in mir spannte sich an. Ich wünschte mir so sehr, Nathaniel spüren zu können. Ich wollte so sehr einen warmen, atmenden Körper greifen, Haut und Haare unter meinen Fingern haben.

Mutlos ließ ich die Hände sinken.

50

»Bitte, Matt!« Ich lehnte mich mit der Schulter gegen die rot lackierten Schließfächer und setzte mein flehentlichstes Gesicht auf.

Matt verschränkte die Arme über dem schwarzen T-Shirt, das er über einem ausnahmsweise weißen Longsleeve trug. Auf dem Shirt prangte ein Totenkopf, der breit grinste, obwohl seine Kieferknochen gerade zerschmolzen und der herablaufende Schmodder den Schriftzug *KORN* mit spiegelverkehrtem *R* bildete. Matt hatte eindeutig nicht nur bei Kaffee einen bizarren Geschmack.

»Ich wüsste nicht, was ich da für dich tun könnte«, knurrte er. »Google kannst du sicher auch ohne meine Hilfe bedienen.«

»Das hab ich doch!«, verteidigte ich mich heftig. »Aber ich konnte nirgendwo was Brauchbares finden!«

»Tja, Pech.« Matt zuckte gleichgültig mit den Schultern.

»Aber wenn du dich vielleicht in irgendeine Datenbank ...«, unwillkürlich senkte ich meine Stimme zu einem Flüstern, »... einhacken würdest ...« Mit schräg gelegtem Kopf sah ich ihn eindringlich an. »Bitte!«

»Jaaah«, begann Matt gedehnt, »das ist der große Nachteil, wenn man sich mit einem Geist einlässt. Man hat keine Ahnung, mit wem man es zu tun hat, und der tolle Hecht kann einem dummerweise auch gar nicht viel über sich verraten, weil sein Gedächtnis ungefähr so löchrig ist wie ein Schweizer Käse.« Ein Bein vor das andere gekreuzt, wippte er angriffslustig mit der Ferse seines Sneakers.

»Als ob du eine Vorstellung von Schweizer Käse hättest!«, schoss ich mit heißen Wangen zurück.

Auf Matts Gesicht blitzte ein kleines Grinsen auf. »Hey, du bist in Amerika – hier gibt's alles! Auch Schweizer Käse. Aus Ohio.«

Ich gluckste in mich hinein, fuhr dann aber ernst fort: »Bitte, Matt! Kannst du es denn nicht wenigstens mal versuchen?«

»Können könnt ich schon«, erwiderte Matt und kraulte sich genüsslich seinen Kinnbart. »Aber ich find's schon ganz schön viel verlangt, dass ich dieses ziemlich kranke Beziehungs-Dings irgendwie unterstützen soll.«

Eine flammende Röte kroch mir bis unter die Haarwurzeln. »Krieg du erst mal dein *Beziehungs-Dings* mit Holly zum Laufen, bevor du dir ein Urteil über Nathaniel und mich erlaubst!« Matt funkelte mich nur aus seinen schmalen, dunklen Augen an und ich seufzte. »Ich kann ja verstehen, dass du skeptisch bist. Aber ich bin sicher, wenn du Nathaniel näher kennen würdest, dann …«

»Oh nee, Amber, komm mir nicht so!«, fuhr Matt mich an und kickte gegen seinen Rucksack, der auf dem Boden stand. »Solche Sprüche habt ihr Chicks immer genau dann drauf, wenn ihr scharf auf einen Typen seid, der garantiert Gift für euch ist! Weil er Drogen vertickt, an der Flasche hängt, wild durch die Gegend poppt, gern mal zuschlägt oder sonst irgendwelche abartigen Vorlieben hat. Das muss irgendeine Hormonsache sein, die zum totalen Crash in eurem Hirn führt.« Er zog einen Mundwinkel zur Andeutung eines Grinsens hinauf. »Da musst du schon mit einem wesentlich besseren Grund ankommen.«

Ich lehnte die Schläfe gegen das kühle Metall. »Vielleicht weil …« Ich schluckte und in meinem Bauch flatterte es ängstlich. »Weil wir so was wie … wie Freunde sind – du und ich?« Unsicher sah ich ihn an.

Matt hob eine Braue. »Ah, die emotionale Schiene, auch nicht schlecht.« Seufzend richtete er sich auf. »Da kann ich mit meinem weichen Herz natürlich nicht widerstehen.« Mit einem meckernden Lachen wich er meinem Boxhieb aus, zog sein iPhone aus der Hosentasche, drückte kurz darauf und hielt es mir unter die Nase. Als ich ihn fragend ansah, verdrehte er die Augen. »Schon mal was von Sprachmemo-Funktion gehört?«

Na super. Hoffentlich löschte Matt die Aufnahme hinterher sofort wieder und zog mich nicht ewig damit auf, wie bescheuert ich mich anhörte. Verlegen räusperte ich mich und spulte hastig das wenige herunter, was ich Nathaniel nach und nach hatte entlocken können, während wir Gesicht an Gesicht nachmittags auf meiner Decke in dem alten Haus lagen oder nachts im Schein meiner Nachttischlampe auf meinem Bett. »Nathaniel. 1858 in San Francisco geboren, vermutlich im November, und entweder 1877 oder 1878 hier auch gestorben. Fünf Brüder, Casey, Henry, Brian, Tiernan und einen, dessen Namen er nicht mehr weiß.« Matts spöttisch hochgezogene Braue ignorierte ich einfach. »Sein Vater hieß wohl auch Henry und seine Mutter Eileen oder Aislin oder so ähnlich.« Als ich verstummte, machte Matt mit der freien Hand eine auffordernde Geste, und ich schüttelte den Kopf. »An mehr erinnert er sich leider nicht mehr.«

Mit zusammengezogenen Brauen tippte Matt auf dem iPhone herum. »Kein Nachname? Auch sonst keine Fakten und Daten?« Ich schüttelte den Kopf und Matt stöhnte. »Das ist ja nun wirklich nicht besonders viel! Spontan würde ich von den Namen her auf irische Einwanderer tippen, aber hast du eine Ahnung, wie viele es davon damals hier gab, hm? Dachte ich mir. Massen, Amber, Massen! Rund ein Drittel der Menschen hier in SanFran war irischer Abstammung.« Er sah mich über das iPhone hinweg an und strich sich den Goatee glatt. »Und dir ist hoffentlich auch klar, dass es die Register über Geburten, Hochzeiten und Todesfälle aus der Zeit nicht mehr gibt? Alles nach dem großen Beben von 1906 in Flammen aufgegangen.«

»Ich weiß«, flüsterte ich beklommen; das hatte ich während meiner eigenen laienhaften Recherche auch schon herausgefunden.

»Eine andere Möglichkeit wären Zeitungsarchive«, grübelte Matt halblaut vor sich hin und tippte dabei auf dem Touchscreen herum. »Aber kann gut sein, dass da vieles nur in Papierform oder auf Microfiche vorliegt.« Energisch kaute er auf der Unterlippe herum. »Ich schau mal, was ich tun kann. – Hey, jetzt schau nicht so belämmert! Wenn jemand was rausfindet, dann der gute alte Matt. Du weißt ja: *Fuck Google* …« Er zwinkerte mir zu.

»… *ask Matt*, ich weiß.« Mit einem kleinen Lächeln fügte ich hinzu: »Danke.«

»Ach so, ähm«, er deutete mit seinem iPhone auf mich, »dir ist schon klar, dass ich dafür eine gewisse Gegenleistung von dir erwarte?« Fragend runzelte ich die Stirn. »Na ja – ein Kuss wäre ja das Mindeste, oder?«

Ich starrte ihn entsetzt an und zuckte dann zusammen, als Matt schallend zu lachen anfing, dabei auf der Stelle herumhüpfte und mir das Display seines Handys hinhielt. »Schau dir doch bloß mal an, wie du gerade geguckt hast! Whuhuhuuuu! Ich lach mich schlapp!«

»Du Blödmann!«, quiekte ich los. Schon die ersten kribbelnden Vorboten eines Lachens in der Magengegend, grapschte ich mir den Ärmel seines Longsleeves und trat ihn spielerisch vors Schienbein. Lachend lieferten wir uns einen kleinen Ringkampf, der in gegenseitigen Schubsern und Püffen auslief.

»Okay, dann kümmer ich mich jetzt erst mal um die dunkle Vergangenheit deines Schlossgespensts«, feixte Matt. »Falls ich heut noch was rauskrieg, sims ich dir – sonst sehen wir uns morgen.«

Ich sah ihm hinterher, wie er auf die Treppe zutigerte, und fing dabei die Blicke zweier Schülerinnen auf, die betont unauffällig und gleichzeitig bemüht dekorativ vor der Tür zur Mädchentoilette herumstanden: Sharon und Felicia, die ich noch nie auf diesem Korridor gesehen hatte. Ihre für die Jefferson High viel zu engen T-Shirts, die extrem kurzen Röcke, hochhackigen Sandalen und das viele Make-up in ihrem Gesicht hatten sie bestimmt in ihren Schließfächern auf einem anderen Stockwerk gebunkert gehabt und nach der letzten Stunde hervorgeholt, um sich hier auf dem Klo aufzubrezeln. Mit einem schüchternen Lächeln nickte ich ihnen kurz zu, worauf beide demonstrativ wegsahen und miteinander zu tuscheln anfingen. Ich konnte es ihnen nicht mal übel nehmen, schließlich hatte ich ihnen mehrmals deutlich zu verstehen gegeben, dass ich auf ihre Gesellschaft keinen großen Wert legte.

Seufzend drehte ich mich zu meinem Fach, packte meinen Rucksack und sperrte die Tür zu. Ich wollte mich gerade umdrehen, als es in meinem Nacken zu prickeln begann. Ein kaltes Rieseln rann mein Rückgrat hinab und mit hochgezogenen Schultern wandte ich mich langsam um.

Ich entdeckte ihn sofort, wie er neben der Tür zur Jungstoilette an der Wand lehnte und mich mit seinen veilchenblauen Augen fixierte. Eine ganze Weile hatte ich ihn schon nicht mehr hier gesehen, den Jungen mit den stoppelkurzen Haaren und dem Gesicht, das spitz war wie das einer Maus. Es war merkwürdig: Jetzt da ich wusste, dass er ein Geist war und Matt ihn auch sehen konnte, wirkte er auf mich weniger unheimlich als vielmehr bedrohlich. Und auch er schien mich plötzlich anders wahrzunehmen. Während er früher nie eine Miene verzogen hatte, krümmte sich sein Mund jetzt zu einem spöttischen Lächeln und öffnete sich dann zu einem verächtlichen Grinsen, das mir einen Schauder nach dem anderen über die Haut laufen ließ.

»Ich hab keine Angst vor dir«, flüsterte ich, und sein Grinsen wurde breiter. Ich machte einen festen Schritt auf ihn zu und gleich noch einen, als wollte ich ein wildes Tier in die Flucht jagen. »Ich hab keine Angst vor dir, hörst du!«

»Solltest du aber.« Als eisiger Luftzug jagte der Nachhall seiner flachen, blechernen Stimme im Kreis um mich herum.

»Verschwinde«, fauchte ich ihn an und ging weiter auf ihn zu. »Hau ab!«

Er öffnete seinen Mund und lachte, ein hohes, dünnes Lachen wie das Klirren von Glas, bis er sich rückwärts in die Tür zur Jungstoilette fallen ließ wie in einen Swimmingpool. Noch bevor sein grelles Lachen in meinen Ohren verklungen war, brandete ganz aus der Nähe weiteres Gelächter an mich heran, und ich wandte den Kopf.

Auf ihren hohen Hacken hielten sich Sharon und Felicia gerade noch so in der Balance, während sie sich vor Lachen bogen, zwischendurch nach Luft schnappten und hysterisch mit den Händen vor ihrem Gesicht herumwedelten, um ihre Lachtränen zurückzudrängen. Und neben ihnen, seine Haut noch dunkler gegen das blendende Weiß seines T-Shirts, unter dem sich seine Muskelpakete abzeichneten, baute sich die breitschultrige Gestalt von Shane Diggs auf, der mich mit gerunzelter Stirn anstarrte.

Spitzenklasse. Spätestens morgen würde die gesamte Jefferson High wissen, dass ich einen ganzen Satz Schrauben locker hatte, weil ich mit Toilettentüren redete. Richtig toll, wirklich. Mein Gesicht glühte unter den Hitzewellen, die eine nach der anderen von meinem Hals aus aufwärtskrochen.

»Auch schon egal«, knurrte ich, packte den Schultergurt meines Rucksacks fester, schwang mit einem Kopfrucken meine Haare über die Schultern und marschierte mit hochgerecktem Kinn an den dreien vorbei zur Treppe, ohne sie eines Blickes zu würdigen.

»Warte!«, hörte ich eine tiefe, warme Stimme hinter mir rufen. Ungerührt stakste ich die ersten Stufen hinunter. »Hey, du! Wart doch mal! Jetzt bleib doch mal stehen!«

Aus dem Augenwinkel sah ich Shane Diggs neben mir auftauchen und ich fuhr herum. »WAS?!«

»Ich … Ähm.« Er starrte mich an und spielte nervös am Gurt seines Rucksacks herum; um seine Brauen und seinen Mund zuckte es dabei. Für den Football-Superstar und Mädchentraum der Schule, der bis in den kleinen Zeh durchtrainiert aussah und garantiert ein prima Model für Unterwäsche abgegeben hätte, stand er irritierend unsicher vor mir.

»Was?!«, giftete ich noch einmal, dieses Mal etwas leiser.

»Kann … kann ich dich vielleicht nach Hause bringen? Ich bin mit dem Auto da.«

Ich war auf einiges gefasst gewesen, aber ganz sicher nicht auf diese Frage, die im ersten Moment so gar keinen Sinn zu machen schien. Dann begriff ich, straffte meine Schultern und gab so hochmütig wie möglich zurück: »Danke, kein Bedarf. Mir geht's gut, ich brauch keine psychologische Notfall-Ambulanz!«

Ich war gerade zwei Stufen weiter hinuntergegangen, als ich ihn leise sagen hörte: »Aber ich vielleicht.«

Ich blinzelte verwirrt und drehte mich dann wie in Zeitlupe zu ihm um. Menschen, die wirklich Geister sehen können, haben eine ganz bestimmte Furcht im Blick, hatte Matt gesagt. Ich war mir nicht sicher, wie ich den Ausdruck in Shanes schwarzbraunen Augen deuten sollte, aber was zwischen ihm und mir im Treppenhaus in der Luft lag, erinnerte mich an das Gefühl, das ich in jenem Moment bei Starbucks mit Matt gehabt hatte. Als ob ein Schlüssel nach langer, vergeblicher Fummelei plötzlich anstandslos in das Türschloss glitt, in das er passte, und sich dann auch drehen ließ. Und trotzdem schien mir der Gedanke, dass ausgerechnet Shane Diggs ebenfalls *die Gabe* haben sollte, so schräg, dass ich zögerte.

»Ich glaube, es gibt da was Wichtiges, über das ich mit dir reden muss«, raunte er und deutete mit einem Kopfrucken hinter sich. »Und außerdem könntest du den beiden ruhig den Tiefschlag gönnen, uns zusammen weggehen zu sehen.«

Ich folgte seinem Blick zu Sharon und Felicia, die wie zufällig oben an der Treppe standen und halb fassungslos, halb feindselig zu uns hinuntergafften.

Ein kleines Grinsen zappelte um meine Mundwinkel. Als mein Blick zufällig auf die Muskelrippen fiel, die sich unter Shanes T-Shirt abzeichneten, wandte ich schnell den Kopf ab und zuckte wie beiläufig mit den Schultern. »Okay. Meinetwegen.«

51

Während ich auf dem Beifahrersitz des zwar nicht mehr brandneuen, aber trotzdem schnittigen schwarz glänzenden Flitzers hockte, musterte ich Shane aus dem Augenwinkel. Er war ein guter und sicherer Fahrer, der sich mit dem Auto genauso geschmeidig durch den Nachmittagsverkehr auf der California Street bewegte wie zu Fuß durch die Cafeteria und die Gänge der Jefferson High. Zwischen den Anweisungen der nervigen Frauenstimme des Navis, das er noch in der Parklücke am Straßenrand mit meiner Adresse programmiert hatte, erzählte er mir, dass er über das Football-Team der Eagles locker mit Sharons Bruder Jeff befreundet war. Von ihr wusste er, wie ich hieß und dass ich aus Deutschland hierhergezogen war, und er wollte wissen, wie es mir hier so gefiel. Shane wohnte in Haight-Ashbury (*Klingt jetzt sicher mehr nach Hippies und Beatniks, als es tatsächlich ist*, fügte er mit einem kleinen Grinsen hinzu, *obwohl es bei uns zu Hause wirklich bunt und ein bisschen chaotisch zugeht*), besuchte AP-Kurse in Bio, Chemie und Psychologie und hoffte auf ein Sportstipendium fürs College und das Medizinstudium. Zwar verdiente sein Vater als Unfallchirurg im General Hospital am Potrero Hill ganz gut und auch seine Mutter war immerhin Anwältin. Aber offenbar vertrat sie meist hoffnungslose Fälle, und schließlich waren noch zwei jüngere Schwestern da, die auch einmal aufs College und an die Uni wollten.

Irgendwie wäre es mir lieber gewesen, er hätte dem Klischee des gut aussehenden Sportlers mit weicher Birne oder wenigstens arrogantem Gehabe entsprochen. Immer wieder wanderte mein Blick zwischen seinen großen, biegsamen Händen am Lenkrad und seinem kräftigen Gesicht unter den extrem kurz geschorenen Haaren hin und her und blieb dabei öfter mal an seinem Oberarm kleben, wo der trainierte Bizeps auf gut zwei Zentimetern Länge die Ärmelnaht gesprengt hatte. Dass Shane zu all dem auch noch intelligent war, Gutmenschentum quasi in seinen Genen hatte und durch und durch sympathisch wirkte, schien mir eine himmelschreiende Ungerechtigkeit. Kein Wunder, dass fast die gesamte weibliche Hälfte der Jefferson High und sicher auch der schwule Prozentsatz der anderen Hälfte hinter ihm her waren.

»Da wären wir«, brummte Shane in meine Gedanken hinein, während er den Wagen an Leroy's auf der anderen Straßenseite vorbei die Sacramento Street bergab ausrollen ließ und dann mit laufendem Motor in zweiter Reihe vor dem vanillegelben Haus mit der Nummer 1474 anhielt.

»*Sie haben. Ihr Ziel. Erreicht*«, bestätigte die Navi-Lady.

»Danke fürs Mitnehmen.« Ich öffnete den Gurt und griff zu meinem Rucksack. Ohne mich anzusehen, nickte Shane nur und umklammerte mit beiden Händen das Lenkrad. »Worüber wolltest du eigentlich mit mir reden?«, fragte ich dann behutsam.

Shane blies die Wangen auf und stieß laut den Atem aus. »Ist gar nicht so einfach … Ich … Ach, vergiss es.« Er löste eine Hand vom Lenkrad und fuhr sich damit über den rasierten Schädel; als er sie wieder auf das Lenkrad legte, sah ich, wie sie dabei zitterte.

Zwischen den parkenden Autos auf der rechten Seite trat eine Frau in kurzem Rock und Seidenbluse auf die Straße und stöckelte auf einen cremefarbenen SUV weiter vorne zu; ich schaute ihr zu, wie sie einstieg und in Millimeterarbeit auszuparken begann.

»Magst … magst du vielleicht dein Auto dort abstellen und mit hochkommen?«

»Kaffee wäre prima, danke.« Unaufhörlich wanderten Shanes Augen durch die Küche. »Nett habt ihr's hier. Vor allem so ordentlich. Meine Mom wäre neidisch! Mit Dads Schichtdiensten, ihrer eigenen Arbeit und uns drei Kids kommt sie nämlich kaum mit Aufräumen hinterher.«

»Wie alt sind deine Schwestern?« Ich reckte mich nach den Kaffeebechern im Oberschrank.

»Tamika ist dreizehn, Kayla acht. Jede für sich kann schon ganz schön anstrengend sein …« Shane unterbrach sich und wartete, bis das Mahlwerk ausgerattert hatte. »Aber zusammen sind sie die Pest.« Ich schmunzelte, ließ den zweiten Kaffee aus der Maschine und holte solange schon mal die Milch aus dem Kühlschrank.

»Was macht dein Dad beruflich?«, wollte Shane wissen, als ich ihm einen Becher Kaffee hinstellte und er sich auf meinem Platz in der Küche niederließ.

»Er ist Professor für Anthropologie an der State University.« Ich pflanzte mich mit meinem Becher Milchkaffee auf Teds Stuhl und zog ein Knie herauf.

»Wow. Abgefahren.« Vorsichtig nippte Shane an seinem Kaffee und seine Brauen schnellten hoch. »Mann, ist der stark!«

»Das ist eine europäische Maschine«, erklärte ich nicht ohne Stolz und schob den Milchkanister näher zu Shane, aber er winkte ab und nippte noch einmal an seinem Becher. »Ted hat mir mal erzählt, dass ihn die erste Tasse Kaffee damals in Deutschland fast umgehauen hat. Aber dann ist er auf den Geschmack gekommen und seither trinkt er ihn immer so wie bei uns in Europa.«

Ein winziges Lächeln blitzte auf Shanes Gesicht auf, bevor er sich mit ernster Miene auf seinen Kaffee konzentrierte. »Sharon hat mir von deiner Mom erzählt. War sie krank?«

Ich trank einen Schluck und sah Shane über den Tisch hinweg an. Er hatte eine angenehme Art, danach zu fragen, nüchtern, aber nicht gefühllos, vor allem ganz ohne Befangenheit oder gar triefendes Mitleid. Sicher würde er später mal einen ziemlich guten Doc abgeben.

»Glioblastom«, erwiderte ich nur.

»Verdammt«, kam es genauso kurz von ihm.

»Yapp.« Ich fing seinen Blick auf und begann zu ahnen, wie viel Mut es Matt gekostet haben musste, damals bei Starbucks die magischen Worte zu sagen. Um ein Haar wären sie mir in der Kehle stecken geblieben, und ich rang heftig mit mir, bis ich dann doch heiser herausbrachte: »Du siehst sie auch, oder?«

Shanes Augen saugten mich förmlich auf, bevor er schnell wegsah. Ein wackliges Lächeln zog über seine linke Gesichtshälfte. »Bis … bis vorhin …« Er schluckte. »Bis vorhin war ich überzeugt, ich wäre der Einzige. Der Einzige, der diesen unheimlichen Typen an der Schule sieht. Und nicht nur ihn.« Ein Lachen, nervös und fast so bitter wie der Kaffee in unseren Bechern, rutschte ihm heraus. »Kannst du dir vorstellen, wie das für mich die ganze Zeit gewesen ist? Jemand wie ich, der Wide Receiver des Footballteams, der fast jeden Pass des Quarterbacks fängt und zum Touchdown bringt – ein As in den Naturwissenschaften, glaubt, er kann Geister sehen. Wie peinlich ist das denn!«

»Hey, nimm mal nicht die ganze Peinlichkeit allein für dich in Anspruch!«, gab ich barsch zurück. »Ich will auch noch was davon abhaben.«

Shane richtete den Blick auf mich, dann breitete sich ein hell leuchtendes Grinsen auf seinem dunklen Gesicht aus. »Verzeihung, Ma'am. Wie unhöflich von mir. Selbstverständlich lasse ich Ihnen Ihren Anteil daran.«

Wir lachten beide leise, bevor wir wieder in unsere Kaffeebecher stierten.

»Als ich dich vorhin da gesehen hab«, sagte er nach einer Weile rau, »wie du so mutig auf ihn zugegangen bist, ihn angeblafft hast, bis er verschwand – da dachte ich zuerst, ich halluziniere. Ich dachte, die ganzen *Shrinks*, zu denen meine Eltern mich geschleppt haben, hätten recht, genau wie der Reverend unserer Gemeinde. Dass die Geister, die ich zu sehen glaube, eine Projektion meines Unbewussten sind. Ein Weg, um mit meinen Schuldgefühlen umzugehen, vielleicht auch, um mich selbst zu bestrafen. Und dann«, er lachte wieder, wärmer dieses Mal, »und dann sehe ich dich und mir kommt zum ersten Mal der Gedanke, dass es wirklich wahr sein könnte.«

»Siehst du sie, seit ... seit ...« Shanes eindringlicher Blick brachte mich erst zum Stottern, dann zum Verstummen.

»Das mit Lauren war vermutlich mit das Erste, was du über mich gehört hast, oder?« Ich nickte beschämt. »Schon klar.« Er atmete tief ein. »Ich finde es komplett krank, wie es die ganzen Tussen antörnt, dass meine Freundin tödlich verunglückt ist. Als ob jede davon überzeugt wäre, sie und *nur* sie könnte wiedergutmachen, was da bei mir kaputtgegangen ist. Um dann die allseits bewunderte und beneidete Prinzessin an meiner Seite zu spielen.« Er trank einen Schluck Kaffee und schüttelte den Kopf. »Du bist irgendwie ... anders.« Ein kleines Lächeln schien auf seinem Gesicht auf. »Lauren hätte dich bestimmt auf Anhieb gemocht.« Sein Lächeln bekam etwas Trauriges, als er seinen Becher abstellte und in die Gesäßtasche seiner Jeans langte, seinen Geldbeutel hervorzog und ein Foto herausfischte, das er vor mir auf den Tisch legte.

Neugierig lehnte ich mich vor. Das Mädchen mit den langen, silbrigblonden und ein bisschen verwuschelten Haaren, das in einem übergroßen weißen Herrenhemd auf einem Fensterbrett saß, war einfach nur schön. Ihr ebenmäßiges, ungeschminktes Gesicht wirkte sanft, und obwohl sie mit ernster Miene in die Kamera schaute, hatte sie ein schalkhaftes, fast freches Funkeln in den türkisblauen Augen mit den dichten Wimpern. Der üppig geschwungene Mund sah aus, als ob er gern lächelte oder lachte, und die beiden winzigen Leberflecke auf ihrer linken Wange waren wie das Tüpfelchen auf dem i. Und sie war viel zu jung, um schon tot zu sein.

»Lauren …« Shanes Stimme klang kratzig, wie aufgeschürft. »Lauren war ein ganz besonderer Mensch, witzig und klug und warmherzig. Und unglaublich begabt. Malerin wollte sie werden oder Musikerin, sie hatte genauso viel Talent für Pinsel und Farbe wie am Klavier. Sie war der wichtigste Mensch in meinem Leben. Meine Seelenverwandte. Die andere Hälfte meines Ichs.« Immer leiser hatte er gesprochen, bis er nur noch flüsterte. »Und dann«, seine Brauen zogen sich zusammen, »und dann war sie plötzlich einfach nicht mehr da. Von einer Sekunde zur nächsten.« Er rieb sich mit beiden Händen über das Gesicht, lehnte sich mit verschränkten Armen zurück und schaute zur Balkontür hinaus. »Schon die ganze Nacht über hatte es geregnet, aber wir wollten uns davon das Wochenende in Muir Woods nicht verderben lassen und sind trotzdem in strömendem Regen losgezogen. Evan, Chase und Maddie vorneweg, Lauren und ich hinterher. Meine Idee, weil der Boden so rutschig war. Wenn du fällst, fang ich dich auf, hab ich zu ihr gesagt, ich kann das, ich bin darin geübt. Sie hat gelacht und mir einen Kuss gegeben, bevor sie sich an mir vorbeigedrückt hat und in großen Schritten weitergelaufen ist. Ich sehe sie immer noch vor mir, in ihrer blauen Wanderjacke, die Kapuze über den Kopf gezogen und in ihren Wanderstiefeln, die an ihren dünnen Beinen viel zu klobig aussahen.«

Ich wandte mich halb ab, zog auch das zweite Knie zu mir herauf und umschlang beide fest; ich konnte ihn nicht dabei anschauen, es war schlimm genug, ihm zuzuhören.

»Der Weg musste unterspült gewesen sein. Sie schrie nicht mal, als der Boden unter ihr nachgab und sie die Böschung hinabstürzte.« Er machte eine kleine Pause. »Aber das Geräusch, als sie mit dem Kopf gegen einen Baumstamm prallte, das höre ich immer noch.«

Schaudernd schloss ich die Augen.

»Warst du mal in Muir Woods?«, hörte ich ihn nach einer Weile leise fragen. Ich blinzelte zu ihm herüber und schüttelte den Kopf. »Ist schön da. Lauren war gern dort. Sie mochte die Mammutbäume.« Einer seiner Mundwinkel bog sich aufwärts. »Sie gehörte zu den Menschen, die dauernd Bäume umarmen müssen.« Er umfasste seinen Kaffeebecher und rieb mit dem Daumen über den Rand. »Danach war ich noch oft dort. Ich wollte verstehen, wie es passiert ist. Warum die anderen drei heil über diese Stelle kamen und Lauren nicht. Und ich glaubte, ich könnte ihr dort am nächsten sein, wo sie gestorben ist.« In einer schwachen Bewegung hob er die Schultern. »Aber da war nichts von Lauren zu spüren. Nichts außer meinen Erinnerungen an jenen Tag. – Kennst du Hitchcocks *Vertigo*?«

Dunkel erinnerte ich mich an einen uralten Film in grellem Technicolor, an eine wilde und schwindelerregende Verfolgungsjagd über Hausdächer, an das lange, vergrämte Gesicht von James Stewart und an eine sehr blonde Schauspielerin. »Nicht so wirklich.«

»Spielt hier, in SanFran, und ist auch in der Stadt und in der Umgebung gedreht. Darin geht es um Tod, Trauma und Wiedergeburt. Ich mochte immer dieses Spiel von Schein und Sein.« In seinem Gesicht zuckte es, und leiser fügte er hinzu: »Heute sehe ich diesen Film mit ganz anderen Augen. Jedenfalls …« Mit einem Räuspern rutschte er auf dem Stuhl herum. »Jedenfalls gibt es darin auch eine Szene in Muir Woods. An dieser Scheibe eines alten Mammutbaums, auf dessen Jahresringen bedeutende Daten wie die Ankunft von Kolumbus, die Unabhängigkeitserklärung und der Goldrausch in Kalifornien eingetragen sind. Und Kim Novak zeigt im Film Jimmy Stewart, wo auf den Jahresringen sie geboren und wo sie gestorben ist, in ihrem früheren Leben.« Ein wackeliges Lächeln umspielte seinen Mund. »Schon unheimlich, dass Lauren und ich früher manchmal diese Szene nachgespielt haben.

Sie war echt gut als Kim Novak.« Er atmete tief durch, löste seine Hand vom Kaffeebecher und begann stattdessen seine Worte zu unterstreichen, indem er mit der Handkante Markierungen auf der Tischplatte andeutete. »Genauso geht es mir. Mein Leben ist in zwei Hälften zerfallen. In ein Leben, bevor Lauren starb, ein richtiges Leben, und in den kümmerlichen Rest danach. Wie bei einem Jahresring markiert dieser eine Tag in Muir Woods die Grenze dazwischen. Seither fühle ich mich auch nur noch halb. Als … als ob ein Teil von mir mit ihr gestorben wäre an jenem Tag. – Oh Mann, entschuldige. Ich wollte nicht meinen ganzen Seelenmüll bei dir abladen!« Er stützte den Ellenbogen auf und legte seinen kurz geschorenen Schädel in die Handfläche, rubbelte sich kräftig darüber, bevor er mit einem Aufschnaufen wieder den Kopf hob und mich zerknirscht ansah. »Tut mir echt leid.«

Ich schüttelte den Kopf und griff zu meinem Kaffeebecher. »Muss es dir nicht. Ist schon okay.«

Er warf mir ein erleichtertes Lächeln über den Tisch zu. »Ist total verrückt, ich kenn dich nicht mal richtig – und trotzdem hab ich das Gefühl, du verstehst mich irgendwie. Meine Mom und mein Dad sind echt klasse, aber wenn ich versuche, mit ihnen darüber zu reden, kommen sie mir mit Gottes Plan, mit Glaube und Vergebung, und das hilft mir einfach nicht weiter. Und obwohl jeder *Shrink* versucht hat, es mir auszureden, krieg ich einfach diese Fragen nicht aus meinem Hirn. Warum ich unbedingt wollte, dass sie vor mir über diesen Pfad marschiert. Warum ich nicht vorausgegangen bin. Warum ausgerechnet unter ihr der Boden wegbrach, wo sie doch nur so ein Fliegengewicht war. Ob mir viel weniger passiert wäre, wenn ich an ihrer Stelle dort abgestürzt wäre. Weil ich anders gefallen wäre, durch mein Gewicht, durch den Sport. Weil ich kräftigere Knochen hab, einen härteren Schädel.« Er schnaufte noch einmal auf. »Und den anderen Jungs brauch ich damit gar nicht erst zu kommen. *Heeyyy, Shane*«, unter Grimassen und mit einer schlenkernden Handbewegung ahmte er einen besonders lässigen Typen nach, »das Leben geht weiter! Schau nach vorn oder lenk dich wenigstens ab, Gelegenheit dafür hast du ja genug!« Kopfschüttelnd setzte er hinzu: »Und dass ich seither Geister sehe, macht's natürlich nicht besser. Als ob … als ob …«

»Als ob du hinter einer Glaswand sitzt?«, warf ich leise ein.

Shane sah mich an und seine Miene entspannte sich. »Du weißt, wie das ist.«

Ich nickte, und wir lächelten uns an, bevor wir langsam unseren lauwarmen Kaffee austranken. Schweigend, weil es nichts mehr zu sagen gab. Weil dieses Gefühl zwischen uns keine Worte brauchte. Das Gefühl, mit unserer Seele, in der ein Loch klaffte, nicht allein zu sein.

52

»Sorry, Fehlanzeige. Bis jetzt hab ich nichts herausgefunden.« Matt lehnte an meinem Schließfach und berichtete von seiner Recherche zu Nathaniel. »Aber ich versuch's noch mal, versprochen. Weil du es bist.« Er zwinkerte mir zu, bevor sein Blick sich irgendwo hinter mir verlor. »Hey, schau mal, wen wir da schon wieder haben«, meinte er und ruckte mit dem Kinn auf einen Punkt hinter mir. Ich drehte mich um und sah, wie Goth-Girl in langem Rock, Schnürstiefeln und taillierter Bluse mit überlangen Ärmeln vor ihrem Schließfach stand; ein paar Bücher in den überkreuzten Armen an sich gepresst, schaute sie feindselig zu uns herüber. »Vielleicht ist sie nicht ganz so biestig, wenn du ohne mich auf sie zugehst. Mädchen unter sich und so.«

Ich dachte an meine allererste Begegnung mit ihr. »Glaub ich kaum.«

»Du kannst es ja wenigstens probieren. Vielleicht hast du mehr Glück als ich. Wenn ich sie noch mal anspreche«, sein Blick wanderte über meine Schulter wieder zu Goth-Girl, »kommt sie womöglich noch auf die Idee, dass ich was von ihr will.« Er rollte mit den Augen und grinste breit. »Bis nachher.« Ruppig, aber nicht allzu fest zog er an einer dicken Haarsträhne von mir und schulterte dann seinen Rucksack.

»Bis nachher«, rief ich ihm leise nach und wandte mich zu meinem Fach um. Goth-Girl kramte unterdessen energisch in ihrem Spind herum; fast wütend wirkte sie dabei. Als ich meinen Rucksack ein Stück herauszog, fiel mir etwas Flaches entgegen, das ich gerade noch so auffangen konnte, und ich betrachtete die Tafel Schweizer Schokolade in meiner Hand. Sie stammte aus dem Päckchen, das Gabi mir neulich geschickt hatte. Heiner hatte in Zürich zu tun gehabt, und Gabi hatte ihm vorher eine Liste der Sorten zugesteckt, die ich besonders mochte und die es hier in Amerika nicht gab. Da war doch tatsächlich noch eine Tafel weiße Vanille-Mousse, die ich eigentlich Matt mitbringen wollte, aber komplett vergessen hatte. Ich sollte wirklich dringend nachschauen, ab welchem Alter man Alzheimer bekommen konnte. Kurzerhand riss ich die Packung auf, knickte eine Rippe Schokolade um und steckte mir das erste Stück in den Mund. Ich schielte zu Goth-Girl hinüber, die in genau diesem Moment ebenfalls in meine Richtung schaute, und hastig sahen wir beide wieder weg. Na gut, einen letzten Versuch war's wert. Entschlossen zerrte ich meinen Rucksack heraus, schulterte ihn und verschloss meinen Spind. Ich schlenderte an den Schließfachreihen vorbei.

»Hi«, nuschelte ich Goth-Girl total lässig entgegen, weitaus lässiger, als ich mich fühlte.

Mit finsterer Miene fuhr sie herum, sodass das schwere silberne Kreuz um ihren Hals heftig hin und her schaukelte. »Stalkst du mich oder was?!«, herrschte sie mich an.

So viel zum Thema mehr Glück.

Ich spürte, wie ich rot anlief, packte den Gurt meines Rucksacks fester und trat einen Schritt zurück.

Abrupt wandte sich Goth-Girl um und kramte wortlos in ihrem Schließfach herum, bis sie von einer Sekunde zur nächsten förmlich versteinerte. Genau dieselbe Sekunde, in der mir ein kühler Luftzug über den Nacken strich und ein kribbelnder Schauder den Rücken herunterlief. Ich drehte mich um und entdeckte den Jungen mit den veilchenblauen Augen, der mitten im Korridor stand, die Hände in den Hosentaschen, und uns mit einem spöttischen Zug auf dem mausigen Gesicht fixierte.

»Alles in Ordnung?«, erkundigte ich mich bei Goth-Girl, als ich mich ihr wieder zuwandte. Obwohl ich klar erkennen konnte, dass bei ihr gar nichts in Ordnung war. Mit leicht geöffnetem Mund atmete sie nur noch flach, ihre Augen waren aufgerissen, und sie zitterte. Dann kapierte ich es und es war wie ein Schlag in die Magengegend.

»Er tut dir nichts«, raunte ich ihr zu. »Er will dir nur Angst einjagen, sonst nichts.«

Goth-Girl rührte sich einige Augenblicke lang nicht; dann drehte sie den Kopf in meine Richtung und starrte mich an. »Du kannst ihn auch sehen?«, hauchte sie. Ich nickte und ihre Augen glänzten nass auf. »Du … du kannst ihn wirklich sehen.« Sie schluchzte auf und legte eine schlackernde Hand vor den Mund; eine dicke Träne rollte über ihre Wange und hinterließ eine dunkle Spur in dem Puder auf ihrer Haut.

»Magst du ein Stück?« Ich hielt ihr die Schokolade hin. »Ich bin übrigens Amber.«

»Mhhh«, machte Abby mit vollem Mund und rollte genießerisch mit den Augen. »Die ist aber mal lecker!«

»Ich weiß«, nuschelte ich vergnügt, ebenfalls den Mund voll mit der zart knuspernden *Japonais*-Schokolade.

Seit Goth-Girl begriffen hatte, dass der Junge mit den veilchenblauen Augen nicht ihrer Einbildung entsprungen war, hatte sie nicht nur dankbar meine Schokolade angenommen, sondern auch begonnen, normal mit mir zu reden. Inzwischen wusste ich, dass sie Abby hieß – eigentlich Abha, Abha Ratnalikar – und als Freshman ein Jahr unter mir war. Ihre Eltern betrieben zwischen Union Square und Market Street, in einer kleinen Seitenstraße ganz in der Nähe des Cable Car Turnaround, ein indisches Restaurant, das (natürlich, wie auch sonst) Taj Mahal hieß, und ihr großer Bruder Manish studierte Mathe und Physik in Berkeley. Sie geriet ganz aus dem Häuschen, als ich ihr erzählte, dass ich aus Deutschland kam, weil sie ein großer Fan von Rammstein war und von Unheilig, die sie aus dem Netz kannte, und sie war enttäuscht, als ich gestehen musste, *Den Grafen* noch nie live erlebt zu haben. Genau wie ich mochte sie HIM, Evanescence und Nightwish und legte mir in Form einer gebrannten CD eine verdammt gute schwedische Metal-Band namens All Ends ans Herz. Trotzdem nickte sie mir mittags in der Cafeteria nur kurz zu und pickte sich zwischen den ganzen anderen Schülern einen Platz möglichst weit von dem Tisch entfernt heraus, an dem ich mit Matt und neuerdings auch mit Shane saß. Und jedes Mal wenn Matt mit breitem Grinsen auf uns zukam, schnappte in Abby etwas zu; hektisch stopfte sie dann ihre Sachen in die Schultertasche, schlug die Tür zu ihrem Spind zu und warf mir ein schnelles *Bye* hin, bevor sie das Weite suchte.

»Hast du nachher eigentlich noch was vor?«, fragte ich sie betont nebensächlich. Der Memorial Day, der Feiertag Ende Mai zum Gedenken an die für die Vereinigten Staaten gefallenen Soldaten, stand vor der Tür, und damit der Beginn der Sommerferien hier am Unified School District von San Francisco. Und ich fand es schade, dass ich Abby deshalb wahrscheinlich die kommenden dreieinhalb Monate gar nicht mehr sehen würde.

Ihre Augen weiteten sich. »Wieso?«

»Ich treff mich gleich noch mit Matt«, erklärte ich. »Magst du vielleicht mitkommen? Auf einen Kaffee oder so?«

Abbys Augen wurden schmal. »Lass mal. Triff du dich mit deinem Freund, wir sehen uns ja morgen wieder.«

Verblüfft starrte ich sie an. Sie hatte *boyfriend* gesagt, womöglich dachte die halbe Schule inzwischen, Matt und ich wären zusammen.

»Matt ist nicht mein *boyfriend*. Wir sind nur Kumpels. Und Shane Diggs kommt wahrscheinlich auch noch mit.«

Sie biss sich auf die Lippen und senkte rasch den Kopf, dass ihr die schwarzen Haare vors Gesicht fielen. Dann blinzelte sie mich darunter hervor an und mit einem kaum sichtbaren Lächeln um den Mund nickte sie schließlich.

Bis auf ein, zwei über ihre Laptops gebeugte Nerds war das Foyer der Jefferson High leer und verlassen; nach Ende des Unterrichts drängten zurzeit alle Schüler hinaus ins Freie, um bei diesem Traumwetter schon mal am Wasser oder irgendwo in der Stadt einen Vorgeschmack auf die bevorstehenden Ferien auszukosten.

Als würden sie sich schon ewig kennen, lungerten Matt und Shane auf den grauen und roten Sitzelementen unten im Foyer herum. Sicher redeten sie mal wieder über Baseball im Allgemeinen und die Giants im Besonderen. Oder über die Vorzüge und Nachteile jeweils von Apple und Microsoft, die neuesten Apps und das Tunen von Hardware. Als Shane mich entdeckte, winkte er mir zu und erhob sich zu seiner ganzen stattlichen Größe in Jeans und feuerrotem T-Shirt mit dem Logo der Jefferson High, und auch Matt drehte sich um. »Maannn, was hat denn da bei dir so lange gedau…« Er stutzte, dann grinste er übers ganze Gesicht und sprang auf. »Hi! Wen haben wir denn da? Du hast dich also doch dazu durchgerungen, mit uns zu reden?«

»Das ist Abby«, sagte ich und zögerte. »Ich hab euch ja schon von ihr erzählt.«

»Hi, Abby!«, kam es von Shane.

Die ganze Zeit über hatte Abby mit gesenktem Kopf und verschränkten Armen nur auf den Boden gestarrt, und auch jetzt richtete sie mit dünner, fast fiepender Stimme das Wort an ihre Schuhspitzen. »Hi.«

»Also, ich weiß nicht, wie's euch geht«, Matt reckte sich ächzend in alle Richtungen und dehnte dabei Kurt Cobains Portrait auf seinem T-Shirt zu einer Grimasse, »aber ich könnt was zu essen vertragen.«

»Oh ja, bitte«, erwiderte ich mit einem Seufzen. Trotz der Schokolade gerade eben knurrte mein Magen so verrückt, dass mir die Zeit bis zum Abendessen mit Ted noch ganz schön lang werden würde. Der Cheeseburger mit den Baked Beans heute Mittag war nämlich keine wirklich gute Alternative zu Maccaroni'n'Cheese gewesen; ich war heilfroh, dass ich über den Sommer von der Küche der Cafeteria verschont bleiben würde. »Lori's Diner?«, schlug ich hoffnungsvoll vor.

»Gute Idee«, bescheinigte mir Matt grinsend. »Aber ich glaub, ich weiß was Besseres.«

Mit einem zufriedenen Aufseufzen lehnte ich mich in meinem Stuhl zurück. *Totale Tourifalle, aber lecker!*, hatte Matt geschwärmt, als er uns zum Pier 39 führte, Shane hatte dieses Urteil mit anerkennendem Blick und hochgerecktem Daumen bestätigt, und pappsatt konnte ich ihnen jetzt nur zustimmen.

Das Wipeout gegenüber vom Hard Rock Café und dem Aquarium of the Bay war ein ziemlich schräger Laden. Schräg – aber verdammt cool, komplett im Surfer-Style eingerichtet, angefangen bei der Terrasse unter einer rot-weißen Markise über den mit Surfbrettern und Meeresdeko gespickten Innenraum mit den bunten Wänden bis zur Beschallung mit Crossover auf Disco-Lautstärke; auf Flatscreens vor der Bar lief eine Surfer-Doku mit spektakulären Wellenbildern. An den beiden Eingängen präsentierten ein lebensgroßer Muskelprotz aus Plastik und sein weibliches Gegenstück à la Pam Anderson im Bikini auf ihren Surfbrettern das Tagesmenü, und von der Decke hing ein Plastikhai, der mindestens so lang war wie Abby groß. Mit Absätzen. Ich entdeckte sogar eine Schiefertafel mit den jüngsten Haiangriffen und eine, auf der mit Kreide der *Daily Surf Report* notiert wurde: die Gezeiten von heute, die Wellenhöhe, Temperatur und Wetterlage für Santa Monica, La Jolla, Santa Barbara und weiteren Hotspots für Surfer entlang der Küste. *Welcome to California.* Hannes wäre geplatzt vor Neid.

Mittlerweile hatte ich mich daran gewöhnt, dass man in Amerika am Eingang eines Restaurants warten musste, bis man einen Platz zugewiesen bekam; um einen Tisch für fünf hatte Matt den Typen in Shorts, Hawaiihemd und Basecap gebeten, den er ganz gut zu kennen schien, denn Holly wollte nachkommen, sobald sie in ihrem Laden Feierabend machen konnte.

»Magst du das nicht mehr?«, fragte Matt neben mir und zeigte auf meinen roten Plastikteller, der noch mehr als halb voll war, weil ich den Berg Fish'n'Chips nach dem extrem leckeren Coleslaw-Salat mit Ananas einfach nicht mehr ganz geschafft hatte; die riesigen Portionen in Amerika machten mich noch fertig. Ich linste zu dem Mega-Burger vor Matt hinüber; seinen Coleslaw, die Zwiebelringe und die Chicken Wings hatte er natürlich schon verputzt, während er, Shane und ich mal jeder einzeln, mal wild durcheinander Abby ein bisschen was über uns erzählten. Bissige Bemerkungen von Matt in Bezug auf Nathaniel inklusive.

»Da drin ist noch viel Platz«, versicherte Matt jetzt auf meinen irritierten Blick hin und rieb sich über den Bauch, und glucksend schob ich meinen Teller näher zu ihm.

Shane, der sich nach Chili Cheese Fries und House Salad ebenfalls einen überdimensionierten Burger vornahm, lachte, während Abby in ihrem Salat mit gegrilltem Lachs herumstocherte und uns reihum finstere Blicke unter zusammengezogenen Brauen zuwarf.

»Also«, nuschelte Matt gemütlich mit halb vollem Mund, während er an einem Stück frittierten Fisch auf meinem Teller herumsäbelte, und schaute Abby an, die ihm gegenübersaß, »unsere Geschichten hast du gehört. Was ist deine?« Ein Bündel Pommes verschwand längs in seinem Mund.

Abby legte ihre Gabel auf den Teller mit kaum angerührtem Salat und ließ sich mit vor dem Kreuz auf ihrer Brust verschränkten Armen in den Stuhl zurückfallen. Ihre Miene verfinsterte sich immer weiter, je länger sie schwieg, und Matt, Shane und ich wechselten fragende bis verunsicherte Blicke.

»Das klingt alles ganz schön heftig«, fing sie dann mit spröder Stimme an. »Aber wie man sich in einen Geist vergucken kann«, ihre braunen Augen funkelten mich zornig an, beinahe hasserfüllt, »tut mir echt leid, aber da fehlt mir jedes Verständnis. Ihr habt ja keine Ahnung, wie es ist, wenn man eines Morgens aufwacht und hier«, sie tippte sich an die Schläfe, »hier drin hat sich über Nacht jemand breitgemacht. Jemand, der dir Horrorvorstellungen ins Hirn pflanzt, die dir Tag und Nacht Panik durchs Blut schießen lassen. Der mit deinem Körper spielt wie mit einer Marionette und dich zwingt, grausige Dinge zu tun und zu sagen. Und du kannst nichts« – widerwillig wischte sie ein paar Tränen aus den Augen und verschmierte damit einen Teil ihres großzügigen dunklen Augen-Make-ups – »einfach gar nichts dagegen tun. Du bist komplett machtlos, während du merkst, wie es dich von innen her auffrisst. Egal wie viel Willenskraft du aufbietest – du bist und bleibst einfach machtlos dagegen. Und das Schlimmste dabei ist, dass dir keiner glaubt, was gerade mit dir passiert, bis du selbst nicht mehr weißt, ob du besessen bist oder einfach nur verrückt. Dann sitzt du irgendwann einem Doc nach dem anderen gegenüber, die mit ihren Diagnosen und Ratschlägen völlig danebenliegen und dich mit Medis vollpumpen, unter denen du aufgehst wie ein Hefeteig und nur noch benommen durch die Gegend torkelst, während der andere in dir tobt und wütet und dich innerlich zerfleischt. So lange, bis deine eigenen Eltern dich in die Klapse einweisen lassen und du nur noch eine Möglichkeit siehst.«

Entschlossen zerrte sie die langen Ärmel ihrer Bluse und des schwarzen Rollis herauf und knallte ihren Arm auf den Tisch, die Innenseite nach oben. Geschockt starrten wir auf die Narbe, die sich vom Handgelenk bis auf die Hälfte des Unterarms hinaufzog. »Erst wenn ihr dort gewesen seid, wo ich war, wisst ihr, was ein echtes Problem ist.«

Einige Augenblicke war es still am Tisch, und die Drums und die Gitarrenriffs der Red Hot Chili Peppers, die Stimmen der anderen Gäste waren plötzlich so laut, dass sie uns komplett überrollten.

»Sag mal«, sagte Matt dann und schubste sich in aller Seelenruhe ein paar Streifen fluffiges Pizzabrot auf seinen Burgerteller, »bist du eigentlich sicher, dass du den Geist damit wirklich losgeworden bist? Ab und zu klingst du, als hätte er dich immer noch ziemlich fest im Griff.«

Abbys Miene zog sich zusammen, als hätte sie herzhaft in eine Zitrone gebissen und würde Matt am liebsten ins Gesicht springen. Er grinste und schob ihr augenzwinkernd den Teller mit dem restlichen Pizzabrot zu. »Da, nimm. Du hast fast noch nichts gegessen. Meine Granny sagt immer, Essen und Trinken hält Leib und Seele zusammen.«

In Abbys Gesicht zitterte es; das Verbissene, Angriffslustige darin schmolz, und mit flatternden Wimpernbögen schenkte sie Matt ein schüchternes Lächeln.

»Juch-huuu«, trällerte es hinter uns. Sämtliche Köpfe im Wipeout verdrehten sich nach Holly, die auf lilafarbenen Sandalen mit schwindelerregend hohen Plateausohlen hereinstöckelte, und definitiv alle männlichen Wesen im Raum starrten auf ihren Hintern in den knallengen Jeanshotpants. »Na, ihr Zuckerschnuten?« Sie wuschelte erst Matt durch die brandroten Haare und beugte sich dann zu mir herunter, um mir einen Schmatzer auf die Wange zu drücken, wobei ihr fast der Busen aus dem violetten Spitzen-BH unter dem orangefarbenen Batiktop fiel, bevor sie um den Tisch herumging, Shane über die breite Schulter rieb und schließlich Abby ihre Rechte hinhielt. »Hi, ich bin Holly!«

Hastig hatte Abby ihren Arm vom Tisch genommen und die Ärmel wieder heruntergezerrt, doch noch während sie zu einem gemurmelten Gruß ansetzte, fiel ihr Holly ins Wort. »Du, Süße, nimm's mir bitte nicht übel, wenn ich so mit der Tür ins Haus falle – aber was um alles in der Welt ist denn mit deinem Make-up passiert? Du siehst ja aus wie geradewegs von den Toten auferstanden!«

Eigentlich war das nicht komisch. Überhaupt nicht komisch. Normalerweise.

Aber was bei uns war schon normal?

Während Abby noch betreten zu Holly hinaufschielte, zuckte es bereits um ihren Mund, und wir glucksten alle in uns hinein. Und als Holly uns mit großen Kulleraugen reihum ansah und mit einem heiseren Lachen fragte: »Hey – hab ich was verpasst?!«, war alles zu spät, und wir brachen in schallendes, fast ein bisschen hysterisches Gelächter aus.

Danach drehten wir noch eine Runde durch das Getümmel auf dem Pier. Vorbei an einem Hot-Dog-Wagen vor einem zweistöckigen Shop mit Fanartikeln der San Francisco Giants und Forty-Niners und anderen Clubs der National Football League und der Major League Baseball, einem Büdchen mit bestimmt dreißig verschiedenen Sorten handtellergroßen Cookies in der Glasvitrine und einem Stand mit regenbogenbuntem Badesalz in großen Holzfässern, die einen penetranten Seifengeruch verströmten. Diverse Souvenirgeschäfte und Schmuckläden reihten sich auf zwei Ebenen in den sommerlichen Holzhäuschen aneinander; einen irischen Laden gab es, und einen, der Buddhas und anderen Esoterikkram führte und dementsprechend *Enlightenment*, »Erleuchtung«, hieß, und irgendwo hinter dem riesigen nostalgischen Karussell, das richtig gut in die Welt von Alice im Wunderland gepasst hätte, gab es ein absolutes Süßkramparadies, in dem wir uns aus hüfthohen Holzfässern eine Tüte bunt gemischter Bonbons und Toffees zusammenstellten.

Auf der Rückseite des Wipeout drängten wir uns zwischen die Trauben von Touristen an die Kaimauer, um den Seelöwen zuzuschauen. Kein Wunder, dass ihr tiefes, sattes *Örrk-Örrk-Öörrk-Örrk-Öörkk* schon von Weitem zu hören war; es mussten mehrere Hundert sein, die sich dicht an dicht auf den schwimmenden Pontons in der Sonne aalten.

Lange standen wir dort, mit Blick auf Alcatraz weit draußen im Meer und auf das Restaurant von Forbes Island mit seinem kleinen Turm neben hohen Palmen direkt vor uns, und wir konnten nicht genug davon bekommen, den dicken, prallen Seelöwen zuzugucken. Mit glänzendem Fell lagen sie faul herum, dösten und grunzten zufrieden, robbten übereinander weg, schnappten nacheinander und röhrten sich empört an. Dann wieder ließen sie sich schwerfällig über die Kante hinweg ins Wasser plumpsen, wo sie verblüffend elegant herumschwammen. Mit den Augen verfolgten wir die Pelikane, die sich durch die Luft gleiten ließen, um dann im Sturzflug ins Wasser zu tauchen und wieder daraus aufzusteigen. Über uns zogen kreischend die riesigen Möwen San Franciscos ihre Runden und auf dem Wasser kreuzten Ausflugsschiffe, Kutter und Frachter umher. Nach Fisch und Tang roch es, nach Wasser und Wind und ein bisschen nach Freiheit und Sorglosigkeit.

Ich glaube, ich war nicht die Einzige, die irgendwann vergaß, worüber wir beim Essen geredet hatten. Für den Rest des Tages waren wir einfach ein paar Freunde, die Spaß hatten. Und ich glaube auch, ich war an diesem Tag nicht die Einzige, die sich wünschte, dass es noch mehr solche Tage geben würde, an denen unser Leben ganz einfach war. Wenigstens ein paar Stunden lang.

53

Ich betrachtete sie, wie sie mit geschlossenen Augen in meinem Arm lag, halb im Schein der Lampe neben ihrem Bett, halb in dem Schatten, den ich auf sie warf.

Vermutlich ahnte sie nicht mal, wie sehr sie meine Welt verändert hatte. Ständig lernte ich neue Worte von ihr, die Namen von Dingen, die ich zwar gesehen hatte, mir auch ihren Zweck hatte zusammenreimen können, aber nicht wirklich verstanden hatte. Dinge, die jenseits meiner Vorstellungskraft lagen, bis Amber sie mir zeigte und erklärte. Emm-Pe-drei-Player. Ce-Deh. Handy. Laptop. Internet. Letztere beide fand ich besonders faszinierend, und oft machte ich nachts, wenn sie schlief, diesen Laptop an und schaute mir die Welt darin an, die so viel schneller und bunter und chaotischer war als die Welt, die ich kannte. Oder ich nahm mir ihren Emm-Pe-drei-Player und versuchte mich an die Musik zu gewöhnen, die aus den Ohrstöpseln schallte und in nichts dem glich, was ich zuvor an Musik gekannt hatte. Ab und zu blätterte ich auch in ihren Büchern herum, aber ich schaffte es selten, lange darin zu lesen, mir waren die kurzen Texte im Laptop lieber.

Manchmal sprachen wir morgens, wenn der Wecker geklingelt hatte und sie sich noch ein bisschen an mich kuschelte, über das, was ich nachts gesehen, gelesen und gehört hatte. Sie war sehr geduldig mit mir, und dennoch kam ich mir furchtbar dumm und langsam vor, weil ich so vieles immer noch nicht verstand. Manchmal war es mir, als würde es im nächsten Moment meinen Kopf wegsprengen, weil so viel Neues darin war, auch ständig Neues hereinflutete und weil ich so viel nachdenken musste. Aber ich wollte das alles wissen, immer noch mehr wissen, ich wollte sie verstehen und die Welt, in der sie lebte. Wenn ich schon so wenig von meiner erzählen konnte, weil mir so viele Erinnerungen daran fehlten.

Es bedrückte sie, dass sie nicht mehr über mich wusste und auch dieser Matt nicht mehr hatte herausfinden können. Dass sie das unbedingt hatte versuchen wollen, rührte mich mehr an, als ich ihr sagen konnte, und ich tat mein Bestes, es ihr auf irgendeine Weise zu vergelten.

Mein Mund wanderte über ihre Wange, und sie gab einen leisen Laut von sich, der wie das Schnurren einer Katze klang. Langsam ließ ich meine Hand unter ihr Oberteil wandern, strich mit dem Finger ihren Bauch entlang und genoss den sachten Schauder auf ihrer Haut. Ich hielt kurz inne, dann glitten meine Finger weiter, über ihren Rippenbogen hinauf.

»Nathaniel?«

Schuldbewusst zog ich meine Hand zurück und legte sie wieder auf ihre Taille. »M-hm?«

Ihre Augen öffneten sich; wie sie mich ansah, wie ihre Stimme geklungen hatte und wie unruhig ihre Finger durch meine Schulter strichen, verriet mir, dass etwas sie beschäftigte. »Hast du … hast du jemals von einem Lebenden Besitz ergriffen?«

Zum ersten Mal war ich versucht, sie anzulügen. Diese Erinnerung hätte ich selbst gern vergessen. Dieser unwiderstehliche Sog, der von einem Lebenden ausgehen konnte. Dieses berauschende Gefühl, wieder in einem Körper zu stecken, alles wieder lebhaft zu fühlen, zu riechen, zu schmecken. Diese ungeheure Macht, über den Körper zu herrschen, und diese überwältigende Genugtuung, die Krallen in eine Seele zu schlagen und damit zu spielen wie eine Katze mit einer Maus. Diese Lust am Bösen, nach der man süchtig werden konnte. Nach der ich eine Zeit lang süchtig gewesen war.

Ich wich ihrem Blick aus. »Ja.«

»Ich hab dir doch von Abby erzählt …« Ich fühlte, wie sie mit sich rang. »Angenommen … angenommen, du würdest bei mir …«

Der Gedanke daran allein genügte, mir den Mund wässrig zu machen; hastig zog ich die Hand unter ihrem Oberteil hervor und rückte von ihr ab. »Daran darfst du nicht einmal denken!«, fuhr ich sie an, heftiger als ich es wollte. Vielleicht weil ich selbst schon daran gedacht hatte, mir ihren Leib, ihre Seele zu nehmen oder die eines anderen. Einfach nur, um ihr näher zu sein, als ich es sonst konnte.

»Aber vielleicht wäre es bei uns ganz anders«, blieb sie beharrlich.

Der Sog riss an mir, und ich krümmte mich zusammen in dem Versuch, ihm zu widerstehen. Ich wollte es so sehr. Aber ich konnte nicht – ich durfte nicht. Und für einen Augenblick jagte ein ungeheurer Zorn durch mich hindurch, weil sie mich in diese Versuchung brachte. Ich hörte, wie hinter mir die Deckel der Bücher auf ihrem Schreibtisch aufklappten und sich die Seiten aufblätterten; ein Stück Papier flatterte zu Boden.

»Es tut mir leid«, hörte ich sie flüstern; dann strichen ihre Finger durch mich hindurch, drückte sie sanfte Küsse auf die Konturen meines Gesichts. »Sei nicht böse auf mich.«

Mein Zorn sank in sich zusammen. »Ich bin nicht böse auf dich.« Ich legte meine Stirn gegen ihre. »Ich bin nur manchmal wütend, weil ich nicht mehr für dich sein kann als das, was ich bin. Aber von dir Besitz zu ergreifen – das ist ein Wagnis, das ich nicht eingehen kann und auch nicht will. Mir ist das zu gefährlich für dich. Verstehst du das?«

Sie nickte, aber etwas in ihr blieb unruhig. »Wie ist das eigentlich – hast du Kontakt zu anderen … hm … Geistern?«

»Nein. Manchmal tun sich zwar zwei oder mehr zusammen, um ihre Kräfte zu bündeln, aber das ist nie von Dauer. Im Grunde sind wir alle Einzelgänger.«

Sie sah mich nur an, und das, was von ihr ausging, etwas Buntes, Bewegtes, verriet mir, dass sie an ihre neuen Freunde dachte. Matt. Holly. Shane. Abby. Sie erzählte mir viel von ihnen, umso mehr, je mehr Zeit sie mit ihnen verbrachte. Und nicht zum ersten Mal packte mich die Angst, Amber zu verlieren, weil ich ihr nicht mehr genügte. Weil sie mich nicht mehr brauchte. Sie an einen der beiden Jungen zu verlieren, weil die ihr etwas geben konnten, wozu ich nicht in der Lage war. Es machte mir nicht allzu viel aus, dass Amber ihre Nachmittage oft mit ihnen verbrachte statt mit mir, weil ich sah und spürte, wie gut es ihr dabei ging. Solange mir nur niemand die Nächte mit ihr nahm, die Nächte hier bei ihr im Zimmer. Natürlich wusste ich, dass das mit uns nicht von Dauer sein konnte. Selbst wenn sie für den Rest ihres Lebens bei mir sein wollte, so würde sie doch älter werden und irgendwann dann alt, würde eines Tages sterben und hoffentlich ohne Umwege auf die andere Seite hinübergehen. Den Weg einschlagen, der mir verwehrt war. Das mit uns war flüchtig wie der Wind und der Nebel über der Bay, wie der luftige Dunsthauch, der ich war. Aber solange es ging, wollte ich daran festhalten. Diese Nächte mit ihr, mit meinem Funny Girl – die durfte mir niemand nehmen.

»Ich möchte, dass ihr euch kennenlernt«, sagte sie nun. »Du und die anderen.«

So etwas wie eine Erinnerung streifte mich. An das Gefühl, wie es war, mit anderen zusammen zu sein, sich einander nahe zu fühlen und aufgehoben und stark, Gleicher unter Gleichen. Und darin mischte sich etwas, das Enttäuschung ähnelte und wehtat.

Fragend, beinahe bittend sah Amber mich an und ich blieb stumm.

54

Sein Schweigen verunsicherte mich, und zum ersten Mal, seit ich ihn kannte, zog etwas mich nicht zu ihm hin, sondern trieb mich von ihm fort.

»Ich bin gleich wieder da«, wisperte ich, krabbelte an ihm vorbei zum Fußende des Betts und kletterte heraus. Ich brauchte fünf Minuten für mich allein, in der gekachelten Nüchternheit des Badezimmers mit seinem klaren, kalten Halogenlicht. Nur fünf Minuten, ganz für mich. Oder zehn.

Während ich zur Tür ging und sie leise öffnete, spürte ich seine Augen in meinem Rücken, und ebenfalls zum ersten Mal seit langer Zeit war mir nicht ganz wohl in seiner Nähe.

Ted arbeitete noch; der Lichtschein aus dem Zimmer nebenan fiel als gelblicher Hauch in den dunklen Flur. Ich zuckte zusammen, als ich das feine Piepsen von Telefontasten hörte, und unwillkürlich blieb ich stehen.

»Hi, Maggie. Ich bin's, Ted. Ich hab gesehen, dass du noch online bist und dachte, ich probier's mal bei dir.« Er lachte auf. »Ja, schon wieder eine ganze Zeit her. Wie geht's dir? – Und Ruth und euren Jungs? – Ja, kein ganz leichtes Alter, musst du mir nicht sagen.« Ich konnte mich nicht mehr von der Stelle rühren. »Gut. Sehr gut sogar. Ich glaube, sie lebt sich langsam hier ein. Sie erzählt mir leider kaum etwas, aber ich glaube, sie hat inzwischen ein paar Freunde gefunden. – Nein, überhaupt nicht mehr, das war mit einem Schlag vorbei, seither schläft sie jede Nacht durch, Gott sei Dank.« Mir schoss das Blut ins Gesicht. Wie kam er bitte dazu, jemandem von meinen Albträumen zu erzählen? »Ja, natürlich. Was sie durchgemacht hat, hätte jeden umgehauen. Wenn ich nur daran denke, wie es mir schon damit ging, Karen so zu sehen …« Ted atmete tief durch, und als er weitersprach, klang seine Stimme belegt, fast ein bisschen, als wäre er den Tränen nahe. »Mir macht das auch immer noch zu schaffen. Entsetzlich war das. Gerade Karen, die immer so stark gewesen ist, so voller Energie. Sie fehlt einfach in meinem Leben.« Ich rang einige Herzschläge mit mir, dann schlich ich auf Zehenspitzen näher, lehnte mich gegen den Türrahmen und spähte an ihm vorbei. In Jeans und T-Shirt saß Ted in seinem Schreibtischstuhl und ließ ihn sacht hin und her wippen, während er sich mit der freien Hand immer wieder durch die Haare fuhr. »Ja, sie ist ihr wirklich sehr ähnlich. Genauso tapfer und manchmal auch genauso eigensinnig.« Um meinen Mund zuckte es. »Na ja, geht so. Aber das war auch zu erwarten nach den ganzen Jahren, in denen ich nicht da war. Das wird noch einige Zeit brauchen, darüber waren Karen und ich uns von Anfang an im Klaren.«

Unwillkürlich ruckten meine Schultern unter dem Oberteil meines Pyjamas, als müsste ich etwas von mir abschütteln. Ted stieß sich mit den bloßen Füßen ab, sodass der Schreibtischstuhl in meine Richtung herumschwang, und seine Augen trafen sich mit meinen.

Ich und die schwarzen Löcher mal wieder.

Ein kleines Lächeln tauchte auf seinem Gesicht auf und er zwinkerte mir zu. »Sorry, Maggie – aber ich glaube, mein Typ wird gerade hier verlangt. Ja, mach ich. Bis bald. Und grüß Ruth und die Jungs von mir! Ja, bis dann!« Ted legte auf. »Hey.«

»Tut mir leid«, flüsterte ich beschämt. »Ich wollte nicht lauschen.«

»Schon in Ordnung.« Er platzierte das Mobilteil oben auf einem der vielen Papierstapel, die sich zu beiden Seiten des Monitors über den Schreibtisch verteilten. »Kannst du nicht schlafen?«

Ich zuckte mit den Schultern und schob mich ein Stück weit hinter dem Türrahmen hervor.

»Magst du dich ein bisschen zu mir setzen?« Ted zeigte auf den Ledersessel in der Ecke.

Ich dachte an Nathaniel im Zimmer nebenan und zögerte kurz, tapste aber dann zu dem Sessel hinüber und ringelte mich mit angezogenen Knien darin zusammen.

»Bist du okay?«, erkundigte sich Ted, und ich nickte. »Mit Matt Chang auch alles okay?«

Ich verdrehte die Augen, aber um meinen Mund zappelte ein kleines Lächeln. »Wir sind echt nur Kumpels!«

»Okay.« Ted nickte vor sich hin, dann atmete er tief durch und streckte die Hand nach einem Kugelschreiber vor sich aus. »Hat Karen eigentlich mal mit dir über … Verhütung gesprochen?«

»Ted!« Ich war kurz davor, verlegen loszulachen.

»Sorry.« Entschuldigend hob er die freie Hand. »Ich mein ja nur. Mir wäre es nämlich sehr recht, wenn ich erst mal auf die Reihe bekomme, dir ein richtiger Vater zu sein, bevor du mich zum Großvater machst.«

Ich kicherte; dann zog ich ein Knie zu mir heran und umschlang es mit beiden Armen. »Wie war das damals für dich, als ich … unterwegs war?«

Ted schielte zu mir herüber und knipste den Kugelschreiber an und aus. »Ehrliche Antwort?« Ich nickte. »Na ja.« Er rieb sich mit dem Zeigefinger über die Oberlippe und umfasste dann die Armlehne des Schreibtischstuhls. »Im ersten Moment hat es mir komplett den Boden unter den Füßen weggezogen. Ich wollte immer Kinder haben – nur vielleicht nicht so früh, während ich noch studierte. Aber dann hab ich mich wahnsinnig gefreut. Und das war sicher die beste Zeit in meinem Leben. Mit Karen und ihrem wachsenden Bauch, und als du dann da warst. Weißt du, dass ich deine Nabelschnur durchgeschnitten hab?«

Ich nickte. »Mam hat es mir erzählt.«

Wir schauten uns in die Augen, dann sagte Ted leise: »Ich bin damals wirklich nicht abgehauen.« Er klang bedrückt. »Die Trennung hat mir zugesetzt und auch das Gefühl, dabei auf ganzer Linie versagt zu haben. Ich habe Abstand gebraucht. Obwohl es schlimmer war, dich eine Weile nicht zu sehen, als Karen jedes Mal zu begegnen, wenn ich dich besucht hab. Und ich hatte den Eindruck, ihr ging es nicht viel anders, obwohl sie es nie gesagt hat.« Er atmete tief durch. »Dann hatte ich ja auch noch den Kredit aufgenommen, um mein Studium finanzieren zu können, das hier in den Staaten sehr viel mehr kostet als bei euch in Deutschland. Meine einzige Chance, den jemals zurückzuzahlen, hab ich darin gesehen, schnell meinen Abschluss zu machen, den Doktortitel gleich hinterzuschieben und mir in der Fachwelt einen Namen zu machen. Und das ging eben nur, indem ich so viele Forschungsaufträge an Land zog, wie ich konnte, am besten auf so vielen Kontinenten wie nur möglich.« Den Mund zusammengepresst und das Kinn vorgeschoben, fügte er hinzu: »Dass dadurch die Beziehung zu dir sehr gelitten hat, ist mir erst sehr viel später bewusst geworden. Und das tut mir aufrichtig leid.«

Ich spürte, wie sich hinter meinem Brustbein ein Druck löste, und über meiner Nasenwurzel begann es zu prickeln. Ich suchte noch nach etwas, das ich darauf sagen konnte, da spürte ich einen sanften Luftzug auf der Haut, und ich wandte den Kopf.

Die Hände in den Hosentaschen, stand Nathaniel im Türrahmen. Ich legte den Kopf zurück gegen die Sessellehne und die Hand auf die Armlehne. Mit der Handfläche nach oben, damit er verstand, dass ich ihn ganz nah bei mir haben wollte.

Seine Augen wanderten durch den Raum und hefteten sich auf die Statuen und Amulette, die Pulvergläser und anderen Objekte in den Vitrinen hinter mir. Mit einem furchtsamen Ausdruck wich er einen Schritt zurück und sah erst Ted, dann mich lange an und schüttelte den Kopf.

»Bleib ruhig hier«, raunte er mir zu. »Solange du willst.« Ein kleines Lächeln schien auf seinem harten Gesicht auf und machte es beinahe weich. »Ich warte drüben auf dich.«

Während ich zusah, wie er sich umdrehte und fortging, und gleichzeitig einen verwirrten Blick von Ted auffing, wurde mir bewusst, dass ich nicht nur mit beiden Beinen auf je einem Kontinent stand. Ich lebte dazu noch in zwei verschiedenen Welten. Und ich wünschte mir nichts sehnlicher, als diese beiden Welten zusammenzubringen und zu einer einzigen verschmelzen zu lassen.

55

Meine Finger krampften sich um die Streben des Eisenzauns, während ich die verwitterte Fassade des Hauses in der Franklin Street anstarrte. Ich spürte die Blicke der anderen auf mir, spürte, wie sie darauf warteten, dass ich vorausging.

Über Tage hinweg hatte ich mir den Mund fusslig geredet, während wir im Wipeout saßen, in Lori's Diner, an den Tischen vor Starbucks, bei Holly in der Küche oder am Baker Beach. Unsere ersten Ferientage waren damit draufgegangen, dass ich mir mit Matt, Shane, Holly und Abby eine hitzige Diskussion nach der anderen geliefert hatte, während ich die Nächte damit verbrachte, Nathaniel genauso zu überreden. Und jetzt, da ich es geschafft hatte, uns hier zu versammeln, war ich plötzlich unsicher, und die Verantwortung für das, was passieren würde, sobald wir alle durch das Tor hindurchgegangen waren, lastete wie ein Betonblock auf meinen Schultern.

»Gehen wir rein?«

Ich sah auf. In schlabbrigen Trainingsshorts, Muscle-Shirt und Turnschuhen hatte sich Shane neben mich gestellt. Auf seiner dunklen Haut glänzte ein feiner Schweißfilm und in den Händen drehte er einen Lederball; er war direkt vom Bolzen mit seinen Sportkumpels hierhergekommen.

»Von mir aus«, knurrte Matt, die Arme vor seinem T-Shirt gekreuzt.

Fragend drehte ich mich zu Holly um, die heute mit Springerstiefeln, Army-Hose und pinkfarbener Bluse relativ dezent gekleidet war. Abby, wie immer komplett in Schwarz, stand neben mir und klammerte sich panisch an Holly fest; unter ihrem Make-up war sie kreidebleich.

»Du musst nicht mit rein«, versuchte ich sie zu beruhigen.

»Dass ihr mich dann allein hier draußen stehen lasst?!«, zischte sie. »Na, vielen Dank!«

Ich schaute wieder nach vorne, holte tief Luft und schob das quietschende Tor auf. Hinter mir hörte ich die vier einer nach dem anderen die Stufen hinaufsteigen, über das Mäuerchen klettern und sich durch das Gebüsch zwängen.

Wie verabredet, wartete Nathaniel hinter dem Haus auf uns, in dem nach allen Seiten von dichten Sträuchern und ausladenden Bäumen abgeschirmten Garten. Ich konnte gerade noch einen Blick auf ihn erhaschen, wie er mit geschlossenen Augen den Kopf in den Nacken gelegt hielt, als ob er das Wechselspiel von Sonnenlicht und bewegtem Blätterschatten auf seinem Gesicht genoss. Dann drehte er sich um und öffnete die Augen. Als er mich sah, leuchteten sie auf; sobald sein Blick auf die anderen fiel, verdunkelten sie sich.

»Hi«, flüsterte ich, als ich zu ihm ging, und küsste ihn auf die Wange; dann wandte ich mich um und zeigte reihum auf die anderen. »Matt kennst du ja. Das ist Shane. Das da ist Holly – sie ist die Einzige von uns, die dich nicht sehen oder hören kann. Und das ist Abby.«

Nathaniel nickte; seine Augen hefteten sich auf Abby, die unter seinem Blick zu schrumpfen schien.

Ich atmete tief durch und drückte mich unwillkürlich enger an die Luftwirbel von Nathaniels Gestalt. »Danke, dass ihr mitgekommen seid. Mir wär's an eurer Stelle sicher auch nicht leichtgefallen. Aber es ist eben so, dass …« Shit. Ich war mir nicht hundertprozentig sicher, ob es Nathaniel recht sein würde. Aber ich empfand es nun einmal so und mit hochgerecktem Kinn und festem Blick sah ich die anderen an. »Nathaniel und ich gehören einfach zusammen.«

Innerlich atmete ich auf, als Nathaniel meinen Handrücken streichelte, aber beklommen sah ich zu, wie die anderen abwechselnd Nathaniel und mich, dann einander ansahen und dabei stumm blieben.

Es war Nathaniel, der als Erster das Schweigen brach. Leise, fast behutsam, sprach er Abby an, aber sie fuhr trotzdem zusammen wie unter einem plötzlichen Donnerkrachen.

»Du musst vor mir keine Angst haben. Ich werde dir nicht dasselbe antun wie diese andere verlorene Seele, das verspreche ich dir. Dennoch solltest du auf dich aufpassen – du hast hier«, sein Daumen fuhr seine Hemdbrust hinab, »immer noch einen Riss in der Seele, und das macht dich verwundbar.«

Abby drückte sich enger an Holly, die beschützend den Arm um ihre Schultern legte; erschrocken starrte sie Nathaniel an. »Ich … ich weiß«, quetschte sie dann hervor, bevor ein kleines Lächeln um ihren Mund flatterte, halb ängstlich, halb schüchtern. »Aber danke.«

»Hey, du!« Shane deutete mit dem Kinn auf Nathaniel. Ich spürte den Ruck, der durch Nathaniel hindurchging, als der Ball auf ihn zuflog, bevor er ihn ein bisschen ungeschickt, aber sicher fing. Auf Shanes Gesicht zuckte ein kleines Grinsen auf, das Verblüffung Platz machte, als der Ball sofort wieder auf ihn zuschoss.

»Wow! Guter Wurf!« Shane lachte und rieb sich die Rippen, wo ihn der Ball erwischt hatte, noch bevor er ihn sich mit den Händen hatte schnappen können. Er schien einen Augenblick zu überlegen, dann grinste er breit, warf den Ball in die Luft und trat ihn mit einem dumpfen Schlag in Nathaniels Richtung, bevor er hinterherspurtete.

Mein Herz zuckte auf, als ich das Leuchten auf Nathaniels Gesicht sah, während er und Shane abwechselnd den Ball dribbelten und kickten und einander austricksten, mal der eine im Vorteil durch seine flüchtige Erscheinung, mal der andere durch seine Übung und Körperkraft.

»Hey!« Matts Bellen ließ uns alle gleichermaßen erstarren. Die Arme nach wie vor über Kreuz, wippte er auf den Fußballen auf und ab und schaute Nathaniel grimmig an; seine paprikaroten Haare standen wie Stacheln in alle Richtungen. »Damit du eins von Anfang an weißt: Wenn du Scheiße baust und einem von uns, allen voran Amber, etwas antust, hetz ich dir eine ganze Horde Exorzisten auf den Hals, die dich geradewegs in die Hölle schicken. Ist das klar?!«

Einen Augenblick sahen sich die beiden in die Augen, wie in einem stummen Kräftemessen, und eine greifbare Spannung lag in der Luft. Dann zuckte es um Matts Mund und auch Nathaniel hob einen Mundwinkel zu einem angedeuteten Grinsen. »Klar.«

Das Tuscheln zwischen Holly und Abby wurde immer aufgeregter und lauter, bis Abby schließlich entnervt fauchte: »Ja, verdammt! Nathaniel *sieht* gut aus! Sehr gut sogar!«

Das war es, was endgültig den Bann brach, und eine Kaskade an befreitem Auflachen sprudelte durch den Garten. Mit einem erleichterten Durchatmen ließ ich mich auf die Knie fallen.

»Hey, bist du okay?« Matt kauerte sich neben mich hin; eine Hand zwischen meine Schulterblätter gelegt, schielte er mir von der Seite her ins Gesicht.

»Ja«, schnaufte ich. »Ich bin okay. Voll okay.« Ich schluckte ein paarmal und sah ihm in die Augen. »Danke.«

Er grinste. »Schon in Ordnung.« Sein Blick hob sich, und grüblerisch kaute er auf der Unterlippe herum, bevor er mir kumpelhaft über den Rücken rubbelte. »Ich geh mal schauen, ob die einen Invaliden wie mich mitspielen lassen.«

Ich atmete tief durch, dann richtete ich mich zitternd auf und hockte mich auf meine Fersen. Eine Weile guckte ich den Jungs zu, wie sie lachend, johlend und mit blitzenden Augen den Ball durch das Gras kickten, und freute mich vor allem über das Strahlen auf Nathaniels Gesicht.

»... aber verstehst du denn nicht, warum ...«, hörte ich Abbys Stimme an Lautstärke zunehmen und sah zu ihr herüber.

»Doch, Herzchen«, fiel ihr Holly, die neben ihr auf dem Rasen saß, ins Wort und wühlte in ihrer Handtasche herum, »ich versteh das sehr gut! Aber glaub mir: Der grässliche Papp in deinem Gesicht – der schützt dich vor keinem Geist! Und das da«, mit einer Packung Kosmetiktücher in der Hand deutete sie auf das Kreuz um Abbys Hals, »genauso wenig.« Auffordernd hielt sie Abby die Kosmetiktücher hin, die misstrauisch ihren Blick erwiderte. Schließlich riss sie ihr die Packung aus der Hand und begann unter unwilligem Gemurmel, sich das gruselige Make-up abzuwischen. Nach und nach kam ein wunderhübsches Gesicht zum Vorschein; unter der Schminke sah Abby aus wie eine Bollywood-Schönheit. Als sie das letzte Tuch beiseitewarf und sich angewidert mit dem Ärmel ihres Longsleeves über das Gesicht rieb, wollte ich ihr zurufen, dass es oben im Haus fließendes Wasser gab.

Aber ich konnte nicht, meine Kehle war plötzlich wie zugeschnürt und meine Augen schlossen sich von selbst. Ich konnte einfach nur dasitzen, umflossen von den Stimmen und dem Lachen der anderen, den Duft von Sonne und Gras und Frühsommer in der Nase und dabei fühlen, wie die Sonnenstrahlen und die Schattenflecken der Blätter über mein Gesicht tanzten. Und wie mein Herz kräftig und voller Freude schlug.

56

»Ich sage Ihnen doch – es geht mir gut!«

Dr. Katz musterte mich mit ausdrucksloser Miene. Ich konnte ihrem Blick nicht standhalten; meine Augen rutschten abwärts, über ihre ungewohnt schlichte himmelblaue Bluse und die übereinandergeschlagenen Beine in hellen Jeans hinunter, an den schwarzen Lackpumps vorbei, bis ich schließlich das Tupfenmuster des Teppichs vor mir fixierte. Eine ungeheure Wut stieg in mir auf und brachte mich zum Zittern, und ich ballte die Fäuste.

»Mir geht's endlich wieder gut!«, schrie ich. »Ich hab Ferien und ich hab Freunde, mit denen ich jeden Tag etwas Tolles unternehme! Ich hab Spaß und mir geht's gut! Einfach nur gut!«

»Warum glaubst du, mich unbedingt davon überzeugen zu müssen, dass es dir gut geht?«

»Weil's stimmt!«, brüllte ich. »Weil's mir einfach wieder gut geht!« Am liebsten hätte ich irgendwas hier in diesem Zimmer gegen die Wand geworfen oder auf dem Boden zerschmettert, vielleicht als Erstes diese blöde Uhr unter Glas, deren Ticken an meinen Nerven zerrte. Oder irgendwas von diesem grässlichen Deko-Kram im Bücherregal. Seit die Ferien begonnen hatten und ich Dienstag und Donnerstag Vormittag um zehn zu Dr. Katz in die California Street ging, war hier bei ihr alles irgendwie schief und verquer für mich.

»Musst du dich womöglich selbst davon überzeugen, dass es dir wieder gut geht?«

»Aber es stimmt doch!« Meine Stimme überschlug sich fast und kippte schon ins Heisere. »Mir geht's gut! Einfach nur gut!«

Dr. Katz seufzte; an dem schabenden Geräusch von Jeans auf Jeans hörte ich, dass sie die Beine umgekehrt übereinanderschlug. »Du kannst vielleicht mich davon überzeugen, Amber. Du kannst bestimmt auch dich davon überzeugen, dass es dir endlich wieder gut geht. Aber deine Seele wirst du nicht so einfach austricksen.«

»Aber ich spür's doch.« Urplötzlich war meine Wut irgendwo tief in mir versackt, und ich flüsterte nur noch. »Ich spür doch, wie gut es mir geht.«

»Es ist gut, dass du Freunde hier gefunden hast, Amber. Und es ist auch gut, dass ihr gemeinsam etwas unternehmt – dass es Dinge gibt, die dir Freude machen. Das will ich dir auch nicht wegnehmen.« Meine Wangen begannen zu glühen, weil sie mal wieder meine Gedanken gelesen hatte. »Aber deshalb ist die Trauer um deine Mutter nicht plötzlich weg. Auch die Wut nicht, die du auf sie hast. Oder die Wut auf deinen Vater. Genauso wenig wie die Wut, die du auf mich hast, weil ich immer wieder genau damit ankomme. Diese Gefühle vergräbst du so tief in dir, dass du davon überzeugt bist, es gibt sie gar nicht. Sie sind aber da, Amber, sie sind real. Und solange du deine Wut, deinen Schmerz nicht rauslässt, geht es dir nicht gut. Weil diese Gefühle permanent in dir herumspuken und dir Angst machen.«

Ich zuckte zusammen und sah Dr. Katz erschrocken an.

»Da hast du deine Geister, Amber. Deine Trauer. Dein Schmerz. Deine Wut. Erst wenn du dir eingestehst, dass es sie gibt, erst wenn du dich auf sie einlässt, kannst du aufhören, davor Angst zu haben. Und dann kannst du wirklich sagen, dir geht es gut. Richtig gut.«

»Meinen … meinen Sie so was wie Erlösung?«, hauchte ich.

Dr. Katz lächelte. »So kann man es nennen, ja. – Triffst du dich nachher noch mit deinen Freunden?«

Ich nickte. »Wir gehen zum Baker Beach, schwimmen und faulenzen, vielleicht noch den Sonnenuntergang angucken.«

»Schön.« Ihr Lächeln vertiefte sich. »Dann wünsch ich dir viel

Spaß, Amber. Unsere Zeit ist für heute um. Wir sehen uns am Dienstag wieder.«

Mit angezogenen Knien saß ich im Sand und beobachtete staunend, wie das Rot und Orange und Gold, das die untergegangene Sonne hinterlassen hatte, langsam in ein Pink und ein Lila überwechselten, das den Himmel und das Meer verzauberte. An der Golden Gate Bridge flammten die ersten Lichtpünktchen auf wie heruntergefallene Sterne vor der dunklen Hügelkette dahinter, und auch hier am Strand wurden die ersten Windlichter entzündet. Der Wind, der kühl über meine sonnendurchwärmte Haut strich, trug Stimmen und Gelächter und manchmal ein paar Fetzen Musik aus einem Ghettoblaster heran und nahm sie dann wieder mit sich fort.

Ich wandte den Kopf und sah zu Nathaniel hinüber. Er stand in einiger Entfernung in den Ausläufern der Wellen, die rauschend und murmelnd über den Strand glitten, und ich konnte mich nicht sattsehen daran, wie der Wind sein Hemd mal aufbauschte, mal eng an seine Schultern, seinen breiten Rücken und seine Brust schmiegte und seine Locken zerwühlte. Gerade in Momenten wie diesen, in denen er sich unbeobachtet glaubte und selbstvergessen über etwas nachdachte. Er brauchte diese Momente allein; manchmal merkte ich es ihm deutlich an, wie anstrengend es für ihn war, plötzlich von so vielen durcheinanderredenden Menschen umgeben zu sein und unseren Gesprächen zu folgen, die so vieles enthielten, was ihm neu und fremd war.

»Ich vermute mal«, sagte Shane neben mir, »es ist nicht immer ganz einfach, mit einem Geist zusammen zu sein.«

Ich lachte leise und sah ihn an. »Das stimmt. Aber so ist es nun mal.« Schnell schaute ich wieder aufs Meer hinaus. Es machte mich irgendwie verlegen, wie Shane so dicht neben mir saß, nur in knielangen, noch ziemlich nassen Badeshorts, während das Wasser von seiner dunklen Haut und den ausgeprägten Muskelpaketen abperlte.

»Versteh mich bitte nicht falsch«, fuhr er leise fort. »Ich nehme an, ihr beide würdet es euch auch anders wünschen. Und ich hoffe von ganzem Herzen, dass Lauren jetzt auf der anderen Seite ist und es ihr gut geht. Aber manchmal … manchmal, wenn ich euch zwei so sehe …« Seine Stimme geriet ins Wackeln. »Da sehne ich mich nach dem, was ihr beide habt. Und sei es nur für einen einzigen Tag.«

Ich nickte vor mich hin. »Ja. Das kann ich gut verstehen. Würde mir nicht anders gehen.« Ich holte tief Luft und blies den Atem in einem zittrigen Strom wieder aus. »So geht es mir mit meiner Mam. Der Gedanke, sie könnte es aus irgendeinem Grund nicht auf die andere Seite geschafft haben, ist so schrecklich, dass ich mir das lieber nicht vorstellen will. Und trotzdem würde ich eine Menge dafür geben, sie noch einmal zu sehen. Und sei es … sei es nur … so.« Ich grub meine Finger tief in den Sand zwischen Shane und mir; als ich seine Augen auf mir spürte, blickte ich auf und wir lächelten uns an.

»Juch-huuuu«, zwitscherte es hinter uns, und wir drehten uns um. In einem sehr kurzen, oben rum sehr knappen tomatenroten Kleidchen mit weißen Talertupfen im Fifties-Style, das sich extrem mit ihrer neuen Haarfarbe, einem knalligen Hyazinthlila biss, stapfte Holly barfuß durch den Sand. In der einen Hand hielt sie ihre hochhackigen Sandaletten, mit denen sie Shane und mir zuwinkte, während sie mit der anderen eine vollgestopfte Strandtasche vorwärts schleppte.

»Danke, Honey, du bist ein Engel!«, schnaufte sie, als Matt in karierten Badeshorts, Longsleeve und Halstuch aufsprang und ihr die Tasche abnahm. »Hallo, meine Süße!«, begrüßte sie Abby, die sich über ihren schwarzen Einteiler ein zeltartiges schwarzes Strandkleid gezogen hatte, und küsste sie herzhaft auf beide Wangen.

»Aaahhhh«, entfuhr es Matt begeistert, als er in die Strandtasche spähte, und er setzte sie ab, packte stattdessen Holly um die Taille und wirbelte sie ansatzweise herum, bevor er mit ausgebreiteten Armen vor ihr auf die Knie fiel. »Ich verehre und bete dich an, du Göttin aller leiblichen Sünden!«

Holly lachte und ließ sich in den Sand plumpsen, wo sie sich erst mal eine Zigarette anzündete, während Matt in die Tasche langte und eine Flasche in unsere Richtung hochhielt. »Will jemand eins?!«

»Ist das Bier?«, fragte ich leise, während ich blinzelnd das Etikett genauer zu erkennen versuchte.

»Yapp«, bestätigte Shane.

»Das dürfen wir doch gar nicht hier in Kalifornien, oder?«, flüsterte ich. »Erst ab einundzwanzig, dachte ich.«

Er grinste. »Deshalb hat es ja auch Holly besorgt. Magst du eins?«

Ich schüttelte den Kopf. »Vielleicht später einen Schluck oder so.«

»Okay.« Shane stand auf und legte mir dabei kurz die Hand auf die Schulter. »Bis später.«

»Bis später.« Shanes Worte vorhin hatten mir zu denken gegeben, und während ich darüber und über die Sitzung heute bei Dr. Katz nachgrübelte, rieselte mir ein kühler Schauder über den Rücken. Als sich die Bänder meines Bikinioberteils spannten und es am Knoten in meinem Nacken ruckte, wandte ich schmunzelnd den Kopf und sah Nathaniel an, der hinter mir im Sand saß.

»Was wird wohl passieren, wenn ich jetzt daran ziehe?«, flüsterte er mir ins Ohr und zupfte kräftiger am Ende des Bändchens.

»Du müsstest erst den Knoten aufknibbeln«, flüsterte ich zurück.

»Darf ich?«, murmelte er, den Luftwirbel seines Mundes an meiner Schläfe.

Ich kicherte, während der Luftzug von Nathaniels Hand über meine nackte Haut strich, die sich unter seiner Berührung wohlig kräuselte, und ich erschauerte.

»Frierst du? Soll ich dir was zum Anziehen holen?«

Belustigt warf ich ihm einen Blick zu. »Das fällt sicher überhaupt nicht auf, wenn hier gleich ein weißes T-Shirt über den Strand schwebt.«

Nathaniel lachte leise und schob sich dann näher zu mir, legte die Arme um mich und hüllte mich ein in seinen kühlen Luftzug, der sich auf meiner Haut zu einem strömenden Dunst erwärmte, fast wie ein Atemhauch. Ich wandte mich ihm zu und legte meine Stirn gegen seine.

»Danke«, raunte er mir zu.

»Wofür?«

»Für alles.«

Ich sah zu den anderen hinüber. Im Schein eines flackernden Windlichts hatte Matt den Arm um Holly gelegt und gestikulierte mit seiner Bierflasche, während er ihr etwas erzählte. Shane und Abby hielten flüsternd die Köpfe zusammengesteckt und wie tröstend strich er ihr über den Arm.

Es war nicht wie früher zu Hause mit Julia, Sandra, Hannes und Lukas. Es war anders, aber es war gut. Mehr als gut: Es war beinahe perfekt und aufseufzend schmiegte ich mich in den Luftstrom von Nathaniels Umarmung.

Es war tatsächlich der perfekte Sommer, für alle von uns.

Wir waren viel am Strand oder lungerten in der Franklin Street im Garten herum. Manchmal fuhren wir mit großen Plastikschüsseln voller Salat zur Golden Gate Promenade hinaus, wo wir auf einem der beiden Picknickplätze Steaks auf den Grill schmissen, mit Blick auf Bay und Bridge.

Bis Matt und Shane ihre Taschen packten und zu ihren Sommerkursen aufbrachen, Matt nach Berkeley, Shane nach Stanford. Aber wir telefonierten, simsten und mailten viel, und wenn Abby nicht gerade im Restaurant ihrer Eltern aushalf, trafen wir beide uns bei Starbucks oder schauten bei Holly vorbei. Als Entschädigung dafür, dass er nicht länger mit mir wegfahren konnte, machte Ted mit mir Ausflüge. Über die Golden Gate Bridge fuhren wir in das bunte Küstenstädtchen von Sausalito hinauf, wo wir unheimlich guten Fisch aßen, und einmal ging es sogar bis nach Santa Barbara hinunter, wo ich mich schon fast wie in Mexiko fühlte und mir ein Paar tolle Clogs im Folklore-Stil und eine passende Bluse kaufte. Unsere Tour nach Muir Woods war für mich mit gemischten Gefühlen verbunden, obwohl mich die Mammutbäume mit ihren riesigen roten Stämmen beeindruckten und ich mich in der kühlen grünen Stille des Waldes wohlfühlte; ich musste die ganze Zeit an Lauren und ihren tödlichen Unfall denken, und ich war froh, dass ich am Abend lange mit Shane telefonieren konnte. Einmal ging ich mit Ted zu einem Spiel der Giants in den AT&T-Park, was ich ganz witzig fand, obwohl ich die Regeln einfach nicht kapierte, auch wenn Ted sie mir noch so oft zu erklären versuchte, und das Feuerwerk zum Unabhängigkeitstag schauten wir uns von der Tribüne an der Uferpromenade unterhalb des Presidio an, während Nathaniel mich in den Armen hielt und mir mit seinen Küssen die Haare durchwirbelte.

Im Nachhinein hätte ich nicht mehr sagen können, ab wann die Dinge zwischen uns allen in Schieflage gerieten oder warum. Vielleicht lag es einfach nur daran, dass wir noch so jung waren und einfach hungrig auf das, was das Leben uns zu bieten hatte. Oder daran, dass der Hauch des Todes, der Matt, Shane, Abby und mich gestreift hatte, uns besonders gierig sein ließ, gierig auf das Leben als solches und auf das, was wir uns unter Liebe vorstellten, gieriger noch als andere in unserem Alter. Möglich, dass uns diese Erfahrung mehr wagen ließ, als vernünftig und vor allem gut für uns war.

Aber vielleicht bekamen wir vom Schicksal auch einfach nur diesen perfekten Sommer geschenkt, weil damals schon unsere gemeinsamen Tage gezählt waren. Vielleicht war es vorherbestimmt, vielleicht auch einfach unausweichlich gewesen, dass kein halbes Jahr später zwei von uns sterben würden.

Ich war eine davon.

TEIL DREI

Auf der anderen Seite

Eine schmale Landenge zwischen zwei grenzenlosen Meeren,
die Vergangenheit, die Zukunft, zwei Ewigkeiten.

THOMAS MOORE

57

Bäuchlings lag ich auf der türkisfarbenen Decke, die ich auf dem Rasen hinter dem Haus ausgebreitet hatte, knabberte an einem grünen Apfel und blätterte lustlos in einem der Bücher herum, die neben meinem Rucksack und meinen braunen Flipflops vor mir ausgebreitet lagen. Eigentlich hatte ich ein bisschen was für die Schule machen wollen, die in etwas mehr als zwei Wochen wieder anfing, aber meine Gedanken liefen ständig ins Leere; zum Lernen war dieser Nachmittag, einer der ersten des Monats September, einfach zu schön. Und auch die Flyer der Neigungsgruppen für das kommende Schuljahr übten so gar keinen Reiz auf mich aus; woher sollte ich jetzt schon wissen, ob ich in den nächsten Monaten im Chor singen, beim Schultheater mitmachen oder irgendeinen der Tanzkurse besuchen wollte? Töpfern fand ich doof, und Forensik oder Kreatives Schreiben wären zwar bestimmt ganz spannend, aber so wirklich begeistern konnte ich mich heute auch nicht dafür.

Die tiefgoldene Sonne machte mich mit ihrer Wärme dösig im Kopf, und ich genoss es, wie ein leichter Wind durch meine zum Pferdeschwanz hochgezurrten Haare blies und über meine nackten Beine und Füße strich. Der Luftstrom auf meiner Haut wurde kräftiger; ich giggelte vergnügt, als es auf meinen Waden, in meinen Kniekehlen kitzelte und der Saum meines kurzen olivgrünen Hängerkleidchens aufflatterte, und ich schloss selig die Augen, als sich Nathaniels fließende, luftige Gestalt auf mich legte.

»In meiner Vorstellung riechst du immer nach grünen Äpfeln«, murmelte er in meinen Nacken und drückte wirbelnde Küsse auf meine Schultern. »Ich mag dieses Kleid«, fügte er hinzu, und ein Lächeln tanzte um meinen Mund, als er erst den breiten Träger des Kleides herabstreifte, dann auch den meines BHs und mit seinen Fingern, seinen Küssen wohlige Schauder über meine Haut rinnen ließ.

»Ich muss lernen«, wisperte ich in dem halbherzigen Versuch, ihm zu widerstehen. Ein kehliger Laut kam aus meinem Mund, als Nathaniels Hand über meinen Oberschenkel aufwärtsglitt. Das letzte bisschen Widerstand in mir erlahmte, der Apfel kullerte aus meiner Hand ins Gras, und ich schmiegte mich von Kopf bis Fuß gegen die Decke unter mir, während ich überall auf meiner Haut Nathaniel spürte. Als würde ich zerfließen, so fühlte es sich an, als würde ich selbst zu einem strömenden, wirbelnden Nebel und nur noch aus Luft und Wind bestehen, in dessen Mitte sich eine Wärme ausbreitete, die dann zu glühen begann.

Fester und fester presste ich mich gegen die Decke, gegen das Gras und den Boden darunter, um diese Hitze in meinem Bauch zum Verstummen zu bringen. Diesen Hunger danach, Nathaniels Schultern zu packen und ihn zu küssen, bis auch ihm der Atem wegblieb und nicht nur mir. Danach, warme Haut und Muskeln unter meinen Händen zu haben und nicht nur bewegte Luft; nach der Schwere eines Körpers verlangte es mich und nach dem Duft von Haut und Haaren. Stattdessen krallte ich meine Finger in den weichen Stoff der Decke, bohrte meine Ellenbogen und Hüftknochen hinein, jeder Muskel, jede Sehne meines Körpers angespannt.

»Hör auf«, rutschte es mir heraus, als ich es nicht länger ertrug. »Hör auf. Hör auf!«

Ich schluchzte auf, als Nathaniel sich von mir löste; plötzlich war mir trotz der Wärme der Sonne kalt und ich zitterte. »Es tut mir leid«, flüsterte ich heiser; wie unter Krämpfen bewegte ich mich unruhig auf der Decke, als sich meine Muskeln nach und nach lockerten. »Es tut mir leid.«

Einige Herzschläge lang blieb es still.

»Nein«, hörte ich Nathaniel dann rau sagen. »Mir tut es leid. Dass ich nicht mehr für dich sein kann als das.«

Ich blinzelte; dann rollte ich mich langsam auf die Seite und sah ihn an.

Eine Hand hinter sich aufgestützt und ein Knie angezogen, saß er neben mir und starrte vor sich hin. Ich hatte schon den Mund aufgemacht, um ihm zu sagen, dass es mir genügte, was er war, dass ich nichts anderes wollte, nichts anderes begehrte, aber das wäre gelogen gewesen, und der kurze Blick, den er mir zuwarf, verriet mir, dass er spürte, was in mir vorging. Wann hatte es nur angefangen, so schwierig zu werden zwischen uns?

Ich streckte die Hand nach ihm aus, wie entschuldigend oder zum Trost, aber er langte hinter sich, griff sich eines der Bücher und hielt es mir hin. »Liest du mir vor?«

Er blätterte immer nur kurz durch meine Bücher und meistens, wenn er glaubte, ich würde es nicht bemerken, aber er mochte es, wenn ich ihm daraus vorlas. Mit geschlossenen Augen saß oder lag er dann neben mir und streichelte im Rhythmus der Worte aus meinem Mund über meinen Arm oder mein Bein. Und ich mochte den konzentrierten, dabei aber entspannten und fast andächtigen Ausdruck, den ich auf seinem Gesicht entdecken konnte, wenn ich zwischendurch von den Seiten aufblickte.

Mit einem Nicken nahm ich das Buch und legte mich auf der Decke zurecht. Ich hatte es gerade aufgeschlagen, als in meinem Rucksack harte Elektrobeats losschepperten, die in das schmissige Intro von *Navy CIS: L. A.* übergingen; ich erstarrte und rührte mich nicht.

»Dein Handy«, wies mich Nathaniel überflüssigerweise darauf hin, und unter seinem irritierten Blick zog ich es dann doch aus der Seitentasche. Ich musste gar nicht erst auf das Display schauen; *Navy CIS: L. A.* war der Klingelton für Shane, den wir immer damit aufzogen, dass er uns ein bisschen an L. L. Cool J erinnerte.

»Hey«, sagte ich gedehnt in das Smartphone hinein. Lässig hatte ich klingen wollen, aber es kam angestrengt heraus.

»Hey, Amber!«, hörte ich Shane mit einem Auflachen sagen, bevor er mit einem besorgten Unterton fragte: »Ist alles okay bei dir? Du klingst so komisch.«

»Yupp, alles okay.« Ich wich Nathaniels Blick aus und rubbelte über einen Mückenstich auf meinem gebräunten Unterschenkel, obwohl er im Augenblick gar nicht juckte.

»Ich wollt mich nur kurz melden und sagen, dass ich seit heute Morgen wieder im Lande bin.«

»Wie war's in Stanford?«, erkundigte ich mich, als ob er mir nicht die ganze Zeit über per Mail oder am Telefon schon immer mal wieder ein bisschen was erzählt hätte.

»Ganz okay. Ich hab sogar einiges gelernt – war also nicht nur für den Lebenslauf gut. Bist du in der Franklin Street?«

»Yupp.« Ich streckte die Hand aus und rupfte einzelne Grashalme aus dem Boden.

»Magst du nachher noch bei mir zu Hause vorbeischauen? Auf eine Cola oder so? Dann erzähl ich dir genauer, wie's war.«

Ich kaute auf der Unterlippe herum. Während ich noch überlegte, hörte ich am anderen Ende der Verbindung im Hintergrund zwei aufgeregt kieksende Mädchenstimmen; es klang, als ob sie stritten, und prompt kreischte die eine schrill auf: *Mom! Mom! Moooom!*

»Sorry, Amber – hattest du was gesagt? Die beiden Nervensägen liefern sich hier wieder einen Krieg durchs ganze Haus.«

Um meinen Mund zuckte es, während irgendwo hinter Shane eine dunkle Frauenstimme liebevoll, aber sehr entschieden zwischen den beiden zankenden Mädchen vermittelte. Vielleicht konnte ich mit Shane darüber reden, was mich beschäftigte; wenn mich jemand verstehen konnte, dann bestimmt er, dem der Tod seine große Liebe entrissen hatte. »Ja, okay. Gern.«

»Super! Komm einfach vorbei, wann du magst. Ich werd sicher mit den Jungs den ganzen Nachmittag draußen sein, das hab ich über der ganzen Hockerei in Stanford ordentlich vermisst. Und hier ist's gerade echt nicht zum Aushal … Ey, Kayla!« Ich zuckte zusammen, als er mir aus Versehen ins Ohr brüllte. »Leg das sofort wieder hin! Dir gehört nicht automatisch alles, was du in die Finger kriegst! – Sorry«, wandte sich Shane lachend wieder an mich. »Ich musste meine kleine Schwester gerade davon abhalten, aus meinen Stanford-Unterlagen Origami zu falten, das ist gerade ihre Lieblingsbeschäftigung. Also, komm einfach vorbei. Linie 6, Waller Street eins-drei-drei-vier. Das blaue Haus – Blaulila – oder so ähnlich.«

Ich schmunzelte in mich hinein. »Okay. Bis später.«

»Bis später, Amber.« Er machte eine kurze Pause und fügte leiser hinzu: »Ich freu mich auf dich.« Dann legte er auf.

Bemüht sorgfältig verstaute ich das Smartphone wieder in der Seitentasche; die ganze Zeit über hatte ich Nathaniels Augen auf mir gespürt, und es kostete mich ein bisschen Überwindung, ihn anzuschauen. »Ich geh später noch bei Shane vorbei. Magst du mitkommen?«

Nathaniel schüttelte den Kopf. Kam es mir nur so vor oder zog er sich wirklich mehr und mehr von uns allen zurück? Vielleicht lag es daran, dass Matt und Shane die letzten Wochen nicht da gewesen waren, nur Abby, die Nathaniel zwar mochte, aber zugegeben hatte, dass sie noch immer höllische Angst vor ihm hatte. Ein flaues Gefühl machte sich in meiner Magengegend breit.

»Ist … ist zwischen uns noch alles gut?«, fragte ich zögerlich.

Ein kleines Lächeln schien auf Nathaniels Gesicht auf und er strich mir über die Wange. »Natürlich.« Er hob das Buch von der Decke auf und hielt es mir hin. »Hast du noch ein bisschen Zeit?«

»Natürlich«, wiederholte ich automatisch, nahm ihm das Buch ab und kuschelte mich eng an ihn.

Und während ich ihm vorlas und er über meinen Arm strich, die Augen geschlossen und seine Miene entspannt, da war es wirklich wieder wie früher. Bevor das zwischen uns so schwierig geworden war.

58

Das Haus der Diggs' in Haight-Ashbury, dem bunten Hippie- und Multikulti-Viertel, war nicht schwer zu finden, obwohl mich in der ruhigen Waller Street, die den Golden Gate und den fast herzförmig angelegten Buena Vista Park miteinander verband, erst einmal die wunderschönen alten Häuser auf der linken Straßenseite ablenkten. Eine der für San Francisco typischen Zeilen aus *Painted Ladies*, wie man solche Häuser nannte, deren Fassaden in verschiedenen Blautönen, Karminrot und Lindgrün mit weißen Blenden, aufwendigen Bordüren und Ornamenten in verschiedenen Farben verziert waren.

Überhaupt sahen die verschwenderisch gestalteten Häuser rings um die steile Straße, die ich von der Haltestelle aus hinaufgekeucht war, ganz anders aus als die knallbunten, schrillen oder ökomäßigen Läden ein paar Straßen weiter unten, an denen ich eben noch mit dem Bus vorbeigefahren war. Hier hatten die Häuser etwas gepflegt Nostalgisches, etwas Künstlerisches und dezent Individuelles und so gar nichts von Hippies oder Beatniks. Ich konnte mir gut vorstellen, dass hier Menschen wohnten, die einen ganz besonderen Sinn für ausgefallenen Stil und Schönheit hatten – und auch das nötige Kleingeld dazu.

Dass ich hier trotzdem richtig war, verrieten mir die vier muskulösen Jungs, die sich mitten auf der ruhigen, von parkenden Autos und einzelnen Bäumen gesäumten Straße um einen Basketball rangelten. Zwei Schwarze, ein Weißer und ein Latino, alle nur in Joggingschuhen und schlabbrigen Trainingsshorts bis zum Knie, warfen sich lachend und unter lauten Zurufen den Ball zu, dribbelten damit herum, dass das *Plock! Plock!* des Balls auf dem Asphalt von den Häusern widerhallte, und versuchten, ihn sich mit viel Schubsen, Knuffen und Beinstellen gegenseitig wieder abzujagen.

»Hey, schaut mal – wir haben Publikum!«, rief der lang aufgeschossene Blonde, als er den Ball auffing, und schüttelte sich die Fransen seines Surferhaarschnitts aus der Stirn. Die anderen drei drehten sich um und in Shanes Gesicht leuchtete es auf.

»Hi, Amber!« rief er mir zu. »Sorry, Jungs, bin erst mal weg!« Lässig hob er die Hand zu einem angedeuteten Winken hinter sich und kam mit langen Schritten auf mich zu.

»Hey«, grüßte ich ihn knapp und packte den Schultergurt meines Rucksacks fester. Mir war es unangenehm, wie mich die anderen Jungs musterten und sich grinsend scherzhafte Bemerkungen zuwarfen, die zu leise ausfielen, als dass ich sie verstanden hätte.

»Nimm's mir nicht übel, wenn ich auf Abstand zu dir bleibe«, erwiderte Shane grinsend. »Aber ich glaub, ich muss erst mal unter die Dusche, bevor ich dir mehr als drei Schritte näher komme.«

Ich nickte und fixierte einen Punkt irgendwo neben seiner Schulter; ich wusste nicht, wohin ich sonst schauen sollte. Shanes Trainingsshorts hingen tief auf seinen schmalen Hüften, und darüber war jeder Muskelstrang so deutlich ausgeprägt wie im Anatomielehrbuch, der harte Sixpack-Bauch, die eckigen Brustmuskeln, auf denen der Schweiß glänzte, die trainierten Oberarme.

»Lass uns reingehen, ja?«

Ich nickte wieder und folgte Shane zu einem zweistöckigen Doppelhaus auf der rechten Straßenseite. Die von einer niedlichen Dachgaube gekrönte linke Hälfte war tatsächlich in so einer Art Milka-Lila gestrichen, mit viel weißen Verzierungen und dunkelroten Fensterrahmen. Dagegen wirkte die rechte Hälfte in fadem Beige und Weiß fast unsichtbar. Und auch der Backsteinbau links vom Haus ging daneben ziemlich unter, erst auf den zweiten Blick erkannte ich an dem kleinen Kreuz auf dem Dach in dem niedrigen verschachtelten Bau eine Kirche.

Während hinter uns wieder das *Plock! Plock!* des Basketballs und die johlenden Jungenstimmen einsetzten, ging ich hinter Shane das gute Dutzend Stufen hinauf und bemühte mich, nicht allzu sehr auf seine strammen Rückenmuskeln und vor allem nicht auf sein Hinterteil zu starren, das sich knackig unter der Shorts abzeichnete.

»Bin wieder da-haaa«, brüllte Shane ins Haus hinein, als wir durch die Tür kamen. Die Wände des engen Eingangsbereichs waren von krakeligen Kinderzeichnungen in bunten Rahmen übersät. In einem langen Regal und auf dem Boden ringsum stapelten und türmten sich Schuhe in allen möglichen Größen und Varianten, von riesigen Sneakers und Herrenhalbschuhen über Mädchensandalen und Flipflops in zweierlei Größen (hauptsächlich in Pink), diversen Paaren Crocs und UGGs bis hin zu Birkenstocks und eleganten Pumps; dazwischen lag eine Barbiepuppe mit verrenkten Gliedern und einem nur halb fertig gewordenen Fransenschnitt Marke Eigenbau.

»Mom?«, rief Shane in der winzigen Diele, von der aus eine weiß lackierte Holztreppe nach oben führte. Geradeaus konnte ich einen Blick ins Wohnzimmer werfen, in dem gigantische Mohnblumen auf der Sitzgruppe blühten. »Mom? Magst du Amber Hallo sagen? Ich muss erst mal unter die Dusche!«

Ohne auf eine Antwort zu warten, schwenkte er nach rechts in die Küche ein, die im Vergleich zu der von Ted und mir tatsächlich ziemlich chaotisch wirkte, aber unheimlich gemütlich war. Die Wände waren zugepflastert mit Stundenplänen, Terminkalendern und noch mehr gerahmten Kinderzeichnungen; dazwischen hing eine Magnetwand, die man vor lauter festgepinnten Notizzetteln, Eintrittskarten und Fotos gar nicht mehr sehen konnte. Überall stand bunter Krimskrams herum, Obst war in einer bemalten Holzschale zu einer Pyramide aufgeschichtet und zwischen den

Kräutertöpfen auf dem Fensterbrett blinzelte mich eine Tigerkatze an.

»Gleich, mein Schatz«, schallte es jetzt von irgendwo auf dem Stockwerk her; es war dieselbe Stimme, die vorhin die beiden streitenden Mädchen zu beruhigen versucht hatte.

Shane riss den Kühlschrank auf, der mit Getränkeflaschen, Tupperboxen, Gemüse und anderen frischen Lebensmitteln bis oben hin vollgestopft war. »Cola light, richtig?«

Als ich nickte, drückte er mir eine kleine Flasche davon in die Hand, während er sich irgendein neonorangefarbenes Iso-Zeugs aufschraubte, das er in wenigen Zügen hinunterstürzte; nebenbei drückte er mit dem Ellenbogen die Tür wieder zu. »Vorsicht mit der Katze«, riet er mir atemlos zwischen zwei Schlucken. »Wenn du anfängst, sie zu streicheln, kriegst du sie nicht mehr los. Sie heißt übrigens Justin.«

Meine Brauen rutschten hoch. »Justin?«

»Wie Justin Bieber.« Shane schnitt eine Grimasse. »Die Grausamkeit meiner Schwestern macht vor nichts halt.« Ich kicherte und auch Shane grinste. »Komm einfach nachher hoch, letzte Tür auf der rechten Seite.« Er zwinkerte mir zu und schlenderte aus der Küche. Ich konnte ihn die Treppen hinaufstapfen hören und wie er sich oben einen lauten Wortwechsel mit einem Mädchen lieferte, bis eine Tür knallte und das Mädchen kreischte: »Ich war aber noch nicht fertig! Du bist so ein Idiot, Maannn!«

Dann flogen leichtere Schritte die Treppe hinunter, die eines Mädchens in rosafarbenem T-Shirt, die langen, dünnen Beine in weißen Jeansshorts und Sneakers; dem Alter nach musste es Tamika sein, unter dem leicht strubbligen Bob die ersten Übungsversuche von dezentem Make-up im hübschen und gerade wutverzerrten Gesicht. »Mom?«, schrie sie, während sie durch die Diele rannte. »Bin bei Savannah, okay?«

»Okay, Liebes. Wir essen um halb acht!«

Mit einem kräftigen Rums flog die Haustür hinter Tamika zu, und gleich darauf kam aus dem Türrahmen auf der anderen Seite der Diele eine aparte schwarze Frau mit stylishem Kurzhaarschnitt in Leggings, Ballerinas und einer Tunika in Wasserfarben auf mich zu. Ihre sportliche, aber doch weibliche Figur und ihr Gesicht erinnerten mich an Michelle Obama, genau wie ihre ebenso sympathische wie energische Art; ich konnte sie mir gut in einem Gerichtssaal vorstellen.

»Hallo, Amber!«, rief sie mir fröhlich entgegen und streckte mir die Rechte hin, an der sie ein goldenes Armkettchen mit verschiedenen herunterbaumelnden Charms trug; an ihrem Hals glänzte eine feine Goldkette mit einem schlichten Kreuz daran und in den Ohrläppchen trug sie kleine goldene Kreolen. »Schön, dich endlich kennenzulernen, Shane hat uns schon viel von dir erzählt!«

»Hallo, Mrs Diggs«, erwiderte ich verlegen, als ich ihr die Hand gab; ich fragte mich, was genau Shane über mich erzählt haben könnte.

»Sag einfach Tasha zu mir.« Shanes Mutter öffnete den Kühlschrank und suchte mit geschmeidigen Bewegungen, die die Charms an ihrem Handgelenk klingeln ließen, darin herum. »Ich würde jetzt schrecklich gerne mit dir plaudern und dich ein bisschen kennenlernen, aber ich habe morgen eine wichtige Verhandlung, und mir läuft die Zeit davon. Du kannst aber gerne zum Abendessen bleiben, wenn du möchtest.« Sie holte eine Tupperbox hervor und drückte sie mir in die Hand. »Nimmst du die bitte mit nach oben? Sonst fängt mein Sohn in spätestens einer Stunde an, die Küche mit einer Spaghettiorgie zu verwüsten, weil er denkt, er würde gleich verhungern.« Sie rollte mit ihren schönen Augen, die die gleiche Farbe hatten wie die von Shane. »Wir sehen uns sicher noch, ja?« Liebevoll legte sie mir die Hand auf den Arm und ging wieder aus der Küche.

In der Diele blieb ich stehen und sah mich noch einmal um. Das ganze Haus atmete Vertrauen und Geborgenheit, dass es mir auf seltsame Art einen Stich versetzte, und gleichzeitig fühlte ich mich rundum darin wohl. Aufgehoben.

Eine Bewegung oben auf der Treppe ließ mich aufsehen. In kurzer Jeanslatzhose und weißem Trägertop darunter hangelte sich ein stupsnasiges, kulleräugiges Mädchen am Treppengeländer entlang und schob einen ihrer bloßen Füße zwischen den Streben hindurch; ihre krisseligen Haare waren zu zwei strammen Zöpfchen geflochten und an den Enden mit Haargummis in Glitzerpink umwickelt.

»Hi«, sagte ich zu ihr. »Du musst Kayla sein.« Sie nickte heftig; verlegen turnte sie am Geländer herum. »Ich bin Amber.« Kayla nickte wieder, dann kicherte sie, wirbelte herum und spritzte die Treppe hinauf, wo gleich darauf eine Tür hinter ihr zuschlug.

Schmunzelnd stieg ich die Treppe hoch. Auf den Wänden im Flur oben wechselte sich gerahmte Ethno-Kunst mit Fotos von Babys und kleinen Kindern ab, mit Bildern von Familienfeiern, Einschulungen und Urlaubsreisen. Im Badezimmer wurde gerade das Wasser abgedreht; ich konnte Shane prusten und dann vor sich hin pfeifen hören.

Trotz des großen roten Stoppschilds stand die weiß lackierte Tür zu seinem Zimmer offen; ein bisschen befangen, aber auch neugierig ging ich hinein. Ein typisches Jungszimmer war es, mit schlichten Holzmöbeln und wenig Deko-Zeugs, dafür mit einem ziemlichen Chaos aus Technikkram, CDs und DVDs, erstaunlich vielen Büchern und schmutzigen Socken und einem zerknüllten T-Shirt auf dem Boden. Immerhin war das Bett gemacht. Auf dem Kleiderschrank standen verschiedene angeschlagene und zerschrammte Footballhelme herum. In einer Ecke lehnte ein Baseballschläger, während der dazugehörige Handschuh nachlässig in ein Regalfach gestopft war.

Ungewöhnlich war das großformatige Gemälde über dem Bett,

eine abstrakte Komposition in Rot, Grau, Schwarz und Weiß, und ich ging näher hin. *Für Shane – In Liebe & auf ewig, Lauren*, war es mit zierlichem Pinselschwung signiert, und mir wurde die Kehle eng. Noch mehr, als ich genauer hinsah und überall gerahmte Bilder von Lauren entdeckte. Lauren im Bikini am Strand. Lauren in einem Café, die hellblonden Haare als Zopf über der Schulter und eine Baskenmütze schräg aufgesetzt. Eine wunderschön lachende Lauren mit hochgesteckten Haaren in einem tollen pinkfarbenen Satinkleid mit schwarzem Band um die schmale Taille. Lauren in T-Shirt, Shorts und Basecap, wie sie auf einem Mäuerchen saß, hinter dem das Meer blau leuchtete.

»Hey, du bist ja schon da!« Shanes Stimme hinter mir ließ mich herumfahren und dann schnell wieder wegschauen. Er trug nur zerrissene Jeans, aus deren Bund der Gummizug einer knallroten Boxershorts herauslugte, und der Aqua-Duft seines Duschgels drang zu mir herüber.

»Wer ist das auf dem Poster?«, fragte ich schnell und zeigte mit der Tupperbox auf das großformatige Foto über dem unaufgeräumten Schreibtisch, das einen Sportler zeigte und über das sich ein hingekritzeltes, vollkommen unleserliches Autogramm zog.

»Das? Das ist Jerry Rice, mein großes Idol«, erklärte Shane, während ich aus dem Augenwinkel beobachtete, wie er sich aus dem Kleiderschrank ein grasgrünes T-Shirt holte und überzog. »Hat lange bei den San Francisco Forty-Niners gespielt. *Der* Wide Receiver, einer der besten Spieler aller Zeiten in der National Football League. Dreimal Super Bowl! – Oh, super, Mom hat Sandwiches gemacht.« Shane ließ die Tür hinter sich ins Schloss schnappen und nahm mir die Tupperbox ab, bevor er sich auf sein Bett plumpsen ließ. »Mach's dir bequem!«

Die Sandwiches mit Truthahn, Käse und knackigem Gemüse zwischen Vollkorntoast waren Weltklasse, und während ich barfuß und mit untergeschlagenen Beinen auf dem Bett hockte und Shane mir von seinem Sommerkurs in Medizin in Stanford erzählte, von Zellteilung und genetischen Markern und Prionenforschung, vernichtete ich genüsslich die Hälfte des Boxeninhalts, die er mir großzügig angeboten hatte.

»Sag mal«, fing Shane irgendwann gedehnt an und stellte die leere Box auf dem Boden ab. »Ist bei dir wirklich alles okay? Du wirkst irgendwie bedrückt heute.« Ich wischte mir verstohlen die Finger an meinem Kleid ab, zuckte mit den Schultern und wich seinem forschenden Blick aus. »Ist es wegen Nathaniel?«

Ich zuckte wieder mit den Schultern. Dann streckte ich die Beine aus, ließ mich rücklings auf das Bett fallen und starrte an die Decke. »Es ist ... alles nicht so einfach.«

»Denk ich mir.« Shane legte sich neben mich; den Kopf aufgestützt, schaute er mich an. »Wenn du drüber reden magst, kannst du's mir gern erzählen. Aber ich fürchte, so wirklich weiterhelfen werd ich dir dabei auch nicht können.«

Ich lachte leise auf. »Wer kann das schon.«

Wir schwiegen einige Augenblicke lang, dann sagte Shane behutsam: »Ich hab viel nachgedacht in Stanford. Über Lauren. Über Geister. Und über alles, was wir in letzter Zeit gemeinsam gemacht haben, Matt, Abby, Holly, du und ich.« Er zögerte. »Ich mag dich sehr gern, Amber.«

Ich warf ihm einen schnellen Seitenblick zu und lächelte. »Ich mag dich auch total gern.«

»So mein ich das nicht.«

Fragend sah ich ihn an. Shane rutschte näher und legte mir die Hand auf die Wange; im nächsten Moment drückte er sanft seinen Mund auf meinen und ich schloss die Augen. Er roch nach Duschgel und warmer Erde, schmeckte nach Sandwich und Zahnpasta und nach etwas, das nur er selbst sein konnte, würzig und ein bisschen wie Lakritz.

»*So* mag ich dich«, murmelte er, als er sich von mir löste.

Ich blinzelte verwirrt; eine seltsame, aber nicht unangenehme Leere im Kopf, rührte ich mich nicht, und Shane küsste mich noch einmal. Schließlich öffneten sich meine Lippen, und als er sich mit seiner Zungenspitze vortastete und meine antippte, rauschte eine tosende Flut durch mich hindurch und spülte jeden Gedankenfetzen in meinem Kopf fort. Ich krallte meine Finger in seine Schulter und genoss das Gefühl von Knochen, Sehnen und Muskeln darunter, drückte mich fest an ihn und erwiderte stürmisch seine Küsse.

»Wow«, stieß Shane zwischen zwei Küssen atemlos und lachend hervor. »Wow!«

Er drückte mich so fest an sich, dass er mich fast zerquetschte, aber es fühlte sich gut an. Seine Hände streichelten mein Gesicht, meine bloßen Schultern und durch das Kleid hindurch meinen Rücken, während ich ihn bei den Armen packte, über seinen Rücken und seine Brust rieb, schließlich meine Finger unter den Saum seines T-Shirts wandern ließ und über seine feste, warme Haut strich. Berührungen, die eine Sehnsucht stillten, die so lange an mir genagt hatte. Viel zu lange.

»Wie geht's dir?«, fragte er später, nachdem wir uns eine gefühlte Ewigkeit lang knutschend auf seinem Bett herumgewälzt hatten und nun Arm in Arm dalagen, beide erhitzt und ich dazu noch ein bisschen zerrauft.

»Gut«, antwortete ich mit fester Stimme. »Und absolut mies.«

Shane setzte zu einem Grinsen an, das misslang. »Mir geht's genauso.« Ich spähte zu dem Bild von Lauren mit Baskenmütze hinüber, das in einem Silberrahmen auf dem Schreibtisch stand. »Nein, nicht wegen Lauren«, wiedersprach er mir sanft. »Lauren kommt nicht zurück, das habe ich schon vor langer Zeit begriffen. Und sie wäre die Erste, die das mit uns verstehen würde. Ich glaube wirklich, sie hätte dich sehr gern gemocht.« Seine Finger fuhren über die Träger meines Kleides und des BHs, und mir kehrte es den Magen um, als ich daran dachte, dass mich erst wenige Stunden zuvor Nathaniel an genau derselben Stelle berührt hatte. »Ich spanne niemandem gern die Freundin aus. Und dafür, dass Nathaniel eine verlorene Seele ist, scheint er mir schwer in Ordnung zu sein. Aber du bist die Erste seit Lauren, die mir etwas bedeutet.«

»Yippiee-yeah«, erwiderte ich rau und mit einem wackeligen Grinsen. »Ich hab den Jackpot der Jefferson High geknackt. Ich Glückspilz.« Shane lachte, verstummte aber sofort, als der erste trockene Schluchzer in mir hochruckte, dann der nächste und ich von einem tränenlosen Zucken nach dem anderen durchgeschüttelt wurde, das mir die Luft abdrückte. Vorsichtig zog Shane mich an sich, hielt mich fest und streichelte meinen Rücken, bis ich wieder ruhiger atmen konnte.

»Bleibst du zum Essen, Amber?«, rief Shanes Mutter aus der Küche, als wir Hand in Hand die Treppe hinunterkamen. Kayla lungerte am Türrahmen herum und sah uns aus großen Augen an.

»Ein anderes Mal vielleicht«, erwiderte ich; ich wäre tatsächlich gern geblieben, in diesem gemütlichen Haus, bei Shane, seinen Schwestern, seiner Mutter. Aber nicht heute, nicht nach dem, was oben in Shanes Zimmer passiert war und mich so tief aufgewühlt hatte, dass meine Knie immer noch zittrig waren.

»Du bist uns jederzeit willkommen«, rief sie mir augenzwinkernd zu und schnippelte weiter Salat in eine große Schüssel. »Bye, Amber!«

»Bye, Mrs Di … Tasha!«

Shane hielt mir gerade die Haustür auf und beugte sich herunter, um mich auf den Mund zu küssen, als uns das Geräusch von kleinen, nackten Füßen auf dem Holzboden innehalten ließ. Kayla kam mit hüpfenden Zöpfchen angejagt und legte vor uns eine Vollbremsung hin.

»Bist du Shanes neue Freundin?«, wollte sie begierig wissen, die Hände auf dem Rücken zusammengelegt und mit den Schultern hin und her schaukelnd; hoffnungsvoll klang sie dabei.

Ratlos sah ich Shane an. Er lächelte und schloss seine Finger fester um meine.

»Du bist auf jeden Fall die Erste, der wir's sagen, Kayla, großes Ehrenwort. Sobald Amber und ich das selbst herausgefunden haben, okay?«

59

Ich wusste sofort, dass etwas nicht stimmte.

Ich musste sie nur anschauen, um zu sehen, wie sehr sie sich in den wenigen Tagen verändert hatte. Da war dieser besondere Glanz in ihren Augen, wenn sie versonnen vor sich hinstarrte, ein kleines, verklärtes Lächeln um den Mund. Dieser Glanz, der immer wieder verlosch und dunklem Schuldbewusstsein wich. Wie sie nur noch halbherzig ihre Finger durch mich hindurchgleiten ließ und offenbar vergessen hatte, wie gern sie den Funkenzauber gehabt hatte, wenn ihre Fingerspitzen an meine stießen. Dieser Hunger, den ich an ihr immer wahrgenommen hatte, schien gestillt, dieser Hunger auf mehr, als ich war.

Vor allem aber schien sie sich mir zu entziehen; ich spürte weniger von dem, was in ihr vorging. Als würde sich das Loch in ihrer Seele, durch das all die Farben, all die Formen ihrer Gefühle zu mir herübergeströmt waren, langsam schließen. Sie war dabei, mir zu entgleiten. Jemand war dabei, mir mein Funny Girl zu nehmen.

Ich betrachtete sie, wie sie halb im Schein ihrer Nachttischlampe, halb in meinem Schatten dalag, und plötzlich wusste ich es. Da war etwas Starkes, ungeheuer Lebendiges an ihr, das nur von ihm kommen konnte und an ihr haftete. Von seinen Berührungen, sicher auch seinen Küssen. War ich wirklich so blind und taub gewesen den Sommer über? Vermutlich. Zu trunken von Ambers Nähe. Überschwemmt von neuen Eindrücken und Gedanken und zu bemüht, ein Teil ihrer Welt zu werden.

»Es ist Shane, nicht wahr?«

Ihr Kopf ruckte hoch; entsetzt sah sie mich an und verbarg dann ihr

Gesicht vor mir. Ich spürte, wie ein Zittern durch sie hindurchlief, als ob sie mit sich rang. Und schließlich nickte sie.

»Es tut mir leid«, flüsterte sie dann kläglich.

Ich war nicht einmal zornig. Nur unendlich traurig; ich hatte so sehr gehofft, dieser Tag würde noch lange auf sich warten lassen. Es tat weh. Scheußlich weh.

Ich streckte die Hand aus, um ihr über das Haar zu streichen, ließ sie dann aber wieder sinken. Mit ihr war mein Dasein so viel schöner geworden, und ich konnte mir nicht vorstellen, wie es ohne sie sein würde. Wieder allein in dem Haus zu sein, für dieses fahlgraue Band aus Zeit, das sich endlos vor mir ausdehnte. Ohne Amber dort bei mir zu haben, ohne jede Nacht hier mit ihr zusammen zu sein. Ich wünschte mir, ich könnte jetzt, auf der Stelle, auf die andere Seite hinübergehen; selbst in der Hölle konnte mich nichts Schlimmeres erwarten, als ohne sie sein zu müssen.

Ich wünschte mir, ich könnte Amber packen und festhalten, von ihm fernhalten, jetzt und für immer. Von jedem von ihnen. Damit sie die Meine blieb, jetzt und für immer. Und jetzt war ich derjenige, durch den ein Zittern lief, als ich den Sog spürte, der von ihrer Seele ausging. Es wäre so einfach, ich müsste mich nur in sie hineinfallen lassen, ihre leibliche Hülle ausfüllen und mich in ihre Seele krallen, dann könnte sie mir keiner mehr nehmen. Nicht in diesem Leben und vielleicht auch nicht danach.

So einfach wäre es. Aber ich konnte nicht. Früher oder später würde sie mich dafür hassen. Sicher würde sie mich auch hassen, wenn ich mir seinen Körper, seine Seele nähme. Und dabei wünschte ich mir doch nichts mehr, als dass sie mich liebte. Mich, Nathaniel.

Vielleicht war es auch einfach Zeit, vielleicht brauchte sie mich einfach nicht mehr.

Ich beugte mich über sie, drückte meinen Mund in ihr Haar und schob mich von ihr fort.

Noch ehe ich das offene Fenster erreicht hatte, fuhr sie hoch. »Nicht!«

Der Klang ihrer Stimme, halb ein Wispern, halb ein Schrei, ließ mich innehalten. Und noch mehr das, was plötzlich zu mir heranflutete, ein zäher, dunkelroter Schleier aus Angst, Trauer, Zorn und Sehnsucht, so viel Sehnsucht. Als ob ihre Seele blutete.

»Bitte«, raunte sie heiser. »Bitte bleib bei mir.« Sie bebte am ganzen Körper. »Bitte.«

Erstaunt sah ich zu, wie ihre Augen feucht wurden, dann vor Tränen schwammen, bis die erste Träne ihre Wange hinabrollte, dann die nächste und noch eine.

Ich hatte sie noch nie weinen sehen.

60

Verblüfft starrte ich auf meine Finger, mit denen ich mir gerade über die Augen gefahren war, weil ich Nathaniel nur noch verschwommen sah. Sie waren nass. Dann erst spürte ich, wie Tränen aus meinen Augen rannen.

Davor hatte ich immer am meisten Angst gehabt, seit jenem Abend, an dem ich Mams nächtliches Telefongespräch mit Ted belauscht und sie mir von ihrem Tumor erzählt hatte: dass ich mich nicht mehr im Griff haben könnte. Dass ich einfach zu weinen anfing und womöglich nie wieder damit aufhören würde.

»Bitte«, schluchzte ich Nathaniel entgegen. »Bitte bleib hier. Lass mich nicht allein. Bitte.«

Der Ausdruck auf seinem Gesicht wurde weich. »Du bist nicht allein«, gab er dagegen rau zurück. »Du hast doch jetzt Freunde.«

Ich schüttelte so heftig den Kopf, dass meine Haare flogen. »Das ist nicht dasselbe!«

Ein trauriges Lächeln umspielte seinen Mund. »Und du hast Shane.«

Dass er nur schon seinen Namen aussprach, dass ich jetzt, in diesem Moment an Shane denken musste, ließ die Erinnerung an seine Küsse, seine Hände auf meiner Haut und seinen starken, muskulösen Körper an meinem wie ein Lavastrom durch meine Adern fließen, und mir war elend dabei. Shane und Nathaniel waren wie die zwei Hälften eines Magneten und ich ein winzig kleiner, federleichter Eisenspan dazwischen.

Ein bitteres, verzweifeltes Lachen sprudelte aus mir heraus. »Das ist auch nicht dasselbe! Ich … ich weiß nicht, was das mit Shane und mir ist. Ich weiß momentan überhaupt nichts mehr. Außer dass ich komplett durcheinander bin und mich völlig … völlig zerrissen fühle.« Ich schluchzte auf. »Ich bestehe nur noch aus Bruchstücken. Aber du – du gibst mir das Gefühl, ganz zu sein.« Mein Kinn zitterte, als mir die Worte auf der Zunge brannten, die ich niemals einem Jungen hatte sagen wollen, und wie von selbst kamen sie dann heraus. »Ich brauch dich, Nathaniel.«

Bang sah ich zu, wie er den Kopf senkte und ihn dann schüttelte, mich schließlich wieder ansah und die Schultern hob; hilflos wirkte er. »Du brauchst mehr. Du brauchst jemanden mit einer Seele *und* einem Körper. Weil du beides hast und bist. Genau wie Shane. Nicht so wie ich.«

Die Erkenntnis, wie sehr er damit recht hatte, traf mich wie ein Schlag ins Gesicht. Ich umklammerte meine schlackernden Knie und starrte vor mich hin. »Wenn ich nur … wenn ich nur eine Nacht mit dir haben könnte …« Ich führte den Gedanken nicht zu Ende, weil alles Weitere jenseits meiner Vorstellungskraft lag.

Als von Nathaniel nichts mehr kam, blinzelte ich durch meine Tränen hindurch zu ihm hinauf. Seine Stirn war in Falten gelegt und um seinen Mund zuckte es. »Es … es gibt eine Nacht im Jahr …«, begann er spröde und ohne mich anzusehen. »Eine Nacht, in der … vieles für mich anders ist. Bei Einbruch der Dunkelheit fühle ich mich schwerer als sonst. Als ob sich alles an mir«, er rieb sich über die Brust, »verdichtet. Ich komme nur noch mit viel Mühe und Anstrengung durch Wände hindurch, manchmal auch gar nicht mehr. Ich sehe und höre wieder schlechter, und ab und zu habe ich das Gefühl, ich könnte wieder etwas riechen. Bis sich bei Morgengrauen all das auflöst und alles an mir wieder ist wie zuvor.«

»Und welche Nacht ist das?«, schniefte ich.

»Die Nacht vor Allerheiligen.«

Die Nacht vor Allerheiligen … Ich dachte an den rotorangenen Schein von beleuchteten Kürbisfratzen, an schwarze Hexenschlapphüte und Vampirkostüme, an Fledermäuse aus Nickistoff, an Plastikskelette und faseriges Garn, das Spinnweben nachahmen sollte. An wilde Partys und an verkleidete Kinder, die von Tür zu Tür zogen und »Süßes oder Saures« riefen, um Süßigkeiten einzuheimsen, und daran, dass ich im Gegensatz zu Julia immer mitfeiern durfte, weil Mam gefunden hatte, das sei *Teil meiner kulturellen Identität als Halbamerikanerin*.

»An Halloween?«, brachte ich nur krächzend heraus, und als Nathaniel nickte, setzte ich hinzu: »Und da werde ich dich spüren können? So richtig? Als ob du noch am Leben wärst?«

Er hob die Schultern und ließ sie wieder fallen. »Ich weiß es nicht.«

Ich sah ihn an, wie er vor mir stand, in seinem grauen Hemd und die Hände in den Taschen seiner altmodischen Hose. Wie er den Kopf leicht gesenkt hielt und unter den Locken, die ihm in die Stirn fielen, zu mir hinspähte. Abwartend war der Ausdruck auf seinem Gesicht, beinahe scheu, und in seinen Augen konnte ich lesen, wie sehr ich ihn verletzt hatte, aber auch so etwas wie Hoffnung.

Schließlich rieb ich mir mit den Handrücken über das nasse Gesicht, obwohl ständig neue Tränen nachströmten, wischte sie an meiner Pyjamahose notdürftig trocken und streckte die Hände nach Nathaniel aus. Er zögerte, dann kam er langsam auf mich zu, und als seine Fingerspitzen meine berührten, dieser Funkenschauder durch meine Hände flirrte, huschte ein kleines, wackliges Lächeln über mein Gesicht.

Nathaniel kniete sich neben mich hin und legte die Arme um mich; ich schloss die Augen und versuchte mir vorzustellen, wie es wäre, mein Gesicht an seine Brust zu drücken, die fest war, vielleicht ein bisschen hart. Die sich bei jedem Atemzug hob und senkte und in der ein Herz gleichmäßig schlug. Für mich schlug.

Vielleicht würde es an Halloween wahr werden, in dieser unruhigen, unheimlichen und ganz besonderen Nacht des Jahres. Eine kleine, schwache Hoffnung, an die ich mich umso fester klammerte. Wir mussten es wagen, es war das Einzige, was uns blieb, bevor uns das, was wir zusammen hatten, durch die Finger stob wie ein Herbststurm.

Weil ich ein schwaches Menschenkind war mit hungrigen Sinnen und Sehnsucht im Leib und er ein Wesen aus Dunst und Nebel.

61

Die Hände tief in den Taschen meiner Jeans, lungerte ich jetzt bestimmt schon eine Viertelstunde vor den Schaufenstern des China Bazaar mit seiner Eistorten-Fassade in Grün, Gelb und Pink herum und traute mich nicht hinein. Dabei hatte ich es heute Morgen noch für eine total gute Idee gehalten, nach meiner Sitzung bei Dr. Katz kurz nach Chinatown rüberzugehen und nachzusehen, ob Matt vielleicht den Rest der Ferien damit verbrachte, hier zu jobben.

Er hatte sich zwar vor ein paar Tagen mit einer SMS von seinem IT-Kurs in Berkeley zurückgemeldet, aber gesehen hatte ich ihn seither noch nicht. Die Handvoll Nachrichten und die zwei extrem kurzen Telefonate seitdem waren komisch gewesen, als ob er schwer beschäftigt war momentan und auch ein bisschen seltsam drauf. Aufgekratzt hatte er irgendwie geklungen, keine Ahnung, was mit ihm los war. Seit gestern sprang auch nur die Mailbox an, wenn ich ihn anrief, und zwar ohne dass er mich zurückgerufen oder mal kurz gesimst hätte.

Zum wiederholten Mal spähte ich durch die vollgestopften Auslagen hindurch ins Ladeninnere, über eine Reihe Kartons mit Zellophanfenstern hinweg, in denen Plastikbuddhas in Pink, Giftgrün und Lagunenblau im Lotussitz hockten, und zwischen Metallständern hindurch, von denen der eine alles an Haargummis und Spangen anbot, was das Kleinmädchenherz an Pink, Glitzer, Herzchen, Kätzchen, Röschen und Pünktchen begehrte, und der andere mit diesen Aloha-Ketten aus Stoffblüten in wirklich allen denkbaren Farben vollgehängt war. Matt jedoch konnte ich nirgends entdecken.

Ich gab mir einen Ruck, trat ein und sah mich zwischen den anderen Touristen um, die nach Drachen, Buddhas und Lampions, nach bemalten Essstäbchen, perlenbestickten Kosmetiktäschchen und passenden Brillenetuis als Mitbringsel stöberten, stellte mich schließlich auf die Zehenspitzen und reckte den Hals.

»Verzeihung – Miss?« Ich drehte mich um und schaute in das freundliche Gesicht eines Chinesen, nicht mehr ganz jung, noch nicht alt, die ersten Linien im eckigen Gesicht und das erste Grau im gepflegten Haarschnitt. In einem langärmligen tannengrünen Polohemd, Edeljeans und Lederloafers sah er mich über einen Karton voller Jadefigürchen hinweg an, die er aus dicken Schichten von Verpackungsmaterial befreite. »Kann ich Ihnen helfen?«

»Äähmm«, begann ich zögerlich. »Ja, vielleicht. Arbeitet Matt Chang heute hier? Ich bin eine Freundin von ihm.«

Er verzog das Gesicht. »Oh, ich weiß leider nicht, ob er heute noch mal reinkommt. Ich hab ihn zumindest den ganzen Morgen noch nicht gesehen.« Ich hob die Brauen. Jobbte Matt hier nur, wenn er gerade Bock hatte, oder wie? Der Chinese, bei dem kein anderer Akzent zu hören war als der San Franciscos, zwinkerte mir zu. »Wir fragen mal die Chefin, die muss es schließlich wissen.«

Ich folgte ihm durch die kunterbunte Mischung aus Asia-Kitsch, Kunst und Kram aus Fernost zur Kasse, einem ausladenden antiken Tisch mit einer Platte und Seitenwänden aus Glas, in dem sehr teuer aussehende Schmuckstücke auslagen. »Betsy!«

Eine Chinesin mit lackschwarz glänzendem Haarknoten, die gerade für ein Touristenpärchen ein mehrseitiges Dokument ausfüllte, hob den Kopf. An ihren Ohren baumelten lange und üppig verschnörkelte Ohrhänger aus Silber. Sie war vielleicht so um die vierzig, sicher nicht größer als Abby, zierlich und ziemlich hübsch; die scharlachrote Seidenbluse mit den schwarzen Drachen darauf stand ihr sehr gut, genauso wie das tolle Make-up mit dem breiten, geschwungenen Lidstrich.

»Die junge Lady hier«, der Chinese deutete mit der flachen Hand auf mich, »ist auf der Suche nach Matthew. Weißt du, wo unser Junior gerade wieder steckt?«

Meine Brauen rutschten bis ganz hoch und ich schaute verblüfft zwischen ihnen hin und her. Das waren Matts Eltern?

Betsy – demnach Mrs Chang – schüttelte den Kopf. »Leider nicht. Er hat bei einem Freund übernachtet, ich hab ihn heute noch gar nicht gesehen. – Hast du seine Handynummer?«, fügte sie in perfektem Oxford-Englisch hinzu.

»Ja, die hab ich. Danke«, sprudelte ich schnell hervor, nickte den beiden zu und schlängelte mich durch den bunt gemixten Asia-Overload wieder nach draußen, wo ich kopfschüttelnd in mich hineingrinste.

»Hast du Besuch?«, flüsterte ich erschrocken, als Holly mit einem herzhaften Gähnen die Tür öffnete. Die Tür zu ihrem Schlafzimmer war nämlich zum ersten Mal, seit ich hierherkam, zugezogen, und dahinter glaubte ich leise Schnarchlaute zu hören. Männliche.

»Sozusagen«, gab Holly mit einem weiteren Gähnen zur Antwort, wuschelte sich durch die lilafarbenen Haare, die teils abstanden, teils platt gedrückt waren, und tapste barfuß in die Küche.

»Sorry«, murmelte ich betreten. Mit Holly zu reden, schien mir die zweitbeste Alternative nach Matt zu sein, und da ihr Laden noch nicht geöffnet gewesen war, hatte ich einfach am Eingang um die Ecke auf die mit *H. Kowalski* beschriftete Türklingel gedrückt. Durch die Sprechanlange hatte sie zwar ein bisschen verschlafen geklungen, aber gesagt, ich solle raufkommen.

»Ach was«, widersprach sie, winkte ab und reckte sich so weit nach der Kaffeedose im Regal hinauf, dass das übergroße, löchrige Greenpeace-T-Shirt hochrutschte und ihren perfekten Po in einem spitzengesäumten Slip mit Tigermuster enthüllte. »Der pennt erst mal tief und fest. Ist glaub ganz schön geschafft von letzter Nacht.« Die Zungenspitze keck in den Mundwinkel geklemmt, zwinkerte sie mir über die Schulter hinweg zu. »Auch einen Kaffee für dich, Cutie Pie? Und dann erzählst du mir, was du auf dem Herzen hast.«

»Puuuhhh«, machte Holly neben mir auf dem Fensterbrett und blies den Rauch aus dem geöffneten Fenster. »Heftige Geschichte.«

Ich nickte und rubbelte mit der Spitze meines Sneakers an der Kante des Spülschranks vor mir entlang. »Was würdest du tun an meiner Stelle?«

»Musst du dich denn entscheiden?« Holly zwinkerte mir über den Rand ihrer geblümten Uromatasse hinweg zu. »Ist doch perfekt: den Seelenverwandten fürs Herz und den leckeren Muskelprotz fürs Bett. So einen tollen Doppelwhopper kriegst du sicher nie wieder vom Leben vor die Füße gelegt!«

Ich gluckste in mich hinein. »Das meinte ich doch gar nicht. Mir ging's um Halloween.«

»Tja«, Holly schnickte die Asche in den Innenhof hinunter, »wenn ich ehrlich bin, hab ich noch nie etwas davon gehört, dass verlorene Seelen da wieder greifbare Gestalt annehmen. Was natürlich nichts heißen muss, ich bin mir sicher, dass es noch sehr, sehr viel mehr über das Leben und den Tod und die Dinge dazwischen gibt, von denen wir nichts wissen. Es würde für mich trotzdem absolut Sinn machen, dass in dieser Nacht so was möglich ist. Eigentlich ist ja Allerseelen einen Tag später der Tag der Toten, aber ich kenne es eben auch so, dass man am ersten November besonders an die Verstorbenen denkt. *Totentag*, hat meine Grandma ihn immer genannt. Und die Mexikaner und andere Latinos feiern ja genau an diesen Tagen ihren *Día de los Muertos*, an dem die Seelen der Verstorbenen ihre Familien besuchen. Mit diesen bunten Zuckertotenschädeln und all dem schrillen Zeug.« Sie drückte ihren Zigarettenstummel im Aschenbecher aus und umschloss ihre Tasse mit beiden Händen. »Ob du's jetzt glaubst oder nicht – ich hab Halloween nie gemocht. Ich bin sonst für jeden Spaß zu haben und immer vorne mit dabei, wenn's irgendwo eine Party gibt – aber an Halloween verkriech ich mich in meinen vier Wänden. Ich hab nichts gegen die Kostüme, gegen die Streiche der Kids, gegen dieses So-tun-als-ob, das ist schon okay. Aber für mich hat diese Nacht etwas Unheimliches, Ungutes. Da ist eine gewaltige, finstere Macht am Werk.« Schwach lächelte sie mich an. »Ich bin echt kein Angsthase, aber Halloween lässt es mir kalt den Rücken runterlaufen. Diese Nacht übersteh ich immer nur eingekuschelt in meinem Bett, mit viel Tee, einer Schachtel Pralinen und einem rosaroten Wohlfühlbuch, auf dessen Seiten alles zuckersüß und watteweich ist und rein gar nichts Schlimmes passiert.«

Nachdenklich ließ ich meinen Blick über die verschiedenfarbigen Rückseiten der anderen Häuser mit ihren Feuerleitern schweifen. »Du kannst es dir also auch vorstellen, dass Nathaniel und ich da …« Ich brach ab und kaute stattdessen auf meiner Unterlippe herum, und unter Hollys prüfendem Blick begannen meine Wangen zu glühen.

»Klar kann ich mir das vorstellen, Herzchen. Mir macht nur Sorgen, was ich in deinem Gesicht zu diesem Thema lese und was ich in deinen Augen erkennen kann. Ich weiß nur zu gut, wie es ist, wenn einem ein toller Typ die Sicherungen durchbrennen lässt und man nur noch an Sex denkt.« Meine Wangen wurden noch heißer. »Aber genauso gut weiß ich auch, dass es scharfe Typen gibt, von denen man besser die Finger lässt, weil man sie sich zwangsläufig an ihnen verbrennt.«

»Nathaniel ist nicht böse«, flüsterte ich.

»Das meine ich damit nicht mal.« Holly zündete sich eine neue Zigarette an. »Du hast keine Ahnung, was passieren kann, wenn du ihm in dieser Nacht körperlich nahe kommst.«

Mein ganzes Gesicht stand in Flammen. »Ich bin aufgeklärt, danke«, schnappte ich zurück.

Holly sah mich durch den Rauch ihrer Zigarette hindurch an, und zum ersten Mal, seit ich sie kannte, wirkte sie todernst und viel älter als sechsundzwanzig; wie eine uralte, weise Frau, eine Seherin sah sie in diesem Moment aus. »Du denkst falsch. Ich rede nicht davon, dass er dir ein Kind macht, und auch nicht von kontaminierten Körperflüssigkeiten. Er mag sich für dich in dieser Nacht vielleicht lebendig anfühlen, aber er wird es nicht sein, das ist unmöglich. Er ist, was er ist: ein Wesen aus purer, konzentrierter Energie. Wenn diese Energie sich noch weiter verdichtet und mit deiner lebendigen Seelenenergie zusammentrifft – puh.« Energisch blies sie den Rauch aus. »So was bleibt nicht ohne Folgen, für keinen von euch.«

Bockig starrte ich zum Fenster hinaus.

»Lass die Finger davon«, hörte ich Holly leise sagen. »Lass es einfach und nimm den Footballspieler. Shane ist ein feiner Kerl, und wenn ich mir so anschaue, was für Hände er hat und wie er sich bewegt, dann wirst du mit ihm ein erstes Mal erleben, wie es nur ganz wenigen Mädchen vergönnt ist.«

Ich hatte keine Ahnung, woher Holly wissen konnte, dass ich das erste Mal noch vor mir hatte, und halb beschämt, halb wütend setzte ich zu einer bissigen Erwiderung an, aber das klatschende Geräusch von Flipflops, ein lautes Gähnen und das Aufgehen der Kühlschranktür lenkte mich ab.

Neugierig auf Hollys nächtlichen Besucher beugte ich mich vor und musterte die schwarzen Flipflops und die spindeldürren, spärlich behaarten Beine darüber; hinter der Kühlschranktür hörte ich es zischen, dann gluckern, und als sie wieder zufiel, sackte mir die Kinnlade herunter.

Nur mit einer riesigen Boxershorts bekleidet, die tief auf den scharfkantigen Hüftknochen hing und auf deren orangefarbenem

Untergrund Pinguine tanzten, stand Matt in der Küche. Den Kopf mit geschlossenen Augen in den Nacken gelegt, trank er so gierig aus seiner Colaflasche, als hätte er soeben die Mojave-Wüste durchquert. Seine zerwühlten Haare waren blau. Leuchtdiodenblau. So blau wie ein radioaktiver Schlumpf. Und an seinem Hals prangte ein deutlich sichtbarer Knutschfleck.

»Morgen, Honey«, säuselte Holly neben mir. »Willst du dich nicht zu Amber und mir setzen?«

Matts Augendeckel klappten auf; den Mund voll mit Cola, fuhr sein Kopf zu mir herum. Er gab ein ersticktes Husten von sich, dann noch eins; seine Backen blähten sich auf und eine flammende Röte kroch seinen Hals hinauf.

»Spuck's in die Spüle oder schluck's runter«, empfahl Holly ihm vergnügt. »Aber mach mir bloß keine Sauerei in der Küche.«

Matt hüpfte auf einem Bein durch die Küche und wedelte dabei mit der freien Hand, bis er sein Cola hinuntergezwungen hatte. Er hustete ein paarmal, keuchte und japste und herrschte mich dann schwer atmend an: »Was zum Henker machst du denn hier?!«

»Ähm … Kaffee trinken und reden?«, gab ich zurück, hob meine Tasse an und konnte mir dann nicht verkneifen, herausfordernd unschuldig hinzuzufügen: »Und du?«

Matt wurde glutrot und machte auf dem Absatz kehrt. »Ich geh duschen«, bellte er über seine Schulter hinweg, und kaum dass er die Badezimmertür hinter sich zugeknallt hatte, brachen Holly und ich in Lachen aus, bis wir krampfhaft nach Luft schnappten.

Verstohlen schielte ich immer wieder zu Matt hin, der in Baggypants und den üblichen zwei Shirts übereinander neben mir die Sutter Street entlangmarschierte. Sein Totenkopftuch um den Hals und den Rucksack über der Schulter, schien er es sehr eilig zu haben. Oder wollte mich unterwegs abschütteln. Die ganze Zeit über versuchte ich, mir Holly und Matt nicht beim Sex vorzustellen, aber das war genau dieselbe Sache wie mit dem blauen Elefanten, die wir im Psychologiekurs gehabt hatten: Je mehr ich versuchte, nicht daran zu denken, desto lebhafter hatte ich Bilder von sexy Holly und Matt zusammen im Bett im Kopf, der in Boxershorts so schmächtig und jungenhaft aussah wie ein Vierzehnjähriger.

»Coole Farbe«, sagte ich irgendwann leise, um wenigstens irgendwas von mir zu geben. »Wie heißt die?«

»*Atomic Blue*«, knurrte er.

Ich zögerte. »Wie lange geht das schon mit Holly und …«

»Klappe!« Er hatte definitiv eine Scheißlaune.

»Ich war heute im China Bazaar«, versuchte ich noch einmal, ein Gespräch mit ihm in Gang zu bringen. »Du hast echt nette Eltern!«

Jäh blieb Matt stehen. »Spionierst du mir hinterher oder was?! Hast du kein eigenes Privatleben?!«

»Was tickst du denn gleich so aus?«, schoss ich zurück. »Womit genau hast du ein Problem, hm?!« Matt sank in sich zusammen und ließ den Kopf hängen, und sanft berührte ich ihn am Arm. »Wir sind doch Freunde – oder … oder nicht?«

»Jaaah, schon«, brummte Matt und kaute dann energisch auf seiner Unterlippe herum. »Es … es ist mir eben peinlich«, murmelte er schließlich vor sich hin. »Dieser ganze … Asia-Kitsch.« Er lachte trocken auf. »Kannst du dir vorstellen – Mom und Dad haben beide einen Abschluss in Berkeley gemacht, Mom in Literatur und Dad in Biologie, aber das große Geld kam erst mit dem Laden, den sie damals als winzige Bude von meiner Granny und meinem Grampa übernommen haben. Und … und es ist mir peinlich, *dass* es mir peinlich ist, weil ihnen viel an dem Laden liegt. Weil sie durch den Laden meine ganzen Behandlungen zahlen konnten, und auch bessere, als ich sonst wohl gekriegt hätte. Wir leben mehr als gut davon, und ich muss mir keine Sorgen machen, wo später die Kohle für die Uni herkommt. Aber trotzdem …« Er legte den Kopf schräg und sah mich an. »Verstehst du, was ich meine?«

»Ja, versteh ich.« Ich lächelte ihn an und stupste ihn in den Oberarm. »Mich freut's übrigens, dass du jetzt mit Holly zusammen bist.«

Matt zuckte heftig mit den Schultern. »Wir sind nicht zusammen. Nicht so richtig. Das ist nur so ein ... ein *Bett-Dings*«, grummelte er vor sich hin und kickte einen nicht vorhandenen Stein mit seinem Sneaker beiseite.

Verblüfft sah ich ihn an. »Und das ist okay für dich?«

Er warf den Kopf zurück und grinste breit. »Klar ist das okay! Aber hallo, und wie das okay ist!«

Ich glaubte ihm kein Wort, und während ich stumm neben ihm auf der Sutter Street weiterging, in Richtung von Lori's Diner, wo wir uns mit Caesar Salad, einem Burger oder einem Moon Doggie vollstopfen wollten, dachte ich darüber nach, wie unglaublich kompliziert das Leben in dem Moment werden konnte, in dem man sein Herz an jemanden verlor.

62

Hollys winziges Apartment bebte unter der wilden Mischung aus Indie-Rock, Wave, Metal, Crossover und Emo, die der Ghettoblaster im Flur mit wummernden Boxen bis in den hintersten Winkel brüllte. Bis jetzt hatte noch kein Hausbewohner empört geklingelt oder die Polizei geholt – aber ich hatte sowieso das Gefühl, dass eine solche Fete in diesem Haus nicht nur ganz normal war, sondern sich dazu noch fast alle Nachbarn mit in die engen Räume drängelten. Zumindest hatte sie mir immer mal wieder beiläufig das eine oder andere der vielen fremden Gesichter als solchen vorgestellt. Wie die gazellenschlanke milchkaffeebraune Schönheit im weißen Jumpsuit, die ihre Dreadlocks zu einem skurrilen Gebilde auf ihrem Kopf aufgetürmt trug und gerade Shane um den Finger zu wickeln versuchte. Es war überhaupt ein extrem bunt gemischtes Völkchen, das sich hier versammelt hatte. Ein graubärtiger Mann in Karohemd und Jeans erinnerte mich an meinen Opa, nur dass der niemals einen Ohrstecker tragen würde. Und einen bulligen Riesen, den klotzigen Schädel kahl rasiert, in nietenbesetzter Lederhose, Motorradstiefeln und einer schwarzen Lederweste auf seinem stark behaarten, über und über mit ziemlich krassen Motiven tätowierten Oberkörper hatte ich zuerst für die amerikanische Variante eines Neonazis gehalten. Bis ich raffte, dass Chayan, der feingliedrige Thailänder in Skinny-Jeans, Rüschenhemd und dem sorgfältigen Make-up einer Tempeltänzerin, der Abby ausführliche Schminktipps gab, sein Lover war. Und dann war da noch der blondmähnige braun gebrannte Surfertyp mit dem Dreitagebart, der ständig damit beschäftigt war, Hollys Hintern in der zerfledderten Boyfriend-Jeans zu tätscheln.

Holly sah heute aber auch klasse aus; mit glitzerndem Lidschatten, viel Wimperntusche und dunklem Lippenstift wuselte sie in einem tief dekolletierten silberglänzenden Mini-Top strahlend, lachend und nach allen Seiten schäkernd zwischen den Gästen hindurch. Dass hier ein Arm um sie gelegt wurde, sich da ein Mund auf ihren Hals drückte, schien Matt genauso wenig zu stören wie die Rauchschwaden, die die ganze Bude vernebelten. Zumal sich Holly immer wieder für einen sehr langen Kuss an ihn schmiegte, bevor sie sich wieder um die anderen Gäste kümmerte. Außerdem war Matt ja schließlich die Hauptperson des Abends, an dem wir seinen achtzehnten Geburtstag feierten. Extrem lässig und mit breitem Grinsen auf dem Gesicht unter den stachelig gestylten blauen Haaren und in seinem brandneuen Californication-T-Shirt, Hollys Geburtstagsgeschenk, lehnte er mit einem Bier in der Hand am Küchentisch, auf dem sich die übrig gebliebenen Bagels, Sandwiches, Tapas und Cupcakes um den kläglichen Rest der Geburtstagstorte aus dem Café Madeleine verteilten, für die wir alle zusammengelegt hatten. Über die neueste Unheilig-CD, die ich für ihn im Internet bestellt hatte, hatte er sich ebenso gefreut wie über die zwei Alben von Rosenstolz, die ich ihm für Kuschelstunden mit Holly gebrannt hatte, und neugierig hatte er in dem von mir dazu gebastelten Booklet mit der Übersetzung der Lyrics geblättert, bevor er sich mit einer herzhaften Umarmung bei mir bedankte.

Ich schlängelte mich durch das Getümmel in der Küche und schob mich durch das bunte Partyvolk im Flur hindurch in Richtung Badezimmer. Obwohl ich schon so oft dort gewesen war, faszinierte mich das Sortiment an Haarfärbepackungen, Duschzeugs, Lotionen und Schminke immer noch. Das winzige Bad mit dem bunt schillernden Duschvorhang war außerdem so komplett vollgestellt mit diversen Schmuckkästchen, Kerzen, kleinen Götterfiguren und vor allem Dutzenden von Parfumflakons, dass ich nie wusste, wo ich zuerst hinschauen sollte, und jedes Mal noch etwas Neues entdeckte. Während ich mir schließlich vor dem runden Spiegel über dem Waschbecken die Hände wusch, schnupperte ich irritiert vor mich hin, schnappte mir dann eine Handvoll meiner Haare, hielt sie mir vor die Nase und verzog das Gesicht, und genauso, als ich gleich darauf am Ärmel meiner olivfarbenen Bluse roch. Keine Ahnung, wie Ted darauf reagieren würde, wenn ich nachher zurückkam und nicht nur nach Räucherstäbchen, sondern auch nach Zigarettenrauch und Gras roch; hoffentlich kippte jetzt nicht auch noch jemand sein Bier über mich.

Als ich aus dem Badezimmer kam, wäre ich beinahe in ein Pärchen hineingerannt, das sich gegen den Türrahmen drückte und dabei wild herumknutschte: die Gazelle mit den Dreadlocks und ein extrem blondes Beach-Babe, deren Busen unter dem taillenkurzen roten Longsleeve so aufgepumpt aussah, dass er garantiert nicht echt sein konnte, und die gerade mit beiden Händen den Hintern der Gazelle knetete. Und in dem Winkel vor Hollys Kleiderregal lehnte Shane mit einer Cola in der Hand, weil er unser Fahrer war, und schaute den beiden gebannt zu.

»Die hat aber schnell aufgegeben!«, rief ich ihm über den Musikradau hinweg zu, als ich mich neben ihn stellte.

»Nicht so ganz«, gab Shane in ähnlicher Lautstärke zurück. »Sie hat mich gefragt, ob ich mitmachen und nachher noch mit ihnen mitkommen will!«

Ich tat gespielt schockiert, um mir nicht anmerken zu lassen, wie krass ich das tatsächlich fand. »Nein! – Und worauf wartest du noch?!«, setzte ich mit einem Ellenbogenstupser zwischen Shanes Rippen dazu.

»Ah«, machte Shane grinsend und rieb sich mit den Fingerknöcheln unter dem Kinn, bevor er sich zu mir herunterbeugte und mir ins Ohr sagte: »Da bin ich eher spießig. Ich widme mich lieber nur einem Mädchen zur selben Zeit – und zwar nur einem, das ich so richtig gern hab.«

Mir stieg das Blut ins Gesicht und ich vergrub die Hände in den Hosentaschen. Dass die Gazelle Shane vorhin so schamlos angeflirtet hatte, hatte mir erstaunlich wenig ausgemacht. Was mir zu denken geben sollte, und trotzdem ließ Shane mich nicht völlig kalt. Auch wenn wir uns seit jenem Nachmittag bei ihm nicht mehr auch nur ansatzweise so nahe gekommen waren, nur ab und zu zusammen in den Golden Gate Park oder an der Uferpromenade joggen gingen oder uns mit den anderen trafen, war mir die Erinnerung an seine Küsse, an seinen Körper an meinem geblieben. Wenn ich ihm manchmal beim Footballtraining oder bei einem Spiel der Eagles in dem kleinen Stadion der Jefferson High zusah, konnte ich nicht aufhören, ihn mit einem sehnsüchtigen Ziehen im Bauch anzustarren, wie er in den engen Hosen und durch das Gestell unter dem Trikot grotesk verbreiterten Schultern über das Feld rannte, gegnerischen Spielern geschickt auswich, sie anrempelte oder umschubste. Und wenn er nach einem gewonnenen Spiel gegen die Mannschaft einer anderen High School in der Bay Area die erwartungsvoll dreinblickenden Cheerleader wie Sharon und Felicia in ihren kurzen Faltenröcken und bauchfreien Tops links liegen ließ und direkt auf mich zukam, ich in sein verschwitztes, lachendes Gesicht mit den aufgemalten schwarzen Balken unter den Augen sah und er mich dann unter einem Jubelruf kräftig umarmte, wurden meine Knie weich. Denn vor allem mochte ich Shane wirklich sehr gern; auf eine andere Weise stand er mir ebenso nah wie Matt und beinahe so nah wie Nathaniel. Aber eben nur beinahe.

Ein Mädchen, das leicht angetrunken aus der Küche stolperte und sich suchend umblickte, riss mich aus meinen Gedanken. Es war Abby, in einem langen, glänzenden Rock und schwarz glänzender Paisleybluse, ihren schwarzen Mantel und die Tasche in der Hand. Ihre Augen waren feucht, erste Tränenspuren zogen sich durch ihr neues dezentes Make-up, und ein Schluchzer nach dem anderen ruckte durch sie hindurch. Shane und ich wechselten einen kurzen Blick, dann waren wir auch schon bei ihr.

»Hey, Abby!« Ich nahm sie beim Arm. »Was ist denn los?«

Sie sah mich nur an, dann ließ sie sich gegen mich fallen. »Ist … ist das jetzt doch was Ernstes?«, schniefte sie mir ins Ohr. »Das mit Matt und Holly?« Sie war wirklich ziemlich beschwipst.

»Keine Ahnung«, gab ich zurück, drückte sie an mich und überlegte. »Ich weiß nicht mal, ob das überhaupt irgendwas ist.« Shit. Jetzt hatte ich es erst gerafft. »Du magst ihn sehr, oder?«

»Jaaahh«, schluchzte Abby jämmerlich los und fing an meiner Schulter laut zu heulen an.

Hilfe suchend schielte ich zu Shane hoch, der mir zunickte. »Ich sag Matt und Holly nur schnell Bescheid, dass ich euch heimbringe.«

In der Sacramento Street hielt Shane neben den parkenden Autos und stellte den Motor ab. Ich war heilfroh, dass Abbys Eltern noch im Restaurant gewesen waren und nicht mitbekamen, wie ich ihrer angeschickerten, verweinten und inzwischen heftig hicksenden Tochter den Schlüssel aus der Tasche kramte, sie die Treppen hinauf und in die Wohnung bugsierte, wo ich sie auf der Stelle ins Bett verfrachtete, während Shane unten auf mich wartete.

»Ist gerade alles nicht so leicht, was?«, fragte Shane jetzt leise.

»Nein«, flüsterte ich. Die eng verschworene Gemeinschaft, die wir alle zu Beginn der Sommerferien gewesen waren, schien mit dem neuen Schuljahr auseinanderzudriften, obwohl wir weiterhin gemeinsam in der Cafeteria zu Mittag aßen und uns auch außerhalb der Schule trafen. Matt hatte nur noch Augen und Zeit für Holly, weshalb Abby nun unter Liebeskummer litt; Shane und ich eierten zwischen Vertrautheit, gegenseitiger Anziehung und Befangenheit herum, während Nathaniel sich in sein Schneckenhaus zurückgezogen hatte. Ich verstand ihn sogar; für ihn war es sicher nicht leicht, Holly und Matt beim Turteln und Knutschen zuzuschauen und genau zu wissen, dass wir beide nur den Hauch einer Chance hatten, so etwas auch einmal zu erleben. Noch viel schwerer musste es ihm fallen, Shane und mich zusammen zu sehen, ohne in jedem Blick, jedem Wort und jeder Geste einen Hinweis darauf zu wittern, dass ich mich letztlich doch noch für Shane entscheiden würde. Und obwohl Nathaniel nach wie vor die Nächte bei mir verbrachte, wollte er nicht mehr, dass ich zu ihm in die Franklin Street kam. Nicht vor Halloween. Als machte er sich dafür bereit, sich an ein Dasein ohne mich zu gewöhnen, und jedes Mal wenn ich daran dachte, würgte es mich im Hals. Es knirschte im Gebälk, zwischen uns allen, und das, was uns zu Beginn des Sommers zusammengehalten hatte, schien mit dem Beginn des Herbsts wegzubröckeln wie morscher Zement.

»Du, Shane«, fing ich dann leise an, den Blick auf das Handschuhfach vor mir geheftet. »Da ist was, das ich dir sagen wollte. Vielleicht … vielleicht gibt es einen Weg für Nathaniel und mich, zusammen zu sein. Richtig zusammen zu sein, meine ich. Für eine Nacht. Das …« Ich atmete tief durch. »Das wollte ich dir nur sagen. Nicht dass du denkst, ich wollte mir dich nur warmhalten, für den Fall, dass es doch nicht klappt mit Nathaniel und mir.« Wirklich logisch klang das in meinen Ohren nicht, was ich da gerade von mir gegeben hatte, aber mir war es wichtig gewesen, es Shane zu sagen. Beides.

»Das denke ich bestimmt nicht«, erwiderte er ebenso leise. »Ich hab viel nachgedacht, seit wir uns an dem Nachmittag auf meinem Zimmer geküsst haben.« Ich sah aus dem Augenwinkel, wie er sich mir zuwandte und mich ansah. »Ich mag dich wirklich sehr gern, Amber. Und wenn ich mir vorstellen kann, noch mal mit jemandem zusammen zu sein – dann mit dir. Aber ich merke trotzdem, wie viel Raum Lauren immer noch in meinem Herzen einnimmt.«

Unwillkürlich zuckte es um meine Mundwinkel, als mir auffiel, dass Shane wohl der einzige Junge war, den ich kannte, der solche Worte verwendete und bei dem sie auch überhaupt nicht schmalzig klangen, sondern ganz natürlich rüberkamen. »Das wollte ich dir nämlich auch sagen. Damit du dich nicht als Notnagel fühlst oder dir wie zweite Wahl vorkommst.«

Ich lächelte vor mich hin. »Bestimmt nicht.« Das schabende Geräusch von Stoff auf Stoff ließ mich den Kopf wenden. Shane hatte sich zu mir rübergereckt, legte dann den Arm um mich und küsste mich auf den Mund, behutsam und sanft.

»Wir müssen nichts überstürzen, Amber«, raunte er mir dann zu, und ein helles Lächeln schien auf seinem Gesicht auf. »Wir haben doch alle Zeit der Welt.«

63

Noch einmal fuhr ich mit der Bürste über meine Haare und betrachtete mich im Badezimmerspiegel. Bisher war ich immer sparsam mit der Kreditkarte umgegangen, aber jetzt hatte ich sie doch einmal großzügig genutzt; Ted würde nicht begeistert sein, wenn er die Abrechnung bekam.

Zweierlei Lidschatten in ganz hellem Blau und Braun, Eyeliner und Wimperntusche ließen meine Augen riesig wirken und meine Haare glänzten dank der sündhaft teuren Spülung mit dem Gloss auf meinen Lippen um die Wette. Ich stellte mich auf die Zehenspitzen, um im Spiegel möglichst viel von der türkisfarbenen Tunika mit der Silberstickerei erkennen zu können und dabei noch einmal sicherzugehen, dass der hellblaue Spitzen-BH darunter auch wirklich nicht zu sehr durchschien. Dann sah ich an meinen neuen Jeans herunter bis zu den Kappen der türkisfarbenen Mary-Janes. So lange hatte ich auf diesen Abend, diese Nacht gewartet, die letzten eineinhalb Monate darauf hingefiebert, da musste einfach alles perfekt sein.

»Musst du nicht langsam los?«, hörte ich Ted aus dem Arbeitszimmer rufen.

»Doch! Bin auch schon fertig!«, rief ich durch die offen stehende Badezimmertür zurück. Fix und fertig, ging es mir durch den Kopf, und ich atmete ein paarmal tief durch, um meinen nervös flatternden Magen zu beruhigen. Es nützte nichts, mir war und blieb schlecht vor Aufregung.

Ich legte die Bürste an ihren Platz, stöckelte aus dem Badezimmer, schnappte mir meinen Rucksack und meinen schicken neuen Kurzmantel in Dunkelblau vom Sideboard neben der Wohnungstür und tippelte zum Arbeitszimmer hinüber. »Ich geh dann mal. Bis morgen!«

Ted sah von seinem Schreibtisch auf und seine Brauen hoben sich. »Nach Halloween-Kostüm sieht das aber nicht aus!«

Meine Wangen wurden heiß. »Wir … wir verkleiden uns dort zusammen, das gehört zur Party dazu!«

Ted schaute auf seine Armbanduhr. »Und nur dafür, um aus dem Haus zu gehen und dich dann gleich danach auf der Party zu verkleiden, hast du alles in allem rund drei Stunden im Bad gebraucht?«

Ich zog die Unterlippe zwischen die Zähne und wich Teds Blick aus. Mir wurde gleich noch schlechter bei dem Gedanken, dass er mir auf die Schliche kam, weil ich gar nicht bei Abby zu einer Party mit anschließender Übernachtung eingeladen war, wie ich behauptet hatte; der Pyjama und der Beutel mit Waschzeug und der Zahnbürste in meinem Rucksack waren nur Tarnung. Gefühlte zehn Minuten lang hatte Abby mich bei Starbucks erst nur mit riesigen Augen angestarrt, mir dann aber mit einem teils schelmischen, teils bewundernden und ein bisschen traurigen Lächeln das Alibi zugesichert, um das ich sie gebeten hatte. Und mir hoch und heilig versprochen, den anderen nichts davon zu sagen.

Verdammt lange sah Ted mich jetzt an. Schließlich räusperte er sich und stand auf. »Wart mal kurz.«

Irritiert sah ich zu, wie er an mir vorbei und in sein Schlafzimmer ging, dann dort deutlich hörbar herumkramte. Länger als er eigentlich in diesem nüchternen Raum brauchen konnte, der bis auf einen schmalen Kleiderschrank, ein breites Bett und einen Nachttisch praktisch leer und so puristisch gehalten war, dass ein Zen-Meister davor verzückt auf die Knie gesunken wäre.

»Für alle Fälle«, sagte Ted hörbar bemüht, als er zurückkam und mir zwei Stanniolquadrate mit weichem, rundem und leicht glitschigem Inhalt in die Hand drückte. Ich lief tiefrot an und Ted genauso. Vielleicht weil mir die Frage auf die Stirn geschrieben stand, warum Ted irgendwo in seinem Schlafzimmer Kondome aufbewahrte. »Sind allerdings nicht hundertprozentig sicher, das weißt du, ja?« Verlegen kratzte er sich am Kopf und ich musste lächeln. Er hatte ja keine Ahnung, dass ich mich nicht mit einem Jungen aus Fleisch und Blut traf.

»Weiß ich, ja. Danke.« Trotzdem schob ich die Kondome in die Hosentasche. »Ich bin dann morgen Vormittag irgendwann wieder da.«

»Okay. Viel Spaß.« Ted wollte mir die Hand auf die Schulter legen, ließ sie aber doch wieder sinken. »Du siehst sehr hübsch aus«, sagte er dann leise.

Zum ersten Mal seit vielen Jahren war mir danach, ihn zu umarmen, aber ich traute mich genauso wenig wie er. »Bis morgen«, flüsterte ich nur.

Mit klopfendem Herzen lief ich eilig die Sacramento Street hinunter. Finsterer als sonst schien mir diese Nacht zu sein, geheimnisvoller, obwohl es gerade erst dunkel geworden war. Vielleicht auch wegen des Nebels, der zäh über die Hausdächer hinweg herunterkroch und das Licht der Straßenlaternen zerstreute. Die Absätze meiner Mary-Janes klackerten auf dem Asphalt, während ich an den zahllosen grinsenden Kürbisgesichtern vorbeiging, die ihren zuckenden rotgoldenen Schein über falsche Spinnweben, Skelette in Uropa-Nachthemden, Hexen mit und ohne Besen und klassische Mini-Gespenster samt Metallketten schickten. Hier in Nob Hill war es ruhig, trotz Halloween; nur von ein bisschen weiter her konnte ich überdreht kreischende Kinder hören und kurz auch johlende Erwachsene und eine gellende Trillerpfeife.

In mir flatterte alles, als ich in der Franklin Street das Tor aufschob und durch Gebüsch und Gras den Weg zur rückwärtigen Tür einschlug. Ich schaltete die Taschenlampe meines Smartphones ein und leuchtete mir den Weg durch den Korridor in die Eingangshalle, die abgesehen von dem zarten Lichthauch einer Straßenlaterne fast völlig im Dunklen lag.

Nathaniel? Vor Aufregung blieb mir die Stimme weg und ich räusperte mich. »Nathaniel?«

»Ich bin hier.«

Ich fuhr herum und der Schein des Smartphones erfasste ihn, wie er im Türrahmen lehnte. Mein Herz legte einen Fred-Astaire-Steptanz hin, *tadadackk, tadadackk, tada-dack-e-didack*, und ich drehte mich schnell um. »Bleib kurz da stehen, ja?«, quiekte ich mit einem nervösen Auflachen. »Ich muss nur gerade mal eben …«

Ich sprach nicht weiter, sondern trippelte hastig zu meiner Decke unter dem Fenster hinüber, setzte den Rucksack ab und wurschtelte mich ungeschickt aus dem Mantel. Mit zitternden Fingern stopfte ich das Handy an seinen Platz und nestelte aus der Vordertasche ein Feuerzeug und eine Handvoll Teelichter hervor. Beim ersten brauchte ich einige Anläufe, bis ich es angezündet hatte, beim zweiten immerhin schon ein, zwei weniger, und kurz darauf flackerten dann alle sieben Flammen in den Aluschälchen, in angemessenem Abstand rings um die Decke auf dem Boden verteilt.

Mit wackeligen Knien ließ ich mich auf der Decke nieder und zog die Füße unter mich; die Schnallen der Mary-Janes drückten sich schmerzhaft in meine Füße, die Absätze bohrten sich in meinen Po, und mit unsicheren Fingern fummelte ich so lange daran herum, bis ich sie ausgezogen hatte; meine dünnen Söckchen pfefferte ich einfach gleich hinterher. Atemlos richtete ich mich wieder auf, warf mir die Haare über die Schultern und sah zum Türrahmen hin. Und zuckte zusammen, als ich Nathaniels Silhouette am Rand der Decke stehen sah, mysteriös und ein bisschen unheimlich von den Flämmchen am Boden beleuchtet. Mein Magen krampfte sich zusammen bei der Vorstellung, dass ich seine Schritte vielleicht deshalb nicht gehört hatte, weil er noch immer eine flüchtige Erscheinung war. Weil diese Nacht nichts geändert hatte und auch nichts ändern würde.

»Du bist wunderschön«, raunte er.

Mit glühenden Wangen senkte ich den Kopf und sah wieder auf, als er sich neben mich hinhockte. Alles was mir an Gedanken und Fragen durch den Kopf jagte, wie er sich wohl fühlte, ob ihm etwas anders vorkam, ob er schon festgestellt hatte, dass er eine wirklich greifbare Gestalt geworden war, erlosch, als er mir in die Augen schaute, und das Einzige, was ich herausbrachte, war ein dünnes und komplett albernes »Happy Halloween«.

Nathaniel schaute mich nur an; irgendwann hob er die Hand zu meinem Gesicht, verharrte damit aber ein paar Zentimeter vor meiner Wange in der Luft und ließ sie in einer mutlosen Geste wieder sinken. Ich schluckte und zähe Traurigkeit schwappte durch mich hindurch. Dann fasste ich mir ein Herz und streckte meine Hand nach ihm aus. Langsam, langsam näherten sich meine Finger seiner Wange. Mein Herz hämmerte schmerzhaft gegen meine Rippen; ich schluckte noch einmal, dann ließ ich meine Fingerkuppen an seine Wange sinken.

An etwas, das sich fest anfühlte wie die nicht ganz ebenmäßige Haut eines Jungen, die sich über ein Jochbein spannt. Ich schluchzte auf und legte die ganze Handfläche auf seine Wange, und mit geschlossenen Augen schmiegte er sein Gesicht hinein. Ungläubig ließ ich meine Hand weiterwandern, über seinen kantigen Kiefer und seinen Hals hinab, bis zu der Stelle, die ich so gerne angeschaut und von der ich mir immer vorgestellt hatte, wie sie sich anfühlte, seine markigen Schlüsselbeine, über die ich jetzt mit meinen Fingern fuhr.

»Ich kann dich fühlen«, wisperte ich und zitterte unter der Empfindung in meinen Fingerspitzen. »Ich kann dich tatsächlich fühlen.«

Als hätte Nathaniel es jetzt erst begriffen, öffnete er die Augen, und ein unsicheres, fast ein bisschen fassungsloses Lächeln huschte über sein Gesicht.

»Ich kann dich fühlen«, wiederholte ich. Ich schnellte auf meine Knie hoch und warf die Arme um ihn, überzeugt, in der nächsten Sekunde durch ihn hindurchzufallen und hart auf dem Boden aufzuschlagen. Aber da war ein Körper, der mich hielt, ein fester, solider Körper; eine breite Brust, gegen die ich prallte, ein Knie, das sich scharf in meine Hüfte bohrte, und kräftige, starke Beine, die mir im Weg waren, während meine Finger sich in einen Rücken unter einem spinnwebzarten Hemdstoff krallten und ich mein Gesicht gegen eine Halsbeuge rieb, die nach sonnengetrocknetem Treibholz und nach Moos roch, aber kein bisschen rauchig.

»Ich kann dich fühlen, ich kann dich fühlen, ich kann dich fühlen«, flüsterte ich unaufhörlich, als fürchtete ich, Nathaniel würde sich in dem Moment wieder verflüchtigen, in dem ich damit aufhörte, diese magischen Worte zu sagen oder auch nur zu denken. Ich keuchte auf, als er die Arme so eng um mich schlang, dass er mir wehtat, aber ich lachte dabei, weil es so unbeschreiblich schön war.

Grob gingen wir miteinander um; unsere Finger grapschten, drückten und kniffen den Körper des anderen, wo wir ihn gerade erwischten, wir pressten uns aneinander, dass Knie und Ellenbogen gegen Rippen und Armknochen schrammten oder sich schmerzhaft in Muskeln bohrten. Wir lachten über uns selbst dabei, ein wackeliges, schluchzendes Lachen, das jeden Moment ins Weinen kippen konnte.

Als der erste Rausch nachließ, wurden unsere Bewegungen behutsamer, zarter. Nathaniel konnte nicht genug davon bekommen, meine Haare mit seinen Fingern zu durchkämmen, und ich sog scharf die Luft ein, als er seine große, kräftige Hand um meinen Hinterkopf legte und mein Gesicht an seines zog. Er ließ seinen Blick über mein Gesicht wandern; etwas Wildes tobte darin, und doch blickte er so sanft, und meine Augen schlossen sich, noch bevor ich seinen Mund auf meinem spürte.

Tausende von Malen hatte er mich schon geküsst, diese wirbelnden, saugenden Küsse, die mir die Luft nahmen, aber keiner dieser Küsse war wie dieser eine gewesen, der wie der allererste überhaupt war und so schön, dass er mir den Atem raubte. Mir entfuhr ein kleiner, seufzender Laut; dann fiel ich nur noch, fiel in Nathaniels Armen und landete weich mit dem Rücken auf der Decke. Ich konnte nicht genug bekommen von diesen Küssen, und jedes Mal wenn er sich mir entziehen wollte, vergrub ich die Finger in seinen dichten Locken und hielt ihn fest bei mir, sein Mund auf meinem.

Es gab Momente, winzig kleine Momente, in denen ich merkte, dass er nicht aus Knochen und Muskeln, Sehnen und Haut bestand. Dass ich eine täuschend echte Nachahmung unter den Händen hatte, die greifbare Illusion eines Körpers, die Haut nicht wirklich warm, sondern ein bisschen kühl, vielleicht auch ein bisschen zu glatt und zu fest. Und wenn meine Finger über seinen Hals strichen und seine kräftigen Handgelenke umfassten, spürte ich nie einen Puls und nie einen Herzschlag, wenn ich meine Handfläche gegen seine Brust presste.

Es spielte keine Rolle. Was zählte, war das Gewicht seines Brustkorbs auf meinem, eines seiner Beine auf meinen; so viel schwerer war er, als ich es mir vorgestellt hatte, weil ich es gewohnt gewesen war, von einem bewegten, strömenden Nebel eingehüllt zu sein. Was zählte, waren seine Hände, sein Mund auf meiner Haut und das betörende Sirren, das sie durch meinen ganzen Körper schickten, bis in die Zehen und Fingerspitzen. Alles, was zählte, war, dass ich Nathaniel fühlen konnte.

64

Ich hatte mich geirrt.

Das hier war das wahre Wunder, das hier mit Amber.

Die Tage bis Halloween waren pure Folter gewesen. Wie ein Irrer war ich im Haus umhergewandert, getrieben von der Vorstellung, ob sie gerade mit Shane zusammen war, er sie in den Armen hielt und sie küsste, vielleicht gar mehr. Und schlimmer noch war der Gedanke, dass sie dabei ihr Herz an ihn verlor, das ich mehr als alles andere an ihr für mich haben wollte. Gepeinigt war ich von der Angst, mir etwas vorzumachen. Dass ich mich vielleicht an Halloween anders fühlen würde, es aber für sie womöglich keinen Unterschied machte. Dass diese Nacht für uns nur eine ganz gewöhnliche sein würde, in der nichts anderes geschehen konnte, als zuvor schon geschehen war.

Und als es draußen dunkel wurde und ich spürte, wie sich meine Kraft zusammenzog und verdichtete, meine Gestalt schwerer wurde und der Boden unter meinen Füßen mir Widerstand bot, wagte ich nicht einmal den Versuch, ob ich noch durch Wände gehen konnte. Aus Angst, ich sei womöglich noch genau derselbe wie bei Tageslicht, nur mit einer anderen Wahrnehmung meiner selbst.

Dann kam sie auf das Haus zu, wie ein blaues Flämmchen, das leichtfüßig und leuchtend durch die Nacht tanzt, und ich musste lächeln, als ich spürte, wie es ihr ging. Alles an ihr schwang hoch und hell, als ob ihre Seele sang, mit kleinen, schiefen Noten darin wie von ein bisschen Furcht. Ihre Freude ließ mich unsicher werden; sie erwartete so viel und ich wollte sie nicht enttäuschen.

Für mich war sie immer hübsch gewesen, ganz gleich ob sie wachte oder schlief, ob sie mich anlächelte oder wütend auf mich war und gleich, was sie anhatte. Aber heute war sie das Schönste, was ich je gesehen hatte, in ihren blauen Sachen und mit diesem unglaublichen Strahlen in den Augen.

Und dann geschah dieses unmögliche, unfassbare Wunder, dass ich ihre Hände auf mir spürte. Ihre Haut konnte ich unter meinen Fingern fühlen, die so viel wärmer und zarter war, als ich es mir vorgestellt hatte, und ihren heftigen Pulsschlag darunter. Ihren weichen Mund und ihr Haar, das zwischen meinen Fingern wie aus reinster Seide war. Und ich schwöre bei meiner unsterblichen Seele, dass Amber nach grünen Äpfeln roch und schmeckte, nach denen mit der harten Schale, die erst frisch und ein bisschen herb sind und in denen dann doch eine unerwartete Süße steckt.

»Warte«, hörte ich sie wispern. Sie stemmte die Handflächen von unten gegen meine Brust, schob mich beiseite und setzte sich auf, bevor sie sich die Bluse über den Kopf zog und sich mir zuwandte, dann locker an meinem Hemd zupfte. »Kannst du das vielleicht auch ausziehen?«

Ich lächelte, nicht zuletzt über ihre Wangen, die so gerötet waren, dass ich es selbst im Kerzenschein sah. Ja, ich konnte, heute Nacht konnte ich dieses Hemd abstreifen, das sonst eins war mit meiner Erscheinung. Und weil ich schon dabei war, zog ich Schuhe und Strümpfe aus und zerging beinahe, als ich ihre nackten Fußrücken an meinen Sohlen spürte.

Erst wanderten ihre Augen über meine Brust, dann ihre Hände. Sie ließ sich zurück auf die Decke sinken, und ich betrachtete, wie sich ihr Haar hinter ihr auffächerte, wie ihre Augen funkelten, aufgeregt, aber ohne Angst, und wie hell ihre Haut leuchtete gegen das Blau der Spitze. Es machte mich verrückt, wie Amber erschauerte, als ich ihren Bauch küsste, wie sie sich wand und kicherte, wenn ich sie dabei unabsichtlich kitzelte.

Bebend tasteten ihre Hände nach dem Knopf an ihrer Hose; sie öffnete ihn und zog sie aus, schälte dann auch noch dieses bisschen Spitze von ihrer Haut.

Das wäre der Moment gewesen, in dem wir hätten aufhören sollen. Ab dem wir uns mit dem hätten zufrieden geben sollen, was uns bis jetzt, in dieser Nacht, geschenkt worden war. Aber ich konnte ihr in diesem Moment nicht widerstehen und ich wollte es auch nicht. Nicht Amber, meinem Funny Girl.

Ich sah ihr in die Augen, während ich mich vollends entkleidete, bereit, sogleich aufzuhören, falls ich ihr ansehen sollte, dass sie das nicht wollte. Aber sie hielt mich nicht auf, im Gegenteil.

Ihren Körper ganz an meinem zu spüren, war der Himmel. Und wenn ich dafür erst hatte sterben und über hundert Jahre lang als verlorene Seele umherwandern müssen, dann war das kein zu hoher Preis dafür gewesen. Zu spüren, wie unsere Seelen im selben Rhythmus zu schwingen begannen, war das alles wert gewesen. Und dennoch zögerte ich.

»Bist … bist du dir sicher, dass du das willst?«

»Ja«, hauchte sie. »Ich will. Ichwillichwill.«

Als ob ich oben auf einer Klippe stand, so war es für mich, und während der Wind verlockend über meine Haut strich und mir durch das Haar fuhr, breitete sich unter mir der Ozean aus. Ich ließ mich einfach fallen, in diesen Ozean, der Amber war. Und ich war kein Geist mehr, kein Sünder und keine verlorene Seele. Sondern nur Nathaniel.

Einfach Nathaniel.

65

Am-berrrr. Zwei Laute, ein doppelter Klang, so leise, so sanft, wie ein Einatmen, ein Ausatmen, die über mein Gesicht strichen. Nathaniels Augen, die in meine blickten, sein Mund, der sich auf meinen legte, und während ich mich an ihn klammerte, gab etwas in mir nach. Ich schluchzte auf und mit Nathaniel ging ich auf in Wärme und Seligkeit. Als würde ich nun zu etwas Strömendem, Fließendem, das ihn einhüllte. Mein Atem brandete auf und lief wieder aus wie die Wellen des Pazifiks, und wie von Wellen geschaukelt fühlte ich mich. Wellen, die höher und höher aufbrandeten und wieder ausliefen, langsam und sacht und doch mit wachsender Ungeduld. Frei und doch getragen war ich, ohne Halt und doch aufgehoben.

Wie das Raunen des Windes, das Flüstern dürrer Blätter trieben Stimmen in mir herauf, von irgendwoher in der Ferne und doch so nah, genau wie die Schritte, die herankamen und sich wieder entfernten. Zu leise, zu weit entfernt, als dass ich erschrocken wäre, aber so nahe, dass ich verwirrt blinzelte. Stimmen und Schritte, die zart heranwogten und wieder verklangen. Das Geklapper von Pferdehufen, durch die Entfernung genauso gedämpft wie das Knirschen von Wagenrädern, ließ mich schmunzeln, und gleich noch mehr, als ich das Rattern eines Cable Cars und das Bimmeln seiner Glocke hörte. Blass und zart wie die die Lichtspiele eines alten, ruckelnden Filmprojektors huschten Bilder hinter meinen Augenlidern vorüber, genauso wackelig und verschwommen. Kinderfüße in weißen Kniestrümpfen und Lackschuhen, die um mich herumsprangen. Herrenschuhe marschierten mal energisch, mal in grüblerischer Langsamkeit an mir vorüber. Lange, dunkle Röcke mit einer gestärkten weißen Schürze glitten an mir vorbei, unter denen bei jedem Schritt raschelnd ein Rüschensaum und feste Schnürstiefeletten hervorblitzten und ihre vornehmeren Gegenstücke aus teuren Stoffen mit vielen Volants und teuren Spitzen. Elegante Pumps mit glitzernder Stickerei schritten, eilten und wirbelten unter den gerafften Säumen großer Abendroben um mich herum und brachten in ihrem Luftzug die Fetzen eines Musikstücks mit sich. Den freudigen Ausruf einer Frauenstimme hörte ich und ein perlendes Lachen, ein Kichern, ein Weinen; das Knallen eines Korkens und ein sprudelndes Schäumen, das helle Klingeln von Gläsern und das Gemurmel einer tiefen Männerstimme. Bilder und Klänge, die zu mir heranwehten wie flüchtige Erinnerungen und nach und nach wieder davonflogen.

Dann hörte ich nur noch meinen Atem, der schwer und schnell ging. Das Rauschen in meinen Ohren und das heftige Trommeln meines Pulsschlags, während ich mich vollkommen blind diesem Auf und Ab überließ, in dem Nathaniel und ich ineinanderflossen. Bis ich dicht an meinem Ohr seine Stimme hörte und er meine Hand so fest packte, dass es wehtat und doch so unendlich schön war. Eine wilde, tosende Flut schoss in mir hoch, und mit einem Aufschluchzen ertrank ich in einem Glücksgefühl, das in jeden Winkel meines Seins strömte.

Die Zeit stand für mich still. Ich hatte kein Gefühl mehr für den Raum, der mich umgab und nicht einmal mehr für mich selbst, obwohl jede Faser meines Körpers zu vibrieren schien. Als hätte ich keinen Kontakt mehr mit dem Boden unter mir, als hätten sich meine Konturen aufgelöst und ich mich mit der Luft, die mich umgab, vermischt.

Nathaniel war es, der mich zu mir zurückbrachte. Indem er mich sanft auf den Mund küsste, auf die Wangen, meine Stirn. Mir über die Haare strich, mich an sich zog und festhielt.

»Amber«, murmelte er meinen Namen. »Amber.« *Am-berrr.* Als ob darin alles steckte, was er empfand, was er dachte und was er mir sagen wollte. *Am-berrr.*

Während ich stumm blieb. Stumm und überwältigt von dieser ungeheuren Macht, die mich derart mutig, ja tollkühn hatte sein lassen. Weil es das Aufregendste war, was ich je erlebt und gewagt hatte, Nathaniel so zu sehen und zu berühren, wie ich es getan hatte. Dass er mich so sah, dass er mich so berührte, wie er es getan hatte. Nicht weil er ein Geist war, dem für eine Nacht wieder eine greifbare, spürbare Gestalt gegeben wurde. Sondern weil er Nathaniel war.

Ich hatte nicht die geringste Ahnung gehabt, wozu mein Körper, meine Seele an Empfindungen fähig waren; unglaublich stark fühlte ich mich. Wie der Entdecker einer neuen Welt, in die noch kein Mensch vor mir je einen Fuß gesetzt hatte, eine Welt, die von nun an mir allein gehörte, mir und Nathaniel.

Nach und nach fiel diese Stärke in sich zusammen, als ich merkte, wie es in mir glühte und brannte. Klein kam ich mir mit einem Mal vor, geradezu winzig. Zerbrechlich und erschreckend verwundbar, und ich begann zu zittern. Ich war den Tränen nahe und froh darüber, dass Nathaniel kein weiteres Wort verlor, nur zu einem Zipfel der Decke griff, mich darin einhüllte und an sich presste. Womöglich gab es auch gar keine Worte, die ausdrücken konnten, was wir fühlten, als wir eng aneinandergeschmiegt dalagen und uns in die Augen sahen, grenzenloses Staunen im Blick und ein Lächeln auf dem Gesicht, das zugleich strahlend, zärtlich und ungläubig war.

Weil uns etwas geschenkt wurde, das eigentlich ganz und gar unmöglich war, uns aber vorkam wie das Natürlichste der Welt. Weil wir wie füreinander geschaffen waren, Nathaniel und ich.

Und ich war mir sicher, dass keine zwei Seelen einander jemals näher gewesen waren als unsere beiden in dieser Nacht.

66

Mir machte es nichts aus, dass ihr die Augen zufielen, sosehr sie die Lider auch mit Gewalt aufzuhalten versuchte, und sie dann schnell in einen tiefen Schlaf versank. Sie dabei in meinen Armen zu halten, ihren schweren Kopf an meiner Schulter, ihren schlafwarmen, vollkommen entspannten Körper an meinem und ihren Arm quer über meiner Brust, bedeutete mir genau so viel wie der Rausch und der Taumel zuvor.

Es war nicht allein dieser Hunger nach ihren Berührungen, dieser gewaltige Ausbruch an Empfindungen und die Sattheit danach. Tief in mir hatte Amber zudem etwas berührt, was lange unangetastet geblieben war. Womöglich schon immer, als ob sie für mich auf eine andere Weise die Erste gewesen und mir so nahe gekommen war wie niemand zuvor. Irgendwo tief, tief in meiner unsterblichen Seele hatte sie ihren unauslöschlichen Abdruck hinterlassen, den ich jetzt in mir tragen würde bis an das Ende aller Zeiten.

In dieser Nacht, während ich Amber schlafend in den Armen hielt, jeden ihrer Atemzüge auf mir spürte, jede Regung ihres Körpers, wünschte ich mir mehr denn je, dass diese Nacht, gerade diese eine Nacht, nie enden möge. Doch dass sie sich dem Ende zuneigte, konnte ich bald schon fühlen, nachdem die Kerzenflammen erloschen waren und wir in der Dunkelheit beieinanderlagen. Noch bevor sich die ersten Vorboten der Dämmerung erahnen ließen, fühlte ich, wie sich die Gestalt, die ich für diese Nacht angenommen hatte, auflockerte. Es widerstrebte mir, mein Funny Girl, das in meinen Armen tief und fest schlief, zu wecken, aber ich hatte es ihr versprochen.

»Amber«, flüsterte ich, drückte sanft meinen Mund auf ihre Wange und strich ihr durch das Haar. »Amber. Wach auf.«

»Hm?«, machte sie verschlafen und kuschelte sich enger an mich. Dann erstarrte sie. »Ist … ist es schon Zeit?«

»Ja.« Ich brachte es kaum heraus.

»Warte, ich mach schnell Licht.« Sie setzte sich auf und tastete schlaftrunken neben der Decke umher.

Ein kleiner Schein entzündete sich, der ihres Handys, und die Ellenbogen auf den angezogenen Knien verschränkt, schaute sie mir zu, wie ich meine Kleidungsstücke aufsammelte und mir überzustreifen begann. Bevor ich mich vollkommen auflöste, mein Hemd, meine Hosen und meine Schuhe aber stofflich bleiben würden und ich mindestens für das nächste Jahr ohne sie auskommen musste. Als ich mich wieder angezogen hatte, sah ich sie an, unsicher, wie es weitergehen sollte.

Wortlos legte sie sich wieder hin und ich mich zu ihr. Arm in Arm warteten wir auf den Morgen mit seinem Silberlicht, und es tat mir weh, wie sehr sie gegen die Tränen ankämpfte. Wie sie sich immer enger an mich drückte und ihre Finger immer fester in mich krallte, während meine Gestalt weicher wurde und nachgiebiger, dann dünner und durchlässiger. Als ob sie nur mit ihrem Willen das Unausweichliche aufhalten könnte.

Bis es draußen hell wurde und ich nicht mehr als ein flüchtiger Nebel war, der als leichter Luftzug über Ambers bloße Haut strich.

67

Ein zarter Hauch von lavendelgrauem und rauchblauem Licht füllte die Eingangshalle, während ich mich langsam wieder anzog. Draußen musste es noch immer neblig sein, ein trüber Morgen, dieser erste Morgen des Monats November. Aber in mir schien eine kleine Sonne, die mich bis in die Fingerspitzen und Zehen durchwärmte und die so stark war, dass sie keine Wolken am Horizont aufkommen ließ. Schon gar nicht den Gedanken, dass ein ganzes Jahr verstreichen würde, bis Nathaniel und ich uns wieder so nahe sein könnten.

Ich schloss die Augen, als seine Hände wie eine sanfte Meeresbrise über meine Wangen strichen und meine zerrauften Haare aufflattern ließen, und lächelte, als ich die kleinen, kitzelnden Luftwirbel seiner Küsse auf meiner Haut spürte.

»Darf ich heute Nacht zu dir kommen?«, murmelte er gegen meine Schläfe.

»Jede Nacht, wenn du willst«, wisperte ich. »Das weißt du doch.«

Ich spürte, wie er sich von mir löste, und öffnete die Augen wieder. Lange sahen wir uns an, und ich vermutete, ich hatte ein ganz ähnliches Lächeln auf dem Gesicht wie Nathaniel, glücklich und ein bisschen traurig und trotzdem voller Hoffnung.

»Ich muss gehen«, flüsterte ich, und er nickte. Ich streifte meine Strümpfe über, dann die Mary-Janes, und schloss die Schnallen, bevor ich aufstand, in meinen Mantel schlüpfte und zu meinem Rucksack griff.

»Bis heute Nacht«, sagte Nathaniel leise und erhob sich geschmeidig und geräuschlos.

»Bis heute Nacht«, wiederholte ich und strich mit meinem Mund sanft über seine Wange, bevor ich mich gewaltsam von ihm losriss und ging.

Draußen legte sich die dicke, feuchte Nebelluft kühl auf meine erhitzte Haut, und kühl und feucht war das Gras, das die Spitzen meiner Schuhe und die Säume meiner Jeans durchtränkte.

Als ich das schmiedeeiserne Tor hinter mir zuzog, blickte ich unwillkürlich noch einmal zum Haus zurück. An einem der Fenster im oberen Stockwerk entdeckte ich Nathaniel und mein Herz machte einen Satz. Er hob die Hand und mit einem Strahlen auf dem Gesicht winkte ich zurück. Nur widerstrebend drehte ich mich um und überquerte die Straße; alle paar meiner langsamen Schritte warf ich einen Blick zurück, bis der Nebel mir die Sicht auf Nathaniel trübte, bis die Backsteinkirche der Christian Science und die ersten Häuser entlang der California Street den Blick zurück verstellten.

Mit einem tiefen Ausatmen und einem Flattern im Bauch schritt ich fester unter dem Geklapper meiner Absätze aus, das ab und zu unter Motorengeräusch und Reifen auf dem Asphalt unterging, wenn ein Auto an mir vorüberfuhr.

Bei jedem Schritt spürte ich ein Pulsieren in mir, das mir wie ein Echo der letzten Nacht vorkam. Leicht waren meine Schritte, noch leichter als auf meinem Weg zu Nathaniel gestern Abend, als ob ich kaum mehr die Platten auf dem Gehweg unter mir berührte. Ein bisschen unsicher waren meine Bewegungen, als wäre mir mein eigener Körper plötzlich fremd geworden. Wie die ersten Schritte in einer neuen Welt, dachte ich, und als mir im nächsten Augenblick schwummrig wurde, blieb ich kurz stehen und schloss die Augen.

Als ich sie wieder öffnete, stockte mir der Atem. Ich befand mich tatsächlich in einer neuen, einer fremden Welt. Vor mir, links und rechts neben mir, und als ich mich hastig umwandte, auch hinter mir, sah ich nichts, was mir bekannt vorkam. Die modernen Gebäude, die mir nach und nach vertraut geworden waren, der Bioladen und die Tiefgarage auf der rechten Seite, waren nicht mehr da, genauso wenig wie weiter vorne, auf der anderen Seite der Van Ness Avenue, der Starbucks an der Ecke und gegenüber das große Matratzengeschäft. Hilflos drehte ich mich um meine eigene Achse, um irgendein Haus, einen Laden, ein Schild zu entdecken, das mir einen Anhaltspunkt gab, wo ich mich in etwa befand. Doch wohin ich auch schaute – überall sah ich nur großzügige und prächtige Villen, mit steinernen Bordüren und Ornamenten, Türmchen, Giebeln und Säulen oft nicht nur verschwenderisch, sondern sogar überladen verziert, von gepflegtem Rasen, von gestutzten Sträuchern, sorgfältig geplanten Blumenbeeten und noch jungen Bäumen umgeben, und manchmal noch durch einen kunstvollen Eisenzaun abgeschirmt. Keine dicht an dicht gebauten Häuserzeilen, keine Hochhäuser – nur diese einzelnen protzigen Villen, von denen manche mit ihren luxuriösen Aufbauten und ihrem zwar kunstvollen, aber gleichzeitig übertriebenen Dekor aus Stein im Nebel aussahen wie einem Schauerroman entsprungen. Und auch die Straße, auf der vorhin noch Autos gefahren waren, war plötzlich wie leer gefegt.

Erleichtert schluchzte ich auf, als das Rattern der Stahlseile unter den Schienen der Cable Cars zu mir durchdrang und sich gleich darauf auch das Bimmeln der Glocke durch den Nebel auf mich zubewegte. Und als ich auf der anderen Straßenseite eine Frau entlanggehen sah, zögerte ich nicht lange.

»Entschuldigung«, rief ich zu ihr hinüber, sprang über den Bordstein auf die Straße und lief auf sie zu. »Entschuldigen Sie bitte!« Sie reagierte nicht; sie ging einfach weiter in ihrem tollen Halloweenkostüm aus langem, schmalem Rock in einem satten Bordeauxrot, unter dem weiße Rüschensäume hervorblitzten, einer eng geschnittenen Jacke und einem eleganten kleinen Hut auf der

Hochsteckfrisur; Handschuhe und ein besticktes Täschchen über ihrem Arm vervollständigten das Partyoutfit. »Hallo! Könnten Sie mir bitte sagen …«

Noch bevor ich die andere Straßenseite erreicht hatte, ließen mich ein dumpfes, dröhnendes Stampfen und ein metallisches Knirschen herumfahren. Gelähmt vor Entsetzen starrte ich die geschlossene Kutsche mit den beiden Pferden an, die bergab auf mich zuraste. Meine Knie zuckten, aber ich konnte mich nicht von der Stelle rühren. Es wäre ohnehin zu spät gewesen. Ich sah schon die flatternden Mähnen der beiden Pferde, das Weiße in ihren Augen und die konzentrierte Miene des Kutschers, dessen Umhang hinter ihm herflatterte. Ich konnte nur noch die Hände vor das Gesicht schlagen und hoffen, dass es gleich vorbei sein würde. Ein heftiger Luftzug, der nach Tier roch, nach Eisen und Holz, packte mich und schoss durch mich hindurch, und ich schrie auf.

Hinter mir kreischte eine Bremse, brüllte eine Hupe; ich schrak zusammen und ließ die Hände fallen.

»Hey, Mädchen!« Ein Autofahrer in einem langen braungoldenen Schlitten hatte neben mir angehalten und das Fenster heruntergekurbelt. Mitfühlend sah er mich an. »Alles in Ordnung bei dir?«

Ich blinzelte ihn verwirrt an, dann den Fahrer des blauen Pickups nur wenige Schritte vor mir, der meinetwegen eine Vollbremsung hingelegt hatte und mich wütend durch die Windschutzscheibe hindurch anstarrte, bevor er noch einmal kräftig auf die Hupe drückte. Mein Blick wanderte verunsichert über die Hausfassaden, und meine Knie gaben beinahe nach vor Erleichterung, als ich den Bioladen erkannte. Ich wirbelte herum, sah und hörte den Verkehr vorne auf der breiten Van Ness hin- und herbrausen und erkannte dahinter den weißen Schriftzug von Starbucks auf grünem Untergrund.

»Ja«, rutschte es mir schnell heraus. »Ja, alles in Ordnung. – Sorry«, fügte ich hastig hinzu und stolperte mit unsicheren Schritten über die Straße und auf den Bürgersteig hinauf. Der Motor des blauen Pick-ups heulte auf und mit quietschenden Reifen raste der Wagen an mir vorbei.

»Bisschen viel gefeiert, was?!«, rief mir der andere Autofahrer lachend nach, während er langsam Gas gab. »Schlaf dich erst mal aus! Und pass auf dich auf!«

Ich hatte ihm kaum zugehört; die Arme fest um mich geschlungen, stand ich mit zitternden Knien auf dem Gehweg und starrte vor mich hin. Während in mir die Ahnung heraufdämmerte, dass etwas mit mir ganz und gar nicht in Ordnung war.

68

Lange stand ich noch am Fenster, auch dann noch, als ich sie schon längst nicht mehr sehen konnte, und ein wenig kam es mir vor, als wäre etwas von ihr noch bei mir.

Erst viel später kehrte ich in die Halle zurück und schob und zog die blaugrüne Decke notdürftig wieder glatt, nachdem wir sie letzte Nacht vollkommen zerwühlt hatten. Diese gemeinsame Nacht, die mir als ein berauschender, ganz und gar unwirklicher Traum erschien und doch in mein sonst so lückenhaftes Gedächtnis eingebrannt war wie keine andere. Bäuchlings streckte ich mich auf dem weichen Stoff aus, drückte mein Gesicht hinein und stellte mir vor, ich hielte Amber noch immer in meinen Armen. Noch immer war ich eine verlorene Seele, noch immer ein Schattenwesen aus Nebel und Wind, aber ein Teil von mir fühlte sich ungleich lebendiger als zuvor. Als ob ein Echo meiner Empfindungen, ein Nachhall von Ambers Berührungen in mir Wurzeln geschlagen hätte und weiter austrieb.

In meinen Fingerspitzen begann es zu kribbeln, dann zu prickeln und zu stechen. Ein Glühen wanderte von dort herauf durch meine Hände und Arme und durch meinen ganzen Körper, wurde heißer und heißer. Es brannte, brannte wie Feuer, und ich keuchte auf. Als würde ich mit geschmolzenem Eisen ausgegossen, so fühlte es sich an; alles in mir war Feuer und Schmerz, unsäglicher Schmerz. Ich schrie und brüllte, während ich mich auf dem Boden wälzte und zusammenkrümmte. Während ich bat und bettelte, es solle aufhören, auf der Stelle aufhören, ohne dass ich wusste, an wen ich mein Flehen richtete und ob mich jemand hören konnte.

Weit, weit hinten in meinem Bewusstsein glomm für einen Augenblick die Hoffnung auf, dass diese Nacht mit Amber mich gerettet hatte. Dass ich gerade dabei war, durch dieses Höllentor auf die andere Seite hinüberzugehen. Dann verlosch Flamme um Flamme das Feuer in mir, klang der Schmerz ab und ließ mich schnaufend und bebend und kraftlos liegen.

Und voller Angst. Der entsetzlichen Angst, nun grausam gestraft zu werden, grausamer als ich es mir vielleicht vorstellen konnte.

Weil ich es gewagt hatte, meinem Schicksal mehr abzutrotzen, als mir vorherbestimmt gewesen war.

69

Ich stand oben auf einem Hügel, der zu meinen Füßen steil abfiel, und schaute hinunter auf die Stadt. Ihren Puls konnte ich hier oben fühlen, der schnell war und stolz, kräftig und ungeheuer lebendig und durchwoben vom Klappern der Pferdehufe und Räderknirschen, vom Rattern und Bimmeln der Cable Cars und der Straßenbahnen. Von den dröhnenden Motoren der ersten Automobile und ihren quäkenden Hupen, dem Schnaufen und Pfeifen der Dampfloks und den dröhnenden Hörnern der Dampfschiffe draußen im großen Hafen. Bezaubernd sah die Stadt aus dieser Perspektive aus, verspielt und beinahe gewichtslos, wie sich all die zierlichen, verschnörkelten Häuser bergauf und bergab entlang der akkurat quer und längs verlaufenden Straßen aneinanderreihten. Häuser, die fast kleine Schlösser waren, nüchterne, zweckmäßige Backsteinblöcke und die ersten Hochhäuser, die Vorboten einer neuen Ära. Dahinter erstreckte sich ein weites Feld aus flachen Dächern, das sich bis zu dem blauen Band ausdehnte, in dem sich die Wasser des Pazifiks und der Bay mischten. Und vor den braunen Hügeln am Horizont, rings um Alcatraz und um Angel Island war das Blau von den weißen Segeln der Mehrmaster hell getupft.

Fasziniert sah ich den Menschen zu, die an mir vorübergingen, den bärtigen Männern in den dunklen Anzügen, den Frauen in ihren leichten Kleidern mit der schmalen Taille und den ausladenden, mit Stoffblüten oder Federn geschmückten Hüten, für die ich alle komplett unsichtbar war. Ein kleines Mädchen in einem weißen Rüschenkleid, dunklen Strümpfen und Schnürstiefeln, große

Schleifen in den Zöpfen, hüpfte direkt auf mich zu; ich wollte ihm ausweichen, war aber eine Spur zu langsam, und erschauerte, als es mit der Schulter und einem tanzenden Zopf durch mich hindurchstrich.

»Amber?« Aus weiter Ferne hörte ich eine Stimme. »Bist du so gut und richtest deine Aufmerksamkeit wieder auf die Russische Revolution? Hast du mich nicht gehört, Amber? Ein gewisses Maß an Respekt gegenüber meinem Unterricht finde ich nun wirklich nicht zu viel verl…«

Ich blinzelte in die Sonne, die hinter der gegenüberliegenden Küste unterging, und staunte über die Lichter, die sich nach und nach in den Häusern und entlang der Straßen der Stadt entzündeten. Lichter, von denen immer mehr aufglommen, je schwärzer sich die Nacht herabsenkte, bis das Panorama der Stadt wie eine Spiegelung der Milchstraße in einem dunklen See aussah. Bevor eines nach dem anderen verlosch und nur ein schwacher Schein übrig blieb in der tiefen, tiefen Nacht.

»Amber? Ist alles in Ordnung mit dir?« Hinter mir hörte ich Kichern und Tuscheln.

Ein leises Grollen rollte in der Finsternis heran wie das eines Donners, nur tiefer und über den Boden heranpolternd statt durch die Luft. Die Erde zu meinen Füßen erzitterte und schwankte, begann dann heftig zu vibrieren, schließlich zu schütteln; ich ließ mich auf die Knie fallen und warf schützend die Arme über meinen Kopf. Um mich herum, durch mich hindurch rannten Menschen in heller Panik durch die Straßen, schrien und brüllten und weinten, Kinder plärrten und kreischten hoch und schrill.

»Was ist denn mit dir, Amber? Seid mal bitte ruhig da hinten! Fünf Minuten Pause für den gesamten Kurs. Um halb seid ihr alle wieder hier, keine Minute früher und keine später. Und jetzt raus mit euch!« Scharrend wurden Stühle zurückgeschoben; Gummisohlen quietschten, Absätze klackerten über den Boden, und aufgeregtes Flüstern entfernte sich von mir. Dann klappte eine Tür. »Amber? Kannst du mich hören? Amber?«

Verbrannt roch es, ein beizender, ätzender Geruch nach Feuer und Rauch, der mir die Luft zum Atmen nahm, mir die Kehle verätzte und mich würgen ließ. Vorsichtig hob ich den Kopf, in ein schmutziggraues Dämmerlicht hinein, und stand dann langsam auf. Fassungslos blickte ich über die Stadt, die in eine dicke schwärzliche Wolke aus Qualm und Ruß eingehüllt war. Ein dichter Schleier aus Rauch verhüllte den Himmel und verdunkelte die Sonne. Wohin ich auch schaute, sah ich Skelette aus Mauerresten, verbogenen Stahlträgern und verkohltem Holz; nur wenige Häuser standen noch, und in der Ferne nahm ich den Schein lodernder Feuer wahr. San Francisco lag in Trümmern, in Schutt und Asche und brannte immer noch.

»Was ist denn mit dir, hm? Geht's dir nicht gut?« Eine weiche Hand legte sich auf meine Schulter; ich zuckte zusammen und wandte blinzelnd den Kopf. In einem langen Jeansrock und einer gelbgrünen Tunika mit perlenbesticktem Saum hockte Mrs Jankovich auf der Tischkante und sah mich mitfühlend an. Daneben, die Hände tief in die Taschen seiner schwarzen Kapuzenjacke geschoben und das zu wilden Stacheln gegelte Haar leuchtend blau, stand Matt; unter zusammengezogenen Brauen formte sein Mund ein stummes *Was ist los?*.

Ich deutete ein Kopfschütteln an und wich seinem bohrenden Blick aus.

Matt räusperte sich. »Der Todestag von Ambers Mutter jährt sich in ein paar Wochen zum ersten Mal. – Stimmt doch, oder, Amber?« Man musste Matt schon ziemlich gut kennen, um die Schärfe in seinen letzten Worten herauszuhören. Ich nickte mechanisch.

»Das belastet dich sicher sehr«, sagte Mrs Jankovich leise und umfasste meine Schulter fester. »Möchtest du nach Hause gehen?«

Ich nickte wieder, genauso mechanisch wie gerade eben. »Matt, würdest du so nett sein und …«

»Klar, Mrs Jankovich.« Aus dem Augenwinkel sah ich, wie Matt sich meinen Rucksack schnappte und mein Schreibzeug und das Geschichtsbuch hineinstopfte. »Ich bring dich nach Hause – ja?!«

Es klang nicht fragend oder wie ein Vorschlag, sondern eher wie ein Befehl. Gehorsam stand ich auf und stakste hinter Matt zur Tür hinaus, an den anderen Schülern des Geschichtskurses vorbei, die vor dem Unterrichtsraum herumlungerten und mich neugierig anstarrten. Allen voran Sharon und Danielle, die eifrig miteinander tuschelten.

»Was ist denn eigentlich mit dir los?!«, fauchte Matt mich in dem leeren und stillen Korridor vor meinem Schließfach an und warf mir den Rucksack entgegen, den ich gerade noch so auffangen konnte. »Du bist schon die ganzen letzten Tage so krass drauf!«

»Nichts ist los«, flüsterte ich; ich konnte ihm dabei nicht in die Augen sehen, sondern bückte mich, um den Rucksack abzustellen, und drillte dann mühselig das Zahlenschloss an meinem Spind auf.

»Red keinen Schwachsinn! Ich merk doch, dass mit dir was nicht stimmt!« Er klang stinksauer, aber auch ziemlich besorgt.

Schweigend und mit schleppenden Bewegungen packte ich meine Sachen in den Rucksack. Ich war müde, so unendlich müde; schwach fühlte ich mich und ausgelaugt. Als ob mein Körper einfach schlappmachte, mit jedem Tag ein bisschen mehr.

»Du kommst auf der Stelle mit mir mit! Und zwar zu Holly – und wenn ich dich an den Haaren dorthinschleifen muss!«

Aus dem Augenwinkel sah ich, wie seine Hand vorschnellte, um mich beim Arm zu packen, und hastig riss ich meine Schulter zurück. Seine Brauen zogen sich zusammen, seine Augen verdunkelten sich, und ich merkte, dass er nicht nur wütend auf mich war, sondern auch gekränkt. Und bei dem Gedanken, ich könnte jetzt womöglich auch noch unsere Freundschaft kaputt machen, fühlte ich mich gleich noch elender.

Auf meinem Platz in Hollys Küche starrte ich unter halb bockigem, halb erschöpftem Schweigen in die geblümte Uroma-Tasse, in der der Kräutertee langsam kalt wurde. Ich spürte, wie Matt mich von gegenüber genauso eindringlich musterte wie Holly, die mit Tee und Zigarette auf dem Fensterbrett hockte. Ich starrte so angestrengt auf die Tasse vor mir, dass meine Augen brannten, und mir wurde schwummrig.

Unter meinen Sneakers knirschten Sandkörner, trockene Erdklumpen und Steinchen, während ich die schnurgerade Straße entlangging. Zersplitterte Holzbalken lagen herum, ein Haufen abgesägter Äste und dazwischen Müll, den ich mir nicht genau betrachten mochte. Zu beiden Seiten drängten sich zweistöckige Häuser aus Stein aneinander und Holzhäuser unter Giebeldächern, manchmal mit abenteuerlich verwinkelten oder gekrümmten Treppen an ihren Fassaden. Gaslaternen säumten die Bürgersteige aus grob zusammengezimmerten Holzlatten; kleine Kutschen waren vor den Häusern geparkt, manchmal mit einem oder zwei Pferden davor, oft jedoch abgeschirrt und die Deichsel auf der unbefestigten Straße ruhend. Eine Handvoll Kinder tobte johlend und kreischend über die Straße hinweg, kleine Mädchen in hellen, staubverschmierten Kleidchen und Jungs in Stoffhosen und gestreiften Hemdchen, Schiebermützen auf den Köpfen.

»Siehst du das? Siehst du's?!« Wie durch Watte hörte ich Matts aufgeregte Stimme. »Genau das meinte ich vorhin! Genau das passiert jetzt immer öfter – dass sie diesen glasigen Blick bekommt und irgendwie gar nicht mehr richtig da ist! Abby und Shane ist es auch schon aufgefallen!«

Ich blieb stehen. Der steile Hügel auf der linken Seite war kahlbraun bis auf lang gezogene Mäuerchen, die sich darüberschlängelten, und einzelnen Häuschen, die sich darauf verstreuten. Die Straße vor mir schien an ihrem Ende nahtlos ins Wasser überzugehen, aus dem sich eine nackte braune Insel erhob, und Dunstschleier trieben vom Ufer her auf mich zu, ein kühler, feuchter Hauch, der für mich etwas Verlockendes hatte.

»Herzchen, was ist denn los mit dir?«

Ich blinzelte verwirrt Holly an, die in zerrissenen Jeans und superengem, tief ausgeschnittenem Longsleeve mit Tarnmuster in Pink und Grün neben mir kniete und mich mit ihren warmen braunen Augen besorgt ansah. Ich hatte keine Ahnung, wie ich ihr oder Matt erklären sollte, was gerade mit mir passierte. Immer häufiger driftete ich in eine fremde Welt ab, in der mir alles greifbar real schien, in der ich aber nicht wirklich existierte. Nicht wie in einem lebhaften Tagtraum, sondern viel intensiver. Wie in einer Parallelwelt. Als ob ich immer wieder aus Zeit und Raum herausfiel, wanderte ich ziellos und unsichtbar durch das San Francisco der Vergangenheit. Ganz genau wie eine verlorene Seele.

»Sag doch bitte was, Cutie Pie! Du bist ja ganz blass und hast Ringe unter den Augen! Hast du Kummer? Ist irgendwas zwischen dir und Nathaniel ...« Hollys Augen wurden groß. »Sag mir jetzt nicht, dass du es tatsächlich getan hast!«

»Was getan?«, warf Matt genauso knurrig wie neugierig dazwischen.

Ich biss mir auf die Lippen und starrte wieder auf die Tasse vor mir.

»Bitte, Amber, Süße, sag mir, dass das nicht wahr ist!« In Hollys Stimme mischten sich Zorn und Panik.

Matt knallte seine Colaflasche so heftig auf den Tisch, dass ihr Inhalt herausschwappte, sprang auf und fegte um den Tisch herum. »Was hat der Deckskerl mit dir gemacht? Was?! Nun sag schon!« Seine dünnen Finger bohrten sich in meine Schulter und er schüttelte mich.

Hollys Hand umfasste meine, und die Art, wie sie erschrocken den Atem einsog, wie sie meine Finger, die eisig und schlaff in ihren lagen, vergeblich warm zu reiben versuchte, verriet mir, dass sie ahnte, was mit mir los war.

»Ist … Ist das seit Halloween so?«, fragte sie mit heiserer Stimme, und ich nickte beschämt.

Hollys Augen füllten sich mit Tränen; sie legte die Arme um mich und drückte mich fest an sich. »Du dummes, dummes Häschen, du!«, schluchzte sie gegen meine Schulter.

»Kann mir endlich mal jemand sagen, was los ist?!«, kam es beißend von Matt.

70

Grau wie Staub und Asche füllte Dämmerung den Raum, immer wieder durchschnitten von den hellen, vorbeigleitenden Bändern der Autoscheinwerfer im regen Nachmittagsverkehr auf der Franklin und der California Street. Auf dem Boden um die Decke herum flackerten die Flämmchen einer Handvoll Teelichter, warfen ihren goldenen Schein und tanzende Schatten über Nathaniel und mich.

»Warum bist du letzte Nacht nicht gekommen?«, flüsterte ich.

Seine Hand, die unaufhörlich durch meine Haare strich und sie unter einer leichten Brise auffächerte, bewegte sich plötzlich nicht mehr.

»Ich … ich konnte nicht«, antwortete er schließlich. Es klang nicht wie eine Lüge; trotzdem witterte ich etwas darin, das sich auch nicht ganz nach der Wahrheit anhörte, und mir wurde flau in der Magengegend.

Ich nahm meinen ganzen Mut zusammen. »Irgendwas ist anders zwischen uns, oder?«, raspelte ich mit trockener Kehle. »Anders als früher.«

Um seinen Mund zuckte es und er streichelte meine Wange. »Ist das nicht immer so – nach der ersten gemeinsamen Nacht?«, kam es rau von ihm, und es klang nach einem schwachen Trost.

»Magst du mich denn nicht mehr?«, würgte ich hervor.

Nathaniel beugte sich über mich und küsste mich auf die Schläfe, einen dieser kleinen, wirbelnden, kribbelnden Küsse. »Mehr denn je«, raunte er mir ins Ohr, bevor er damit fortfuhr, meine Haare mit den Fingern zu durchkämmen. »Ich bin nur … durcheinander seitdem.« Seine Brauen und sein Mund bewegten sich unruhig, als müsste er noch nach den richtigen Worten suchen. »Wenn wir jetzt zusammen sind, ist es mir, als könnte ich unter meinen Händen mehr von dir spüren als früher. Aber wenn du nicht da bist … Dieses Gefühl, das ich von Anfang an für dich hatte – wie es dir geht, was du empfindest … Das habe ich kaum noch, wenn ich dir nicht ganz nahe bin. So wie jetzt. Und ich weiß nicht, warum das … das …« Er stöhnte auf. Seine Hand glitt aus meinen Haaren und verkrampfte sich; seine Brauen zogen sich zusammen, dann sein ganzes Gesicht.

»Nathaniel?«

Er gab einen Laut von sich, der wie ein heruntergeschluckter Schrei klang, und krümmte sich zusammen, die Finger der einen Hand in seine Magengegend gekrallt, während die andere Faust gegen die Decke unter ihm hieb. Erstickte Laute drangen hinter seinen zusammengepressten Lippen hervor, halb zornig, halb qualvoll, als ob er entsetzliche Schmerzen litt.

»Nathaniel!« Ich schnellte auf meine Knie hoch und beugte mich über ihn, und es schnitt mir ins Herz, dass ich ihn nicht einmal in die Arme nehmen und festhalten konnte. Nur wieder und wieder mit meinen Händen durch ihn hindurchstreichen konnte ich, durch den Nebel, der er war. »Nathaniel!«

71

Ich zwang mich, die Lider zu öffnen, wenigstens so weit, dass ich darunter hervorschielen und ihr in die Augen sehen konnte, die vor Schrecken und Angst riesig waren in ihrem blassen Gesicht.

»Gleich … gleich … vor … bei«, brachte ich keuchend hervor. Bei jedem Laut musste ich die Zähne zusammenbeißen, um nicht aufzubrüllen vor Schmerz. Dieser teuflische, flammende Schmerz, der mehr und mehr von mir Besitz ergriff. Der mich mit seinen Klauen von innen her zerfetzte, sodass ich nicht einmal mehr Ambers Hände in mir spürte.

Heiser schrie ich auf vor Erleichterung, als der Schmerz endlich nachließ, Flamme für Flamme verlosch und nur noch ein dumpfes Glühen übrig blieb.

»Nathaniel«, hörte ich sie tonlos flüstern.

»Vorbei …«, röchelte ich. »Schon … schon vorbei.«

»Geht … geht es dir gut?« Zitternd strichen ihre Finger über mich hinweg, nahmen das letzte, pochende Glühen auf wie ein Schwamm und wischten es fort. Wohlig seufzte ich auf und nickte erschöpft.

»Deshalb … deshalb war ich letzte Nacht nicht bei dir«, flüsterte ich, und meine Stimme klang genauso wund gescheuert wie ich mich fühlte. »Ich hatte keine Kraft mehr. Danach. Nach … nach dem hier.«

Die ganze Zeit über hatte ich nicht gewollt, dass sie das jemals miterlebte, dass sie mich je so sah. Jetzt jedoch war ich froh, sie bei mir zu haben; sie ganz nah bei mir zu spüren, wie sie sich an mich, in mich schmiegte, und ich schloss die Augen.

»Ist das seit … seit …«

Ich nickte und sie schwieg.

»Nathaniel …«, begann sie dann zögerlich, und es war ihr anzumerken, wie schwer es ihr fiel, weiterzusprechen. »Seitdem … Ich …« Sie atmete tief ein und ließ dann ihren Atem in einem wackeligen Fluss ausströmen. »Ich gleite seitdem immer wieder in die Vergangenheit hinüber. Manchmal glaube ich, es ist deine Zeit, manchmal ist es auch die danach. Dort bin ich wie du, nur ein Schatten. Und selbst hier …« Ich hörte sie aufschluchzen. »Selbst hier fühle ich mich mit jedem Tag kraftloser. Als würde ich mich von innen her auflösen. Als ob ich zu einem Schatten würde, wie du einer bist.«

Ruckartig öffneten sich meine Lider und ich starrte sie an. Ich sah die Angst in ihren Augen und wurde selbst von Furcht gepackt.

So gut wie wir es konnten, klammerten wir uns aneinander fest. Voller Angst, weil wir zu ahnen begannen, welches Unheil wir füreinander heraufbeschworen hatten. Und voller Zorn auf diese Ungerechtigkeit. Denn wir hatten uns doch einfach nur das genommen, was wir für unser gutes Recht hielten – uns einander nahe zu sein und uns zu lieben.

Konnte das wirklich so falsch gewesen sein?

72

Eine bleischwere Stille lastete auf der Küche in der Sacramento Street, und obwohl die Lampe über dem Tisch ihr warmes Licht verbreitete und das Weiß und Gelb des Raums strahlen ließ, schien der graue Nebel dieses frühen Abends durch alle Ritzen und Fugen von draußen hereinzuziehen und die Stimmung noch weiter zu verdüstern. Ich spürte die Blicke der anderen auf mir, während ich erschöpft am Kühlschrank lehnte und mich an meinem Becher mit Tee festklammerte.

Das Aufschluchzen, das Abby auf meinem Platz am Küchentisch rausrutschte, durchbrach die Stille; eine zitternde Hand vor den Mund gepresst, kullerten ihr dicke Tränen aus den Augen und verschmierten ihr die schwarze Wimperntusche. Holly langte in ihre braune Ledertasche, die über der Lehne des anderen Stuhls hing, kramte ein Päckchen Tempo hervor und schob es Abby über den Tisch hinweg zu, bevor sie dann Zigarettenschachtel und Feuerzeug herausfischte und mit einer hilflosen Geste anhob. »Darf ich bei euch irgendwo rauchen? Sonst gehe ich schnell runter auf die Straße.«

Ich schlich hinüber zur Kaffeemaschine und setzte meinen Becher ab, um aus dem Oberschrank eine Untertasse herauszuholen, die ich Holly hinüberreichte, und nickte zur Balkontür hin.

»Danke.« Ich spürte, wie auch Hollys Hand zitterte, als sie mir den kleinen Teller abnahm und sich nach draußen verzog; auf dem Balkon klickte das Feuerzeug mehrmals hektisch hintereinander, bis ich das Ende der Zigarette aufglühen sah und ein schwacher Rauchgeruch unter der Glastür hereinsickerte.

Shane, der neben Matt an der Arbeitsplatte stand, legte den Arm um meine Schulter und zog mich an sich. Müde legte ich den Kopf an seine Brust unter dem auberginefarbenen Longsleeve.

»Ich fass es einfach nicht!«, platzte Matt dann heraus und fuhr sich mit allen zehn Fingern durch seine blauen Haarstacheln. »Wie kann man nur so unglaublich leichtsinnig sein! So dämlich! Ich weiß gar nicht, wer dämlicher ist – Amber oder dieser … dieser …«

Abby hielt mitten in ihrem geräuschvollen Naseputzen inne. Ihre Brauen zogen sich zusammen, und aus nassen Augen funkelte sie Matt an, bevor sie das zusammengeknüllte Tempo sinken ließ. »So ein Scheiß kann auch nur von dir kommen!«, schleuderte sie Matt mit tränendicker Stimme entgegen. »Du hast doch überhaupt keine Ahnung, wie es ist, wenn man jemanden wirklich liebt! So sehr liebt, dass man einfach alles tun würde, um ihm nah zu sein, und jedes Risiko dafür in Kauf nimmt! Du …«

»Boah«, fiel ihr Matt genervt ins Wort und kreuzte die Arme vor seinem Totenkopf-Shirt über einem schwarzen Longsleeve. »Komm mir jetzt nicht mit diesem albernen, sentimentalen Romantikschmus, den …«

»Hey! Ich war noch nicht fertig!« Drohend hob Abby die Faust, als ob sie Matt einen ordentlichen Boxhieb damit verpassen wollte, so angespannt war sie am ganzen Körper vor Wut. »Was du albern und sentimental nennst, hat für normale Menschen etwas mit Gefühlen zu tun. Und ich find's zum Kotzen, dass so jemand wie du abfällig darüber redet! Du hast ja so was von keine Ahnung! Du checkst doch kein bisschen, was in den Menschen um dich herum vor sich geht! Du merkst nicht mal, wenn es da jemanden gibt, der …«

»Hey«, Holly zog die Tür auf und stellte die Untertasse mit dem ausgedrückten Stummel auf dem Balkon ab, »hört auf zu streiten. Das hilft uns kein Stück weiter.«

Mit beleidigter Miene drückte Matt die überkreuzten Arme fester vor seine Brust; auf seinen Wangen zeichneten sich glühende Flecken ab, und unter zusammengezogenen Brauen schielte er zu Abby hin, die seinen Blick aus zornblitzenden Augen und mit knallrotem Gesicht erwiderte, während sie ein frisches Taschentuch aus der Packung zupfte und lautstark hineintrompetete.

»Also, wie sieht's aus?!«, rief Holly mit einer Munterkeit, die hohl klang, und klatschte in die Hände. »Fangen wir an?«

»Ich. Bin. Entzückt«, wiederholte Holly bestimmt schon zum achtzehnten Mal, seit wir Teds Arbeitszimmer betreten hatten. Als sie sich daran erinnerte, wie ich einmal nebenbei erwähnt hatte, was Ted beruflich machte, war es ihre Idee gewesen, uns hier zu treffen. Sie wollte Teds Bücher nach irgendetwas durchstöbern, das uns einen Hinweis darauf geben konnte, was mit Nathaniel und mir an Halloween passiert war. Und vor allem, ob es vielleicht eine Möglichkeit gab, wieder rückgängig zu machen, was sich für uns beide mehr und mehr wie ein Fluch anfühlte. Ted hatte nichts dagegen gehabt, als ich vorsichtig fragte, ob ich an dem Abend, an dem er eine seiner endlosen Konferenzen hatte, Schulfreunde zum Lernen zu mir einladen durfte und ob wir vielleicht auch seine Bücher dazu benutzen könnten. Vielleicht hatte er es auch deshalb erlaubt, weil er spürte, dass mit mir etwas nicht stimmte. Immer wieder musterte er mich beunruhigt, legte mir neuerdings Vitamintabletten auf den Frühstückstisch neben das Glas mit O-Saft und war überhaupt besonders nett zu mir.

»Warum hast du deinem Dad denn nie etwas davon erzählt, dass du Geister sehen kannst?« Ihre Beine in den Springerstiefeln und den geringelten Overknees übereinandergeschlagen, ließ Holly Teds Schreibtischstuhl hin und her pendeln und betrachtete die Vitrinen an der gegenüberliegenden Wand.

»Er glaubt nicht an Geister«, erwiderte ich. Mit einem Buch in der Hand hockte ich auf dem Boden und lehnte mich an Shane, der neben mir saß und systematisch einen ganzen Stapel durchging.

»Na und?«, gab Holly fröhlich zurück. »Das heißt doch nicht, dass du ihm nicht davon erzählen kannst. Wenn er sich beruflich mit so was«, sie hob den aufgeschlagenen Wälzer von ihren Knien an, »beschäftigt, kann ihm das nicht allzu fremd sein. Und wenn ich mir das hier so ansehe«, sie reckte den Arm vor und blätterte völlig ungeniert in Teds Notizen und Ausdrucken auf dem Schreibtisch herum, »scheint dein Dad ein enorm kluger und feinfühliger Mann zu sein!«

Schwach zuckte ich mit den Schultern. Ich konnte mich kaum auf mehr als zwei oder drei zusammenhängende Sätze in einem Buch konzentrieren, geschweige denn eine Diskussion mit Holly anfangen; ständig schweiften meine Gedanken zu Nathaniel ab, voller Sorge, wie es ihm gerade ging und ob er womöglich jetzt gerade wieder diese grauenvollen Schmerzen litt. Und die Angst vor dem, was gerade mit mir passierte, hielt mich dauerhaft im Genick gepackt.

»Mann, ist das ätzend!«, schimpfte Matt auf dem Boden vor dem Fenster vor sich hin und blätterte ungeduldig in einem schon reichlich zerfledderten Buch herum. »Darin gibt's ja nicht mal ein Stichwortverzeichnis! Völlig unstrukturiert, das Ganze! Da lob ich mir doch eine vernünftige Datenbank!«

»Dann mach dich doch in deinem geliebten Netz auf die Suche, Honey«, säuselte Holly zuckersüß, aber mit einem scharfen Unterton darin. »Falls du darin was Brauchbares finden solltest – was ich allerdings bezweifle – werden wir dir sicher allesamt dankbar die Füße küssen!«

Abwechselnd musterte ich Matt und Holly. Eine gewisse Spannung lag zwischen ihnen in der Luft. In meiner Gegenwart berührten sie sich kaum noch; stattdessen lieferten sie sich häufiger bissige Wortwechsel, ohne dass ich hätte sagen können, wann oder warum das angefangen hatte.

»Hmpf«, gab Matt prompt verstimmt zur Antwort und nahm das nächste Buch zur Hand.

»Ich glaub, ich hab hier was«, murmelte Abby, die aus ihren schwarzen Sneakers geschlüpft war und sich mit untergezogenen Beinen in den Ledersessel gesetzt hatte. Ich hatte ein bisschen gebraucht, um zu kapieren, weshalb Abby heute so anders aussah: zu einem übergroßen anthrazitgrauen Strickpulli mit Rollkragen trug sie nagelneu wirkende Jeans – in Tintenblau. Den Finger auf die entsprechende Stelle der Buchseite gelegt, erwiderte sie schüchtern unsere aufmerksamen Blicke. »Es gibt da eine Gespenstergeschichte aus dem England des neunzehnten Jahrhunderts. Ein junger Adeliger hatte beim Glücksspiel einen Landsitz gewonnen, und nachdem er dort eingezogen war, erschien ihm jede Nacht der Geist einer bildschönen Lady, in die er sich unsterblich verliebte.« Matts Schnauben überging sie einfach; nur die Röte, die auf ihren Wangen aufflammte, verriet, dass sie es gehört hatte. »Natürlich konnten die beiden nicht wirklich zusammenkommen, aber in einer Nacht ereignete sich dann doch das Unmögliche, und sie konnten … na ja. *Es* tun.« Abbys ganzes Gesicht leuchtete feuerrot.

»Und dann?«, knurrte Matt gereizt dazwischen.

Abby holte tief Luft. »Nach dieser Nacht wurde der Adelige immer blasser und schwächer. Kein Arzt wusste, was ihm fehlte oder konnte ihm helfen, und schließlich starb er. Als Geist ging er dann selbst auf seinem Landsitz um, immer auf der Suche nach seiner Lady, die aber verschwunden war und die er niemals mehr fand.«

Beklommen sahen wir uns alle gegenseitig an und mir wurde übel vor Angst.

»Ganz toll, wirklich«, grummelte Matt. »Mit dieser ollen Kamelle machst du uns allen so richtig Mut – ganz besonders Amber! Super, Abby, echt!«

Abby ließ den Kopf sinken, sodass ihr die langen Haare vors Gesicht fielen, und verkroch sich förmlich hinter dem Buch in ihrem Schoß.

»Na ja«, begann Holly nachdenklich, lehnte sich im Schreibtischstuhl zurück und wuschelte sich durch ihre lilafarbenen Haare. »Immerhin hätten wir damit schon mal einen Hinweis darauf, dass so etwas schon mal passiert ist. Solche *ollen Kamellen*«, unter einer hochgezogenen Braue warf sie Matt einen süffisanten Blick zu, »haben meistens einen wahren Kern. Und vielleicht finden wir noch die eine oder andere ganz ähnliche Geschichte, wenn wir gründlich genug suchen.« Energisch klappte sie das Buch auf ihren Knien zu und pfefferte es auf den Schreibtisch, wo es Teds Unterlagen in gefährliche Schieflage brachte, bevor sie aufstand und auf Abby zumarschierte. »Zeig mir das bitte mal kurz ... Oh!« Abrupt blieb sie stehen, die Augen auf die Vitrine hinter Abby geheftet. »Ooohh«, wiederholte sie lang gezogen und seufzend, beinahe sehnsüchtig. »Oooohh – darf ich?« Ohne meine Antwort abzuwarten, zog sie die Glastür auf, griff in die Vitrine hinein und holte das Figürchen einer gesichtslosen Frau mit dickem Bauch und riesigem Busen heraus. »Die Venus von Willendorf«, hauchte sie beinahe ehrfürchtig, drehte die winzige Statue zwischen den Fingern und betrachtete sie von allen Seiten.

»Das ist eine Nachbildung, glaube ich«, bemerkte ich; viel wusste ich nicht über die Gegenstände in den Vitrinen.

»Natürlich ist sie das!«, erwiderte Holly mit einem Auflachen. »Das Original ist einzigartig und von unschätzbarem Wert. Aber trotzdem ...« Ihr Blick bekam etwas Verklärtes, als sie leiser hinzufügte. »*Das* Symbol für Fruchtbarkeit und Weiblichkeit. – Ist dein Dad etwa Feminist?« Es klang, als fragte sie danach, ob Ted einer bestimmten politischen Partei angehörte oder Fan einer ganz besonderen Independent-Band wäre.

»Keine Ahnung, woher soll ich das wissen?«, gab ich schnippisch zurück; mein Leben stand gerade auf dem Spiel, und Holly hatte nichts Besseres zu tun, als neugierig Teds Vitrinen zu durchforsten, nur weil es sie gerade interessierte. »Stell sie bitte wieder rein.«

»Oh. Oh. Ohh«, kiekste Holly stattdessen heiser und mit weit aufgerissenen Augen und holte sich auch noch eines der Amulette heraus. »Oh, schau mal!«

»Leg das bitte zurück!« Ich ärgerte mich tierisch über Holly; es war schon großzügig genug von Ted, dass wir seine Bücher benutzen durften. Dann auch noch in seinen Sachen herumzuwühlen, fand ich ziemlich dreist.

»Jetzt lass mich doch!«

»Holly, bitte!«

»Schau dir das doch mal an!« An dem roten Seidenband mit den durchbrochenen Silberperlen hielt sie mir die fast handflächengroße Silberscheibe mit roten und türkisgrünen Steinen entgegen, auf der sich geometrische Formen zu einem komplizierten Knotenmuster verbanden.

»Komm schon, Holly«, rief Shane mit einem Grinsen dazwischen. »Selbst Kayla weiß inzwischen, dass sie nicht an die Schränke gehen darf, wenn sie irgendwo zu Besuch ist.« Abby kicherte, und Matt gab sein meckerndes Lachen von sich, in das Holly mit ihrem ganz eigenen rauen Lachen und kein bisschen eingeschnappt einstimmte, mir aber weiterhin nachdrücklich das Amulett vor der Nase herumpendeln ließ.

»War dein Dad mal in Tibet, weißt du das zufällig?«

»Neunzehnhundertsiebenundneunzig. Ja.« Erschrocken ruckten alle unsere Köpfe herum. In seinem hellblauen Hemd unter dem dunkelblauen Sakko und den Edeljeans stand Ted im Türrahmen, und mein Magen sauste im freien Fall hinab; Zoff mit Ted war momentan so ziemlich das Letzte, was ich brauchen konnte.

Ein, zwei Herzschläge lang stand eine angespannte Stille im Raum. Ein, zwei Herzschläge lang wünschte ich mir nichts mehr, als dass Ted meine Freunde mochte und sie ihn im Gegenzug gut fanden; Augenblicke, in denen ich wieder ein ganz normales Mädchen mit ganz normalen, kleinen Problemen war. Ganz genau wie früher, in meinem alten Leben.

»Hallo!«, rief Holly dann mit einem Strahlen auf dem Gesicht. »Du musst Ted sein! Ich bin Holly! Ich freu mich wahnsinnig, dich endlich kennenzulernen!«

Teds Brauen hoben sich, während er Holly mit ihren lilafarbenen Haaren und den Piercings anstarrte, wie sie in seinem Arbeitszimmer stand, in der einen Hand die üppige Mini-Venus, in der anderen das Amulett. Holly in ihren schwarzen Hotpants, der Netzstrumpfhose mit der fetten Laufmasche, den Springerstiefeln und Overknees und dem wild gemusterten Oberteil, das mit seinem tiefen Ausschnitt nicht nur den Träger eines roten BHs, sondern auch einige ihrer Tattoos hervorblitzen ließ. Und die absolut nicht so aussah, als ob sie mit mir zur Schule ging.

Seine Augen wanderten weiter, über die Dutzende von Büchern, die wir aus den Regalen gezogen hatten und die nun um uns herum aufgestapelt und ausgebreitet lagen, hin zu Abby, die sich mit ängstlich geweiteten Augen immer tiefer im Sessel verkroch, dann zu Shane, der wie beschützend den Arm um mich gelegt hatte, und zu Matt, der ihn freundlich, aber auch ein bisschen unsicher angrinste. Und immer wieder blieb sein Blick an Holly hängen, die ihn unverändert anstrahlte.

»Äh, ja. Hallo.« Er schob die Hände in die Taschen seiner Jeans und räusperte sich. »Kommt … kommt ihr denn gut voran?«

»Super!«, rief Holly überglücklich aus, schien aber irgendwie etwas ganz anderes zu meinen. »Du musst mir unbedingt von Tibet erzählen und mehr über das hier, ja?« Wie im Triumph hielt sie das Amulett hoch.

Ted blinzelte sie verwirrt durch seine Brillengläser hindurch an, bevor er dann abrupt den Blick von ihr löste. »Äh. Ja. Kann ich machen.« Noch einmal ließ er seine Augen über uns und das Chaos schweifen, das wir in seinem Arbeitszimmer veranstaltet hatten. Dann zog er eine Hand aus der Hosentasche und kratzte sich verlegen am Kopf. »Mag hier vielleicht außer mir sonst noch jemand Pizza?«

73

Die Finger in meinem Schoß umeinandergekrampft, starrte ich auf das Bücherregal von Dr. Katz. Das Insekt in seinem Gefängnis aus Bernstein war es, von dem ich heute meinen Blick nicht lösen konnte; wie unter einem Bann musste ich es immerzu betrachten.

»Was fällt dir dazu ein?«, hörte ich die leise Stimme von Dr. Katz aus dem Sessel gegenüber.

»Es ist ganz komisch«, erwiderte ich mit einem dünnen Auflachen. »Erst habe ich daran gedacht, dass mein Name ja Bernstein bedeutet. Dann, dass ich mir vorkomme wie dieses Insekt, genauso in etwas gefangen. In etwas Hartem, Transparentem, durch das mich die anderen sehen und ich sie, aber trotzdem ist da diese Wand dazwischen. Und dann dachte ich, dass ich dieses Insekt irgendwie beneide. Weil es konserviert ist. Weil es sich nicht verändert. Weil es ... solide ist.« Beschämt schielte ich zu Dr. Katz hinüber. »Das macht nicht besonders viel Sinn, oder?«

Ein kleines Lächeln zeichnete sich auf dem Gesicht von Dr. Katz, heute in ihrer grellfarbigen Hibiskusblütenbluse, ab. »Für mich ergibt das durchaus Sinn, Amber. Was du erlebt hast, trennt dich von den anderen. Und du schottest dich auch auf eine ganz bestimmte Weise selbst von allem ab, weil du immer noch einen sehr großen Teil deiner Gefühle vor dir selbst versteckst. Jetzt kommst du schon so viele Monate zu mir, und wir haben noch immer nicht darüber gesprochen, wie es dir mit dem Tod deiner Mutter geht. Oder mit deinem Umzug hierher nach San Francisco.«

»Da gab es eben immer so viel anderes«, murmelte ich schuldbewusst und auch ein bisschen gereizt.

»Das dich wunderbar von dem ablenkt, was an Gefühlen in der Tiefe immer noch da ist, was du dir aber nicht anschauen willst. Da hast du deine transparente Wand, die du selbst in dir hochziehst.«

Bockig betrachtete ich meine ineinander verhakten Finger und zog die Unterlippe zwischen die Zähne.

»Und natürlich sehnst du dich danach, irgendwie konserviert zu sein«, fuhr sie fort. »Danach, dich nicht zu verändern. Dein ganzes Leben wurde von heute auf morgen auf den Kopf gestellt und das ist nicht so einfach zu verkraften. Schon gar nicht, wenn man so jung ist wie du.« Sie machte eine kleine Pause. »Fühlst du dich denn nicht solide?«, kam es dann sanft von ihr.

Ganz automatisch schüttelte ich den Kopf. Nachdem ich die letzten Wochen bei Dr. Katz damit verbracht hatte, entweder stumm meine fünfzig Minuten abzusitzen oder sie mit Kleinkram aus der Schule zuzutexten, brachte ich dafür jetzt nicht mehr die Kraft auf. »Ich bin dabei, mich aufzulösen«, rutschte es mir heiser heraus. »Und das macht mir furchtbare Angst.« Unwillkürlich atmete ich auf, weil es endlich raus war, und mir war in diesem Moment völlig egal, was Dr. Katz über mich dachte.

»Das verstehe ich sehr gut. Das ist auch etwas Schreckliches, Beängstigendes.«

Verblüfft sah ich sie an. »Sie verstehen das?«

Dr. Katz nickte. »Natürlich. Wie fühlt sich dieses Auflösen denn genau für dich an?«

»Als ob …« Ich zögerte. »Als ob mit jedem Tag weniger von mir da wäre. Als ob ich verblassen und langsam zu einem … zu einem Schatten werden würde.« Es irritierte mich, wie flott ihr Kugelschreiber über die Seiten auf dem Klemmbrett glitt und dabei viel mehr festzuhalten schien als die paar Worte, die ich gerade gesagt hatte. Und noch mehr irritierte es mich, dass Dr. Katz gleich darauf den Kugelschreiber auf das Klemmbrett legte und die Hände auf den beschriebenen Seiten faltete.

»Siehst du, Amber – wenn man so große, mächtige Gefühle irgendwo tief in sich begräbt, kostet das Kraft. Manchmal sogar so viel Kraft, dass es einen von innen her auffrisst. Dass es einen komplett leer saugt, bis wirklich nur noch ein Schatten von einem selbst übrig bleibt. Und ich verstehe sehr, sehr gut, dass du bis heute davor zurückscheust, dich mit deinen Gefühlen, was deine Mutter angeht, auseinanderzusetzen. Du musstest sie die ganze Zeit verdrängen, um ihre Krankheit und ihren Tod überstehen zu können. Das war für dich eine Frage des seelischen Überlebens.«

Als hätte Dr. Katz den Verband einer Wunde abgerissen, so fühlte es sich an, eine Wunde, bei der sich Mullbinde und Heftpflaster mit dem Schorf verklebt hatten, und es tat scheußlich weh. Hinter meiner Nasenwurzel prickelte es; plötzlich brannten meine Augen, und bevor ich es verhindern konnte, rollte eine Träne über meine Wange.

»Du bist hier in Sicherheit, Amber«, fügte sie weich hinzu. »Hier bei mir, in diesen vier Wänden, geschieht dir nichts, das verspreche ich dir.«

Ich schüttelte den Kopf. Auch Dr. Katz konnte nicht verhindern, was gerade mit mir passierte, niemand konnte das. Und trotzdem machten mir ihre Worte Mut, und leise sagte ich: »Mir macht auch Angst, dass ich immer wieder in die Vergangenheit abtauche.« Aus dem Augenwinkel sah ich, wie Dr. Katz zu ihrem Kugelschreiber griff und sich eilig ein paar Notizen machte.

»Wundert dich das?«, warf sie dabei kurz ein. »Du hast nichts von dem verarbeitet, was dir im vergangenen Jahr widerfahren ist.«

»Es ist nicht *meine* Vergangenheit, in die ich da hinüberrutsche!«, blaffte ich und schaute Dr. Katz herausfordernd an.

Gelassen hielt sie meinem Blick nicht nur stand, sondern lächelte sogar und legte ihren Kugelschreiber wieder beiseite. »Die menschliche Seele hat eine eigene, sehr alte Sprache, Amber. Sehr viel älter als unser Denken von heute. Deshalb verstehen wir Menschen von heute oft nicht, was uns unsere Seele sagen will. Und deine Seele versucht dir offenbar gerade zu sagen, dass der Weg für dich da heraus«, sie deutete auf das im Bernstein eingeschlossene Insekt, »und gleichzeitig zurück zu einer soliden Amber über die Vergangenheit führt.«

Dr. Katz konnte unmöglich von Nathaniel und mir wissen, das hatte ich ihr immer verschwiegen, und trotzdem kam es mir so vor, als hätte sie mir gerade die Antwort auf eine Frage gegeben, die mich in den letzten Tagen verfolgte. Seitdem Holly, Abby, Matt, Shane und ich in jeder freien Minute Bücher und Artikel durchstöberten und versuchten, in wildem Brainstorming und hitzigen Diskussionen eine Erklärung zu finden und – vielleicht – Hilfe für Nathaniel und mich.

»Und wenn …« Ich schluckte nur schon bei dem Gedanken daran. »Und wenn ich dadurch etwas … oder jemanden verlieren sollte, der mir … mir alles bedeutet?« Eine weitere Träne rann mir übers Gesicht.

In den grauen Augen von Dr. Katz schimmerte es warm auf. »Sollte das wirklich unausweichlich sein … dann werde ich für dich da sein und dir helfen, damit zurechtzukommen und damit zu leben.«

74

Es war ein merkwürdiges Licht, das das Buntglasfenster im Haus in der Franklin Street an diesem Novembertag in der Eingangshalle verbreitete. Ein ungewöhnlich düsteres Licht, als ob sich in kaum zwei Tagen ein dicker Schmutzfilm über das Glas gelegt hatte, der das Violett, das Lila und die Blautöne der Glockenblumen, der Iris und der Lilien mit einem Grauschleier überzog.

Aber vielleicht kam es mir auch nur so vor, weil ich mich von Tag zu Tag mehr wie ein Schatten fühlte. Weil ich Nathaniel ansehen konnte, wie es ihm immer schlechter ging. Bleich war er, so bleich wie man sich einen Geist vorstellt, und seine Augen dunkel, fast schwarz. Fiebrig glänzten sie, und ich wusste nicht, ob es sein Wille war, der darin aufschien, sein Wille, sich dem, was mit uns passierte, zu widersetzen, oder ein finsterer Abgrund, den ich fürchten musste. Vielleicht lag es aber auch an der gedrückten Stimmung, die die anderen mit hierhergebracht hatten, dass ich diesen Tag als so düster empfand. Und an der Angst, die uns alle in diesen Tagen fest im Griff hielt.

»Viel konnten wir nicht herausfinden«, sagte Abby leise, die Nathaniel und mir auf dem Boden gegenübersaß. Halb hinter Shanes muskulösem Körper zusammengekauert, umklammerte sie Hollys Knie in den Army-Hosen fester, während Holly den Arm um Abbys schmale Schultern gelegt hatte. Hinter ihnen stand Matt, die Arme vor seinem Linkin-Park-Shirt überkreuzt und seine schmächtige Gestalt zur Haltung eines Bodyguards aufgebaut. »Das meiste haben wir uns irgendwie zusammengereimt. Aber es sieht so aus, als ob an Halloween etwas von deinem geisterhaften

Wesen auf Amber übergegangen ist und umgekehrt etwas von ihrer Körperlichkeit auf dich.«

»Wir können es uns nur wie einen Austausch zwischen euren unterschiedlichen Energiefeldern erklären«, fügte Holly mit kratziger Stimme hinzu; sie hatte immer viel geraucht, aber inzwischen qualmte sie wie ein Schlot. Ihre geröteten Augen waren auf einen Punkt direkt neben mir gerichtet; irgendwie rührte es mich an, dass sie versuchte, Nathaniel anzusehen und anzusprechen, obwohl sie ihn nicht wahrnehmen konnte. »Wir glauben, dass seit jener Nacht ein energetisches Band zwischen euch besteht, durch das weiterhin Ambers Energie und deine in die jeweils andere Richtung fließen. Als ob ihr euch«, sie holte tief Luft, »als ob ihr euch gegenseitig alle Kraft entzieht, weil sich eure eigene Energie mit der des anderen nicht verträgt und damit eure Gestalt nach und nach zerstört. Bei dir«, sie nickte vage auf eine Stelle neben meiner Schulter hin, »zerfällt die energetische Form, die verlorene Seelen annehmen. Und bei Amber ist es ihr menschlicher Körper, aus dem alle Lebenskraft entweicht. Bis irgendwann nur noch ihre Seelenenergie übrig bleibt, die aus dieser Welt in deine gezogen wird.«

»Anders gesagt«, warf Matt beißend ein und wippte auf den Fußballen auf und ab, »du bringst sie gerade langsam um.« Als sich Abby, Holly und Shane zu ihm umdrehten, hob er die Schultern. »Was?! Stimmt doch, oder nicht?«

Das Schweigen, das sich ausbreitete, schnitt mir ins Herz. Und noch mehr, als ich sah, wie Nathaniel neben mir den Kopf hängen ließ. Wie er den Mund zusammenpresste und sich seine Kieferpartie anspannte.

»Ich wollte es genauso sehr wie du«, flüsterte ich ihm zu. »Keiner von uns konnte wissen, welche Folgen das für uns haben würde.« Ich rückte näher zu ihm und streckte meinen Arm nach ihm aus. Als er seine Hand um meine schloss, wirbelte ein kräftiger Luftstrom zwischen meinen Fingern hindurch.

Abby wischte sich mit der freien Hand Tränen von den Wangen, Holly drückte sie fester an sich und sah mich aus feuchten Augen an. »Ich wünschte«, sagte sie weich, »ich könnte jetzt sagen, wir lassen Amber gehen, wenn auch schweren Herzens, und ihr beide könnt als Geistwesen für immer glücklich zusammen sein. Aber das wird nicht funktionieren. Keiner von uns weiß, ob Amber wirklich zu einem Schatten wird, wie Nathaniel einer ist. Und genauso wenig wissen wir, was weiter mit Nathaniel geschehen wird. Nur dass das kein gutes Ende nehmen kann, für keinen von euch, das ist uns allen wohl völlig klar.«

»Wie kann ich das wiedergutmachen?« Nathaniels Stimme war kaum lauter als ein Atemzug.

Das war der Moment, den ich am meisten gefürchtet hatte. Mein Blick traf sich mit dem von Matt; ich wartete nur auf eine bissige Bemerkung von ihm, dass Nathaniel am besten geradewegs zur Hölle fahren sollte, aber er blieb stumm. Er schaute mich einfach nur an, etwas Mitfühlendes, fast Weiches in seinem Blick. Einige Augenblicke herrschte Stille, bis Shane erst mich ansah, dann Nathaniel. Ich wusste sofort, was er sagen würde; es stand ihm ins Gesicht geschrieben. Seit Tagen hatten sie alle auf mich eingeredet, wieder und wieder, weil ich diese Worte einfach nicht hören wollte, es tat viel zu weh. In mir krampfte sich alles zusammen und ich begann zu zittern.

»Wir sind uns nicht sicher«, kam es rau von ihm und fast wie entschuldigend, »aber wir glauben, dieses Band zwischen euch kann nur dann durchtrennt werden, wenn du kein Geistwesen mehr bist. Du musst auf die andere Seite, Nathaniel.«

75

Als ob ich vor Gericht stand, so kam es mir vor, wie die vier mir gegenübersaßen. Und sie hatten jedes Recht, mich anzuklagen und zu verurteilen.

Nie hatte ich Amber wehtun wollen, nichts lag mir ferner, als ihr Schaden zuzufügen – und nun hatte ich es doch getan. Auf die schlimmste nur denkbare Weise. Ich hatte sie zu mir gelockt, ich hatte sie verführt, und nun war ihr Dasein als menschliches Wesen in Gefahr, womöglich gar ihre unsterbliche Seele.

Dass es ausgerechnet Shane war, der das Urteil über mich verkündete, traf mich am meisten. Shane, der im wahrsten Sinne des Wortes all das verkörperte, was ich nicht war und auch niemals sein konnte. Der in so vielen Dingen eine bessere Wahl war als ich. Und der Amber noch dazu nicht nur begehrte, sondern sie auch zu lieben begann; das konnte ich in seinen Augen lesen, wenn er sie anschaute.

Was auch immer ich zu Lebzeiten gewesen war, was ich auch getan hatte, so zornig ich danach auch lange gewesen war – Amber hatte ich nie etwas Böses gewollt, dessen war ich mir immer sicher gewesen. Aber allmählich begann ich an mir zu zweifeln; ich konnte mir selbst nicht mehr trauen.

Da waren die Momente gewesen, in denen ich davon träumte, sie würde zu meinesgleichen, ohne die Hindernisse, die Schranken, die uns unsere verschiedenen Gestalten und Kräfte setzten. Ohne die Zeit, die uns irgendwann zum Feind werden würde, weil sie ihr unterworfen war und ich nicht. Obwohl gerade ich doch wissen müsste, dass man dieses Schicksal niemandem wünscht, den man wirklich liebt. Schon gar nicht jemandem, der ein solches Schicksal so wenig verdiente wie Amber. Und genauso falsch war es von mir gewesen, in anderen Momenten davon zu träumen, vielleicht durch eine unerwartete Gnade wieder menschliche Gestalt anzunehmen, einen lebendigen, atmenden, pulsieren Körper zu erlangen. Das verdiente ich wiederum nicht; das war die Strafe für mein früheres Leben. Auf keinen Fall wollte ich Amber mit in diesen Abgrund reißen. Doch ich wusste nicht, wie ich das hätte verhindern können.

»Ich kann nicht auf die andere Seite«, erwiderte ich heiser.

Ich sah, wie die anderen verstohlene Blicke wechselten.

»Du musst bereuen, was du verbrochen hast«, kam es schneidend von Matt. Matt, mit dem ich am wenigsten zurechtkam, ebenso wenig wie er mit mir. Wir hatten es versucht, Amber zuliebe, aber es ging einfach nicht. Vielleicht weil er der Nüchternste von ihnen war, der mit dem schärfsten Verstand, und weil er sich nicht von Gefühlen blenden ließ. Erst jetzt dachte ich, dass er vielleicht von Anfang an recht gehabt hatte mit seinem Misstrauen; wären wir uns unter anderen Umständen begegnet, hätten wir uns vielleicht ganz gut vertragen.

»Ich wünschte, ich könnte bereuen«, brachte ich mühselig hervor. »Aber ich kann mich an nichts erinnern. Ich weiß nicht, was ich verbrochen haben könnte.«

Im Flüsterton wiederholte Abby meine Worte für Holly. Unwillkürlich hob sich einer meiner Mundwinkel. Abby, die so kratzbürstig sein konnte und doch im Grunde so sanft und lieb war. Bei der ich immer das Bedürfnis hatte, sie beschützen zu müssen wie ein großer Bruder seine kleine Schwester.

Hollys braune Augen richteten sich auf mich, ganz offen, obwohl sie mich weder sehen noch hören konnte. Was ich sehr bedauerte; ich mochte, dass Holly so bunt war und so lebhaft, und ich mochte ihr warmherziges, großzügiges Wesen. Ich hätte sie gern besser kennengelernt.

»Wir haben uns überlegt«, erwiderte sie leise, »ob Amber dir nicht dabei helfen kann, dich zu erinnern. Offenbar hat sich für sie über dieses

Band zwischen euch eine Tür zur Vergangenheit geöffnet, vielleicht sogar zu deiner Vergangenheit. Vielleicht ist es möglich, dass dadurch deine Erinnerung zurückkommt. Einen Versuch wäre es wert.«

Ich starrte vor mich hin. Wenn ich an mein früheres Leben dachte, blickte ich in einen dichten grauen Nebel. Aber wenn ich ehrlich war, ahnte ich, dass darunter ein tiefer, finsterer Abgrund klaffte, der mich das Fürchten lehrte. Woher sollte ich den Mut nehmen, mich dort hineinfallen zu lassen, nachdem ich es weit über hundert Jahre nicht geschafft hatte?

Ich hielt die Antwort in meiner Hand. Mit Ambers Fingern, die meine umfassten.

Holly hatte recht: Es konnte kein gutes Ende nehmen. Vor allem für Amber nicht, aber auch für mich nicht. Die Schmerzen, die mich quälten, waren nur der Anfang gewesen; ich hatte mich zu verändern begonnen. Als ob mich diese Attacken aus der Tiefe meines Seins langsam auffraßen und aushöhlten, so fühlte es sich an. Als hätte diese Nacht mich alle Energie gekostet, die mir noch geblieben war. Und ich erriet, dass ich dabei war, zu einem dieser formlosen, schillernden Nebel zu werden, die ich selbst fürchtete. Die Zeit, die mir bis dahin noch blieb, durfte ich nicht ungenutzt verstreichen lassen. Den Gedanken, Amber bald schon auf immer zu verlieren, konnte ich nicht ertragen, aber mir blieb wohl keine andere Wahl.

Nacheinander sah ich sie an. Matt. Holly. Abby. Shane. Wenn ich schon gehen musste, so würde ich Amber wenigstens nicht allein zurücklassen. Sie hatte Freunde, die diese Bezeichnung wahrhaftig verdienten, Freunde, wie ich sie auch gern gehabt hätte. Und Shane, mit dem sie sicher ein neues Glück finden würde.

Ich wünschte mir so sehr, an seiner Stelle sein zu können.

Und dass ich bei meinem Funny Girl bleiben könnte.

76

Wie Milchsuppe hing der Nebel über der Bay. Warm in meine Winterjacke eingepackt, saß ich auf einer der Holzbänke und blickte auf das Wasser. Auf die braune Insel von Yerba Buena, die hinter dem dicken Dunstschleier schemenhaft zu erkennen war, und hinüber zur silbernen Bay Bridge mit ihren beiden Ebenen, auf denen die Folge der Autos und Trucks in beide Richtungen niemals abzureißen schien. Eine Weile schaute ich einer der Möwen zu, die irgendwo eine große Krabbe aufgesammelt hatte und nun versuchte, sie mit dem Schnabel aufzuhacken oder sie auf den Asphalt zu werfen, um sie so zu knacken. Bis sie schließlich aufgab und mit einem empörten Schrei aufflog.

Ich wandte den Kopf und sah Nathaniel an. Wie er neben mir im kalten Wind saß, nur in seinem am Kragen offen stehenden, dünnen Hemd, fror es mich nur schon vom Hinsehen. Seine Hände um die Sitzfläche der Bank geklammert, stierte er mit leerem Blick vor sich hin.

»Es tut mir leid«, raunte er, ohne mich dabei anzusehen.

Ich kaute auf meiner Unterlippe herum und vergrub meine kalten Finger tiefer in den Jackentaschen. Jeden Nachmittag nach der Schule waren wir losgezogen, um mit dem Cable Car oder dem Bus kreuz und quer durch die Stadt zu fahren, irgendwo auszusteigen und dann bergauf und bergab zu laufen, immer auf der Suche nach einem Ort, einem Straßennamen, einem Haus oder auch nur einer Aussicht, an die Nathaniel sich erinnerte. Nur er und ich, darum hatte er gebeten, was ich gut verstehen konnte, denn schließlich betraf es auch nur uns beide. Und sobald mir unterwegs schwindelig wurde und ich in die Vergangenheit abdriftete, versuchte ich, Nathaniel so genau wie möglich zu beschreiben, was ich sah. Mir war es längst egal, wenn ich wieder zu mir kam und die irritierten bis belustigten Blicke der Passanten wahrnahm, weil ich geistesabwesend herumstand und scheinbar Selbstgespräche führte; sollten sie mich doch für verrückt halten. In einer Stadt wie San Francisco liefen genug schräge Gestalten herum. Da gab es diese schmale Frau mit dem braun gebrannten, wettergegerbten Gesicht und den sonnengebleichten Haaren, die immer mal wieder die Sutter Street hinaufmarschierte, bei Wind und Wetter in Jeans und Karohemd, barfuß und ihre Espadrilles in der Hand, und dabei mit rauer Stimme lautstark Gott, die Menschen und die ganze Welt verfluchte. Oder den schwarzen Jungen, der ab und zu mit glasigem Blick dort herumtänzelte, das Gesicht mit weißer Schminke angemalt und die kurz geschnitten Haare dottergelb gefärbt. Wer wusste denn schon, in was für Welten die zwei lebten, Welten, die für die meisten Leute ganz einfach nicht existierten, während sie für diese beiden greifbare Wirklichkeit waren. So wie die Welt der Geister für mich.

»Erinnerst du dich denn an gar nichts?«, fragte ich dann behutsam, bemüht, nicht allzu enttäuscht oder gar ungeduldig zu klingen.

»Es tut mir leid«, wiederholte er dürr, beinahe störrisch.

Vielleicht brauchte Nathaniel mehr Zeit, hatte ich mir überlegt, mehr Zeit als die wenigen Stunden nach Schulschluss und bevor ich in die Sacramento Street zurückmusste. Zeit, die uns langsam knapp wurde; nach unseren Streifzügen durch die Stadt war ich jedes Mal so erschöpft, dass ich fürchtete, irgendwo auf dem Weg nach Nob Hill zusammenzuklappen und nicht wieder auf die Beine zu kommen. Deshalb hatte ich heute einfach die Schule geschwänzt und war mit Nathaniel hierhergefahren, ans Ende der Market Street mit den glänzenden Fassaden der Banken, teuren Hotels und großen Firmen, um jenseits des stylishen Embarcadero-Komplexes mit der modernen Skulptur auf dem gepflegten Rasen und hinter dem Ferry Building mit seinen grauen Arkaden und dem schlanken weißen Turm am Wasser zu sitzen. Denn dass Nathaniel früher gern am Ufer der Bay gewesen war, daran erinnerte er sich noch.

»Ich habe Angst«, hörte ich ihn dann flüstern.

»Ich auch«, wisperte ich. »Schreckliche Angst.« Ich zog ein Knie zu mir herauf, rutschte auf der Bank herum und legte die Arme um seine nebelhafte Gestalt. »Weißt du noch, an dem Tag auf Alcatraz? Als ich auf diesem Sims stand und vor lauter Angst keinen noch so kleinen Schritt machen konnte?« Ohne den Blick vom Wasser zu lösen, nickte er. »Du hast die Arme um mich gelegt, mir fest in die Augen gesehen und mir gesagt, dass ich das kann. Dass ich das schaffe. Und ich hab es geschafft. Weil du bei mir warst. Und jetzt … jetzt bin ich bei dir.«

»Ich will nicht ohne dich sein«, kam es so leise von ihm, dass seine Worte beinahe vom Wind davongeblasen wurden.

Mein Magen krampfte sich zusammen, und meine Stimme klang mir selbst belegt in den Ohren, als ich erwiderte: »Ich auch nicht ohne dich. Aber wir werden uns so oder so verlieren. Wir … wir haben einfach keine Chance.« Ich schluckte und brauchte ein paar Sekunden, bis ich weitersprechen konnte. »Die einzige Chance, die uns noch bleibt, ist die, das wieder in Ordnung zu bringen, was wir angerichtet haben. Damit du deinen Frieden finden und auf die andere Seite gehen kannst. Und damit ich … vielleicht …« Ich brachte es nicht heraus. Damit ich vielleicht nicht noch weiter an Kraft verlor, bis mein Körper mir den Dienst versagte und ich sterben würde.

Ich sah ihm an, wie es in ihm arbeitete; sein ganzes Gesicht war in Bewegung und spannte sich dann an.

»Vertraust du mir?«, flüsterte ich.

Er zögerte, dann nickte er und umklammerte meinen Arm mit

beiden Händen. Ein kühler Luftstrom drang durch meine Jacke und den Rolli hindurch bis auf meine Haut und ließ mich noch mehr frösteln. Als ob er tief ein- und wieder ausatmete, hob und senkte sich Nathaniels Brustkorb, wie vor einem Sprung in tiefes Wasser; er schloss die Augen und ich tat es ihm gleich.

Leise gluckten und rauschten die Wellen in der Bay gegen die Betonmauer vor uns; der Wind pfiff mir in den Ohren, sobald er auffrischte, und über mir kreischten die Möwen. Langsam, langsam dimmte sich die Geräuschkulisse herunter; hinter meinen Schläfen prickelte es und das Knirschen von Eisenrädern durch sandigen Boden drang zu mir hindurch.

Nathaniel! Die schrille Frauenstimme mit dem schweren, rollenden Akzent ließ mich zusammenzucken. *Nathaniel! Ich war noch nicht fertig mit dir!* Ich stand vor einer krummen Reihe von Holzhäuschen, so klein und schief zusammengezimmert, dass sie nicht mehr als einfache Hütten waren. Dahinter drängten sich weitere solche Häuschen aneinander, alle auf nacktem braunem Grund ohne das kleinste bisschen Grün; bei Regen verwandelte sich die Gegend sicher in eine einzige Schlammlandschaft. Die Tür eines der Häuschen flog auf und ein Junge in kurzer Hose und klobigen Schuhen rannte heraus. Zehn war er vielleicht, oder elf, und eine seiner Wangen glühte. *Nathaniel!* Im Türrahmen erschien eine Frau, das Gesicht unter dem simplen grau gesträhnten Haarknoten müde und verhärmt, aber auch zornesrot; über ihrem langärmligen Kleid trug sie eine schwarze Schürze, auf der einzelne weiße Fädchen hafteten. *Wart nur, bis dein Vater nach Hause kommt! Dann kannst du was erleben!* Der Junge rannte einfach weiter, mit fliegenden dunklen Locken, blitzenden grünen Augen und einem grimmigen Ausdruck auf dem Gesicht. Auf Höhe der Brust war sein staubverschmiertes Hemd ausgebeult; er hielt darin etwas versteckt, das er fest an sich presste. Ich folgte ihm über den braunen, trockenen Boden zwischen den Häusern, bis zu einer Lücke zwischen zwei der schiefen Hauswände aus Holzlatten, in die er sich schnaufend quetschte und auf sein Hinterteil fallen ließ. Er wartete nicht erst, bis er wieder Atem geholt hatte, sondern zog gleich seine Beute aus dem Hemd hervor: einen halben Laib Brot, in den er gierig die Zähne schlug.

Es berührte mich, Nathaniel als kleinen Jungen zu sehen; irgendwie gefiel es mir, dass er ein solcher Frechdachs gewesen war, und ich gluckste in mich hinein.

»Das war kein bisschen lustig«, brummte Nathaniel, aber ich konnte förmlich hören, wie es dabei um seinen Mund zuckte. »Das Brot hätte das Abendessen für uns alle sein sollen und ich habe am Abend von meinem Vater tüchtig Prügel dafür bezogen.« Ernst klang er, als er hinzufügte: »Wir sind nicht verhungert, aber mir hat dennoch immer der Magen geknurrt. Es war einfach nie genug für uns alle da, obwohl Pa im Hafen schuftete und Ma mit Näharbeiten was dazuverdiente.«

Wie zum Trost schmiegte ich mich enger an ihn und blinzelte über seine Schulter hinweg in den Nebel hinein, bis mich das nächste Schwindelgefühl überfiel.

Ich stand im dämmrigen Licht eines Holzschuppens und schaute durch das weit geöffnete Tor hinaus. Vor dem Backsteinbau auf der linken Seite waren auf einem Steg über viele Meter hinweg Baumstämme aufgestapelt; rechts drängten sich Holzhäuser aneinander, die mich ein bisschen an das Szenenbild eines Westernfilms erinnerten, und neugierig trat ich vor das Tor.

Vor mir erstreckte sich ein Kai ins Wasser, an dem zu beiden Seiten große Dreimaster, kleinere Lastkähne und einfache Boote vertäut waren. Dahinter kreuzten auf den sanft gekräuselten Wellen weitere Segelschiffe und zwei Schaufelraddampfer, die aus ihren dünnen Schornsteinen Rauchfähnchen zum Himmel hinaufpusteten. Nach Qualm und Ruß roch es hier, nach feuchtem Eisen und frischer Farbe und ein bisschen nach Meer. Lastkarren standen bereit und Männer eilten geschäftig hin und her. Einer davon, bullig und rotgesichtig, ein Rest von blondem Flaum auf dem sonst kahlen Kopf und die Ärmel seines gestreiften Hemdes hochgekrempelt, marschierte energisch an mir vorbei.

O'Reilly! He, O'Reilly! Hast du Bohnen in den Ohren?! Ich wandte den Kopf, und mein Herz zuckte auf, als ich Nathaniel sah, der gerade einen prallvollen Sack von einem Lastkarren herunterhievte. Schnaufend setzte er ihn ab und fuhr sich mit dem Unterarm über die schweißnasse Stirn. *Sorry, Sir.* Sein Gesicht war noch jungenhaft weich, er konnte nicht viel älter als dreizehn oder vierzehn sein, wirkte aber schon stärker, erwachsener. Er trug nur eine lange Hose und feste Schuhe und arbeitete mit nacktem Oberkörper; unter seiner Haut zeichneten sich die starken Knochen und festen Muskeln ab. *Wieso bist du da immer noch dran? Hinten wartet noch eine Fuhre auf dich, also beeil dich mal lieber, sonst zieh ich's dir vom Lohn ab!* Nathaniel biss die Zähne zusammen und quetschte ein kurzes *Jawohl, Sir!* dahinter hervor, bevor er in die Knie ging und den Sack schulterte. Keuchend und schwankend unter seiner Last stand er wieder auf und schleppte sie an mir vorbei in den Schuppen, ohne mich zu sehen. Und mit einem wehen Gefühl im Herzen sah ich, wie seine Knie schon vor Erschöpfung zitterten.

»Nathaniel O'Reilly«, flüsterte ich und streichelte ihm über den Rücken. »Nathaniel O'Reilly.« Es bedeutete mir ungeheuer viel, endlich seinen vollen Namen zu kennen. Als ob ihm das mehr an Kontur, mehr Körperlichkeit verlieh. Ihn wirklicher und greifbarer machte.

Ich wollte noch etwas sagen, aber im nächsten Moment überrollte mich noch einmal ein taumeliges Gefühl. Stärker als ich es gewohnt war, mit einer Heftigkeit, die mich nach Luft schnappen ließ und mir Angst machte.

»Hör auf«, wisperte ich. »Das reicht für heute! Hör auf!«

»Ich … ich kann nicht«, stieß Nathaniel heiser hervor. Ich hörte am scharfen Klang seiner Stimme, dass er ebenfalls Angst hatte und sich mit aller Kraft dagegen wehrte, weitere Erinnerungen zuzulassen. »Ich kann nicht aufhören! Es ist stärker als ich!« Ich spürte, in welchem Aufruhr er war; in ihm tobte und wirbelte es in alle Richtungen, als würde er von einem gewaltigen Sog gepackt und mitgerissen. Und ich gleich mit.

77

Wie in einer tosenden Flut rauschten aufflackernde Bilder und Geräuschfetzen durch mich hindurch, wild und ungeordnet und in so rasender Geschwindigkeit, dass mir schlecht wurde. Nathaniel mit ein paar anderen Jungs, wie sie an einer Straßenecke herumlungerten, den Mädchen hinterherjohlten und schrille Pfiffe hinterherschickten. Wie sie mit tief in den Hosentaschen vergrabenen Händen, den Kragen der schlecht sitzenden Jacken hochgeschlagen, ziellos durch die Stadt schlenderten und eine herumliegende Konservenbüchse kurzerhand unter Freudengebrüll und Gelächter zum Fußball umfunktionierten, halb schon Männer und trotzdem irgendwie noch Kinder. *Nate! Hey, Nate!* Lachend drehte sich Nathaniel um und begrüßte mit kräftigem Handschlag und Schulterklopfen einen stämmigen Jungen, ein bisschen älter als er, das Gesicht unter dem gescheitelten braunen Haar eine seltsame Mischung aus Babyface und Bulldogge. *Hey, Jack! Alles klar bei dir? Ziehen wir um die Häuser?* Nathaniel, wie er mit seinem ganzen Körper ein schwarzhaariges Mädchen in einer engen Gasse gegen die Hauswand drückte und heftig küsste; Nathaniels bloßer Rücken, hell im schummrigen Licht einer winzigen Kammer, während er sich im Bett mit einem anderen, blonden Mädchen wälzte.

»Entschuldige«, hörte ich Nathaniel zerknirscht an meinem Ohr raunen; ich kniff die Augen fester zusammen, weil es mir trotzdem wehtat, das mitanzusehen.

Durch schmutzige Straßen am Fuß des Telegraph Hill stolperte ich Nathaniel, Jack und den anderen Jungs hinterher. Mal bei Tag, wenn fast nur chinesische Kulis unterwegs waren, einen geflochtenen Zopf über den Rücken baumelnd, die an langen Bambusstangen über der Schulter Lasten vorbeischleppten. Chinesische Frauen trippelten in winzigen Schuhen mit dicken Sohlen daher und indisch aussehende Männer trugen Körbe voller Wäsche auf ihren Köpfen. Mal bei Nacht, im Schein der Gaslampen, wenn die Straßen von zahlreichen Männern bevölkert waren, von Seemännern, Bauern vom Land und Arbeitern aus der Stadt, zwischen denen sich Kartenkünstler, Hütchenspieler und Bettler tummelten. Schon von Weitem roch ich Bier und Hochprozentiges und an manchen Ecken wurde mir schlecht von dem Gestank. Eine Kneipe reihte sich an die andere, allesamt sahen sie aus wie Westernsaloons und hießen *The Bull's Run*, *The Cock of the Walk*, *Star of the Union* oder *Every Man is Welcome*; finster aussehende Türsteher wiesen abgerissene Typen ab oder solche, die nach Ärger oder Zechprellerei aussahen. Von überall her lärmten dröhnende Stimmen und Musik an mich heran, Dixieland, Gassenhauer, ein schwungvolles Klimpern auf einem verstimmten Piano, eine kokette Frauenstimme, die ein anzügliches Lied trällerte; eine Mundharmonika, ein Banjo, eine einsame Geige und sogar einen Dudelsack konnte ich hören. *Na, Jungs, wie wär's?*, rief eine üppig gebaute Frau mit viel Farbe im Gesicht und einem tief ausgeschnittenen und eng geschnürten Kleid. *Du da! Du mit den dunklen Locken!* Mit ihrem Fächer zeigte sie auf Nathaniel. *Für so einen Hübschen wie dich mach ich den halben Preis!* Die Jungs um Nathaniel johlten und schlugen ihm auf die Schulter, und ein erwartungsvolles Grinsen auf dem Gesicht, ging er mit betont forschen Schritten auf die Frau zu. In einer anderen Gasse warteten grazile und kunstvoll geschminkte Chinesinnen, jünger noch als ich, in bunter Seide auf ihre Kunden, und in der Luft lag ein schwerer, süßer Geruch wie von Räucherstäbchen, der mir den Kopf vernebelte.

Wir konnten nur an einem Ort sein. *The Barbary Coast.* Das lasterhafte, sündige, gefährliche Viertel San Franciscos. *Sin City.* Das Las Vegas des neunzehnten Jahrhunderts. Bordelle und Glücksspiel in Hinterzimmern, Opiumhöhlen, Prügeleien und Messerstechereien, krumme Geschäfte, Diebstahl, Raub und Totschlag – das alles war hier an der Tagesordnung gewesen. Und hier hatte Nathaniel sich herumgetrieben.

Ich war dabei, als er in einen Zigarrenladen ging, wenig später mit triumphierendem Grinsen wieder herauskam und die Jungs in einer dunklen Ecke der Gasse abwechselnd an der geklauten Zigarre pafften. Und ich sah zu, wie Nathaniel im Halbdunkel einen Passanten anrempelte und mit seinen Freunden eine Querstraße weiter unten im Schein einer Gaslaterne die erbeutete Brieftasche plünderte. Konnte das wirklich derselbe Nathaniel sein, den ich so gut zu kennen glaubte?

»Aufhören«, raspelte ich mit rauer Kehle. »Ich will das nicht sehen. Aufhören.«

Verzweifelt versuchte ich, mich von Nathaniel loszumachen, aber mit der Macht eines Hurrikans hielt mich sein strömender Lufthauch fest und riss mich immer weiter hinab in den Strudel seiner Erinnerungen. Mitgefangen, mitgehangen, jagte es mir durch den Kopf, und ich schluchzte auf.

Ich musste weiter hinter Nathaniel und seinen Kumpels hinterhertaumeln, die betrunken und grölend durch Gassen zogen und mit anderen Jungs Streit anfingen, dann eine Schlägerei. Eine Faust kam auf mich zugeschossen, und ich duckte mich, taumelte dann erschrocken zurück, während Nathaniel mit einem wesentlich größeren und stärkeren Typen rang, so wie auch Jack und die anderen schnaufend und fluchend Faustschläge und Tritte austeilten. Urplötzlich zerstreute sich das Knäuel aus sich prügelnden Jungs; Nathaniel rappelte sich auf und wischte sich lachend mit dem Handrücken Blut aus dem Mundwinkel.

Verpiss dich, du dreckiger Chink! Nathaniel schubste einen etwa gleichaltrigen Chinesen an einer Hausecke beiseite, bevor er mit Jack und den anderen hocherhobenen Kopfes weitermarschierte, lässig und sehr, sehr selbstsicher. Ich blinzelte und sah mich um. Chinatown, das musste Chinatown sein. Ein sehr viel fremdländischeres und schöneres Chinatown als das, das ich kannte. Mit luftigen Balustraden an den großen Häusern, kunstvoll geschnitzten Balkonen voller bunt blühender Topfpflanzen und prächtigen scharlachroten und goldenen Bemalungen. Überall hingen kostbare Lampions, und was ich durch die Schaufensterscheiben von den Läden sah, wirkte teuer und edel und war verschwenderisch dekoriert. Aber es gab auch die kleinen, engen Gassen mit den zur Straße hin offenen winzigen Garküchen, den Lädchen, die frischen Fisch anboten, Obst und Gemüse und fachmännisch zerlegtes Schlachtvieh, dessen Teile an Haken neben Knoblauchzöpfen von der Decke baumelten. Fremde Gewürze konnte ich erschnuppern, scharf und von einer ungewohnten Süße und manchmal beißend, und der Geruch von Holz und von Tieren drang in meine Nase. Lebende Hühner wurden in Flechtkörben an einer Bambusstange über die Straße transportiert, und an einer Ecke saß ein verhutzelter alter Schuhmacher mit seiner Werkzeugkiste, der gerade ein Paar Schnürschuhe flickte. Zu spät sah ich den Chinesen in blauer Jacke und Hose, der einen Korb voller Shrimps vor sich herschleppte, und konnte ihm nicht mehr ausweichen. Ich erschauerte, als er einfach durch mich hindurchmarschierte; ein Luftzug durchwirbelte mich, der nach Schweiß roch, nach Bratenfett, nach Tang und Salz und Fisch, und ich keuchte auf.

Hinter mir klirrte es und ich fuhr herum. Jack riss jubelnd vor der zertrümmerte Schaufensterscheibe den Arm hoch, deren Scherben auf den ausgestellten Vasen und Statuen glitzerten, und Nathaniel warf einen Pflasterstein in die zweite Scheibe des Ladens, die unter schrillem Scheppern zersplitterte. Wutentbrannt lief der noch junge Ladeninhaber auf die Straße und beschimpfte Nathaniel und

Jack, die ihn packten und sofort auf ihn eindroschen, angefeuert von einer ganzen Schar anderer Jungs. *Weiter so! Gebt's ihm! Zeigt's dem dreckigen Chink! Mädchenhändler! Zuhälter! Opiumschmuggler! Macht das Schwein fertig!* Als aus dem Nachbarladen ein Mann zu Hilfe kommen wollte, verpasste ihm Jack mit einem gezielten Fauststoß eine blutige Nase. Der Chinese brüllte und weinte und bettelte unter den geschockten und ängstlichen Blicken der Menschen auf der Straße; in zwei oder drei Läden wurden hastig die Fensterläden zugeklappt und die Türen von innen verriegelt. Selbst als der Chinese zu Boden ging, ließen Nathaniel und Jack nicht von ihm ab und traten mit ihren schweren Schuhen immer noch härter zu.

»Stopp!«, schrie ich. »Stopp! Aufhören! Aufhören! Bitte!«

Endlich legte sich der Sturm, der mich erfasst und umhergeschleudert hatte, und ich schlug die Hände vors Gesicht. Ich sah noch, wie der Chinese in einer Pfütze aus Blut lag, die Augen im zerschundenen, verschwollenen Gesicht starr zum Himmel gerichtet, hörte das Schrillen einer Trillerpfeife und wie sich schnelle, feste Laufschritte entfernten, dann brüllte Nathaniel neben mir auf. Ein kräftiger Windstoß fegte über mich hinweg und entfernte sich unter Brausen und Flüstern. Bis ich nur noch meinen eigenen keuchenden Atem hörte und mir der Pulsschlag in den Ohren dröhnte.

»Ist alles in Ordnung mit Ihnen? Hallo, Sie! Sind Sie okay?«

Zitternd blinzelte ich zwischen meinen Fingern hervor. Vor mir standen ein bärtiger Mann und eine Frau mit windzerzaustem Pagenkopf, beide in den exakt gleichen Wanderjacken, Kameras um den Hals und Rucksäcke über der Schulter. Einige Schritte hinter ihnen stand ein Mädchen in einem rosafarbenen Anorak, etwas jünger als ich, das mich aus großen Augen anstarrte.

»Geht es Ihnen gut?«

Nathaniel war fort.

»Ja«, log ich. »Ja. Mir geht es gut.«

Ich schob mich von der Bank herunter und stellte mich unsicher auf die Füße. Ich machte ein paar wackelige, taumelnde Schritte, dann sackten mir die Beine weg; ich knallte auf die Knie und mir drehte es den Magen um. An der Betonmauer abgestützt, übergab ich mich so lange, bis ich nur noch Galle schmeckte.

»Ist das nicht furchtbar?«, hörte ich die Touristin hinter mir betroffen auf Deutsch sagen. »So ein junges Ding – und am helllichten Tag schon sturzbetrunken!«

»Tja«, erwiderte ihr Mann in belehrendem Tonfall. »Da siehst du's: Das ist eben das andere Gesicht Amerikas.«

Nathaniel war fort. Aber als ich mir den Mund mit dem Handrücken abwischte und mühselig wieder auf die Beine kam, spürte ich, dass sich nichts geändert hatte.

Wie Wasser durch ein Sieb floss weiter die Kraft aus meinem Körper. Und damit die Zeit, die mir noch blieb.

78

Blind und taub stolperte ich durch die Straßen und Gebäude der Stadt; ich merkte es kaum, wenn ein Auto oder ein Bus durch mich hindurchraste oder Menschen durch mich hindurchgingen. Immer wieder blieb ich stehen und schrie, schrie meinen Zorn heraus, den Hass auf mich selbst und die glühende Scham, die mich innerlich verbrannte.

Mehr noch, als selbst die Wahrheit über den Menschen zu kennen, der ich einmal gewesen war, schmerzte das Wissen, dass Amber mich so gesehen hatte. Amber. Mein Funny Girl.

Als es in meinen Gliedmaßen zu kribbeln und zu prickeln begann, als der Schmerz, dieser verhasste, feurige Schmerz, in mir aufflammte, wehrte ich mich nicht dagegen. Ich hatte es verdient. Aufstöhnend ließ ich mich zu Boden fallen und wälzte mich in diesem lodernden Brand, der in mir tobte, ohne mich zu verzehren. Ich hatte einen Menschen zu Tode geprügelt.

Wie hatte ich so etwas Entsetzliches tun können? Was um alles in der Welt hatte mich dazu getrieben?

Es tut mir leid. Es tut mir leid, was ich getan habe. Hörst du, Amber – es tut mir leid! Allmächtiger im Himmel, erbarm dich meiner und vergib mir meine Schuld. Ich bereue zutiefst. Ich bereue. Ich bereue …

Das Feuer ließ nach, erlosch nach und nach, und Erleichterung durchströmte mich. Ich spürte noch ein letztes Glühen, ein Echo des Schmerzes, und vorsichtig hob ich den Kopf. Menschen trampelten achtlos durch mich hindurch und mit einem gequälten Laut ließ ich den Kopf wieder sinken. Überwältigt von Verzweiflung weinte ich, ein trockenes, tränenloses Weinen.

Ich war noch immer ein Geist. Eine verlorene Seele ohne Aussicht auf Gnade.

Ohne Hoffnung auf Erlösung.

79

Die Füße in dicken Socken unter mich gezogen und in Mams Strickjacke eingemummelt, kauerte ich im Ledersessel; seit ein paar Tagen fror ich ununterbrochen, obwohl Ted mir zuliebe sogar die Heizung voll aufgedreht hatte. Auf meinen Knien lag ein Buch aufgeschlagen, von dem ich noch keine Zeile gelesen hatte, ich hatte sogar schon wieder den Titel und den Autor vergessen. Ich saß einfach nur da und beobachtete Ted, wie er im Schein der Aluminiumlampe an seinem Schreibtisch arbeitete.

Nicht zum ersten Mal in den letzten Tagen fragte ich mich, ob es für Mam ähnlich gewesen war, während der Tumor sie langsam auffraß, sie schwächer und schwächer wurde. Ob es sich für sie genauso angefühlt hatte, nach und nach weniger zu werden, zu verblassen, geradezu zu verschwinden? Und wie war es für sie gewesen, zu wissen, dass ihre Zeit unaufhaltsam ablief?

Teds Blick traf sich mit meinem und ein fragendes Lächeln zeichnete sich auf seinem Gesicht ab. »Das Wochenende war okay, oder?«

Er meinte das Wochenende, das mit Thanksgiving am vierten Donnerstag im November begonnen hatte. Mein erstes Thanksgiving, und ich hatte gelernt, dass dieses Fest hier viel mehr war als das Erntedankfest bei uns damals im Kindergarten. Es war auch viel mehr als nur ein gebratener Truthahn auf dem Tisch. Thanksgiving war das größte Familienfest des Jahres, noch wichtiger als Weihnachten, weshalb Shane mit seiner Familie schon am Mittwoch zu seinen Großeltern nach San Diego aufgebrochen und bei den Ratnalikars die ganze Sippschaft eingefallen war. Während Matt irgendwie die Balance zwischen dem Familiensinn der Changs und seinem im Augenblick ziemlich komplizierten *Bett-Dings* mit Holly hinkriegen musste, die Thanksgiving außerdem hasste wie die Pest und über diesem ganzen Familien- und Festtagskram immer eine obermiese Laune bekam.

Ich nickte müde. »Ja, war okay.«

Statt einem ganzen Truthahn hatte es bei Ted und mir Putenbrust auf Mexikanisch gegeben, und ich hatte irgendwie die Kraft zusammengekratzt, nach einem Rezept von Mam einen Käsekuchen zu backen. Ich fand ihn nur leidlich gelungen, aber Ted hatte ihn überschwänglich gelobt und vorgeschlagen, ich solle ein großes Stück zu Mrs Hanson herunterbringen, die verwitwet war und keine Kinder oder Enkel hatte, mit denen sie Thanksgiving feiern konnte; dass ihr Kater ziemlich allergisch auf mich reagierte, hatte mich zum Glück davor gerettet, zu einer Tasse Tee oder Kaffee auf ihr Sofa genötigt zu werden.

Ich konnte momentan nicht gut allein sein, und so hatte ich mich über das lange Wochenende mit meinem Buch zu Ted auf die Couch gehockt, wenn er nachmittags las, und vor mich hingegrübelt oder gedöst. Abends hatten wir Filme geguckt und ich hatte sogar zum ersten Mal mit meiner unbekannten Oma in Palm Springs telefoniert. Ganze drei Minuten Neugierde und Befangenheit auf meiner, höfliches Desinteresse auf ihrer Seite der Leitung und die klare Ansage, dass sie nicht mit *Oma*, sondern mit *Alice* angesprochen werden wollte. Ich war froh, als ich den Hörer wieder an Ted übergeben konnte, der das Gespräch ungefähr dreißig Sekunden später mit kurzen, nichtssagenden Sätzen beendete.

Ted betrachtete mich lange und das Lächeln auf seinem Gesicht erlosch. »Wir machen morgen einen Termin beim Arzt. Ich schau mir das nicht länger an mit dir.«

»Mir fehlt nichts. Wirklich!« Ich sah ihm an, dass er mir nicht glaubte. Ich hätte es mir selbst wohl nicht geglaubt; mein Spiegelbild sah so aus, wie ich mich fühlte, dünn und blass, beinahe durchsichtig. Als ob jeden Tag mehr Lebenskraft aus mir hinauströpfelte und irgendwo im Boden unter mir versickerte. Aber kein Arzt der Welt hätte die Ursache dafür finden oder mir helfen können. Höchstens vielleicht ein Schamane oder Voodoo-Priester, wie ich mit einem Anflug von Galgenhumor dachte.

»Hast du … Liebeskummer?«, riet Ted behutsam.

Obwohl mir hundeelend zumute war, musste ich in mich hineinschmunzeln, weil er sich dabei verlegen anhörte. Seit jenen Stunden auf der Holzbank hinter dem Ferry Building letzte Woche hatte ich Nathaniel nicht mehr gesehen. In den ersten Tagen danach war ich noch davon überzeugt gewesen, er hätte es auf die andere Seite geschafft, aber inzwischen war ich mir da nicht mehr so sicher. Bauchgefühl. Trotzdem brachte ich es nicht über mich, in die Franklin Street zu gehen. Zu tief saß der Schock über das, was ich von diesen Erinnerungen an sein früheres Leben gesehen hatte; in manchen Nächten träumte ich noch davon und wachte dann jedes Mal schweißgebadet auf. Ich bekam einfach den Nathaniel von damals nicht mit dem Nathaniel zusammen, den ich kannte, der zwar nicht gerade weich und zahm gewesen war, aber nachdenklich und sensibel, und manchmal ein bisschen scheu. Der so zärtlich sein konnte und dem ich so sehr vertraute, dass ich ihm mein Herz geschenkt hatte und mein erstes Mal.

Ich wickelte mich fester in Mams Strickjacke. »So in etwa, ja.«

»Magst du drüber reden?«

Dank Thanksgiving war ich bisher drum herumgekommen, den anderen gestehen zu müssen, dass sie recht gehabt hatten. Dass es einen guten Grund gab, warum Nathaniel als Geist umging. Seine Strafe für die Schuld, die er auf sich geladen und zu Lebzeiten wohl nie bereut hatte. Lange würde ich es nicht mehr hinausschieben können, ihnen davon zu erzählen, das wusste ich.

»Ein anderes Mal vielleicht«, flüsterte ich und kuschelte mich tiefer in den Sessel.

»Okay.« Ted spielte nachdenklich an dem schweren Kugelschreiber in Rot und Silber herum, den ich ihm zu seinem Geburtstag im September bei Borders gekauft hatte. »Ich hab mir was überlegt. Was hältst du davon, wenn wir über Weihnachten zusammen nach Deutschland fliegen? Für eine Woche oder so? Deine Großeltern besuchen und Gabi und Heiner. Und du könntest deine Freunde dort wiedersehen.« Vorsichtig sah er zu mir herüber.

Ich hatte komplett vergessen, dass ich mich bis Weihnachten entscheiden sollte, ob ich hierbleiben oder im neuen Jahr zurück nach Deutschland gehen wollte, um dort bei Oma und Opa zu wohnen. Die Idee, über die Feiertage dorthinzufliegen, fand ich lieb von Ted. Aber ich wusste ja noch nicht einmal, ob es mich Weihnachten noch geben würde, und in meinem Gesicht geriet etwas ins Zittern.

»Okay«, hauchte ich tonlos.

Ted sah mich bedrückt an und versuchte sich an einem aufmunternden Lächeln. »Wenn du willst, kannst du gerne zu deinem Geburtstag Freunde einladen und hier eine Party feiern.«

Auch meinen Geburtstag hatte ich total vergessen; in knapp einer Woche würde ich siebzehn werden. Ich starrte vor mich hin. War es wirklich schon fast ein ganzes Jahr her, dass ich meinen Sechzehnten mit Mam und Gabi verbracht hatte? Mit einer kleinen Geburtstagstorte samt ein paar Kerzen waren wir an Mams Bett im Krankenhaus gesessen und in einer ganz seltsamen Stimmung hatte ich meine Geschenke ausgepackt. Gezwungen fröhlich waren wir alle drei gewesen und hatten irgendwie so getan, als könnten wir den Tumor für diesen einen Tag einfach ausblenden, obwohl es Mam schon so schlecht ging und sie schrecklich aussah. Bei der Erinnerung daran wurde mir übel.

»Mal sehen«, flüsterte ich ausweichend.

»Okay. Ist ja noch ein bisschen Zeit.« Ted beugte sich dann wieder über seine Arbeit. Halbherzig wirkte er dabei, als sei er nicht ganz bei der Sache, und immer wieder fing ich einen besorgten Blick von ihm auf und ein halb unsicheres, halb aufmunterndes Lächeln.

Erst nach dem Telefonat mit der kühlen, trockenen, amerikanischen Stimme, die zu meiner unbekannten Oma gehörte, hatte ich so richtig kapiert, dass Ted genauso wenig Familie hatte wie ich. Nur mich, so wie ich nur noch ihn hatte. Während ich zu ihm herüberschaute, erwärmte es sich irgendwo in meinem Bauch, eine Wärme, die sich schnell ausdehnte und in mir heraufschwappte. Mit einem Mal hatte ich das Gefühl, ich müsste ihm etwas sagen, etwas unglaublich Wichtiges, solange noch Zeit dazu war. Etwas, das nicht einfach auszudrücken war. Ich versuchte noch, mir mühsam ein paar Sätze zurechtzulegen, da jagte mir der Gedanke durch den Kopf, wie es wohl für ihn sein würde, wenn ich bald nicht mehr da war. So wie Mam eines Tages nicht mehr da gewesen war.

Plötzlich hatte ich einen Kloß im Hals, der mir die Stimmbänder verklebte und mich stumm bleiben ließ.

80

»Ich wusste es!« In Matts dunklen Augen blitzte es auf. »Hab ich's gesagt oder hab ich's gesagt?!« Triumphierend sah er uns nacheinander über seinen aufgeklappten Laptop hinweg an, der auf dem Tisch in Hollys Küche stand und auf dem er immer wieder wild herumgetippt hatte. »Ein Hoodlum war er! Einer von diesen üblen Typen, die in Gangs durch die Stadt zogen und auf uns Chinesen losgingen! Kein Wunder, dass ich ihm von Anfang an nicht über den Weg getraut habe!« Zornfunkelnd richtete sich sein Blick auf mich. »Hast du denn überhaupt nicht gemerkt, mit wem du dich da …«

»Hör auf«, fiel ihm Holly müde ins Wort, griff sich ihre Zigarettenschachtel und schlurfte in ihren weißen Puschel-Hausschuhen zum Fenster. Als sie es öffnete, schwappte sofort ein Schwall kalter, feuchtnebliger Luft in die mollig warme Küche. Seit gestern zeigte das Thermometer für San Francisco ungewöhnlich niedrige Temperaturen an; es war fast so kalt, wie ich den Dezemberanfang aus Deutschland in Erinnerung hatte. Holly zündete sich eine Zigarette an und blies den Rauch geräuschvoll nach draußen. »Wer weiß schon immer so genau, was in anderen Menschen vorgeht. Auch in denen, die man liebt. Als ich damals praktisch von der Highschool weg geheiratet hab, hätte ich mir auch nicht träumen lassen, dass mein bis dahin sanftmütiger Kerl innerhalb kürzester Zeit zu einem eifersüchtigen Monster mit aggressiven Ausfällen mutiert.«

»Du bist verheiratet?« Abby machte große Augen. Wie wir alle.

»Ich *war* es.« Holly zog heftig an der Zigarette. »Eineinhalb Jahre lang. Bis ich mein Köfferchen gepackt hab und aus Arkansaw, Winsconsin, nach San Francisco getürmt bin.«

»Und wieso weiß ich nichts davon?«, wollte Matt wissen; er klang zutiefst gekränkt.

»Geeez, Honey, das ist eine Ewigkeit her!«, gab Holly gereizt zurück und rollte mit den Augen. »Ich bin schon seit über fünf Jahren wieder geschieden und ehrlich gesagt froh, wenn ich nicht an Bud denken oder über ihn reden muss.« Sie kreuzte die Arme vor der Glitzerstickerei auf ihrem schwarzen Hoodie und betrachtete nachdenklich die Glut der Zigarette. »Amber konnte nichts von Nathaniels Vergangenheit wissen. Allein schon deshalb nicht, weil offenbar auch Nathaniel die Erinnerung daran komplett verdrängt hat. Was mich nicht erstaunt bei dem, was er auf dem Kerbholz hat.« In einem langen Atemzug stieß sie den Rauch aus. »Kann sein, dass ich mich geirrt habe. Vielleicht ist es doch möglich, dass sich eine verlorene Seele weiterentwickelt. Vielleicht geht das tatsächlich, dass die eine oder andere in dieser Zeit des Herumirrens den Weg vom Bösen hin zum Guten findet. Von der Dunkelheit zum Licht.« Durch den aufsteigenden blauen Dunst hindurch sah sie mich an. »Weißt du, ob er es auf die andere Seite hinübergeschafft hat, Süße?«

Ich schüttelte den Kopf. »Ich habe ihn seitdem nicht mehr gesehen. Ich … ich habe mich nicht getraut, zu ihm hinzugehen. Aber ich glaube nicht.«

Holly lächelte versonnen, während sie die Zigarette im Aschenbecher ausdrückte »Ich bin überzeugt, du würdest es spüren, wenn es so wäre.«

Shanes Hände legten sich warm auf meine Schultern. »Und was machen wir jetzt? Vor allem wegen Amber?«

»Ich weiß es nicht«, flüsterte Holly und beschäftigte sich länger als nötig mit der längst erloschenen Kippe im Aschenbecher; zum ersten Mal, seit ich sie kannte, wirkte sie niedergeschlagen und ratlos. »Entweder kann oder will er sich seine Schuld nicht eingestehen und Reue empfinden. Oder das, was Amber da gesehen hat, ist nur die Spitze des Eisbergs.«

Mir wurde schlecht bei dem Gedanken, dass Nathaniel zu Lebzeiten noch Schlimmeres getan haben sollte, und ich warf einen dankbaren Blick zu Shane hinauf, der beruhigend und tröstend über meine Schultern strich.

»Ich könnte mir vorstellen«, fuhr Holly leise fort, griff zu ihrer Tasse und nippte an dem Wintertee mit Orangenschalen, Zimt und Kardamom, »dass sein Tod der Schlüssel zu allem ist. Wie und warum er gestorben ist, hängt vielleicht damit zusammen, warum er seither ein Geistwesen ist.«

»Toller Tipp«, knurrte Matt und drehte den Laptop um. Auf dem Bildschirm seines Super-Duper-Vaios waren zig einander überlappende Fenster mit kryptischen Mustern aus Buchstaben und Zahlen zu sehen. »Egal welche Kombination aus Jahreszahlen, Vorname, Nachname und Schlagwörtern ich auch eingebe, völlig schnurz, in welche existierende Datenbank ich auch reingehe – ich bekomme immer null Treffer.«

»Vielleicht suchst du falsch«, kam es scharf von Abby, die hinter ihm auf der Arbeitsplatte hockte und nun herausfordernd mit ihren Beinen in hellen Jeans und braunen UGGs baumelte.

Empört fuhr Matt herum. »Entschuldigung?!«

Langsam ließ sich Abby von der Arbeitsplatte heruntergleiten, bückte sich nach ihrer Schultasche auf dem Boden und kramte darin herum. Mit hochrotem Kopf richtete sie sich wieder auf, kam um den Tisch herum auf mich zu und stellte sich neben mich. Ihre Hand zitterte, als sie mir eine Fotokopie in einer Klarsichthülle hinlegte. Eine Seite aus dem San Francisco Chronicle vom 18. Juli 1878, und mittendrin war ein kurzer Absatz mit neongelbem Textmarker eingekringelt.

»Was ist das?« – »Lass sehen!« – »Wo hast du das her, Abby?«

Alle drängelten sich um mich und guckten mir über die Schulter, während ich blinzelnd auf die Kopie vor mir starrte, ohne etwas davon entziffern zu können. Ich wollte es wohl auch nicht, vor lauter Angst, was ich dort entdeckten könnte; lieber schaute ich zu Abby hoch.

»Es ist nur so ein Gefühl, ich habe ehrlich gesagt keine Ahnung, ob das wirklich etwas mit Nathaniel zu tun hat«, erklärte sie bemüht ruhig; ihre Aufregung war ihr anzumerken. »Aber ich musste immer wieder an das Haus in der Franklin Street denken. Die Freundin von meinem Bruder ist Journalistin und kennt jemanden im Archiv der Oakland Library, der mir geholfen hat, dort die Jahrgänge 1877 und 1878 im Chronicle zu durchstöbern. Und dabei haben wir das da gefunden.« Mit hochgezogenen Brauen sah sie Matt an, der sich neben ihr über den Tisch beugte. »Und – was sagst du dazu, Mister Superhirn?!« Stolz klang sie, aber auch ein bisschen so, als hoffte sie auf etwas Bestimmtes von Matt.

»Abby«, begann Matt feierlich, grinste aber dabei. »Abby, ich muss schon sagen …« Er verstummte und starrte Abby einfach nur an. Als würde er sie zum ersten Mal bewusst wahrnehmen, Abby mit ihren schwarz getuschten Wimpern, den glossglänzenden Lippen und der Bluse mit schwarz-braun-weißem Blümchenmuster, die ihn herausfordernd ansah. Matt wurde rot, sah schnell weg und schob die Hände tief in die Taschen seiner Baggypants. »Nicht übel«, brummte er vor sich hin.

»Was meinst du, Amber – könnte das Nathaniel gewesen sein?« In einer Mischung aus Bangigkeit und Hoffnung schaute Abby mich an.

Ich schluckte und richtete den Blick auf die kopierte Zeitungsseite vor mir, deren Zeilen vor meinen Augen verschwammen; ich musste ein paarmal heftig blinzeln, bevor ich wieder klar sehen konnte, und dann meinen ganzen Mut zusammennehmen, um sie mir durchzulesen.

Auf frischer Tat ertappt und erschossen. – Auf Bargeld und Wertsachen hatte es offenbar der Täter abgesehen, der in den späten Abendstunden des 16. Juli in das Haus eines angesehenen Bürgers von Nob Hill an der Ecke von Franklin und California Street eindrang. Vom unermüdlichen Arm des Gesetzes gestellt, leistete er bei seiner Verhaftung Widerstand, sodass der Ordnungshüter sich gezwungen sah, das Feuer zu eröffnen. Dabei wurde der Täter so schwer verletzt, dass er noch an Ort und Stelle verstarb. Das Alter des Täters wird auf siebzehn bis einundzwanzig geschätzt; Name und Herkunft sind unbekannt. Ein Zusammenhang mit den seit Wochen andauernden Unruhen, die von den »Hoodlums« genannten Bandenmitgliedern im Gebiet der Barbary Coast ausgehen, ist nicht auszuschließen.

Als ob der Boden unter mir nachgab, so fühlte es sich an, während ich die Zeilen wieder und wieder las.

»Ich weiß es nicht«, wisperte ich.

Obwohl ich in meinem tiefsten Inneren die Antwort kannte.

81

Die Backsteinkirche der Christian Science im Rücken, stand ich auf dem Gehweg und schaute auf die andere Straßenseite hinüber. Finster und beinahe gespenstisch ragte das alte Haus mit seinen dunklen Fenstern und den verwilderten Bäumen und Sträuchern in dem wattigen Nebel auf, der das Licht der Straßenlaternen und der Ampeln auf der Kreuzung ebenso zerstreute wie das der Scheinwerfer und Rücklichter der vorüberfahrenden Autos und der erleuchteten Fenster der Häuser entlang der Franklin und der California Street.

Ein ganz ähnlicher Nebeltag war es gewesen, an dem mich das Schicksal zum ersten Mal hierhergeführt hatte, und was ich in diesem Haus gefunden hatte, hatte nicht nur meine Sicht auf das Leben und den Tod und die Dinge dazwischen verändert, sondern auch mich. Ich wusste nicht, ob ich schon bereit dafür war, das aufzugeben, was dieses Haus für mich bedeutete, aber ich wusste, dass ich es mir nicht aussuchen konnte.

»Du musst das nicht allein durchstehen«, sagte Shane leise neben mir und legte den Arm um mich. »Wir werden die ganze Zeit bei dir bleiben.«

Ich nickte; ich brauchte nicht den Kopf zu wenden oder mich umzudrehen, um mir sicher zu sein, dass sie bei mir waren. Shane. Abby. Matt. Holly. Die vielleicht zum letzten Mal mit mir hierhergekommen waren.

»Komm schon, Cutie Pie«, flüsterte mir Letztere zärtlich ins Ohr und rieb mir über den Rücken. »Je länger du es hinauszögerst, desto schlimmer wird es.«

Ich nickte wieder, atmete tief durch und schob mich zwischen zwei der parkenden Autos hindurch. Mit müden Schritten schleppte ich mich über die Straße. Und wie ein Schatten folgten mir meine Freunde.

Auch durch das Tor im hohen Eisenzaun hindurch, das Shane für mich aufschieben musste, weil ich nicht mehr die Kraft dazu aufbrachte. Über das Mäuerchen hinweg, durch das hohe, nebelfeuchte Gras und durch die Holztür, die Matt aufdrückte und uns den Weg mit dem Smartphone beleuchtete.

Mir war flau im Magen, als ich wieder in der dämmrigen Eingangshalle stand, durch die Matt den Lichtstrahl des iPhones wandern ließ. Immer wieder glitten als helle, durch den Nebel verschleierte Bänder die Scheinwerfer der vorbeifahrenden Autos durch den Raum. Ich blinzelte, als ich unter dem Fenster gegenüber die Umrisse einer Gestalt erkennen konnte, die am Boden lag. *Nathaniel.*

Mit einem Mal kümmerte es mich nicht mehr, was er zu Lebzeiten getan hatte; für mich zählte nur noch, wie er zu mir gewesen war. Was wir miteinander gehabt hatten und was er mir bedeutete.

Ich ließ meinen Rucksack von der Schulter gleiten und zu Boden fallen, taumelte vorwärts durch die Halle und ließ mich neben ihn auf meine türkisblaue Decke fallen, auf der er zusammengekrümmt lag. Ein eigenartiges perlmuttfarbenes Leuchten ging von ihm aus, und im Dämmerlicht glaubte ich zu sehen, wie sich an den Schultern und den Hüften seine Konturen verwischten.

»Nathaniel«, schluchzte ich auf und strich über seinen Arm, der unter meinen Händen nur noch ein schwacher Luftstrom war. »Nathaniel.«

Seine Augen öffneten sich mühsam; mattschwarz waren sie und glänzten dann auf, als er mich erkannte. *Am-berrr.*

»Ja«, hauchte ich und versuchte mich an einem Lächeln, das elend schief geriet. »Ich bin's.«

Nathaniels Blick wanderte an mir vorbei zu den anderen, die vorsichtig näher gekommen waren. Zu Abby, die sich ängstlich an Holly klammerte, während diese in meine Richtung blinzelte, und zu Shane, der die Arme um die beiden gelegt hatte. Doch auf Nathaniels Gesicht zeichnete sich kein Wiedererkennen ab.

Sein Blick irrte hin und her, bis er schließlich an Matt hängen blieb, der vom Lichtkegel des iPhones in seiner Hand in dämonische Schatten getaucht war. Nathaniels Augen kniffen sich angestrengt zusammen. »Tut … tut mir … unendlich … leid … Damals … ich hätte nicht … Ent… ent… schuldige … ich …«

Matts Gesicht zog sich zusammen, als wollte er gleich Gift und Galle spucken, entspannte sich dann aber wieder, als er genau wie ich begriff, dass Nathaniel nicht ganz bei sich war und ihn für den Chinesen hielt, den er auf dem Gewissen hatte.

»Besser spät als nie«, erwiderte er rau, aber ich konnte hören, wie nahe es ihm ging.

»Nathaniel«, wisperte ich, und seine Augen huschten suchend umher, bis sie mich gefunden hatten. »Wir sind uns nicht sicher … Aber wir glauben, du bist in diesem Haus gestorben. Du bist damals hier eingebrochen und wurdest von einem Polizisten erschossen.«

Sein Blick flackerte und er begann mit den Zähnen zu klappern. »N-nein. Un… mög… lich. N-nie … hier.«

»Doch, Nathaniel. Am 16. Juli 1878.«

Ein Funke entzündete sich in seinen Augen und sofort brannte es darin lichterloh. »Nein! Niemals!«, grollte er mit gebleckten Zähnen wie ein geifernder Hund, der mich sofort anfallen wollte.

»Bitte, Nathaniel, versuch dich zu erinnern! Der 16. Juli 1878. Am späten Abend. Hier, in diesem Haus.«

Tief aus ihm polterte ein dröhnendes Knurren herauf, und ich sog scharf die Luft ein, als meine Hände mit ihm zu verschmelzen schienen. Es war, als würde ich in ihn hineinfließen. Ein heißer

Strom jagte durch meine Adern hindurch und in meinem Kopf begann es zu kreiseln.

Sie war zurückgekommen. Sie war wirklich zurückgekommen.

Jetzt wusste ich auch wieder, warum ich mich bei Amber so wohlfühlte. Wenn sie bei mir war, war es genau wie früher, wenn ich irgendwo am Ufer saß und auf die Bay hinausschaute. Allein, ohne die Jungs. Wenn mir der Wind die Haare aus der Stirn blies und ich den Möwen zusah und den Schiffen, die draußen auf dem Wasser kreuzten, und ich mich frei und leicht fühlte.

Wie an jenem Sommertag damals, kurz nach der Sache in Chinatown, als meine Fingerknöchel noch purpurn verfärbt waren von den Faustschlägen, die ich ausgeteilt hatte. Ich empfand keine Reue damals, noch nicht einmal Gewissensbisse. Aber um ein Haar wären wir geschnappt worden, und das war es, was mir zu schaffen machte. Ich war neunzehn, fast zwanzig, und ich hatte kein Verlangen danach, meine nächsten Jahre im Kittchen zu verbringen oder ein Messer zwischen die Rippen zu bekommen. Das war der Kitzel nicht wert, zu den anderen dazuzugehören, zu denen, die in der ganzen Stadt gefürchtet waren. Zu klauen, zu prügeln, zu trinken und ein Mädchen nach dem anderen ins Bett zu kriegen.

Während ich den Schiffen zusah, die durch die Bay segelten, träumte ich davon, an Bord eines solchen Schiffes abzuhauen und irgendwo auf dieser Welt noch einmal von vorne anzufangen. Irgendwo dort, wo mich niemand kannte. Wo ich nicht Nate war, der beste Kumpel von Jack-the-Knife, sondern einfach nur Nathaniel O'Reilly. Ein hübsches Mädchen zu finden, es vielleicht sogar zu heiraten. Ohne die Angst zu leben, dass morgen schon alles vorbei sein konnte.

»Hat dir jemand ins Hirn geschissen?« Über einem Bier lachte Jack sich halb tot, als ich ihm davon erzählte. »Steckt da ein Weiberrock dahinter? Hey, ganz gleich, womit dich die Braut um den Finger wickelt – kein Weib auf der ganzen Welt ist es wert, dass du deine Kumpels verrätst.«

»Unsinn«, gab ich knurrig zurück. »Da steckt kein Mädchen dahinter. Und ich verrat euch auch nicht. Ich will einfach nur … weg. Weg aus dem Ganzen hier.« Ich schwenkte mein Bierglas in einem Halbkreis, der den Lärm und das Gedränge im Saloon, die ganze elende Barbary Coast und auch den Rest von San Francisco mit einschloss.

Aus schmalen Augen sah mich Jack an. »Einmal Hoodlum, immer Hoodlum – oder hast du vergessen, was du geschworen hast?« Drohend klang er, fast war er mir ein bisschen unheimlich.

»Scheiße, Jack«, fuhr ich ihn an. »Euch fehlt doch nichts, wenn ich morgen einfach nicht mehr da bin! Gibt doch genug andere Jungs wie mich, die mit ihren Alten über Kreuz sind und nur darauf warten, dass ihr sie bei euch aufnehmt!«

Jack grinste. »Bisschen weich warst du ja schon immer. Für die lohnenden Sachen, wie ein oder zwei Mädchen auf die Straße zu schicken, warst du dir ja immer zu fein.«

Ich zuckte nur mit den Schultern und trank einen Schluck Bier, während Jack mit zusammengezogenen Brauen über seinem brütete.

»Reisende soll man nicht aufhalten«, seufzte er schließlich. »Aber willst du wieder irgendwo als Handlanger Knochenarbeit leisten? Wär doch klüger, du fängst es richtig an, mit dem nötigen Kleingeld in der Tasche für einen Neuanfang.«

Misstrauisch sah ich ihn an. »Und wo soll ich das hernehmen?«

Jacks Augen huschten schnell hin und her, dann rutschte er näher und leckte sich über die Lippen. »Ich weiß zufällig von einem Haus, das gerade leer steht. In Nob Hill. Die Bewohner sind über den Sommer in Europa. Reiche Leute. Das Haus ist ganz neu gebaut, da wurde an nichts gespart, und dementsprechend viel gibt es zu holen. Das wird früher oder später jemandem auffallen – warum drehen wir also nicht dieses Ding? Wir zwei? Ich steh draußen Schmiere, du pickst die besten Stücke raus, und danach teilen wir. Todsichere Sache, glaub mir.«

Ich leerte schweigend mein Bierglas.

82

Ich schrie auf, als ich von Nathaniel weggeschleudert wurde, mit der Hüfte über einen Bücherstapel schrammte und ihn umriss, dann mit dem Rücken gegen die Wand unter dem Fenster knallte.

»Amber!«, brüllte Matt auf, und während Abby aufschluchzte, rief Holly: »Nicht! Zurück! Lasst sie!«

Ich sah Nathaniel und Jack, die die von Gaslaternen beleuchtete Straße entlangmarschierten und vor dem Haus an der Ecke haltmachten. Sie steckten die Köpfe zusammen, aber ich konnte nicht hören, was sie einander zuraunten. Schließlich nickte Nathaniel, trat vor das Tor im Eisenzaun und öffnete das Schloss geschickt mit zwei Drähten, die er aus der Hosentasche gezogen hatte, und nachdem er durch den frisch angelegten Garten um das Haus herumgegangen war, genauso die Holztür auf der Rückseite.

Die Bilder begannen sich vor meinen Augen zu überschlagen, wie zwei Filme, die parallel im Zeitraffer vor mir abliefen. Nathaniel tastete sich durch den finsteren Korridor in die Halle vor, während Jack vor dem Haus unruhig hin und her tigerte. Nathaniel kramte ein Streichholz aus der Hosentasche hervor, riss es an und entzündete eine Lampe in der Halle, die einen blassen, weichen Schein verbreitete. Draußen auf der Franklin Street bewegte sich eine Silhouette auf Jack zu. Nathaniel wanderte durch die Halle und betrachtete die Schränke voller Nippes und die Gemälde an den Wänden, trat vor ein Tischchen und streckte die Hand nach der silbernen Uhr darauf aus. Jack zuckte zusammen und blickte erschrocken; einen Herzschlag lang zögerte er und warf einen schnellen Blick zum Haus hin. Dann spurtete er los, so schnell seine Beine ihn trugen, in die Nacht hinaus. Die Silhouette bekam die Konturen eines Mannes in Uniform, der die Reihe schwach beleuchteter Fenster musterte. Hinter einem der blassgelben Rechtecke zeichnete sich ein Schattenriss ab. Nathaniels Schattenriss. Und während ich noch den Nachhall von Jacks fortstürmenden Laufschritten im Ohr hatte und seinen keuchenden Atem, zog der Polizist seine Waffe aus dem Holster und ging auf das Tor im Eisenzaun zu.

»Nathaniel!«, schrie ich gellend.

Wie in einem Spotlight auf einer Bühne sah ich plötzlich alles ganz hell und scharf. Matt, Abby, Holly und Shane, die sich am Rand des Zimmers aneinanderdrängten und gebannt zu mir herüberstarrten. Nathaniel, der in seiner dunklen Hose und dem grauen Hemd mitten in der Halle stand und herumfuhr, als er die Schritte des Polizisten hinter sich hörte. Ich entdeckte die Angst in seinen Augen und wie er einen Gegenstand in der Hand hielt; in dem Schatten, den sein Körper warf, war er nicht genau zu erkennen. Vielleicht eine Waffe, vielleicht auch nur eine kleine Vase oder eine Statue.

Ein greller Knall schien mir das Trommelfell zu zerfetzen und ich schrie auf. Wie eine Luftspiegelung begann die Gestalt des Polizisten zu vibrieren und zu schillern und löste sich dann vor meinen Augen in nichts auf.

Ich sah nur noch Nathaniel, der mit fast so etwas wie Erstaunen auf seine Magengegend herunterblickte, wo sich ein dunkelroter Fleck auf dem Hemd ausbreitete, bevor er zusammensackte und zu Boden fiel.

Nathaniel. Ich rappelte mich auf, stolperte zu ihm hinüber und schmiss mich neben ihm auf die Knie. Zitternd zog ich ihn in meine Arme und bettete seinen Kopf in meinen Schoß. »Nathaniel.«

Fragend sah er mich von unten herauf an, dann schien ein kleines

Lächeln auf seinem Gesicht auf. »Amber. Was …« Seine Brauen zogen sich zusammen. »Was … warum …« Dann schien er zu begreifen. »So … bin ich … gestorben?«

»Ja«, flüsterte ich und streichelte seine Wange. »So bist du gestorben.«

Er tastete nach meinem Arm und schloss seine kraftlosen Finger darum. »Ich kann dich fühlen.« Seine Miene hellte sich auf. »Richtig … fühlen.«

Erst jetzt wurde mir bewusst, wie schwer sein Kopf in meinem Schoß lag und wie die Wärme seines Körpers durch unser beider Kleidung auf meine Haut drang, während von seinen Fingern auf meinem Arm eine entsetzliche Kälte ausging.

»Ja«, schluchzte ich und lachte gleichzeitig auf. »Ja, ich kann dich auch fühlen.« Mit bebenden Fingern fuhr ich durch seine Locken, strich über sein Gesicht, auf dem kalter Schweiß stand, dann über seinen Hals, und wollte gleichzeitig jubeln und weinen, als ich seinen Herzschlag unter meinen Fingerspitzen spürte.

Um seinen Mund zuckte es, während er heftig blinzelte, als wollte er Tränen zurückhalten. »Ich hab … so viel … falsch gemacht. Ich hab … einen Menschen umgebracht. Ich … ich wünschte … ich könnte … ungeschehen …« Jäh richtete er den Blick auf mich, und seine Augen, die sich mit meinen trafen, wirkten plötzlich klar. »Es … tut mir leid. Ich bereue es … so sehr.«

Ich beugte mich tiefer über ihn und presste ihn fester an mich, diesen greifbaren menschlichen Körper, der er war. Aus dem das Leben unter heftigem Zittern unaufhaltsam entwich, zusammen mit dem Blut, das aus seiner Schusswunde strömte und sich in einer Lache auf dem Boden sammelte.

»Amber? Es tut … tut so weh.« Immer schwächer wurde seine Stimme und Blut rann in einem dünnen Faden aus seinem Mundwinkel und über das Kinn.

»Bitte bleib bei mir, Nathaniel«, hauchte ich und umklammerte seine Schultern, wie um ihn festzuhalten. »Bitte bleib. Ich brauch dich. Ich …« Einen Wimpernschlag lang zögerte ich, weil mir das, was mir auf der Zunge lang, zu gewaltig vorkam, zu dramatisch. Aber es war die Wahrheit. »Ich liebe dich.«

Um seinen blutverschmierten Mund zuckte es. »Trotz … trotz …«

»Ja. Trotz allem was du in deinem früheren Leben getan hast. Ich liebe dich.«

Ein Lächeln breitete sich auf seinem Gesicht aus, ein Frieden, der alles an Schmerz und Angst fortwischte. »Ich … ich kann sie sehen. Die … andere … die andere Seite.«

Seine Augen verdunkelten sich und wurden dann matt; das Gewicht auf mir ließ nach, und in meinen Armen begann Nathaniel zu verblassen, wurde durchsichtig und löste sich dann ganz auf, bis ich mit leeren Händen dasaß. Und auch der Lichtkegel, der mich umgab, flackerte und verlosch.

Nathaniel war fort. Für immer.

83

Aufkeuchend ließ ich mich nach vorne fallen, hinein in die Blutlache, die vor meinen Augen verschwand wie eine Fata Morgana und von der nur eine schwache, über die Zeit verblasste Umrisslinie zurückblieb. Als könnte ich Nathaniel damit wieder zurückholen, krallte ich meine Finger so fest in den Holzboden, dass ein paar meiner Nägel splitterten und brachen. So wie etwas in mir zerbrach, als ich mich daran erinnerte, wie ich hier auf dem Boden gesessen und die Umrisse eines alten Flecks mit dem Finger nachgezeichnet hatte, ohne auch nur zu ahnen, dass Nathaniel hier, genau an dieser Stelle, mehr als hundertdreißig Jahre zuvor gestorben war.

Ein lang gezogener Laut der Klage und des Schmerzes kam aus meiner Kehle, bevor ich zu weinen begann, laut und unbeherrscht. Um Nathaniel weinte ich. Um Mam. Um all das, was mir der Tod innerhalb eines Jahres genommen hatte. Ein Damm war es, der in mir gebrochen war, und all die Tränen, die sich in der ganzen Zeit aufgestaut hatten, stürzten aus meinen Augen, tropften auf meine Hände und sammelten sich auf dem Holzboden.

»Es ist vorbei«, hörte ich Holly neben mir flüstern. »Es ist vorbei.«

Weinend ließ ich mich von ihr in die Arme schließen und lehnte mich gegen sie. Abby strich mir über den Arm, und ich wusste, dass Shane und Matt hinter mir standen. Sie ließen mich weinen, bis meine Augen brannten, meine Kehle wund war und mein Mund ausgedörrt und ich nur noch trocken vor mich hin schluchzte.

»Komm, Amber«, sagte Shane irgendwann und half mir auf die Beine.

Benommen sah ich zu, wie Holly und Abby unter dem Fenster meine Bücher aufsammelten, die Decke zusammenfalteten und alles in einer Plastiktüte verstauten, die Holly aus ihrer Handtasche gezogen hatte. Als wüssten sie genau, dass ich es nicht ertragen könnte, nach diesem Abend jemals wieder hierher zurückzukommen. Ich konnte nicht länger hinsehen und wandte mich ab.

Ein seltsames Licht drang von draußen herein, bläulich und kalt, noch seltsamer durch den künstlichen Schein von Matts iPhone, mit dem er Holly und Abby Licht gab. Aber das war es nicht, was mir diesen Raum plötzlich so fremd erscheinen ließ. Dass Nathaniel nicht mehr hier war, hatte alles verändert. Dieser Zauber, den das Haus und vor allem die Halle vom ersten Augenblick an auf mich ausgeübt hatten, war mit ihm verschwunden. Jetzt war es nur noch ein altes, abgewohntes und leer stehendes Haus; modrig roch es, nach feuchtem Stein und Holz, nach Alter und Verfall. Und ich atmete erleichtert auf, als Shane meinen Rucksack schulterte, mich dann mit beiden Armen um die Taille fasste und nach draußen führte.

Eisig war es draußen und auf dem Rasen glitzerte es hell im Licht der Straßenlaternen. Magischer Glitzerstaub segelte vom Himmel herab und traf kalt auf mein Gesicht. Verwirrt blinzelte ich, während mein Atem vor meinem Mund Wölkchen bildete.

»Ooooohhh«, machte Holly.

»Es schneit«, stellte Abby voller Staunen fest.

»Ich glaube, ich war vier oder so, als es das letzte Mal in SanFran geschneit hat«, kam es von Matt.

»Kann gar nicht sein«, widersprach Abby ihm unerwartet sanft. »Mein Dad sagt immer, das erste und einzige Mal, dass er Schnee gesehen hat, war als kleiner Junge hier in San Francisco. Und das war definitiv vor deiner Zeit!«

»Hm«, machte Matt leise.

Was auch immer sie von dem, was gerade geschehen war, mitbekommen hatten, hatte auch bei ihnen Spuren hinterlassen, das konnte ich an ihren Stimmen hören.

»Geht es?«, erkundigte sich Shane leise, als wir durch das Tor hindurch waren. Ich zuckte zusammen, als es hinter mir quietschend und scheppernd ins Schloss fiel, und ich nickte. Behutsam löste Shane seine Hände von mir und taumelnd machte ich ein paar Schritte vorwärts.

»Wenn du magst, kannst du bei mir schlafen«, hörte ich Holly weich hinter mir sagen. »Gib mir einfach dein Handy, dann simse ich Ted oder ruf ihn kurz an.«

Ich nickte wieder und ging weiter. Seltsam fühlte sich mein Körper an, ungewohnt massiv. Solide. Als ob nach einer wochenlangen Ebbe plötzlich die Flut heranbrandete, strömte die verloren gegangene Kraft in ihn zurück und machte mich schwerfällig. Tief in mir wusste ich, dass das Tor zur Vergangenheit mit Nathaniels Erlösung zugefallen war und für mich in Zukunft fest verschlossen bleiben würde. Der Fluch war gebannt, aber ich konnte mich nicht darüber freuen. Jetzt erst verstand ich, warum man *Verlust* sagte und *verloren*. Ich hatte Mam verloren und Nathaniel, ein unersetzlicher, unwiederbringlicher Verlust, den nichts je wiedergutmachen konnte. Und der Schmerz, den ich so lange von mir ferngehalten hatte, nahm mir die Luft zum Atmen.

Keuchend stolperte ich den Bürgersteig herunter und blieb nach ein paar unsicheren Schritten einfach stehen. Mit geschlossenen Augen legte ich den Kopf zurück und spürte, wie die Schneeflocken auf mein Gesicht fielen und auf meiner glühenden Haut schmolzen.

»Amber!« – »Amber!« – »Amber, komm von der Straße runter!« – »AMBER!«

Dann erst hörte ich das Heulen eines Motors. Ich öffnete die

Augen und wandte den Kopf. Ich starrte in die Scheinwerfer des Autos, das die California Street hinabdonnerte, direkt auf mich zu, aber ich konnte mich nicht bewegen; mein Körper war viel zu schwer, viel zu unbeweglich. Wie gelähmt stand ich einfach nur da und starrte in die beiden grellen Lichter, die auf mich zurasten und größer wurden.

Hinter mir hörte ich schnelle Laufschritte, spürte einen Luftzug, dann starke Arme, die sich um mich schlossen und mit sich fortrissen. Eine Hupe dröhnte, Bremsen kreischten; jemand schrie. Ein kräftiger, warmer Körper presste mich fest an sich, ein Körper, der nach nasser Erde roch. Mit einem dumpfen Schlag bekam ich einen Stoß versetzt und flog durch die Luft, krachte dann hart irgendwo dagegen. Es polterte; Metall schepperte und Glas splitterte. Einen Augenblick lang war es still. Totenstill.

Mein Kopf. Mein Kopf tat so weh. *Amber! Amber!* Jemand rief meinen Namen, jemand anders weinte, dann summten Stimmen um mich herum. An meinem Bein lief es warm herunter, während ich sonst am ganzen Körper zu frieren begann. Mir war kalt, so unglaublich kalt.

Es war in dieser Sekunde, dass die Erinnerung an das vergangene Jahr durch mich hindurchschoss. An die zwölf Monate, die alles auf den Kopf gestellt hatten, was ich über das Leben und den Tod und die Dinge dazwischen zu wissen glaubte. Das Jahr, das kurz nach meinem sechzehnten Geburtstag im Dezember begonnen hatte.

Diese eine Sekunde, bevor mein Herz noch einmal kurz aufzuckte und dann aufhörte zu schlagen.

84

Ich fiel, fiel durch einen weißlichen Nebel ins Bodenlose.

So hatte ich mir immer einen Fallschirmsprung aus dem Flugzeug vorgestellt, dieses Kreiseln um die eigene Achse, dieses Purzelbaumschlagen im freien Fall, den Wind im Gesicht und in den Haaren. Dieses Gefühl von absoluter Freiheit, während der Magen sich vor Angst zusammenballt.

Sanft landete ich auf meinen Füßen, auf weichem Boden und in hohem Gras. Ich blinzelte in den Nebel hinein, der hier unten heller und zarter war, und ein Glücksgefühl durchströmte mich, als ich sanfte Wellen hörte, die glucksend ans Ufer schlugen. Ich war wieder zu Hause, an meinem geliebten See. Vor mir konnte ich schemenhaft den fransigen Saum aus Schilf erkennen, die knorrigen Silhouetten der Platanen und die schlanken Formen der Pappeln, und durch den Nebel drang das Schnattern und Pfeifen der Enten und Blesshühner zu mir.

In einigen Schritten Entfernung entdeckte ich die Umrisse einer Gestalt, die mir den Rücken zukehrte, halb verhüllt von den Nebelfeldern. Ich zögerte, gab mir dann einen Ruck und ging auf sie zu.

»Hallo?«, rief ich vorsichtig aus. »Hallo?«

Die Gestalt drehte sich um. Unter dunklen Locken blickten mir tiefgrüne Augen verwirrt entgegen und strahlten dann auf. »Amber?«

Mir rutschte ein Freudenschrei heraus. »Nathaniel!«, jubelte ich. »Nathaniel!« Ich rannte auf ihn zu und warf mich ihm entgegen; er fing mich auf und drückte mich an sich. Mit aller Kraft klammerte ich mich an ihn, presste mein Gesicht gegen seine Brust und lachte und weinte zugleich. »Nathaniel.«

Als er sich in meiner Umarmung versteifte, dämmerte eine Ahnung in mir herauf, und beklommen sah ich ihn von unten herauf an. »Du … du hast es nicht geschafft, oder? Auf die andere Seite?«

Ernst sah er mir in die Augen und streichelte meine Wange. »Das ist die andere Seite. Zumindest«, sein Blick wanderte über mich hinweg in den Nebel hinein, »zumindest der Anfang davon.« Ein zärtlicher Ausdruck schien in seinem Blick auf. »Und du gehörst nicht hierher.«

Ich starrte vor mich hin. Das Auto, das die California Street hinabraste. Mein Kopf, der so wehtat, und diese unglaubliche Kälte in mir. Und der letzte Schlag meines Herzens. Dann erst begriff ich, dass ich tot sein musste. Genau wie Nathaniel. Genau wie Mam.

Ich hob den Blick wieder zu ihm an und lächelte. »Doch. Ich gehöre hierher. Ich gehöre zu dir.«

»Nein, Amber«, widersprach eine tiefe, warme Stimme hinter mir, und ich drehte mich um. »Du gehörst wirklich nicht hierher.«

Stumm starrte ich Shane an, wie er in Jeans und einem roten Longsleeve vor mir stand, und in mir krampfte sich alles zusammen. Shane musste es gewesen sein, der mich noch in letzter Sekunde von der Straße wegreißen wollte; wenn jemand nicht hierhergehörte, dann er. Ich ertrank in einem überwältigenden Gefühl der Schuld.

»Hallo, Amber.« Ein bildschönes Mädchen mit langen silberblonden Haaren und türkisblauen Augen, zwei winzige Leberflecke auf der linken Wange wie das Tüpfelchen auf einem i, verschränkte seine Finger mit denen Shanes und schmiegte sich an ihn. Lauren, die barfuß, in zerrissenen Jeans und in einer sommerlichen weißen Tunika mit Häkelspitze aussah, als wollte sie zu einer Strandparty. Ich dachte daran, wie ich Shane geküsst hatte, und mein schlechtes Gewissen fraß mich fast auf.

Lauren lachte leise, ein helles, perlendes Lachen. »Du brauchst kein schlechtes Gewissen zu haben! Ich hätte es euch beiden wirklich gegönnt. Auch wenn ich jetzt einfach nur glücklich bin, Shane wiederzusehen.« Sie drückte seine Hand und sah mit einem Strahlen in den Augen zu ihm auf.

Mir war elend zumute und meine Kehle wie zugeschnürt. »Es tut mir so leid, Shane. Das … das wollte ich nicht. Ich wollte nicht, dass du … dass du mich zu retten versuchst und dabei selbst ums Leben kommst.«

Shane nickte mir zu. »Ist schon in Ordnung. Wirklich. Ich konnte ja nicht einfach nur dastehen und nichts tun. Und jetzt«, er warf Lauren einen Seitenblick zu, der so warm, so liebevoll war, dass ich nur vom Zugucken dahinschmolz, »jetzt bin ich wieder mit meinem Mädchen zusammen. Das bedeutet mir mehr als alles andere.« Ein kleines Lächeln zeichnete sich um seinen Mund ab. »Versprichst du mir was? Wenn du nachher zurückgehst … Besuch bitte meine Eltern und meine Schwestern. Sag ihnen, dass du mich hier gesehen hast. Mit Lauren. Dass ich sie alle lieb hab und dass es mir endlich wieder richtig gut geht. Mom und Dad glauben nicht an Geister, aber an das hier«, er nickte in die Nebellandschaft hinaus, »glauben sie ganz fest. Tust du das für mich?«

»Ich geh nicht zurück«, flüsterte ich, und Tränen rannen aus meinen Augen. »Ich will hierbleiben. Bei euch.« Ich wandte mich wieder Nathaniel zu und schluchzte auf. »Bei dir. Und ich will meine Mam wiedersehen. Ich geh nicht zurück.«

»Doch, das wirst du«, widersprach mir Lauren sanft. »Und immer wenn du in Zukunft einen besonders schönen Regenbogen oder einen prächtigen Sonnenuntergang siehst, stellst du dir vor, dass ich ihn gemalt hab. Für Shane.«

»Danke, Amber.« Shane ließ Lauren los und schloss mich in die Arme. »Für die Zeit mit dir und den anderen.« Flüchtig streifte sein Mund über meinen, dann nahm er Lauren wieder bei der Hand und nickte Nathaniel zu. »Wir sehen uns drüben.«

Durch den Tränenschleier vor meinen Augen sah ich zu, wie der Nebel die beiden verschluckte.

»Du musst wieder gehen«, hörte ich Nathaniel neben mir.

Ich fuhr herum. »Ich geh nicht zurück! Ich will hierbleiben!«

Die Hände in den Hosentaschen, sah er mich lange an. Ich hoffte so sehr, er würde mich einfach bei der Hand fassen und mitnehmen, wohin auch immer, doch dann schüttelte er den Kopf. »Nein, Amber. Das wäre nicht recht.«

Ich explodierte vor Wut. »Ich will es aber!« Mit den Fäusten schlug ich auf ihn ein und er zuckte nicht mal zusammen. »Ich will bei dir bleiben! Bei Shane und Lauren! Und bei meiner Mam! Ich will meine Mam sehen!« Meine Wut fiel in sich zusammen und ich weinte nur noch. »Ich will meine Mam sehen.«

Hart schlossen sich Nathaniels Hände um meine Arme und er schüttelte mich leicht. »Hey! Was glaubst du, was ich alles für eine zweite Chance geben würde? Ich würde heute so vieles anders machen als damals. Du hast dein ganzes Leben noch vor dir, du kannst noch so viel tun und erleben, während ich meines schon mit neunzehn vollkommen in den Sand gesetzt hatte.« Weich setzte er hinzu: »Mach's besser als ich. Mach was aus deinem Leben. Werd glücklich. Tu's für mich.«

Meine Finger krampften sich um die Ärmel seines Hemdes. »Ich will nicht ohne dich sein.«

Nathaniel umfasste mein Kinn und hob mein Gesicht zu ihm an. »Ich werde drüben auf dich warten. Das verspreche ich dir.« Er zögerte, und leise, fast ein bisschen scheu, fügte er hinzu: »Ich werde dich immer lieben.«

Ich zerfloss vor Glück und wollte noch etwas sagen, da ging ein Ruck durch mich hindurch. Als ob kräftige Hände sich in die Gürtelschlaufen und Taschen meiner Jeans hakten und an mir rissen, noch mehr Hände mich bei den Hosenbeinen packten und mich von Nathaniel wegzerrten.

»Nein! Nicht!«, brüllte ich und klammerte mich umso fester an Nathaniel, aber das Ziehen und Zerren an mir verstärkte sich nur noch. Wie gegen das Aufwachen aus einem besonders schönen Traum kämpfte ich gegen diesen Sog an, der mich erfasst hatte und auch nicht mehr losließ.

Nathaniel drückte seinen Mund auf meinen. »Geh jetzt, Amber. Wir werden uns wiedersehen … eines Tages.« Einen meiner Finger nach dem anderen bog er mit sanfter Gewalt auf, so sehr ich auch schrie und weinte und bettelte, dass ich bei ihm bleiben wollte. Dann riss mich der Sog mit sich, und ich fiel, fiel wieder durch einen weißlichen Nebel ins Bodenlose, segelte und wirbelte im freien Fall durch die Luft.

Und wie ein Fallschirmspringer, bei dem die Leinen des Schirms sich in den Zweigen eines hohen Baums verfangen, bremste mich ein kräftiger Ruck schließlich aus.

Ich hing dicht über der von Straßenlaternen beleuchteten und zusätzlich von Fahrzeugscheinwerfern erhellten Straße. Die roten und blauen Blitze der Lichtsignale von Polizei und Rettungsdienst zuckten in regelmäßigen Abständen auf und wurden von den Hausfassaden zurückgeworfen; Paramedics rannten hektisch herum, Polizisten sperrten die Unfallstelle ab und Gaffer drängten sich am Rand zusammen. Überall glitzerten Schneeflocken, auch auf dem vorne zerknautschten blau-weißen Taxi mit der zersplitterten Windschutzscheibe, dessen Motor noch lief, und auf dem parkenden Wagen, in das es hineingeknallt war.

Ein erneuter Ruck ließ mich tiefer rutschen und ich schaute auf mich selbst hinunter. Mit geschlossenen Augen lag ich zwischen Glasscherben und verbogenen Metallteilen. Mein linker Arm wies einen unnatürlich schiefen Winkel auf, wie auch das linke Bein verdreht war. Die Jeans klaffte am Oberschenkel auf; die Wunde dort war mit irgendeinem Kleidungsstück notdürftig abgebunden, doch das war längst blutgetränkt, und darunter breitete sich eine schwarz glänzende Lache auf dem Asphalt aus.

»Du. Stirbst. Mir. Hier. Heute. Nicht«, fauchte Holly immer wieder mit grimmiger Miene, während sie neben mir kniete und im Rhythmus ihrer Worte abwechselnd mit beiden Händen meinen Brustkorb bearbeitete und mir ihren Atem in den Mund blies. Ein Paramedic kam angelaufen und löste sie mit einem kurzen Nicken ab, während ein zweiter sich um mein verletztes Bein kümmerte. Ein anderer Paramedic drängte den Taxifahrer beiseite, der Shane Erste Hilfe geleistet hatte. Eine fette Platzwunde an der Stirn, ließ sich der Fahrer einfach auf sein Hinterteil plumpsen; der Schock stand ihm ins Gesicht geschrieben. Shane sah wirklich übel aus und ich schaute schnell weg; ich wollte ihn lieber so in Erinnerung behalten, wie ich ihn auf der anderen Seite gesehen hatte, unverletzt und stark und glücklich.

Keuchend kauerte Holly auf dem Asphalt; ihr Kopf ruckte hoch, als auf der anderen Straßenseite Stimmen einen aufgeregten Wortwechsel anfingen. Sie rappelte sich auf, stolperte beinahe über meinen Rucksack, der mit geöffneter Seitentasche zwischen den parkenden Autos am Straßenrand lag, und lief auf eines der Polizeifahrzeuge zu. Ich spürte einen heftigen Ruck, der mich noch weiter hinabzog, als ich Ted sah, in Jeans, Sweater und Joggingschuhen, das Gesicht erhitzt und schweißnass; er musste von der Sacramento Street bis hierher gerannt sein. Atemlos stritt er sich mit den beiden Polizisten, die energisch auf ihn einredeten und ihn festhielten, damit er nicht zu mir lief; ich hatte ihn noch nie so wütend gesehen.

Mein Blick fiel auf Matt. Kreidebleich im Gesicht und mein Handy in den Fingern, hielt er eine völlig verheulte und haltlos schluchzende Abby im Arm, die sich ihrerseits an ihm festkrallte; unaufhörlich streichelte er ihr mit der anderen Hand über die langen, dunklen Haare und starrte dabei über seine Schulter hinweg zu Shane und mir. Holly redete unterdessen beruhigend auf Ted ein, strich ihm dabei über die Schulter und legte schließlich einfach die Arme um ihn.

»Komm schon, Mädchen, komm schon«, hörte ich den Paramedic über mir schnaufen.

Ich sah die Tränen, die Ted übers Gesicht liefen, sah, wie verzweifelt er sich an Holly festklammerte, und ich gab auf. Ich wehrte mich nicht mehr gegen den Sog, der mich nach unten zog, und geschmeidig glitt ich zurück in meinen Körper. Wie ein stotternder Motor zitterte und zuckte mein Herz ein paarmal, bevor es wieder ansprang und zu pumpen begann.

»Ich hab sie!«, brüllte der Paramedic. »Knochenbrüche, Herzstillstand nach Volumenschock, vermutlich Schädel-Hirn-Trauma. General Hospital, *Trauma 1!*«

Jetzt erst fühlte ich die Prellungen, die angeknacksten, gebrochenen und gesplitterten Knochen in meinem Körper und wie die verletzte Arterie in meinem aufgeschlitzten Bein unaufhörlich Blut sprudelte. Ich wollte schreien vor Schmerz, wildem, brennendem, unerträglichem Schmerz.

Dann knipste jemand alle Lichter in mir aus und die Welt wurde schwarz.

85

Lange nachdem Amber wieder gegangen war, stand ich noch dort inmitten des Nebels, fast genauso verloren wie zuvor. Aber nicht ganz.

Dass ich es auf die andere Seite geschafft hatte, war eine unverhoffte Gnade. Aber Amber noch einmal zu sehen, sie noch einmal in den Armen zu halten, war ein Gottesgeschenk. Immer noch glaubte ich ihre Wärme zu spüren, ihre Haut unter meinen Fingern und wie sich ihr Mund auf meinem anfühlte. Und ich hätte schwören können, dass noch der Duft von grünen Äpfeln in der Luft lag.

Ich war sehr wohl versucht gewesen, sie festzuhalten und nicht mehr gehen zu lassen, wie sie es gewollt hatte. Aber es wäre einfach nicht recht gewesen. Sie verdiente es, ihr Leben zu leben, es in seiner ganzen Fülle auszukosten und glücklich zu sein. Das hinzubekommen, was ich selbst nicht hingekriegt hatte. Und dass ich es geschafft hatte, sie gehen zu lassen, darauf war ich nicht wenig stolz. Sicher das Beste, was ich je zustande gebracht hatte.

Der Nebel lichtete sich, und um meinen Mund zuckte es, als ich dahinter eine Küste erkennen konnte und einen Streifen blauen Wassers. So blau wie nur das Wasser in der Bay von San Francisco war, wenn die Sonne daraufschien. Vor mir zeichnete sich ein Weg ab, und zögernd setzte ich einen Fuß darauf, dann den anderen.

Was immer mich am Ende dieses Weges erwartete, ich würde es überstehen. Das Einzige, wovor ich mich fürchtete, war, dass mir die Erinnerung an Amber genommen würde. Alles, nur das nicht. Nicht die Erinnerung an Amber. An mein Funny Girl, das mich auf jede Weise gerettet hatte, wie eine Menschenseele nur eine andere retten kann. Daran wollte ich mich erinnern bis in alle Ewigkeit.

Schritt um Schritt ging ich diesen Weg entlang, der am Ufer der Bay entlangführte, und der Wind blies mir ins Gesicht, während die Sonne endgültig durch den Nebel brach und ihn zusammenschmolz. So hell war ihr warmes Licht, dass es mich blendete und ich die Augen zusammenkneifen musste. Schien auch in der Hölle die Sonne?

Leicht fühlte ich mich und frei, mit jedem Schritt, den ich tat, ein wenig mehr. Als hätte ich mein früheres Leben hinter mir gelassen. Weiter und weiter ging ich, in das helle, warme Licht der Sonne hinein.

Amber. Mein Funny Girl.

86

Blip. Blip. Blip. Blip. Blip.

Dieses dauernde Gepiepse ging mir tierisch auf die Nerven. Ich wollte nach meinem Wecker tasten, um ihn auszuschalten, aber ich konnte mich nicht rühren; ich bekam nicht mal die Augen richtig auf. Mein Kopf war wie mit Watte gefüllt und im Mund hatte ich einen ekligen Geschmack. Mühselig schaffte ich es ganz langsam, ein paarmal zu blinzeln und schließlich die Lider doch zu heben. Vor mir verschwamm alles; ich musste noch heftiger blinzeln, bis ich allmählich wieder klar sah.

Als Erstes fiel mein Blick auf etwas, das wohl ein Bein sein musste, teilweise in Gips gelegt, teilweise dick verbunden und auf ein Gestell aufgebockt. Fuck. Das war ja *mein* Bein. Meine Augen wanderten weiter, über meinen eingegipsten Arm und das Krankenhausbett, in dem ich in halb aufrechter Haltung lag. Durch das pastellfarbige Krankenzimmer mit seinem künstlichen Licht und den blinkenden und piepsenden Geräten neben mir, an denen ich mit Kabeln und Schläuchen hing. Ach du Schande.

Dann entdeckte ich Ted, der auf einem Plastikstuhl neben dem Bett hockte und mit leerem Blick vor sich hinstarrte. Ab und zu knetete er sich unter dem Steg der Brille die Nasenwurzel, bevor er wieder seine Hände faltete und unruhig aneinanderrieb. Verdammt schlecht sah er aus; er hatte tiefe Schatten unter den rot geränderten Augen, und auf Kinn und Wangen glänzten kupferfarbene Bartstoppeln. Sein Gesicht war fahl, als hätte er tagelang nur von Kaffee gelebt, und seine Klamotten sahen aus, als hätte er darin geschlafen.

Hey, wollte ich sagen, aber heraus kam nur: »Nh-ghh.«

Er fuhr zusammen und starrte mich ungläubig an, dann erschien ein wackeliges Lächeln auf seinem Gesicht, und seine Augen schimmerten feucht. »Amber.« Seine Stimme klang total heiser und kratzig »Ich bin froh, dass du wieder bei uns bist.«

Meine Brauen zogen sich zusammen. »W-was …«

Ted schluckte. »Du hattest einen schlimmen Unfall. Erinnerst du dich?«

Ich blinzelte. Eine gefühlte Ewigkeit herrschte absolute Leere in meinem Hirn. Dann tauchten vor meinem inneren Auge Bildfetzen auf und in meinem Kopf Bruchstücke von Erinnerungen. Nathaniel. Das Haus in der Franklin Street. Schneeflocken, die vom Himmel fielen. Die Scheinwerfer des Taxis. Der Crash.

Vorsichtig nickte ich.

»Dich hat's böse erwischt. Dein …« Er atmete tief durch und fasste sich unter die Brillengläser, um sich unter den Augen entlangzufahren, und seine Stimme klang belegt, als er fortfuhr: »Du hattest einen Herzstillstand.« Ein flüchtiges Lächeln glitt über sein Gesicht. »Die Ärzte sagen aber, du wirst wieder.«

Die andere Seite. Nathaniel. Shane. Oh Gott, Shane.

»Sh-sh-nnn?«, quetschte ich hervor. Verflucht. Ich versuchte es gleich noch einmal. »Sh-Shane?«

Ein Schatten legte sich auf Teds Gesicht und sanft berührte er mich an der Schulter. »Später, Amber. Erst mal musst du dich erholen.«

Ich versuchte den Kopf zu schütteln, aber das ging noch nicht. »N-nein. Shane? Was … was ist … mit Shane?«

Ted schluckte noch einmal, dann deutete er seinerseits ein Kopfschütteln an. »Seine Kopfverletzungen waren zu schwer. Es tut mir so leid, Amber.«

Shane. Nathaniel. Meine Augen füllten sich mit Tränen und ich schluchzte auf. Ted zögerte, dann stand er auf, hockte sich auf die

Bettkante und beugte sich über mich. Ganz, ganz vorsichtig und darum bemüht, nicht an meinen Gipsarm zu kommen, nahm er mich bei den Schultern und zog mich an sich.

»Ich bin ja da, mein Mädchen«, murmelte er, während ich mich an ihn lehnte und bei ihm ausweinte und er mir dabei über die Haare strich. »Ich bin ja da.«

Kein *Wird doch alles wieder gut*. Kein *Morgen oder in einem Jahr sieht alles schon wieder ganz anders aus*. Einfach nur: *Ich bin da*, und das war alles, was ich brauchte.

Ted!, wollte ich kläglich rufen, aber es klang ganz anders, als es aus meinem Mund kam. »Dad.« Ich konnte nicht aufhören, es unter Schluchzern zu wiederholen. »Dad. Dad. Daddy.«

Und es fühlte sich absolut richtig an.

Vier Monate später

In drei Worten kann ich alles zusammenfassen,
was ich über das Leben gelernt habe: Es geht weiter.

ROBERT FROST

Aufmerksam sah mir Dr. Katz über ihr Klemmbrett hinweg zu, wie ich ein weiteres Tuch aus der Kleenexbox rupfte, mir damit über die Augen wischte und dann hineintrompetete, bevor ich es in den Papierkorb warf, der jetzt immer schon neben meinem blauen Sessel stand, wenn ich zu ihr kam. Unmengen Kleenex verbrauchte ich inzwischen bei ihr; nachdem ich früher nie geweint hatte, schien ich jetzt nicht mehr damit aufhören zu können.

»Wie war es für dich, Shanes Eltern davon zu erzählen?«

Mrs Diggs, die nach wie vor darauf bestand, dass ich sie Tasha nannte, hatte mich mehrmals im Krankenhaus besucht; voller Trauer, aber gefasst hatte sie dabei jedes Mal gewirkt, und sie schien sich mehr um mich zu sorgen, als mir vorzuwerfen, dass ihr Sohn nicht mehr lebte. Weil ich es war, die Shane von der Straße zurückzureißen versucht hatte und die er schließlich mit seinem muskulösen Körper vor den schlimmsten Verletzungen bewahrt hatte. Ein tragischer Unfall, so sah sie es, genau wie die Polizei es in ihrem Bericht festgehalten hatte, eine schicksalhafte Kombination aus Wetterlage und einer Verkettung unglücklicher Umstände.

Seine Beerdigung hatte ich verpasst, weil ich da noch auf der Intensivstation gelegen hatte. Was ich einerseits bedauerte, andererseits war ich auch froh drum; ich wusste nicht, wie ich das hätte überstehen sollen. Es war schon schlimm genug, jetzt, mit einigem zeitlichen Abstand, in der Schule angegafft zu werden; ich, das Mädchen, dem Shane-der-Held das Leben gerettet und sein eigenes dafür geopfert hatte. Aber nachdem ich es inzwischen geschafft hatte, zweimal auf den Friedhof zu gehen und Blumen auf sein Grab zu legen, und ich mich körperlich (und nach Ansicht von Dr. Katz auch seelisch) dazu in der Lage fühlte, hatte ich gestern Shanes Familie besucht.

»Schlimm war es«, erwiderte ich und zupfte ein neues Kleenex aus der Box. »Ich fühle mich nach wie vor schuldig, dass ich mich nicht von der Stelle rühren konnte dort auf der Straße. Dass Shane ums Leben kam, weil er mir helfen wollte. Es war absolut schrecklich, bei ihnen zu Hause zu sein, ihnen ins Gesicht zu sehen und ihnen dann auch noch Grüße von ihrem toten Sohn auszurichten.« Ich prustete in das Kleenex und griff schon nach dem nächsten. »Und wie lieb sie zu mir waren, war mindestens genauso schlimm – und gleichzeitig hat es mir so gutgetan.«

Auf dem Sofa mit den riesigen Mohnblumen im Wohnzimmer der Diggs hatte ich stockend und unter Tränen davon erzählt, wie ich während meines Herzstillstands auf der anderen Seite gewesen war und mich von Shane verabschiedet hatte. Tasha war die Erste gewesen, die sich zu mir auf das Sofa gesetzt und meine Hand genommen hatte. *Kinder sind eine Leihgabe Gottes*, hatte sie leise gesagt. *Irgendwann muss man sie ziehen lassen. Die einen später, die anderen früher – und manchmal werden sie einem leider auch viel zu früh schon entrissen.* Sie wechselte einen kurzen Blick mit ihrem Mann Nelson, den ich kaum anschauen konnte, weil er Shane so ähnlich sah; dieselbe kräftige Statur und dieselben starkknochigen Gesichtszüge, und auch seine grau melierten Haare trug er so kurz geschoren wie sein Sohn. *Ich bin froh, dass du ihm noch einmal begegnet bist und uns jetzt sagen konntest, dass es ihm gut geht und dass er glücklich ist.* Mit einem kleinen Lächeln sah sie ihren Mann und die beiden Mädchen an, dann wieder mich. *Wir wissen ja, dass wir ihn eines Tages wiedersehen werden.*

Kayla hatte mit großen Augen zugehört; dann hatte sie sich zwischen ihre Mutter und mich auf das Sofa gequetscht und eng an mich gekuschelt, beide Ärmchen fest um mich geschlungen. Mit einem tiefen Ausatmen war Nelson aufgestanden, hatte sich neben mir wieder niedergelassen und mir vorsichtig die Hand auf die Schulter gelegt. Und Tamika hatte mich aus ihrem hübschen, völlig verweinten Gesicht angesehen und so etwas wie ein Lächeln zustande gebracht. Ich hatte mich noch nie so elend und gleichzeitig so getröstet gefühlt.

»Ich denke, für dich war es ganz wichtig, zu ihnen zu gehen und darüber zu sprechen«, sagte Dr. Katz leise. »Und auch die Erfahrung, dass Shanes Familie dir keine Vorwürfe macht. Auch wenn du schwer an deinem Schuldgefühl trägst: Das ist etwas, das du von nun an mit dir selbst ausmachen musst. Mit meiner Hilfe natürlich.«

Wackelig erwiderte ich ihr Lächeln und nickte. Sobald ich aus dem Krankenhaus entlassen wurde, hatte ich den ersten Termin bei Dr. Katz gemacht. Auf meiner Krücke und mit Gipsarm war ich dreimal die Woche mühselig aus dem Taxi gekrabbelt und dann in ihre Praxis gehumpelt; so nervig ich es früher oft fand, zu ihr zu gehen, so lebenswichtig waren mir die Stunden bei ihr nun geworden.

Ich wollte nichts mehr verschweigen und vor nichts mehr im Leben davonlaufen, das war etwas, was ich aus dem Unfall gelernt hatte, und daraus, dass ich für einige Minuten tot gewesen war. Dafür war das Leben einfach zu kurz, und so sprudelte ich in jeder Stunde bei Dr. Katz unsortiert alles heraus, was ich auf dem Herzen hatte und was mir durch den Kopf ging. Geweint hatte ich in diesen Stunden, geschrien und getobt und mir buchstäblich alles von der Seele geredet. Meine Wut auf Mam, weil sie krank geworden und gestorben war. Weil sie einfach bestimmt hatte, dass ich hier leben sollte, und wie mies ich es selbst von mir fand, ihr deshalb böse zu sein. Und wie ungeheuer ich sie vermisste – etwas, das nach Meinung von Dr. Katz wohl nie ganz vorbei sein, mit dem ich aber zu leben lernen würde. Meine Wut auf Dad, weil er so viele Jahre einfach nie dagewesen war, und wie es sich anfühlte, ihn trotzdem gern zu haben und gut mit ihm klarzukommen. Ein paarmal hatte ich mich an der Uni als Gasthörerin in seine Vorlesungen gehockt; es war spannend, was er über die Bräuche und den Glauben verschiedener Völker erzählte, während er über einen Beamer dazu passende Bilder von seinem Laptop an die Leinwand warf. Und wenn ich mich verstohlen umschaute und sah, wie gebannt ihm die Studenten zuhörten, eifrig mitschrieben und über seine Scherze lachten, war ich ziemlich stolz auf meinen Dad.

Auch von Nathaniel hatte ich Dr. Katz endlich erzählt und sie hatte mich weder für verrückt gehalten noch in die Klapse eingewiesen. Sondern mir einfach zugehört und immer wieder verdammt kluge Fragen oder Bemerkungen dazu eingeworfen.

»Wissen Sie«, fing ich nach einer kleinen Pause wieder an, »was mir momentan zu schaffen macht?« Auffordernd hob Dr. Katz die Brauen. »Dass ich das Gefühl habe, das ist alles gar nicht wirklich passiert. Der Unfall schon, und auch dass Shane nicht mehr da ist. Aber alles andere, die Sache mit den Geistern und das mit Nathaniel. Als ob ich das nur geträumt hätte. Als ob es gar nicht real gewesen wäre.«

Dr. Katz ließ den Kugelschreiber sinken und sah mich erstaunt an. »Muss es denn real gewesen sein?«

Verständnislos glotzte ich sie an. »Wie meinen Sie das?«

Sie hob die Schultern in ihrer tollen pinkfarbenen Seidenbluse. »Nun, wenn du es für dich als real erlebt hast, dann ist es auch wirklich passiert. Vollkommen unabhängig davon, ob es tatsächlich so war. Meinst du nicht? Wir sehen uns übermorgen wieder.«

So schnell ich es mit meiner Krücke konnte, marschierte ich durch den Frühjahrsnebel die Powell Street hinauf, an dem dichten Verkehr und den bimmelnden und ratternden Cable Cars voller Touristen vorbei. Nächste Woche würde ich auch dieses mintgrüne

Mistding endlich los sein, mit dem ich mein linkes Bein noch ein bisschen schonen sollte. Die Chirurgen im General Hospital und das Physio-Team im Saint Francis, wohin ich danach verlegt worden war, hatten wirklich ganze Arbeit geleistet, selbst meinem linken Arm merkte ich nur noch manchmal an, wie kompliziert er gebrochen gewesen war. Ich schmunzelte in mich hinein, als ich daran dachte, wie sich Gabi jedes Mal am Telefon genau beschreiben ließ, was Cindy, Hannah und Landon in der ambulanten Reha mit mir machten und mit welchen Fortschritten mein Körper darauf reagierte; sie schien es sehr zu bedauern, dass sie mich nicht selbst unter ihre Fittiche nehmen konnte, nachdem fast ihr ganzer Jahresurlaub schon dafür draufgegangen war, so schnell wie möglich hierherzufliegen und bei mir zu sein, als ich noch im Krankenhaus lag.

Vor dem Eingang zu Starbucks schaute ich schnaufend auf meine Armbanduhr und stieß einen erstaunten Pfiff aus. Heute war ich wirklich schnell gewesen, viel schneller als ich einkalkuliert hatte; erst in einer halben Stunde war ich mit den anderen hier verabredet.

Schwungvoll riss ich die Tür auf und stellte mich in die Schlange vor dem Tresen.

»Hi, Sweetie!«, begrüßte mich Tammy mit dem blonden Pferdeschwanz, als ich an der Reihe war. »Geht's dir gut? Du siehst heute fabelhaft aus! Caffè Latte Grande, wie immer?«

Mit meinem Becher in der Hand steuerte ich durch den ziemlich vollen Starbucks das Fenster zur Sutter Street hin an, unter dem die hohen Barhocker standen; auf denen saß ich einfach lieber, weil ich da mein lädiertes Bein besser ausstrecken konnte. Ich lehnte die Krücke ans Fensterbrett, zog mir die Mütze vom Kopf und die Jacke aus und setzte mich auf dem Hocker zurecht, bevor ich den Deckel vom Becher pulte; inzwischen hatte ich kapiert, dass der kochend heiße Kaffee so schneller abkühlte. Mein Blick fiel auf mein Spiegelbild vor der Fassade des Marriott und auf ein paar Haarsträhnen, die sich aufgestellt hatten und die ich mir wieder zurechtzupfte.

Damit ich mit Gipsarm und kaputtem Bein im Alltag besser zurechtkam, hatte Holly mir meine langen Haare abgeschnitten, und obwohl ich eingesehen hatte, dass es sinnvoll war, hatte ich geweint, als eine der langen Strähnen nach der anderen zu Boden fiel. Auch deshalb, weil Nathaniel meine Haare geliebt hatte und so gern mit seinen Händen hindurchgefahren war. *Alte Zöpfe abschneiden*, hatte Dr. Katz meine neue Frisur augenzwinkernd kommentiert. Mittlerweile mochte ich mich mit dem frechen Pixie-Cut; ich fand, ich sah damit erwachsener aus, und alle um mich herum sagten, dass er mehr von meinem *hübschen Gesicht* sehen ließ. Na ja.

Ohne Holly wäre ich echt aufgeschmissen gewesen in den letzten Monaten. Ich hatte keine Ahnung, wie sie das mit ihrem Laden hingekriegt hatte, aber sie war morgens schon bei uns auf der Matte gestanden, um mir beim Waschen und Anziehen zu helfen, mir ein bisschen die Zeit zu vertreiben und abends dann wieder, um mich bettfertig zu machen. Oft hatte Dad sie eingeladen, mit uns zu Abend zu essen; da ich durch mein Handicap als Küchenhilfe ausfiel, hatte sie an meiner Stelle nach seinen Anweisungen Gemüse geschnippelt und die Soße umgerührt und dabei ohne Pause erzählt. Und manchmal, wenn ich mich längst in mein Bett verzogen hatte, konnte ich sie und Dad noch lange reden hören. Gesprächsfetzen waren in mein Zimmer herübergedrungen, wenn sie sich über Dads Reisen und über Bücher unterhielten, über Beziehungen und Männer- und Frauenrollen; über patriarchalische und matriarchalische Gesellschaftsstrukturen, Göttinnen der Weltreligionen und Archetypen und darüber, dass Holly vielleicht doch noch ans College und studieren wollte. Ein sanftes, beruhigendes Hintergrundgeräusch hatte sich an diesen Abenden aus ihren beiden Stimmen gewoben, das mich in den Schlaf wiegte.

Dieses *Bett-Dings* zwischen Holly und Matt war kurz nach der

Unfallnacht im Sand verlaufen, warum und wann genau, das wussten die beiden wohl selbst nicht so richtig. Matt musste irgendwann doch begriffen haben, wie gut er Abby eigentlich fand. Wenn man die beiden zusammen erlebte, hatte man zwar öfter mal den Eindruck, sie könnten sich nicht ausstehen, weil sie sich eigentlich ständig in den Haaren lagen. Aber bei ihnen stimmte es definitiv, dass sich neckt, was sich liebt; die Blicke, die sie sich in ihren Wortgefechten zuwarfen, sprachen ebenso Bände wie ihre zärtlichen Küsse vor den Schließfächern.

Über Geister sprachen wir kaum noch. Ab und zu sah einer von uns zwar noch einen Geist in der Stadt und manchmal liefen wir an der Jefferson High dem Jungen mit den stoppelkurzen Haaren und den veilchenblauen Augen über den Weg. Aber irgendwie hatte es nicht mehr dieselbe Bedeutung für uns; vielleicht weil wir seitdem alle dem Tod zu nahe gekommen waren und jetzt den Blick weitaus mehr auf das Leben richteten. Vergessen hatten wir es trotzdem nicht, dass es die Welt der verlorenen Seelen gab. In den letzten Wochen war auf Abbys zierlichem Rücken in Carsons Studio ein wunderschönes Tattoo entstanden: ein filigranes, ineinander verschlungenes Drachenpärchen in klassischem Schwarz, das in den Klauen und in den eingeringelten Schwänzen mächtige Symbole wie das ägyptische Auge des Osiris und das Sanskrit-Zeichen des Om umklammerte. Von Holly zur Abwehr von Geistern entworfen, hatte Carson, der einen Abschluss der Academy of Art University hatte, damit ein wirkliches Kunstwerk geschaffen.

Ein paarmal war ich zum Tätowieren mitgegangen, und während Carson Stück um Stück das Tattoo in Abbys Haut stach und mir zwischendurch immer wieder zuzwinkerte, hatte mir Abby unter dem surrenden Geräusch des Tätowiergeräts im Flüsterton ihr Herz ausgeschüttet. Etwa, dass sie sich manchmal Gedanken machte, ob Matt nicht doch zu sehr Holly nachtrauerte und wie lange sie mit dem ersten Mal noch warten sollte. Oder wie oft sie sich gerade mit ihren überfürsorglichen und traditionsbewussten Eltern zoffte, die zwar glücklich darüber waren, dass Abby gute eineinhalb Jahre nach ihrem Selbstmordversuch so aufblühte und ihren Gothic-Look komplett abgelegt hatte. Aber nun machte ihnen zu schaffen, dass ihr erster fester Freund ausgerechnet ein Chinese sein musste. Mit Haaren in *Napalm Orange*. Was ihr blühte, wenn ihre Eltern je herausfanden, dass sich Abby mit einem gefälschten Perso und ihrem ganzen Ersparten das Tattoo hatte machen lassen, wollten wir gar nicht wissen. Und jedes Mal wenn wir gemeinsam das Tattoostudio wieder verließen, um noch einen Kaffee hier bei Starbucks zu trinken, schwor Abby hoch und heilig, dass Carson total auf mich stand.

Ich mochte Carson mit seinem braunen Wuschelkopf und den warmen braunen Augen, seiner lässigen Art und seinem Witz. Ein bisschen kleiner als ich und ziemlich durchtrainiert, war er mit seinen Tattoos auf den Unterarmen, den Tunneln in den Ohren und dem Silberring in der Unterlippe ein absoluter Hingucker, und ich konnte gut mit ihm über alles Mögliche reden. Aber mehr als das konnte ich mir einfach nicht vorstellen. So weit war ich noch nicht. Noch lange nicht.

Nach allen Gesetzen der Wahrscheinlichkeit würde ich mich irgendwann wieder verlieben, das sagte mir mein Verstand. Aber ich vermisste Shane an jedem einzelnen Tag, und nie wieder würde ich jemanden so lieben wie Nathaniel, das wusste ich aus tiefstem Herzen. Manchmal, wenn ich es gar nicht mehr aushielt, zog ich die blaugrüne Decke aus der Plastiktüte unten in meinem Kleiderschrank und vergrub mein Gesicht darin. Sie roch muffig und kein bisschen nach Nathaniel, genauso wenig wie die türkisfarbene Strickjacke noch nach Mam roch, und obwohl es mir jedes Mal wehtat, fühlte ich mich trotzdem ein klein wenig getröstet.

Ich war damit zufrieden, mich für Matt und Abby zu freuen und insgeheim darauf zu hoffen, dass sich zwei andere Menschen, die mir nahe standen, vielleicht auch noch fanden. Denn als gestern

Abend Holly tropfnass vor der Tür gestanden hatte, weil sie auf dem Weg zu uns in einen Regenschauer gekommen war, schien sie nichts dagegen gehabt zu haben, nach einer heißen Dusche in einer aufgekrempelten Jeans und dicken Socken von mir und in einem von Dads Hoodies mit uns auf dem Sofa zu hocken, einen Film zu gucken und Pizza zu essen. Irgendwann hatte ich das Gefühl gehabt, die beiden wären lieber unter sich, so wie sie sich über meinen Kopf hinweg verstohlene Blicke zuwarfen, und schmunzelnd hatte ich mich extra früh ins Bett verkrümelt. Das Rattern der Kaffeemaschine hatte mich heute früh noch vor dem Weckerpiepsen aufwachen lassen, und als ich schlaftrunken in Richtung Badezimmer tappte, weil ich aufs Klo musste, hatte ich Dad dabei erwischt, wie er sich in T-Shirt und Boxershorts mit zwei dampfenden Bechern durch das Wohnzimmer in sein Schlafzimmer schleichen wollte. Wie angewurzelt war er stehen geblieben und rot angelaufen, bevor er mir ein verlegenes *Guten Morgen* zugemurmelt hatte und hinter der Tür zu seinem Zimmer verschwunden war, in dem ich auf meinem Rückweg Holly leise lachen hörte.

Ich wünschte mir wirklich, dass das mit den beiden funktionierte; denn Holly als Quasi-Stiefmom zu haben, das würde ich echt super finden. Obwohl es ja schon ziemlich schräg wäre, wenn ich daran dachte, dass sie vorher eine Bettgeschichte mit meinem besten Freund gehabt hatte.

Aber hey, das Leben war nun einmal nicht perfekt, das hatte ich inzwischen gelernt. Nichts auf dieser Welt war perfekt. Ich würde für den Rest meines Lebens eine fiese Narbe am Oberschenkel haben und eine fast genauso fiese an meinem linken Ellenbogen, die mich immer daran erinnern würden, dass ich in ein und derselben Nacht meine große Liebe und einen sehr guten Freund verloren hatte. Nach dem Unfall hatte ich in der Schule eine Menge versäumt und saß jetzt trotz Nachhilfestunden bei Matt in Mathe und anderen Hassfächern mit Abby in der Klassenstufe, während ich in meinen AP-Kursen ums Mithalten kämpfte; wenn ich einen guten Schulabschluss hinbekommen wollte, musste ich mich ranhalten. Ich würde auch nie eine echte Amerikanerin werden; die Nationalhymne des *Star-spangled Banner* rührte mich nicht zu Tränen und vermutlich würde ich weder die Regeln von Baseball noch die von Football jemals wirklich kapieren. Die sichtbare Armut und die vielen Obdachlosen auf den Straßen von San Francisco machten mir immer noch zu schaffen, und manchmal war mir die Stadt mit ihren vielen Autos und dem permanenten Sirenengeheul der Einsatzfahrzeuge immer noch zu laut. Aber es war die Stadt, in der ich jetzt lebte, mit ihren bunten, verspielten Straßenzügen und der orangerot leuchtenden Golden Gate Bridge. *The City by the Bay*, in der sich Sommer wie Winter dicker Nebel und ein kalter Wind mit freundlichen Tagen abwechselten, an denen die Sonne den Himmel aufstrahlen ließ. Eine quirlige, lebendige Stadt war San Francisco und auf eine Art war sie mein Zuhause geworden. Das hatte ich auch Oma und Opa klar am Telefon gesagt und nach langen Diskussionen hatten sie es endlich geschluckt. Vielleicht würden sie mich einmal besuchen kommen, so wie Julia es für den kommenden Sommer vorhatte. *Home is where the heart is*, heißt es, und mein Herz hatte definitiv hier Wurzeln geschlagen, irgendwann in den letzten sechzehn Monaten. Durch Ted, meinen Vater. Durch Matt, Holly, Abby und Shane. Und durch Nathaniel.

»Entschuldigung«, sagte eine männliche Stimme neben mir, die tief war und ein bisschen heiser klang. »Ist der Platz neben dir noch frei?«

Ich sah auf, direkt in ein Paar Augen, die grün waren. Ein tiefes, warmes Grün, fast Oliv, und mit feinen braunen Sprenkeln darin. Wie Laub im Spätsommer, kurz bevor es sich zu färben beginnt. Zu einem flächigen Gesicht mit einer schweren, kantigen Kinnlinie und einer markanten Nase gehörten diese Augen, die zu den Schläfen hin etwas abfielen. Wilde dunkle Locken in einer Farbe irgendwo zwischen Braun und Schwarz fielen ihm in die Stirn und mein Blick blieb an seinem großen, vollen Mund hängen. *Nathaniel.*

Mit einem erstickten Aufschrei machte ich einen Satz auf meinem Barhocker und stieß dabei den Kaffee auf dem Fensterbrett um.

Wortlos stellte der Junge, der aussah wie Nathaniel, seinen eigenen Becher ab und drehte sich um, ging zu der Service-Insel mit Zuckertütchen, Süßstoff und Rührstäbchen und kehrte mit einem Stapel Papierservietten zurück. Sein starkknochiges Gesicht mit den geraden Brauen konzentriert zusammengezogen, wischte er den verschütteten Kaffee auf und stellte den umgefallenen Pappbecher wieder hin.

»Hast du dich verbrüht?« Er musterte die Kaffeespritzer auf meiner Bluse mit blau-weißem Karomuster und meiner Jeans. Wie betäubt schüttelte ich den Kopf. »Warte, ich hol dir einen neuen. Caffè Latte Grande. Ohne alles, richtig?«, fragte er mit Blick auf den mit seinem Inhalt beschrifteten Becher. Ich nickte.

Aus dem Augenwinkel sah ich ihn weggehen und mit rasendem Herzschlag starrte ich einige Sekunden vor mich hin. Es konnte nicht sein, es konnte einfach nicht sein. Tote kehrten nicht zurück. Oder doch? Vorsichtig warf ich einen Blick über meine Schulter. Er hatte gerade dasselbe getan und wandte jetzt hastig den Kopf wieder nach vorne. Seine Schultern unter der grellgrünen Sweatjacke ruckten, als wäre ihm mein Blick unangenehm. Oder als wäre er unsicher. Ich beobachtete ihn, wie er in der Schlange vorrückte und dann seine Bestellung aufgab. Er war genauso groß wie Nathaniel und auch ungefähr in demselben Alter, neunzehn oder zwanzig. Vielleicht ein bisschen schmaler gebaut, das konnte ich nicht genau erkennen; nicht unter der weiten Jacke und den locker sitzenden Jeans, in deren Gesäßtasche ein zerlesenes Paperback steckte und zu denen er abgestoßene Turnschuhe trug. Als er weiterging und ich dabei einen Seitenblick von ihm auffing, sah ich schnell wieder geradeaus, und mein Blick fiel auf seinen Becher.

JOE war mit schwarzem Filzstift daraufgeschrieben. Er hieß Joe. Einfach nur Joe. Nicht Nathaniel. Ich sank auf meinem Hocker in mich zusammen.

Womöglich hatten sich die Ärzte geirrt und mein Hirn hatte durch den Aufprall meines Schädels auf den Asphalt oder durch den Herzstillstand doch einen Schaden abbekommen, obwohl auch die letzten CTs und Tests ohne Befund gewesen waren. Vielleicht war ich seitdem auch völlig durchgeknallt – oder es vorher schon gewesen, sodass ich mir meine Zeit mit Nathaniel tatsächlich nur eingebildet hatte. Oder …

»Hier.« Er stellte den frischen Kaffeebecher vor mir ab. »Tut mir leid, ich wollte dich nicht erschrecken.«

»Danke«, flüsterte ich, und aus einem Bauchgefühl heraus setzte ich schnell hinzu: »Der Platz ist übrigens tatsächlich noch frei. Also – falls du jetzt noch neben mir sitzen magst.«

Er zögerte, dann zuckte ein winziges Lächeln um seine Mundwinkel. »Klar. Warum nicht.«

Aus dem Augenwinkel beobachtete ich ihn, wie er schweigend neben mir saß und an seinem Kaffee nippte. Die Ähnlichkeit zu Nathaniel war wirklich verblüffend, sogar die kleine halbmondförmige Narbe zwischen Schläfe und Jochbein konnte ich entdecken. Nur bewegte sich Joe anders, nicht halb so geschmeidig wie Nathaniel früher, eher ein bisschen unbeholfen. Als ob ihm sein Körper noch fremd war, weil … Stopp, Amber. Hör auf, so zu denken. Er kann nicht Nathaniel sein, das ist unmöglich.

»Was ist mit deinem Bein passiert?« Mit dem Kinn ruckte er in Richtung der Krücke.

»Ich hatte vor ein paar Monaten einen Unfall. Ein Taxi hat mich erwischt.« Ich bekam einen Kloß im Hals und konzentrierte mich auf den Kaffeebecher vor mir. »Ein sehr guter Freund von mir ist dabei gestorben.«

Ich spürte seine Augen auf mir. »Das tut mir sehr leid.«

»Danke«, würgte ich hervor, nahm meinen Becher und trank einen Schluck Kaffee, an dem ich mir prompt die Zunge verbrannte.

Er nickte zu dem leeren Kaffeebecher hin, den ich vorhin umgestoßen hatte »Amber heißt du, ja?« *Am-berrr.* Mir lief eine Gänsehaut über den Rücken und ich nickte. »Passt zu dir.«

Ich nahm meinen ganzen Mut zusammen. »Nimm's mir nicht übel – aber ich finde, du siehst gar nicht aus wie ein Joe.«

Rasch senkte er die Augen auf den Kaffeebecher in seinen Händen; sein ganzes Gesicht war in Bewegung und spannte sich dann an. Mit einem tiefen Einatmen richtete er sich wieder auf; der Ausschnitt seines übergroßen weißen T-Shirts unter der Sweatjacke geriet dabei ins Rutschen und ich erhaschte einen Blick auf sein Schlüsselbein. Die Stelle, die mich an Nathaniel immer ganz verrückt gemacht hatte. Und darüber konnte ich an seinem Hals eine Ader heftig pochen sehen. Ich hätte losheulen können.

»Ähm, also«, fing er verlegen an und fuhr sich mit einer Hand durch die Locken. »Ich hoffe, du hältst mich jetzt nicht für verrückt oder denkst, dass ich dich irgendwie blöd anmachen will …« Geräuschvoll stieß er den Atem aus. »Aber du scheinst ganz in Ordnung zu sein und … ganz ehrlich, ich … Also, ich weiß nicht, ob ich wirklich Joe heiße. Den Namen haben mir die anderen gegeben. Kurz für *John Doe.*« Leiser fügte er hinzu: »Ich weiß nicht, wie ich heiße. Wer ich überhaupt bin.«

Mein Herz hämmerte wie verrückt gegen meine Rippen. »Welche … welche anderen?«

»Die anderen Obdachlosen.« Seine Wangen färbten sich. »Die mich gefunden und sich ein bisschen um mich gekümmert haben.«

»Was ist passiert?«, flüsterte ich tonlos.

Er hob die Schultern. »Ich weiß es nicht. Ich bin im Dezember in einem Hinterhof zwischen den Müllcontainern zu mir gekommen, nachdem mich Terry und Ed geschüttelt haben. Wie bewusstlos muss ich dagelegen haben, wer weiß, wie lange. Sie haben mich in ihr Asyl in der Sutter Street mitgenommen und da wohne ich jetzt.« Sein Kopf ruckte in Richtung der Straßenecke gegenüber. »Ich arbeite ein paar Stunden die Woche bei Walgreens. Kartons auspacken und Ware auffüllen und so. Ist ganz okay.«

Meine Kehle war eng und ich musste schlucken. »Und du … du kannst dich an nichts erinnern.«

Er schüttelte den Kopf. »Nein. Manchmal …« Sein Blick glitt ins Leere. »Manchmal denke ich, dass mir etwas irgendwie bekannt vorkommt. Aber wirklich vertraut ist es mir nie, alles ist irgendwie … fremd. Und was mich selbst angeht, ist alles schwarz. Wie ausgelöscht.«

Ich schaute ihn an und sah Nathaniel vor mir, in seinem grauen Hemd, der dunklen Hose und den klobigen Schuhen. »Was hast du angehabt?« Seine Brauen zogen sich verständnislos zusammen. »An dem Tag, als sie dich gefunden haben – was hattest du da an?«

Bis unter die Haarwurzeln lief er rot an. »Nichts.«

»Nichts wie in *gar nichts*?«, rutschte es mir heraus, und glutrot im Gesicht nickte er.

»Autsch.«

Er warf mir einen schnellen Blick zu, dann hob sich einer seiner Mundwinkel zu einem schiefen Grinsen. »Eher *arschkalt.*«

Ich gluckste in mich hinein, und als wir uns in die Augen schauten, lachten wir beide.

»Du bist wirklich schwer in Ordnung«, sagte er dann leise.

Ich zog die Unterlippe zwischen die Zähne. Ja, es war ganz und gar unmöglich, dass Nathaniel neben mir saß. Dass ihm eine zweite Chance gewährt worden war und er sich dieses Mal an rein gar nichts mehr erinnern konnte. Noch nicht einmal an mich. Aber was hatte ich bis vor einem Jahr nicht alles für unmöglich gehalten … Vielleicht … vielleicht.

Entschlossen setzte ich meinen Kaffeebecher auf dem Fensterbrett ab, schob mich vom Hocker herunter und stellte mich dicht vor Joe hin. Ich war so aufgeregt, dass meine Knie zitterten und ich ins Schwanken geriet.

»Hey, Vorsicht.« Mit einer Hand hielt er mich am Arm fest. Wie ein elektrischer Schlag jagte es durch mich hindurch, und dort, wo er mich berührte, drang seine Wärme durch meine Bluse bis auf meine Haut. Eine leichte Röte auf den Wangen, stellte er seinen eigenen Becher weg. »Alles okay bei dir?«

»Sag ich dir gleich«, murmelte ich, legte meine Arme um seinen Hals, holte tief Luft und drückte meinen Mund auf seinen. Mit einem überraschten Laut versteifte er sich; einen Augenblick lang dachte ich, er würde sich mir entziehen oder mich wegschubsen. Aber dann legte er seine Hand auf meinen Rücken, drückte mich an sich und erwiderte meinen Kuss, erst ein bisschen ungeschickt, dann zunehmend sicherer. Er schmeckte nach Kaffee und Milch, süß und ein bisschen salzig, und ich ertrank geradezu in diesem Kuss, der mich erschauern ließ und mein Herz in Jubel versetzte.

»Whu-huuuuu«, johlte es hinter mir; jemand pfiff anerkennend. Eine Jungsstimme rief prahlerisch: »Heyyyy! Das ist Amerika! Das ist San Francisco! Hier ist alles möglich!«

Ich musste kichern, und auch Joe lachte auf, bevor wir uns voneinander lösten. Ich konnte nicht anders, ich musste mein Gesicht in seine Halsbeuge pressen, die knochige Härte seines Schlüsselbeins spüren, seine weiche Haut dort an meiner und vor allem seinen Pulsschlag, einen kräftigen, gleichmäßigen Pulsschlag. Tief sog ich seinen Geruch ein, ein bisschen nach muffigen Klamotten, nach Waschpulver und einem billigen Duschgel; darunter roch er moosig und holzig. Nach Haut und Haar und ganz und gar lebendig roch er und ich zerfloss vor Seligkeit.

»Ähmm«, hörte ich ihn zögerlich sagen, »Bist du immer so direkt?« Lächelnd warf ich den Kopf zurück und sah ihn an. Ein kleines Grinsen auf dem Gesicht, setzte er hinzu: »Ich dachte ja, ich wäre nicht ganz richtig im Kopf, aber du bist …«

»Crazy? Gaga? Durchgeknallt?«, fiel ich ihm übermütig ins Wort. »Kann schon sein!«

Sein Grinsen wurde zu einem warmen Lächeln. »Nein, das hab ich nicht gedacht. *Funny* hab ich gedacht.« Er nickte vor sich hin. »Dass du ein *Funny Girl* bist, das hab ich gedacht.«

Sein Lächeln verlosch und ging in einen verwirrten, fast ungläubigen Ausdruck über. Forschend wanderten seine Augen über mein Gesicht, und während er mich weiter in seinem Arm hielt, strichen die Finger seiner anderen Hand behutsam über meine Wange und spielten dann mit einzelnen Strähnen meiner kurzen Haare. Sein Blick wurde weich, und zögerlich näherte er sein Gesicht wieder meinem, hielt einen Augenblick inne und küsste mich noch einmal. Fester dieses Mal, drängender, und wie in einer stummen Frage.

Ewig schien dieser Kuss zu dauern, in dem er mich festhielt und immer näher an sich zog. In dem ich mit jedem Herzschlag stärker das spürte, was Nathaniel und mich verbunden hatte und in dem doch etwas ganz und gar Neues, Aufregendes, Kribbelndes lag.

Ein mehrstimmiges, erschrockenes Ausatmen hinter uns ließ uns auseinanderfahren und ich wandte den Kopf. Holly, Abby und Matt waren hereingekommen und sahen aus, als … ja, als hätten sie einen Geist gesehen. Bis auf Hollys Gesicht ein so leuchtendes Strahlen erschien, dass es den ganzen Starbucks erhellte. Matt, Arm in Arm mit Abby, das Orange seiner Haarstacheln wie farblich auf ihren roten Kurzmantel und ihren Schal abgestimmt, starrte uns verwirrt an, bis sein Mund sich zu einem breiten Grinsen ausdehnte. Und Abby, die so hübsch aussah mit den indischen Chandeliers in den Ohrläppchen, lächelte versonnen, während ihr Tränen über die Wangen rannen und ihr die Wimperntusche verschmierten.

»Deine Freunde?«, raunte Joe mir ins Ohr. Ich nickte und zögerlich rückte er von mir ab. »Dann geh ich jetzt besser.«

»Nein.« Ich hielt ihn fest und sah ihm in die Augen; erst jetzt merkte ich, dass auch mir Tränen übers Gesicht liefen. »Nein«, wiederholte ich mit einem Laut, der sowohl ein Schluchzen als auch ein Lachen war. »Sie werden sich freuen, dich kennenzulernen. Das weiß ich.«

Nachwort

Fast genau zwei Jahre ist es jetzt her, dass ich mit der Idee zu diesem Roman zum ersten Mal nach San Francisco geflogen bin. Seit damals, als ich auf der Suche nach Schauplätzen bergauf und bergab durch die Stadt gewandert und natürlich sehr viel Cable Car gefahren bin, hat sich dort einiges verändert.

Borders an der Powell Street hat vor einiger Zeit die Türen für immer geschlossen, aber für mich war es undenkbar, diesen Roman zu schreiben, ohne die Buchhandlung wenigstens zu erwähnen, in der ich viele gemütliche Stöber- und Schmökerstunden verbrachte. Auch den Fanshop der Giants gibt es dort nicht mehr; trotzdem findet er sich noch im Buch – denn was wäre San Francisco ohne die Giants? (Und für Football-Fans: ohne die 49ers.) Der Aufzug im Coit Tower ist inzwischen gründlich saniert worden und läuft jetzt geschmeidig und fast geräuschlos, und auch das Ziehharmonikagitter dort klemmt nicht mehr. Und *Lilypad* hat erst vor Kurzem einen schmucken neuen Anstrich in sattem Grün erhalten.

Das meiste in San Francisco ist jedoch noch genauso, wie ich es im Buch beschrieben habe. Zumindest war es das vor ein paar Wochen noch. In mancher Hinsicht ist die Stadt so wechselhaft wie ihr Wetter. Ein paar der Schauplätze habe ich allerdings für diese Geschichte bewusst verändert. Die Jefferson High gibt es zwar genauso, wie ich sie beschrieben habe, aber unter einem anderen Namen (und mit hoffentlich besserem Essen als im Buch geschildert). Für die Inneneinrichtung und das Sortiment des China Bazaar habe ich meine Eindrücke verschiedener Geschäfte in Chinatown gemixt und ein indisches Restaurant eigens für die Ratnalikars umgetauft. Das Haus in der Franklin Street ist in Wirklichkeit bewohnt und gut in Schuss – und obwohl ich oft davor gestanden habe und die mitgebrachten Fotos mir etwas anderes beweisen, war und ist es in meiner Vorstellung immer von diesem alten, hohen Eisenzaun umgeben …

Viele gute Geister haben über diesen Roman gewacht, während er teils in meinem Schreiberstübchen, teils in den USA entstand, und mir standen in den Kämpfen, die ich dabei mit dem einen oder anderen inneren Dämon ausfocht, einige wunderbare Menschen zur Seite.

Danke, Jörg, dass Du all die weiten und steilen Wege in San Francisco (Coit Tower. Lombard Street. California. So ziemlich jede Ecke in Nob Hill) mehr als einmal mit mir zurückgelegt hast und den nicht weniger weiten und steilen Weg dieses Buches mit mir gegangen bist. Carina, Dir tausend Dank für Deine unschätzbare Hilfe rings um die medizinischen Fakten und Zusammenhänge – und dass Du nach all den anderen Büchern auch diesen neuen Kontinent mit mir betreten hast! Dir, Anke, ein Dankeschön aus tiefstem Herzen dafür, dass Amber und Nathaniel, Matt, Holly, Abby und Shane bei Dir sein durften und Du sie auf ihrem Weg in die Welt begleitet hast. Danke, A. K., fürs Lesen und Mutmachen! Und E. L. danke ich für den besonderen Platz, den sie in meinem Leben hat. *I would have been lost without all of you.*

Laila, dank Dir ist der Anfang jetzt ein so viel besserer als zu Beginn – und Dir, Jana, ein Danke für Deine Begeisterung, als ich Dir zum ersten Mal von dieser Geschichte erzählte. Biggi Engler ist es zu verdanken, dass Ambers Geschichte auf einem stabilen und glaubwürdigen rechtlichen Fundament ruht. Ohne Mariam und Thomas M. Montasser und ihre Arbeit in der Agentur wäre ich aufgeschmissen, und zum zweiten Mal innerhalb eines Jahres danke ich Thomas dafür, dass er so fest an eine Geschichte geglaubt hat, die ich in meinem Schreiberstübchen ersonnen habe. Ein großes Dankeschön geht an das gesamte Team von cbj, das dieses Buch daraus gemacht hat, vor allem an Susanne Krebs, die dieses Herzensprojekt von mir auf Anhieb mochte – und ganz besonders an meine Lektorin Katrin Künzel, die das Beste aus dem Manuskript und mir herausgeholt hat.

Last but not least ein Danke an die Menschen von San Francisco, die diese Stadt zu etwas Besonderem machen, so bunt, so lebendig; eine Stadt, die sich ständig verändert und sich trotzdem treu bleibt und nach der ich manchmal fast so etwas wie Heimweh habe.

I definitely left my heart in San Francisco.

Nicole C. Vosseler
Konstanz, im September 2012

Sarah Ockler

Die Sterne leuchten immer noch

ca. 352 Seiten, ISBN 978-3-570-40142-2

»Das ist unser Geheimnis, Anna«, hat Matt gesagt, der Bruder von Annas bester Freundin Frankie, als er und Anna sich ineinander verliebten. Doch dann stirbt Matt bei einem Autounfall, und zu Annas Trauer kommt noch das Geheimnis um ihre Liebesbeziehung, das Matt mit ins Grab genommen hat. Ein Jahr später fährt Anna mit Frankies Familie in den Sommerurlaub nach Kalifornien. Dort trifft Anna Sam, und völlig unerwartet verliebt sie sich in ihn. Aber darf sie das – jemanden lieben, wenn sie die Erinnerung an Matt doch für immer in ihrem Herz bewahren wollte?

cbj

www.cbj-verlag.de

40101

Ann Brashares

So nah und doch so fern

368 Seiten
ISBN 978-3-570-40231-3

Als die 17-jährige Lucy ihren neuen Mitschüler Daniel kennen lernt, ist sie alles andere als begeistert, denn er verhält sich mehr als merkwürdig. Nicht nur, dass er sie immer mal wieder mit einem falschen Namen anspricht, er tut auch so, als kenne er sie bereits. Doch völlig verrückt wird das Ganze, als Daniel ihr erzählt, dass sie und er ein Paar waren – und das schon vor vielen hundert Jahren. Denn, was Lucy kaum glauben kann, aber doch als wahr erkennen muss: Daniel hat durch die Jahrhunderte viele Leben gelebt. Und alle hatten sie eines gemeinsam, die große Liebe an seiner Seite – Lucy.
Und nun beginnt die unglaubliche Geschichte einer magischen Liebe, die alle Zeiten und Widerstände überdauert.

40181

cbj

www.cbj-verlag.de

Jeri Smith-Ready

Aura – Verliebt in einen Geist

384 Seiten, ISBN 978-3-570-40195-8

Es sollte eine besondere Nacht werden, doch überraschend stirbt Logan, Auras große Liebe. Unvorstellbar scheint ein Leben ohne ihn, da kehrt ihr attraktiver Freund wieder – körperlos, violett leuchtend und doch ... so wirklich. Seit dem sogenannten Shift sind alle danach geborenen in der Lage, Tote zu sehen. Aura, deren lästige Aufgabe ist, Geistern den Übergang zu ermöglichen, versucht mithilfe von Zach, dem Neuen an ihrer Schule, hinter das Geheimnis des Shifts zu kommen. Doch das hieße auch Abschied zu nehmen von Logan. Nur ... je näher sie Zach kommt, desto größer werden ihre Zweifel. Ist es richtig, einen Geist zu lieben?

40163

cbj FANTASY

www.cbj-verlag.de

Jeri Smith-Ready

Aura – Geküsst von einem Geist

340 Seiten, ISBN 978-3-570-40244-3

Logan ist in der Welt der Schatten verschwunden, ein ruheloser Geist für alle Ewigkeiten. Es gibt kein Zurück, und Aura muss an ihre Zukunft denken ... vielleicht sogar mit Zach. Als sie Abschied nimmt, steht Logan jedoch wieder vor ihr – greifbarer als je zuvor, nicht als violettes Licht, sondern für kurze Zeit körperlich fassbar ... küssbar! Seine Rückkehr stellt nicht nur Auras Herz auf den Kopf, sondern alles, was sie bisher über den Shift und Geister wusste. Sie muss mehr erfahren, doch dazu braucht sie die Hilfe beider Jungs ...